Robert Jordan
Die Große Jagd

Zu diesem Buch

Als das Horn von Valere, das die toten Helden ins Leben zurückrufen kann, gestohlen wird, begeben sich Rand al'Thor, Mat und Perrin auf die Jagd nach den Dieben. Dabei erhalten sie Unterstützung von Hurin dem Schnüffler, der die Gabe besitzt, Gewalt riechen zu können – und so finden sie schnell ihre Fährte. Doch es wiederzubeschaffen, gestaltet sich schwieriger, als sie geahnt haben ... Faszinierende Charaktere bevölkern die Welt Robert Jordans – eine Welt der Intriganten und Verräter, der Machthungrigen und Skrupellosen, der geheimnisvollen Krieger und finsteren Mächte.

Robert Jordan, geboren 1948 in South Carolina, begeisterte sich schon in seiner Jugend für phantastische Literatur von Jules Verne und H. G. Wells. Als ihm der Lesestoff ausging, begann er selbst zu schreiben. 1990 erschien der Auftakt zu seinem Zyklus »Das Rad der Zeit«, einem einzigartigen epischen Werk, das Millionen Fans in der ganzen Welt gefunden hat. Bei Piper liegen inzwischen 31 Bände der Saga vor. Robert Jordan starb im September 2007 an einer seltenen Blutkrankheit. Weiteres zum Autor: www.tor.com/jordan und www.radderzeit.de

Robert Jordan

Die Große Jagd

DAS RAD DER ZEIT 3

Aus dem Amerikanischen von
Uwe Luserke

Piper München Zürich

Mehr über unsere Autoren und Bücher:
www.piper.de

Zu den lieferbaren Büchern von Robert Jordan bei Piper
siehe Seite 560.

Mix
Produktgruppe aus vorbildlich bewirtschafteten
Wäldern und anderen kontrollierten Herkünften
www.fsc.org Zert.-Nr. GFA-COC-1223
© 1996 Forest Stewardship Council
FSC

Deutsche Erstausgabe
1. Auflage Januar 2006
2. Auflage Oktober 2008
Erstmals erschienen:
Wilhelm Heyne Verlag GmbH & Co. KG, München 1993

Titel der amerikanischen Originalausgabe:
»The Great Hunt 1«, Tom Doherty Associates, Inc., New York 1990

Umschlagkonzept: Büro Hamburg
Umschlaggestaltung: Nele Schütz Design, München
Umschlagabbildung: Larry Elmore, USA
Innenillustrationen: Johann Peterka
Karte: Erhard Ringer
Autorenfoto: Jack Alterman
Satz: C. Schaber Datentechnik, Wels
Papier: Munken Print von Arctic Paper Munkedals AB, Schweden
Druck und Bindung: CPI – Clausen & Bosse, Leck
Printed in Germany ISBN 978-3-492-28553-7

Inhalt

Dieses Buch ist gewidmet: Lucinda Culpin, Al Dempsey, Tom Doherty, Susan England, Dick Gallen, John Jarrold, den Johnson-City-Boys (Mike Leslie, Kenneth Loveless, James D. Lund, Paul R. Robinson), Karl Lundgren, der Montana-Gang (Eldon Carter, Ray Grenfell, Ken Miller, Rod Moore, Dick Schmidt, Ray Sessions, Ed Wildey, Mike Wildey und Sherman Williams), William McDougal, Louisa Cheves, Popham Rabul, Ted und Sydney Rigney, Bryan und Sharon Webb und Heather Wood.

Sie kamen mir zu Hilfe, als Gott über das Wasser schritt, und das wahre Auge der Welt ging über mein Haus.

Robert Jordan
Charleston, SC, USA
Februar 1990

Und es wird kommen eine Zeit, da das, was Menschen erbauten, zerstört werde, und der Schatten wird sich auf das Muster des Zeitalters senken, und der Dunkle König wird noch einmal seine Hand auf alles Menschenwerk legen. Die Frauen werden weinen, und die Männer verzagen, wenn die Nationen dieser Erde wie brüchiger Stoff zerrissen werden. Nichts wird erhalten bleiben oder überdauern …

Doch einer wird geboren werden, der dem Schatten gegenübertritt, wiedergeboren, wie er zuvor geboren worden war und unzählige Male wiedergeboren werden wird. Der Drache wird wiedergeboren, und es wird ein Weinen und ein Zähneknirschen sein bei seiner Wiedergeburt. In Sackleinen und Asche wird er die Völker kleiden, und er wird die Welt noch einmal zerbrechen durch seine Wiederkehr und alle Bande zwischen den Menschen zerreißen. Wie die grellen Strahlen der Sonne bei ihrem Aufgang wird er uns blenden und uns verbrennen, doch wird der Wiedergeborene Drache in der Letzten Schlacht dem Schatten die Stirn bieten, und sein Blut wird uns das Licht bringen. Laßt die Tränen fließen, ihr Völker dieser Welt! Weint um eure Erlösung.

— aus dem **Karathon-Zyklus:**
Die Prophezeiungen des Drachen,
übersetzt von Ellaine Marise'idin Alshinn,
leitende Bibliothekarin am Hof von Arafel,
im Jahr des Herrn 231 der Neuen Ära,
im Dritten Zeitalter

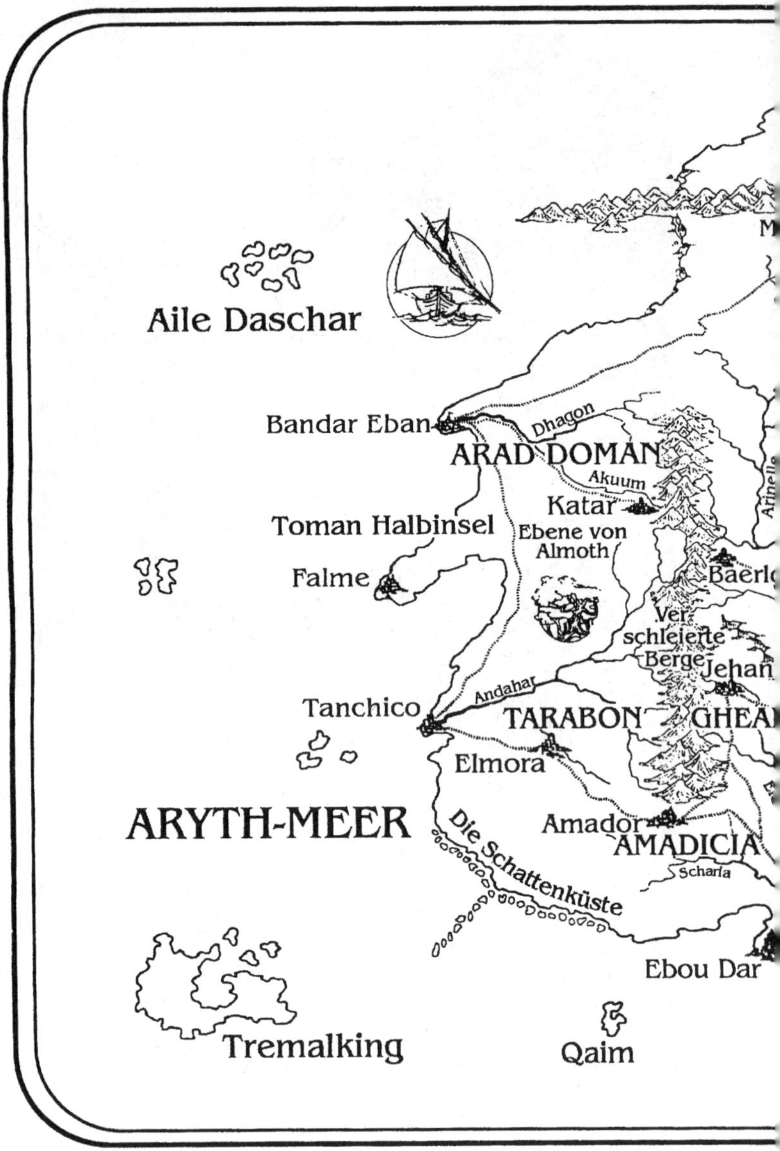
Aile Daschar
Bandar Eban
Dhagon
ARAD DOMAN
Akuum
Katar
Toman Halbinsel
Ebene von Almoth
Falme
Ver-
schleierte
Berge
Andahar
Tanchico
TARABON
Elmora
ARYTH-MEER
Die Schattenküste
Amador
AMADICIA
Scharla
Ebou Dar
Tremalking
Qaim

Die Große Fäule
Schayol Ghul
Das Verdorbene Land
Berge des Verderbens
Tarwin Paß
Chachin
Schol Arbela
Fal Dara
Niamh Paß
Fal Moran
SALDAEA
KANDOR
ARAFEL
SCHIENAR
Aiel Wüste
Ivo
Schwarze Hügel
Luan
Tar Valon
Brudermörders Dolch
Drachenberg
Haevin
Jangai Paß
Gaelin
Caralain Steppe
Cairhien
CAIRHIEN
Rückgrat der Welt
Alguenya
ANDOR
Caemlyn
Weißbrücke
Vier Könige
Aringill
Manetherendrelle
Storn
Hügel von Kintara
Erinin
Iralell
Lugard
MURANDY
Far Madding
Haddon-Sümpfe
Stedding Schangtai
Cary
ALTARA
Ebenen von Maredo
TEAR
ILLIAN
Tear
Godan
Illian
Mayene
MEER DER STÜRME
Inseln der Meerleute
Cindaking

PROLOG

Unter dem Schatten

Der Mann, der sich — zumindest hier — Bors nannte, verzog spöttisch das Gesicht, als er das leise Gemurmel hörte, das sich in dem Gewölbe des Saals wie Gänsegeschnatter anhörte. Seine Grimasse war durch die schwarze Seidenmaske verborgen, die sein Gesicht bedeckte. Auch die hundert anderen Gesichter im Saal waren durch solche Masken verdeckt. Hundert schwarze Masken und hundert Augenpaare, die sich bemühten, hinter die Masken zu blicken.

Wenn man nicht allzu genau hinsah, konnte man den riesigen Saal für den Teil eines Palastes halten: hohe Marmorkamine und goldene Leuchter, die vom Gewölbe der Decke hingen, farbenfrohe Wandbehänge und ein als kompliziertes Mosaik ausgelegter Fußboden. Wenn man nicht allzu genau hinsah. Doch die Kamine gaben nur Kälte ab. Flammen tanzten über Holzklötzen, so dick wie Männerbeine, aber sie wärmten nicht. Die Wände hinter den Behängen und die Decke, die sich hoch über den Leuchtern wölbte, bestanden aus fast schwarzem, unbehauenem Naturstein. Es gab keine Fenster und nur zwei Türen an den gegenüberliegenden Seiten des Saals. Es schien, als habe sich jemand bemüht, den Anschein eines Empfangssaals in einem Palast zu erwecken, es dann jedoch mit oberflächlichen Dekorationen bewenden lassen. Der Mann, der sich Bors nannte, wußte nicht, wo sich dieser Saal befand, und er glaubte auch nicht, daß es einer der anderen wußte. Er wollte auch lieber nicht darüber nachdenken. Es genügte schon, daß er hierher berufen worden war.

Auch darüber dachte er lieber nicht genauer nach, aber einem solchen Ruf folgte auch er.

Er rückte seinen Umhang zurecht, dankbar für die kalten Feuer, denn sonst wäre es ihm, bis zum Boden in schwarze Wolle gehüllt, viel zu heiß geworden. Seine gesamte Kleidung war schwarz. Der weite Umhang verbarg seine gebückte Haltung, mit der er über seine wahre Größe hinwegtäuschte, und ließ die Leute rätseln, ob er nun dick oder schlank sei. Er war nicht der einzige hier, der sich in eine ganze Schneiderspanne Stoff gehüllt hatte.

Schweigend beobachtete er die anderen im Saal. Ein großer Teil seines Lebens war von Geduld geprägt gewesen. Es war immer das gleiche: Wenn er lang genug beobachtete und wartete, machte irgend jemand über kurz oder lang einen Fehler. Die meisten anwesenden Männer und Frauen mochten der gleichen Philosophie frönen; sie hielten die Augen offen und lauschten schweigend denen, die sprechen mußten. Einige Leute konnten das Warten und die Stille nicht ertragen und verrieten so mehr, als sie merkten.

Diener schoben sich zwischen den Gästen hindurch, schlanke, blonde junge Menschen, die mit einer Verbeugung und mit einem wortlosen Lächeln Wein anboten. Die jungen Männer trugen ebenso wie die jungen Frauen enge, weiße Kniebundhosen und weite, weiße Hemden. Und alle, gleich ob männlich oder weiblich, bewegten sich mit einer atemberaubenden Grazie. Jeder sah aus wie ein Spiegelbild des anderen. Die Jungen waren gutaussehend, die Mädchen hübsch. Er zweifelte daran, daß er sie hätte unterscheiden können, und dabei hatte er ein aufmerksames Auge und ein gutes Gedächtnis für Gesichter.

Ein lächelndes, weißgekleidetes Mädchen bot ihm ein Tablett mit Kristallkelchen an. Er nahm einen, hatte aber nicht vor zu trinken. Es mochte vielleicht den Eindruck von Mißtrauen oder noch Schlimmerem erwecken

— und das konnte hier tödliche Folgen haben —, wenn er jedes Getränk ablehnte, aber man konnte ja alles mögliche in ein solches Getränk gemischt haben. Sicher hätten einige seiner ›Genossen‹ hier nichts dagegen, wenn die Anzahl ihrer Rivalen im Kampf um die Macht etwas schwände, wer auch immer die Unglücklichen sein mochten.

Gelangweilt fragte er sich, ob die Diener wohl nach diesem Treffen beseitigt werden müßten. *Diener hören alles.* Als sich das Mädchen aus seiner Verbeugung aufrichtete, suchte er ihren Blick über das süße Lächeln hinweg. Ausdruckslose Augen. Leere Augen. Die Augen einer Puppe. Augen jenseits des Todes.

Er schauderte, als sie graziös weiterging, und dann hob er den Kelch an die Lippen, bevor es ihm bewußt wurde. Nicht, was man dem Mädchen angetan hatte, brachte ihn zum Schaudern. Nein — jedesmal, wenn er glaubte, an jenen, denen er nun diente, eine Schwäche entdeckt zu haben, waren sie ihm zuvorgekommen und hatten die vermutete Schwäche mit einer brutalen Präzision beseitigt, die ihn verblüffte. Und besorgte. Die oberste Regel seines Lebens war immer gewesen, nach Schwächen bei anderen zu suchen, denn jede Schwäche gab ihm einen Anhaltspunkt, von dem aus er nachbohren und ausspionieren und beeinflussen konnte. Wenn seine momentanen Herren, denen er im Augenblick gehorchte, keine Schwäche hatten …

Er blickte hinter seiner Maske besorgt drein, während er die anderen musterte. Wenigstens gab es hier genügend erkennbare Schwächen. Ihre Nervosität verriet sie, selbst jene, die vernünftig genug waren, ihre Zunge zu hüten. Aber der eine wirkte etwas steif in seiner Haltung, die andere raffte ihren Rock ein wenig ruckartig …

Ein gutes Viertel aller Anwesenden, so schätzte er, hatte sich, von den schwarzen Masken abgesehen, überhaupt nicht verkleidet. Ihre Kleidung verriet viel über sie. Eine Frau zum Beispiel, die vor einem gold- und scharlachrotfarbenen Wandbehang stand, sprach leise mit einer Gestalt — unmöglich, zu sagen, ob es sich um einen Mann oder eine Frau handelte — im grauen Umhang mit Kapuze. Sie hatte offensichtlich diesen Fleck ausgewählt, weil die Farben des Wandbehangs ihre Kleidung vorteilhaft zur Geltung brachten. Ausgesprochen dumm, so die Aufmerksamkeit auf sich zu lenken, denn ihr rotes Kleid mit dem tiefen Dekolleté, das entschieden zuviel Haut zeigte, und dem hohen Ansatz, der ihre goldenen Schuhe freigab, bewies, daß sie aus Illian kam und eine reiche Frau war, vielleicht sogar eine Adlige.

Nicht weit hinter der Illianerin stand eine andere Frau, allein und bewundernswert still. Sie hatte einen Schwanenhals und üppiges schwarzes Haar, das ihr in Wellen bis unter die Taille reichte. Sie stand mit dem Rücken zur Steinwand und beobachtete alles. Keine Spur von Nervosität, nur ruhige Selbstbeherrschung. Wirklich bewundernswert, doch ihre kupferfarbene Haut und ihr beiges Abendkleid mit dem hohen Kragen — es bedeckte alles, bis auf ihre Hände, schmiegte sich aber eng und ein ganz klein wenig durchscheinend an ihren Körper, so daß es alles andeutete, jedoch nichts enthüllte — zeigte deutlich, daß sie dem Hochadel von Arad Doman angehörte. Und falls sich der Mann, der sich Bors nannte, nicht gewaltig täuschte, trug das breite Goldarmband an ihrem linken Arm die Zeichen ihres Hauses. Es war sicherlich ihr eigenes Haus, denn keine adlige Domani würde ihren Stolz so weitgehend vergessen und das Siegel eines anderen Hauses tragen. Dümmer als dumm.

Ein Mann in einem hochgeschlossenen himmelblauen Anzug schienarischen Schnitts kam an ihm vorbei und musterte ihn mit mißtrauischem Blick durch die Augenlöcher seiner Maske von Kopf bis Fuß. Die Haltung des Mannes verriet den Soldaten: die gestrafften

Schultern, der ständig umherschweifende Blick und die Art, wie seine Hand bereit zu sein schien, nach einem nicht vorhandenen Schwert zu greifen — alles wies darauf hin. Der Schienarer verschwendete wenig Zeit mit dem Mann, der sich Bors nannte; hängende Schultern und ein krummer Rücken enthielten keine Bedrohung.

Der Mann, der sich Bors nannte, schnaubte, als der Schienarer weiterging, seine rechte Hand war schlagbereit gespannt, während er bereits nach anderen möglichen Gefahren Ausschau hielt. Er kannte sie alle, einschließlich ihres Ranges und ihres Landes. Händler und Soldaten, Gemeine und Adlige. Aus Kandor und Cairhien, Saldaea und Ghealdan. Von allen Nationen und beinahe allen Völkern. Er rümpfte in plötzlichem Ekel die Nase. Sogar ein Kesselflicker in leuchtend grünen Kniebundhosen und einem giftgelben Mantel war dabei. *Auf* die *können wir verzichten, wenn einmal der Tag gekommen ist.*

Die Verkleideten waren auch nicht besser — und es gab viele davon —, so sehr sie sich auch in ihre Umhänge hüllten. Er erhaschte einen Blick unter eine dunkle Robe und sah die mit Silber verzierten Stiefel eines Hohen Herrn von Tear, und unter einer anderen lugten Sporen mit einem goldenen Löwenkopf hervor, wie sie nur von hohen Offizieren der königlichen Garde von Andor getragen wurden. Ein schlanker Bursche — schlank wirkte er sogar in seiner bodenlangen schwarzen Robe und einem unauffälligen grauen Umhang, der von einer einfachen Silbernadel zusammengehalten wurde — beobachtete das Gedränge aus dem Schatten seiner tief heruntergezogenen Kapuze. Er hätte von überallher stammen können ... wenn er nicht zwischen Daumen und Zeigefinger seiner rechten Hand einen sechsstrahligen Stern eintätowiert gehabt hätte. Also einer der Meerleute, und ein Blick auf seine linke Hand würde seinen Clan und den Familiennamen verraten.

Der Mann, der sich Bors nannte, bemühte sich jedoch gar nicht erst darum.

Plötzlich zogen sich seine Augen zusammen. Er blickte eine Frau an, die so in Schwarz eingehüllt war, daß nur noch ihre Finger zu sehen waren. An ihrer rechten Hand steckte ein Goldring in Form einer Schlange, die ihren eigenen Schwanz verschlang. Eine Aes Sedai oder zumindest eine in Tar Valon von Aes Sedai ausgebildete Frau. Keine andere trug einen solchen Ring. Wie auch immer, für ihn machte das keinen Unterschied. Er sah weg, bevor sie seinen Blick bemerkte, und fast im gleichen Moment entdeckte er eine weitere von Kopf bis Fuß in Schwarz gehüllte Frau, die einen Ring mit der Großen Schlange trug. Die beiden Hexen ließen sich nicht anmerken, ob sie sich kannten. In der Weißen Burg saßen sie wie die Spinnen im Netz und zogen die Fäden, an denen Könige und Königinnen tanzten. Immer mischten sie sich ein. *Verflucht seien sie alle — mögen sie den ewigen Tod finden!* Ihm wurde bewußt, daß er mit den Zähnen geknirscht hatte. Wenn es schon zu viele Menschen gab und man an jenem Tag ihre Anzahl erheblich mindern mußte, dann gab es welche, die man noch weniger vermissen würde als die Kesselflicker.

Eine Glocke ertönte, ein einzelner, zittriger Ton, der von überallher gleichzeitig zu kommen schien und alle anderen Laute wie mit einem Messer abschnitt.

Die hohe Tür am anderen Ende des Saales öffnete sich, und zwei Trollocs traten ein. Dornen schmückten die schwarzen Kettenhemden, die bis zu ihren Knien herunterhingen. Alle scheuten vor ihnen zurück. Sogar der Mann, der sich Bors nannte.

Sie überragten auch die größten der anwesenden Menschen um wenigstens zwei Köpfe und stellten eine abscheuliche Mischung aus Mensch und Tier dar. Menschliche Gesichter, doch verzerrt und verändert. Einer hatte einen massigen spitzen, gekrümmten Schnabel, wo eigentlich Mund und Nase hätten sein sollen, und statt Haar bedeckten Federn seinen Kopf. Der andere lief auf Hufen, das Gesicht lief in einer behaarten Schnauze aus, und über seinen Ohren wuchsen Ziegenhörner.

Die Trollocs schenkten den Menschen keine Beachtung, drehten sich zur Tür um und verbeugten sich demütig und ängstlich. Die Federn des einen sträubten sich zu einem schmalen Kamm.

Ein Myrddraal trat zwischen sie, und sie fielen auf die Knie nieder. Er war in ein Schwarz gekleidet, das die Kettenhemden der Trollocs und die Masken der Menschen im Vergleich blaß wirken ließ. Seine Kleidung hing vollkommen glatt, ohne eine Falte an ihm herunter, während er sich mit der Geschmeidigkeit einer Viper bewegte.

Der Mann, der sich Bors nannte, fühlte, wie sich seine Lippen verzogen, halb, um zu knurren und halb, wie er schamhaft zugeben mußte, auch aus Angst. Der Myrddraal hatte sein Gesicht nicht vermummt. Sein leichenblasses Antlitz war das eines Mannes, doch ohne Augen wirkte es wie ein Ei, wie eine Larve in einem Grab.

Das glatte, blasse Gesicht drehte sich langsam und betrachtete einen nach dem anderen, wie es schien. Ein sichtbares Schaudern pflanzte sich unter diesem augenlosen Blick durch die Menge fort. Dünne, blutleere Lippen verzogen sich zu dem Anflug eines Lächelns, als sich einer nach dem anderen der Maskierten nach hinten in die Menge hineinzuschieben versuchte, um diesem Blick zu entgehen. Der Blick des Myrddraal ließ sie sich in der Form eines Halbkreises mit den Gesichtern zur Tür gewandt zusammendrängen.

Der Mann, der sich Bors nannte, schluckte. *Der Tag wird kommen, Halbmensch. Wenn der Große Herr der Dunkelheit wiederkehrt, wird er seine neuen Schattenlords erwählen, und du wirst dich vor ihnen ducken. Du wirst dich Menschen beugen müssen. Mir! Warum spricht das Wesen nicht? Hör auf, mich anzustarren, und sprich endlich!*

»Euer Herr kommt.« Die Stimme des Myrddraal rasselte wie die zerbröckelnde, trockene Haut einer Schlange. »Auf die Bäuche, ihr Würmer! Kriecht, damit sein Strahlen euch nicht blendet und verbrennt!«

Zorn erfüllte den Mann, der sich Bors nannte, sowohl des Tonfalls wie auch der Worte wegen, aber dann begann die Luft über dem Halbmenschen zu flimmern, und die Bedeutung seiner Worte kam ihm zu Bewußtsein. *Das kann nicht sein! Das kann nicht ...!* Die Trollocs lagen schon auf dem Bauch und wanden sich, als wollten sie sich in den Boden hineinbohren.

Ohne darauf zu warten, daß sich die anderen bewegten, ließ sich der Mann, der sich Bors nannte, bäuchlings zu Boden fallen. Er ächzte, als er hart auf dem Stein aufschlug. Worte drangen ihm über die Lippen, die ihn gegen Gefahr schützen sollten — sie wirkten wie ein Amulett, waren aber nur ein dürftiger Schutz gegen das, was er fürchtete —, und er hörte hundert andere Stimmen, die angsterfüllt die gleichen Worte in den Boden hinein murmelten.

»Der Große Herr der Dunkelheit ist mein Meister und ich diene ihm von ganzem Herzen bis zum letzten Winkel meiner Seele.« In seinem Hinterkopf zeterte eine angsterfüllte Stimme. *Der Dunkle König und alle Verlorenen sind gefangen ...* Zitternd zwang er sich zur Ruhe. Diese Stimme hatte er doch schon lange hinter sich gelassen! »Höret: Mein Meister ist der Herr über den Tod. Ich flehe um nichts und diene ihm, damit der Tag seiner Rückkehr nahe, und doch diene ich in der sicheren Hoffnung auf das ewige Leben.« *... gefangen in Shayol Ghul, gefangen vom Schöpfer im Augenblick der Schöpfung. Nein, ich diene jetzt einem anderen Herrn.* »Und gewiß werden die Getreuen im Land erhoben werden, erhoben über die Ungläubigen, erhoben über Throne, doch diene ich demütig, um den Tag seiner Wiederkehr vorzubereiten.« *Die Hand des Schöpfers schützt uns alle, und das Licht beschützt uns vor dem Schatten. Nein, nein! Ein anderer*

Herr. »Schnell möge der Tag der Wiederkehr herbeikommen. Schnell möge der Große Herr der Dunkelheit kommen, um uns zu führen und die Welt für immer und ewig zu regieren.«

Der Mann, der sich Bors nannte, beendete die Litanei schwer atmend, als sei er zehn Meilen weit gerannt. Das rasselnde Atmen um ihn herum sagte ihm, daß er nicht der einzige war.

»Erhebt euch! Erhebt euch alle!«

Die einschmeichelnde Stimme überraschte ihn. Sicher hatte doch keiner der anderen gesprochen, die auf dem Bauch lagen und ihre maskierten Gesichter gegen die Mosaikplatten gepreßt hielten, aber dies war nicht die Art von Stimme, die er von ... erwartete. Vorsichtig hob er den Kopf gerade weit genug, um mit einem Auge nach oben schielen zu können.

Die Gestalt eines Mannes schwebte über dem Myrddraal in der Luft. Der Saum seines blutroten Gewandes hing nur eine Spanne über dem Kopf des Halbmenschen. Er trug auch eine blutrote Maske. Würde ihnen der Große Herr der Dunkelheit als Mensch erscheinen? Und auch noch maskiert? Und doch lag Angst im Blick des Myrddraal. Er zitterte und duckte sich fast in den Schatten der Gestalt. Der Mann, der sich Bors nannte, suchte verzweifelt nach einer Antwort, die sein Verstand erfassen konnte, ohne zu bersten. Vielleicht einer der Verlorenen?

Dieser Gedanke schmerzte nur unwesentlich weniger. Selbst in dem Fall bedeutete es, daß der Tag der Wiederkehr des Dunklen Königs bevorstehen mußte, wenn schon einer der Verlorenen frei war. Die Verlorenen, dreizehn der mächtigsten Magier der Einen Macht in einem Zeitalter, in dem viele die Eine Macht in hohem Maße lenken konnten, waren zusammen mit dem Dunklen König in Shayol Ghul eingeschlossen worden, von der Welt der Menschen durch die Siegel des Drachen und der Hundert Gefährten abgeriegelt. Und der

Rückschlag dieser Versiegelung hatte die männliche Hälfte der Wahren Quelle verdorben und alle die männlichen Aes Sedai, diese verfluchten Magier der Macht, waren wahnsinnig geworden und zerstörten die Welt, zerrissen sie wie eine Tonschale, die man auf einen Stein schmettert, und beendeten das Zeitalter der Legenden, bevor sie starben; verwesten, während sie noch am Leben waren. Ein passender Tod für Aes Sedai, seiner Meinung nach. Sogar noch zu gut für sie. Er bedauerte nur, daß die Frauen verschont geblieben waren.

Langsam und schmerzerfüllt drängte er die Panik in den hintersten Winkel seines Verstands zurück, sperrte sie dort ein und hielt sie fest, obwohl sie danach schrie, wieder herausgelassen zu werden. Er gab sein Bestes. Keiner der anderen, die dort auf ihren Bäuchen lagen, hatte sich erhoben, und nur wenige hatten es gewagt, den Kopf zu heben.

»Erhebt euch!« Diesmal klang die Stimme der rot maskierten Gestalt schärfer. Er gestikulierte mit beiden Händen. »Steht auf!«

Der Mann, der sich Bors nannte, mühte sich ungeschickt auf die Beine, und auf halbem Weg zögerte er. Diese gestikulierenden Hände waren schrecklich verbrannt, von schwarzen Rissen bedeckt. Das rohe Fleisch dazwischen war so rot wie das Gewand der Gestalt. *Würde der Dunkle König so erscheinen? Oder auch nur einer der Verlorenen?* Die Augenlöcher dieser blutroten Maske schwenkten langsam auf ihn zu, und er richtete sich hastig auf. Er glaubte, in diesem Blick die Hitze eines offenen Schmelzofens zu spüren.

Die anderen befolgten den Befehl genauso ungeschickt und nicht weniger angsterfüllt. Sie erhoben sich. Als alle standen, sprach die schwebende Figur: »Ich bin unter vielen Namen bekannt, doch derjenige, unter dem ihr mich kennen sollt, lautet Ba'alzamon.«

Der Mann, der sich Bors nannte, biß sich auf die Zähne, damit sie nicht klapperten. Ba'alzamon. In der Trolloc-Sprache bedeutete das ›Herz der Dunkelheit‹, und selbst die Ungläubigen wußten, daß dies der Trolloc-Name für den Großen Herrn der Dunkelheit war. Er, Dessen Name Nicht Ausgesprochen Werden Darf. Nicht der wirkliche Name, Shai'tan, aber trotzdem verboten. Unter den hier Versammelten und anderen ihrer Art galt es als Blasphemie, einen der beiden Namen mit menschlicher Zunge zu äußern. Sein Atem pfiff durch die Nasenlöcher, und um sich herum hörte er, wie andere hinter ihren Masken schwer atmeten. Die Diener waren weg, genau wie die Trollocs, obwohl er nicht gesehen hatte, wie sie sich entfernt hatten.

»Der Ort, an dem ihr steht, liegt im Schatten von Shayol Ghul.« Zahlreiche Stimmen stöhnten auf. Der Mann, der sich Bors nannte, war sich nicht sicher, ob seine eigene Stimme darunter war. Ein Hauch von etwas, das man durchaus als Spott bezeichnen konnte, war in Ba'alzamons Stimme zu spüren, als er die Arme ausbreitete: »Ängstigt euch nicht, denn der Tag, an dem euer Herr sich wieder in die Welt begeben wird, ist nahe. Der Tag der Rückkehr naht. Seht ihr es nicht schon daran, daß ich hier bin, um von euch wenigen bevorzugten Brüdern und Schwestern gesehen zu werden? Bald wird das Rad der Zeit zerbrochen. Bald wird die Große Schlange sterben, und mit der Macht, die mir dieser Tod verleiht, der Tod der Zeit selbst, wird euer Herr die Welt nach seinem Bilde wiedererschaffen — für dieses Zeitalter und alle kommenden. Und diejenigen, die mir treu und standhaft dienen, werden mir zu Füßen über den Sternen im Himmel sitzen und die Welt der Menschen für immer regieren. Das habe ich versprochen, und so soll es sein und nie mehr enden. Ihr sollt für immer leben und herrschen.«

Ein erwartungsvolles Gemurmel erhob sich unter den Zuhörern, und manche traten sogar einen Schritt vor, auf die schwebende, blutrote Gestalt zu, und sie erhoben gebannt die Augen zu ihm. Sogar der Mann, der sich Bors nannte, fühlte die Verlockung in diesem Versprechen, für das er hundertmal schon seine Seele verkauft hatte.

»Der Tag der Wiederkehr rückt näher«, sagte Ba'alzamon. »Aber es gibt noch viel zu tun. Viel zu tun.«

Die Luft an Ba'alzamons linker Seite flimmerte und verdichtete sich. Die Gestalt eines jungen Mannes schwebte dort — ein wenig niedriger als Ba'alzamon. Der Mann, der sich Bors nannte, konnte sich nicht entscheiden, ob es ein lebender Mensch war oder nicht. Ein Bauernjunge, nach seiner Kleidung zu schließen, in dessen braunen Augen der Schalk blitzte und der die Andeutung eines Lächelns auf den Lippen trug, als erinnere er sich an einen alten Streich oder freue sich auf einen neuen. Die Haut wirkte warm, aber der Brustkorb hob sich nicht beim Atmen, und die Augenlider bewegten sich nicht.

Nun flimmerte die Luft zu Ba'alzamons Rechten wie vor Hitze, und eine zweite ländlich bekleidete Gestalt hing ein wenig unterhalb von Ba'alzamon in der Luft. Ein wollköpfiger Jüngling mit Muskeln wie ein Hufschmied. Und etwas Eigenartiges: An seiner Seite hing eine Streitaxt, ein großer, stählerner Halbmond an einem dicken Schaft. Der Mann, der sich Bors nannte, beugte sich plötzlich vor, da ihm etwas noch Eigenartigeres aufgefallen war. Ein Jüngling mit gelben Augen.

Zum dritten Mal verfestigte sich die Luft zur Gestalt eines jungen Mannes, diesmal direkt unter Ba'alzamon, beinahe auf seinen Füßen. Ein hochgewachsener Bursche mit Augen, die einmal grau und dann wieder blau schienen — je nach Lichteinfall —, und dunklem, rötlichem Haar. Wieder ein Dorfjunge oder Bauer. Der Mann, der sich Bors nannte, schnappte nach Luft. Und wieder hatte er etwas Außergewöhnliches entdeckt, obwohl er sich fragte, wieso es an diesen Jungen Außergewöhnliches zu entdecken gab. Ein Schwert hing am Gürtel dieser Gestalt, ein Schwert, das auf der Scheide einen Bronzereiher trug und einen weiteren am langen Knauf. *Ein Dorfjunge mit einem Reiherschwert? Unmöglich! Was hat das zu bedeuten? Und ein Junge mit gelben Augen.* Er bemerkte, wie der Myrddraal zitternd die Gestalten anblickte, und falls er sich nicht täuschte, zitterte er nicht vor Furcht, sondern vor Haß.

Totenstille hatte sich ausgebreitet, Stille, die Ba'alzamon eine Weile wirken ließ, bevor er weitersprach. »Es gibt einen, der nun auf der Welt wandelt, einen, der war einmal und wird es wieder sein, aber er ist es noch nicht: der Drache.«

Ein überraschtes Gemurmel breitete sich unter den Zuhörern aus. »Der Wiedergeborene Drache! Wir sollen ihn töten, Großer Herr?« Das kam von dem Schienarer, dessen Hand eifrig an die Hüfte griff, wo vermutlich sein Schwert hing.

»Vielleicht«, sagte Ba'alzamon einfach. »Und vielleicht auch nicht. Vielleicht kann er mir nützlich sein. Früher oder später wird er mir dienen, in diesem Zeitalter oder in einem anderen.«

Der Mann, der sich Bors nannte, blinzelte. *In diesem Zeitalter oder in einem anderen? Ich dachte, der Tag der Rückkehr sei nah. Was interessiert es mich, was in einem anderen Zeitalter geschieht, wenn ich in diesem alt werde und wartend sterbe?* Aber Ba'alzamon fuhr fort: »Es ergibt sich bereits ein Knick im Muster an einem der vielen Punkte, wo derjenige, der der Drache sein wird, zu meinem Diener werden kann. Werden muß! Besser, wenn er mir lebend dient als tot, aber tot oder lebendig, er muß und wird mir dienen! Diese drei müßt ihr erkennen, denn jeder ist ein Faden in dem Muster, das ich weben werde, und es wird an euch sein, dafür zu sorgen, daß sie so eingesetzt werden, wie ich es befehle. Betrachtet sie genau, damit ihr sie erkennt.«

Plötzlich war jeder Laut erstorben. Der Mann, der sich Bors nannte, trat nervös von einem Bein auf das andere, und er beobachtete, wie andere dasselbe taten. Alle außer der Frau aus Illian, stellte er fest. Sie hatte die Hände vor dem Busen ausgebreitet, als wolle sie das viele wohlgerundete Fleisch, das sie zur Schau stellte, verbergen; ihre Augen waren geweitet, halb verängstigt und halb verzückt, und sie nickte eifrig, als nicke sie jemandem zu, der ihr gegenüberstand. Manchmal schien es, als antworte sie, aber der Mann, der sich Bors nannte, hörte kein Wort. Plötzlich beugte sie sich nach hinten, wobei sie bebte und sich auf die Zehenspitzen erhob. Er konnte nicht erkennen, warum sie nicht fiel, es sei denn, irgend etwas Unsichtbares hätte sie gehalten. Dann fiel sie genauso plötzlich wieder auf die Füße und nickte erneut. Sie verbeugte sich zitternd. Während sie sich noch aufrichtete, zuckte eine der Frauen mit dem Ring der Großen Schlange zusammen und begann zu nicken.

Also hört jeder von uns seine eigenen Instruktionen, aber keiner kann die der anderen hören. Der Mann, der sich Bors nannte, knurrte mißmutig vor sich hin. Wenn er nur wüßte, welche Aufträge auch nur einer der anderen erhielt, könnte er das zum eigenen Vorteil nutzen, aber so ... Ungeduldig wartete er darauf, daß er selbst drankam, und vergaß sich sogar soweit, daß er sich gerade aufrichtete.

Einer nach dem anderen aus der Versammlung erhielt seine Befehle. Jeder war dabei in Schweigen gehüllt, lieferte durch seine Bewegungen aber doch quälend ungewisse Andeutungen. Wenn er sie nur hätte deuten können! Der Mann aus dem Volk der Atha'an Miere, dem Meervolk, versteifte sich widerstrebend, auch wenn er nickte. An der Haltung des Schienarers erkannte man seine Verwirrung, obwohl er offensichtlich zustimmte. Die zweite Frau aus Tar Valon zuckte erschrocken zusammen, und die in Grau gehüllte Person, deren Geschlecht er nicht bestimmen konnte, schüttelte zunächst den Kopf, bevor sie auf die Knie fiel und lebhaft nickte. Einige zeigten die gleichen krampfartigen Symptome wie die Illianerin, als reiche allein der Schmerz, sie auf die Zehenspitzen zu heben.

»Bors!«

Der Mann, der sich Bors nannte, zuckte zusammen, als eine rote Maske sein Gesichtsfeld ausfüllte. Er konnte den Saal immer noch sehen und auch die schwebende Gestalt Ba'alzamons und die drei anderen Gestalten davor, aber gleichzeitig war alles, was er wahrnehmen konnte, das rotmaskierte Gesicht. Ihm war schwindelig, und er fühlte sich, als zerplatze sein Schädel und als würden ihm die Augen aus dem Kopf getrieben. Einen Augenblick lang glaubte er, durch die Augenlöcher der Maske hindurch Flammen zu sehen.

»Bist du mir treu … Bors?«

Die Andeutung von Spott bei der Erwähnung seines Namens jagte ihm einen kalten Schauder über den Rükken. »Ich bin treu, Großer Herr. Ich könnte es nicht vor Euch verbergen.« *Ich bin treu! Ich schwöre es!*

»Nein, das kannst du nicht.«

Die Gewißheit in Ba'alzamons Stimme ließ seinen Mund austrocknen, aber er zwang sich zum Sprechen: »Befehlt mir, Großer Herr, und ich gehorche.«

»Zunächst sollst du nach Tarabon zurückkehren und deine *guten* Werke fortsetzen. Ich befehle dir sogar, deine Anstrengungen zu verdoppeln.«

Er sah Ba'alzamon verblüfft an, doch dann flammten hinter der Maske wieder Feuer auf, und er gebrauchte eine Verbeugung als Vorwand, um wegzusehen. »Wie Ihr befehlt, Großer Herr, so soll es geschehen.«

»Zweitens wirst du nach den drei jungen Männern Ausschau halten und auch deine Anhänger nach ihnen suchen lassen. Sei gewarnt; sie sind gefährlich.«

Der Mann, der sich Bors nannte, blickte zu den vor Ba'alzamon schwebenden Gestalten hinüber. *Wie kann ich das tun? Ich kann sie sehen, aber ich kann nichts anderes wahrnehmen als* sein *Gesicht.* Sein Kopf drohte zu bersten. Schweiß machte seine Hände unter den dünnen

Handschuhen schlüpfrig, und das Hemd klebte an seinem Rücken. »Gefährlich, Großer Herr? Bauernjungen? Ist einer von ihnen der ...«

»Ein Schwert ist gefährlich für den, der davor steht, aber nicht für denjenigen, der den Griff hält. Es sei denn, der Mann, der das Schwert hält, ist ein Narr oder unvorsichtig oder ungeübt. In diesem Fall ist es für ihn doppelt so gefährlich wie für jeden anderen. Es genügt, daß ich dir befohlen habe, nach ihnen Ausschau zu halten. Es genügt, wenn du mir einfach gehorchst.«

»Wie Ihr befehlt, Großer Herr, so soll es geschehen.«

»Der dritte Punkt betrifft diejenigen, die auf der Toman-Halbinsel gelandet sind, und die Domani. Du wirst mit niemandem darüber sprechen. Wenn du nach Tarabon zurückkehrst ...«

Der Mann, der sich Bors nannte, merkte beim Zuhören, daß sein Mund aufklaffte. Die Anweisungen ergaben keinen Sinn. *Wenn ich wüßte, was er zu ein paar der anderen gesagt hat, könnte ich mir vielleicht einen Reim draus machen.*

Mit einemmal fühlte er, wie sein Kopf von der Hand eines Riesen gepackt zu werden schien, der seine Schläfen fast eindrückte. Er wurde hochgehoben, und die Welt explodierte in tausend Feuerwerksraketen. Jeder Lichtblitz wurde zu einem Bild, das ihm durch den Kopf schoß oder wirbelte und in der Entfernung kleiner wurde, bevor er es auch nur halbwegs begreifen konnte. Ein unmöglicher Himmel mit roten und gelben und schwarzen Streifenwolken, die über den Himmel rasten, als würden sie von dem stärksten Sturm getrieben, den die Welt je erlebt hatte. Eine weißgekleidete Frau — ein Mädchen? — schwamm in die Schwärze hinein und verschwand, kaum daß sie aufgetaucht war. Eine Rabe blickte ihm in die Augen, *erkannte ihn* und war weg. Ein gerüsteter Mann mit einem brutalen Helm, geformt und bemalt und vergoldet wie ein unheimliches, giftiges Insekt, hob sein Schwert und stürzte sich nach einer Seite aus seinem Gesichtsfeld hinaus. Ein Horn, gekrümmt und golden, flog aus weiter Entfernung heran. Ein durchdringender Ton erklang, als es auf ihn zuflog. Der Ton riß an seiner Seele. Im letzten Moment blitzte es auf und wurde zu einem blendend-goldenen Lichtring, der durch ihn hindurchglitt und ihn in Todeskälte erschauern ließ. Ein Wolf sprang aus dem Schatten des Nicht-Sichtbaren und biß ihm die Kehle durch. Er konnte nicht schreien. Der Strom floß weiter, ertränkte ihn, begrub ihn. Er konnte sich kaum noch daran erinnern, wer er war oder was er war. Aus dem Himmel regnete es Feuer, und der Mond und die Sterne stürzten herab; Blut rann in den Flußbetten, und die Toten standen auf; die Erde öffnete sich und spie geschmolzenen Fels aus ...

Der Mann, der sich Bors nannte, fand sich in gebückter Haltung im Saal wieder. Die meisten anderen beobachteten ihn schweigend. Wo immer er auch hinsah, nach oben oder nach unten oder sonstwohin, überall überwältigte ihn der Anblick von Ba'alzamons maskiertem Gesicht. Die Bilder, die seinen Geist überflutet hatten, verschwammen langsam; er war sicher, daß er vieles bereits vergessen hatte. Zögernd richtete er sich auf. Ba'alzamon befand sich unverändert genau vor ihm.

»Großer Herr, was ...?«

»Es gibt Befehle, die zu wichtig sind, so daß selbst der, der sie ausführt, nichts davon wissen soll.«

Der Mann, der sich Bors nannte, verbeugte sich beinahe doppelt so tief wie zuvor. »Wie Ihr befehlt, Großer Herr«, flüsterte er heiser, »so soll es geschehen.«

Als er sich erneut aufrichtete, befand er sich wieder allein in der Stille. Ein anderer, der Hohe Herr aus Tear, nickte nun und verbeugte sich vor jemandem, den niemand sonst sah. Der Mann, der sich Bors nannte, faßte sich mit zittriger Hand an die Stirn und versuchte, etwas festzuhalten, das ihm durch den Kopf geschossen war, obwohl er sich nicht einmal ganz sicher war, daß er sich daran erinnern wollte. Der letzte Rest verflog, und plötzlich fragte er sich, woran er sich eigentlich erinnern wollte. *Ich weiß, da war etwas, aber was? Es war irgend etwas! Oder?* Er rieb sich die Hände, verzog das Gesicht, als er den Schweiß unter seinen Handschuhen fühlte, und wandte seine Aufmerksamkeit den drei Gestalten zu, die vor Ba'alzamons schwebendem Körper in der Luft hingen.

Der muskulöse Junge mit den lockigen Haaren, der Bauer mit dem Schwert und der Bursche, dem der Schalk aus den Augen lugte. Im Geist hatte der Mann, der sich Bors nannte, den dreien bereits Namen verliehen: Hufschmied, Schwertkämpfer und Schwindler. *Wo stehen sie in diesem Rätsel?* Sie mußten wichtig sein, sonst hätte Ba'alzamon sie nicht in den Mittelpunkt dieser Versammlung gestellt. Doch nach seinen Befehlen allein zu schließen, konnten sie alle jederzeit sterben, und er nahm an, daß zumindest einige der anderen ebenso tödliche Befehle in bezug auf die drei erhalten hatten. *Wie wichtig sind sie?* Blaue Augen konnten bedeuten, daß man dem Adel von Andor angehörte — bei dieser Kleidung allerdings unwahrscheinlich —, und es gab Leute aus den Grenzlanden, die helle Augen hatten, genau wie einige Tareni, nicht zu vergessen ein paar aus Ghealdan, und natürlich ... Nein, das half alles nichts. Aber *gelbe* Augen? *Wer* sind *sie? Was* sind *sie?*

Er fuhr zusammen, als jemand seinen Arm berührte. Als er sich umblickte, sah er, daß einer der weißgekleideten Diener, ein junger Mann, an seiner Seite stand. Auch die anderen waren wieder da, mehr sogar als zuvor — einer für jeden der Maskierten. Er blinzelte. Ba'alzamon war verschwunden. Auch der Myrddraal war weg, und wo sich die Tür befunden hatte, war jetzt nur blanker Felsen zu sehen. Aber die drei Gestalten hingen immer noch dort. Er hatte das Gefühl, sie starrten ihn an.

»Wenn es Euch recht ist, Lord Bors, zeige ich Euch Euer Zimmer.«

Er mied diese toten Augen, blickte noch mal zu den drei Gestalten hin und folgte ihm dann. Unsicher fragte er sich, woher der Jüngling gewußt hatte, welchen Namen er benützen mußte. Erst als sich die mit fremdartigen Schnitzereien bedeckte Tür hinter ihm geschlossen hatte und sie ein Dutzend Schritte weit gegangen waren, fiel ihm auf, daß er sich mit dem Diener allein im Korridor befand. Seine Augenbrauen zogen sich hinter der Maske mißtrauisch zusammen, doch bevor er ein Wort herausbekam, sagte der Diener: »Auch die anderen werden jetzt in ihre Zimmer geführt, Lord Bors. Würdet Ihr mir bitte folgen? Die Zeit ist knapp, und unser Herr ist ungeduldig.«

Der Mann, der sich Bors nannte, knirschte mit den Zähnen, zum einen wegen des Mangels an Aufklärung und zum anderen, weil der Diener zu ihm wie zu einem Gleichgestellten gesprochen hatte, doch er folgte ihm schweigend. Nur ein Narr ließ seine Laune an einem Diener aus, und was noch schlimmer war: Wenn er sich an die toten Augen des Burschen erinnerte, war er nicht sicher, ob es überhaupt etwas bewirken würde. *Und woher wußte er, was ich zu fragen beabsichtigte?* Der Diener lächelte.

Der Mann, der sich Bors nannte, fühlte sich nicht besonders wohl, bis er wieder in dem Zimmer war, in dem er nach seiner Ankunft gewartet hatte, doch auch dort war es nicht wesentlich besser. Es half auch nicht viel, daß er die Siegel an seinen Satteltaschen unversehrt vorfand. Der Diener stand im Eingang, kam aber nicht herein. »Ihr könnt Euch jetzt umziehen und wieder Eure eigene Kleidung tragen, wenn Ihr wünscht, Lord Bors. Niemand kann Euch beobachten, wenn Ihr abreist oder wenn Ihr an Eurem Ziel ankommt, aber es ist am besten, wenn Ihr korrekt angezogen ankommt. Es kommt bald jemand, um Euch den Weg zu zeigen.«

Ohne von einer sichtbaren Hand berührt zu werden, schloß sich die Tür.

Der Mann, der sich Bors nannte, schauderte gegen seinen Willen. Hastig öffnete er die Siegel und Schnallen seiner Satteltaschen und zog seinen Umhang heraus. Im Hinterkopf fragte ihn eine leise Stimme, ob die versprochene Macht und selbst die Unsterblichkeit ein weiteres Treffen wie dieses wert seien, aber er übertönte die Stimme schnell mit einem Lachen. *Für soviel Macht würde ich dem Großen Herrn der Dunkelheit auch unter der Kuppel der Wahrheit noch huldigen.* Er erinnerte sich an die Befehle, die ihm Ba'alzamon mitgegeben hatte, und seine Finger glitten über die strahlende goldene Sonne auf der Brust seines weißen Umhangs und den roten Hirtenstab hinter der Sonne, die Zeichen seines Amtes in der Welt der Menschen, und beinahe hätte er gelacht. Es gab Arbeit, wichtige Arbeit, in Tarabon und auf der Ebene von Almoth.

KAPITEL 1

Die Flamme von Tar Valon

Das Rad der Zeit dreht sich, und die Zeitalter kommen und gehen, hinterlassen Erinnerungen, die zu Legenden werden, verblassen zu bloßen Mythen und sind längst vergessen, wenn dieses Zeitalter wiederkehrt. In einem Zeitalter, von einigen das Dritte genannt, einem Zeitalter, das noch kommen wird und das schon lange vorbei ist, erhob sich ein Wind in den Bergen des Verderbens. Der Wind stand nicht am Anfang. Es gibt weder Anfang noch Ende, wenn sich das Rad der Zeit dreht. Aber es war ein Beginn.

Er wurde zwischen schwarzen, messerscharfen Felsgipfeln geboren, wo der Tod durch die Pässe wanderte und sich doch vor noch gefährlicheren Dingen verbarg. Von dort wehte der Wind nach Süden über den verworrenen Wald der Großen Fäule, einen Wald, der von der Berührung des Dunklen Königs vergiftet und verzerrt worden war. Der krankhaft-süßliche Gestank nach Fäulnis verflog, als der Wind die unsichtbare Linie überquerte, die von den Menschen die Grenze nach Schienar genannt wurde, wo die Bäume voller Frühlingsblüten hingen. Es hätte eigentlich schon Sommer sein sollen, aber der Frühling war spät eingekehrt, und das Land blühte im Übermaß, um aufzuholen. Auf jedem Busch raschelte neues, grünes Laub, und an jedem Ast der vielen Bäume zeigte sich frisch sprießendes Rot. Der Wind schlug Wellen in der aufgehenden Saat auf den Feldern wie auf tosenden Gewässern. Die Saat wuchs so schnell, daß man es fast mit bloßem Auge beobachten konnte.

Der Geruch nach Tod war schon lange abgeklungen, als der Wind die von Mauern geschützte Stadt Fal Dara auf ihren Hügeln erreichte und den Turm der Festung im Mittelpunkt der Stadt peitschte, einen Turm, auf dem zwei Männer zu tanzen schienen. Von festen Mauern umgeben, waren sowohl die Stadt als auch die Festung von Fal Dara nie eingenommen, nie verraten worden. Der Wind seufzte über Dächer aus Holzschindeln, um hohe steinerne Schornsteine und größere Wachtürme; seufzte sein klagendes Lied.

Mit nacktem Oberkörper zitterte Rand al'Thor unter der kalten Liebkosung des Windes, und seine Finger verkrampften sich um den langen Knauf des Übungsschwertes, das er in der Hand hielt. Die heiße Sonne hatte den Schweiß über seine Brust rinnen lassen, und das rötliche, dunkle Haar klebte ihm am Kopf. Ein schwacher Geruch in der um ihn herum wirbelnden Luft biß ihm in die Nase, doch er verband den Geruch nicht mit dem Bild eines alten Grabes, das man gerade frisch geöffnet hatte, obwohl ihm das für einen Moment durch den Kopf ging. Er war sich des Geruchs und des Bildes kaum bewußt, da er sich bemühte, seinen Geist zu leeren und das Nichts heraufzubeschwören. Doch der andere Mann, der mit ihm auf der Plattform des Turms stand, störte ihn auch ständig in seinem Bemühen. Zehn Schritte breit war diese Fläche auf dem Turm und umgeben von einer brusthohen Zinnenmauer. Wirklich groß genug, um sich nicht beengt zu fühlen, außer wenn man diese Fläche mit einem Behüter teilen mußte.

So jung er war, überragte Rand doch die meisten anderen Männer. Lan aber war genauso groß wie er und hatte stärkere Muskelpakete, auch wenn seine Schultern nicht ganz so breit waren. Ein schmales, geflochtenes Lederband hielt das lange Haar des Behüters aus seinem Gesicht, einem Gesicht, das aus steinigen Flächen und harten Winkeln zu bestehen schien und das keine Falten aufwies, trotz der leicht grau gefärbten Schläfen. Trotz Hitze und Anstrengung glänzte nur eine dünne Schweißschicht auf seiner Brust und den Armen. Rand sah Lan in die eisig blauen Augen und suchte nach einem kleinen Hinweis darauf, was der andere Mann vorhatte. Der Behüter schien nicht einmal die Augenlider zu bewegen, und das Übungsschwert in seinen Händen bewegte sich geschmeidig und sicher, während er sich von einer Stellung in die andere begab.

Das Übungsschwert hatte statt einer Klinge ein Bündel dünner, lose befestigter Stäbe, die ein lautes Geräusch von sich gaben, wenn sie auf etwas auftrafen, und die eine Schwellung zurückließen, wo sie auf Fleisch geklatscht waren. Rand wußte das nur zu gut. Drei dünne, rote Striemen zogen sich beißend über seine Rippen, und ein weiterer brannte an seiner Schulter. Er hatte es nur mit Mühe vermeiden können, sich noch mehr solcher Verzierungen zuzuziehen. Bei Lan zeigte sich keine Spur irgendeines Striemens.

Wie er es gelernt hatte, formte Rand eine einzelne Flamme in seinem Geist und konzentrierte sich darauf, versuchte, alle Gefühle und alle Leidenschaft hineinzufüllen und in seinem Inneren einen leeren Raum, ein Nichts zu erzeugen. Selbst jeder Gedanke sollte verbannt werden. Die Leere entstand. Wie nur zu oft in letzter Zeit war es keine perfekte Leere; die Flamme zeigte sich immer noch, oder zumindest schickte irgendein Lichtschimmer Wellen durch die Finsternis. Aber es reichte gerade so. Der kühle Friede des Nichts breitete sich über ihn aus, und er wurde eins mit dem Übungsschwert, mit den glatten Steinplatten unter seinen Stiefeln, selbst mit Lan. Alles war eins, und er bewegte sich, ohne nachzudenken, in einem Rhythmus, der Schritt für Schritt und Bewegung auf Bewegung den Behüter kopierte.

Der Wind erhob sich wieder und trug Glockengeläut von der Stadt herauf. *Irgend jemand feiert immer noch, daß der Frühling endlich da ist.* Der von außen einströmende Gedanke flatterte auf Lichtwellen durch das Nichts, störte die Leere, und als könne der Behüter Rands Gedanken lesen, wirbelte das Übungsschwert in Lans Hand auf Rand zu.

Eine lange Minute über erfüllte das schnelle *Klack-Klack-Klack* der gebündelten Stäbe die Plattform auf dem Turm. Rand versuchte erst gar nicht, den anderen anzugreifen; er hatte alle Hände voll damit zu tun, die Streiche des Behüters abzufangen. Damit beschäftigt, Lans Streiche im letzten Moment abzuwehren, ließ er sich zurückdrängen. Lans Gesichtsausdruck änderte sich nie. Das Übungsschwert schien in seinen Händen zum Leben zu erwachen. Plötzlich verwandelte sich der weit schwingende Hieb des Behüters mitten in der Bewegung und wurde zu einem Stoß. Überrascht trat Rand zurück, wobei er sich schon bei dem Gedanken an den Schlag duckte, der ihn nun treffen würde. Diesmal konnte er ihn nicht mehr abhalten.

Der Wind heulte über den Turm ... und schnappte zu. Es war, als sei die Luft plötzlich zähflüssig geworden. Sie hielt ihn wie in einem Kokon fest. Schob ihn nach vorn. Die Zeit und alle Bewegungen verlangsamten sich. Erschrocken beobachtete er, wie Lans Übungsschwert auf seine Brust zutrieb. Der Aufschlag hatte nichts Langsames oder Sanftes an sich. Seine Rippen wurden wie durch einen Hammerschlag erschüttert. Er keuchte, aber der Wind ließ es nicht zu, daß er nachgab; statt dessen trieb er ihn vorwärts. Die Stäbe von Lans Übungsschwert bebten und bogen sich — ganz langsam, wie es Rand erschien —, und zerbrachen dann. Die scharfen, abgebrochenen Spitzen stießen auf sein Herz zu; unregelmäßige Splitter durchbohrten seine Haut. Schmerz durchfuhr seinen Körper. Seine ganze Haut schien aufgeschlitzt zu sein. Er brannte, als sei die Sonne aufgeflammt, um ihn wie ein Stück Speck in der Pfanne zu braten.

Mit einem Aufschrei warf er sich zurück und stolperte nach hinten gegen die Steinmauer. Mit zitternder Hand berührte er die Schnittwunden auf seiner Brust und hielt sich die blutigen Finger ungläubig vor die grauen Augen.

»Und was war das für eine Art von Parade, Schafhirte?« schimpfte Lan. »Du solltest es eigentlich jetzt besser können, es sei denn, du hast alles vergessen, was ich dir beizubringen versucht habe. Wie schlimm bist du ...?« Er brach ab, als Rand zu ihm aufblickte.

»Der Wind.« Rands Mund war ausgetrocknet. »Er ... er hat mich vorgeschoben! Er ... Er war fest wie eine Wand!«

Der Behüter blickte ihn schweigend an und streckte dann die Hand zu ihm aus. Rand nahm sie und ließ sich auf die Beine ziehen.

»Seltsame Dinge geschehen manchmal so nahe an der Fäule«, sagte Lan schließlich, doch so gleichmütig die Worte auch klangen, so besorgt war doch sein Unterton. Und das allein war schon seltsam genug. Behüter, diese halb legendären Kämpfer, die den Aes Sedai dienten, zeigten nur selten Gefühle, und bei Lan geschah das noch seltener, als bei einem Behüter üblich. Er warf das abgebrochene Übungsschwert beiseite und lehnte sich an die Wand, wo ihre richtigen Schwerter lagen, damit sie ihnen beim Üben nicht im Weg waren.

»Das hatte nichts damit zu tun«, protestierte Rand. Er setzte sich neben den anderen Mann und lehnte sich mit dem Rücken an den Stein. So lag die Oberkante der Mauer über Kopfhöhe und schützte ihn ein wenig vor dem Wind. Falls es überhaupt ein Wind war. Kein Wind hatte sich je so ... fest ... angefühlt wie dieser. »Friede! Vielleicht noch nicht einmal *in* der Fäule.«

»Für jemanden wie dich ...« Lan zuckte die Achseln, als erkläre das alles. »Wie lange noch, bis du aufbrichst, Schafhirte? Es ist einen Monat her, seit du gesagt hast, daß du gehen wirst, und ich glaubte, mittlerweile müßtest du schon drei Wochen lang unterwegs sein.«

Rand blickte überrascht zu ihm auf. *Er verhält sich, als sei nichts geschehen!* Mit finsterer Miene legte er das Übungsschwert hin und nahm sein richtiges Schwert auf die Knie. Seine Finger glitten an dem langen, lederumhüllten Griff mit dem eingesetzten Bronzereiher entlang. Ein anderer Bronzereiher befand sich auf der Scheide, und noch ein weiterer war auf der verborgenen Klinge eingraviert. Es war immer noch ein eigenartiges Gefühl für ihn, ein Schwert zu besitzen. Ein richtiges Schwert, und dazu noch eines mit dem Zeichen eines Schwertmeisters. Er war ein Bauer von den Zwei Flüssen, die nun so weit entfernt waren. Vielleicht für immer so weit von ihm entfernt. Er war Schäfer wie sein Vater — *ich* war *Schäfer. Was bin ich jetzt?* —, und sein Vater hatte ihm ein Schwert mit dem Reiherzeichen gegeben. *Tam* ist *mein Vater, ganz gleich, was jemand anders behauptet.* Er wünschte, seine Gedanken beruhten nicht auf dem Wunsch, sich selbst etwas einzureden.

Wieder schien Lan seine Gedanken zu erraten. »In den Grenzlanden, Schafhirte, ist es so: Wenn ein Mann ein Kind aufzieht, dann gehört das Kind ihm, und niemand kann etwas anderes behaupten.«

Mit gerunzelter Stirn ignorierte Rand die Worte des Behüters. Das war einzig und allein seine Angelegenheit. »Ich will lernen, wie man das benützt. Ich muß es.« Es hatte ihm Probleme bereitet, mit einem Reiherschwert herumzulaufen. Nicht jeder wußte, was es bedeutete, und viele bemerkten es gar nicht, aber trotzdem erregte ein Schwert mit Reiherzeichen, besonders in der Hand eines Jungen, der kaum alt genug war, um sich Mann zu nennen, die falsche Art von Aufmerksamkeit.

»Ich habe manchmal einfach Stärke vorgetäuscht, wenn ich nicht wegrennen konnte, und außerdem habe ich Glück gehabt. Aber was passiert, wenn ich nicht wegrennen und niemanden ins Bockshorn jagen kann und mein Glück versagt?«

»Du könntest es verkaufen«, sagte Lan vorsichtig. »Diese Klinge ist eine Seltenheit, selbst unter den Schwertern mit Reiherzeichen. Es würde dir einen guten Preis bringen.«

»Nein!« Er hatte auch schon mehr als einmal daran gedacht, aber er lehnte es jetzt aus dem gleichen Grund ab wie immer, und zwar noch entschiedener, da der Vorschlag von einem anderen gekommen war. *So lange ich es habe, habe ich auch ein Recht darauf, Tam Vater zu nennen. Er vermachte es mir, und es gibt mir das Recht dazu.* »Ich dachte, jede Klinge mit Reiherzeichen sei eine Seltenheit?«

Lan sah ihn schräg von der Seite her an. »Tam hat es dir nicht erzählt? Er muß es wissen. Vielleicht hat er es nicht geglaubt. Viele glauben es nicht.« Er nahm sein eigenes Schwert in die Hand, das beinahe ein Zwilling von Rands Schwert hätte sein können, wenn nicht der Reiher gefehlt hätte, und zog mit einer schnellen Bewegung die Scheide weg. Die Klinge, leicht gekrümmt und mit einer einzigen Schneide versehen, glitzerte silbern im Sonnenschein.

Es war das Schwert der Könige von Malkier. Lan sprach nicht darüber — er hatte es auch nicht gern, wenn andere darüber sprachen —, aber al'Lan Mandragoran war der Herr der Sieben Türme, Herr der Seen und ungekrönter König von Malkier. Die Sieben Türme waren nun zerstört, und die Tausend Seen ein Hort unreiner Kreaturen. Malkier war von der Großen Fäule geschluckt worden, und von allen Lords der Malkieri lebte nur noch dieser eine.

Einige behaupteten, Lan sei ein an eine Aes Sedai durch Eid gebundener Behüter geworden, damit er den Tod in der Fäule suchen und sich dem Rest seiner Familie anschließen konnte. Rand hatte Lan tatsächlich dabei beobachtet, wie er sich in die Gefahr gestürzt hatte, ohne auf seine eigene Sicherheit zu achten, aber er stellte das Leben Moiraines, der Aes Sedai, an die er gebunden war, über sein eigenes. Rand glaubte nicht, daß Lan wirklich den Tod suchen werde, solange Moiraine lebte.

Lan drehte seine Klinge im Lichtschein hin und her und sagte: »Im Schattenkrieg benützte man die Eine Macht selbst als Waffe, und man stellte Waffen mit Hilfe der Einen Macht her. Einige Waffen bezogen Energie aus der Einen Macht, Dinge, die eine ganze Stadt mit einem einzigen Schlag zerstören und das Land meilenweit verwüsten konnten. Es ist gut, daß sie alle während der Zerstörung der Welt verlorengingen, und es ist gut, daß sich niemand daran erinnert, wie man sie herstellt. Aber es gab auch einfachere Waffen für diejenigen, die sich den Myrddraal und schlimmeren Kreaturen der Schattenlords Klinge an Klinge entgegenstellten.

Mit Hilfe der Einen Macht zogen Aes Sedai Eisen und andere Metalle aus dem Boden, schmolzen, formten und schmiedeten sie. Alles unter Einsatz der Macht. Auch Schwerter und andere Waffen. Viele, die die Zerstörung der Welt überstanden, wurden von Männern vernichtet, die alle Werke der Aes Sedai fürchteten und haßten, und andere sind mit der Zeit verschwunden. Nur wenige existieren noch, und nur wenige Menschen wissen überhaupt, was sie sind. Es hat Legenden von ihnen gegeben, aufgebauschte Geschichten über Schwerter, die eine eigene Macht zu haben schienen. Du hast die Geschichten der Gaukler ja auch gehört. Die Wirklichkeit ist eindrucksvoll genug. Klingen, die nicht splittern oder brechen und die nie stumpf werden. Ich habe Männer beobachtet, die sie schärften — oder so taten, als schärften sie sie —, aber nur, weil sie nicht glauben konnten, daß ein Schwert das nach dem Gebrauch nicht nötig hätte. Alles, was sie damit erreichten, war, ihre geölten Wetzsteine abzunützen.

Die Aes Sedai stellten diese Waffen her, und es wird

niemals mehr neue geben. Als sie fertig waren, endeten Krieg und Zeitalter gemeinsam, die Welt war zerstört, mehr Tote lagen unbegraben als es noch Lebende gab, und diese Lebenden flohen, versuchten, eine sichere Zuflucht zu finden, irgendeinen Ort ... Jede zweite Frau weinte, weil sie ihren Mann oder ihre Söhne nie wiedersehen würde. Als es vorbei war, schworen die überlebenden Aes Sedai, daß sie niemals mehr eine Waffe herstellen würden, die es den Menschen gestattete, sich gegenseitig zu töten. Jede Aes Sedai leistete diesen Eid, und alle diese Frauen haben sich seither daran gehalten. Sogar die Roten Ajah, und die interessiert es wenig, was mit irgendeinem Mann passiert.

Eines dieser Schwerter, das Schwert eines einfachen Soldaten« — mit leicht verzogenem Gesicht, das beinahe traurig wirkte, falls man dem Behüter überhaupt irgendein Gefühl nachsagen konnte, schob er die Klinge in ihre Scheide zurück — »gewann eine Bedeutung. Andererseits waren die Schwerter, die man für die Lord-Generäle gemacht hatte, mit Klingen, so hart, daß kein Schmied eine Scharte darauf machen konnte, und die bereits mit einem Reiher gekennzeichnet waren, besonders gesucht.«

Rands Hände zuckten von dem über seine Knie gelegten Schwert zurück. Es rutschte, und instinktiv packte er es wieder, bevor es zu Boden fiel. »Ihr wollt damit sagen, daß das von Aes Sedai gemacht wurde? Ich dachte, Ihr sprecht von Eurem eigenen Schwert.«

»Nicht alle Reiherschwerter sind Werke der Aes Sedai. Nur wenige Männer können so mit einem Schwert umgehen, daß sie zum Schwertmeister ernannt werden und man ihnen eine Klinge mit Reiherzeichen verleiht, aber ohnehin sind nur noch ganz wenige Aes-Sedai-Klingen verblieben. Wenig mehr als eine Handvoll Männer besitzen eine davon. Die meisten kommen von Meisterschmieden; der feinste Stahl, den Männer anfertigen können, aber eben immer noch von Menschenhand geschaffen. Aber das da, Schafhirte ... das könnte eine dreitausendjährige oder noch längere Geschichte erzählen.«

»Ich kann ihnen nicht entkommen«, sagte Rand, »oder?« Er balancierte das Schwert vor sich auf der Spitze der Scheide; es sah nicht anders aus als vorher, bevor er das wußte. »Ein Werk der Aes Sedai.« *Aber Tam hat es mir gegeben.* Mein Vater *gab es mir.* Er weigerte sich, den Gedanken weiter zu verfolgen, wie ein Zwei-Flüsse-Schäfer in den Besitz einer Klinge mit Reiherzeichen gekommen war. In solchen Gedankengängen lagen gefährliche Unterströmungen, Tiefen, die er nicht weiter erforschen wollte.

»Willst du wirklich weglaufen, Schafhirte? Ich frage dich wieder. Warum bist du dann nicht längst weg? Das Schwert? In fünf Jahren könnte ich dich soweit haben, daß du seiner würdig bist, könnte dich zum Schwertmeister ausbilden. Du hast flinke Handgelenke, ein gutes Gleichgewichtsgefühl, und du machst den gleichen Fehler nie zweimal. Aber ich habe keine fünf Jahre Zeit, um dich auszubilden, und du hast keine fünf Jahre Zeit zum Lernen. Du hast nicht einmal ein Jahr, und das weißt du auch. Wie es jetzt aussieht, wirst du dich wenigstens nicht in den eigenen Fuß stechen. Du hast eine Haltung, als gehöre das Schwert einfach an deine Hüfte, Schafhirte, und die meisten Dorfschläger werden das fühlen. Aber das war schon so, beinahe von dem Tag an, als du es bekamst. Also, warum bist du immer noch hier?«

»Mat und Perrin sind auch hier«, murmelte Rand verlegen. »Ich möchte nicht vor ihnen weg. Ich werde sie vielleicht — es könnte sein, daß ich sie — jahrelang nicht mehr wiedersehe.« Er lehnte den Kopf gegen die Mauer zurück. »Blut und Asche! Zumindest halten sie mich für verrückt, wenn ich nicht mit ihnen nach Hause komme. Die meiste Zeit über sieht mich Nynaeve an, als wäre ich sechs Jahre alt und hätte mir das Knie aufgeschürft und sie wird es heilen, und dann wieder betrachtet sie mich wie einen Fremden. Einen, den sie belästigen könne, indem sie ihn zu scharf anblickt. Sie ist doch Seherin, und außerdem glaube ich nicht, daß sie vor irgendwas Angst hat, aber sie ...« Er schüttelte den Kopf. »Und Egwene. Licht noch mal! Sie weiß, warum ich weg muß, aber jedesmal, wenn ich es ihr gegenüber erwähne, sieht sie mich so seltsam an, und ich habe einen Kloß im Magen und ...« Er schloß die Augen und preßte den Schwertknauf gegen seine Stirn, als könne er seine Gedanken damit wegdrücken. »Ich wünschte ... ich wünschte ...«

»Du wünschst dir, alles könne so sein wie zuvor, Schafhirte? Oder wünschst du dir, das Mädchen käme mit dir, anstatt nach Tar Valon zu gehen? Glaubst du, sie würde es aufgeben, Aes Sedai werden zu wollen, und ein Leben auf der Wanderschaft vorziehen? Mit dir? Wenn du es ihr auf die richtige Art beibringst, macht sie das vielleicht. Liebe ist schon eine seltsame Sache.« Lan hörte sich plötzlich müde an. »Es gibt kaum etwas Seltsameres.«

»Nein.« Natürlich hatte er sich das gewünscht, daß sie mit ihm gehen würde. Er öffnete die Augen, drückte den Rücken durch und bemühte sich, seine Stimme entschlossen klingen zu lassen. »Nein, ich würde sie nicht mitkommen lassen, auch wenn sie mich darum bäte.« Das konnte er ihr nicht antun. *Aber Licht noch mal, wäre das nicht wundervoll, wenn sie sagte, sie wolle mitkommen, auch wenn der Traum nach einer Minute vorbei wäre?* »Sie wird stur wie ein Maulesel, wenn sie glaubt, ich wolle ihr vorschreiben, was sie tun soll, doch davor kann ich sie nun wirklich bewahren.« Er wünschte sich, sie sei wieder in Emondsfeld, aber die Hoffnung darauf war sinnlos geworden, seit Moiraine ins Gebiet der Zwei Flüsse gekommen war. »Selbst wenn das bedeutet, daß sie eine Aes Sedai wird!« Aus dem Augenwinkel erkannte er, wie Lan die Stirn kräuselte, und er lief rot an.

»Und das ist der ganze Grund? Du möchtest soviel Zeit wie möglich mit deinen Freunden von zu Hause verbringen, bevor sie gehen? Deshalb trödelst du herum? Du weißt doch genau, wen du auf den Fersen hast!«

Rand sprang verärgert auf. »Na gut, es ist wegen Moiraine! Ohne sie wäre ich gar nicht hier, und nun spricht sie nicht einmal mit mir.«

»Ohne sie wärst du tot, Schafhirte«, sagte Lan schlicht, aber Rand sprudelte weiter: »Sie erzählte mir ... erzählte mir schreckliche Sachen über mich« — seine Knöchel am Griff des Schwerts wurden weiß. *Daß ich verrückt werde und sterben!* —, »und dann plötzlich spricht sie keine zwei Worte mehr mit mir. Sie benimmt sich, als sei ich noch derselbe wie am Tag, als sie mich fand, und auch das paßt mir nicht.«

»Du möchtest, daß sie dich als das behandelt, was du bist?«

»Nein! Das meine ich nicht. Licht noch mal, die meiste Zeit über weiß ich nicht einmal selbst, was ich will. Das eine will ich nicht, und vor dem anderen habe ich Angst. Jetzt ist sie irgendwohin verschwunden ...«

»Ich habe dir gesagt, daß sie manchmal allein sein muß. Weder du noch sonst jemand hat das Recht, in Frage zu stellen, was sie tut.«

»... ohne jemandem zu sagen, wohin oder wann sie zurückkommt oder ob sie überhaupt zurückkommt. Sie muß doch in der Lage sein, mir irgend etwas zu sagen, das mir hilft, Lan. Irgend etwas. Sie muß einfach. Falls sie je zurückkommt.«

»Sie ist zurückgekommen, Schafhirte — letzte Nacht. Aber ich glaube, sie hat dir schon alles gesagt, was sie kann. Sei zufrieden. Du hast von ihr alles erfahren, was möglich ist.« Nach einem Kopfschütteln wurde Lans Tonfall knapp und nüchtern. »Du kannst auch sicher nichts lernen, wenn du hier herumstehst. Es ist Zeit, ein bißchen was für dein Gleichgewichtsgefühl zu tun. Also zuerst mal ›Die Seide zur Seite schieben‹. Beginne mit ›Der Reiher watet durch das Schilf‹. Denk aber daran, daß der Reiher nur eine Übungsform ist und sich nicht für den Ernstfall eignet. Abgesehen von der Bewegungsübung bist du dabei vollkommen ungedeckt. Du kannst zwar aus dieser Haltung zustoßen, wenn du wartest, bis sich der andere Mann zuerst bewegt, aber du kannst aus dieser Position seinem Stoß niemals ausweichen.«

»Sie *muß* einfach in der Lage sein, mir etwas zu sagen, Lan. Dieser Wind. Der war unnatürlich, und es ist mir ganz gleich, wie nahe wir an der Fäule sind.«

»›Der Reiher watet durch das Schilf‹, Schafhirte! Und beachte deine Handgelenke.«

Aus dem Süden erklang das ferne Schmettern von Trompeten, eine rollende Fanfare, die langsam stärker und von stetigem Trommelklang begleitet wurde. Einen Augenblick lang sahen Lan und Rand sich nur an, doch dann lockte der Trommelklang sie an die Umfassungsmauer. Sie hielten nach Süden Ausschau.

Die Stadt lag auf einigen hohen Hügeln. Die Flächen vor den Stadtmauern waren eine ganze Meile weit nach allen Seiten zu bis auf Knöchelhöhe von allem Bewuchs befreit worden, und auf dem höchsten Hügel im Zentrum stand die Festung. Von der Turmspitze hatte Rand eine gute Aussicht über die Dächer und Schornsteine hinweg bis zum Wald. Die Trommler erschienen als erste zwischen den Bäumen. Es war ein Dutzend, und sie hoben ihre Trommeln an, während sie im Rhythmus marschierten und die Schlegel durch die Luft wirbelten. Als nächste kamen die Trompeter. Sie hielten die langen, glänzenden Fanfaren hoch und spielten immer noch denselben Tusch. Auf diese Entfernung konnte Rand nicht ausmachen, was auf dem riesigen quadratischen Banner zu sehen war, das hinter ihnen im Wind flatterte. Lan knurrte jedoch — der Behüter hatte die Augen eines Schneeadlers.

Rand sah ihn an, doch der Behüter sagte nichts. Er blickte konzentriert auf die Kolonne, die sich aus dem Wald herausschob. Gerüstete Männer ritten voran, und ihnen folgten berittene Frauen. Dann erschien eine von Pferden getragene Sänfte — ein Pferd davor und eines dahinter — mit heruntergezogenen Vorhängen, und schließlich folgten weitere Reiter. Hinter ihnen kamen Soldaten zu Fuß, deren Piken wie ein Dornengestrüpp aufragten, und Bogenschützen, die ihre Bögen quer vor der Brust hielten. Alle schritten im Rhythmus der Trommeln. Die Trompeten erklangen wieder. Wie eine singende Schlange wand sich die Kolonne Fal Dara entgegen.

Der Wind ließ die Flagge, die größer als ein Mann war, nach einer Seite hin flattern. Sie war so groß, daß Rand sie aus dieser Nähe nun klar erkennen konnte. Ein Farbendurcheinander, das Rand nichts sagte, aber im Mittelfeld der Flagge befand sich eine Form wie eine einzelne weiße Träne. Ihm stockte der Atem. Die Flamme von Tar Valon.

»Ingtar ist bei ihnen.« Lan hörte sich abwesend an. »Endlich zurück von der Jagd. War auch lange genug weg. Ich frage mich, ob er diesmal Glück hatte.«

»Aes Sedai«, flüsterte Rand, als er die Stimme wiederfand. All diese Frauen dort draußen ... Moiraine war auch eine Aes Sedai, klar, aber er war mit ihr durchs Land gezogen, und wenn er ihr auch nicht ganz traute, so kannte er sie doch zumindest. Oder glaubte, sie zu kennen. Aber sie war nur eine von ihnen. So viele Aes Sedai auf einem Haufen, die auch noch so pompös anrückten, das war etwas ganz anderes. Er räusperte sich, doch als er sprach, war seine Stimme noch rauh. »Warum so viele, Lan? Warum kommen sie überhaupt? Und mit Trommeln und Trompeten und einem Banner, um ihre Ankunft anzukündigen?«

Die Aes Sedai wurden in Schienar anerkannt, jedenfalls von vielen Menschen, und der Rest hatte Respekt und Angst vor ihnen, doch Rand war an Orten gewesen, wo das anders ausgesehen hatte, wo nur Angst und oft auch Haß vorgeherrscht hatten. Wo er aufgewachsen war, sprachen zumindest einige Männer von ›den Hexen aus Tar Valon‹ so, als ob sie vom Dunklen König sprächen. Er versuchte, die Frauen zu zählen, aber sie hielten sich nicht an eine feste Marschordnung, ritten kreuz und quer zu anderen, um sich zu unterhalten, oder sprachen mit wem auch immer in der Sänfte. Er hatte eine Gänsehaut. Er war mit Moiraine umhergezogen, hatte auch eine andere Aes Sedai kennengelernt und hatte sich allmählich für weltgewandt gehalten. Keiner verließ je die Zwei Flüsse, oder fast keiner, doch er war in die Welt gezogen. Er hatte Dinge gesehen, auf die noch nie jemand von den Zwei Flüssen einen Blick geworfen hatte, Dinge getan, von denen sie dort nur geträumt hatten, wenn ihre Träume überhaupt so weit gegangen waren. Er hatte eine Königin gesehen und die Tochter-Erbin von Andor kennengelernt, einem Myrddraal gegenübergestanden und war durch die Kurzen Wege gereist, aber nichts davon hatte ihn auf diesen Augenblick vorbereitet.

»Warum so viele?« flüsterte er wieder.

»Die Amyrlin ist persönlich gekommen.« Lan sah ihn mit steinernem Gesichtsausdruck an. »Deine Lektionen sind vorbei, Schafhirte.« Er legte eine Pause ein, und Rand glaubte beinahe, auf seinem Gesicht Mitleid entdecken zu können. Aber natürlich mußte das eine Täuschung sein. »Es wäre besser für dich, wenn du schon eine Woche weit weg wärst.« Damit schnappte sich der Behüter sein Hemd und verschwand über die Leiter in den Turm hinunter.

Rand bewegte den Mund, um etwas Speichel zu erzeugen. Er starrte die sich Fal Dara nähernde Kolonne an wie eine Schlange, eine tödliche Viper. Die Trommeln und Trompeten schallten laut in seinen Ohren. Die Amyrlin, das Oberhaupt der Aes Sedai. *Sie kommt meinetwegen.* Er konnte sich keinen anderen Grund denken.

Sie wußten eine Menge, besaßen Kenntnisse, die ihm helfen konnten, dessen war er sicher. Und er wagte nicht, sie danach zu fragen. Er fürchtete, sie seien gekommen, um ihn im Zaum zu halten. *Und ich habe auch noch Angst, sie könnten aus einem anderen Grund da sein,* gab er zögernd zu. *Licht, ich weiß nicht, wovor ich mehr Angst habe.*

»Ich wollte doch die Macht nicht lenken«, flüsterte er. »Es war nur Zufall! Licht, ich will doch gar nichts damit zu tun haben. Ich schwöre, daß ich es nie mehr tun werde! Ich schwöre!«

Aufschreckend wurde ihm bewußt, daß der Zug der Aes Sedai gerade durch die Stadttore kam. Der Wind frischte stark auf und verwandelte seinen Schweiß in Eistropfen. Die Trompeten klangen ihm wie hinterhältiges Gelächter. Er glaubte, er könne den kräftigen Geruch eines geöffneten Grabes in der Luft spüren. *Mein eigenes Grab, wenn ich hier stehenbleibe.*

Er nahm sein Hemd, kletterte die Leiter hinunter und rannte los.

KAPITEL 2

Der Empfang

In den Räumen der Festung von Fal Dara, deren glatte Steinwände sparsam mit Tapeten von schlichter Eleganz und bemalten Wandbehängen geschmückt waren, überschlug sich der Klatsch über die unmittelbar bevorstehende Ankunft der Amyrlin. Diener in Schwarz und Gold eilten geschäftig umher, um die Zimmer vorzubereiten oder der Küche Aufträge zu bringen, und jammerten darüber, daß sie unmöglich alles für eine solch große Anzahl von Personen vorbereiten konnten, wo sie doch gar keine Vorwarnung gehabt hatten. Krieger mit dunklen Augen, deren Köpfe bis auf einen von einem Lederband zusammengehaltenen Haarknoten obenauf kahlgeschoren waren, rannten wohl nicht, aber ihre Schritte waren hastig, und ihre Gesichter zeugten von einer Erregung, die normalerweise dem Kampf vorbehalten war.

Einige der Männer sprachen Rand an, als er an ihnen vorbeieilte.

»Ach, da bist du ja, Rand al'Thor. Der Friede sei deinem Schwert gnädig. Gehst du nach oben, um dich zurechtzumachen? Du wirst schließlich gut aussehen wollen, wenn du der Amyrlin vorgestellt wirst. Sie wird dich genau wie deine beiden Freunde und die Frauen sehen wollen, darauf kannst du wetten.«

Er trabte auf die breite Treppe zu — breit genug für zwanzig Männer nebeneinander —, die zu den Wohnquartieren der Männer führte.

»Die Amyrlin selbst, und das ohne jede Vorwarnung, wie ein Hausierer. Das geschieht bestimmt euretwegen, wegen Moiraine und euch Südländern, was? Warum denn auch sonst?«

Die breite, eisenbeschlagene Tür zu den Männerquartieren stand offen und war halb verstopft mit Männern, die sich über die Ankunft der Amyrlin unterhielten. Ihre Haarknoten nickten beim Sprechen.

»He, Südländer! Die Amyrlin ist hier. Ist wegen dir und deinen Freunden gekommen, schätze ich. Friede, welche Ehre für euch! Sie verläßt Tar Valon nur selten, und sie ist noch nie, seit ich mich erinnern kann, in die Grenzlande gekommen.«

Er hielt sich die anderen mit ein paar Ausflüchten vom Leibe. Er müsse sich waschen. Ein sauberes Hemd anziehen. Keine Zeit, sich zu unterhalten. Sie glaubten zu verstehen und ließen ihn ziehen. Kein einziger von ihnen wußte irgend etwas, außer, daß er und seine Freunde in der Gesellschaft einer Aes Sedai unterwegs waren, daß zwei seiner Gruppe Frauen waren, die nach Tar Valon gehen wollten, um sich zur Aes Sedai ausbilden zu lassen, aber ihre Worte trafen ihn, als wüßten sie über alles Bescheid. *Sie ist meinetwegen gekommen.*

Er hetzte durch die Wohnquartiere der Männer, schoß in den Raum, den er mit Mat und Perrin teilte ... und erstarrte mit offenem Mund. Der Raum war angefüllt mit Frauen in Schwarz und Gold, die alle zielbewußt arbeiteten. Es war kein großes Zimmer, und die Fenster, ein paar hohe, enge Schießscharten, aus denen man auf einen der Innenhöfe blicken konnte, taten nichts dazu, es größer erscheinen zu lassen. Die Einrichtung ließ es noch enger werden: drei Betten auf schwarz-weiß gekachelten Podesten, an jedem Fußende eine Truhe, dazu drei einfache Stühle, ein Waschgestell neben der Tür und ein hoher und breiter Kleiderschrank. Die acht Frauen, die sich jetzt in dem Raum befanden, wirkten wie Fische im Netz.

Die Frauen schauten ihn kaum an und ließen sich nicht darin stören, seine Kleider — und auch die Mats und Perrins — aus dem Schrank zu holen und durch neue zu ersetzen. Alles, was sie in den Taschen fanden, legten sie auf die Truhen, während sie die alten Kleider achtlos wie Lumpen zu Bündeln verschnürten.

»Was macht ihr da?« wollte er atemlos wissen. »Das sind meine Kleider!« Eine der Frauen schnaubte und steckte einen Finger durch einen Riß im Ärmel seines einzigen Mantels. Dann legte sie ihn auf den Stoß am Fußboden.

Eine andere, schwarzhaarige Frau mit einem großen Schlüsselring an der Hüfte sah ihn an. Das war Elansu, die *Shatayan* der Festung. Er betrachtete die Frau mit dem schmalen Gesicht als eine Art Haushälterin, obwohl das Haus, in dem sie für Ordnung sorgte, eine Festung war und sie zahllose Diener hatte, die ihre Aufträge ausführen mußten. »Moiraine Sedai sagte, alle Eure Kleider seien abgetragen, und Lady Amalisa ließ für Euch neue anfertigen. Steht uns nicht im Weg herum«, fügte sie entschlossen hinzu, »dann sind wir um so schneller fertig.« Es gab nur wenige Männer, die diese *Shatayan* nicht dazu bringen konnte, zu tun, was sie verlangte — manche behaupteten, sogar Lord Agelmar gehorche ihr —, und es war ganz klar, daß sie von einem Mann, der jung genug war, um ihr Sohn zu sein, keine Schwierigkeiten erwartete.

Er schluckte hinunter, was er eigentlich gern gesagt hätte. Es war einfach keine Zeit zum Herumstreiten. Die Amyrlin konnte jede Minute nach ihm rufen lassen. »Ehre sei der Lady Amalisa für ihr Geschenk«, brachte er in schienarischer Höflichkeit heraus, »und Ehre Euch, Elansu Shatayan. Bitte gebt meine Worte an die Lady Amalisa weiter und sagt ihr, ich sei mit Herz und Seele ihr Diener.« Das sollte die schienarische Liebe zum Zeremoniell bei beiden Frauen zufriedenstellen. »Aber nun entschuldigt mich, ich will mich umziehen.«

»Das ist gut«, meinte Elansu gemütlich. »Moiraine Sedai hat mir aufgetragen, alle alten Sachen mitzunehmen. Jeden Fetzen. Auch die Unterwäsche.« Einige der Frauen beäugten ihn von der Seite her. Keine von ihnen machte Anstalten zu gehen.

Er biß sich auf die Unterlippe, um nicht hysterisch zu lachen. Vieles in Schienar war anders, als er es gewohnt war, und es gab einige Sitten, an die er sich nie gewöhnen würde, und wenn er ewig lebte. Er hatte sich angewöhnt, in den ganz frühen Morgenstunden zu baden, wenn die großen, gekachelten Badebecken leer waren, nachdem er gemerkt hatte, daß es zu jeder anderen Tageszeit geschehen konnte, daß eine Frau zu ihm ins Wasser stieg. Es konnte eine Magd sein oder auch Lady Amalisa selbst, Lord Agelmars Schwester — die Bäder waren ein Ort in Schienar, an dem es keine Klassenunterschiede gab —, die erwartete, daß er ihr den Rücken schrubbte, nachdem sie ihm den gleichen Gefallen erwiesen hatte, und die ihn fragte, warum er so rot im Gesicht sei, ob er ein zu langes Sonnenbad genommen habe. Sie hatten bald mitbekommen, warum er errötete, und es gab kaum eine Frau in der Festung, die davon nicht fasziniert gewesen wäre.

Ich bin vielleicht in einer Stunde tot oder noch schlimmer, und die warten darauf, daß ich rot werde! Er räusperte sich. »Wenn Ihr draußen warten würdet, reiche ich Euch den Rest hinaus. Auf meine Ehre.«

Eine der Frauen schnaubte leise, und selbst Elansus Lippen verzogen sich, aber die *Shatayan* nickte und sagte den anderen Frauen, sie sollten die Bündel mitnehmen, die sie verknotet hatten. Sie verließ den Raum als letzte und blieb noch einmal in der Tür stehen, um hinzuzufügen: »Auch die Stiefel. Moiraine Sedai sagte — alles.«

Er öffnete den Mund, schloß ihn aber gleich wieder. Wenigstens seine Stiefel waren noch in gutem Zustand. Alwyn al'Van hatte sie gemacht, der Schuster zu Hause in Emondsfeld, und sie waren gut eingelaufen und bequem. Aber wenn es die *Shatayan* dazu brachte, ihn allein zu lassen, so daß er fliehen konnte, würde er ihr eben seine Stiefel geben und alles, was sie noch wollte. Er hatte keine Zeit. »Ja. Ja, natürlich. Auf meine Ehre.« Er schob die Tür gegen ihren Widerstand zu.

Endlich allein, ließ er sich auf das Bett fallen und zog seine Stiefel aus. Sie *waren* noch gut, ein bißchen abgenützt, das Leder hatte hier und da einen kleinen Riß, aber immer noch gut zu tragen und gut eingelaufen, gerade richtig für seine Füße. Dann zog er sich schnell aus, legte alles auf seine Stiefel und wusch sich genauso schnell am Waschbecken. Das Wasser war kalt — in den Wohnquartieren der Männer war das Wasser immer kalt.

Der Kleiderschrank war dreitürig. Die Holztüren waren auf die einfache, in Schienar übliche Art geschnitzt, so daß sie eine Reihe von Wasserfällen und felsgerahmten Teichen mehr andeuteten als zeigten. Er zog die mittlere Tür auf und bestaunte kurz das, was die wenigen mitgebrachten Kleidungsstücke ersetzt hatte. Ein Dutzend Mäntel mit hohem Kragen aus feinster Wolle und von so gutem Schnitt, wie er ihn bei keinem Händler oder Lord besser gesehen hatte, die meisten davon wie Festtagsgewänder bestickt. Ein Dutzend! Drei Hemden für jeden Mantel, sowohl aus Leinen als auch aus Seide, mit weiten Ärmeln und engen Manschetten. Zwei Umhänge. Zwei, und er hatte sein ganzes Leben lang nur einen einzigen besessen. Ein Umhang war einfach — feste Wolle und dunkelgrün —, während der andere von einem tiefen Blau war mit einem steifen Kragen, der mit goldenen Reihern bestickt war ... und oben an der linken Brustseite, wo ein Lord sein Wappen tragen würde ...

Seine Hand glitt ganz von allein über den Stoff des Umhangs. Als seien sie unsicher in bezug auf das, was sie fühlen würden, streiften seine Finger über die gestickte Schlange, die beinahe zu einem Kreis zusammengerollt war. Aber es war eine Schlange mit vier Beinen und der goldenen Mähne eines Löwen, mit roten und goldenen Schuppen, und an jedem Fuß wuchsen fünf goldene Klauen. Seine Hand zuckte wie verbrannt zurück. *Licht, hilf mir! Hat Amalisa das machen lassen oder Moiraine? Wie viele haben das gesehen? Wie viele wissen, was das ist und was es bedeutet? Selbst einer ist schon einer zuviel. Licht noch mal, sie bemüht sich redlich darum, daß mich jemand umbringt. Die verfluchte Moiraine spricht nicht mal mit mir, aber dafür hat sie mir verdammt schöne neue Kleider gegeben, um darin zu sterben!*

Ein Klopfen an die Tür ließ ihn vor Schreck fast aus der Haut fahren.

»Seid Ihr fertig?« erklang Elansus Stimme. »Restlos alles! Vielleicht sollte ich lieber ...« Ein Quietschen, als drehe sie den Türknopf.

Auffahrend wurde Rand klar, daß er noch immer nackt war. »Ich bin fertig«, rief er. »Friede! Kommt nicht herein!« Hastig sammelte er alles auf, was er getragen hatte; auch die Stiefel. »Ich bringe es schon!« Er versteckte sich hinter der Tür und öffnete sie gerade weit genug, um das Bündel hinzuhalten und in die Arme der *Shatayan* zu legen. »Das ist alles.«

Sie versuchte, durch den Türspalt zu spähen. »Seid Ihr sicher? Moiraine Sedai hat gesagt: wirklich alles. Vielleicht sollte ich schnell mal nachsehen ...«

»Es *ist* alles«, knurrte er. »Auf meine Ehre!« Er schob ihr mit der Schulter die Tür vor der Nase zu und hörte Gelächter von der anderen Seite.

Er fluchte leise vor sich hin und zog sich hastig an. Er traute ihnen zu, daß sie irgendeine Ausrede fänden, um trotzdem hereinzuplatzen. Die grauen Hosen waren enger, als er es gewohnt war, aber sie saßen bequem, und das Hemd mit den Puffärmeln war weiß genug, um jede Emondsfelder Hausfrau am Waschtag zufriedenzustellen. Die kniehohen Stiefel paßten, als habe er sie schon ein Jahr lang getragen. Er hoffte, das sei lediglich auf die Qualität des Schusters zurückzuführen und nicht wieder ein Werk der Aes Sedai.

All diese Kleidungsstücke zusammen würden einen Stapel ergeben, so hoch, wie er groß war. Inzwischen hatte er sich an den Luxus sauberer Hemden gewöhnt; nicht dieselben Hosen Tag um Tag tragen zu müssen, bis sie von Schweiß und Schmutz so steif wurden wie seine Stiefel, und sie selbst dann noch weiterzutragen ... Er nahm seine Satteltaschen aus der Truhe und steckte hinein, was nur hineinpaßte. Dann breitete er zögernd den bestickten Umhang auf dem Bett aus und legte noch ein paar Hemden und Hosen darauf. Er legte ihn mit dem gefährlichen Wappen nach innen zusammen und verschnürte das Bündel so, daß er es an einer Schlaufe über der Schulter tragen konnte. Nun sah es nicht viel anders aus als die Bündel, die er oft schon an den Schultern anderer junger Männer auf der Straße gesehen hatte.

Trompetengeschmetter drang durch die Schießscharten. Fanfarenklänge außerhalb der Mauern wurden durch Trompeten von den Türmen der Festung herunter beantwortet.

»Ich werde die Stickerei bei erster Gelegenheit herauszupfen«, murmelte er. Er hatte gesehen, wie Frauen Stickerei wieder entfernt hatten, wenn sie einen Fehler gemacht hatten oder das Muster ändern wollten, und es hatte nicht sehr schwierig ausgesehen.

Den Rest der Kleidung — das meiste davon also — stopfte er in den Schrank zurück. Er mußte ja nicht gleich dem ersten, der den Kopf nachher zur Tür hereinsteckte, zeigen, daß er geflohen war.

Mit gerunzelter Stirn kniete er sich neben sein Bett. Die gekachelten Podeste, auf denen die Betten standen, waren Öfen. Ein kleines, eingedämmtes Feuer, das die ganze Nacht über brannte, konnte das Bett auch im schlimmsten Winter Schienars warm halten. Die Nächte waren immer noch kälter als das, woran er um diese Jahreszeit gewöhnt war. Aber Decken reichten schon, um sich warm zu halten. Er zog die kleine Ofentür auf und nahm ein Bündel heraus, das er niemals zurückgelassen hätte. Er war froh darüber, daß Elansu nicht daran gedacht hatte, hier könne jemand Kleider aufbewahren.

Er legte das Bündel auf die Decken, band ein Ende auf und entfaltete es ein wenig. Der Umhang eines Gauklers, mit der Innenseite nach außen gefaltet, damit die zahllosen Flicken verdeckt waren, die ihn bedeckten, Flicken in jeder Farbe und Größe, die man sich vorstellen konnte. Der Umhang selbst war in gutem Zustand — die Flicken waren einfach das Abzeichen eines Gauklers. Waren das Abzeichen eines Gauklers *gewesen*.

Drinnen lagen zwei feste Lederbehälter. Im größeren steckte eine Harfe, die er niemals anrührte. *Die Harfe ist nicht für die ungeschickten Finger eines Bauern gemacht, Junge.* Der andere, lange und schmale Behälter enthielt die mit Gold und Silber verzierte Flöte, die er benützt hatte, um sich mehr als einmal, seit sie von zu Hause weg waren, sein Essen und eine Unterkunft zu verdienen. Thom Merrilin hatte ihm beigebracht, auf dieser Flöte zu spielen, bevor der Gaukler starb. Rand konnte sie nicht berühren, ohne an Thom zu denken — mit seinen scharfen, blauen Augen und seinem langen, weißen Schnurrbart —, wie er ihm den zusammengerollten Umhang in die Hände gelegt und geschrien hatte, er solle weglaufen. Und dann war auch Thom selbst gerannt. Messer tauchten wie durch Zauberei in seinen Händen auf, als gebe er eine Vorstellung, aber er mußte dem Myrddraal gegenübertreten, der gekommen war, sie zu töten.

Schaudernd packte er das Bündel wieder zusammen. »Das ist nun alles vorbei.« Er dachte an den Wind auf der Turmspitze und fügte hinzu: »Seltsame Dinge geschehen so nahe an der Fäule.« Er war nicht sicher, ob er selbst daran glaubte, jedenfalls nicht so, wie Lan es gemeint hatte. Auf jeden Fall war es höchste Zeit für ihn, gleich ob nun die Amyrlin hier war oder nicht, Fal Dara zu verlassen.

Er schlüpfte in den Mantel, den er draußen gelassen hatte. Er war von einem tiefen, dunklen Grün, das ihn an die Wälder zu Hause erinnerte, an Tams Hof im Westwald, auf dem er aufgewachsen war, und an den Wasserwald, wo er Schwimmen gelernt hatte. Er schnallte sich das Reiherschwert um die Hüfte und hängte den mit Pfeilen prall gefüllten Köcher auf die andere Seite. Sein im Moment nicht bespannter Bogen stand zusammen mit denen Mats und Perrins in der Ekke. Der Bogen überragte ihn um zwei Handbreiten. Er hatte ihn selbst gebaut, nachdem sie sich in Fal Dara eingerichtet hatten, und außer ihm selbst konnten ihn nur Lan und Perrin spannen. Er steckte seine Deckenrolle und den neuen Umhang durch die Schlaufen an seinen Bündeln, schlang sich alles über die linke Schulter, warf seine Satteltaschen obenauf und ergriff den Bogen. *Laß den Schwertarm frei,* dachte er. *Laß sie denken, ich sei gefährlich. Vielleicht glaubt* irgend jemand *wirklich daran.*

Er öffnete die Tür einen Spaltbreit und sah, daß der Flur beinahe leer war. Nur ein livrierter Diener huschte vorbei, aber er warf Rand nicht einmal einen Blick zu. Sobald die schnellen Schritte des Mannes nicht mehr hörbar waren, schlüpfte Rand schnell hinaus in den Korridor.

Er bemühte sich, natürlich zu gehen, aber mit den Satteltaschen auf der Schulter und den Bündeln auf dem Rücken war ihm schon bewußt, daß er aussah wie ein Mann, der zu einer Reise aufbricht und nicht vorhat, zurückzukommen. Die Trompeten erklangen wieder. Hier, innerhalb der Festung, klangen sie schwächer.

Er hatte ein Pferd, einen großen braunen Hengst, im nördlichen Stall, den man den Stall des Lords nannte und der sich in der Nähe des Ausfalltores befand, das Lord Agelmar benützte, wenn er ausritt. Allerdings würde heute weder der Herr von Fal Dara noch eines seiner Familienmitglieder ausreiten, und der Stall müßte bis auf die Stallburschen leer sein. Es gab zwei Wege, auf denen man von Rands Zimmer aus den Stall des Lords erreichen konnte. Einer führte ganz außen um die Festung herum, hinter Lord Agelmars privatem Garten durch, an der Rückseite der Festung entlang und durch die Hufschmiedewerkstatt, die jetzt wohl auch leer stand, zum Stallhof. Auf diesem Weg wäre genug Zeit, um Befehle auszugeben und eine Suche zu beginnen, bevor er bei seinem Pferd war. Der andere Weg war viel kürzer: erst über den äußeren Hof, wo gerade jetzt die Amyrlin mit einem Dutzend oder mehr Aes Sedai eintreffen würde.

Bei dem Gedanken daran bekam er eine Gänsehaut; er hatte von den Aes Sedai mehr als die Nase voll — es reichte ihm fürs ganze Leben. Eine war schon zuviel. All die Geschichten sagten das aus, und er wußte, daß sie recht hatten. Er war nicht weiter überrascht, als ihn seine Beine in Richtung des äußeren Hofs trugen. Er würde das legendäre Tar Valon niemals sehen — das konnte er weder jetzt noch später riskieren —, aber er könnte ja einen Blick auf die Amyrlin erspähen, bevor er ging. Das war ja genauso, als ob er eine Königin sähe. *Es kann ja nicht gefährlich sein, wenn ich nur aus der Entfernung hingucke. Ich werde dabei weitergehen und weg sein, bevor sie jemals erfährt, daß ich da war.*

Er öffnete eine schwere, eisenbeschlagene Tür zum äußeren Hof und trat in eine schweigende Welt. Auf den Wehrgängen der Mauern standen die Menschen dicht gedrängt: Soldaten mit Haarknoten und livrierte Diener und Arbeiter in ihrer verschmutzten Arbeitskleidung. Alle drückten sich eng aneinander. Kinder saßen auf den Schultern und spähten über die Köpfe ihrer Eltern weg oder quetschten sich durch die Menge und lugten hinter Hüften und Knien hervor. Jede Schützenplattform war vollgepackt wie ein Faß Äpfel, und selbst in den engen Schießscharten der Mauer zeigten sich Gesichter. Wie eine weitere Mauer stand eine dichte Menschenmenge am Rand des Hofs aufgereiht. Und alle beobachteten und warteten schweigend.

Er drückte sich an der Mauer entlang, gerade vor den Ständen der Schmiede und der Pfeilmacher, die um den Hof herum aufgebaut waren. Fal Dara war eine Festung und kein Palast, trotz der Größe und der düsteren Pracht, und alles um die Festung herum war zweckgebunden. Rand entschuldigte sich leise bei den Leuten, die er anrempelte. Ein paar musterten ihn finster und warfen einen Blick auf seine Satteltaschen und die Bündel, aber keiner brach das Schweigen. Die meisten kümmerten sich noch nicht einmal darum, wer sie angerempelt hatte.

Er konnte mühelos über die Köpfe der meisten hinwegblicken. Es reichte, um klar erkennen zu können, was im Hof vor sich ging. Gleich innerhalb des Tores stand eine Reihe von sechzehn Männern neben ihren Pferden. Nicht zwei von ihnen trugen die gleiche Rüstung oder die gleiche Art von Schwert, und keiner sah wie Lan aus, doch Rand hatte keine Zweifel daran, daß sie Behüter waren. Runde Gesichter, kantige Gesichter, lange Gesichter, schmale Gesichter, aber sie wirkten alle irgendwie gleich, als sähen sie Dinge, die andere Männer nicht sehen, hörten Dinge, die andere Männer nicht hören. Sie standen entspannt da und wirkten doch so tödlich wie ein Rudel Wölfe. Nur etwas an ihnen war gleich: Alle, ohne Ausnahme, trugen die farbverändernden Umhänge, wie er zuerst einen bei Lan gesehen hatte, der sich häufig so sehr dem Farbton des Hintergrundes anpaßte, daß er kaum noch zu bemerken war. Das machte es schwer, sie zu beobachten, konnte einem auch mal den Magen umdrehen, und dann auch noch gleich so viele Männer in solchen Umhängen!

Ein Dutzend Schritte vor den Behütern stand eine Reihe von Frauen vor ihren Pferden. Die Kapuzen ihrer Umhänge hatten sie zurückgeschlagen. Jetzt konnte er sie zählen. Vierzehn. Vierzehn Aes Sedai. Das mußten sie sein. Große und kleine, schlanke und mollige, dunkle und Blondinen, mit langem oder kurzem Haar, lose herabhängend oder zu Zöpfen gebunden ... Ihre Kleider unterschieden sich voneinander wie die der Behüter. Man konnte genausoviele verschiedene Schnitte und Farben sehen wie Frauengestalten. Aber auch sie wirkten auf eine Art gleich, und die Gleichheit fiel nur auf, weil sie nun so dicht beieinander standen. Bis hin zur letzten war es unmöglich, ihr Alter zu bestimmen. Aus dieser Entfernung hätte er sie an sich alle als jung bezeichnet, aber er wußte, daß sie aus der Nähe wie Moiraine sein würden. Scheinbar jung und doch nicht, mit glatter Haut, aber Gesichtern, die zu viel Reife zeigten, um jung zu sein, und deren Augen zu viel Wissen ausstrahlten.

Näher heran? Narr! Ich bin jetzt schon zu nahe. Licht noch mal, ich hätte doch den langen Weg nehmen sollen. Er schob sich weiter seinem Ziel entgegen, einer weiteren eisenbeschlagenen Tür am hinteren Ende des Hofs, aber er konnte den Blick nicht abwenden.

Die Aes Sedai ignorierten gelassen die Zuschauer und widmeten ihre Aufmerksamkeit der von Vorhängen verhüllten Sänfte, die nun in der Mitte des Hofes stand. Die Pferde, die sie getragen hatten, standen so still, als würden sie von Stallburschen am Geschirr gehalten, aber neben der Sänfte stand nur eine einzige hochgewachsene Frau mit dem Gesicht einer Aes Sedai, und sie beachtete die Pferde gar nicht. Der Stab, den sie mit beiden Händen senkrecht hielt, war genauso lang wie sie. Die vergoldete Flamme an seinem oberen Ende befand sich über ihren Augen.

Lord Agelmar stand stämmig und eckig und mit undurchschaubarem Gesicht der Sänfte gegenüber am hinteren Ende des Hofs. Auf seinem dunkelblauen Mantel mit dem hohen Kragen waren sowohl die drei rennenden Rotfüchse des Hauses Jagad als auch der sich duckende schwarze Falke von Schienar zu sehen.

Neben ihm stand Ronan, vom Alter gezeichnet, aber immer noch groß. Am oberen Ende des langen Stabs, den der *Shambayan* trug, befanden sich drei Füchse, die man aus rotem Avatin gemeißelt hatte. Ronan war Elansu in der Verwaltung der Festung gleichgestellt, *Shambayan* und *Shatayan,* aber Elansu ließ ihm wenig übrig, so daß er eben für Zeremonien zuständig war und als Lord Agelmars Sekretär fungierte. Die Haarknoten beider Männer waren schneeweiß.

Alle — die Behüter, die Aes Sedai, der Herr von Fal Dara und sein *Shambayan* — standen stocksteif und schweigend da. Die wartende Menge schien die Luft anzuhalten. Unwillkürlich verlangsamte Rand seine Schritte.

Plötzlich stieß Ronan seinen Stab laut vernehmlich dreimal auf die breiten Steinplatten des Hofs und rief in die Stille hinein: »Wer kommt hier? Wer kommt hier? Wer kommt hier?«

Die Frau neben der Sänfte klopfte mit ihrem Stab dreimal zur Antwort. »Die Wächterin über die Siegel. Die Flamme von Tar Valon. Die Amyrlin.«

»Warum sollen wir denn wachen?« wollte Ronan wissen.

»Um der Menschheit die Hoffnung zu erhalten«, antwortete die hochgewachsene Frau.

»Wogegen stehen wir Wache?«

»Gegen den Schatten zur Mittagszeit.«

»Wie lange sollen wir wachen?«

»Von der aufgehenden Sonne bis zur aufgehenden Sonne, solange sich das Rad der Zeit dreht.«

Agelmar verbeugte sich. Die Haare um seinen weißen Knoten wehten im leichten Wind. »Fal Dara entbietet Euch Brot und Salz und unser Willkommen. Es ist gut, daß die Amyrlin nach Fal Dara kommt, denn hier wird die Wache gehalten, und hier wird der Pakt gewürdigt. Willkommen.«

Die große Frau zog den Vorhang der Sänfte weg, und

die Amyrlin trat in Erscheinung. Sie hatte dunkles Haar und war ebenso alterslos wie alle Aes Sedai. Sie richtete sich auf und musterte dabei die versammelten Zuschauer. Rand zuckte zusammen, als ihr Blick über ihn huschte; er hatte dabei das Gefühl einer Berührung. Aber ihr Blick wanderte weiter und ruhte schließlich auf Lord Agelmar. Ein livrierter Diener kniete neben ihr nieder und bot ihr auf einem Silbertablett zusammengefaltete Handtücher an, aus denen noch Dampf aufstieg. Förmlich wischte sie sich die Hände ab und betupfte ihr Gesicht mit einem feuchten Tuch. »Ich entbiete Euch meinen Dank für Euer Willkommen, mein Sohn. Möge das Licht das Haus Jagad segnen. Möge das Licht Fal Dara und alle seine Einwohner segnen.«

Agelmar verbeugte sich erneut. »Ihr ehrt uns, Mutter.« Es klang irgendwie gar nicht komisch, daß sie ihn Sohn und er sie Mutter nannte, obwohl ein Vergleich ihrer glatten Wangen mit seinem zerfurchten Gesicht eher ihn wie ihren Vater wirken ließ — oder sogar wie ihren Großvater. Sie besaß eine Ausstrahlung, die der seinen überlegen war. »Das Haus Jagad steht zu Euren Diensten. Fal Dara steht zu Euren Diensten.«

Von allen Seiten ertönten Hurrarufe und hallten von den Mauern der Festung wider wie sich brechende Wogen.

Rand lief es kalt den Rücken herunter. Er eilte auf die Tür und ihre Sicherheit zu. Jetzt war ihm gleich, wen er anrempelte. *Ist doch bloß deine verfluchte Einbildung. Sie weiß noch nicht einmal, wer du bist. Noch nicht. Blut und Asche, wenn sie Bescheid wüßte ...* Er wollte lieber nicht daran denken, was geschehen würde, sollte sie wissen, wer er war oder was er war. Was geschähe wohl, wenn sie es schließlich herausfände? Er fragte sich, ob sie irgend etwas mit dem Wind oben auf dem Turm zu tun gehabt hatte. Aes Sedai brachten solche Sachen fertig. Als er sich durch die Tür zwängte, sie hinter sich zuschlug und den Lärm der Willkommensrufe dämpfte, der immer noch den Hof erfüllte, atmete er erleichtert auf.

Die Gänge hier waren ebenso leer wie die anderen, und so rannte er beinahe. Hinaus und über einen kleineren Hof mit einem plätschernden Brunnen im Zentrum, durch einen weiteren Korridor und hinaus auf den mit breiten Steinplatten gepflasterten Stallhof. Der Stall des Lords war an die Mauer der Festung angebaut, lang und hoch, mit großen, nach innen gerichteten Fenstern. Die Pferde wurden auf zwei Stockwerken gehalten. Die Schmiede auf der anderen Hofseite lag verwaist; Hufschmied und Helfer waren fort, um die Willkommensfeier zu sehen.

Tema, der Stallmeister mit dem ledern wirkenden Gesicht, empfing ihn mit einer tiefen Verbeugung an der Stalltür, wobei er zuerst seine Stirn und dann seine Herzgegend mit der Hand berührte. »Geist und Herz zu Euren Diensten, Lord. Wie kann Euch Tema helfen, Lord?« Er trug nicht den Haarknoten eines Soldaten; Temas Haar saß auf dem Kopf wie ein umgedrehter grauer Topf.

Rand seufzte. »Zum hundertsten Mal, Tema, ich bin kein Lord.«

»Wie der Lord wünscht.« Die Verbeugung des Stallmeisters war diesmal noch tiefer.

Sein Name war es und eine zufällige Ähnlichkeit, die ihm dieses Problem eingebracht hatten. Rand al'Thor. Al'Lan Mandragoran. Der Sitte von Malkier entsprechend bedeutete das königliche ›al‹ vor Lans Namen, daß er ein König war, auch wenn er den Titel nie benutzte. Für Rand war das ›al‹ nur ein Teil seines Namens. Er hatte allerdings gehört, daß vor langer, langer Zeit, bevor man die Zwei Flüsse überhaupt so nannte, das ›al‹ bedeutet hatte: »Sohn des ...« Einige der Diener in der Festung von Fal Dara hatten sich in den Kopf gesetzt, daß er also ein König sei oder zumindest ein Prinz. All seine Gegenargumente hatten lediglich bewirkt, daß er zum bloßen Lord degradiert worden war. Jedenfalls glaubte er das; er hatte niemals so viele tiefe Verbeugungen und Kratzfüße erlebt, noch nicht einmal bei Lord Agelmar.

»Ich brauche meinen Braunen zum Ausreiten, Tema.« Er machte nicht den Fehler anzubieten, das Pferd selbst zu satteln; Tema würde nicht zulassen, daß Rand sich die Hände schmutzig machte. »Ich denke, ich werde ein paar Tage lang das Land um Fal Dara herum erforschen.« Wenn er einmal auf dem Rücken des großen braunen Hengstes saß, könnte er in ein paar Tagen den Erinin erreichen oder die Grenze nach Arafel überschreiten. *Dann finden sie mich nicht mehr.*

Der Stallmeister verbeugte sich beinahe bis zum Boden hinunter und blieb auch noch in der Haltung. »Vergebt mir, Lord«, flüsterte er heiser. »Vergebt, denn Tema kann nicht gehorchen.«

Rand lief vor Verlegenheit rot an und sah sich schnell um — es war sonst aber niemand in Sichtweite —, dann packte er den Mann bei den Schultern und zog ihn hoch. Er war vielleicht nicht in der Lage, Tema und die anderen von solch unterwürfigem Benehmen abzuhalten, aber wenigstens wollte er verhindern, daß jemand anders es beobachtete. »Warum nicht, Tema? Tema, sieh mich bitte an. Warum nicht?«

»Es wurde so befohlen, Lord«, sagte Tema immer noch im Flüsterton. Er schlug immer wieder die Augen nieder, nicht aus Angst, sondern aus Scham, weil er nicht tun konnte, was Rand wünschte. Schienarer schämten sich derart, wie andere Menschen, wenn sie als Dieb gebrandmarkt wurden. »Kein Pferd darf diesen Stall verlassen, bevor ein neuer Befehl erlassen wurde. Das gilt für alle Stallungen der Festung, Lord Rand.«

Rand öffnete den Mund, um dem Mann zu sagen, daß es schon in Ordnung sei, aber statt dessen leckte er sich nur die Lippen. »Kein Pferd aus irgendeinem der Ställe?«

»Ja, Lord Rand. Der Befehl kam erst vor ganz kurzer Zeit durch. Vor ein paar Augenblicken.« Temas Stimme wurde fester. »Auch die Tore sind alle geschlossen, Lord. Keiner darf ohne besondere Genehmigung herein oder hinaus. Noch nicht einmal die Polizei, wie man Tema gesagt hat.«

Rand hatte schwer daran zu kauen, was das Gefühl nicht minderte, daß sich Finger um seinen Hals zusammenzogen. »Der Befehl, Tema. Kam er von Lord Agelmar?«

»Natürlich, Lord Rand. Von wem sonst? Natürlich hat Lord Agelmar nicht selbst mit Tema gesprochen und noch nicht einmal mit dem Mann, der zu Tema geschickt wurde, aber, Lord, wer sonst könnte in Fal Dara einen solchen Befehl geben?«

Wer sonst? Rand fuhr zusammen, als die größte Glokke im Glockenturm der Festung plötzlich volltönend zu läuten begann. Die anderen Glocken fielen ein, und dann die aus der Stadt.

»Falls Tema sich die Bemerkung erlauben darf«, rief ihm der Stallmeister über das Läuten hinweg zu, »dann muß der Lord sich sehr glücklich schätzen.«

Rand mußte schreien, damit Tema ihn verstehen konnte. »Glücklich? Warum?«

»Die Willkommensfeier ist beendet, Lord.« Tema deutete auf den Glockenturm. »Jetzt wird die Amyrlin nach dem Lord und seinen Freunden schicken und Euch empfangen.«

Rand rannte los. Er hatte gerade noch Zeit, die Überraschung auf Temas Gesicht zu erkennen, dann war er weg. Es kümmerte ihn nicht, was Tema dachte. *Sie wird mich jetzt kommen lassen.*

KAPITEL 3

Freunde und Feinde

Rand rannte nicht sehr weit; nur bis zum Ausfalltor gleich um die Ecke vom Stall aus. Er verlangsamte seinen Schritt und versuchte, gleichgültig zu wirken, so, als habe er viel Zeit.

Das Tor unter dem schmalen Steinbogen war geschlossen. Es war kaum breit genug, daß zwei berittene Männer nebeneinander hindurchkamen, aber wie alle Tore in der Außenmauer war es durch breite Eisenbänder verstärkt und mit einem dicken Riegel verschlossen.

Zwei Wächter standen vor dem Tor. Sie trugen einfache kegelförmige Helme und mit Stahlplatten verstärkte Schuppenpanzer und hatten lange Zweihandschwerter auf dem Rücken. Ihre goldenen Wappenröcke zeigten auf der Brust den Schwarzen Falken. Einen von ihnen, Ragan, kannte er oberflächlich. Die von einem Trolloc-Pfeil hinterlassene Narbe stach weiß hinter dem Gitter seines Visiers von der dunklen Haut seiner Wange ab. Das narbige Gesicht verzog sich zu einem Grinsen, als er Rand sah.

»Friede sei mit dir, Rand al'Thor.« Ragan schrie es fast, damit er ihn trotz des Glockengeläuts hörte. »Willst du den Kaninchen über den Schädel schlagen oder bestehst du immer noch darauf, daß dieser Knüppel ein Bogen sein soll?« Der andere Wächter schob sich direkt vor die Tür.

»Friede sei mit dir, Ragan«, sagte Rand, der vor den beiden stehengeblieben war. Er mußte sich Mühe geben, mit ruhiger Stimme zu sprechen. »Du weißt genau,

daß es ein Bogen ist. Du hast zugesehen, wie ich damit geschossen habe.«

»Nicht gut von einem Pferd aus«, sagte der andere Wächter schlecht gelaunt. Rand erkannte ihn jetzt an seinen tiefliegenden, beinahe schwarzen Augen, die kaum jemals zu blinzeln schienen. Sie spähten unter seinem Helm hervor wie zwei Höhlen innerhalb einer weiteren Höhle. Es hätte ja noch schlimmer kommen können, als ausgerechnet Masema hier am Tor zu erwischen — viel schlimmer allerdings nicht, höchstens wenn eine Rote Aes Sedai hier gewesen wäre. »Er ist zu lang«, fügte Masema hinzu. »Ich kann mit einem Pferdebogen drei Pfeile abschießen, während du mit diesem Monster gerade einen loswirst.«

Rand zwang sich zu einem Lächeln, als glaube er, es handle sich um einen Scherz. Masema hatte in seinem Beisein noch nie einen Scherz gemacht oder über einen solchen gelacht. Die meisten Männer in Fal Dara akzeptierten Rand; er übte mit Lan und aß an Lord Agelmars Tisch, und — was am wichtigsten war — er war in der Gesellschaft von Moiraine, also einer Aes Sedai, nach Fal Dara gekommen. Nur ein paar schienen nicht vergessen zu können, daß er Ausländer war, und diese sprachen kaum zwei Worte mit ihm und auch nur dann, wenn es nicht zu umgehen war. Masema war der schlimmste unter denen.

»Für mich ist er gut genug«, sagte Rand. »Wenn wir schon von Kaninchen sprechen, Ragan, wie wär's, wenn du mich rausließest? Dieser ganze Lärm und Betrieb ist zuviel für mich. Besser draußen Kaninchen jagen, selbst wenn ich keines zu Gesicht bekomme.«

Ragan drehte sich halb um und sah seinen Gefährten an. Rands Hoffnung begann zu steigen. Ragan war ein umgänglicher Typ, dessen Verhalten keineswegs der grimmigen Narbe entsprach, und er schien Rand zu mögen. Doch Masema schüttelte bereits den Kopf. Ragan seufzte. »Es geht nicht, Rand al'Thor.« Er nickte kaum sichtbar zur Erklärung in Richtung Masema. Wenn er allein zu entscheiden hätte ... »Niemand darf ohne einen Passierschein hinaus. So ein Pech, daß du nicht vor ein paar Minuten gekommen bist. Der Befehl, die Tore zu sperren, kam gerade erst herunter.«

»Aber warum sollte Lord Agelmar *mich* hier drinnen festhalten?« Masema musterte die Bündel auf Rands Rücken und seine Satteltaschen. Rand bemühte sich, seinen Blick zu ignorieren. »Ich bin doch sein Gast«, fuhr er zu Ragan gewandt fort. »Bei meiner Ehre, ich hätte jederzeit während der letzten Wochen gehen können. Warum also sollte dieser Befehl ausgerechnet mir gelten? Es ist doch ein Befehl Lord Agelmars, oder?« Masema riß die Augen auf, und seine ohnehin ständig finstere Miene verfinsterte sich noch mehr. Er schien fast Rands Bündel darüber zu vergessen.

Ragan lachte. »Wer sonst würde hier einen solchen Befehl geben, Rand al'Thor? Natürlich war es Uno, der ihn an mich weitergab, aber wessen Befehl könnte es schon sein?«

Masemas Blick war fest auf Rands Gesicht gerichtet. Er zuckte nicht mit der Wimper. »Ich will einfach mal allein raus, das ist alles«, sagte Rand. »Also gehe ich halt in einen der Gärten. Keine Kaninchen, aber wenigstens auch keine Menschenmenge. Das Licht leuchte dir und der Friede sei mit dir.«

Er ging weg, ohne auf eine Antwort zu warten, wobei er sich im klaren darüber war, daß er sich auf keinen Fall auch nur einem der Gärten nähern durfte. *Licht noch mal, wenn die offiziellen Feierlichkeiten vorbei sind, könnte überall eine Aes Sedai stecken.* Er war sich Masemas Blicks auf seinem Rücken bewußt — er war sicher, es war Masema — und behielt einen gelassenen Schritt bei.

Plötzlich hörte das Glockengeläut auf. Er stolperte beinahe. Die Minuten verflogen. Zu viele von ihnen. Zeit genug, um die Amyrlin in die entsprechenden Gemächer zu bringen. Zeit genug, nach ihm zu schicken und eine Suche zu beginnen, wenn man ihn nicht finden konnte. Sobald er außer Sicht des Ausfalltores war, fing er wieder an zu rennen.

In der Nähe der Soldatenkantine befand sich der Lieferanteneingang, wo alle Lebensmittel für die Festung hereingebracht wurden. Auch der war geschlossen und verriegelt, und zwei Soldaten standen davor. Er eilte daran vorbei und über den Hof der Kantine, als habe er nie vorgehabt stehenzubleiben.

Das Hundetor im hinteren Teil der Festung, das gerade groß genug war, um einen Mann zu Fuß durchzulassen, war auch bewacht. Er drehte um, bevor sie ihn sehen konnten. Es gab nicht viele Ausgänge, so groß die Festung auch war, und wenn schon das Hundetor bewacht wurde, würden alle bewacht.

Vielleicht konnte er ein Stück Seil finden ... Er stieg eine der Treppen zur Außenmauer hoch bis zum breiten Wehrgang mit seinen Zinnenmauern. Er fühlte sich nicht wohl dabei, so hoch oben und ungeschützt dazustehen, falls dieser Wind wieder käme, aber von hier aus konnte er über die hohen Schornsteine und kantigen Dächer der Stadt hinweg bis zur Stadtmauer blikken. Auch nach einem Monat hier berührten ihn die Häuser immer noch als eigenartig und ganz anders als im Gebiet der Zwei Flüsse. Die Dächer hingen fast bis zum Boden herunter. Es wirkte, als bestünden die Häuser nur aus diesen schindelgedeckten Dächern und schräg gestellten Schornsteinen, die den schweren Schnee an sich vorbeigleiten ließen. Um die Festung herum zog sich ein weiter gepflasterter Platz, aber nur hundert Schritte von der Mauer entfernt begannen die von Menschen gefüllten Straßen, mit allen möglichen Leuten, die ihren alltäglichen Erledigungen nachgingen, Ladenbesitzern in Schürzen, die draußen unter den Markisen ihrer Geschäfte standen, grob gekleideten Bauern, die sich zum Kaufen und Verkaufen in der Stadt aufhielten, Hausierern und Straßenhändlern und Ortsansässigen, die in Gruppen herumstanden, zweifellos um über den Überraschungsbesuch der Amyrlin zu klatschen. Er konnte zuschauen, wie Karren und Menschen durch eines der Tore in der Stadtmauer strömten. Offensichtlich hatten die dortigen Wachen keinen Befehl erhalten, jemanden aufzuhalten.

Er blickte zum nächsten Wachturm hoch. Einer der Soldaten grüßte ihn mit erhobener Hand im schweren Kampfhandschuh. Mit bitterem Lachen winkte er zurück. Keine Fußbreit der Mauer, die nicht unter Bewachung von Soldaten stand. Er beugte sich in eine Mauerlücke und spähte hinunter, vorbei an den Schlitzen im Stein, in die man Baukräne einklemmen konnte, und in den Burggraben weit darunter. Zwanzig Schritte breit war er und zehn tief und mit glattgeschliffenen, rutschigen Steinen eingefaßt. Eine niedrige, abgeschrägte Mauer, die kein Versteck zuließ, umgab ihn, damit niemand aus Versehen hineinfallen konnte, und an seinem Grund befand sich ein Wald von rasiermesserscharfen Dornen. Selbst mit einem Seil zum Herunterklettern und ohne von den Wachen entdeckt zu werden, konnte er diese Kluft nicht überqueren. Was dazu diente, im Ernstfall Trollocs von der Festung fernzuhalten, diente genausogut dazu, ihn darin festzuhalten.

Plötzlich fühlte er sich total erschöpft, ausgelaugt. Die Amyrlin befand sich hier, und es gab keinen Weg hinaus. Kein Fluchtweg und die Amyrlin vor der Nase! Falls sie wußte, daß er hier war, falls sie den Wind gesandt hatte, der ihn auf dem Turm ergriff, dann jagte sie ihn bereits und jagte mit der Macht einer Aes Sedai. Ein Kaninchen hätte eine bessere Chance gegen einen Bogen. Aber er weigerte sich, so schnell aufzugeben. Es gab Leute, die behaupteten, die Menschen von den Zwei Flüssen könnten Steinen noch etwas beibringen und Maultieren zum Vorbild gereichen. Wenn nichts sonst mehr übrigblieb, hielten sich die Menschen der Zwei Flüsse eben an ihr Durchhaltevermögen.

Er verließ die Mauer und wanderte durch die Festung. Er achtete nicht darauf, wohin er sich wandte, solange es nur in keine Richtung ging, in der man ihn erwarten konnte. Nicht in die Nähe seines Zimmers oder der Ställe oder eines Tores — Masema könnte ja riskiert haben, von Uno gescholten zu werden, indem er darüber berichtete, daß er versucht hatte, die Festung zu verlassen — oder eines Gartens. Alles, woran er denken konnte, war, sich von *jeder* Aes Sedai fernzuhalten. Selbst von Moiraine. Sie *wußte* alles über ihn. Trotzdem hatte sie nichts gegen ihn unternommen. *Bis jetzt. Soweit du weißt. Was ist, wenn sie ihre Meinung ändert? Vielleicht hat sie die Amyrlin herkommen lassen.*

Einen Augenblick lang fühlte er sich so verloren, daß er sich gegen die Wand eines Korridors lehnte, die Schultern an den harten Stein gepreßt. Mit leeren Augen starrte er ins Nichts und sah Dinge, die er nicht sehen wollte. *Eine Dämpfung. Wäre es denn so schlimm, wenn alles vorbei wäre?* Wirklich *vorbei?* Er schloß die Augen, aber auch dann sah er sich noch selbst, wie er sich wie ein Kaninchen in eine Ecke kauerte, während die Aes Sedai sich wie Raben um ihn scharten. *Sie sterben meist kurze Zeit danach, die Männer, die eine Dämpfung erfuhren. Sie wollen nicht mehr leben.* Er erinnerte sich nur zu gut an Thom Merrilins Worte, um sich dem zu stellen. Nach einem kurzen Schütteln eilte er den Gang hinunter. Nicht gut, sich an einem Ort aufzuhalten, bis man ihn fand. *Wie lange noch, bis sie dich sowieso finden? Du bist wie ein Schaf im Pferch. Wie lange?* Er berührte die Scheide des Schwerts an seiner Seite. *Nein, kein Schaf. Nicht für die Aes Sedai oder sonst jemand.* Er fühlte sich zwar ein bißchen töricht, aber entschlossen.

Die Menschen kehrten an ihre Arbeitsplätze zurück. Der Lärm von Stimmen und klappernden Töpfen erfüllte die Küche, die dem Großen Saal am nächsten lag, in dem die Amyrlin und ihre Begleiter heute abend speisen würden. Köche und Mägde und Küchenjungen rannten beinahe bei der Arbeit. Die Spießhunde zockelten mit ihren Korbrädern herein, um das aufgespießte Fleisch ständig zu drehen. Er bahnte sich schnell seinen Weg durch Hitze und Dampf und durch die Gerüche der Speisen und Gewürze. Keiner warf ihm mehr als einen kurzen Blick zu; sie alle waren zu sehr beschäftigt.

In den hinteren Korridoren, an denen die Diener in kleinen Wohnungen lebten, wimmelte es wie in einem Ameisenhaufen, in den man getreten hat. Männer und Frauen wuselten durcheinander, um ihre besten Uniformen anzulegen. Kinder spielten in den Ecken und gingen den Erwachsenen damit aus dem Weg. Die Jungen schwenkten Holzschwerter, und die Mädchen spielten mit geschnitzten Puppen. Einige behaupteten, *ihre* Puppe sei die Amyrlin. Die meisten Türen standen offen, und der Blick in die Zimmer wurde lediglich durch Perlenvorhänge versperrt. Normalerweise bedeutete das, daß diejenigen, die hier wohnten, Besucher erwarteten, aber heute kam es einfach daher, daß sie keine Zeit hatten, auch nur die Türen zu schließen. Selbst diejenigen, die sich vor ihm verbeugten, taten das, ohne deshalb stehenzubleiben.

Würde irgendeiner von ihnen beim Servieren zufällig hören, daß man ihn suchte, und erzählen, er habe ihn gesehen? Mit einer Aes Sedai sprechen und ihr sagen, wo er zu finden sei? Die Augen, an denen er vorbeikam, schienen ihn mit einemmal genau und mit Hintergedanken zu mustern, abzuwägen und heimlich zu rechnen. Selbst die Kinder waren in seiner Vorstellung mit Vorsicht zu genießen. Er wußte, daß er sich das alles nur einbildete — er war ganz sicher, es konnte nicht anders sein, oder? —, aber als er die Quartiere der Diener hinter sich zurückließ, fühlte er sich wie aus einer Falle entronnen.

Einige Teile der Festung waren menschenleer. Die Leute, die normalerweise hier arbeiteten, waren in einen überraschenden Feiertag entlassen worden. Die

Werkstatt des Rüstungsschmieds stand leer, die Feuer waren heruntergebrannt, und die Ambosse schwiegen. Still. Kalt. Leblos. Aber trotzdem irgendwie nicht ganz leer. Wieder eine Gänsehaut. Er wirbelte herum. Niemand da. Nur die großen Werkzeugtruhen und die gefüllten Ölfässer. Seine Nackenhaare sträubten sich, und wieder fuhr er blitzschnell herum. Die Hämmer und Zangen hingen ruhig auf ihren Plätzen an der Wand. Zornig sah er sich in dem großen Raum um. *Es ist niemand hier. Das ist nur meine Einbildung. Dieser Wind und die Amyrlin — das ist genug, um sich die wildesten Sachen einzubilden.*

Draußen im Hof der Waffenschmiede umspielte ihn der Wind einen Moment lang. Unwillkürlich fuhr er schon wieder zusammen und glaubte, er wolle ihn fangen. Im ersten Augenblick roch er wieder den schwachen Duft der Verwesung und hörte jemanden hinter sich hinterhältig lachen. Doch nur diesen einen Augenblick lang. Voller Angst schob er sich im Kreis außen um den Hof herum und sah sich dabei mißtrauisch um. Der mit roh behauenen Steinen gepflasterte Hof war bis auf ihn selbst leer. *Nur deine verdammte Einbildung!* Er rannte fort und glaubte, hinter sich wieder dieses Lachen zu hören, diesmal ohne die Begleitung des Windes.

Im Hof des Holzlagers kehrte dieser Eindruck des Beobachtetwerdens wieder. Er fühlte, wie ihn Augen hinter hohen Stapeln von Feuerholz hervor und unter den langen Schuppen heraus verfolgten und dann über die Stapel von lang gelagerten Brettern und Balken wegspähten, die auf der anderen Seite des Hofs gegenüber der Zimmermannswerkstatt lagen. Die Werkstatt war nun verschlossen. Diesmal wollte er sich nicht umsehen, wollte nicht darüber nachdenken, wie sich ein Paar Augen so schnell von einem Ort zum anderen fortbewegen und den offenen Hof vom Feuerholzschuppen bis zum Balkenlager überqueren konnten, ohne daß er auch nur den Hauch einer Bewegung entdeckte. Er war sicher, daß es sich um ein einziges Augenpaar handelte. *Einbildung. Oder vielleicht werde ich auch bereits verrückt.* Ihn schauderte. *Noch nicht! Licht, bitte noch nicht!* Steif stolzierte er über den Hof, und der unsichtbare Beobachter folgte ihm.

Ob in langen Korridoren, die nur von ein paar Binsenfackeln notdürftig beleuchtet wurden, oder in Lagerräumen voller Säcke mit getrockneten Erbsen oder Bohnen, mit Lattenregalen, auf denen Haufen eingeschrumpelter Zwiebeln und Rüben lagen, oder voller Weinfässer und Fässer mit Salzfleisch und Bierfässer — immer waren auch die Augen da. Manchmal folgten sie ihm, und manchmal erwarteten sie ihn, wenn er eintrat. Er hörte nie einen anderen Schritt als den seinen, hörte nie eine Tür knarren, außer, er selbst öffnete oder schloß sie, aber die Augen waren da. *Licht, ich werde* wirklich *verrückt.*

Dann öffnete er die Tür zu einem weiteren Lagerraum, und ihm schlugen menschliche Stimmen, menschliches Gelächter entgegen, und er fühlte sich erleichtert. Hier würde es keine unsichtbaren Augen geben. Er trat ein.

Der halbe Raum war bis zur Decke mit Getreidesäkken vollgestapelt. In der anderen Hälfte kniete eine Gruppe von Männern im Halbkreis vor einer der kahlen Wände. Sie alle schienen die ledernen Schürzen und den runden Haarschnitt der einfachen Arbeiter zu tragen. Kein Haarknoten eines Kriegers, keine Livree. Keiner, der ihn unabsichtlich verraten konnte. *Und was ist mit ›absichtlich‹?* Durch ihr leises Gespräch klang das Klappern von Würfeln. Irgend jemand lachte schallend über einen Wurf.

Loial sah zu, wie sie würfelten, und rieb sich gedankenschwer mit einem Finger über das Kinn, der dicker war als der Daumen eines großen Mannes. Sein Kopf berührte beinahe die Dachsparren in zwei Spannen Höhe. Keiner der Spieler beachtete ihn. Ogier waren in den

Grenzlanden nicht gerade häufig anzutreffen, wie überall, aber hier kannte und akzeptierte man sie, und Loial war außerdem schon so lange in Fal Dara, daß er kaum noch Aufsehen erregte. Der dunkle Mantel des Ogiers mit seinem steifen Kragen war bis zum Hals zugeknöpft und fiel unterhalb der Hüfte weit ausgebreitet bis über die hohen Schaftstiefel. Eine seiner Taschen war ausgebeult und wurde von irgend etwas Schwerem heruntergezogen. Wenn Rand sich nicht täuschte, waren das Bücher. Selbst beim Kiebitzen hatte Loial immer ein Buch griffbereit.

Trotz allem mußte Rand unwillkürlich grinsen. Loial löste häufig diese Reaktion bei ihm aus. Der Ogier wußte so gut über viele Dinge Bescheid und so wenig über andere ... Und er schien alles wissen zu wollen. Und doch konnte Rand sich noch gut an das erste Zusammentreffen mit Loial erinnern, als er seine behaarten Ohren sah und seine Augenbrauen, die wie lange Schnurrbartenden herunterhingen, und die Nase, die beinahe so breit war wie das ganze Gesicht. Er hatte ihn gesehen und geglaubt, er sei ein Trolloc. Er schämte sich dessen immer noch. Ogier und Trollocs. Myrddraal und Kreaturen aus den dunklen Ecken von Mitternachtsgeschichten. Wesen aus Geschichten und Legenden. Als das hatte er sie betrachtet, bevor er Emondsfeld verließ. Aber seither hatte er zu viele fleischgewordene Legenden erlebt, um sich je wieder so sicher zu sein. Aes Sedai und unsichtbare Beobachter und ein Wind, der ihn fing und festhielt. Das Lächeln verging ihm.

»All die Legenden sind Wirklichkeit«, sagte er leise.

Loials Ohren zuckten, und sein Kopf drehte sich Rand zu. Als er sah, wer da stand, grinste der Ogier über das ganze Gesicht, und er kam herüber. »Ach, da bist du ja!« Seine Stimme klang wie das Brummen einer Hummel. »Ich habe dich bei der Willkommensfeier gar nicht gesehen. Das war etwas, das ich noch nie zu Gesicht bekommen hatte. Zwei Sachen: das Willkommen der Schienarer und die Amyrlin. Sie sieht müde aus, nicht? Es ist bestimmt nicht einfach, Amyrlin sein zu müssen. Schlimmer als ein Ältester zu sein, denke ich.« Er schwieg einen Moment und blickte nachdenklich drein. Das dauerte aber nur einen Atemzug lang. »Sag mal, Rand, würfelst du manchmal auch? Sie spielen hier ein einfacheres Spiel mit nur drei Würfeln. Im *Stedding* benützen wir vier. Weißt du, sie lassen mich einfach nicht mitspielen. Sie sagen nur ›Ehre den Erbauern‹ und setzen nicht gegen mich. Ich finde das nicht anständig. Was meinst du? Die Würfel, die sie benutzen, *sind* ziemlich klein« — er blickte stirnrunzelnd auf eine seiner Hände, die groß genug war, um einen menschlichen Kopf zu bedecken —, »aber ich glaube immer noch ...«

Rand packte ihn am Arm und unterbrach ihn. *Die Erbauer!* »Loial, Fal Dara wurde doch von Ogiern erbaut, ja? Kennst du irgendeinen Weg hinaus, außer durch die Tore? Ein Loch zum Hinauskriechen? Ein Abflußrohr? Gleich was, Hauptsache es ist groß genug für einen Mann, um durchzukriechen. Es wäre auch gut, wenn der Wind nicht hineinkäme.«

Loial verzog schmerzlich berührt das Gesicht. Die Enden seiner Augenbrauen strichen ihm beinahe über die Wangen. »Rand, Ogier bauten Mafal Dadaranel wohl, aber diese Stadt wurde in den Trolloc-Kriegen zerstört. Das hier« — er berührte leicht die Steinmauer mit breiten Fingerspitzen — »wurde von Menschen erbaut. Ich kann dir einen Plan von Mafal Dadaranel zeichnen — ich habe einmal die Pläne in einem alten Buch im Stedding Schangtai gesehen —, aber ich weiß nicht mehr über Fal Dara als du. Es ist aber schon *wirklich* gut gebaut, nicht wahr? Schmucklos, aber eine gute Arbeit.«

Rand sackte gegen die Mauer und preßte die Augen zu. »Ich brauche einen Weg nach draußen«, flüsterte er. »Die Tore sind versperrt, und sie lassen keinen passieren, aber ich brauche einen Weg hinaus.«

»Aber warum denn, Rand?« fragte Loial bedächtig.

»Niemand hier will dir etwas tun. Bist du in Ordnung, Rand?« Plötzlich erhob er die Stimme. »Mat! Perrin! Ich glaube, Rand ist krank.«

Rand öffnete die Augen und sah, wie sich seine Freunde in dem Knoten von Würfelspielern aufrichteten. Mat Cauthon mit seinen langen Storchenbeinen lächelte verklärt, als sehe er etwas Lustiges, das sonst niemand sehen konnte. Perrin Aybaras Haar war zerzaust und seine Schultern und Arme muskelbepackt von seiner Arbeit als Lehrling eines Hufschmieds. Sie trugen beide noch die typische Kleidung der Zwei Flüsse, einfach und wetterfest, aber auch abgetragen.

Mat warf die Würfel in den Halbkreis zurück, als er heraustrat, und einer der Männer rief: »He, Südländer, du kannst nicht einfach aufhören, während du gewinnst!«

»Besser als wenn ich gerade am Verlieren bin«, sagte Mat lachend. Unbewußt berührte er seinen Mantel an der Hüfte, und Rand verzog das Gesicht. Dort trug Mat einen Dolch mit einem Rubin im Griff, einen Dolch, ohne den man ihn nie antraf, einen Dolch, ohne den er nicht sein konnte. Es war eine verfluchte Klinge aus der toten Stadt Shadar Logoth, von etwas Bösem verdorben und verdreht, das beinahe so schlimm war wie der Dunkle König. Das Böse hatte vor zweitausend Jahren Shadar Logoth getötet, aber es lebte immer noch in den verlassenen Ruinen. Dieser Fluch würde Mat umbringen, wenn er den Dolch behielt. Er würde ihn aber noch schneller umbringen, wenn er ihn ablegte. »Ihr bekommt noch eine Chance, es zurückzugewinnen.« Sarkastisches Schnauben der knienden Männer deutete an, daß sie nicht an diese Chance glaubten.

Perrin hatte die Augen niedergeschlagen, als er Mat zu Rand hinüber folgte. Perrin schlug neuerdings immer die Augen nieder, und seine Schultern sackten herunter, als trüge er eine Last, die selbst bei deren Breite zu schwer war.

»Was ist los, Rand?« fragte Mat. »Du bist so weiß wie dein Hemd. He! Woher hast du diese Kleider? Wirst du jetzt ein Schienarer? Vielleicht kaufe ich mir auch einen Mantel wie den und ein feines Hemd.« Er schüttelte seine Manteltasche, was ein Klimpern von Münzen erzeugte. »Ich scheine beim Würfeln Glück zu haben. Ich brauche sie kaum zu berühren, schon gewinne ich.«

»Du mußt gar nichts kaufen«, sagte Rand müde. »Moiraine hat alle unsere Kleidungsstücke durch neue ersetzen lassen. Soweit ich weiß, sind die alten jetzt schon verbrannt worden, außer denen natürlich, die ihr gerade tragt. Elansu wird wahrscheinlich auch zu euch kommen und sie einsammeln. Also würde ich mich an eurer Stelle schnell umziehen, bevor sie sie euch vom Leibe reißt.« Perrin blickte immer noch nicht auf, doch seine Wangen färbten sich rot. Mats Grinsen wurde breiter, aber es wirkte doch etwas gezwungen. Auch sie hatten ihre Erfahrungen in den Bädern gemacht, und nur Mat bemühte sich vorzugeben, er mache sich nichts daraus. »Und ich bin nicht krank. Ich muß lediglich hier raus. Die Amyrlin ist da. Lan sagte ... er sagte, wenn sie da ist, wäre es besser für mich, schon eine Woche lang weg zu sein. Ich muß abhauen, doch alle Tore sind verrammelt!«

»Das hat er gesagt?« Mat runzelte die Stirn. »Das verstehe ich nicht. Er sagt doch niemals etwas *gegen* eine Aes Sedai. Warum dann jetzt? Schau mal, Rand, ich mag die Aes Sedai genausowenig wie du, aber sie werden uns ganz gewiß nichts tun.« Er senkte die Stimme bei diesen Worten und blickte sich nach hinten um, ob irgendeiner der Spieler ihnen lauschte. Man fürchtete die Aes Sedai schon, aber in den Grenzlanden waren sie keineswegs verhaßt, und eine respektlose Bemerkung über sie konnte einem durchaus eine Rauferei oder Schlimmeres einbringen. »Nimm doch mal Moiraine. Sie ist gar nicht so übel, auch wenn sie eine Aes Sedai ist. Du denkst schon wie der alte Cenn Buie, wenn er zu

Hause in der Weinquellenschenke seine übertriebenen Geschichten erzählt. Ich meine, sie hat uns nichts getan, und das werden die anderen auch nicht. Warum sollten sie auch?«

Perrin hob den Blick. Gelbe Augen schimmerten wie poliertes Gold in der düsteren Beleuchtung. *Moiraine hat uns nichts getan?* dachte Rand. Perrins Augen waren bei ihrem Aufbruch von den Zwei Flüssen genauso dunkelbraun gewesen wie die Mats. Rand hatte keine Ahnung, wie es zu dieser Änderung gekommen war — Perrin wollte nicht darüber sprechen, wie er überhaupt nicht viel sprach, seit das geschehen war — aber es war zur selben Zeit geschehen, in der er die heruntersackenden Schultern abbekommen und sich die Distanz in seinem Verhalten bemerkbar gemacht hatte, als fühle er sich selbst in der Gegenwart seiner Freunde einsam. Perrins Augen und Mats Dolch. Nichts von alledem wäre geschehen, hätten sie nicht Emondsfeld verlassen, und es war Moiraine gewesen, die sie weggebracht hatte. Er wußte, daß er jetzt nicht fair war. Sie wären vielleicht alle durch Trollocs getötet worden und dazu auch ein ganzer Teil der Emondsfelder, wenn sie nicht in ihr Dorf gekommen wäre. Aber das ließ Perrin auch nicht wieder lachen wie früher oder nahm den Dolch von Mats Gürtel. *Und was ist mit mir? Wenn ich zu Hause wäre und immer noch am Leben, wäre ich dann auch, was ich jetzt bin? Zumindest würde ich mir keine Gedanken darüber machen, was die Aes Sedai mit mir anstellen.*

Mat sah ihn immer noch fragend an, und Perrin hatte den Kopf weit genug gehoben, um ihn mit gerunzelter Stirn erstaunt anzusehen. Loial wartete geduldig. Rand konnte ihnen nicht sagen, warum er sich von der Amyrlin fernhalten mußte. Sie wußten ja nicht, was er war. Lan wußte es, und Moiraine auch. Und Egwene und Nynaeve. Er wünschte, keiner von ihnen wüßte Bescheid, und vor allem Egwene nicht, aber wenigstens glaubten Mat und Perrin und auch Loial immer noch, er sei unverändert. Er dachte sich, er würde lieber sterben als ihnen die Wahrheit zu sagen, als das Zögern und die Besorgtheit zu erblicken, die er manchmal bei Egwene und bei Nynaeve bemerkte, auch wenn sie sich sehr bemühten, dieses zu verschleiern.

»Irgend jemand ... beobachtet mich«, sagte er schließlich. »Folgt mir. Nur ... Nur, es ist niemand da.«

Perrins Kopf zuckte hoch, und Mat leckte sich die Lippen und flüsterte: »Ein Blasser?«

»Natürlich nicht«, schnaubte Loial. »Wie könnte einer der Augenlosen nach Fal Dara hineinkommen und dann noch in die Festung? Es ist ein Gesetz, daß niemand innerhalb der Stadtmauern sein Gesicht verbergen darf, und die Lampenanzünder sind gehalten, die Straßen nachts gut zu beleuchten, so daß es keinen Schatten gibt, in dem sich ein Myrddraal verbergen könnte. Das kann einfach nicht geschehen.«

»Mauern können einen Blassen nicht aufhalten«, murmelte Mat. »Nicht, wenn er unbedingt herein will. Ich bezweifle, daß Gesetze und Lampen daran etwas ändern können.« Er klang nicht wie jemand, der vor einem halben Jahr noch geglaubt hatte, Blasse seien bloß Schreckgespenster aus den Erzählungen von Gauklern. Auch er hatte zuviel gesehen.

»Und dann war da noch der Wind«, fügte Rand hinzu. Seine Stimme zitterte kaum, als er ihnen erzählte, was auf dem Turm geschehen war. Perrins Fäuste verkrampften sich, bis seine Knöchel knackten. »Ich will nur weg von hier«, schloß Rand. »Ich will nach Süden. Irgendwohin. Einfach irgendwohin.«

»Aber wenn die Tore geschlossen sind«, sagte Mat, »wie kommen wir dann hinaus?«

Rand sah ihn mit großen Augen an. »Wir?« Er mußte allein gehen. Es wäre für jeden anderen in seiner Nähe schließlich zu gefährlich. Er wäre gefährlich, und selbst Moiraine konnte ihm nicht sagen, wieviel Zeit er noch hatte. »Mat, du weißt, daß du mit Moiraine nach Tar Valon gehen mußt. Sie sagte doch, das sei der einzige Ort, an dem man dich von diesem verdammten Dolch befreien kann, ohne dich umzubringen. Und du weißt, was passiert, wenn du ihn behältst.«

Mat berührte seinen Mantel über dem Dolch und schien noch nicht einmal zu bemerken, was er da tat. »Das Geschenk einer Aes Sedai ist ein Köder für Fische«, zitierte er. »Also, vielleicht möchte ich mir den Köder nicht in den Mund stecken. Vielleicht ist das, was sie in Tar Valon mit mir anstellen will, noch schlimmer, als gar nicht hinzugehen. Vielleicht lügt sie auch. ›Die Wahrheit, die dir eine Aes Sedai sagt, ist niemals dieselbe Wahrheit, wie du sie dir vorstellst.‹«

»Hast du noch ein paar alte Sprichwörter auf Lager, die du loswerden möchtest?« fragte Rand. »›Ein Südwind bringt einen warmen Gast, ein Nordwind ein leeres Haus‹? ›Ein mit Goldfarbe angestrichenes Schwein ist immer noch ein Schwein‹? Wie steht es mit ›Reden scheren kein Schaf‹? Oder ›Die Worte eines Narren sind Staub‹?«

»Laß ihn, Rand«, sagte Perrin leise. »Es ist nicht nötig, ihn so hart anzupacken.«

»Wirklich nicht? Vielleicht will ich nicht, daß ihr zwei mitkommt, immer herumstolpert, in Schwierigkeiten geratet und dann erwartet, daß ich euch heraushole. Habt ihr schon jemals daran gedacht? Licht noch mal, habt ihr je daran gedacht, daß ich die Nase davon voll haben könnte, stets euch vorzufinden, wenn ich mich umdrehe? Immer seid ihr da, und ich habe genug davon.« Der Schmerz auf Perrins Gesicht schnitt wie ein Messer in sein Innerstes, aber er machte beharrlich weiter. »Ein paar hier glauben, ich sei ein Lord. Ein Lord. Vielleicht gefällt mir das? Aber seht euch mal an! Zockt mit Stallburschen. Wenn ich gehe, dann gehe ich allein. Ihr zwei könnt nach Tar Valon gehen oder euch aufhängen, aber ich gehe allein von hier weg.«

Mats Gesicht war erstarrt, und er hielt den Dolch

durch den Stoff seines Mantels so fest, daß seine Knöchel weiß anliefen. »Wenn du es so haben willst ...«, sagte er kalt. »Ich dachte, wir seien ... Wie du wünschst, Rand al'Thor. Aber sollte ich mich entschließen, zur gleichen Zeit wie du abzureisen, dann werde ich das tun, und du hältst dich am besten von mir fern.«

»Niemand wird irgendwohin gehen«, sagte Perrin, »solange die Tore versperrt sind.« Er blickte wieder zu Boden. Eine Welle des Gelächters kam von den Spielern her, als jemand verlor.

»Geht oder bleibt«, sagte Loial, »zusammen oder einzeln, es bleibt sich doch gleich. Ihr seid alle drei *ta'veren.* Das kann selbst ich sehen, und ich habe dieses Talent nicht. Ich sehe es nur daran, was um euch drei herum passiert. Und Moiraine Sedai meint das auch.«

Mat hob abwehrend die Hände. »Aufhören, Loial! Ich will nichts mehr davon hören!«

Loial schüttelte den Kopf. »Ob du es hören willst oder nicht, es bleibt doch wahr. Das Rad der Zeit webt das Muster des Zeitalters und benützt statt Fäden Menschenleben. Und ihr drei seid *ta'veren,* zentrale Punkte im Gewebe.«

»Hör auf, Loial!«

»Eine Zeitlang wird das Rad das Muster um euch drei herum formen, was immer ihr auch anstellt. Und was ihr macht, ist wahrscheinlich eher vom Rad bestimmt worden, als von euch. *Ta'veren* ziehen die Weltgeschichte hinter sich her und verändern das Muster durch ihre bloße Existenz, aber das Rad webt *ta'veren* viel enger ein als andere Menschen. Wo ihr auch hingeht und was ihr auch macht, bis es das Rad anders will, werdet ihr ...«

»Aufhören!« schrie Mat. Die Spieler sahen sich um, und er starrte mit finsterer Miene zurück, bis sie sich wieder ihrem Spiel zuwandten.

»Tut mir leid, Mat«, grollte Loial. »Ich weiß, daß ich zuviel rede, aber ich wollte nicht ...«

»Ich bleibe nicht hier«, sagte Mat zu den Dachsparren, »bei einem geschwätzigen Ogier und einem Idioten, dessen Kopf so angeschwollen ist, daß er unter keinen Hut mehr paßt. Kommst du mit, Perrin?« Perrin seufzte, sah Rand an und nickte dann.

Rand sah mit einem Kloß im Hals zu, wie sie weggingen. *Ich muß alleine gehen. Licht, hilf mir, aber ich muß!*

Loial sah ihnen auch nach, und seine Augenbrauen hingen sorgenerfüllt herunter. »Rand, ich wollte wirklich nicht ...«

Rand bemühte sich, barsch zu klingen: »Worauf wartest du denn noch? Geh doch mit ihnen! Ich verstehe nicht, warum du noch hier bist. Du nützt mir gar nichts, wenn du keinen Weg nach draußen kennst. Geh schon! Geh und suche deine Bäume und deine geliebten Haine, falls sie nicht gefällt wurden, und dann macht es auch nichts.«

Loials tassengroße Augen blickten zuerst überrascht und verletzt drein, doch dann zogen sie sich zusammen und zeigten etwas, das man beinahe schon Zorn nennen konnte. Rand glaubte aber nicht, daß es Zorn war. In einigen alten Legenden wurde behauptet, Ogier seien gewalttätig, obwohl es niemals näher erklärt wurde, aber Rand hatte noch nie jemanden getroffen, der ein so sanftes Gemüt hatte wie Loial.

»Wenn du wünschst, Rand al'Thor«, sagte Loial schroff. Er verbeugte sich steif und stolzierte Mat und Perrin hinterher.

Rand sackte nach hinten an den Stapel Getreidesäcke. *Also,* sagte eine Stimme in seinem Kopf bissig, *das hast du ja nun geschafft. Ich mußte doch,* antwortete er ihr. *Es wird gefährlich, sich in meiner Nähe aufzuhalten. Blut und Asche, ich werde wahnsinnig, und ... Nein! Nein, das werde ich nicht! Ich werde die Macht nicht benützen, dann schnappe ich auch nicht über ... Aber ich kann es nicht riskieren. Ich kann nicht, verstehst du das?* Doch die Stimme lachte ihn nur aus.

Er merkte, daß ihn die Spieler ansahen. Sie knieten

noch vor der Wand, und alle hatten sich zu ihm umgedreht. Schienarer waren fast immer höflich und korrekt, gleich, welcher gesellschaftlichen Klasse sie angehörten, selbst zu Todfeinden, und Ogier waren nun bestimmt keine Feinde der Schienarer. In den Augen der Spieler stand der Schock. Ihre Gesichter waren ausdruckslos, doch ihre Augen sagten, daß es schlimm war, was er getan hatte. Ein Teil von ihm gab ihnen recht, und so ging ihm ihre schweigende Anklage mächtig unter die Haut. Sie sahen ihn einfach nur an, aber er stolperte aus dem Lagerraum, als seien sie hinter ihm her.

Wie betäubt ging er weiter durch die Lagerräume und suchte nach einem Ort, wo er sich heimlich aufhalten konnte, bis die Tore wieder dem Verkehr geöffnet wurden. Dann könnte er sich vielleicht unten im Karren eines Lebensmittelhändlers verstecken. Falls sie die Karren nicht auf dem Weg nach draußen durchsuchten. Falls sie nicht auch die Lagerräume oder sogar die ganze Festung nach ihm durchsuchten. Beharrlich verdrängte er die Gedanken an diese Möglichkeit, und er konzentrierte sich ganz darauf, einen Hort der Sicherheit aufzuspüren. Aber bei jedem in Frage kommenden Platz, den er ausfindig machte — einem Hohlraum in einem Stapel von Getreidesäcken, einem schmalen Durchgang an einer Wand hinter einigen Weinfässern, einem zur Hälfte mit leeren Kisten und Schatten gefüllten, aber ansonsten leerstehenden Lagerraum — stellte er sich vor, wie ihn die Häscher dort fänden. Er stellte sich auch vor, wie der unsichtbare Beobachter, wer oder was er auch sein mochte, ihn dort ausfindig machte. Also schlich er weiter, durstig und staubig und mit Spinnweben im Haar.

Dann betrat er einen nur trüb von Fackeln beleuchteten Korridor, und da war Egwene und schlich von Tür zu Tür. Sie blieb jeweils stehen, um in die Lagerräume zu spähen. Ihr dunkles, bis an die Hüften reichendes Haar wurde von einem roten Band zusammengehalten.

Sie trug ein hellgraues Kleid schienarischen Schnitts mit einer roten Borte. Bei ihrem Anblick überkamen ihn Trauer und Sehnsucht, schlimmer als zu der Zeit, da er Mat und Perrin und Loial verscheucht hatte. Er war in dem Bewußtsein aufgewachsen, daß er eines Tages Egwene heiraten würde — genau wie sie umgekehrt ja auch. Aber jetzt …

Sie zuckte zusammen, als er plötzlich vor ihr stand. Ihr schien der Atem zu stocken, aber dann sagte sie nur: »Also da bist du! Mat und Perrin erzählten mir, was du getan hast. Und Loial auch. Ich weiß, was du damit erreichen willst, Rand, und das ist einfach idiotisch.« Sie verschränkte die Arme unter dem Busen, und ihre großen, dunklen Augen sahen ihn unverwandt an. Er hatte sich schon immer gefragt, wie sie es fertigbrachte, daß es so wirkte, als blicke sie auf ihn herunter — das machte sie, wann immer sie gerade wollte —, obwohl sie ihm nur bis ans Kinn reichte und auch noch zwei Jahre jünger war.

»Gut«, sagte er. Plötzlich ärgerte er sich über ihr Haar. Er hatte niemals eine erwachsene Frau gesehen, die ihr Haar offen und nicht als Zopf trug, bevor er die Zwei Flüsse verließ. Dort wartete jedes Mädchen ungeduldig darauf, daß der Frauenzirkel ihres Dorfs entschied, sie sei alt genug, um ihr Haar zum Zopf zu flechten. Egwene war keine Ausnahme gewesen. Und nun war sie hier und trug ihr Haar offen, nur mit einem Band gehalten. *Ich will nach Hause und kann nicht, während sie es gar nicht erwarten kann, Emondsfeld zu vergessen.* »Geh weg und laß mich in Ruhe. Du willst dich doch nicht mehr mit einem Schäfer abgeben. Hier sind ja jetzt genug Aes Sedai, die du anhimmeln kannst. Und erzähl keiner davon, daß du mich gesehen hast. Sie sind hinter mir her, und ich kann es nicht auch noch verkraften, wenn du ihnen hilfst.«

Auf ihren Wangen brannten rote Flecke. »Glaubst du, ich würde …«

Er drehte sich um und wollte weitergehen, doch da warf sie sich mit einem kleinen Aufschrei auf ihn und umklammerte seine Beine. Beide taumelten auf den Steinfußboden hinunter. Seine Satteltaschen und das Bündel flogen durch die Gegend. Er keuchte beim Aufschlag auf den Boden. Der Griff seines Schwertes bohrte sich in seine Seite, und das wiederholte sich, als sie sich hochrappelte und sich anschließend auf seinen Rücken fallen ließ, als sei er ein Stuhl. »Meine Mutter«, sagte sie entschlossen, »hat mir immer beigebracht, der beste Weg zu lernen, wie man mit einem Mann umgeht, sei zu lernen, wie man auf einem Maulesel reitet. Sie sagte, die meiste Zeit über hätten sie ungefähr den gleichen Verstand. Manchmal sei auch der Maulesel schlauer.«

Er hob den Kopf und blickte sie über die Schulter hinweg an. »Geh runter von mir, Egwene. Runter! Egwene, wenn du nicht gleich unten bist« — er senkte die Stimme vielsagend — »dann tue ich dir etwas an. Du weißt, was ich bin.« Er warf ihr einen bitterbösen Blick zu, um seine Drohung zu unterstreichen.

Egwene schnaubte. »Das würdest du nicht, auch wenn du könntest. Du kannst niemandem etwas zuleide tun. Aber außerdem geht das auch gar nicht. Ich weiß, daß du die Eine Macht nicht nach Belieben lenken kannst. Es geschieht einfach, und du kannst es nicht kontrollieren. Also wirst du weder mir noch sonst jemandem etwas antun. Andererseits habe ich bei Moiraine Unterricht gehabt, und wenn du keine Vernunft annimmst, Rand al'Thor, dann könnte ich vielleicht deine Hose in Brand setzen. So was schaffe ich. Mach nur so weiter, dann wirst du es erleben.« Plötzlich flammte einen Augenblick lang die ihnen am nächsten befindliche Fackel prasselnd auf. Sie quiekte und starrte überrascht hin.

Er wand sich herum, packte ihren Arm, zog sie von seinem Rücken herunter und stieß sie gegen die Wand.

Als er sich aufrichtete, saß sie ihm gegenüber und rieb sich wütend den Arm. »Du hättest das wirklich fertiggebracht, stimmt's?« sagte er verärgert. »Du spielst mit Sachen, die du nicht verstehst. Du hättest uns beide zu Holzkohle verbrennen können!«

»Männer! Wenn ihr uns nicht überzeugen könnt, dann rennt ihr entweder davon oder ihr greift zur Gewalt.«

»Mach mal halblang! Wer hat wen zu Fall gebracht? Wer hat sich auf wen gesetzt? Und wer hat gedroht – versucht ...« Er hob die Hände. »Nein, du machst nicht so weiter. Du versuchst das immer wieder. Wenn du merkst, daß es nicht nach deinem Kopf geht, dann reden wir plötzlich von etwas ganz anderem. Aber diesmal nicht!«

»Ich will nicht streiten«, sagte sie ruhig, »und ich wechsle auch nicht das Thema. Verstecken heißt doch nur weglaufen. Und nach diesem Versteckspiel läufst du ohnehin weg. Und du tust Mat und Perrin und Loial weh! Und wie steht es mit mir? Ich weiß, warum. Du hast Angst davor, daß du jemandem noch mehr weh tust, wenn du ihn bei dir bleiben läßt. Wenn du nicht tätest, was du sowieso nicht solltest, dann müßtest du dir auch keine Gedanken darüber machen, jemandem weh zu tun. All dieses Herumrennen und auf jeden Loshakken, und dabei weißt du noch nicht einmal, ob du einen wirklichen Grund dazu hast! Wieso sollte die Amyrlin oder irgendeine Aes Sedai außer Moiraine überhaupt wissen, daß es dich gibt?«

Er blickte sie einen Augenblick lang stumm an. Je mehr Zeit sie mit Moiraine und Nynaeve verbrachte, desto mehr nahm sie deren Art an, zumindest wenn ihr das paßte. Sie waren sich manchmal so ähnlich, die Aes Sedai und die Seherin, verschlossen und weise zugleich. Dasselbe bei Egwene festzustellen, brachte ihn durcheinander. Schließlich erzählte er ihr, was Lan ihm gesagt hatte. »Was kann er sonst gemeint haben?«

Ihre Hand erstarrte auf seinem Arm, und sie runzelte angestrengt die Stirn. »Moiraine weiß das von dir, und sie hat nichts unternommen; also warum sollte sie das jetzt tun? Aber falls Lan ...« Mit gerunzelter Stirn sah sie ihm in die Augen. »Die Lagerräume sind der erste Ort, an dem sie suchen werden. Falls sie suchen. Bis wir herausfinden, ob sie dich suchen, müssen wir dich irgendwohin bringen, wo sie niemals suchen würden. Ich weiß wo. Im Kerker.«

Er rappelte sich hoch. »Im Kerker?«

»Nicht in einer Zelle, Dummkopf. Ich gehe manchmal abends hin, um Padan Fain zu besuchen. Nynaeve auch. Keiner wird sich etwas dabei denken, wenn ich heute etwas früher komme. In Wirklichkeit wird uns überhaupt niemand beachten, weil alle die Amyrlin sehen wollen.«

»Aber Moiraine ...«

»Sie geht nicht in den Kerker, um Meister Fain zu verhören. Sie läßt ihn zu sich bringen. Und sie hat das in den letzten Wochen nicht gerade oft getan. Glaub mir, dort bist du in Sicherheit.«

Er zögerte noch. Padan Fain. »Warum besuchst du überhaupt den Händler? Er ist ein Schattenfreund, wie du aus seinem eigenen Munde weißt, und ein sehr schlimmer noch dazu. Licht noch mal, Egwene, er hat die Trollocs nach Emondsfeld geführt! Der Jagdhund des Dunklen Königs nannte er sich, und er hat seit Winternacht meine Spur gesucht.«

»Ja, aber jetzt befindet er sich ganz sicher hinter eisernen Gitterstäben, Rand.« Nun zögerte sie und sah ihn beinahe bittend an. »Rand, er ist jeden Frühling seit meiner Geburt mit seinem Wagen in die Zwei Flüsse gekommen. Er kennt alle Menschen, die ich kenne, und alle Orte. Es ist seltsam, aber je länger er eingesperrt ist, desto umgänglicher wird er. Es ist beinahe, als komme er vom Dunklen König los. Er lacht wieder und erzählt lustige Geschichten über die Leute aus Emondsfeld und manchmal von Orten, deren Namen ich noch nie gehört habe. Manchmal ist er fast wieder so wie früher. Ich spreche einfach gern mit jemandem über zu Hause.«

Da ich dich gemieden habe, dachte er, *und da Perrin alle gemieden hat und Mat seine ganze Zeit mit Spielen und Vergnügungen zubringt.* »Ich hätte mich wohl nicht so zurückziehen sollen«, gab er leise zu, und dann seufzte er. »Na ja, wenn Moiraine glaubt, daß du nicht in Gefahr bist, dann ist es wohl auch kein Risiko für mich. Aber es ist nicht nötig, daß du darin verwickelt wirst.«

Egwene stand auf, wischte sich betont das Kleid ab und mied seinen Blick.

»Moiraine *hat* doch gesagt, daß es ungefährlich ist? Egwene?«

»Moiraine Sedai hat mir nicht gesagt, daß ich Meister Fain nicht besuchen könne«, sagte sie trotzig.

Er sah sie entgeistert an, und dann brach es aus ihm heraus: »Du hast sie überhaupt nicht gefragt! Sie weiß es nicht einmal! Egwene, das ist derart dumm! Padan Fain ist ein Schattenfreund und so schlimm, wie einer nur sein kann.«

»Er ist in einem Käfig eingesperrt«, sagte sie trotzig, »und ich muß Moiraine nicht um Erlaubnis bitten, wenn ich etwas tun will. Es ist ein bißchen zu spät für dich, dir zu überlegen, daß jemand tun soll, was eine Aes Sedai wünscht. Also, kommst du jetzt mit?«

»Ich kann den Kerker auch ohne dich finden. Sie suchen nach mir, oder werden nach mir suchen, und es wäre nicht gut für dich, wenn sie dich bei mir finden.«

»Ohne mich«, bemerkte sie trocken, »wirst du wahrscheinlich über die eigenen Füße fallen und geradewegs in den Schoß der Amyrlin fallen und dort alles gestehen, während du dich herauszureden versuchst.«

»Blut und Asche! Du gehörst wirklich in den Frauenzirkel zu Hause. Wenn Männer wirklich so unbeholfen und hilflos wären, wie du zu glauben scheinst, würden wir nie ...«

»Willst du hier stehen und quatschen, bis sie dich finden? Heb deine Sachen auf, Rand, und komm mit mir!« Sie wartete nicht auf eine Antwort, drehte sich auf dem Fuß um und ging den Flur hinunter. Rand fluchte unterdrückt und gehorchte ihr zögernd.

Es hielten sich auf den Hintertreppen, die sie benützten, nur wenige Menschen auf, meist Diener, aber Rand hatte das Gefühl, sie starrten ihn besonders aufmerksam an. Nicht den Mann, der für eine Reise ausgerüstet war, sondern speziell *ihn,* Rand al'Thor. Er wußte, daß er sich das einbildete, zumindest hoffte er das, aber trotzdem fühlte er sich keineswegs erleichtert, als sie in einem Gang tief unter der Festung vor einer hohen Tür mit einem kleinen Eisengitter darin stehenblieben. Die Tür war so stark mit Eisenbändern befestigt wie die Tore in der Festungsmauer. Unter dem Gitter hing ein Türklopfer.

Durch das Gitter konnte Rand kahle Wände erkennen und zwei Soldaten mit ihren Haarknoten, die ohne Kopfbedeckung an einem Tisch saßen, auf dem eine Lampe stand. Einer der Männer schärfte einen Dolch mit langgezogenen, langsamen Bewegungen seines Schleifsteins. Die Bewegungen wurden nicht unterbrochen, als Egwene den Türklopfer betätigte. Es gab einen scharfen, hallenden Schlag von Eisen auf Eisen. Der andere Mann, der ein plattes und mürrisches Gesicht hatte, sah die Tür überlegend an, bevor er sich schließlich doch erhob und herüberkam. Er war untersetzt und stämmig und gerade groß genug, um durch die Gitterstäbe zu blicken.

»Was wollt Ihr? Ach, du bist es wieder, Mädchen. Bist du gekommen, um deinen Schattenfreund zu besuchen? Wer ist das?« Er machte keine Anstalten, die Tür zu öffnen.

»Es ist ein Freund von mir, Changu. Er möchte auch Meister Fain sehen.«

Der Mann betrachtete Rand. Er zog die Oberlippe

hoch, so daß seine Zähne blank lagen. Rand glaubte nicht, daß es ein Lächeln darstellen sollte. »Aha«, sagte Changu schließlich. »Aha. Groß seid Ihr. Groß. Und hübsch angezogen für einen von Eurer Sorte. Hat Euch einer jung in den Ostsümpfen eingefangen und gezähmt?« Er riß die Bolzen nach hinten und die Tür auf. »Also, dann kommt schon herein.« Sein Tonfall wurde spöttisch. »Gebt acht, daß Ihr euch nicht den Kopf anstoßt, Lord.«

Doch da bestand keine Gefahr; die Tür war hoch genug für Loial. Rand folgte Egwene mit finsterer Miene hinein. Er überlegte, ob Changu vielleicht Ärger machen würde. Er war der erste unhöfliche Schienarer, den Rand kennengelernt hatte; selbst Masema war nur kalt, aber nicht wirklich unhöflich. Doch der Bursche schlug lediglich die Tür zu und rammte die schweren Bolzen wieder hinein. Dann ging er zu einem Regal hinter dem Tischende und nahm eine der dort stehenden Lampen. Der andere Mann hörte nicht auf, sein Messer zu schleifen, und blickte nicht einmal auf. Der Raum war bis auf den Tisch und Bänke und Regale leer. Auf dem Boden lag Stroh, und eine weitere eisenverstärkte Tür führte tiefer in den Kerker hinein.

»Ihr werdet Licht brauchen, klar?« sagte Changu. »Dort drinnen bei Eurem Schattenfreund ist es dunkel.« Er lachte grob und ohne Humor und entzündete die Lampe. »Er wartet auf Euch.« Er hielt Egwene die Lampe hin und öffnete die innere Tür beinahe eifrig. »Wartet auf Euch. Dort drinnen im Dunkeln.«

Rand blieb unsicher ob der dort herrschenden Schwärze stehen und Changu grinste hinter ihm, doch Egwene packte ihn am Ärmel und zog ihn weiter. Die Tür schlug zu und erwischte ihn beinahe noch an der Ferse. Die Riegel wurden knirschend vorgeschoben. Es gab nur noch den Laternenschein, der seinen kleinen Lichtkreis in die Dunkelheit hineinzeichnete.

»Bist du sicher, daß er uns wieder herauslassen

wird?« fragte er. Der Mann hatte, das wurde ihm jetzt klar, sein Schwert und seinen Bogen überhaupt nicht angesehen und auch nicht gefragt, was er in seinen Bündeln habe. »Das sind keine sehr guten Wachen. So, wie der aufgepaßt hat, könnten wir genausogut hier sein, um Fain zu befreien.«

»Dazu kennen sie mich zu gut«, sagte sie, doch es klang besorgt, und sie fügte hinzu: »Sie scheinen jedesmal schlimmer zu werden, wenn ich komme. Alle Wachen. Bissiger und mürrischer. Changu hat bei meinem ersten Besuch noch Witze erzählt, und Nidao sagt überhaupt kein Wort mehr. Aber ich schätze, wenn man an einem Ort wie diesem arbeitet, kann man wohl kein leichtes Herz bewahren. Vielleicht liegt es auch an mir. Dieser Ort macht mein Herz auch nicht gerade leichter.« Trotz ihrer Worte zog sie ihn voller Selbstvertrauen weiter in die Schwärze. Er hielt mit seiner freien Hand das Schwert.

Der blasse Laternenschein enthüllte einen breiten Flur mit Eisengittern auf beiden Seiten, hinter denen sich Zellen mit aus Stein gehauenen Wänden befanden. Nur zwei der Zellen, an denen sie vorbeikamen, waren besetzt. Die Gefangenen richteten sich von ihren schmalen Pritschen auf, als der Lichtschein auf sie fiel, schützten ihre Augen mit den Händen und starrten böse zwischen den Fingern hindurch. Obwohl ihre Gesichter verborgen blieben, war Rand sich ihrer bösen Blicke sicher. Ihre Augen funkelten im Laternenschein.

»Der da trinkt und rauft zuviel«, murmelte Egwene und deutete auf einen stämmigen Burschen, dessen Gelenke fast unter Muskelpaketen verschwanden. »Diesmal hat er ganz allein den Schankraum einer Schenke in der Stadt auseinandergenommen und einige Männer schwer verletzt.« Der andere Gefangene trug einen goldbestickten Mantel mit weiten Ärmeln und niedrige, glänzende Stiefel. »Er versuchte, die Stadt zu verlassen, ohne seine Rechnung in der Schenke zu begleichen« —

dabei schnaubte sie laut und verachtungsvoll; schließlich war ihr Vater Wirt und auch noch Bürgermeister von Emondsfeld — »und er schuldet auch noch einem halben Dutzend Ladenbesitzern und Kaufleuten Geld.«

Die Männer fauchten sie an und knurrten kehlige Flüche, wie Rand sie bisher nur von den Leibwächtern der Händler gehört hatte.

»Auch sie werden jeden Tag schlimmer«, sagte sie mit angespannter Stimme und beschleunigte ihren Schritt.

Sie befand sich weit genug vor ihm, als sie Padan Fains Zelle ganz am Ende des Ganges erreichten, daß Rand sich in dem Moment ganz außerhalb des Lichtscheins befand. Er blieb an dem Fleck im Schatten hinter ihrer Laterne stehen.

Fain saß auf seiner Pritsche und beugte sich erwartungsvoll vor, als habe er wirklich gewartet, so wie Changu behauptet hatte. Er war ein knochiger Mann mit stechendem Blick, langen Armen und einer großen Nase, und er war noch hagerer, als Rand ihn in Erinnerung hatte. Die hagere Gestalt rührte nicht vom Aufenthalt im Kerker her — das Essen hier war das gleiche, das auch die Diener bekamen, und auch der schlimmste Gefangene bekam die gleichen Portionen —, sondern von dem, was er getan hatte, bevor er nach Fal Dara gekommen war. Der Anblick ließ in Rand Erinnerungen aufkommen, auf die er lieber verzichtet hätte. Fain auf dem Bock seines großen Händlerwagens, wie er über die Wagenbrücke rumpelte und am Tag der Winternacht in Emondsfeld ankam. Und an Winternacht kamen die Trollocs und mordeten und brannten Häuser nieder und jagten. Sie jagten drei junge Männer, hatte Moiraine gesagt. *Sie jagten mich, auch wenn sie es nicht wußten, und Fain benutzten sie als Spürhund.*

Fain stand bei Egwenes Annäherung auf, doch er schützte seine Augen nicht vor dem Licht; er zuckte nicht einmal mit der Wimper. Er lächelte sie an. Das Lächeln berührte aber kaum seine Mundwinkel. Dann hob er den Blick und sah über ihren Kopf hinweg. Er schaute geradewegs Rand an, der in der Schwärze hinter dem Lichtschein verborgen stand, und deutete mit einem langen Finger auf ihn. »Ich fühle, wie du dich dort verbirgst, Rand al'Thor«, sagte er in einem Singsangton. »Du kannst dich nicht verbergen, nicht vor mir und nicht vor ihnen. Du dachtest, es sei vorüber, nicht wahr? Aber der Kampf wird nie vorüber sein, al'Thor. Sie holen mich, und sie werden dich holen, und der Krieg geht weiter. Ob du lebst oder stirbst, es wird nie vorüber sein für dich. Nie.« Plötzlich begann er zu singen:

»Es nähert der Tag der Freiheit sich.
Auch für dich und selbst für mich.
Es naht der Tag, da sterben alle.
Besonders du, doch ich entrinn der Falle.«

Er ließ den Arm fallen, und sein Blick hob sich erneut. Er starrte angestrengt nach oben in die Dunkelheit hinein. Ein schiefes Grinsen verzerrte seine Mundpartie. Er lachte tief und kehlig, als amüsiere er sich über das, was immer er auch sehen mochte. »Mordeth weiß mehr als ihr alle. Mordeth weiß Bescheid.«

Egwene schob sich nach hinten von der Zelle weg, bis sie Rand erreicht hatte und nur der äußerste Rand des Lichtscheins noch die Gitterstäbe von Fains Zelle berührte. Die Dunkelheit verbarg den Händler, doch sie konnten sein Lachen noch immer hören. Obwohl er ihn nicht mehr sehen konnte, war Rand sicher, daß Fain nach wie vor ins Nichts blickte.

Schaudernd löste er die Finger vom Schwertgriff. »Licht!« sagte er heiser. »Und du sagst, er ist so wie früher?«

»Manchmal ist es besser, und manchmal wieder schlimmer.« Egwenes Stimme klang unsicher. »Jetzt ist es schlimmer — viel schlimmer als sonst.«

»Ich frage mich, was er da sieht. Er spinnt — starrt im

Dunklen an die Steindecke.« *Wenn der Stein nicht wäre, würde er genau in die Wohnquartiere der Frauen blicken. Dort ist Moiraine, und auch die Amyrlin.* Er schauderte wieder. »Er ist verrückt.«

»Es war kein guter Einfall, Rand.« Sie blickte sich nach hinten zur Zelle um und zog ihn weg. Sie senkte die Stimme, als fürchte sie, daß Fain sie belauschen könnte. Fains Lachen verfolgte sie. »Selbst wenn sie hier nicht suchen, kann ich nicht bei ihm bleiben, und ich glaube auch nicht, daß du hier bleiben solltest. Heute hat er etwas an sich ...« Sie holte bebend Luft. »Es gibt einen Ort, an dem du noch sicherer wärst als hier. Ich habe ihn bloß nicht erwähnt, weil es leichter war, dich hier herein zu bringen, aber sie würden niemals in den Frauenquartieren nachschauen. Nie.«

»Die Frauen ...? Egwene, Fain mag ja spinnen, aber du bist noch verrückter. Du kannst dich doch vor Hornissen nicht ausgerechnet im Hornissennest verstekken!«

»Welcher Ort wäre besser geeignet? Was ist der einzige Ort in der Festung, den kein Mann ohne die Einladung einer Frau betreten würde, noch nicht einmal Lord Agelmar? Was ist der einzige Ort, an dem niemals jemand nach einem Mann suchen würde?«

»Welches ist der einzige Ort in der Festung, bei dem du sicher sein kannst, daß er voll von Aes Sedai steckt? Das ist verrückt, Egwene.«

Sie deutete auf seine Bündel und redete, als sei alles beschlossene Sache. »Du mußt dein Schwert und den Bogen in deinen Umhang wickeln, dann sieht es aus, als würdest du mir die Sachen tragen. Es sollte nicht zu schwierig sein, ein Wams und ein Hemd für dich zu finden, die nicht so hübsch aussehen. Du mußt aber gebückt laufen, ja?«

»Ich sage dir doch, ich mache das nicht mit.«

»Da du so stur wie ein Maulesel bist, geschieht es dir nur recht, wenn du meinen Träger spielen mußt. Es sei denn, du möchtest lieber hier unten bei ihm bleiben.«

Fains von Gelächter erfülltes Flüstern drang durch die schwarzen Schatten. »Die Schlacht wird niemals enden, al'Thor. Mordeth weiß das.«

»Meine Chancen wären wohl noch besser, wenn ich von der Mauer springen würde«, murmelte Rand. Aber er legte seine Bündel ab und machte sich daran, Schwert und Bogen und Köcher einzuwickeln, wie sie es vorgeschlagen hatte.

In der Dunkelheit lachte Fain. »Es ist nie vorbei, al'Thor. Nie!«

KAPITEL 4

Herbeizitiert

Allein in ihrem Zimmer im Frauenquartier zupfte sich Moiraine die mit Efeuranken und Weinblättern bestickte Stola um ihre Schultern zurecht und betrachtete sich in dem großen, gerahmten Spiegel, der in einer Ecke stand. Ihre großen, dunklen Augen konnten so scharf wie die eines Falken dreinblicken, wenn sie zornig war. Im Moment schienen sie das versilberte Glas zu durchbohren. Es war nur Zufall, daß sie die Stola in ihren Satteltaschen hatte, als sie nach Fal Dara kam. Solch eine Stola trug man selten außerhalb Tar Valons, und selbst dort meist nur in der Weißen Burg. Sie hatte die leuchtende weiße Flamme von Tar Valon auf dem Rücken, und die Farbe der langen Fransen zeigte, welcher Ajah sie angehörte. Bei Moiraine waren sie blau wie der Morgenhimmel. In Tar Valon war es eigentlich nur ein Treffen im Burgsaal, bei dem man eine solch formelle Stola trug, und jenseits der Leuchtenden Mauer würden zu viele Leute beim Anblick der Flamme wegrennen, um sich zu verstecken, oder vielleicht, um die Kinder des Lichts herbeizurufen. Der Pfeil eines Weißmantels war für eine Aes Sedai genauso tödlich wie für jeden anderen, und die Kinder waren zu klug, um sich von einer Aes Sedai sehen zu lassen, bevor der Pfeil heranzischte und während sie noch etwas dagegen unternehmen konnte. Moiraine hatte sicher nicht erwartet, die Stola in Fal Dara tragen zu müssen. Aber bei einer Audienz bei der Amyrlin mußte man das Protokoll schon beachten.

Sie war schlank und nicht gerade groß, und die glattwangige Alterslosigkeit der Aes Sedai ließ sie oft jünger wirken, als sie war, doch Moiraine besaß eine dominierende Eleganz und eine ruhige Ausstrahlung, die sie bei jeder Versammlung zur Führungspersönlichkeit werden ließ. Was ihr im Königspalast von Cairhien in Fleisch und Blut übergegangen war, war durch die noch größere Anzahl an Jahren als Aes Sedai nicht verlorengegangen, sondern noch verstärkt worden. Sie wußte, daß sie heute jedes bißchen ihrer Persönlichkeit brauchen würde. Und doch war der größte Teil ihrer Ruhe nur oberflächlich. *Es muß Schwierigkeiten gegeben haben, sonst wäre sie nicht selbst gekommen,* dachte sie zum wenigstens zehnten Mal. Aber das führte zu tausend weiteren Fragen. *Welche Schwierigkeiten plagen sie, und wen hat sie zur Begleitung ausgewählt? Warum kam sie hierher? Warum gerade jetzt? Es darf jetzt einfach nichts mehr schiefgehen.*

Der Ring mit der Großen Schlange spiegelte matt das Licht wider, als sie die feine Goldkette berührte, die sie in ihrem dunklem Haar befestigt hatte. Das Haar fiel ihr in Wellen auf die Schultern herunter. An der Kette hing ein kleiner, klarer blauer Edelstein genau in der Mitte ihrer Stirn. Viele in der Weißen Burg wußten von den Tricks, die sie mit diesem Stein als Brennpunkt ihrer Kräfte vollbringen konnte. Es war nur ein geschliffenes Stück blauen Kristalls, nur etwas, das ein junges Mädchen im frühesten Teil ihres Lernprozesses benützt hatte, in dem sie noch niemand hatte, der sie betreute. Dieses Mädchen hatte sich an die Geschichten der *Angreal* und der noch mächtigeren *Sa'Angreal* erinnert — dieser sagenhaften Überbleibsel aus dem Zeitalter der Legenden, die den Aes Sedai erlaubten, noch mehr von der Einen Macht zu lenken, als es ohne Hilfe möglich und sicher war —, sich daran erinnert und geglaubt, man brauche grundsätzlich einen solchen Brennpunkt, um die Macht überhaupt kontrollieren zu können. Ihre Schwestern in der Weißen Burg kannten ein paar ihrer Tricks und mutmaßten über weitere, einschließlich einiger, die nicht existierten und die sie erschreckt hatten, als sie davon hörte. Die Dinge, die sie mit Hilfe des Steins tun konnte, waren einfach und unbedeutend, wenn auch gelegentlich nützlich: was sich eben ein Kind so vorstellen konnte. Aber falls sich die Amyrlin in der Begleitung der falschen Frauen befand, könnte der Kristall sie vielleicht seines Rufs wegen aus dem Gleichgewicht bringen.

Es klopfte ein paarmal schnell und eindringlich an ihre Zimmertür. Kein Schienarer würde auf diese Weise anklopfen, gleich an welche Tür, aber am allerwenigsten an ihre. Sie blickte so lange weiter in den Spiegel, bis ihre Augen ganz ruhig zurückblickten und alle Gedanken in ihren dunklen Tiefen verbargen. Sie überprüfte die weiche Ledertasche, die an ihrem Gürtel hing. *Welche Schwierigkeiten auch immer sie aus Tar Valon hierher brachten — sie wird sie vergessen, wenn ich ihr dieses Problem darlege.* Es klopfte noch einmal und noch lebhafter als zuvor. Sie durchquerte das Zimmer und öffnete die Tür mit einem gelassenen Lächeln, das für die beiden Frauen bestimmt war, die sie abholen kamen.

Sie erkannte beide: die dunkelhaarige Anaïya in ihrer Stola mit blauen Fransen und die blonde Liandrin in ihrer roten Stola. Liandrin, die nicht nur jung schien, sondern jung und hübsch war, mit einem Puppengesicht und einem kleinen Schmollmund, hatte die Hand schon erhoben, um noch einmal zu klopfen. Ihre dunklen Augenbrauen und noch dunkleren Augen bildeten einen scharfen Kontrast zu der Unmenge blaß-honigfarbener Korkenzieherlocken, die ihr auf die Schultern hingen, aber diese Kombination war in Tarabon nichts Ungewöhnliches. Beide Frauen waren größer als Moiraine, Liandrin allerdings nur um weniger als eine Handbreite.

Anaiyas grobes Gesicht wurde sofort, als Moiraine die Tür öffnete, von einem Lächeln überzogen. Dieses Lächeln verlieh ihr die einzige Schönheit, die sie je besitzen würde, aber es reichte. Fast jeder fühlte sich beruhigt, sicher und als etwas Besonderes, wenn er oder sie von Anaiya angelächelt wurde. »Das Licht leuchte dir, Moiraine. Es ist schön, dich wiederzusehen. Geht es dir gut? Wir haben uns schon so lange nicht gesehen.«

»Mein Herz ist leichter, nun, da du da bist, Anaiya.« Das stimmte auch ganz gewiß; es war gut zu wissen, daß sie unter den Aes Sedai, die nach Fal Dara gekommen waren, wenigstens eine Freundin hatte. »Das Licht leuchte dir.«

Liandrins Mund verzog sich, und sie zupfte an ihrer Stola. »Die Amyrlin verlangt nach Eurer Gegenwart, Schwester.« Auch ihre Stimme klang schmollend und ein wenig kalt. Das hatte nichts mit Moiraine zu tun oder nicht allein mit ihr; Liandrin hörte sich immer so an, als sei sie unzufrieden mit etwas. Mit gerunzelter Stirn versuchte sie, über Moiraines Schulter hinweg in das Zimmer zu blicken. »Dieser Raum — er ist geschützt. Wir können nicht eintreten. Warum schützt du dich gegen deine Schwestern?«

»Gegen alle«, antwortete Moiraine verbindlich. »Viele der Dienerinnen sind äußerst neugierig in bezug auf Aes Sedai, und ich will nicht, daß sie in meinen Zimmern herumschnüffeln, wenn ich abwesend bin. Bis jetzt bestand keine Notwendigkeit, einen Unterschied zu machen.« Sie zog die Tür hinter sich zu, so daß sie alle nun im Korridor standen. »Sollen wir gehen? Wir dürfen die Amyrlin nicht warten lassen.«

Sie ging den Flur hinunter, und Anaiya ging an ihrer Seite und plauderte mit ihr. Liandrin stand noch einen Augenblick lang da und sah die Tür an. Wahrscheinlich fragte sie sich, was Moiraine wohl dort verbarg. Dann beeilte sie sich, die anderen wieder einzuholen. Sie lief steif wie ein Wachsoldat vor Moiraine her, während Anaiya einfach nebenherschlenderte und ihr Gesellschaft leistete. Die Schritte ihrer in weichen Abendschuhen steckenden Füße waren auf den dichtgewobenen Teppichen mit ihren einfachen Mustern kaum zu hören.

Livrierte Frauen knicksten tief, wenn sie vorbeikamen, viele von ihnen tiefer als selbst beim Herrn von Fal Dara. Aes Sedai, drei auf einmal, und dann noch die Amyrlin selbst in der Festung, das war mehr Ehre, als irgendeine Frau aus der Festung während ihrer gesamten Lebenszeit erwarten durfte. Ein paar adlige Frauen befanden sich ebenfalls draußen in den Korridoren, und auch sie knicksten. Sie hätten das gewiß nicht vor Lord Agelmar getan. Moiraine und Anaiya lächelten und nickten jedesmal, um die Ehrerbietung zu würdigen, gleich, ob es eine Adlige war oder eine Dienerin. Liandrin ignorierte alle.

Hier hielten sich natürlich nur Frauen auf und keine Männer. Kein männlicher Schienarer über zehn Jahre würde die Gemächer der Frauen ohne Erlaubnis oder Einladung betreten, obwohl ein paar kleine Jungen hier in den Gängen spielten. Sie knieten sich ungeschickt auf ein Knie nieder, während ihre Schwestern tief knicksten. Gelegentlich lächelte Anaiya und streichelte im Vorbeigehen über einen kleinen Kopf.

»Diesmal, Moiraine«, sagte Anaiya, »warst du viel zu lange von Tar Valon weg. Viel zu lange. Du fehlst Tar Valon. Deine Schwestern vermissen dich. Und du wirst in der Weißen Burg benötigt.«

»Ein paar von uns müssen draußen in der Welt arbeiten«, sagte Moiraine sanft. »Ich überlasse dir den Burgsaal, Anaiya. Und doch hört man in Tar Valon mehr von dem, was in der Welt vorgeht, als ich. Viel zu oft laufe ich vor dem davon, was dort passiert, wo ich gestern war. Welche Neuigkeiten gibt es?«

»Drei weitere falsche Drachen.« Liandrin spuckte es fast aus. »In Saldaea, Murandy und Tear überziehen falsche Drachen das Land mit Krieg. Derweil lächelt ihr Blauen und redet über Nichtigkeiten und über die gute alte Zeit.« Anaiya zog die Augenbrauen hoch, und Liandrin schloß augenblicklich den Mund und schnaubte nur noch einmal hörbar.

»Drei«, sagte Moiraine leise und nachdenklich. Einen Moment lang glitzerten ihre Augen, doch das verbarg sie schnell wieder. »Drei während der letzten beiden Jahre, und nun drei weitere auf einmal.«

»Genau wie bei den anderen wird man auch mit diesen fertigwerden. Diesem männlichen Ungeziefer und dem zerlumpten Pack, das ihren Flaggen folgt.«

Moiraine amüsierte sich schon beinahe über die Sicherheit, mit der Liandrin das behauptete. Ihr waren die Wirklichkeit all dessen und die daraus erwachsenden Möglichkeiten nur zu klar. »Haben wenige Monate bereits ausgereicht, um dich vergessen zu machen, Schwester? Der letzte falsche Drache hat Ghealdan beinahe zerstört, bevor sein Heer — zerlumptes Pack oder nicht — geschlagen wurde. Ja, jetzt ist Logain in Tar Valon, gedämpft und besänftigt, denke ich, aber einige unserer Schwestern mußten sterben, um ihn zu überwinden. Selbst eine einzige tote Schwester ist mehr, als wir uns leisten können, und doch waren die Verluste in Ghealdan viel schlimmer. Die zwei anderen vor Logain konnten die Macht nicht lenken, aber trotzdem werden sich die Menschen in Kandor und Arad Doman noch gut an sie erinnern. Verbrannte Dörfer, und die Männer in der Schlacht gefallen. Wie leicht wird es der Welt fallen, mit dreien auf einmal fertigzuwerden? Wie viele werden sich um sie scharen? Es hat nie Mangel geherrscht an Anhängern jedes Mannes, der behauptete, der Wiedergeborene Drache zu sein. Welch furchtbare Kriege werden jetzt wieder wüten?«

»Es ist nicht so schlimm, wie du es siehst«, sagte Anaiya. »Soweit wir wissen, kann nur der in Saldaea die Macht benützen. Er hatte noch nicht genug Zeit, um viele Anhänger um sich zu scharen, und mittlerweile sollten bereits Schwestern dort sein, um ihn unter Kontrolle zu bringen. Die Leute am Taren jagen ihren falschen Drachen und seine Anhänger durch die Haddon-Sümpfe, während der Bursche aus Murandy bereits in

Ketten liegt.« Sie lachte kurz erstaunt auf. »Daß ausgerechnet die Murandianer mit ihrem Feind so schnell fertigwerden konnten! Frage sie, und sie nennen sich noch nicht einmal Murandianer, sondern Lugarder oder Inischlinni oder sagen, sie gehören zum Gefolge dieses Lords oder jener Lady. Aber nun hatten die Murandianer Angst, einer ihrer Nachbarn könne den Krieg als Ausrede benutzen, um eine Invasion zu beginnen, und prompt stürzen sich alle auf ihren falschen Drachen, kaum daß er den Mund aufmachte, um sich zu erklären.«

»Trotzdem«, sagte Moiraine, »darf man nicht mißachten, daß nun drei auf einmal da sind. War irgendeine Schwester in der Lage, eine Voraussage zu machen?« Die Möglichkeit war nur gering. In den letzten Jahrhunderten war dieses Talent kaum andeutungsweise bei den Aes Sedai aufgetaucht. Also war sie auch nicht überrascht, als Anaiya den Kopf schüttelte. Nicht überrascht, jedoch ein wenig erleichtert.

Sie erreichten einen Kreuzungspunkt von Korridoren zur gleichen Zeit wie Lady Amalisa. Sie knickste, wobei sie sich tief bückte und die blaßgrünen Röcke ausbreitete. »Ehre sei Tar Valon«, murmelte sie. »Ehre den Aes Sedai.«

Bei der Schwester des Herrn von Fal Dara war mehr als nur ein Kopfnicken angebracht. Moiraine nahm Amalisas Hände und zog sie auf die Füße. »Ihr ehrt uns, Amalisa. Erhebt Euch, Schwester.«

Amalisa richtete sich anmutig auf. Sie errötete dabei. Sie war noch niemals in Tar Valon gewesen, und von einer Aes Sedai Schwester genannt zu werden, war selbst für jemanden von ihrem gesellschaftlichen Rang erhebend. Sie war klein, in mittleren Jahren, und sie besaß eine dunkle, reife Schönheit, die durch die Röte ihrer Wangen noch betont wurde. »Ihr ehrt mich zu sehr, Moiraine Sedai.«

Moiraine lächelte. »Wie lange kennen wir uns bereits,

Amalisa? Muß ich Euch jetzt Lady Amalisa nennen, als hätten wir niemals zusammen Tee getrunken?«

»Natürlich nicht«, lächelte Amalisa zurück. Die innere Kraft, die man am Gesicht ihres Bruders ablesen konnte, war auch in ihrem deutlich, trotz des weichen Schwungs der Wangen und des Kinns. Es gab Leute, die behaupteten, obwohl Agelmar ein harter und wohlbekannter Kämpfer sei, könne er sich nur mit Mühe gegen seine Schwester behaupten. »Aber da die Amyrlin nun einmal hier ist … Wenn König Easar Fal Dara besucht, dann nenne ich ihn privat meinen *Magami*, meinen Kleinen Onkel, wie ich das schon als Kind tat, wenn er mich auf seinen Schultern reiten ließ, aber in der Öffentlichkeit geht das nicht.«

Anaiya zischte leicht durch die Zähne. »Manchmal sind Formalitäten notwendig, aber oft werden sie von Männern wichtiger genommen, als sie sind. Bitte nennt mich doch Anaiya, und ich nenne Euch Amalisa, wenn Ihr erlaubt.«

Aus dem Augenwinkel sah Moiraine Egwene weit hinten in einem Seitengang, wie sie hastig um eine Ecke herum verschwand. In ihrem Schlepptau schlurfte eine gebückte Gestalt in einem Lederwams mit gesenktem Kopf und Armen voll mit Bündeln. Moiraine genehmigte sich ein leichtes Lächeln, das sie schnell wieder verschwinden ließ. *Wenn das Mädchen in Tar Valon genausoviel Initiative zeigt,* dachte sie trocken, *dann sitzt sie eines Tages auf dem Amyrlin-Sitz. Falls sie lernt, diese Initiative kontrolliert einzusetzen. Falls es dann noch einen Amyrlin-Sitz gibt, auf dem sie sitzen kann.*

Als sie ihre Aufmerksamkeit wieder den anderen zuwandte, sprach gerade Liandrin: »… und ich würde mich über die Gelegenheit freuen, mehr über Euer Land zu erfahren.« Sie trug ein offenes und beinahe mädchenhaftes Lächeln zur Schau, und ihre Stimme klang freundlich.

Moiraine zwang ihr Gesicht zur Ausdruckslosigkeit,

als Amalisa sie einlud, mit ihr und ihren Hofdamen in ihren privaten Garten zu kommen, und als Liandrin diese Einladung warmherzig akzeptierte. Liandrin hatte wenige Freundinnen und keine Angehörigen außer der Roten Ajah. Und ganz bestimmt keine, die nicht Aes Sedai waren. *Sie würde noch eher mit einem Mann oder einem Trolloc Freundschaft schließen.* Moiraine war nicht sicher, ob Liandrin einen Unterschied zwischen einem Mann und einem Trolloc sah. Sie war sich da bei keiner der Roten Ajah sicher.

Anaiya erklärte, daß sie nun zur Audienz bei der Amyrlin gehen müßten. »Natürlich«, sagte Amalisa. »Das Licht leuchte ihr, und der Schöpfer gewähre ihr Sicherheit. Also, dann auf später!« Sie neigte den Kopf, als sie sie verließen.

Moiraine betrachtete Liandrin beim Weitergehen, sah sie aber nicht direkt an. Die Aes Sedai mit dem honigfarbenen Haar blickte geradeaus. Ihre Rosenknospenlippen waren nachdenklich geschürzt. Sie schien Moiraine und Anaiya vergessen zu haben. *Was hat sie vor?*

Anaiya schien nichts Außergewöhnliches bemerkt zu haben, aber andererseits hatte sie schon immer die Menschen sowohl als das akzeptiert, was sie waren, wie auch als das, was sie sein wollten. Es verwunderte Moiraine immer, wie sich Anaiya in der Weißen Burg so gut halten konnte, aber die Intriganten schienen halt ihre Offenheit und Ehrlichkeit, ihre Bereitschaft, alle zu akzeptieren, für eine schlaue Finte zu halten. Es brachte solche Frauen immer aus dem Gleichgewicht, wenn sich herausstellte, daß sie meinte, was sie sagte, und daß sie sagte, was sie meinte. Und sie besaß außerdem die Fähigkeit, den Dingen auf den Grund zu gehen und hinzunehmen, was sie dort sah. Jetzt kehrte sie ganz selbstverständlich zu den Tagesneuigkeiten zurück.

»Aus Andor hört man sowohl Gutes wie auch Schlechtes. Die Straßenkämpfe in Caemlyn haben sich seit dem Frühlingsbeginn gelegt, aber es wird noch darüber geklatscht, viel zuviel, daß an dem langen Winter die Königin und genauso Tar Valon die Schuld trügen. Morgase sitzt nicht so sicher wie im letzten Jahr auf dem Thron, aber sie sitzt darauf, und sie wird sich behaupten, solange Gareth Bryne Generalhauptmann der königlichen Garde ist. Und die Lady Elayne, die Tochter-Erbin, sowie ihr Bruder, Lord Gawyn, sind sicher in Tar Valon angekommen, um dort ihre Ausbildung zu beginnen. Es gab in der Weißen Burg einige Befürchtungen, die Königin könne mit dieser Sitte brechen.«

»Nicht, solange Morgase noch atmen kann«, sagte Moiraine.

Liandrin fuhr leicht zusammen, als sei sie gerade aufgewacht. »Betet darum, daß sie auch weiterhin zum Atmen kommt. Die Gesellschaft der Tochter-Erbin wurde bis zum Erinin von den Kindern des Lichts verfolgt. Bis zu den Brücken nach Tar Valon. Außerhalb von Caemlyn lagern noch weitere und warten darauf, Unruhe stiften zu können, und innerhalb Caemlyns haben sie auch Anhänger.«

»Vielleicht ist es an der Zeit, daß Morgase ein wenig Vorsicht lernt«, seufzte Anaiya. »Die Welt wird mit jedem Tag gefährlicher, selbst für eine Königin. Möglicherweise gerade für eine Königin. Sie war schon immer ehrgeizig. Ich erinnere mich daran, wie sie als Mädchen nach Tar Valon kam. Sie war nicht begabt genug, um zur Schwester gemacht zu werden, und das ärgerte sie. Manchmal glaube ich, deshalb treibt sie ihre Tochter heute so an, gleich was das Mädchen möchte.«

Moiraine schnaubte verächtlich. »Elayne wurde mit dem Funken geboren; es hatte nichts mit ›möchten‹ zu tun. Morgase konnte nicht riskieren, das Mädchen wegen mangelnder Ausbildung sterben zu lassen, auch wenn alle Weißmäntel von Amadicia außerhalb Caemlyns lagerten. Sie hätte eher Gareth Bryne und der königlichen Garde befohlen, ihr einen Weg hindurch nach Tar Valon mit dem Schwert zu bahnen, und Gareth Bryne würde es tun, auch wenn er es allein wagen müßte.« *Aber sie muß das ganze Ausmaß an Talent geheimhalten, über das das Mädchen verfügt. Würde das Volk von Andor Elayne immer noch auf dem Löwenthron als Morgases Nachfolgerin akzeptieren, wenn es davon wüßte? Nicht nur eine Königin, die der Sitte entsprechend in Tar Valon ausgebildet wurde, sondern eine richtige Aes Sedai?* In der gesamten durch schriftliche Zeugnisse belegten Geschichte hatte es nur eine Handvoll Königinnen gegeben, die sich mit Recht Aes Sedai nennen durften, und die wenigen, die das bekanntgegeben hatten, hatten es allesamt bereut. Sie fühlte Traurigkeit in sich aufsteigen. Aber es ging um zu viel, als daß man nur einem einzigen Land und einem einzigen Thron zuviel Hilfe, zuviel Sorge widmen konnte. »Was gibt es sonst noch, Anaiya?«

»Du dürftest wissen, daß in Illian zum ersten Mal nach vierhundert Jahren wieder die Wilde Jagd nach dem Horn freigegeben wurde. Die Illianer behaupten, die Letzte Schlacht sei nahe« — Anaiya schauderte ein wenig, was verständlich war, fuhr aber ohne Unterbrechung fort —, »und das Horn von Valere müsse vor der endgültigen Schlacht gegen den Schatten gefunden werden. Männer aus allen Ländern versammeln sich. Alle wollen Teil einer Legende werden, wollen das Horn finden. Murandy und Altara sind natürlich in Aufruhr und glauben, es sei alles nur eine Finte, um gegen eines von ihnen vorzurücken. Vielleicht haben die Murandianer deshalb ihren falschen Drachen so schnell eingefangen. Jedenfalls wird es eine Menge neuer Geschichten für die Barden und Gaukler geben, die sie dem Zyklus hinzufügen können. Das Licht möge es dabei bleiben lassen, daß es nur neue Geschichten sind.«

»Vielleicht nicht die Geschichten, die sie erwarten«, sagte Moiraine. Liandrin sah sie scharf an, und sie machte ein unbeteiligtes Gesicht.

»Ich glaube nicht«, sagte Anaiya gelassen. »Es werden gerade die Geschichten sein, die sie am wenigsten erwarten, aber dem Zyklus schließlich hinzufügen. Ansonsten kann ich dir nur Gerüchte bieten. Die Meerleute sind ganz erregt. Ihre Schiffe segeln fast ohne Pause von Hafen zu Hafen. Schwestern von den Inseln sagen, daß der Coramoor, ihr Erwählter Herrscher, kommt, aber mehr wissen sie nicht zu sagen. Du weißt, wie schweigsam die Atha'an Miere Fremden gegenüber sind, wenn es um den Coramoor geht, und in dieser Hinsicht verstehen sich unsere Schwestern eher als Mitglieder des Meervolks denn als Aes Sedai. Auch die Aiel scheinen sich zu rühren, aber niemand weiß, warum. Bei den Aiel weiß man das nie. Aber wenigstens deutet nichts darauf hin, daß sie das Rückgrat der Welt wieder überqueren wollen, dem Licht sei Dank.« Sie seufzte und schüttelte den Kopf. »Was würde ich nicht darum geben, wenn wir wenigstens eine Schwester aus dem Volk der Aiel hätten. Nur eine. Wir wissen zu wenig über sie.«

Moiraine lachte. »Manchmal glaube ich, du gehörst zu den Braunen Ajah, Anaiya.«

»Die Ebene von Almoth«, sagte Liandrin und sah dann überrascht darüber aus, daß sie es gesagt hatte.

»Also, das ist nun *wirklich* ein Gerücht, Schwester«, sagte Anaiya. »Nur ein paar Worte hier und da, die wir hörten, als wir Tar Valon verließen. Es könnte auf der Ebene von Almoth und vielleicht auf der Toman-Halbinsel Gefechte gegeben haben. Ich sage: es könnte. Es war nur wenig, was darauf hinwies. Gerüchte von Gerüchten. Wir reisten ab, bevor wir mehr erfahren konnten.«

»Es müßte sich dann wohl um Tarabon und Arad Doman handeln«, sagte Moiraine und schüttelte den Kopf. »Sie haben sich mehr als dreihundert Jahre lang um die Ebene von Almoth gestritten, aber es ist nie zum offenen Krieg gekommen.« Sie sah Liandrin an; von Aes Sedai erwartete man, daß sie ihre alten Bindungen an Länder und Herrscher ablegten, aber das gelang nur wenigen vollständig. Es war schwierig, nichts mehr für das Land zu geben, in dem man geboren war. »Warum also jetzt?«

»Genug geschwätzt«, warf die Frau mit dem honigfarbenen Haar zornig ein. »Auf dich, Moiraine, wartet die Amyrlin.« Sie machte drei kurze Schritte nach vorn und warf eine hohe Tür auf. »Auf dich wartet bei der Amyrlin kein Geschwätz.«

Moiraine berührte unbewußt die Tasche an ihrem Gürtel und ging an Liandrin vorbei durch die Tür. Sie nickte ihr noch kurz zu, als halte ihr die andere die Tür aus Höflichkeit auf. Sie lächelte aber nicht, als auf Liandrins Gesicht der Zorn aufblitzte. *Was hat dieses verdrehte Mädchen nur vor?*

Eine Schicht von Teppichen in leuchtenden Farben bedeckte den Fußboden des Vorraums, und der Saal selbst war nett eingerichtet mit Stühlen und Polsterbänken und kleinen Tischchen, alles aus einfach bearbeitetem oder auch poliertem Holz. An den Seiten der Schießscharten hingen Brokatvorhänge und ließen sie damit eher wie Fenster wirken. In dem Kaminen brannte kein Feuer; der Tag war warm, und die Kühle von Schienar würde sich erst bei Sonnenuntergang wieder zeigen.

Hier hielten sich weniger als ein halbes Dutzend der Aes Sedai auf, die mit der Amyrlin gekommen waren. Verin Mathwin und Serafelle von den Braunen Ajah blickten nicht auf, als Moiraine eintrat. Serafelle las konzentriert in einem alten Buch mit abgegriffenem, verblaßten Ledereinband, dessen zerfledderte Seiten sie vorsichtig umblätterte. Die mollige Verin saß mit übergeschlagenen Beinen unter einer Schießscharte, hielt eine kleine Blüte ins Licht und machte Notizen und Skizzen in gestochen feiner Schrift in ein Buch, das sie auf dem Knie liegen hatte. Auf dem Blumentopf neben ihr stand ein offenes Tintengefäß, und auf ihrem Schoß lag ein kleines Bündel weiterer Blumen. Die Braunen Schwestern kümmerten sich um wenig, außer der Suche nach Wissen. Moiraine fragte sich manchmal, ob ihnen eigentlich klar sei, was in der Welt und sogar in ihrer engsten Umgebung vorging.

Die drei anderen Frauen, die sich im Raum befanden, drehten sich um, machten aber keine Anstalten, auf Moiraine zuzukommen; sie musterten sie lediglich. Eine war eine schlanke Frau, ein Mitglied der Gelben Ajah. Moiraine kannte sie nicht; sie verbrachte zu wenig Zeit in Tar Valon, um alle Aes Sedai zu kennen, obwohl es ja nun nicht mehr gerade viele waren. Die beiden übrigen kannte sie allerdings. Carlinya war von so blasser Hautfarbe und von so kaltem Charme wie die weißen Fransen an ihrer Stola und so in allem das Gegenteil der dunkelhaarigen, feurigen Alanna Mosvani von den Grünen, aber sie beide standen stumm da und betrachteten sie ausdruckslos. Alanna raffte mit einer hastigen Bewegung ihre Stola um sich zusammen, doch Carlinya bewegte sich überhaupt nicht. Die schlanke Gelbe Schwester wandte sich mit bedauernder Miene ab.

»Das Licht leuchte Euch allen, Schwestern«, sagte Moiraine. Niemand antwortete. Sie war nicht sicher, ob Serafelle und Verin ihren Gruß überhaupt wahrgenommen hatten. *Wo sind die anderen?* Es war nicht nötig, daß sich alle hier befanden — die meisten ruhten sich wohl in ihren Gemächern aus und erfrischten sich nach der Reise —, aber sie war nun ziemlich nervös, denn ihr gingen alle Fragen durch den Kopf, die sie nun nicht stellen konnte. Von ihrem Gesicht ließ sich nichts davon ablesen.

Die innere Tür öffnete sich, und Leane erschien, doch ohne ihren mit vergoldeter Flamme verzierten Stab. Die Behüterin der Chronik war ebenso groß wie die meisten Männer, gewandt und graziös, immer noch schön. Sie hatte beinahe kupferfarbene Haut und kurzes, dunkles Haar. Sie trug einen handbreiten blauen Schal an Stelle einer Stola, denn sie saß als Behüterin im Burgsaal und nicht, um ihre Ajah zu repräsentieren.

»Da bist du ja«, sagte sie knapp zu Moiraine und deutete auf die Tür hinter ihr. »Komm, Schwester! Die Amyrlin wartet.« Sie sprach ungekünstelt auf eine abgehackte, schnelle Art, die sich nie änderte, gleich, ob sie zornig oder fröhlich oder aufgeregt war. Als Moiraine Leane hineinfolgte, fragte sie sich, was die Behüterin wohl jetzt fühle. Leane zog die Tür hinter ihnen zu. Sie schlug mit einem Geräusch zu, das sich ein wenig nach einer sich schließenden Zellentür anhörte. Die Personifizierung der Amyrlin saß an einem breiten Tisch in der Mitte des Teppichs, und auf dem Tisch stand ein abgeplatteter Goldwürfel von den Ausmaßen einer Reisetruhe, der fein mit Silberarbeiten verziert war. Der Tisch war wuchtig gebaut, mit dicken Beinen, doch er schien sich unter einer Last zu beugen, die zwei kräftige Männer nur mit Mühe hätten heben können. Beim Anblick des Goldwürfels hatte Moiraine Mühe, ein ausdrucksloses Gesicht zu bewahren. Als sie ihn zuletzt gesehen hatte, stand er sicher in Agelmars Schatzkammer. Als sie von der Ankunft der Amyrlin erfahren hatte, wollte sie ihr selbst davon erzählen. Daß er sich nun schon im Besitz der Amyrlin befand, war wohl nur eine Kleinigkeit, aber eine, die ihr Kopfzerbrechen verursachte. Die Ereignisse könnten ihr vorauseilen.

Sie knickste tief und sagte steif: »Wie Ihr mich gerufen habt, Mutter, so bin ich gekommen.« Die Amyrlin streckte eine Hand aus, und Moiraine küßte ihren Ring mit der Großen Schlange, der sich nicht von denen der anderen Aes Sedai unterschied. Sie erhob sich und sagte mehr im Plauderton, wenn auch nicht so betont, da sie sich der Behüterin bewußt war, die hinter ihr stand: »Ich hoffe, Ihr hattet eine angenehme Reise, Mutter.«

Die Amyrlin war in Tear geboren und kam aus einer einfachen Fischerfamilie, nicht aus einem adligen Haus. Sie hieß Siuan Sanche, aber nur wenige benützten diesen Namen oder dachten auch nur daran. Vor zehn Jahren war sie vom Burgsaal ernannt worden. Sie verkör-

perte den Amyrlin-Sitz, und das war alles. Der breite Schal um ihre Schultern war in den Farben der sieben Ajahs gestreift. Die Amyrlin gehörte allen Ajahs an. Sie war nur mittelgroß und sah recht gut aus, war aber keine Schönheit, doch in ihrem Gesicht lag eine innere Kraft, die schon vor ihrer Ernennung vorhanden gewesen war, die Kraft eines Mädchens, das die Straßen von Maule und Tears Hafenbezirk überlebt hatte; und unter ihrem klaren blauen Blick hatten Könige und Königinnen und sogar der Kommandant der Kinder des Lichts die Augen niedergeschlagen. Ihr Blick war nun gequält, und um ihre Mundpartie zog sich eine früher nicht vorhandene Härte.

»Wir riefen die Winde, um unsere Schiffe schneller den Erinin hinauffahren zu lassen, Tochter, und sogar die Strömung mußte uns helfen.« Die Stimme der Amyrlin klang tief und traurig. »Ich habe die Überschwemmungen gesehen, die wir in den Dörfern am Flußufer hervorgerufen haben, und das Licht allein weiß, was wir dem Wetter angetan haben. Wir haben uns mit den angerichteten Schäden und all der verdorbenen Saat nicht gerade beliebter gemacht. Und das alles, um so schnell wie möglich nach hier zu kommen.« Ihr Blick wanderte zu dem verzierten Goldwürfel hinüber, und sie erhob ein wenig die Hand, wie um ihn zu berühren, aber als sie wieder sprach, sagte sie nur: »Elaida ist in Tar Valon, Tochter. Sie kam mit Elayne und Gawyn.«

Moiraine war sich bewußt, daß Leane auf der einen Seite stand, schweigend wie immer in der Gegenwart der Amyrlin. Aber sie beobachtete und lauschte. »Ich bin überrascht, Mutter«, sagte sie vorsichtig. »Das ist nicht die richtige Zeit, Morgase ohne den Rat einer Aes Sedai zurückzulassen.« Morgase war eine der wenigen Herrscherinnen, die offen zugaben, daß sie eine Aes-Sedai-Ratgeberin hatte. Fast alle hatten eine, aber wenige gaben es zu.

»Elaida bestand darauf, Tochter, und — Königin oder nicht — ich bezweifle, daß Morgase in einem Kräftemessen der Willensstärke Elaida gewachsen ist. Jedenfalls wollte sie das diesmal vielleicht gar nicht. Elayne hat Talent. Mehr, als ich je zuvor erlebt habe. Sie zeigt jetzt bereits Fortschritte. Den Roten Schwestern schwillt schon mächtig der Kamm deswegen. Ich glaube nicht, daß das Mädchen zu ihrer Denkungsart neigt, aber sie ist jung, und man kann noch nichts sagen. Auch wenn sie nicht fertigbringen, sie herumzukriegen, macht das wenig Unterschied. Elayne könnte durchaus die mächtigste Aes Sedai der letzten tausend Jahre werden, und es ist die Rote Ajah, die sie entdeckt hat. Durch dieses Mädchen haben sie sehr an Einfluß im Saal gewonnen.«

»Ich habe hier in Fal Dara zwei junge Frauen dabei, Mutter«, sagte Moiraine. »Beide stammen aus den Zwei Flüssen, wo das Blut von Manetheren noch unverdünnt fließt, obwohl sie sich noch nicht einmal daran erinnern, daß es einst ein Land namens Manetheren gab. Das alte Blut singt, Mutter, und es singt in den Zwei Flüssen sehr laut. Egwene, ein Dorfmädchen, ist mindestens ebenso stark wie Elayne. Ich habe die Tochter-Erbin kennengelernt und kann es beurteilen. Was die andere betrifft, nun, Nynaeve war die Seherin in ihrem Dorf, obwohl sie selbst kaum mehr als ein Mädchen ist. Es sagt einiges aus, daß die Frauen ihres Dorfes sie in dem Alter zur Seherin erwählten. Wenn sie erst bewußte Kontrolle über das gewinnt, was sie jetzt noch unbewußt tut, wird sie ebenso stark wie jede in Tar Valon. Mit Übung wird sie neben den Kerzen von Elayne und Egwene wie ein Freudenfeuer leuchten. Und es ist völlig unmöglich, daß sich diese beiden den Roten anschließen. Sie amüsieren sich über Männer, haben auch manchmal von ihnen die Nase voll, aber sie mögen sie. Mit ihnen werden wir jedem möglichen Einfluß, den die Roten Ajah durch das Auffinden Elaynes in der Weißen Burg gewinnen könnten, leicht entgegenwirken.«

Die Amyrlin nickte, als sei das alles gar nicht so wichtig. Moiraine zog überrascht die Augenbrauen hoch, bevor sie sich fing und ihre Züge sich glätteten. Das waren die beiden Hauptsorgen im Burgsaal, daß jedes Jahr weniger Mädchen gefunden wurden, die im Gebrauch der Einen Macht ausgebildet werden konnten. So schien es jedenfalls, als würden immer weniger wirklich große Talente aufgespürt. Schlimmer als die Angst derer, die die Aes Sedai für die Zerstörung der Welt verantwortlich machten, schlimmer als der Haß der Kinder des Lichts, schlimmer sogar als die Taten der Schattenfreunde war dieses Schrumpfen ihrer Anzahl und das Nachlassen ihrer Fähigkeiten. Die Korridore in der Weißen Burg waren nur noch spärlich bevölkert, wo sich früher die Aes Sedai gedrängt hatten, und was man einst leicht mit Hilfe der Einen Macht ausrichten konnte, konnte man nun nur noch mit Mühe erreichen, wenn überhaupt.

»Elaida hatte einen weiteren Grund, nach Tar Valon zu kommen, Tochter. Sie sandte dieselbe Botschaft mit sechs verschiedenen Brieftauben, um sicherzugehen, daß ich sie erhalte — wem in Tar Valon sie sie noch schickte, kann ich nur erraten —, und dann kam sie persönlich. Sie sagte dem Burgsaal, daß du dich mit einem jungen Mann abgibst, der *ta'veren* ist und gefährlich dazu. Er war in Caemlyn, sagt sie, aber als sie die Schenke fand, in der er sich aufgehalten hatte, entdeckte sie, daß du ihn weggebracht hattest.«

»Die Bediensteten dieser Schenke dienten uns gut und treu, Mutter. Falls sie irgendeinem unter ihnen etwas angetan hat …« Moiraine konnte die Schärfe nicht aus ihrem Tonfall heraushalten, und sie hörte, wie Leane unruhig wurde. Man sprach nicht in diesem Ton mit der Amyrlin. Nicht einmal ein König auf seinem Thron durfte das.

»Du solltest wissen, Tochter«, sagte die Amyrlin trokken, »daß Elaida niemandem etwas zuleide tut, außer denen, die sie für gefährlich hält. Schattenfreunden oder diesen armen, närrischen Männern, die versuchen, die Eine Macht zu lenken. Oder einem, der Tar Valon bedroht. Jeder andere, der nicht zu den Aes Sedai gehört, ist für sie nur eine Figur auf einem Spielbrett. Zu seinem Glück hält der Wirt, ein Meister Gill, wenn ich mich richtig erinnere, viel von den Aes Sedai und beantwortete ihre Fragen zu ihrer Zufriedenheit. Elaida hat ihn tatsächlich sogar gelobt. Aber sie erzählte noch mehr von dem jungen Mann, den du mitnahmst. Gefährlicher als irgendein Mann seit Artur Falkenflügel, sagte sie. Sie kann so etwas manchmal vorhersagen, weißt du, und ihre Worte haben großes Gewicht im Saal.«

Wegen Leane ließ Moiraine ihre Stimme so demütig wie möglich klingen. Das war zwar nicht sehr demütig, aber besser konnte sie es nicht. »Ich habe drei junge Männer bei mir, Mutter, aber keiner von ihnen ist ein König, und ich bezweifle sehr, daß auch nur einer von ihnen davon träumt, die Welt unter seiner Herrschaft zu vereinigen. Keiner hat seit dem Hundertjährigen Krieg Artur Falkenflügels Traum geträumt.«

»Ja, Tochter. Dorfjungen, wie mir Lord Agelmar erzählt hat. Aber einer von ihnen ist *ta'veren*.« Der Blick der Amyrlin wanderte wieder zu dem abgeplatteten Würfel hinüber. »Es wurde im Saal vorgeschlagen, dich zu Meditationszwecken zu suspendieren. Das schlug eine der Vertreterinnen der Grünen Ajah vor, und die anderen beiden nickten zustimmend, als sie es sagte.«

Leane gab einen Laut der Abneigung oder des Widerwillens von sich. Sie hielt sich immer im Hintergrund, wenn die Amyrlin sprach, aber Moiraine konnte die kleine Unterbrechung diesmal verstehen. Die Grünen Ajah waren seit tausend Jahren mit den Blauen verbündet; seit der Zeit Artur Falkenflügels hatten sie nur mit einer Stimme gesprochen. »Ich habe keine Sehnsucht danach, in einem weit entfernten Dorf Gemüse zu züchten, Mutter.« *Und das werde ich auch nicht, was der Burgsaal auch sagen mag.*

»Es wurde weiterhin vorgeschlagen, auch von den Grünen, daß deine Betreuung während der Zeit der Zurückgezogenheit den Roten Ajah übergeben werden sollte. Die Vertreter der Roten bemühten sich, überrascht dreinzublicken, aber sie wirkten wie Geier, die wußten, daß ihre Beute schon am Boden liegt.« Die Amyrlin schnaubte. »Die Roten erklärten, sie zögerten, die Aufsicht über jemanden zu übernehmen, die nicht Mitglied ihrer Ajah sei, doch sie würden den Wünschen des Saales entsprechend verfahren.«

Trotz ihrer Selbstbeherrschung schauderte Moiraine sichtlich. »Das wäre ... sehr unangenehm, Mutter.« Es wäre mehr als nur unangenehm, viel mehr. Die Roten gingen nicht gerade sanft mit Menschen um. Sie schob die Gedanken daran entschlossen beiseite; später würde sie sich damit wieder beschäftigen. »Mutter, ich verstehe dieses offensichtliche Bündnis zwischen den Grünen und den Roten nicht. Ihre Anschauungen, ihr Verhalten Männern gegenüber, ihre Ansichten in bezug auf den Zweck unseres Daseins als Aes Sedai sind völlig gegensätzlich. Eine Rote und eine Grüne können sich nicht einmal unterhalten, ohne sich dabei anzuschreien.«

»Die Dinge ändern sich, Tochter. Ich bin die fünfte, die aus den Reihen der Blauen zur Amyrlin erhoben wurde. Vielleicht sind sie der Meinung, daß es zuviel wird oder daß die Anschauungen der Blauen einer Welt der falschen Drachen nicht mehr entsprechen. In tausend Jahren ändert sich vieles.« Die Amyrlin verzog das Gesicht und sprach mehr zu sich selbst. »Die alten Mauern wanken, und die alten Schranken fallen.« Sie schüttelte sich, und ihre Stimme klang wieder gefestigter: »Es gab noch einen Vorschlag, und der stinkt wie ein Fisch, der schon eine Woche lang auf dem Ladentisch liegt. Da Leane zur Blauen Ajah gehört und ich auch von den Blauen herkam, wurde vorgebracht, daß wir bei noch mal zwei Blauen Schwestern als Reisebegleitung schon vier Vertreterinnen der Blauen seien. Und das sagten sie mir im Saal ins Gesicht, als gehe es darum, ein Wasserrohr zu reparieren. Ich hatte zwei Vertreterinnen der Weißen und zwei Grüne gegen mich. Die Gelben berieten sich und konnten sich weder für noch gegen mich entscheiden. Eine weitere Nein-Stimme, und deine Schwestern Anaiya und Maigan wären nicht hier. Es gab sogar ganz offene Stimmen, die verlangten, ich solle die Weiße Burg überhaupt nicht verlassen.«

Moiraine hatte noch weichere Knie als bei der Neuigkeit, daß die Roten Ajah sie in ihre Hände bekommen wollten. Aus welcher Ajah sie auch hervorgegangen war: Die Behüterin der Chronik sprach nur für die Amyrlin, und die Amyrlin sprach für alle Aes Sedai und alle Ajahs. So war es immer gewesen, und keiner hatte das je ändern wollen, nicht während der schlimmsten Zeiten der Trolloc-Kriege und auch nicht, als Artur Falkenflügels Heer jede überlebende Aes Sedai in Tar Valon einschloß. Was am wichtigsten war: die Amyrlin war einfach die Amyrlin. Jede Aes Sedai hatte geschworen, ihr zu gehorchen. Keiner konnte in Frage stellen, was sie machte oder wohin sie reisen wollte. Dieser Vorschlag stand gegen dreitausend Jahre Sitte und Gesetz.

»Wer wagt so etwas, Mutter?«

Das Lachen der Amyrlin klang bitter. »Fast jeder heutzutage, Tochter. Straßenschlachten in Caemlyn. Die Wilde Jagd ausgerufen, ohne daß einer von uns eine Ahnung davon hatte, bis die Proklamation erfolgte. Falsche Drachen schießen wie Pilze aus dem Boden. Nationen verschwinden, und mehr Adlige spielen das Spiel der Häuser als jemals zuvor, seit Artur Falkenflügel ihre Intrigen abgestellt hatte. Und was das schlimmste ist: Jeder von uns weiß, daß sich der Dunkle König wieder rührt. Zeig mir eine Schwester, die nicht der Meinung ist, daß die Weiße Burg die Kontrolle über die Geschehnisse verliert. Entweder es ist eine Braune, oder sie ist tot. Es könnte für uns alle fünf Minuten vor zwölf sein, Tochter. Manchmal glaube ich, beinahe fühlen zu können, wie die Zeit verrinnt.«

»Wie Ihr sagtet, Mutter: Die Dinge ändern sich. Aber es gibt immer noch außerhalb der Leuchtenden Mauer größere Gefahren als innerhalb.«

Die Amyrlin und Moiraine sahen sich eine Weile in die Augen, und dann nickte die Ältere. »Verlaß uns jetzt, Leane. Ich möchte allein mit meiner Tochter Moiraine sprechen.«

Leane zögerte nur einen Moment, dann sagte sie: »Wie Ihr wünscht, Mutter.« Moiraine konnte ihre Überraschung fühlen. Die Amyrlin gewährte nur wenige Audienzen, bei denen die Behüterin nicht anwesend war, und schon gar nicht einer Schwester, die sie begründetermaßen züchtigen sollte.

Die Tür öffnete sich und schloß sich hinter Leane. Sie würde im Vorzimmer kein Wort davon erwähnen, was drinnen vorgefallen war, aber die Nachricht, daß Moiraine mit der Amyrlin allein war, würde wie ein Lauffeuer bei den Aes Sedai in Fal Dara herumgehen und dann würden die Spekulationen einsetzen.

Sobald sie die Tür geschlossen hatte, stand die Amyrlin auf, und Moiraine spürte ein kurzes Prickeln auf der Haut, als die andere Frau die Eine Macht einsetzte. Für einen Augenblick lang schien die Amyrlin von einem hellen Lichtkranz umgeben zu sein.

»Ich weiß nicht, ob irgendwelche anderen deinen alten Trick beherrschen«, sagte die Amyrlin und berührte mit einem Finger leicht den blauen Kristall auf Moiraines Stirn, »aber die meisten von uns haben ein paar alte Tricks auf Lager, an die wir uns aus unserer Kindheit erinnern. Jedenfalls kann nun keiner mehr belauschen, was wir sagen.«

Plötzlich umarmte sie Moiraine; es war die warmherzige Umarmung alter Freundinnen, und Moiraine drückte sie ihrerseits ganz fest.

»Du bist die einzige, Moiraine, bei der ich daran erinnert werde, wer ich einmal war. Selbst Leane benimmt sich immer so, als *sei* ich Stola und Stab, auch wenn wir allein sind. Dabei haben wir doch als Novizinnen miteinander gekichert. Manchmal wünsche ich mir, du und ich, wir wären immer noch Novizinnen. Immer noch unschuldig genug, um alles als die Wirklichkeit gewordene Erzählung eines Gauklers zu betrachten, und auch unschuldig genug, um zu glauben, daß wir Männer finden würden — erinnerst du dich daran, wie wir von schönen, starken, sanften Prinzen träumten? —, die es auf sich nehmen würden, mit Frauen von der Macht einer Aes Sedai zu leben. Unschuldig genug, um an den glücklichen Ausgang der Gauklergeschichte zu glauben und unser Leben genau wie andere Frauen zu verbringen, wenn auch ein bißchen mehr dahinterstecken würde.«

»Wir sind Aes Sedai, Siuan. Wir haben eine Pflicht. Auch wenn wir beide ohne das Talent geboren wären — würdest du alles eines Heims und eines Ehemanns wegen aufgeben, selbst wenn er ein Prinz ist? Ich glaube nicht. Das ist der Traum einer Dorffrau. Nicht einmal die Grünen gehen so weit.«

Die Amyrlin trat zurück. »Nein, ich würde es nicht aufgeben. Die meiste Zeit über jedenfalls nicht. Aber es hat Zeiten gegeben, da beneidete ich die Frauen vom Land. Jetzt gerade auch wieder. Moiraine, wenn irgend jemand, sogar Leane, herausbekommt, was wir planen, dann werden wir beide eine Dämpfung erfahren. Und ich kann noch nicht einmal sagen, daß sie im Unrecht wären.«

KAPITEL 5

Der Schatten in Schienar

Eine Dämpfung. Das Wort schien beinahe sichtbar in der Luft zu hängen. Man tat das bei Männern, die die Eine Macht lenken konnten und die man aufhalten mußte, bevor sie wahnsinnig wurden und alles um sich herum zerstörten, aber nur äußerst selten bei einer Aes Sedai. Eine Dämpfung. Nicht mehr in der Lage, die Macht zu kontrollieren. Man konnte *Saidar,* die weibliche Hälfte der Wahren Quelle, immer noch fühlen, hatte aber die Fähigkeit verloren, sie zu berühren. Man wurde immer an etwas erinnert, was man für alle Zeiten verloren hatte. Es war so selten geschehen, daß man von jeder Novizin verlangte, die Namen aller Aes Sedai auswendig zu lernen, die seit der Zerstörung der Welt eine Dämpfung erfuhren hatten, und dazu ihr Verbrechen, aber niemand konnte, ohne zu schaudern, an so etwas denken. Frauen ertrugen eine Dämpfung genauso schlecht wie Männer.

Moiraine war sich von Anfang an über das Risiko im klaren gewesen, aber sie wußte, es war notwendig. Das hieß aber nicht, daß es angenehm für sie war. Ihre Augen zogen sich zusammen, und nur das Glitzern darin zeugte von ihrem Zorn und ihren Sorgen. »Leane würde dir bis zum Abhang des Shayol Ghul folgen, Siuan, und in den Krater des Verderbens hinein. Du kannst doch nicht glauben, sie würde dich verraten.«

»Nein. Aber andererseits, würde sie es als Verrat betrachten? Ist es Verrat, wenn man eine Verräterin verrät? Hast du daran gedacht?«

»Niemals! Was wir tun, Siuan, ist das, was getan werden muß. Das war uns beiden fast zwanzig Jahre lang bewußt. Das Rad webt, wie das Rad es will, und du und ich, wir wurden für diese Aufgabe vom Muster erwählt. Wir sind ein Teil der Prophezeihungen, und die Prophezeihungen müssen erfüllt werden. Sie müssen!«

»Die Prophezeihungen müssen erfüllt werden. Man hat uns beigebracht, das dies geschehen wird und geschehen muß, und doch bedeutet ihre Erfüllung Verrat an allem anderen, was man uns gelehrt hat. Einige würden sagen, Verrat an allem, wofür wir stehen.« Die Amyrlin rieb sich die Arme und ging hinüber zu einer Schießscharte, um durch die enge Öffnung in den Garten darunter zu spähen. Sie berührte die Vorhänge. »Hier in den Frauenquartieren hängen sie Vorhänge auf, um die Räume angenehmer zu gestalten, und sie legen schöne Gärten an, und doch gibt es keinen Teil an diesem Ort, der nicht zweckmäßig wäre und nicht für Schlacht, Tod und Mord stünde.« Sie fuhr im gleichen wehmütigen Tonfall fort: »Nur zweimal seit der Zerstörung der Welt wurden einer Amyrlin Stola und Stab aberkannt.«

»Tetsuan, die Manetheren verriet, weil sie auf Elisandes Kräfte eifersüchtig war, und Bonwhin, die versuchte, Artur Falkenflügel als Marionette zu benützen, um durch ihn die Welt zu beherrschen, und die dabei fast Tar Valon zerstört hätte.«

Die Amyrlin betrachtete weiterhin den Garten. »Beide kamen von den Roten, und beide wurden durch Amyrlins von den Blauen ersetzt. Der Grund, warum seit Bonwhin keine Amyrlin mehr aus den Reihen der Roten erwählt wurde, und der Grund, warum die Roten jeden Vorwand benützen werden, eine aus den Reihen der Blauen stammende Amyrlin zu stürzen — alles auf einmal. Ich möchte nicht die dritte sein, die Stola und Stab verliert, Moiraine. Für dich würde das natürlich bedeuten, daß du gedämpft und außerhalb der Leuchtenden Mauer verbannt würdest.«

»Elaida zum Beispiel würde mich nicht so leicht davonkommen lassen.« Moiraine beobachtete gespannt den Rücken ihrer Freundin. *Licht, was ist über sie gekommen? So war sie sonst doch nie. Wo sind ihre Kraft und ihr Temperament geblieben?* »Aber dazu wird es nicht kommen, Siuan.«

Die andere Frau fuhr fort, als hätte Moiraine nichts gesagt: »Bei mir wäre es etwas anderes. Auch gedämpft kann man eine gestürzte Amyrlin nicht so einfach laufen lassen; man könnte sie sonst als Märtyrerin betrachten und zum Anziehungspunkt für die Opposition machen. Tetsuan und Bonwhin hat man als Dienerinnen in der Weißen Burg gehalten. Küchenmägde, die man als Beispiele dafür verwenden konnte, was auch den Mächtigsten passieren kann. Keiner wird sich noch einer Frau anschließen wollen, die den ganzen Tag Böden und Töpfe schrubben muß. Sie bemitleiden, ja, aber sich ihr anschließen und ihr damit neue politische Bedeutung verleihen — nein.«

Mit funkelnden Augen schlug Moiraine die Fäuste auf den Tisch. »Schau mich an, Siuan! Schau mich an! Willst du sagen, daß du nach all diesen Jahren und nach alledem, was wir erreicht haben, aufgeben willst? Aufgeben und die Welt im Stich lassen? Und alles, weil du Angst hast, du würdest geschlagen, wenn du die Töpfe nicht sauber genug schrubbst?« Sie legte alle Verachtung hinein, die sie aufbringen konnte, und war erleichtert, als ihre Freundin herumfuhr und sie ansah. Die innere Kraft war noch vorhanden, überbeansprucht, aber immerhin vorhanden. Diese klaren blauen Augen versprühten genausoviel Zorn wie ihre.

»Ich erinnere mich noch daran, welche von uns am lautesten quiekte, wenn wir als Novizinnen geschlagen wurden. Du hast in Cairhien ein bequemes Leben geführt, Moiraine. Nicht zu vergleichen mit der Arbeit in einem Fischerboot.« Plötzlich schlug Siuan mit einem lauten Knall auf die Tischfläche. »Nein, ich schlage nicht vor aufzugeben, aber ich will auch nicht zusehen, wie uns alles aus der Hand gleitet, *während ich nichts tun kann!* Die meisten meiner Schwierigkeiten mit dem Saal hängen mit dir zusammen. Selbst die Grünen fragen sich, warum ich dich nicht zur Burg zurückgerufen und dir ein wenig Disziplin beigebracht habe. Die Hälfte der Schwestern bei mir denken, du solltest den Roten überstellt werden, und falls das geschieht, wirst du dir wünschen, du wärst wieder Novizin und hättest nichts Schlimmeres zu befürchten, als verhauen zu werden. Licht! Falls sich irgend jemand daran erinnert, daß wir als Novizinnen befreundet waren, säße ich gleich neben dir.

Wir hatten einen Plan! Einen Plan, Moiraine! Finde den Jungen, und bringe ihn nach Tar Valon, wo wir ihn verstecken, in Sicherheit heranwachsen lassen und führen könnten. Seit du die Burg verlassen hast, bekam ich nur zweimal Nachricht von dir. Zweimal! Ich fühle mich, als müsse ich im Dunkeln durch die Finger des Drachen segeln. Eine Botschaft besagte, daß du das Gebiet der Zwei Flüsse betreten und in dieses Dorf, Emondsfeld, gehen würdest. Bald, dachte ich. Er ist gefunden, und bald wird sie ihn in der Hand haben. Dann die Botschaft aus Caenmlyn, daß du nach Schienar, nach Fal Dara und nicht nach Tar Valon kommen würdest. Fal Dara, wo die Fäule so nah ist, daß man sie fast mit der Hand berühren kann. Fal Dara, wo Trolloc-Überfälle unter der Leitung der Myrddraal an der Tagesordnung sind. Beinahe zwanzig Jahre des Planens und der Suche, und du wirfst all unsere Pläne praktisch dem Dunklen König in den Schoß. Bist du denn verrückt geworden?«

Nun, da sie die andere Frau offensichtlich wieder zum Leben erweckt hatte, wurde Moiraine zumindest äußerlich wieder die Ruhe selbst. Ruhig, aber auch nachdrücklich. »Das Muster kümmert sich wenig um menschliche Pläne, Siuan. Bei unserer ganzen Planung vergaßen wir, womit wir es zu tun haben: *ta'veren*. Elaida hat sich geirrt. Artur Paendrag Tanreall war niemals so sehr *ta'veren*. Das Rad wird das Muster um diesen jungen Mann weben, wie *es* will, gleich, was *wir* planen.«

Der Zorn verschwand aus dem Gesicht der Amyrlin und wurde von bleichem Erschrecken ersetzt. »Das klingt, als sagtest jetzt *du*, wir könnten genausogut aufgeben. Schlägst *du* jetzt vor, wir sollten zuschauen, wie die Welt brennt?«

»Nein, Siuan. Wir werden niemals nur zuschauen.« *Und doch wird die Welt brennen, Siuan, so oder so, was wir auch unternehmen. Das hast du noch nie wahrhaben wollen.* »Aber wir müssen uns jetzt klar darüber werden, daß unsere Pläne zerbrechliche Dinge sind. Wir kontrollieren die Lage noch weniger, als wir glaubten. Vielleicht nur mit einem Fingernagel am Zügel. Die Winde des Schicksals wehen, Siuan, und wir müssen dorthin reiten, wohin sie uns führen.«

Die Amyrlin schauderte, als fühle sie diesen eisigen Wind in ihrem Nacken. Ihre Hände glitten zu dem abgeplatteten Goldwürfel, und kräftige, geschickte Finger fanden bestimmte Punkte in den komplizierten Verzierungen. Eine raffinierte Vorrichtung hob den Deckel und gab den Blick frei auf ein gekrümmtes goldenes Horn, das in einer dafür angelegten Kuhle ruhte. Sie hob das Instrument heraus und fuhr die elegante silberne Schrift in der Alten Sprache, die sich um das Mundstück herum zog, mit dem Finger nach.

»Das Grab ist keine Grenze für meinen Ruf«, übersetzte sie so leise, als führe sie nur ein Selbstgespräch. »Das Horn von Valere, geschaffen, um tote Helden aus dem Grab zurückzurufen. Und die Prophezeihung sagt, es werde gerade noch rechtzeitig gefunden, um in der Letzten Schlacht eingesetzt zu werden.« Ruckartig steckte sie das Horn in seinen Behälter zurück und schloß den Deckel, als könne sie den Anblick nicht länger ertragen. »Agelmar schob es mir in die Hände, sobald die Willkommensfeier vorüber war. Er sagte, er habe Angst, in seine eigene Schatzkammer zu gehen, solange es dort ist. Die Versuchung sei zu groß, meinte er, das Horn selbst zu blasen und die Schar, die diesen Ruf beantwortete, durch die Fäule zum Shayol Ghul zu führen, um dem Dunklen König ein Ende zu setzen. Der Drang zum Ruhm in ihm sei übermächtig, und es war genau das, sagte er, was ihm zeigte, daß nicht er es tun solle, nicht tun dürfe. Er konnte es gar nicht abwarten, das Horn loszuwerden, und doch begehrte er es immer noch.«

Moiraine nickte. Agelmar kannte die Prophezeihung in bezug auf das Horn wie die meisten, die gegen den Dunklen König kämpften. »Laß denjenigen, der mich bläst, nicht an Ruhm denken, sondern an Rettung.«

»Rettung.« Die Amyrlin lachte bitter. »Nach dem Ausdruck in Agelmars Augen zu schließen, wußte er nicht, ob er die Rettung aus der Hand gab oder die ewige Verdammnis seiner Seele zurückwies. Er wußte nur, daß er es loswerden mußte, bevor es ihn innerlich verbrannte. Er bemühte sich, es geheim zu halten, aber er sagt, es gebe bereits Gerüchte in der Festung. Ich teile seine Versuchung nicht, doch das Horn gibt mir eine Gänsehaut. Er wird es wieder in seine Schatzkammer sperren müssen, bis ich abreise. Ich könnte nicht schlafen, auch wenn es nur im Nebenzimmer stünde.« Sie rieb sich Runzeln von der Stirn und seufzte. »Und es sollte erst kurz vor der Letzten Schlacht gefunden werden. Kann die schon so nahe sein? Ich dachte, hoffte, wir hätten mehr Zeit.«

»Der Karaethon-Zyklus.«

»Ja, Moiraine. Du brauchst mich nicht daran zu erinnern. Ich habe mit den Prophezeihungen des Drachen ebenso lange gelebt wie du.« Die Amyrlin schüttelte den Kopf. »Nie gab es mehr als einen falschen Drachen in einer Generation seit der Zerstörung, und jetzt laufen drei auf einmal in der Welt herum, und während der vergangenen zwei Jahre tauchten nochmals drei auf. Das Muster verlangt nach einem Drachen, da es Tarmon Gai'don entgegenwebt. Manchmal bin ich so von Zweifeln erfüllt, Moiraine.« Sie sagte das so nachdenklich, als staune sie selbst darüber, und im gleichen Tonfall fuhr sie fort: »Was ist, wenn Logain der richtige war? Er konnte die Macht kontrollieren, bis ihn die Roten zur Weißen Burg brachten und wir ihn einer Dämpfung unterzogen. Mazrim Taim, der Mann in Saldaea, kann es auch. Was, wenn *er* es ist? In Saldaea halten sich bereits Schwestern auf. Zu dieser Zeit ist er vielleicht schon bezwungen. Was ist, wenn wir uns von Beginn an geirrt haben? Was geschieht, wenn der Wiedergeborene Drache eine Dämpfung erfährt, bevor die Letzte Schlacht noch begonnen hat? Selbst Prophezeihungen können danebengehen, wenn der, den sie angekündigt haben, getötet oder gedämpft wird. Und dann stehen wir dem Dunklen König hilflos gegenüber.«

»Keiner von den beiden ist der richtige, Siuan. Das Muster verlangt nicht nach *einem* Drachen, sondern nach dem einen wahren Drachen. Bis er sich erklärt, wird das Muster weitere falsche Drachen produzieren, doch danach wird es keine mehr geben. Falls Logain oder der andere der richtige gewesen wäre, gäbe es nun keine anderen.«

»›Denn er wird kommen wie der anbrechende Morgen und die Welt erneut mit seinem Kommen zerschmettern und sie neu erschaffen.‹ Entweder stehen wir ihm hilflos gegenüber, oder wir halten uns an einen Schutz, der uns verbrennen wird. Licht, hilf uns allen!« Die Amyrlin schüttelte sich, als wolle sie ihre eigenen Worte von sich abwerfen. Ihr Gesicht wirkte, als habe sie sich auf einen Schlag vorbereitet. »Du konntest vor mir nie verbergen, was du denkst, so wie du es vor anderen verbirgst, Moiraine. Du hast mir mehr zu sagen, und zwar nichts Gutes.«

Zur Antwort nahm Moiraine die Ledertasche von ihrem Gürtel und stellte sie auf den Kopf. Der Inhalt ergoß sich auf den Tisch. Es schien nur ein Häufchen zerschlagener Keramik zu sein, glänzend schwarz und weiß gefärbt.

Die Amyrlin berührte neugierig eine Scherbe, und ihr stockte der Atem. »*Cuendillar.*«

»Herzstein«, stimmte Moiraine zu. Das Herstellungsverfahren von *Cuendillar* war bei der Zerstörung der Welt verlorengegangen, aber alles, was aus Herzstein bestand, hatte den Weltuntergang überstanden. Selbst die Objekte, die von der Erde verschlungen worden oder im Meer versunken waren, hatten es überstanden. So mußte es auch sein. Keine bekannte Kraft konnte *Cuendillar* zerstören, wenn es fertig war. Selbst die Eine Macht, gegen Herzstein gerichtet, machte ihn lediglich stärker. Trotzdem hatte irgendeine Kraft *dieses* Stück zerbrochen.

Die Amyrlin setzte hastig die Stücke zusammen. Was daraus entstand, war eine Scheibe von der Größe einer Männerhand, zur Hälfte schwärzer als Pech, zur Hälfte weißer als Schnee. Die Farben wurden durch eine geschwungene Linie getrennt, die trotz des Alters nicht verblaßt war. Das alte Symbol der Aes Sedai aus der Zeit, bevor die Welt zerstört wurde, als Männer und Frauen noch die Macht gemeinsam benützten. Die eine Hälfte wurde nun die Flamme von Tar Valon genannt, die andere Hälfte kritzelte man auf Türen, um die Bewohner eines solchen Hauses des Bösen zu beschuldigen, und man nannte es den Drachenzahn. Nur sieben solcher Scheiben waren angefertigt worden. Alles, was je aus Herzstein gemacht worden war, war in der Weißen Burg aufgezeichnet worden, und an diese sieben erinnerte man sich vor allem. Siuan Sanche starrte darauf, als habe sie auf ihrem Kopfkissen eine Viper entdeckt.

»Eines der Siegel vom Gefängnis des Dunklen Königs«, sagte sie schließlich zögernd. Es waren gerade diese sieben Siegel, über die die Amyrlin wachen sollte.

Das Geheimnis, das man der Welt verborgen hatte, falls überhaupt jemals jemand daran dachte, war, daß keine Amyrlin seit den Trolloc-Kriegen mehr gewußt hatte, wo sich die Siegel befanden.

»Wir wissen, daß sich der Dunkle König wieder rührt, Siuan. Wir wissen, daß sein Gefängnis nicht für alle Zeiten versiegelt bleiben kann. Menschliches Werk kann niemals dem des Schöpfers gleichkommen. Wir wußten, daß er die Welt wieder berührt hat, wenn auch, dem Licht sei Dank, nur indirekt. Die Anzahl der Schattenfreunde wächst ständig, und was wir noch vor nur zehn Jahren als böse bezeichnet haben, scheint uns heute nur noch harmlos gegen das, was jeden Tag geschieht.«

»Wenn die Siegel brechen ... Vielleicht haben wir gar keine Zeit mehr.«

»Wenig genug. Aber das Wenige reicht vielleicht. Es muß reichen.«

Die Amyrlin berührte das zerbrochene Siegel, und ihre Stimme klang angespannt, als zwinge sie sich zum Sprechen: »Ich habe den Jungen gesehen — im Hof während der Willkommensfeier. Es gehört zu meinen Talenten, daß ich *ta'veren* erkenne. Das ist heutzutage ein seltenes Talent, noch seltener als *ta'veren*, und zu nicht viel zu gebrauchen. Ein großer Junge, ein recht gut aussehender junger Mann. Unterscheidet sich nicht sehr von anderen jungen Männern, wie man sie überall sieht.« Sie schwieg einen Moment und holte tief Luft. »Moiraine, er strahlte wie die Sonne. Ich habe in meinem Leben selten Angst gehabt, aber bei seinem Anblick zitterte ich bis zu den Zehenspitzen. Ich hätte mich am liebsten am Boden zusammengekauert und wie ein Wolf geheult. Ich konnte kaum sprechen. Agelmar glaubte, ich sei auf ihn böse, weil ich so schweigsam war. Dieser junge Mann ... er ist derjenige, den wir zwanzig Jahre lang gesucht haben.«

Es lag eine angedeutete Frage in ihrer Stimme. Moiraine beantwortete sie: »Ja, er ist es.«

»Bist du sicher? Kann er ...? Beherrscht er ... die Eine Macht?«

Ihr Mund formte die Worte nur mühsam, und auch Moiraine fühlte die Anspannung, ein inneres Zerren, eine kalte Hand an ihrem Herzen. Aber ihr Gesicht verzog sich nicht. »Er beherrscht sie.« Ein Mann, der die Eine Macht lenkte. Das war etwas, das keine Aes Sedai ohne Furcht bewältigen konnte. Es war etwas, das die ganze Welt fürchtete. *Und ich werde ihn auf die Welt loslassen.* »Rand al'Thor wird als der Wiedergeborene Drache vor der Welt stehen.«

Die Amyrlin schauderte. »Rand al'Thor. Das klingt nicht wie ein Name, der der Welt Angst einjagt und sie verbrennt.« Sie schauderte noch einmal und rieb sich energisch die Arme. Ihre Augen blickten nun entschlossen drein. »Wenn er derjenige ist, dann haben wir vielleicht wirklich noch genug Zeit. Aber ist er hier in Sicherheit? Ich habe zwei Rote Schwestern dabei, und ich kann nicht mehr für die Grünen und die Gelben garantieren. Das Licht verschlinge mich, bei der Angelegenheit kann ich für niemanden garantieren. Selbst Verin und Serafelle würden sich auf ihn stürzen wie auf eine Puffotter im Kinderzimmer.«

»Im Augenblick ist er in Sicherheit.«

Die Amyrlin wartete darauf, daß sie noch mehr sagte. Das Schweigen dehnte sich, bis es klar wurde, daß sie nichts hinzufügen wollte. Schließlich sagte die Amyrlin: »Du meinst, unser alter Plan sei nutzlos. Was schlägst du nun vor?«

»Ich habe ihn mit Absicht glauben gemacht, ich hätte das Interesse an ihm verloren und er könne meinetwegen gehen, wohin er will.« Sie hob beide Hände abwehrend, als die Amyrlin den Mund öffnete. »Das war nötig, Siuan. Rand al'Thor ist in den Zwei Flüssen aufgewachsen, wo das halsstarrige Blut von Manetheren in jeder Ader fließt, und sein eigenes Blut ist wie ein Fels, verglichen mit dem von Manetheren. Man muß sanft mit ihm umgehen, oder er rennt in jede Richtung los, nur nicht in die, die unserem Willen entspricht.«

»Dann werden wir ihn wie ein neugeborenes Kind behandeln. Wir wickeln ihn in Windeln und spielen mit seinen Zehen, wenn du glaubst, daß es nötig ist. Aber wozu eigentlich?«

»Seine beiden Freunde, Matrim Cauthon und Perrin Aybara, sind reif dafür, die Welt zu sehen, bevor sie wieder im Hinterwäldlertum der Zwei Flüsse versacken. Falls sie versacken können; auch sie sind *ta'veren,* wenn auch nicht im gleichen Maß wie er. Ich werde sie dazu anregen, das Horn von Valere nach Illian zu bringen.«

Sie zögerte und zog die Stirn kraus. »Es gibt allerdings ein ... Problem in bezug auf Mat. Er trägt einen Dolch aus Shadar Logoth.«

»Shadar Logoth! Licht, warum hast du sie jenem Ort auch nur nahe kommen lassen? Jeder Stein dort ist verflucht. Man kann noch nicht einmal unbeschadet einen Kieselstein wegtragen. Licht, hilf uns, wenn Mordeth den Jungen berührt hätte ...« Die Amyrlin klang, als werde sie erwürgt. »Wenn das geschähe, wäre die Welt zum Untergang verdammt.«

»Aber es ist nicht geschehen, Siuan. Wir tun, was wir eben tun müssen. Ich habe genug getan, damit Mat niemand anderes anstecken kann, aber er hatte den Dolch schon zu lange in seinem Besitz, bevor ich davon erfuhr. Die Verbindung ist noch vorhanden. Ich hatte geglaubt, ich müsse ihn nach Tar Valon bringen, um ihn zu heilen, aber bei so vielen Schwestern hier könnte man das auch hier erledigen. Solange es noch ein paar gibt, bei denen du weißt, daß sie keine Schattenfreunde sehen, wo es keine gibt. Du und ich und zwei andere genügen, wenn wir mein *Angreal* benützen.«

»Leane wird eine sein, und ich werde schon eine andere finden.« Plötzlich grinste die Amyrlin trocken. »Der Saal will diesen *Angreal* zurückhaben, Moiraine.

Es gibt nicht mehr viele davon, und dich hält man nun für ... unzuverlässig.«

Moiraine lächelte, doch das Lächeln erreichte ihre Augen nicht. »Sie werden mich für noch viel schlimmer halten, wenn ich fertig bin. Mat wird glücklich über die Möglichkeit sein, ein so wichtiger Teil der Legende vom Horn zu werden, und Perrin sollte auch nicht so schwer zu überreden sein. Er braucht etwas, das ihn von seinen eigenen Problemen ablenkt. Rand weiß, was er ist — jedenfalls zum Teil, zum kleinen Teil —, und er hat natürlich Angst davor. Er will allein irgendwohin gehen, wo er niemanden verletzen kann. Er sagt, er wolle die Macht nie wieder anwenden, aber er befürchtet auch, daß er nicht damit aufhören kann.«

»Da hat er auch ganz recht. Es ist leichter, das Wassertrinken aufzugeben.«

»Stimmt. Und er möchte die Aes Sedai loswerden.« Moiraine lächelte ein wenig — allerdings auf eine freudlose Art. »Wenn man ihm die Möglichkeit bietet, die Aes Sedai hinter sich zu lassen und trotzdem noch ein wenig länger bei seinen Freunden zu bleiben, dann wird er genauso eifrig dabei sein wie Mat.«

»Aber wie kann er die Aes Sedai hinter sich lassen? Du mußt doch natürlich mit ihm gehen. Wir dürfen ihn jetzt nicht mehr verlieren, Moiraine.«

»Ich kann nicht mit ihm gehen.« *Es ist ein langer Weg von Fal Dara nach Illian, aber er ist ja schon beinahe genausoweit gekommen.* »Er muß eine Weile lang von der Leine gelassen werden. Da hilft nichts. Ich habe ihre ganze alte Kleidung verbrennen lassen. Es bestand die Möglichkeit, daß irgendein Fetzen dessen, was sie trugen, in die falschen Hände gefallen sein könnte. Ich werde sie reinigen, bevor sie aufbrechen. Sie werden noch nicht einmal bemerken, was ich getan habe. Auf diese Weise werden sie keine Spuren hinterlassen, und die einzige andere Bedrohung dieser Art ist im Kerker eingesperrt.« Die Amyrlin, gerade im Begriff, zustimmend zu nicken, sah sie statt dessen fragend an; sie unterbrach ihren Redefluß aber nicht. »Sie werden so sicher reisen, wie es geht, Siuan. Und wenn Rand mich in Illian braucht, dann werde ich dort sein und dafür sorgen, daß er es ist, der das Horn dem Rat der Neun und der Versammlung übergibt. Ich werde mich in Illian um alles kümmern. Siuan, die Illianer würden dem Drachen folgen oder auch sogar Ba'alzamon selbst, wenn er nur mit dem Horn von Valere ankäme, und der größte Teil derer, die sich zur Jagd versammelt haben, würde es genauso machen. Der wahre Wiedergeborene Drache muß nicht erst Anhänger um sich scharen, bevor die Nationen gegen ihn vorgehen. Er wird mit einer Nation und einem Heer im Rücken beginnen.«

Die Amyrlin fiel auf ihren Stuhl zurück, beugte sich dann aber gleich vor. Sie schien zwischen Erschöpfung und Hoffnung zu schwanken. »Aber *wird* er sich erklären? Wenn er Angst hat ... Das Licht allein weiß, wie sehr er sich fürchten sollte, aber die Männer, die sich als der Drache erklären, *wollen* Macht besitzen. Wenn er nicht so ist ...«

»Ich habe die Mittel, um dafür zu sorgen, daß er zum Drachen erklärt wird, ob er will oder nicht. Und selbst wenn ich versagen sollte, wird das Muster dafür sorgen, daß er als der Drache enthüllt wird, ob er will oder nicht. Denk daran, er ist *ta'veren,* Siuan. Er hat nicht mehr Kontrolle über sein Schicksal als der Docht einer Kerze über die Flamme.«

Die Amyrlin seufzte. »Das ist riskant, Moiraine. Riskant. Aber mein Vater sagte immer: ›Mädchen, wenn du kein Risiko eingehst, gewinnst du auch nichts.‹ Wir müssen planen. Setz dich her; das wird eine Weile dauern. Ich lasse uns Wein und Käse kommen.«

Moiraine schüttelte den Kopf. »Wir sind schon zu lange miteinander allein gewesen. Falls irgend jemand versucht hat, uns zu belauschen, und gemerkt hat, daß du uns dagegen geschützt hast, wird es bereits Aufsehen erregen. Es ist das Risiko nicht wert. Wir können uns morgen wieder treffen.« *Außerdem, meine liebste Freundin, kann ich dir nicht alles erzählen, und ich kann nicht riskieren, dich wissen zu lassen, daß ich etwas zurückhalte.*

»Ich denke, du hast recht. Aber gleich als erstes am Morgen. Es gibt so vieles, was ich wissen muß.«

»Am Morgen«, stimmte Moiraine zu. Die Amyrlin erhob sich, und sie umarmten sich wieder. »Am Morgen erzähle ich dir alles, was du wissen mußt.«

Leane sah Moiraine scharf an, als sie in den Vorraum hinaustrat. Dann schoß sie ins Zimmer der Amyrlin. Moiraine bemühte sich, ein zerknirschtes Gesicht zur Schau zu tragen, als hätte sie eine der berüchtigten Schimpfkanonaden der Amyrlin über sich ergehen lassen müssen — die meisten Frauen, so stark sie auch waren, überstanden das nur mit großen Augen und weichen Knien —, aber dieser Gesichtsausdruck lag ihr nicht. Sie sah eher zornig aus, aber das diente ungefähr dem gleichen Zweck. Sie war sich der anderen Frauen im Vorraum kaum bewußt. Sie glaubte zu bemerken, daß einige gegangen und andere dafür gekommen waren, seit sie hineingegangen war, aber sie blickte sie nur flüchtig an. Es wurde spät, und es gab viel zu tun, bis der Morgen kam. Viel, bevor sie wieder mit der Amyrlin sprechen würde.

Sie beschleunigte ihren Schritt und ging tiefer in die Festung hinein.

Die Kolonne war ein beeindruckender Anblick, wie sie sich unter dem zunehmenden Mond mit klimperndem Pferdegeschirr durch die Dunkelheit von Tarabon vorwärtsschob. Allerdings war niemand da, der den Anblick hätte genießen können. Ganze zweitausend Kinder des Lichts, gut beritten, in weißen Wappenröcken und Umhängen, mit polierten Rüstungen, dazu der Zug der Proviantwagen und ihre Fahrer sowie die Pferdeknechte mit den Leinen voll Ersatzpferden ... Es gab in diesem spärlich bewaldeten Gebiet durchaus Dörfer, doch sie hatten die Straßen verlassen und hielten sich fern von den Gehöften der Bauern. Sie sollten … jemanden … treffen, und zwar in einem winzigen Dorf in der Nähe der nördlichen Grenze von Tarabon, am Rande der Ebene von Almoth.

Geofram Bornhald, der an der Spitze seiner Männer ritt, fragte sich, was das alles bedeuten mochte. Er erinnerte sich nur zu gut an sein Gespräch mit Pedron Niall, dem Kommandeur der Kinder des Lichts in Amador, aber er hatte dort wenig erfahren.

»Wir sind allein, Geofram«, hatte der weißhaarige Mann gesagt. Seine Stimme klang dünn und altersschwach. »Ich erinnere mich daran, wie ich dir den Eid abnahm … vor … vor sechsunddreißig Jahren war das wohl.«

Bornhald richtete sich auf. »Mein Lordhauptmann und Kommandeur, darf ich fragen, warum ich mit solcher Dringlichkeit aus Caemlyn zurückgerufen wurde? Ein kleiner Stoß, und Morgase wäre gestürzt gewesen. Es gibt Häuser in Andor, die den Beziehungen mit Tar Valon gegenüber die gleiche Haltung einnehmen wie wir, und sie waren bereit, den Thron zu besteigen. Ich übergab das Kommando dort an Eamon Valda, aber er schien vor allem der Tochter-Erbin nach Tar Valon folgen zu wollen. Ich wäre nicht überrascht zu erfahren, daß der Mann das Mädchen gefangen oder sogar Tar Valon angegriffen hat.« Und Dain, Bornhalds Sohn, war gerade noch eingetroffen, bevor Bornhald abberufen worden war. Dain war von Eifer erfüllt. Übereifer manchmal. Genug, um blind auf alles einzugehen, was Valda vorschlug.

»Valda wandelt im Licht, Geofram. Aber du bist der beste Kampfstratege unter den Kindern. Du wirst eine ganze Legion einberufen, die besten Männer, die du finden kannst, und sie nach Tarabon bringen. Doch meide jedes Auge, das mit einer Zunge verbunden ist, die sprechen kann. Jede solche Zunge muß zum Schweigen gebracht werden, falls das Auge euch gesehen hat.«

Bornhald zögerte. Fünfzig der Kinder oder sogar hundert konnten ohne große Probleme ein Land betreten, oder zumindest, ohne offene Fragen auszulösen, doch eine ganze Legion ... »Bedeutet das Krieg, mein Lordhauptmann und Kommandeur? Es wird auf der Straße davon gesprochen. Meist sind es wilde Gerüchte über die Rückkehr des Heeres von Artur Falkenflügel.« Der alte Mann sagte nichts. »Der König ...«

»Kommandiert die Kinder nicht, Lordhauptmann Bornhald.« Zum erstenmal klang Härte in der Stimme des Kommandeurs mit. »Aber ich. Laßt den König in seinem Palast sitzen und tun, was er am besten kann, nämlich nichts. Du wirst in einem Dorf namens Alcruna erwartet, und dort wirst du deine endgültigen Befehle erhalten. Ich erwarte, daß deine Legion in drei Tagen losreitet. Geh jetzt, Geofram. Du hast eine Menge zu tun.«

Bornhald zog die Stirn in Falten. »Verzeiht, mein Lordhauptmann und Kommandeur, doch wer wird mich erwarten? Warum muß ich einen Krieg mit Tarabon riskieren?«

»Man wird dir alles sagen, was du wissen mußt, wenn du Alcruna erreichst.« Der Kommandeur sah plötzlich älter aus als er war. Geistesabwesend zupfte er an seinem weißen Gewand herum, auf dessen Brustteil groß der goldene Sonnenaufgang der Kinder aufgestickt war. »Es sind Mächte jenseits deiner Kenntnisse am Werk, Geofram. Jenseits dessen sogar, was du überhaupt wissen kannst. Wähle deine Männer schnell aus. Geh jetzt! Stelle mir keine Fragen mehr. Und möge das Licht mit dir reiten.«

Jetzt richtete sich Bornhald im Sattel auf und bemühte sich, eine Verspannung in seinem Rücken wegzureiben. *Ich werde alt,* dachte er. Ein Tag und eine Nacht im Sattel mit zwei Pausen, um die Pferde zu tränken, und er fühlte jedes graue Haar auf seinem Kopf. Vor ein paar

Jahren hätte ihm das noch nichts ausgemacht. *Wenigstens habe ich keine Unschuldigen getötet.* Er ging mit Schattenfreunden ebenso hart um wie jeder Mann, der den Eid auf das Licht geleistet hatte — Schattenfreunde mußten eliminiert werden, bevor sie die ganzen Welt dem Schatten unterwarfen —, aber er wollte zuerst einmal sichergehen, daß sie auch wirklich Schattenfreunde waren. Es war schwierig gewesen, bei so vielen Männern eine Entdeckung durch die Taraboner selbst im Hinterland zu vermeiden, aber er hatte es geschafft. Er mußte keine Zungen zum Schweigen bringen.

Die Kundschafter, die er vorausgeschickt hatte, kamen zurückgeritten, und hinter ihnen folgten noch mehr Männer in weißen Mänteln. Einige von ihnen trugen Fackeln und störten natürlich die Nachtsicht aller, die an der Spitze der Kolonne ritten. Mit einem leisen Fluch befahl Bornhald anzuhalten, während er die Ankömmlinge musterte.

Auf den Brustteilen ihrer Umhänge waren die gleichen goldenen Sonnenaufgänge wie bei ihm zu sehen, die gleichen wie bei allen Kindern des Lichts, und ihr Anführer trug sogar die goldenen Offiziersknoten darunter, die ihn als Bornhald im Rang gleichgestellt auswiesen. Aber hinter den Sonnenstrahlen befanden sich rote Hirtenstäbe. Zweifler. Mit glühenden Eisen und Zangen und tropfendem Wasser erzwangen die Zweifler Geständnisse und Reue von Schattenfreunden, aber viele behaupteten, über die Schuld sei schon entschieden, bevor sie auch nur mit der Folter begannen. Geofram Bornhald war einer von denen, die das behaupteten.

Man hat mich hierhergesandt, um Zweifler *zu treffen?*

»Wir haben auf Euch gewartet, Lordhauptmann Bornhald«, sagte der Anführer mit rauher Stimme. Es war ein hochgewachsener Mann mit einer Hakennase und dem Glitzern absoluter Überzeugung in den Augen, das man bei allen Zweiflern sah. »Ihr hättet schneller kommen können. Ich bin Einor Saren, der Stellvertreter von Jaichim Carridin, der die Hand des Lichts in Tarabon befehligt.« Die Hand des Lichts — die Hand, die die Wahrheit herausquälte, sagte man. Sie hörten die Bezeichnung Zweifler nicht gern. »Es gibt im Dorf eine Brücke. Führt Eure Männer darüber. Wir werden uns in der Schenke unterhalten. Sie ist überraschend bequem eingerichtet.«

»Mir wurde vom Kommandeur aufgetragen, jede Entdeckung zu vermeiden.«

»Das Dorf wurde ... befriedet. Führt nun Eure Männer weiter. *Ich* übernehme jetzt das Kommando. Ich habe Befehle mit dem Siegel des Kommandeurs, falls Ihr an der Berechtigung zweifelt.«

Bornhald unterdrückte das Grollen, das in ihm aufstieg. Befriedet. Er fragte sich, ob man die Leichen außerhalb des Dorfes aufgestapelt oder in den Fluß geworfen hatte. Das würde den Zweiflern ähnlich sehen: kaltschnäuzig genug, um der Geheimhaltung wegen ein ganzes Dorf zu ermorden, und dumm genug, die Leichen in den Fluß zu werfen, wo sie flußabwärts trieben und ihre Untat von Alcruna bis Tanchico hinausposaunten. »Was ich mich frage, ist, warum ich mit zweitausend Männern in Tarabon bin, Zweifler.«

Sarens Gesicht spannte sich, und seine Stimme klang wiederum hart und fordernd: »Das ist einfach, Lordhauptmann. Es gibt auf der Ebene von Almoth Städte und Dörfer, die niemanden über sich anerkennen als höchstens einen Bürgermeister oder einen Gemeinderat. Es ist höchste Zeit, daß sie zum Licht gebracht werden. Es wird an solchen Orten viele Schattenfreunde geben.«

Bornhalds Pferd stampfte auf. »Wollt Ihr damit sagen, Saren, daß ich eine ganze Legion heimlich durch den größten Teil Tarabons führen mußte, nur um ein paar Schattenfreunde aus einigen schmierigen Dörfern herauszuholen?«

»Ihr seid hier, wie es Euch befohlen wurde, Bornhald.

Um für das Licht zu arbeiten. Oder gleitet Ihr aus dem Licht hinaus?« Sarens Lächeln glich einer Grimasse. »Falls Ihr den Kampf sucht, könnt Ihr Gelegenheit dazu bekommen. Die Fremden haben eine große Streitmacht auf der Toman-Halbinsel, mehr Soldaten, als Tarabon und Arad Doman gemeinsam aufhalten können, auch wenn sie ihre ewigen Streitereien mal vergessen und zusammenarbeiten. Falls die Fremden durchbrechen, werdet Ihr alle Hände voll zu tun haben mit Kämpfen. Die Taraboner behaupten, die Fremden seien Ungeheuer, Kreaturen des Dunklen Königs. Einige sagen, sie hätten Aes Sedai dabei, die für sie kämpfen. Falls sie *wirklich* Schattenfreunde sind, diese Fremden, muß man sich um sie kümmern. Wenn die Zeit dazu gekommen ist.«

Einen Augenblick lang stockte Bornhald der Atem. »Dann stimmen die Gerüchte. Artur Falkenflügels Heer ist zurückgekehrt.«

»Fremde«, sagte Saren ausdruckslos. Es klang, als bereue er, überhaupt damit angefangen zu haben. »Fremde, möglicherweise Schattenfreunde, woher auch immer sie kamen. Das ist alles, was wir wissen, und alles, was Ihr wissen müßt. Im Moment betrifft Euch das noch nicht. Wir verschwenden unsere Zeit. Bringt Eure Männer über den Fluß, Bornhald. Ich werde Euch Eure Befehle im Dorf übermitteln.« Er riß sein Pferd herum und galoppierte den Weg zurück, den sie gekommen waren. Die Fackelträger folgten ihm auf den Fersen.

Bornhald schloß die Augen, damit er schneller wieder im Dunkeln sehen konnte. *Man benützt uns wie die Steine auf einem Spielbrett.* »Byar!« Er öffnete die Augen, als sein Adjudant neben ihm erschien und im Sattel vor seinem Lordhauptmann Haltung annahm. Der Mann mit dem hageren Gesicht hatte beinahe den Ausdruck der Zweifler in den Augen, aber trotzdem war er ein guter Soldat. »Vor uns liegt eine Brücke. Bringe die Legion hinüber, und laß sie dort lagern. Ich werde wieder bei euch sein, sobald ich kann.«

Er raffte seine Zügel und ritt in dieselbe Richtung wie der Zweifler. *Steine auf einem Spielbrett. Aber wer zieht uns? Und warum?*

Die Nachmittagsschatten machten langsam dem Abend Platz, als Liandrin durch die Frauenquartiere ging. Jenseits der Schießscharten wurde es dunkel, und die zunehmende Dunkelheit drückte gegen den Schein der Lampen im Korridor. In letzter Zeit machte Liandrin die Dämmerung — sowohl abends als auch morgens — mächtig zu schaffen. In der Morgendämmerung wurde der Tag geboren, und in der Abenddämmerung die Nacht, aber am Morgen starb auch die Nacht, und der Tag starb mit der Abenddämmerung. Die Macht des Dunklen Königs hatte ihre Wurzeln im Tod, aus dem er seine Kraft bezog, und zu diesen Tageszeiten glaubte sie, seine Macht fast greifbar spüren zu können. Auf jeden Fall aber rührte sich etwas im Halbdunkel des Flurs. Sie war sich fast sicher, sie könne es sehen, wenn sie sich nur schnell genug umdrehte und wenn sie nur konzentriert genug hinsah.

Dienerinnen in Schwarz und Gold knicksten, als sie vorbeiging, aber sie reagierte nicht darauf. Sie sah stur geradeaus und würdigte sie keines Blicks.

An der gesuchten Tür schließlich blieb sie kurz stehen und sah sich schnell nach allen Seiten um. Die einzigen Frauen in Sichtweite waren Dienerinnen; natürlich waren keine Männer da. Sie schob die Tür auf und ging ohne Anklopfen hinein.

Das vordere von den Gemächern der Lady Amalisa war hell beleuchtet, und ein prasselndes Feuer im Herd minderte die Kühle der schienarischen Nacht. Amalisa und ihre Hofdamen saßen im Raum auf Stühlen oder auf Teppichstapeln und lauschten, während eine von ihnen im Stehen laut etwas vorlas. Es war *Der Tanz des Falken und des Kolibris* von Teven Aerwin, in dem die Benimmregeln von Männern Frauen gegenüber und von

Frauen Männern gegenüber festgelegt wurden. Liandrins Mund verzog sich; sie hatte das gewiß nicht gelesen, aber mehr als genug davon gehört. Amalisa und ihre Damen begrüßten jede Eröffnung mit schallendem Gelächter. Sie ließen sich aufeinanderfallen und trommelten mit den Fersen auf die Teppiche wie Mädchen.

Die Vorleserin war die erste, die Liandrin entdeckte. Sie brach mit überrascht geweiteten Augen mitten im Satz ab. Die anderen drehten sich um, weil sie sehen wollten, wen sie so anstarrte, und dann verstummte das Lachen. Alle außer Amalisa rappelten sich hoch und glätteten hastig Haar und Kleid.

Lady Amalisa erhob sich graziös mit einem Lächeln auf den Lippen. »Ihr ehrt uns mit Eurer Gegenwart, Liandrin. Das ist eine äußerst angenehme Überraschung. Ich erwartete Euch erst morgen. Ich dachte, Ihr wolltet Euch nach der langen Reise ausr ...«

Liandrin unterbrach sie in scharfem Ton, wobei sie sie nicht direkt ansprach, sondern in die Luft hinein redete: »Ich beabsichtige, mit Lady Amalisa allein zu sprechen. Ihr werdet alle gehen. Sofort.«

Es gab einen Augenblick erschrockenen Schweigens, und dann verabschiedeten sich die anderen Frauen von Amalisa. Eine nach der anderen knickste vor Liandrin, doch diese reagierte nicht darauf. Sie starrte weiter geradeaus ins Leere, doch sie sah und hörte sie. Ehrenbezeigungen, die unangenehm berührt ob der Laune der Aes Sedai dargebracht wurden. Gesenkte Augen, als sie sie nicht beachtete. Sie drückten sich an ihr vorbei zur Tür, wobei sie sich rückwärts vorbeischieben mußten, damit ihre Röcke den ihren nicht berührten.

Als sich die Tür hinter der letzten schloß, sagte Amalisa: »Liandrin, ich verstehe ni ...«

»Wandelst du im Licht, Tochter?« Hier würde es diesen Unsinn nicht mehr geben, sie ›Schwester‹ zu nennen. Die andere Frau war einige Jahre älter, doch die alten Höflichkeitsformen würden von jetzt ab wieder beachtet werden. Wie lange sie auch vergessen sein mochten, es war Zeit, sich wieder daran zu erinnern.

Sobald sie die Frage gestellt hatte, merkte Liandrin, daß sie einen Fehler begangen hatte. Es war eine Frage, die, wenn eine Aes Sedai sie stellte, Zweifel und Angst auslöste, doch Amalisas Rücken versteifte sich, und ihr Gesichtsausdruck wurde hart.

»Das ist eine Beleidigung, Liandrin Sedai. Ich bin Schienarerin aus einem adligen Haus und aus einer Familie von Soldaten. Meine Familie hat schon gegen den Schatten gekämpft, bevor es Schienar überhaupt gab; dreitausend Jahre ohne Fehl und Tadel und ohne einen einzigen Tag der Schwäche.«

Liandrin verlegte sich auf eine andere Art des Angriffs; sie dachte nicht daran zurückzustecken. Sie schritt quer durch den Raum, nahm das ledergebundene Exemplar von *Der Tanz des Falken und des Kolibris* und hielt es, ohne hineinzublicken. »In Schienar, meine Tochter, muß noch mehr als in anderen Ländern das Licht hochgehalten und der Schatten gefürchtet werden.« Ganz nebenbei warf sie das Buch ins Feuer. Flammen schlugen hoch, als sei es ein Stück Feuerholz. Sie prasselten, als sie den Kamin hochzüngelten. Im gleichen Augenblick flammte jede Lampe im Raum zischend auf. Sie brannten derart heiß, daß sie den Raum mit Licht überfluteten. »Hier mehr als überall sonst. Hier, so nahe an der verfluchten Fäule, wo das Verderben wartet. Hier könnte selbst jemand, der glaubt, im Licht zu wandeln, bereits vom Schatten verdorben sein.«

Schweißtropfen glitzerten auf Amalisas Stirn. Die Hand, die sie zum Protest des Buches wegen erhoben hatte, fiel schlaff herunter. Ihre Züge blieben immer noch fest und entschlossen, doch Liandrin beobachtete, wie sie schluckte und von einem Fuß auf den anderen trat. »Ich verstehe nicht, Liandrin Sedai. Liegt es an dem Buch? Das ist doch nur Unsinn.«

Ihre Stimme schwankte ein wenig. *Gut.* Die Glasmäntel einiger Lampen zersprangen, als die Flammen heißer und höher hinaufschlugen und den Raum so hell beleuchteten, als hielten sie sich zur Mittagszeit ungeschützt im Freien auf. Amalisa stand stocksteif da. Ihr Gesicht war angespannt. Sie bemühte sich, nicht zu blinzeln.

»Ihr seid es, die Unsinn redet, meine Tochter. Mir liegt nichts an Büchern. Hier betreten Menschen die Fäule und wandeln in ihrer Verderbtheit. Direkt im Schatten. Warum wundert Ihr Euch dann, wenn der Fluch in sie einsickert? Ob mit oder gegen ihren Willen: Er dringt in sie ein. Warum glaubt Ihr, daß die Amyrlin sich persönlich hierherbegeben hat?«

»Nein!« Es war mehr ein Keuchen.

»Ich gehöre zu den Roten, meine Tochter«, sagte Liandrin drängend. »Ich jage alle Männer, die vom Verderben angesteckt sind.«

»Ich verstehe nicht.«

»Nicht nur die Verderbten, die die Eine Macht zu benützen versuchen. Alle befallenen Männer, ob hochstehend oder gemein, werden von mir gejagt.«

»Ich ...« Amalisa leckte sich verunsichert die Lippen und bemühte sich sichtlich, sich zusammenzureißen. »Ich verstehe nicht, Liandrin Sedai. Bitte ...«

»Die hochstehenden sogar noch eher als die gemeinen.«

»Nein!« Als wäre eine unsichtbare Stütze zusammengebrochen, fiel Amalisa auf die Knie, und ihr Kopf senkte sich. »Bitte, Liandrin Sedai, sagt, daß Ihr nicht Agelmar meint. Es kann ihn nicht betreffen.«

In diesem Augenblick voll Zweifel und Verwirrung schlug Liandrin zu. Sie bewegte sich nicht, sondern schlug mit der Einen Macht nach Amalisa. Die schnappte nach Luft und zuckte, als habe man sie mit einer Nadel gestochen, und Liandrins Schmollmund verzog sich zu einem Lächeln.

Das war ihr eigener besonderer Trick aus ihrer Kindheit, die erste ihrer Fähigkeiten, die sie zu verwenden gelernt hatte. Es war ihr verboten worden, sobald die für die Novizinnen zuständige Rektorin es bemerkt hatte, aber das bedeutete für Liandrin lediglich eine weitere Sache, die sie vor denen verbergen mußte, die auf sie eifersüchtig waren.

Sie trat vor und hob Amalisas Kinn an. Das Metall, das sie aufrecht gehalten hatte, war noch immer da, aber nun war es ein minderwertigeres Metall, das auf den richtigen Druck hin verformbar war. Tränen rannen aus Amalisas Augenwinkeln und glitzerten auf ihren Wangen. Liandrin ließ die Feuer wieder zur normalen Stärke zurücksinken; sie benötigte sie nicht mehr. Sie gebrauchte nun sanftere Worte, doch ihre Stimme war so unnachgiebig wie Stahl.

»Tochter, niemand will, daß Ihr und Agelmar den Leuten als Schattenfreunde vorgeworfen werdet. Ich werde Euch helfen, aber Ihr müßt auch mir helfen.«

»Euch h … helfen?« Amalisa legte die Hände an die Schläfen. Sie sah völlig verwirrt aus. »Bitte, Liandrin Sedai, ich … verstehe nicht. Es ist alles so … Es ist alles …«

Die Fähigkeit war nicht absolut perfekt; Liandrin konnte niemanden dazu zwingen zu tun, was sie wollte — obwohl sie es oft versucht hatte. Und wie sie es versucht hatte! Aber sie konnte sie ihren Argumenten zugänglich machen, sie wünschen lassen, sie könnten ihr Glauben schenken, sie könnten sich von ihr überzeugen lassen.

»Gehorcht, Tochter! Gehorcht und beantwortet meine Fragen wahrheitsgemäß, und ich verspreche Euch, daß Euch und Agelmar niemand als Schattenfreunde bezeichnen wird. Ihr werdet nicht nackt durch die Straßen gezerrt und aus der Stadt geprügelt, falls Euch die Leute nicht zuvor schon in Stücke reißen. Ich werde das nicht geschehen lassen. Versteht Ihr?«

»Ja, Liandrin Sedai, ja. Ich will tun, was Ihr sagt, und Euch wahrheitsgemäß antworten.«

Liandrin richtete sich auf und blickte auf die andere Frau hinunter. Lady Amalisa blieb, wie sie war, kniend, mit offenem Gesicht, offen wie das eines Kindes, eines Kindes, das darauf wartet, von jemand Weiserem und Stärkerem getröstet zu werden und Hilfe zu erhalten. Liandrin fand das richtig und standesgemäß. Sie hatte nie verstanden, warum einer Aes Sedai gegenüber eine einfache Verbeugung oder ein Knicks ausreichen sollte, wenn die Männer und Frauen vor Königen und Königinnen auf die Knie fielen. *Welche Königin besitzt schon meine Macht?* Ihr Mund verzog sich ärgerlich, und Amalisa schauderte.

»Beruhigt Euch, meine Tochter. Ich bin gekommen, Euch zu helfen und nicht zu bestrafen. Nur diejenigen, die es verdient haben, werden bestraft. Sagt mir nur die Wahrheit.«

»Das werde ich, Liandrin Sedai. Das werde ich. Ich schwöre es bei der Ehre meines Hauses.«

»Moiraine kam mit einem Schattenfreund nach Fal Dara.«

Amalisa war zu verängstigt, um Überraschung zu zeigen. »O nein, Liandrin Sedai! Nein. Der Mann kam später. Er ist jetzt im Kerker.«

»Später, sagt Ihr? Aber es ist wahr, daß sie oft mit ihm spricht? Sie befindet sich oft in der Gesellschaft dieses Schattenfreunds? Allein?«

»M ... manchmal, Liandrin Sedai. Nur manchmal. Sie will herausfinden, warum er hierher kam. Moiraine Sedai ist ...« Liandrin hob abrupt die Hand, und Amalisa schluckte herunter, was immer sie noch hatte sagen wollen.

»Moiraine wurde von drei jungen Männern begleitet. Das *weiß* ich. Wo sind sie? Ich war in ihrem Zimmer, und sie sind nicht aufzufinden.«

»Ich ... ich weiß nicht, Liandrin Sedai. Sie schienen

nette Jungen zu sein. Sicher glaubt Ihr nicht, sie seien Schattenfreunde.«

»Keine Schattenfreunde, nein. Schlimmer. Viel gefährlicher als Schattenfreunde, meine Tochter. Die gesamte Welt ist durch sie in Gefahr. Sie müssen gefunden werden. Ihr werdet Euren Dienerinnen befehlen, die Festung abzusuchen. Auch Eure Hofdamen und Ihr selbst werdet suchen. In jeder Fuge und Ritze. Darüber werdet Ihr persönlich wachen. Persönlich! Und Ihr werdet mit niemandem darüber sprechen, außer mit solchen, die ich Euch nenne. Niemand sonst darf es wissen. Niemand. Diese jungen Männer müssen heimlich aus Fal Dara weggeschafft und nach Tar Valon gebracht werden. In größter Geheimhaltung.«

»Wie Ihr befehlt, Liandrin Sedai. Aber ich verstehe nicht, wieso das geheimgehalten werden muß. Niemand hier wird die Aes Sedai hindern.«

»Von den Schwarzen Ajah habt Ihr schon gehört?«

Amalisas Augen quollen hervor. Sie lehnte sich von Liandrin weg und hob die Hände, als wolle sie sich vor einem Schlag schützen. »Ein bös ... bösartiges Gerücht, Liandrin Sedai. B ... bösartig. Es gibt keine Aes Sedai, die dem Dunklen König d ... dienen. Ich glaube es nicht. Ihr müßt mir glauben! Beim Licht schwöre ich, daß ich das für unmöglich halte. Bei meiner Ehre und der meines Hauses schwöre ich ...«

Kühl ließ Liandrin sie gewähren und beobachtete, wie die andere Frau durch ihr Schweigen auch der letzten Kräfte beraubt wurde. Es war bekannt, daß Aes Sedai zornig, sehr zornig auf jene werden konnten, die auch nur die Schwarzen Ajah erwähnten, geschweige denn auf jene, die sagten, sie glaubten an deren verborgene Existenz. Und darüber hinaus war Amalisas Willenskraft sowieso schon durch ihren kleinen Kindertrick geschwächt! Sie würde nun Wachs in ihren Händen sein. Nur noch ein weiterer Schlag.

»Die Schwarze Ajah ist *Wirklichkeit,* Kind. Wirklich

und sogar hier in den Mauern von Fal Dara vorhanden.« Amalisa kniete mit offenem Mund vor ihr. Die Schwarze Ajah! Aes Sedai, die gleichzeitig Schattenfreunde waren! Es war fast so schlimm, als erfahre man, daß der Dunkle König selbst in der Festung von Fal Dara wandle. Aber Liandrin ließ jetzt nicht mehr locker. »Jede Aes Sedai, die Ihr auf dem Flur trefft, könnte eine Schwarze Schwester sein. Das schwöre ich. Ich kann Euch nicht sagen, wer es ist, aber Ihr steht unter meinem Schutz. Sofern Ihr im Licht wandelt und mir gehorcht.«

»Das werde ich«, flüsterte Amalisa heiser. »Ganz bestimmt. Bitte, Liandrin Sedai, bitte sagt, daß Ihr meinen Bruder beschützen werdet und meine Damen ...«

»Wer Schutz verdient, den werde ich beschützen. Kümmert Euch um Euch selbst, meine Tochter. Und denkt nur an das, was ich Euch aufgetragen habe. Nur an das. Das Schicksal der Welt hängt davon ab, meine Tochter. Alles andere müßt Ihr vergessen.«

»Ja, Liandrin Sedai. Ja. Ja.«

Liandrin drehte sich um und durchquerte den Raum, ohne zurückzublicken, bis sie die Tür erreichte. Amalisa lag immer noch auf den Knien und beobachtete sie ängstlich. »Erhebt Euch, Lady Amalisa.« Liandrin ließ ihre Stimme angenehm klingen und nur eine kleine Spur des Hohns mitschwingen, den sie empfand. *Schwester, ha! Sie würde nicht einen Tag als Novizin überstehen. Und* so was *hat Befehlsgewalt!* »Erhebt Euch!« Amalisa stand mit langsamen, ruckartigen Bewegungen auf, als sei sie stundenlang an Händen und Füßen gefesselt gewesen. Als sie schließlich stand, sagte Liandrin wiederum mit stählern klingender Stimme: »Und wenn Ihr der Welt gegenüber versagt, mir gegenüber versagt, dann werdet Ihr diesen zerlumpten Schattenfreund im Kerker beneiden.«

Nach dem Gesichtsausdruck Amalisas zu schließen, würde ein Versagen wohl kaum an fehlender Mühe liegen, dachte Liandrin.

Liandrin zog die Tür hinter sich zu und fühlte plötzlich, wie sie von einer Gänsehaut überzogen wurde. Ihr stockte der Atem. Sie wirbelte herum und blickte den nur schwach beleuchteten Korridor hinauf und hinunter. Leer. Hinter den Schießscharten herrschte mittlerweile die Nacht. Der Flur war leer, und doch war sie sicher, von irgendwelchen Augen beobachtet zu werden. Der leere, von Schatten zwischen den Lampen erfüllte Korridor verhöhnte sie. Sie zuckte unsicher die Achseln und ging entschlossen den Flur hinunter. *Von Einbildungen gejagt. Nicht mehr.*

Es war bereits Nacht, und vor der Morgendämmerung gab es viel zu tun. Ihre Befehle waren ganz präzise gewesen.

Im Kerker war es immer pechschwarz, gleich zu welcher Stunde, außer jemand brachte eine Fackel herein, doch Padan Fain saß auf der Kante seiner Pritsche und starrte mit lächelndem Gesicht ins Dunkle. Er konnte hören, wie die beiden anderen Gefangenen im alptraumgeplagten Schlaf knurrten und vor sich hin murmelten. Padan Fain wartete auf etwas. Er hatte schon lange darauf gewartet. Zu lange. Aber nicht mehr viel länger.

Die Tür zum äußeren Wachraum öffnete sich, und eine Lichtflut schwappte heraus, in der sich eine Gestalt abzeichnete. Fain stand auf. »Ihr! Nicht, wen ich erwartet hatte.« Er streckte sich mit einer Gelassenheit, die er nicht empfand. Das Blut raste durch seine Adern. Er glaubte, er könne über die Festung wegspringen, wenn er es nur versuchte. »Für jeden eine Überraschung, was? Also los! Die Nacht wird schon alt, und ich möchte auch einmal schlafen.«

Als eine Lampe in die Zelle gereicht wurde, hob Fain den Kopf und grinste etwas Unsichtbares, aber Fühlbares jenseits der Steindecke des Kerkers an. »Es ist noch nicht vorbei«, flüsterte er. »Die Schlacht ist niemals zu Ende.«

KAPITEL 6

Düstere Vorzeichen

Die Tür des Bauernhauses wurde durch wütende Schläge von außen erschüttert. Der schwere Riegel auf der Innenseite hüpfte in seinen Lagern auf und ab. Hinter dem der Tür am nächsten gelegenen Fenster bewegte sich die Gestalt eines Trollocs mit schwerer Tierschnauze. Überall waren Fenster, und draußen befanden sich weitere schattenhafte Gestalten. Aber nicht schattenhaft genug für Rand. Er konnte sie trotzdem erkennen.

Die Fenster, dachte er verzweifelt. Er schob sich von der Tür weg und klammerte sich mit beiden Händen an sein Schwert. *Selbst wenn die Tür hält, können sie durch die Fenster einbrechen. Warum versuchen sie es nicht mit den Fenstern?*

Mit betäubendem metallischen Kreischen brach eine der Halterungen teilweise aus dem Türrahmen. Sie hing nur noch lose an Nägeln, die fingerbreit aus dem Holz gezogen waren. Der Riegel erzitterte unter einem weiteren Schlag, und wieder quietschten die Nägel.

»Wir müssen sie aufhalten!« schrie Rand. *Aber wir können nicht. Wir können sie nicht aufhalten.* Er sah sich nach einem Fluchtweg um, aber es gab nur die eine Tür. Der Raum war wie eine Falle. Nur eine Tür und eine Anzahl Fenster. »Wir müssen etwas tun. Irgend etwas!«

»Es ist zu spät«, sagte Mat. »Verstehst du nicht?« Sein Grinsen wirkte auf dem bleichen Gesicht eigenartig, und aus seiner Brust ragte der Griff eines Dolches. Der Rubin obenauf schimmerte, als brenne ein Feuer in ihm.

Der Stein strahlte mehr Leben aus als sein Gesicht. »Es ist zu spät für uns. Wir können nichts mehr ändern.«

»Ich bin sie endlich losgeworden«, sagte Perrin lachend. Blut strömte wie eine Tränenflut aus den leeren Augenhöhlen über sein Gesicht. Er streckte die roten Hände aus und bemühte sich, Rand auf das aufmerksam zu machen, was in ihnen lag. »Jetzt bin ich frei. Es ist vorbei.«

»Es wird nie vorbei sein, al'Thor«, rief Padan Fain, der mitten im Raum herumhüpfte. »Die Schlacht ist niemals zu Ende.«

Die Tür zerbarst zu Splittern, und Rand duckte sich vor den herumfliegenden Holzstücken. Zwei rotgekleidete Aes Sedai traten ein und verbeugten sich, als ihr Herr nachkam. Eine Maske von der Farbe getrockneten Blutes bedeckte Ba'alzamons Gesicht, aber Rand konnte die Flammen seiner Augen durch die Augenschlitze hindurch sehen. Er konnte die tosenden Flammen in Ba'alzamons Mund hören.

»Zwischen uns ist es noch nicht vorbei, al'Thor«, sagte Ba'alzamon, und er und Fain sprachen aus einem Munde: »Für dich wird die Schlacht niemals enden.«

Rand schnappte röchelnd nach Luft und richtete sich vom Fußboden auf. Er rieb sich die Augen. Es schien, als könne er noch immer Fains Stimme hören, so klar, als stünde der Händler neben ihm. *Es wird nie vorbei sein. Die Schlacht endet nie.*

Mit verschwollenen Augen blickte er sich um, um sich davon zu überzeugen, daß er noch dort versteckt war, wo ihn Egwene zurückgelassen hatte: auf einem Strohsack in einer Ecke ihres Zimmers. Das trübe Licht einer einzigen Lampe erleuchtete den Raum nur unzureichend. Er war überrascht, als er Nynaeve entdeckte, die auf einem Schaukelstuhl auf der gegenüberliegenden Seite des einzigen Bettes saß und strickte. Das Bett war unberührt. Draußen war Nacht.

Nynaeve war schlank und hatte dunkle Augen. Die

Haare trug sie zu einem dicken Zopf zusammengeflochten, den sie über eine Schulter gelegt hatte und der ihr fast bis zur Hüfte reichte. Ihr Gesicht war ruhig, und sie schien sich ganz auf das Stricken zu konzentrieren, während sie sanft schaukelte. Der einzige Laut, den man hörte, war das stetige *Klick-Klick-Klick* ihrer Stricknadeln. Der Teppich dämpfte das Geräusch des Schaukelstuhls.

Es hatte in letzter Zeit Nächte gegeben, da hatte er sich einen Teppich auf dem kalten Steinboden seines Zimmers gewünscht, aber in Schienar waren die Zimmer der Männer immer kahl und sparsam eingerichtet. Hier hingen zwei Gobelins an der Wand, Bergszenen mit Wasserfällen, und neben den Schießscharten hingen Vorhänge. Schnittblumen — weiße Morgensternchen — standen in einer niedrigen, runden Vase auf dem Nachttisch, und weitere schmückten die weiß glasierten, zweckentfremdeten Kerzenhalter an den Wänden. In einer Ecke stand ein hoher Spiegel, und ein weiterer hing über dem Waschgestell mit seiner blaugestreiften Kanne und der Schüssel. Er fragte sich, wozu Egwene zwei Spiegel brauchte; in seinem Raum war keiner, und er vermißte auch keinen. Nur eine Lampe war entzündet, aber es standen noch vier weitere im Zimmer. Der Raum war beinahe so groß wie der, den er mit Mat und Perrin teilte. Egwene hatte ihn allein für sich.

Ohne aufzublicken, sagte Nynaeve: »Wenn du am Nachmittag schon schläfst, kannst du nicht erwarten, daß du in der Nacht noch schlafen kannst.«

Er runzelte die Stirn, aber sie konnte das ja nicht sehen. Zumindest glaubte er das. Sie war nur wenige Jahre älter als er, aber die Tatsache, daß sie Seherin war, fügte dem fünfzig Jahre an Autorität hinzu. »Ich brauchte ein Versteck, und ich war müde«, sagte er und fügte dann schnell hinzu: »Ich bin nicht so einfach hier hereingekommen. Egwene hat mich in die Frauenquartiere eingeladen.«

Nynaeve senkte ihr Strickzeug und lächelte ihn belustigt an. Sie war eine hübsche Frau. Das war etwas, was er daheim nie bemerkt hätte; man betrachtete einfach eine Seherin nicht wie eine normale Frau. »Licht, hilf mir, aber du wirst jeden Tag den Schienarern ähnlicher, Rand. In die Frauenquartiere eingeladen — ha!« Sie schnaubte. »Jeden Tag kann man erwarten, daß du anfängst, über deine Ehre zu quatschen und zu bitten, daß der Friede dein Schwert segnen möge.« Er lief rot an und hoffte, daß sie es bei der trüben Beleuchtung nicht bemerken würde. Sie beäugte sein Schwert, dessen Griff aus dem langen Bündel auf dem Boden neben ihm herausragte. Er wußte, daß sie etwas gegen das Schwert hatte, gegen jedes Schwert, aber ausnahmsweise erwähnte sie einmal nichts davon. »Egwene sagte mir, warum du ein Versteck brauchst. Mach dir keine Sorgen. Wir werden dich vor der Amyrlin oder jeder anderen Aes Sedai verstecken, wenn du das willst.«

Sie sah ihm in die Augen, und ihr Blick zuckte gleich wieder weg, aber er hatte ihre Unsicherheit bemerkt. Ihre Zweifel. *Es stimmt, ich kann die Macht beherrschen. Ein Mann, der die Eine Macht lenkt! Du solltest den Aes Sedai helfen, mich zu fangen und einer Dämpfung zu unterziehen.*

Mit finsterem Gesicht zog er das Lederwams gerade, das ihm Egwene besorgt hatte, und drehte sich so, daß er sich an die Wand lehnen konnte. »Sobald ich kann, werde ich mich in einem Karren verbergen oder hinausschleichen. Ihr müßt mich nicht lange verstecken.« Nynaeve sagte nichts; sie strickte weiter und gab einen verärgerten Laut von sich, als sie eine Masche fallenließ. »Wo ist Egwene?«

Sie ließ das Strickzeug in den Schoß sinken. »Ich weiß nicht, warum ich es heute abend überhaupt noch probiere. Aus irgendeinem Grund kann ich mir die Zahl der Maschen einfach nicht merken. Sie ist zu Padan Fain hinuntergegangen. Sie glaubt, es könne ihm helfen, wenn er bekannte Gesichter sieht.«

»Meines hat ihm gewiß nicht geholfen. Sie sollte sich von ihm fernhalten. Er ist gefährlich.«

»Sie will ihm helfen«, sagte Nynaeve ruhig. »Denk daran, sie war auf dem Weg, meine Helferin zu werden, und die Arbeit einer Seherin besteht nicht nur darin, das Wetter vorherzusagen. Auch Menschen zu heilen gehört dazu. Egwene hat den Drang zum Heilen. Sie muß es einfach. Und wenn Padan Fain wirklich so gefährlich wäre, hätte Moiraine etwas erwähnt.«

Er lachte kurz auf. »Du hast sie nicht gefragt. Egwene hat es zugegeben, und ich kann mir nicht vorstellen, daß du irgend jemanden um Erlaubnis fragst.« Ihre hochgezogenen Augenbrauen vertrieben ihm das Lachen. Er weigerte sich allerdings, sich zu entschuldigen. Sie waren weit von zu Hause entfernt, und er sah nicht ein, daß sie noch weiterhin die Seherin von Emondsfeld sein konnte, wenn sie nach Tar Valon ging. »Haben sie schon mit der Suche nach mir begonnen? Egwene ist nicht sicher, daß sie es tun werden, aber Lan meint, die Amyrlin sei meinetwegen hier, und ich glaube, ich schließe mich eher seiner Meinung an als ihrer.«

Einen Augenblick lang zögerte Nynaeve mit ihrer Antwort. Statt dessen beschäftigte sie sich mit ihren Wollknäueln. Schließlich sagte sie: »Ich bin nicht sicher. Vor einer Weile kam eine der Dienerinnen vorbei. Um das Bett zu machen, behauptete sie. Als ob Egwene schon ins Bett ginge, da doch heute abend das Fest für die Amyrlin stattfindet. Ich habe sie weggeschickt; sie hat dich nicht gesehen.«

»In den Männerquartieren macht einem niemand das Bett.« Sie warf ihm einen Blick zu, der ihn noch vor einem Jahr zum Stottern gebracht hätte. Er schüttelte den Kopf. »Sie würden doch nicht ihre Mägde schicken, um mich zu suchen, Nynaeve.«

»Als ich vorhin in die Kühlkammer ging, um mir einen Becher Milch zu holen, waren zu viele Frauen in den Gängen. Diejenigen, die zum Fest geladen sind, sollten dabei sein, sich dafür anzukleiden, und die anderen sollten entweder dabei helfen oder die Speisen und Getränke vorbereiten, oder …« Sie zog besorgt die Stirn in Falten. »Es gibt für jeden hier mehr als genug Arbeit, seit die Amyrlin eingetroffen ist. Und sie waren nicht nur hier in den Frauenquartieren. Ich sah Lady Amalisa selbst in der Nähe des Kühlraums aus einem Lagerraum kommen, und sie hatte das Gesicht voller Staub.«

»Das ist doch lächerlich. Warum sollte sie sich an der Suche beteiligen? Oder auch die anderen Frauen, was das betrifft. Sie würden Lord Agelmars Soldaten und die Behüter dafür einsetzen. Und die Aes Sedai. Sie müssen irgend etwas für das Fest vorbereitet haben. Licht noch mal, ich weiß noch nicht einmal, wie die Schienarer ein Fest feiern.«

»Du bist manchmal auch ein rechter Wollkopf, Rand. Die Männer, die ich sah, wußten auch nicht, was die Frauen dort trieben. Ich hörte, wie sich welche beklagten, daß *sie* die ganze Arbeit am Hals hätten. Ich weiß, daß es eigentlich keinen Sinn ergibt, wenn sie nach dir suchen. Keine der Aes Sedai schien sich dafür zu interessieren. Aber Amalisa hat sich nicht auf das Fest vorbereitet, indem sie in einem Lagerraum ihr Kleid beschmutzte. Sie suchten nach etwas, etwas Wichtigem. Selbst wenn sie gleich begonnen hätte, nachdem ich sie traf, hätte sie kaum noch Zeit zu baden und sich zu richten. Und weil ich gerade dabei bin: Wenn Egwene nicht gleich zurückkommt, muß sie überlegen, ob sie sich noch umzieht und dafür zu spät kommt.«

Zum ersten Mal wurde ihm bewußt, daß Nynaeve nicht die typische Zwei-Flüsse-Wollkleidung trug, an die er gewöhnt war. Ihr Kleid bestand aus blaßblauer Seide und war um den Hals und an den Ärmeln mit Schneeflockenblüten bestickt. Im Mittelpunkt jeder Blüte befand sich eine kleine Perle, und ihr Gürtel war mit Silber beschlagen und hatte eine Silberschnalle, die mit

Perlen besetzt war. Er hatte so etwas noch nie gesehen. Selbst die Festkleidung zu Hause konnte sich nicht damit vergleichen.

»Du gehst zum Fest?«

»Natürlich. Auch wenn Moiraine nicht gesagt hätte, daß ich kommen solle, wäre ich trotzdem ...« Ihre Augen blitzten einen Moment lang feurig, und er wußte, was sie meinte. Nynaeve ließ niemanden in dem Glauben, sie fürchte sich vor etwas, selbst wenn es stimmte. Ganz sicher nicht Moiraine und schon gar nicht Lan. Er hoffte, sie wisse nicht, daß er sich über ihre Gefühle dem Behüter gegenüber im klaren war.

Einen Augenblick später wurde ihr Blick wieder weicher, als er auf den Ärmel ihres Kleides fiel. »Lady Amalisa hat mir das gegeben«, sagte sie so leise, daß er sich fragte, ob sie ein Selbstgespräch führe. Sie streichelte über die Seide und fuhr gedankenverloren lächelnd der Blumenstickerei nach.

»Es steht dir sehr gut, Nynaeve. Du siehst heute sehr hübsch aus.« Er duckte sich, kaum daß er das ausgesprochen hatte. Jede Seherin war empfindlich, was ihre Autorität betraf, und Nynaeve war noch empfindlicher als die meisten. Der Frauenzirkel zu Hause hatte ihr immer über die Schulter geguckt, weil sie so jung war, und vielleicht auch, weil sie hübsch war, und ihre Streitigkeiten mit dem Bürgermeister und dem Gemeinderat waren bereits der Stoff von Legenden.

Ihre Hand zuckte von den Stickereien zurück, und sie funkelte ihn an. Ihre Augenbrauen zogen sich zusammen. Er sprach ganz schnell, um ihr zuvorzukommen.

»Sie können die Tore nicht die ganze Zeit über geschlossen halten. Sobald sie wieder geöffnet sind, bin ich weg, und die Aes Sedai werden mich nie finden. Perrin sagt, in den Schwarzen Hügeln und auf der Caralain-Steppe gibt es Gegenden, da kann man tagelang laufen, ohne einen einzigen Menschen zu sehen. Vielleicht ... vielleicht komme ich noch darauf, was ich tun kann, um ...« Er zuckte unsicher die Achseln. Er brauchte ihr das gar nicht erst zu sagen, ihr nicht. »Und wenn ich das nicht schaffe, so gibt es dort wenigstens niemanden, den ich verletzen kann.«

Nynaeve schwieg einen Augenblick lang und sagte dann bedächtig: »Ich bin da nicht so sicher, Rand. Ich kann nicht behaupten, daß du anders als irgendein Dorfjunge auf mich wirkst, aber Moiraine besteht darauf, daß du *ta'veren* bist. Ich bin der Meinung, sie glaubt, daß das Rad mit dir noch lange nicht fertig ist. Der Dunkle König scheint ...«

»Shai'tan ist tot«, sagte er rauh, und plötzlich schien der Raum zu schwanken. Er griff sich an den Kopf, als ihn ein Schwindelanfall nach dem anderen überfiel.

»Du Narr! Du reiner, blinder, idiotischer Narr! Den Dunklen König nennen und seine Aufmerksamkeit erregen! Hast du noch nicht genug Schwierigkeiten?«

»Er ist tot«, murmelte Rand und rieb sich den Kopf. Er schluckte. Das Schwindelgefühl wurde bereits schwächer. »Ist schon gut. In Ordnung. Ba'alzamon, wenn du so willst. Aber er ist tot. Ich sah ihn sterben, sah ihn brennen.«

»Und ich soll dich etwa nicht beobachtet haben, als der Blick des Dunklen Königs gerade eben auf dich fiel? Erzähle mir nicht, du hättest nichts gefühlt, oder ich haue dir mein Strickzeug um die Ohren; ich habe dein Gesicht gesehen.«

»Er ist tot.« Rand bestand darauf. Der unsichtbare Beobachter und der Wind auf der Turmspitze ging ihm durch den Kopf. Er schauderte. »Seltsame Dinge geschehen so nahe an der Fäule.«

»Du *bist* ein Narr, Rand al'Thor.« Sie schwenkte eine Faust in seine Richtung. »Ich würde dir eine Ohrfeige geben, wenn ich glaubte, dein Verstand würde dann ...«

Der Rest ihrer Worte wurde verschluckt, als überall in der Festung mit einem Schlag die Glocken zu läuten begannen.

Er sprang auf die Beine. »Das bedeutet Alarm! Sie suchen …« *Nenne den Dunklen König, und das Böse kommt über dich.*

Nynaeve stand langsamer auf und schüttelte unsicher den Kopf. »Nein, ich glaube nicht. Falls sie dich suchen, wäre alles, was sie damit erreichen, daß dich die Glokken warnen. Nein, falls es Alarm bedeutet, hat es nichts mit dir zu tun.«

»Was dann?« Er eilte zur nächsten Schießscharte und spähte hinaus.

Wie Glühwürmchen bewegten sich Lichter durch die in Nacht gehüllte Festung. Lampen und Fackeln wurden hin und her getragen. Einige rannten zur Außenmauer und den Türmen hin, aber die meisten, die er beobachten konnte, eilten durch den Garten darunter und auf den einzigen Hof, den er teilweise einsehen konnte. Was auch immer den Alarm ausgelöst haben mochte, es befand sich innerhalb der Festung. Die Glocken schwiegen wieder und ließen die Rufe von Männern zu ihm dringen, aber er wurde nicht schlau daraus, was sie riefen.

Wenn es nicht meinetwegen ist … »Egwene«, sagte er plötzlich. *Wenn er noch am Leben ist und irgend etwas Böses geschieht, dann wird es wohl mich treffen.*

Nynaeve drehte sich um. Sie hatte gerade durch eine andere Schießscharte blicken wollen. »Was?«

»Egwene.« Er durchquerte mit schnellen Schritten das Zimmer und zog mit einem Ruck Schwert und Scheide aus dem Bündel. *Licht, mich soll es doch treffen und nicht sie.* »Sie ist im Kerker bei Fain. Was ist, wenn er sich irgendwie befreit hat?«

Sie fing ihn an der Tür ab und packte ihn am Arm. Sie reichte ihm nicht einmal bis zur Schulter, aber ihr Griff war eisern. »Sei nicht ein noch größerer Narr als zuvor, Rand al'Thor. Selbst wenn das nichts mit dir zu tun haben sollte, suchen immer noch die Frauen nach irgend etwas. Licht, Mann, das hier sind die Frauenquartiere! Draußen auf dem Flur werden sich höchstwahrscheinlich Aes Sedai aufhalten. Egwene wird schon zurechtkommen. Sie wollte Mat und Perrin mitnehmen. Auch wenn es Schwierigkeiten gegeben haben sollte, werden die beiden sie schon beschützen.«

»Und was ist, wenn sie die beiden nicht finden konnte, Nynaeve? Egwene würde sich davon doch nicht aufhalten lassen. Sie würde dann eben alleine gehen, genau wie du, und das weißt du auch. Licht, ich habe ihr gesagt, daß Fain gefährlich ist! Licht noch mal, ich hab's ihr doch gesagt!« Er riß sich los, zog die Tür auf und rannte los. *Licht, verseng mich, es soll doch mich verletzen!*

Eine Frau schrie auf, als sie ihn im Arbeiterwams und Hemd und mit einem Schwert in der Hand sah. Selbst eingeladen trugen Männer in den Frauenquartieren keine Waffe, außer die Festung wurde angegriffen. Frauen standen in den Korridoren herum, Dienerinnen in Schwarz und Gold, Hofdamen in Seide und Spitzen, Frauen mit bestickten Schals mit langen Fransen daran, und alle redeten gleichzeitig laut aufeinander ein, alle wollten wissen, was geschehen sei. Überall hielten sich weinende Kinder an den Rockzipfeln fest. Er stürmte zwischen ihnen durch, wich aus, wo es ging, und murmelte Entschuldigungen, wenn er einige anrempelte. Er bemühte sich, ihre überraschten Blicke zu ignorieren.

Eine der Frauen mit einer Stola um die Schultern wandte sich ab, um in ihr Zimmer zurückzugehen, und dabei sah er auf dem Rückenteil der Stola die schimmernde weiße Träne. Nun erkannte er auch Gesichter, die er im Außenhof gesehen hatte. Aes Sedai, die ihn erschreckt anblickten.

»Wer bist du? Was machst du hier?«

»Wird die Festung angegriffen? Antworte mir, Mann!«

»Das ist kein Soldat. Wer ist das? Was geschieht hier eigentlich?«

»Das ist der junge Lord aus dem Süden!«

»Irgend jemand muß ihn aufhalten!«

Die Angst ließ ihn die Lippen hochziehen und die Zähne fletschen, aber er rannte weiter und bemühte sich, noch schneller zu laufen.

Dann trat eine Frau in den Flur und stand ihm plötzlich gegenüber. Trotz seiner Eile blieb er stehen. Er erkannte dieses Gesicht; er würde es wohl immer erkennen, auch wenn er ewig lebte. Die Amyrlin. Ihre Augen weiteten sich, als sie ihn erblickte, und sie erwiderte seinen Blick. Eine andere Aes Sedai, die große Frau mit dem Stab, trat zwischen ihn und die Amyrlin und schrie ihm etwas zu, das er bei dem immer stärker werdenden Stimmengewirr nicht verstehen konnte.

Sie weiß Bescheid. Licht hilf mir, sie weiß Bescheid. Moiraine hat es ihr gesagt. Mit einem Knurren rannte er weiter. *Licht, ich muß sichergehen, daß Egwene nichts passiert ist, bevor sie ...* Hinter ihm erklangen Schreie, doch er hörte nicht hin.

Draußen in der Festung herrschte ein vollkommenes Durcheinander. Männer mit Schwertern in der Händen rannten zu den Höfen und sahen ihn überhaupt nicht an. Durch das Lärmen der Alarmglocken konnte er jetzt auch andere Geräusche vernehmen. Rufe. Schreie. Metall, das auf Metall auftraf. Er hatte gerade genug Zeit, um zu erkennen, daß es sich um Kampfgeräusche handelte — *Kampf? Mitten in Fal Dara?* —, als drei Trollocs vor ihm um die Ecke rannten.

Behaarte Schnauzen verunstalteten ansonsten menschliche Gesichter, und einer von ihnen trug die Hörner eines Hammels. Sie fauchten und hoben sichelähnliche Schwerter, als sie auf ihn zu rannten.

Der Gang, der nur einen Moment zuvor noch von rennenden Männern gefüllt gewesen war, war nun bis auf die drei Trollocs und ihn selbst leer. Überrascht von ihrem Erscheinen zog er ungeschickt sein Schwert und versuchte ›Die Hummel küßt eine Rose‹. Erschüttert darüber, daß sich Trollocs im Herzen der Festung von

Fal Dara befanden, führte er den Angriff so ungeschickt aus, daß sich Lan vor Verachtung abgewandt hätte. Ein Trolloc mit Bärenschnauze wich ihm problemlos aus, prallte aber gegen die beiden anderen und brachte sie einen Moment lang außer Tritt.

Plötzlich war da ein Dutzend Schienarer und raste an ihm vorbei auf die Trollocs zu. Die Männer waren halb angezogen — in bester Kleidung für das Fest —, hatten aber Schwerter in den Händen. Der Trolloc mit der Bärenschnauze röchelte wild, als er starb, und seine Begleiter rannten weg, von schwertschwingenden, schreienden Männern verfolgt. Überall erklangen Rufe und Schreie.

Egwene!

Rand wandte sich dem Inneren der Festung zu, rannte durch menschenleere Gänge, in denen hier und da tote Trollocs am Boden lagen. Oder auch tote Männer.

Dann kam er an eine Kreuzung von Korridoren, und zu seiner linken war gerade ein Kampf zu Ende gegangen. Sechs Männer mit Haarknoten lagen blutend und leblos am Boden, und ein siebter verschied soeben. Der Myrddraal drehte beim Herausziehen sein Schwert absichtlich noch einmal im Bauch des Mannes, und der Soldat schrie, während er sein Schwert fallen ließ und stürzte. Der Blasse bewegte sich mit der Eleganz einer Schlange, wobei der schlangenartige Eindruck noch dadurch verstärkt wurde, daß er einen Brustpanzer aus schwarzen, sich überlappenden Schuppen trug. Er drehte sich um, und das bleiche, augenlose Gesicht musterte Rand. Er setzte sich in Rands Richtung in Bewegung, ohne Eile, und lächelte blutleer. Bei einem einzelnen Mann mußte er sich nicht beeilen.

Er blieb wie angewurzelt stehen. Die Zunge klebte ihm am Gaumen. Der Blick der Augenlosen bedeutet Angst. Das war es, was man in den Grenzlanden sagte. Seine Hand zitterte, als er das Schwert hob. Er dachte überhaupt nicht daran, das Nichts heraufzubeschwören. Licht, er hat gerade sieben bewaffnete Soldaten auf einmal getötet. Licht, was mache ich nur? Licht!

Plötzlich blieb der Myrddraal stehen. Sein Lächeln war verschwunden. »Der gehört mir, Rand.« Rand fuhr zusammen, als Ingtar neben ihn trat, dunkel und stämmig, mit einem festlichen gelben Mantel bekleidet, das Schwert in beiden Händen. Ingtars dunkle Augen blickten unverwandt den Blassen an. Falls der Schienarer die Angst fühlte, die dieser Blick auslöste, ließ er sich nichts anmerken. »Probier deine Kräfte erstmal an ein oder zwei Trollocs aus«, sagte er leise, »bevor du einem von diesen gegenübertrittst.«

»Ich bin heruntergekommen, um nachzusehen, ob Egwene in Sicherheit ist. Sie war in den Kerker gegangen, um Fain zu besuchen, und ...«

»Dann geh und kümmere dich um sie.«

Rand schluckte. »Wir kämpfen Seite an Seite, Ingtar.«

»Du bist noch nicht soweit. Geh und schau nach deinem Mädchen. Geh! Willst du, daß die Trollocs sie ungeschützt vorfinden?«

Einen Moment lang stand Rand unentschlossen da. Der Blasse hatte sein Schwert gegen Ingtar erhoben. Ein lautloses Knurren umspielte Ingtars Mund, aber Rand wußte, daß es kein Zeichen der Angst war. Und Egwene war vielleicht allein mit Fain im Kerker. Trotzdem schämte er sich, als er in Richtung der Treppen losrannte, die nach unten führten. Er wußte, daß ein Blasser jedem Mann mit seinem Blick Angst einjagen konnte, doch Ingtar hatte den Schrecken überwunden. Er hatte immer noch einen Kloß im Magen.

In den Gängen unter der Festung war es still. Sie waren nur schwach durch flackernde Lampen erleuchtet, die in größeren Abständen an den Wänden hingen. Er verlangsamte seinen Schritt, als er sich dem Kerker näherte. Er schlich auf Zehenspitzen näher heran. Das Scharren seiner Stiefel auf dem nackten Boden hallte laut in seinen Ohren. Die Tür zum Kerker stand eine

Handbreit offen. Sie hätte geschlossen und verriegelt sein sollen.

Er sah die Tür an, wollte schlucken und konnte nicht. Er öffnete den Mund, um zu rufen, schloß ihn aber schnell wieder. Falls Egwene dort drinnen und in Schwierigkeiten war, würde ein Ruf denjenigen warnen, der sie gefährdete. Oder dasjenige. Oder was auch immer. Er holte tief Luft und riß sich zusammen.

In einer fließenden Bewegung drückte er die Tür weit auf, die Scheide in der linken Hand, und warf sich in den Kerker hinein. Er nahm im Sprung die Schulter nach unten, rollte sich darüber im den Boden bedeckenden Stroh ab und stand wieder auf den Füßen. Er wirbelte so schnell nach der einen und dann nach der anderen Seite herum, daß er den Raum nicht klar sehen konnte. Er hielt nur verzweifelt Ausschau nach einem möglichen Angreifer und nach Egwene. Es war niemand da.

Sein Blick fiel auf den Tisch, und er blieb wie angewurzelt stehen. Der Atem und selbst die Gedanken stockten ihm. Zu beiden Seiten der immer noch brennenden Lampe, die so zum Mittelpunkt wurde, lagen die Köpfe der Wachen in zwei Blutlachen. Ihre Augen starrten ihn an, vor Furcht weit aufgerissen, und ihre Münder standen zu einem letzten Schrei offen, den niemand mehr hören konnte. Rand würgte und bückte sich schnell. Wieder und wieder übergab er sich ins Stroh hinein. Schließlich schaffte er es, sich wieder aufzurichten. Er wischte sich mit dem Ärmel über den Mund. Im Hals hatte er ein Gefühl, als habe man ihn ausgeschabt.

Langsam sickerte auch der Anblick des restliches Raums in sein Bewußtsein. Vorher hatte er ihn nur halb wahrgenommen, als er hastig nach einem Angreifer gesucht hatte. Blutige Fleischklumpen lagen auf dem Stroh herum. Nichts war mehr als menschlich zu identifizieren, bis auf die beiden Köpfe. Einige der Stücke wirkten angenagt. *Das ist also mit dem Rest ihrer Körper passiert.* Er war überrascht, daß er sich das so ruhig sagen konnte, beinahe, als habe er das Nichts heraufbeschworen, ohne es auch nur richtig zu versuchen. Es mußte der Schock sein — das wurde ihm so nebenbei klar.

Er erkannte keinen der Köpfe; man hatte die Wachen gewechselt, seit er dagewesen war. Darüber war er froh. Zu wissen, wer sie waren, hätte selbst im Falle von Changu alles noch schlimmer gemacht. Auch die Wände waren mit Blut verschmiert, aber in Form von hingekritzelten Buchstaben, einzelnen Wörtern und ganzen Sätzen, die überall verteilt waren. Einiges davon sah ungelenk und kantig aus. Es war in einer Sprache geschrieben, die er nicht verstand; er erkannte aber die Trolloc-Schrift. Anderes konnte er lesen und wünschte, er verstünde es nicht. Blasphemien und Obszönitäten, die selbst einen Stallburschen oder den Leibwächter eines Kaufmanns hätten erblassen lassen.

»Egwene!« Seine Ruhe verflog augenblicklich. Er schob die Scheide durch seinen Gürtel, schnappte sich die Lampe vom Tisch und bemerkte kaum, wie die Köpfe umfielen. »Egwene! Wo bist du?«

Er wollte zur Innentür gehen, machte auch zwei Schritte in die Richtung und blieb mit aufgerissenen Augen stehen. Die Worte auf der Tür, die im Lichtschein seiner Lampe dunkel und feucht glänzten, waren klar genug:

> WIR WERDEN UNS AUF DER TOMAN-HALBINSEL WIEDERSEHEN.
> ES IST NIE ZU ENDE, AL'THOR.

Sein Schwert fiel ihm aus der plötzlich tauben Hand. Er wandte den Blick nicht von der Tür, als er sich bückte, um es aufzuheben. Doch statt des Schwertes griff er sich eine Handvoll Stroh und begann, wild die Worte an der Tür wegzureiben. Schwer atmend schrubbte er, bis nur ein blutiger Schmierer übrig war, doch er konnte nicht aufhören.

»Was machst du da?«

Als die scharfe Stimme hinter ihm erklang, wirbelte er herum und bückte sich dabei, um sein Schwert zu ergreifen.

Eine Frau stand in der Tür. Sie wirkte starr vor Zorn. Ihr Haar war wie blasses Gold; in zahlreichen Lockensträngen hing es ihr auf die Schultern. Ihre Augen waren dunkel und blickten ihn scharf an. Sie sah nicht viel älter aus als er und war auf eine gewisse Art hübsch, aber um ihren Mund lag ein harter Zug, der ihm nicht gefiel. Dann sah er die Stola, die sie eng um sich herum zusammengezogen hatte, mit den langen roten Fransen.

Aes Sedai. Und Licht, hilf mir — sie gehört zu den Roten Ajah. »Ich ... ich wollte gerade ... Das ist eine schmutzige Sache. Schlimm.«

»Alles muß genauso gelassen werden, damit wir es untersuchen können. Berühre nichts.« Sie trat einen Schritt vor und musterte ihn. Er trat einen Schritt zurück. »Ja. Ja, ich dachte es mir. Einer von denen bei Moiraine. Was hast du damit zu tun?« Ihre Geste umfaßte die Köpfe auf dem Tisch und die blutigen Schmierereien an den Wänden.

Er sah sie mit weit aufgerissenen Augen an. »Ich? Nichts! Ich kam hier herunter, um jemanden zu suchen ... Egwene!«

Er wandte sich der Innentür zu, um sie zu öffnen, da schrie ihn die Aes Sedai an: »Nein! Du wirst mir jetzt antworten!«

Plötzlich war alles, was er noch fertigbringen konnte, aufzustehen und Lampe und Schwert festzuhalten. Von allen Seiten drückte eisige Kälte gegen ihn. Sein Kopf war wie in einer gefrorenen Klammer gefangen. Er konnte kaum atmen, so stark war der Druck auf seine Brust.

»Antworte mir, Junge! Sag mir deinen Namen!«

Gegen seinen Willen entwich ihm ein Laut. Er versuchte, gegen die Kälte anzukämpfen, die sein Gesicht in den Schädel hineindrücken wollte und seinen Brustkorb wie mit Eisenklammern zusammenschnürte. Er biß die Zähne zusammen, um nicht sprechen zu können. Unter Schmerzen rollte er mit den Augen und funkelte sie durch einen Tränenvorhang hindurch an. *Das Licht soll dich versengen, Aes Sedai! Ich sage kein Wort. Der Schatten soll dich verschlingen!*

»Antworte mir, Junge! Sofort!«

Eisnadeln durchdrangen schmerzhaft sein Gehirn und knirschten in seine Knochen hinein. Das Nichts formte sich in ihm, bevor ihm auch nur bewußt wurde, daß er daran dachte, aber es konnte den Schmerz nicht abhalten. Verschwommen spürte er Licht und Wärme irgendwo in einiger Entfernung. Es flackerte bedenklich, doch das Licht war warm, und ihm war kalt. Unendlich fern und doch gerade an der Grenze seiner Reichweite. *Licht, es ist so kalt. Ich muß ... das ... erreichen. Sie bringt mich um. Ich muß es erreichen, oder sie bringt mich um.* Verzweifelt streckte er sich nach dem Licht.

»Was geht hier vor?«

Mit einem Schlag verschwanden Kälte und Druck und die Nadeln. Seine Knie wurden weich, aber er drückte sie mit Gewalt durch. Er würde nicht auf die Knie fallen — die Befriedigung würde er ihr nicht gönnen. Das Nichts war auch weg, so schnell es sich gebildet hatte. *Sie hat versucht, mich zu töten.* Schwer atmend hob er den Kopf. Moiraine stand in der Tür.

»Ich fragte, was hier vorgeht, Liandrin«, sagte sie.

»Ich fand diesen Jungen hier«, antwortete die Aes Sedai gelassen. »Die Wachen wurden ermordet, und er ist hier. Einer von deinen. Und was machst du hier, Moiraine? Der Kampf findet oben statt und nicht hier.«

»Dasselbe könnte ich dich fragen, Liandrin.« Moiraine sah sich im Raum um, und ihr Mund verzog sich lediglich etwas beim Anblick des Blutbads. »Warum *bist* du hier?«

Rand wandte sich von ihnen ab, schob ungeschickt die Riegel an der Innentür auf und öffnete die Tür. »Egwene ist hier heruntergekommen«, eröffnete er jedem, den es interessierte, und dann ging er mit hoch erhobener Lampe hinein. Seine Knie wollten immer noch nachgeben, und er war nicht sicher, wie er sich überhaupt auf den Beinen hielt, er wußte nur, daß er Egwene finden mußte. »Egwene!«

Ein hohles Gurgeln und ein Geräusch, als schlage jemand um sich, erklangen zu seiner rechten Seite, und er hob die Lampe in dieser Richtung. Der Gefangene in dem Festtagsmantel sackte gegen das Eisengitter seiner Zelle. Sein Gürtel war um die Gitterstäbe und um seinen Hals gewickelt. Während Rand hinblickte, zuckte er ein letztes Mal. Seine Füße schabten über den mit Stroh bedeckten Boden und lagen still. Zunge und Augen quollen aus seinem dunkel angelaufenen Gesicht. Seine Knie berührten beinahe den Boden; er hätte jederzeit aufstehen können.

Schaudernd spähte Rand in die nächste Zelle. Der große Mann mit dem in Muskeln versinkenden Gelenken kauerte ganz hinten in seiner Zelle und hatte die Augen so weit wie möglich aufgerissen. Bei Rands Anblick schrie er und wand sich und kratzte verzweifelt an der Zellenwand.

»Ich will dir nichts tun«, rief Rand. Der Mann schrie weiter und versuchte, sich einen Weg durch die Wand zu kratzen. Seine Hände waren blutig und hinterließen Schmierer über älteren Schmierern geronnenen Blutes. Dies war offenbar nicht der erste Versuch, mit bloßen Händen die Wand zu durchbrechen.

Rand wandte sich ab und war froh, daß sein Magen bereits leer war. Es gab nichts, was er für einen der beiden hätte tun können. »Egwene!«

Sein Laternenschein erreichte endlich das hintere Ende des Zellenganges. Die Tür zu Fains Zelle stand offen, und die Zelle war leer. Doch auf dem Steinboden vor der Zelle lagen zwei Gestalten, deren Anblick Rand vorwärtsspringen ließ. Er fiel zwischen ihnen auf die Knie.

Egwene und Mat lagen verkrümmt dort, bewußtlos ... oder tot. Mit tiefer Erleichterung sah er, daß sich ihre Brustkörbe hoben und senkten. Keiner von beiden wies irgendeine Verwundung auf.

»Egwene? Mat?« Er legte das Schwert hin und rüttelte sanft an Egwene. »Egwene?« Sie öffnete die Augen nicht. »Moiraine! Egwene ist verwundet! Und Mat!« Mat atmete schwer, und sein Gesicht war totenblaß. Rand hätte am liebsten geweint. *Es hätte doch mich treffen müssen! Ich habe den Dunklen König beim Namen genannt. Ich!*

»Rühre sie nicht an!« Moiraine klang überhaupt nicht aufgewühlt oder überrascht.

Die Zelle wurde plötzlich von einer Lichtflut erleuchtet, als die beiden Aes Sedai eintraten. Jede balancierte einen glühenden Ball kühlen Lichts, der in der Luft über ihrer Hand schwebte.

Liandrin marschierte geradewegs in der Mitte des breiten Gangs und raffte ihren Rock mit der freien Hand hoch, damit er nicht im Stroh schleifen konnte. Moiraine jedoch sah zuerst nach den beiden Gefangenen, bevor sie ihr folgte. »Für den einen kann man nichts tun«, sagte sie, »und der andere kann warten.«

Liandrin erreichte Rand zuerst und wollte sich schon zu Egwene hinunterbeugen, doch da eilte Moiraine hinzu und legte ihre freie Hand auf Egwenes Stirn. Liandrin richtete sich mit einer Grimasse wieder auf.

»Sie ist nicht schwer verletzt«, sagte Moiraine nach einem Moment. »Sie wurde hier getroffen.« Sie fuhr mit dem Finger über eine Zone an der Seite von Egwenes Kopf, die von ihrem Haar bedeckt war. Rand konnte daran nichts Besonderes entdecken. »Das ist ihre einzige Verletzung. Sie wird bald wieder in Ordnung sein.«

Rand blickte von einer Aes Sedai zur anderen. »Und was ist mit Mat?« Liandrin hob eine Augenbraue und beobachtete dann mit spöttischer Miene Moiraine. »Sei ruhig«, sagte Moiraine. Ihre Finger lagen immer noch auf Egwenes Kopf an der Stelle, wo sie getroffen worden war. Sie schloß die Augen. Egwene murmelte etwas und bewegte sich, doch dann lag sie wieder still. »Ist sie ...?«

»Sie schläft, Rand. Es wird ihr bald wieder gutgehen, aber sie muß schlafen.« Moiraine wandte sich Mat zu, aber in seinem Fall berührte sie ihn nur einen Augenblick lang, bevor sie die Hand zurückzog. »Das ist schon ernster«, sagte sie leise. Sie tastete an Mats Hüfte herum, öffnete endlich seinen Mantel und gab einen zornigen Laut von sich. »Der Dolch ist weg.«

»Was für ein Dolch?« fragte Liandrin.

Plötzlich erklangen im Vorraum Stimmen. Männer machten ihrem Ekel und ihrem Zorn Luft.

»Hier herein«, rief Moiraine. »Bringt zwei Bahren mit. Schnell.« Irgend jemand im Vorraum rief nach Bahren.

»Fain ist weg«, sagte Rand. Die beiden Aes Sedai sahen ihn an. Er konnte von ihren Gesichtern nichts ablesen. Ihre Augen glitzerten im Lichtschein.

»Ich habe es gemerkt«, sagte Moiraine mit ausdrucksloser Stimme.

»Ich sagte ihr, sie solle nicht hierher gehen. Ich sagte ihr, es sei gefährlich.«

»Als ich kam«, sagte Liandrin mit kalter Stimme, »hat er gerade das Geschriebene im Vorraum verwischt.«

Er rutschte unsicher auf den Knien herum. Im Moment erschienen ihm die Augen der beiden Aes Sedai gleich. Sie wägten ab, musterten ihn kühl und schrecklich.

»Es ... es war Schmutz«, sagte er. »Nur Schmutz.« Sie sahen ihn immer noch schweigend an. »Ihr glaubt doch nicht, daß ich ... Moiraine, Ihr könnt doch nicht glauben, ich hätte irgend etwas mit ... dem zu tun, was da draußen geschah.« Licht, wirklich nicht? Ich habe den Dunklen König beim Namen genannt.

Sie antwortete nicht, und ein eiskalter Schauder überlief ihn. Das Gefühl wurde durch die mit Fackeln und Lampen hereinstürmenden Männer nicht gemindert. Moiraine und Liandrin ließen ihre glühenden Bälle erlöschen. Die Lampen und Fackeln warfen kein so helles Licht; in den Tiefen der Zellen entstanden Schatten. Männer mit Bahren eilten zu den am Boden liegenden Gestalten. Ingtar führte sie an. Sein Haarknoten zitterte fast vor Zorn, und er wirkte versessen darauf, jemanden zu finden, auf den er mit seinem Schwert losgehen konnte.

»Also ist der Schattenfreund auch weg«, grollte er. »Na ja, das ist noch das geringste von dem, was heute abend geschehen ist.«

»Das geringste selbst hier«, sagte Moiraine scharf. Sie gab den Männern Anweisungen, die Egwene und Mat auf die Bahren legten. »Das Mädchen wird in sein Zimmer gebracht. Sie braucht eine Frau, die bei ihr wacht, falls sie in der Nacht erwacht. Sie mag verängstigt sein, aber mehr als alles andere braucht sie jetzt Schlaf. Der Junge ...« Sie berührte Mat, als zwei Männer seine Bahre aufhoben, und ihre Hand zuckte schnell zurück. »Bringt ihn zu den Gemächern der Amyrlin. Sucht die Amyrlin, wo immer sie auch sein mag, und sagt ihr, daß er dort ist. Sagt ihr, sein Name sei Matrim Cauthon. Ich werde zu ihr kommen, sobald ich kann.«

»Die Amyrlin!« rief Liandrin. »Du willst die Amyrlin als Heilerin für deinen ... deinen zahmen Bauernburschen einsetzen? Du bist ja verrückt, Moiraine!«

»Die Amyrlin teilt die Vorurteile der Roten Ajah nicht, Liandrin«, sagte Moiraine gelassen. »Sie heilt einen Menschen auch, wenn er ihr nicht irgendwie von Nutzen ist. Geht los!« sagte sie zu den Bahrenträgern.

Liandrin sah zu, wie sie hinausgingen, Moiraine und die Männer, die Mat und Egwene trugen, und dann wandte sie sich Rand zu und blickte ihn an. Er bemühte sich, sie nicht zu beachten. Er konzentrierte sich darauf, sein Schwert in die Scheide zurückzustecken und sich das Stroh abzuklopfen, das ihm an Hemd und Hose klebte. Als er den Kopf schließlich hob, musterte sie ihn immer noch mit eisiger Miene. Schweigend und nachdenklich wandte sie sich dann den anderen Männern zu. Einer hielt den Körper des erhängten Mannes hoch, während der andere den Gürtel zu lösen versuchte. Ingtar und die anderen warteten respektvoll. Mit einem letzten Blick auf Rand ging sie, den Kopf wie eine Königin hoch erhoben.

»Eine harte Frau«, murmelte Ingtar und schien dann selbst überrascht, daß er es ausgesprochen hatte. »Was ist hier geschehen, Rand al'Thor?«

Rand schüttelte den Kopf. »Ich weiß es nicht, außer, daß Fain irgendwie entkommen ist und dabei Mat und Egwene verletzt hat. Ich habe den Wachraum gesehen« — er schauderte — »aber hier drinnen ... Was es auch gewesen sein mag, Ingtar, es hat diesem Burschen derart Angst eingejagt, daß er sich selbst aufgehängt hat. Ich glaube, der andere ist verrückt geworden, als er es sah.«

»Heute abend drehen wir wohl alle durch.«

»Der Blasse ... hast du ihn getötet?«

»Nein!« Ingtar rammte sein Schwert in die Scheide hinein; der Griff ragte über seine rechte Schulter hinaus. Er schien gleichzeitig zornig zu sein und sich zu schämen. »Er ist jetzt außerhalb der Festung, zusammen mit den anderen, die wir nicht töten konnten.«

»Wenigstens bist du am Leben, Ingtar. Dieser Blasse hat sieben Männer getötet!«

»Am Leben? Ist das so wichtig?« Plötzlich wirkte Ingtars Gesicht nicht mehr zornig, sondern müde und von Schmerz erfüllt. »Wir hielten es in unseren Händen. In unseren Händen! Und wir verloren es, Rand. Verloren es!« Er hörte sich an, als könne er selbst nicht glauben, was er da sagte.

»Was haben wir verloren?« fragte Rand.
»Das Horn! Das Horn von Valere. Es ist weg, die Truhe, alles.«
»Aber es war in der Schatzkammer!«
»Die Schatzkammer wurde ausgeraubt«, sagte Ingtar müde. »Sie haben aber nicht viel mitgenommen, bis auf das Horn natürlich. Nur, was sie in die Taschen stecken konnten. Ich wünschte, sie hätten alles andere mitgenommen und das dagelassen. Ronan ist tot und auch die Wächter, die er vor die Schatzkammer gestellt hatte.« Seine Stimme wurde leiser. »Als ich ein Junge war, da hielt Ronan den Turm von Jehaan mit zwanzig Männern gegen tausend Trollocs. Aber wenigstens ist er nicht so leicht untergegangen. Der alte Mann hatte Blut an seinem Dolch. Keiner könnte wohl mehr erwarten.« Er schwieg einen Moment lang. »Sie sind durch das Hundetor hereingekommen und auch auf dem gleichen Weg verschwunden. Wir haben fünfzig oder mehr erledigt, aber zu viele entkamen. Trollocs! Wir hatten noch nie zuvor Trollocs in der Festung. Nie!«
»Wie konnten sie denn durch das Hundetor hereinkommen, Ingtar? Ein Mann allein könnte dort hundert aufhalten. Und alle Tore waren verrammelt.« Er trat unsicher von einem Fuß auf den anderen, weil er daran denken mußte, warum. »Die Wachen hätten es nicht geöffnet, um irgend jemand hereinzulassen.«
»Ihnen hat man den Hals durchgeschnitten«, sagte Ingtar. »Beides gute Männer, und doch wurden sie geschlachtet wie die Schweine. Der Angriff erfolgte von innen. Irgend jemand tötete sie und öffnete dann das Tor. Jemand, der ihnen nahe kommen konnte, ohne Verdacht zu erregen. Jemand, den sie kannten.«
Rand sah die leere Zelle an, in der sich Fain befunden hatte. »Aber das bedeutet ...«
»Ja. Es sind Schattenfreunde in Fal Dara. Oder waren. Wir werden bald wissen, was los ist. Kajin überprüft gerade, ob jemand fehlt. Friede! Verrat in der Festung von

Fal Dara!« Mit finsterer Miene sah er sich im Kerker um und die Männer an, die auf ihn warteten. Alle hatten Schwerter und trugen sie über ihren Festgewändern. Ein paar hatten auch Helme auf. »Wir können hier nichts weiter tun. Raus! Alle!« Rand schloß sich dem Rückzug an. Ingtar tippte mit dem Finger an Rands Wams. »Was ist das? Hast du dich entschlossen, Stallbursche zu werden?«

»Das ist eine lange Geschichte«, sagte Rand. »Zu lang, um sie hier zu erzählen. Vielleicht ein andermal.« *Vielleicht auch nie, wenn ich Glück habe. Vielleicht kann ich in all diesem Durcheinander fliehen. Nein, kann ich nicht. Nicht, bevor ich nicht weiß, daß es Egwene gutgeht. Und Mat. Licht, was wird aus ihm ohne den Dolch?* »Ich schätze, Lord Agelmar hat die Wachen an allen Toren verdoppelt.«

»Verdreifacht«, sagte Ingtar in befriedigtem Tonfall. »Keiner wird durch diese Tore kommen, weder von innen noch von außen. Sobald Lord Agelmar hörte, was geschehen war, ordnete er an, daß keiner ohne seine persönliche Erlaubnis die Festung verlassen dürfe.«

Sobald er hörte ...? »Ingtar, was war denn vorher los? Was war mit dem früheren Befehl, jeden in der Festung festzuhalten?«

»Früherer Befehl? Was für ein früherer Befehl? Rand, die Festung wurde nicht geschlossen, bevor Lord Agelmar von dieser Sache hörte. Jemand hat dir etwas Falsches erzählt.«

Rand schüttelte langsam den Kopf. Weder Ragan noch Tema hätten so etwas erfunden. Und selbst wenn die Amyrlin den Befehl gegeben hätte, würde Ingtar das wissen. *Aber wer dann? Und wie?* Er sah Ingtar aus den Augenwinkeln an und überlegte, ob der Schienarer vielleicht log. *Du wirst wirklich langsam verrückt, wenn du ausgerechnet Ingtar verdächtigst.*

Jetzt befanden sie sich im Wachraum des Kerkers. Die abgeschlagenen Köpfe und die Teile der Wachen waren entfernt worden, nur auf dem Tisch zeigten sich noch rote Schmierer, und im Stroh waren feuchte Flecke, die zeigten, wo sie gelegen hatten. Zwei Aes Sedai waren dort, ruhig wirkende Frauen mit braunen Fransen an ihren Stolen, die die Kritzeleien an den Wänden betrachteten und dabei nicht darauf achteten, daß ihre Röcke durch das Stroh schleiften. An beider Gürtel hing je ein Schreibkasten mit einem Tintenfaß, und sie machten sich mit einer Feder Notizen in kleine Bücher. Sie sahen die Männer nicht einmal an, die durch den Raum trampelten.

»Schau hierher, Verin«, sagte eine von ihnen und deutete auf einen Abschnitt der Steinwand, der mit Trolloc-Schrift bedeckt war. »Das sieht interessant aus.«

Die andere eilte herbei, und ihr Rock bekam dabei einige rötliche Flecke ab. »Ja, ich sehe, was du meinst. Eine viel bessere Schrift als der Rest. Kein Trolloc. Sehr interessant.« Sie schrieb etwas in ihr Buch und blickte dazwischen immer wieder auf, um die eckigen Buchstaben auf der Wand zu lesen.

Rand eilte hinaus. Selbst wenn es keine Aes Sedai gewesen wären, würde er nicht in einem Raum mit jemand bleiben, der Trolloc-Schrift, in menschlichem Blut geschrieben, für ›interessant‹ hielt.

Ingtar und seine Männer stolzierten vornweg, auf ihre Pflichten bedacht. Rand trödelte und fragte sich, wohin er nun gehen könne. In die Frauenquartiere zurückzukehren, würde ohne Egwenes Hilfe nicht leicht sein. *Licht, laß sie wieder gesund werden! Moiraine sagte doch, sie werde wieder genesen.*

Lan fand ihn, bevor er die erste Treppe nach oben erreichte. »Du kannst in dein Zimmer zurückgehen, wenn du willst, Schafhirte. Moiraine ließ deine Sachen aus Egwenes Zimmer holen und in deines bringen.«

»Woher wußte sie …?«

»Moiraine weiß eine ganze Menge, Schafhirte. Das solltest du jetzt allmählich wissen. Du solltest auch auf dich aufpassen. Die Frauen klatschen alle darüber, daß du durch die Gänge gerannt bist und mit deinem Schwert herumgefuchtelt hast. Der Amyrlin Auge in Auge gegenübergestanden, sagen sie.«

»Licht, es tut mir leid, daß sie wütend sind, Lan, aber ich *war* in die Frauenquartiere eingeladen. Und als ich den Alarm hörte ... Licht noch mal, Egwene war dort unten!«

Lan spitzte nachdenklich die Lippen; das war der einzige von seinem Gesicht ablesbare Ausdruck. »Ach, sie sind eigentlich nicht wütend. Die meisten sind allerdings der Meinung, daß du eine starke Hand brauchst, um ein wenig ruhiger zu werden. Fasziniert wäre ein besserer Ausdruck. Selbst Lady Amalisa kann nicht damit aufhören, alle über dich auszufragen. Einige beginnen, den Klatsch der Diener zu glauben. Sie glauben, du wärst ein verkleideter Prinz, Schafhirte. Keine schlechte Sache. Es gibt eine alte Redensart hier in den Grenzlanden: ›Es ist besser, eine Frau auf deiner Seite zu haben als zehn Männer.‹ So, wie sie untereinander über dich reden, versuchen sie, sich zu entscheiden, wessen Tochter stark genug sei, um mit dir umzugehen. Wenn du nicht aufpaßt, Schafhirte, dann hast du in ein schienarisches Adelshaus eingeheiratet, bevor es dir überhaupt selbst klar wird.« Plötzlich lachte er schallend los. Es wirkte eigenartig; als lache ein Fels. »Mitten in der Nacht durch die Frauenquartiere rennen — im Wams eines Arbeiters und mit einem Schwert in der Hand. Falls sie dich nicht auspeitschen, werden sie zumindest die nächsten zehn Jahre darüber sprechen. Sie haben noch nie einen Mann gesehen, der sich so eigenartig wie du benimmt. Welche Frau sie auch für dich auswählen, sie brächte dich vermutlich in zehn Jahren an die Spitze eines Hauses und ließe dich außerdem im Glauben, du hättest das aus eigenen Kräften erreicht. Zu schade, daß du weg mußt.«

Rand hatte den Behüter mit offenem Mund angestarrt, doch nun grollte er: »Ich hab's versucht. Die Tore werden bewacht, und keiner kann hinaus. Ich habe es bereits bei Tageslicht probiert. Ich konnte noch nicht einmal mein Pferd aus dem Stall holen.«

»Das spielt jetzt keine Rolle. Moiraine hat mich geschickt, um dir Bescheid zu sagen. Du kannst jederzeit weg. Selbst jetzt. Moiraine sorgte dafür, daß Agelmar dich von seinem Befehl ausnahm.«

»Warum erst jetzt und nicht schon früher? Warum konnte ich vorher nicht gehen? War sie diejenige, die die Tore verschließen ließ? Ingtar sagte, er wisse nichts von einem Befehl, die Leute in der Festung zu halten — jedenfalls bis heute nacht.«

Rand glaubte, einen besorgten Ausdruck bei dem Behüter zu entdecken, doch alles, was er sagte, war: »Wenn dir jemand ein Pferd schenkt, Schafhirte, dann beklagst du dich nicht, daß es nicht so schnell ist, wie du möchtest.«

»Was ist mit Egwene? Und Mat? Sind sie wirklich in Ordnung? Ich kann nicht weg, bevor ich weiß, daß es ihnen gutgeht.«

»Dem Mädchen geht es gut. Sie wird am Morgen aufwachen und sich vielleicht noch nicht einmal daran erinnern, was geschehen ist. Schläge auf den Kopf haben manchmal solche Auswirkungen.«

»Und wie steht's mit Mat?«

»Du hast die Wahl, Schafhirte. Du kannst heute gehen oder morgen oder nächste Woche. Es hängt von dir ab.« Er ging fort und ließ Rand dort in dem Korridor unter der Festung von Fal Dara stehen.

KAPITEL 7

Der Ruf des Bluts

Als die Bahre mit Mat aus den Gemächern der Amyrlin getragen wurde, wickelte Moiraine sorgfältig den *Angreal* — eine kleine, vom Alter dunkel angelaufene Elfenbeinstatue, die eine Frau in weiten Gewändern darstellte — in ein Seidentuch ein und steckte ihn in ihre Gürteltasche zurück. Die Zusammenarbeit mit einer anderen Aes Sedai, das Verschmelzen ihrer Fähigkeiten und gemeinsame Lenken der Einen Macht war selbst unter den besten Voraussetzungen eine ermüdende Arbeit, selbst mit Hilfe eines *Angreals,* und die ganze Nacht ohne Schlaf durcharbeiten zu müssen, stellte keine besonders gute Voraussetzung dar. Und die Arbeit mit dem Jungen war nicht gerade leicht gewesen.

Leane wies die Bahrenträger mit scharfen Gesten und ein paar knappen Worten hinaus. Die beiden Männer duckten sich ständig nervös, weil so viele Aes Sedai um sie herum waren, eine davon auch noch die Amyrlin persönlich. Dazu hatten sie die Macht benützt. Sie hatten im Korridor an die Wand gekauert gewartet, während drinnen die Arbeit getan wurde, und sie waren erpicht darauf, die Frauenquartiere verlassen zu können. Mat lag mit geschlossenen Augen und blassem Gesicht auf der Bahre, doch seine Brust hob und senkte sich im gleichmäßigen Rhythmus tiefen Schlafes.

Wie wird das die Entwicklung der Dinge beeinflussen? fragte sich Moiraine. *Seine Mitwirkung ist nicht erforderlich, nun, da das Horn weg ist, aber ...*

Die Tür schloß sich hinter Leane und den Bahrenträgern und die Amyrlin atmete keuchend. »Eine böse Sache. Wirklich böse.« Ihre Gesichtszüge waren glatt, doch sie rieb sich die Hände, als wolle sie sie waschen.

»Aber ziemlich interessant«, sagte Verin. Sie war die vierte Aes Sedai gewesen, die die Amyrlin für diese Arbeit auserwählt hatte. »Es ist zu dumm, daß wir den Dolch nicht haben, um so die Heilung abschließen zu können. Trotz alledem, was wir heute nacht getan haben, wird er nicht lange leben. Im besten Fall vielleicht einige Monate.« Die drei Aes Sedai waren allein in den Gemächern der Amyrlin. Hinter den Schießscharten überzog das erste Licht der Morgendämmerung den Himmel.

»Aber jetzt sind ihm wenigstens diese Monate gegeben«, sagte Moiraine scharf. »Und falls man ihn findet, kann die Verbindung immer noch unterbrochen werden.« *Falls man ihn findet. Ja, natürlich.*

»Sie kann noch unterbrochen werden«, stimmte Verin zu. Sie war eine mollige Frau mit einem breiten Gesicht, und selbst die den Aes Sedai eigene Gabe der Alterslosigkeit konnte nicht verhindern, daß ein Hauch von Grau über ihrem braunen Haar lag. Das war das einzige Anzeichen für ihr Alter, aber für eine Aes Sedai bedeutete das, daß sie wirklich sehr alt war. Ihre Stimme klang jedoch kräftig und entsprach ihren glatten Wangen. »Er war allerdings lange Zeit mit dem Dolch verbunden — lange Zeit, was solche Dinge eben betrifft. Und die Verbindung wird noch länger dauern, ob man ihn findet oder nicht. Er ist vielleicht jetzt schon jenseits aller Heilkunst verändert, wenn auch nicht mehr so stark, daß er andere damit anstecken könnte. Ein so kleines Ding, dieser Dolch«, überlegte sie laut, »aber er verdirbt jeden, der ihn lange genug trägt. Und der ihn trägt, wird dann wieder diejenigen anstecken, die mit ihm in Berührung kommen, und die wiederum andere, und so werden Haß und Mißtrauen, die Shadar Logoth zerstört haben, die jeden Mann und jede Frau gegeneinander kämpfen ließen, wieder die Welt überziehen. Ich frage mich, wie viele Menschen in, sagen wir, einem Jahr angesteckt werden können. Es sollte möglich sein, eine relativ wirklichkeitsnahe Anzahl zu berechnen.«

Moiraine warf der Braunen Schwester einen ironischen Blick zu. *Wir stehen einer neuen Gefahr gegenüber, und sie hört sich an, als ginge es um ein Rätsel aus einem Buch. Licht, die Braunen haben wirklich keine Ahnung vom Leben.* »Dann müssen wir den Dolch finden, Schwester. Agelmar schickt Männer aus, um jene zu jagen, die das Horn stahlen und seine Männer töteten, die gleichen, die auch den Dolch nahmen. Wenn man das eine findet, hat man auch das andere.«

Verin nickte, zog aber gleichzeitig die Stirn kraus. »Und doch, wer könnte ihn sicher zurückbringen, falls man ihn findet? Wer auch immer ihn berührt, riskiert den Fluch des Dolchs, wenn er ihm zu lange zu nahe ist. Vielleicht in einer Truhe, gut ausgepolstert und eingepackt, aber er wäre trotzdem noch gefährlich für jemanden, der ihm längere Zeit über zu nahe ist. Ohne den Dolch selbst zu haben, um ihn genau zu studieren, können wir nicht sicher sein, wie er abgeschirmt werden muß. Aber du hast ihn doch gesehen und noch mehr, Moiraine. Du hast dich darum gekümmert und erreicht, daß dieser junge Mann ihn tragen und doch überleben konnte, ohne einen anderen anzustecken. Du mußt doch eine Ahnung haben, wie stark sein Einfluß ist.«

»Es gibt einen«, sagte Moiraine, »der den Dolch zurückholen kann, ohne durch ihn in Gefahr zu kommen. Einer, den wir gegen den Fluch abgeschirmt und gesichert haben, so gut es nur ging. Mat Cauthon.«

Die Amyrlin nickte. »Ja, natürlich. Er kann es schaffen. Wenn er lang genug lebt. Das Licht weiß, wie weit er mitgeschleppt wird, bis Agelmars Männer ihn finden. Falls sie ihn finden. Und wenn der Junge zuerst stirbt ... na ja, wenn der Dolch so lange draußen und vielleicht unter Menschen ist, dann haben wir noch ein Problem am Hals.« Sie rieb sich müde die Augen. »Ich glaube, wir müssen auch diesen Padan Fain finden. Warum ist dieser Schattenfreund so wichtig für sie, daß sie ein solches Risiko eingingen, um ihn zu retten? Es wäre viel leichter für sie gewesen, nur das Horn zu stehlen. Es ist immer noch so riskant wie ein Wintersturm im Meer der Stürme, wenn man so in die Festung eindringt, aber sie vervielfachten ihr Risiko, um diesen Schattenfreund zu befreien. Wenn ihn die Lurks für so wichtig halten« — sie unterbrach sich, und Moiraine wußte, daß sie sich fragte, ob es wirklich nur die Myrddraal waren, die die Befehle gaben — »dann müssen wir es auch.«

»Er muß gefunden werden«, stimmte Moiraine zu und hoffte, daß die Dringlichkeit, die sie dabei empfand, nicht zu sehen war, »und es ist wohl am wahrscheinlichsten, daß er bei dem Horn zu finden ist.«

»Wie du sagst, Tochter.« Die Amyrlin preßte sich die Hand auf den Mund, um ein Gähnen zu unterdrücken. »Und nun, Verin, wenn du mich entschuldigen würdest. Ich will nur noch ein paar Worte mit Moiraine sprechen und dann ein wenig schlafen. Ich fürchte, Agelmar wird darauf bestehen, heute abend zu feiern, nachdem das Fest letzten Abend verdorben wurde. Deine Hilfe war von unschätzbarem Wert, Tochter. Bitte denke daran, nichts über die Natur der Verletzung des Jungen zu irgend jemandem zu sagen. Es gibt ein paar deiner Schwestern, die gern den Schatten in ihm sehen würden.«

Es war nicht nötig, die Roten Ajah zu erwähnen. *Und vielleicht,* dachte Moiraine, *sind die Roten nicht mehr die einzigen, denen man mißtrauen mußte.*

»Ich werde natürlich nichts sagen, Mutter.« Verin verbeugte sich, machte aber keine Anstalten, zur Tür zu gehen. Sie zog ein kleines Notizbuch, in weiches, braunes Leder gebunden, aus ihrer Gürteltasche. »Was an die Wände im Kerker geschrieben wurde. Es gab kaum Probleme beim Übersetzen. Das meiste waren wie üblich Blasphemien und Prahlereien. Trollocs scheinen sonst recht wenig zu wissen. Aber es gab einen Teil, der in besserer Schrift geschrieben war. Von einem gebildeten Schattenfreund oder vielleicht einem Myrddraal. Es könnte nur eine Art von Herausforderung sein, aber es steht dort in Form eines Gedichts oder Lieds und klingt wie eine Prophezeihung. Wir wissen wenig über die Prophezeihungen des Schattens, Mutter.«

Die Amyrlin zögerte nur einen Moment, bevor sie nickte. Prophezeihungen des Schattens, düstere Prophezeihungen, gingen unglücklicherweise genauso in Erfüllung wie die des Lichts. »Lies vor!«

Verin blätterte kurz, räusperte sich und begann mit ihrer ruhigen, gleichmäßigen Stimme zu lesen.

»Tochter der Nacht, sie wandelt wieder.
In den uralten Kampf greift sie ein.
Ihren neuen Liebhaber sucht sie, der ihr dienen und sterben und auch dann noch dienen wird.
Wer kann ihrem Kommen widerstehn?
Die Leuchtende Mauer wird niederknien.
Blut nährt Blut.
Blut ruft Blut.
Blut ist und Blut war und Blut wird immer sein.

Ein Mann lenkt Eine Macht und steht allein. Er opfert seine Freunde.
Zwei Wege liegen vor ihm: der eine führt zum Tode nach dem Tod, der andre zum ew'gen Leben.
Welchen wird er wählen? Welchen wird er wählen?
Welche Hand schützt? Welche Hand tötet?
Blut nährt Blut.
Blut ruft Blut.
Blut ist und Blut war und Blut wird immer sein.

Luc kam zu den Bergen des Verderbens.
Isam wartete am hohen Paß.

Die Jagd hat nun begonnen. Die Hunde des Schattens
sind losgelassen und töten.
Einer überlebte, und einer starb, aber beide existieren.
Die Zeit der Veränderung ist gekommen.
Blut nährt Blut.
Blut ruft Blut.
Blut ist und Blut war und Blut wird immer sein.

Die Wächter warten auf der Toman-Halbinsel.
Die Saat des Hammers verbrennt den uralten Baum.
Der Tod wird säen, und der Sommer wird brennen,
bevor der Große Herr kommt.
Der Tod wird ernten, und Körper werden versagen,
bevor der Große Herr kommt.
Wieder tötet der Same das uralte Unrecht, bevor der
Große Herr kommt.
Nun kommt der Große Herr.
Nun kommt der Große Herr.
Blut nährt Blut.
Blut ruft Blut.
Blut ist und Blut war und Blut wird immer sein.
Nun kommt der Große Herr.«

Als sie endete, schwiegen alle lange.

Schließlich sagte die Amyrlin: »Wer hat das noch gesehen, Tochter? Wer weiß davon?«

»Nur Serafelle, Mutter. Sobald wir es abgeschrieben hatten, ließ ich die Wände von Männern abschrubben. Sie fragten nicht weiter; sie waren froh, die Schmierereien loszuwerden.«

Die Amyrlin nickte. »Gut. Zu viele in den Grenzlanden können die Trolloc-Schrift halbwegs lesen. Nicht nötig, ihnen noch mehr Kopfzerbrechen zu bereiten. Sie haben schon genug.«

»Wirst du daraus schlau?« fragte Moiraine Verin vorsichtig. »Ist es eine Prophezeihung, oder was denkst du?«

Verin hielt den Kopf schräg und betrachtete nachdenklich ihre Notizen. »Möglich. Es hat jedenfalls die Form einiger der wenigen Prophezeihungen des Schattens, die wir kennen. Und Teile davon sind klar genug. Es könnte natürlich trotzdem einfach ein Täuschungsmanöver sein.« Sie legte einen Finger auf eine bestimmte Zeile. »›Tochter der Nacht, sie wandelt wieder.‹ Das kann nur bedeuten, daß Lanfear wieder frei ist. Oder jemand möchte, daß wir das glauben.«

»Das wäre etwas, um uns Kopfzerbrechen zu bereiten, Tochter«, sagte die Amyrlin, »falls es stimmt. Aber die Verlorenen sind immer noch gefangen.« Sie sah Moiraine an, und einen Moment lang wirkte sie besorgt, bevor sie ihre Gesichtszüge wieder unter Kontrolle hatte. »Selbst wenn die Siegel brüchig werden, sind die Verlorenen noch immer gefangen.«

Lanfear. In der Alten Sprache: Tochter der Nacht. Nirgends war ihr wirklicher Name aufgezeichnet, aber diesen Namen hatte *sie* angenommen, im Gegensatz zu den meisten der Verlorenen, die ihre Namen von denen erhalten hatten, die sie betrogen. Einige behaupteten, sie sei in Wirklichkeit neben Ishamael, dem Verräter aller Hoffnung, die mächtigste der Verlorenen gewesen, habe aber ihre wahren Kräfte verborgen. Zuwenig aus dieser Zeit war noch bekannt, als daß irgendein Historiker das sicher behaupten konnte.

»Bei all den falschen Drachen, die jetzt auftauchen, ist es keine Überraschung, daß irgend jemand nun auch Lanfear ins Spiel bringt.« Moiraines Stimme klang so glatt wie ihr Gesicht aussah, aber innerlich war sie aufgewühlt. Es war über Lanfear außer ihrem Namen nur eines bekannt: Bevor sie zum Schatten überging, bevor Lews Therin Telamon Ilyena traf, war Lanfear seine Geliebte gewesen. *Eine Komplikation, die wir* nicht *brauchen können.*

Die Amyrlin runzelte die Stirn, als habe sie an das gleiche gedacht, aber Verin nickte, als seien das alles einfach nur Worte. »Auch andere Namen sind klar, Mutter. Lord Luc war natürlich der Bruder von Tigraine, der Tochter-Erbin von Andor, und er verschwand in der Fäule. Wer Isam ist und was er mit Luc zu tun hatte, weiß ich allerdings nicht.«

»Wir werden alles mit der Zeit herausfinden, was wir wissen müssen«, sagte Moiraine verbindlich. »Es gibt noch keinen Beweis dafür, daß es wirklich eine Prophezeihung ist.«

Sie kannte den Namen. Isam war der Sohn von Breyan gewesen, der Frau des Lain Mandragoran, deren Versuch, den Thron von Malkier für ihren Mann zu gewinnen, die Trolloc-Horden herbeigelockt hatte. Breyan und ihr kleiner Sohn waren verschwunden, als die Trollocs Malkier überrannten. Und Isam war ein Blutsverwandter Lans gewesen. *Ist er wirklich ein Blutsverwandter Lans? Ich darf ihn das nicht wissen lassen, bevor ich weiß, wie er reagiert. Bis wir weit von der Fäule entfernt sind. Falls er glaubt, Isam sei noch am Leben ...*

»›Die Wächter warten auf der Toman-Halbinsel‹«, fuhr Verin fort. »Es gibt einige, die immer noch an der alten Weissagung festhalten, daß das von Artur Falkenflügel über das Aryth-Meer gesandte Heer eines Tages zurückkehren wird, obwohl, nach dieser langen Zeit ...« Sie schnaubte abwertend. »Die Do Miere A'vron, die Wächter der Wogen, bilden immer noch eine ... Gemeinschaft — das ist, glaube ich, der beste Ausdruck — auf der Toman-Halbinsel, in Falme. Und einer der alten Namen für Artur Falkenflügel war Hammer des Lichts.«

»Willst du damit sagen, Tochter«, sagte die Amyrlin, »daß Artur Falkenflügels Heer, oder besser, die Nachkommen seines Heeres, tatsächlich nach tausend Jahren zurückkehren könnten?«

»Es gibt Gerüchte über Kämpfe in der Ebene von Almoth und auf der Toman-Halbinsel«, sagte Moiraine bedächtig. »Und Falkenflügel sandte zwei seiner Söhne mit seinem Heer. Falls sie in jenen Ländern überlebt haben sollten, könnte es viele Nachkommen Falkenflügels geben. Oder auch keinen.«

Die Amyrlin warf Moiraine einen warnenden Blick zu. Offensichtlich wollte sie mit ihr allein sein, damit sie Moiraine fragen konnte, was sie vorhabe. Moiraine machte eine beruhigende Geste, und ihre alte Freundin verzog das Gesicht.

Verin, die die Nase immer noch in ihre Notizen gesteckt hatte, bemerkte nichts von alledem. »Ich weiß nicht, Mutter. Aber ich bezweifle es. Wir wissen gar nichts über die Länder, die Falkenflügel erobern wollte. Es ist zu schade, daß sich die Meerleute weigern, das Aryth-Meer zu überqueren. Sie behaupten, auf der anderen Seite lägen die Inseln der Toten. Ich wünsche, ich wüßte, was das bedeuten soll, aber diese verfluchte Verschlossenheit des Meervolks ...« Sie seufzte, hob aber den Kopf noch immer nicht. »Alles, was wir haben, ist ein Hinweis auf ›Länder unter dem Schatten, jenseits der untergehenden Sonne, jenseits des Aryth-Meeres, wo die Heere der Nacht regieren‹. Nichts, was uns sagen könnte, ob das von Falkenflügel ausgesandte Heer ausreichte, um diese ›Heere der Nacht‹ zu besiegen oder wenigstens, um Falkenflügels Tod zu überdauern. Sobald einmal der Hundertjährige Krieg angefangen hatte, war jeder zu sehr darauf bedacht, ein Stück von Falkenflügels Reich abzubekommen, um an das übers Meer gesandte Heer zu denken. Mutter, ich meine, falls ihre Nachkommen noch leben und eine Rückkehr planen, hätten sie doch nicht so lange gewartet.«

»Dann glaubst du, daß es keine Prophezeihung ist, Tochter?«

»Nun zu dem ›uralten Baum‹«, sagte Verin gedankenverloren. »Es hat immer schon Gerüchte gegeben — mehr war es nicht —, als die Nation von Almoth noch Bestand hatte, daß sie einen *Avendesora*-Zweig oder vielleicht sogar einen lebendigen Schößling hätten. Und die Flagge von Almoth zeigte ›Blau für den Himmel, Schwarz für die Erde und den sich ausbreitenden Baum des Lebens, der beides verbindet‹. Natürlich bezeichnen sich die Taraboner als der Baum der Menschen, und sie behaupten, Nachkommen von Herrschern und Adligen aus dem Zeitalter der Legenden zu sein. Und die Domani wieder nehmen für sich in Anspruch, von denen abzustammen, die im Zeitalter der Legenden den Baum des Lebens geschaffen haben. Es gibt noch weitere Möglichkeiten, aber Ihr seht, Mutter, daß gerade diese drei sich auf die Ebene von Almoth und die Toman-Halbinsel beziehen.«

Die Stimme der Amyrlin färbte sich täuschend sanft: »Könntest du dich bitte entscheiden, Tochter? Wenn die Nachkommen Artur Falkenflügels *nicht* zurückkehren, dann ist dies auch keine Prophezeihung, und es ist völlig gleichgültig, welcher uralte Baum nun gemeint sein mag.«

»Ich kann Euch lediglich sagen, was ich weiß, Mutter«, sagte Verin und blickte von ihren Notizen auf, »und Euch die Entscheidung darüber überlassen. Ich glaube, daß die letzten Überlebenden von Artur Falkenflügels Heer vor langer Zeit gestorben sind, aber weil ich das glaube, muß es noch lange nicht so sein. In der Zeit der Veränderungen wird natürlich vom Ende eines Zeitalters gesprochen, und der Große Herr ...«

Die Amyrlin klatschte auf die Tischfläche, daß es wie ein Donnerschlag klang. »Ich weiß sehr gut, wer der Große Herr ist, Tochter. Ich glaube, es ist besser, wenn du jetzt gehst.« Sie atmete tief durch und beherrschte sich sichtlich. »Geh, Verin. Ich will nicht böse auf dich sein. Ich will nicht vergessen, wer die Köche dazu brachte, daß sie nachts ein paar Süßigkeiten draußen liegen ließen, als ich noch Novizin war.«

»Mutter«, sagte Moiraine, »hier steht nichts, was auf eine Prophezeihung hinweist. Jeder, der ein bißchen Verstand und Wissen besitzt, könnte so etwas zusammenschreiben, und keiner hat je behauptet, daß Myrddraal keinen schlauen Verstand besäßen.«

»Und dann«, sagte Verin gelassen, »ist natürlich der Mann, der die Macht lenkt, einer der drei jungen Männer, die mit dir gekommen sind, Moiraine.«

Moiraine riß vor Schreck die Augen auf. *Weltfremd? Ich bin der Narr hier!* Bevor ihr klar wurde, was sie tat, hatte sie schon ihren Geist nach dem pulsierenden Glühen ausgestreckt, das sie immer dort fühlen konnte, das auf sie wartete — die Wahre Quelle. Die Eine Macht strömte durch ihre Adern, lud sie mit Energie auf und dämpfte das Strahlen der Macht um die Amyrlin. Sie hatte offensichtlich dasselbe getan. Moiraine hatte noch nie auch nur daran gedacht, die Eine Macht gegen eine andere Aes Sedai einzusetzen. *Wir leben in gefährlichen Zeiten, und das Schicksal der Welt hängt an einem Faden. Deshalb muß man tun, was zu tun ist. Es muß sein. O Verin, warum mußtest du deine Nase in Dinge stecken, die dich nichts angehen?*

Verin schloß ihr Notizbuch und steckte es hinter ihren Gürtel zurück. Dann blickte sie von einer zur anderen. Sie konnte gar nicht anders, als die Aura wahrzunehmen, die beide jeweils umgab, das Licht, das von der Berührung der Wahren Quelle herrührte. Nur jemand, der selbst darin geübt war, die Macht zu lenken, konnte das Glühen bemerken, aber es gab keine Möglichkeit, daß eine Aes Sedai so etwas bei einer anderen Frau übersah. Ein Hauch von Befriedigung überflog Verins Gesicht, aber kein Zeichen des Erkennens, daß sie einen Blitz geschleudert hatte. Sie wirkte nur, als habe sie ein weiteres Stück gefunden, das in ihr Puzzle paßte. »Ja, ich dachte mir das schon. Moiraine konnte das nicht alleine fertigbringen, und wer könnte ihr eher helfen als ihre Jugendfreundin, die damals mit ihr zusammen heruntergeschlichen ist, um Süßigkeiten zu naschen.« Sie blinzelte. »Vergebt mir, Mutter. Das hätte ich nicht sagen sollen.«

»Verin, Verin.« Die Amyrlin schüttelte staunend den Kopf. »Du beschuldigst deine Schwester — und mich? — ... Ich sage es lieber nicht. Und dann bist du besorgt, daß du zu vertraulich mit der Amyrlin gesprochen hast? Du bohrst ein Loch in ein Boot und machst dir Sorgen darüber, daß es regnet. Denk einmal daran, was du da angedeutet hast, Tochter!«

Dazu ist es zu spät, Siuan, dachte Moiraine. *Wenn wir in unserer Panik nicht zur Wahren Quelle gegriffen hätten ... Aber jetzt ist sie sicher.* »Warum sagst du uns das, Verin?« fragte sie laut. »Wenn du das glaubst, was du sagst, solltest du es den anderen Schwestern mitteilen, besonders den Roten.«

Verins Augen weiteten sich überrascht. »Ja. Ja, ich glaube, das sollte ich tun. Daran hatte ich nicht gedacht. Aber falls ich das täte, würde man dich, Moiraine, und Euch, Mutter, einer Dämpfung unterziehen, und natürlich den Mann auch. Niemand hat jemals die Entwicklung eines Mannes verfolgt, der die Eine Macht benützen kann. Wann genau setzt der Wahnsinn ein, und auf welche Art macht er sich bemerkbar? Wie schnell wächst er an? Kann er noch funktionieren, wenn sein Körper bereits verfault? Wie lange hält er aus? Falls er keine Dämpfung erfährt, wird mit dem jungen Mann das geschehen — welcher der drei er auch sein mag —, was eben in einem solchen Fall geschieht, ob ich nun dabei bin und alles aufschreibe oder nicht. Wenn er aber beobachtet und angeleitet wird, sollten wir in der Lage sein, alles mit einiger Sicherheit aufzuzeichnen; jedenfalls eine Weile lang. Und außerdem ist ja da auch noch der *Karaethon-Zyklus.*« Sie erwiderte ruhig ihre überraschten Blicke. »Ich glaube doch, Mutter, daß er der Wiedergeborene Drache *ist?* Ich kann nicht glauben, daß Ihr all dies tun würdet — einen Mann frei herumlaufen lassen, der die Macht lenken kann —, wenn er nicht der Drache wäre.«

Sie denkt nur daran, neue Kenntnisse zu erwerben, dachte

Moiraine erstaunt. *Alles spitzt sich auf den Höhepunkt der schlimmsten Prophezeihung zu, die die Welt kennt, vielleicht sogar auf das Ende der Welt, und sie interessiert sich nur dafür, Wissen zu erwerben. Aber auch so ist sie noch gefährlich.*

»Wer weiß sonst noch davon?« Die Stimme der Amyrlin klang noch schwach, doch gleichzeitig scharf. »Serafelle, schätze ich. Wer noch, Verin?«

»Niemand, Mutter. Serafelle interessiert sich nicht sehr für etwas, was noch niemand in einem Buch festgehalten hat, und das sollte auch noch möglichst lang so sein. Sie glaubt, es seien mehr als zehnmal so viele alte Bücher und Manuskripte und Fragmente überall verstreut, verlorengegangen oder vergessen worden, als wir in Tar Valon zusammengetragen haben. Sie ist sicher, daß noch genug der alten Kenntnisse zu finden seien, um ...«

»Genug, Schwester«, sagte Moiraine. Sie ließ die Wahre Quelle entschlüpfen und fühlte, wie die Amyrlin einen Augenblick später dasselbe tat. Es war wie immer ein Verlust, wenn man fühlte, wie die Macht wegrann, als sickerten Blut und Leben aus einer offenen Wunde. Ein Teil ihrer selbst wollte sie festhalten, aber im Gegensatz zu einigen ihrer Schwestern hatte sie es sich zur Regel gemacht, sich nicht von dieser Sehnsucht beherrschen zu lassen. »Setz dich, Verin, und sag uns, was du weißt und wie du es herausgefunden hast. Laß nichts aus.«

Als Verin sich einen Stuhl holte — nach einem unsicheren Blick zur Amyrlin, ob sie sich in ihrer Gegenwart setzen dürfe —, betrachtet Moiraine sie traurig.

»Es ist unwahrscheinlich«, begann Verin, »daß jemand, der nicht die alten Schriften gründlich studiert hat, irgend etwas bemerken würde, außer eben, daß Ihr Euch eigenartig benehmt. Vergebt mir, Mutter. Es war vor fast zwanzig Jahren, als Tar Valon belagert wurde, daß ich einen ersten Hinweis bekam, und das war nur ...«

Licht hilf mir, Verin, wie ich dich liebte, der Süßigkeiten wegen und dafür, daß ich mich an deinem Busen ausweinen konnte. Aber ich werde tun, was sein muß. Bestimmt. Ich muß.

Perrin blickte vorsichtig um die Ecke auf den sich entfernenden Rücken der Aes Sedai. Sie roch nach Lavendelseife, obwohl die meisten das noch nicht einmal aus der Nähe bemerkt hätten. Sobald sie außer Sicht war, eilte er zur Tür der Krankenstation. Er hatte schon einmal versucht, Mat zu besuchen, und diese Aes Sedai — er hatte gehört, wie jemand Leane zu ihr gesagt hatte — hätte ihm beinahe den Kopf abgerissen, ohne sich überhaupt umzusehen, wer es war. Er fühlte sich in Gegenwart von Aes Sedai nicht wohl, besonders wenn sie ihm in die Augen starrten.

Er blieb an der Tür kurz stehen und lauschte — er konnte zu beiden Seiten des Korridors keine Schritte hören und auch nichts von der anderen Türseite her —, dann ging er hinein. Er schloß die Tür leise hinter sich.

Die Krankenstation war ein langer Raum mit weißgetünchten Wänden. Die Durchgänge zu den Balkonen für die Bogenschützen an beiden Enden ließen eine Menge Licht hereinfallen. Mat lag in einem der engen Betten an der Wand. Nach den Ereignissen des letzten Abends erwartete Perrin, daß die meisten Betten von Männern besetzt seien, aber er kam schnell darauf, daß die Festung ja voll von Aes Sedai war. Das einzige, was die Aes Sedai nicht mit ihrer Heilkunst vermeiden konnten, war der Tod. Aber für ihn roch der Raum trotzdem nach Krankheit.

Perrin verzog das Gesicht bei diesem Gedanken. Mat lag ruhig da, die Augen geschlossen und die Hände auf der Bettdecke. Er wirkte erschöpft. Nicht wirklich krank, eher als habe er drei Tage auf dem Acker geschuftet und sich jetzt gerade erst zum Schlafen niedergelegt. Er roch ... irgendwie falsch. Es war nichts Greifbares. Einfach — falsch.

Perrin setzte sich vorsichtig auf das Bett neben dem Mats. Er machte alles vorsichtig. Er überragte die meisten Menschen und war auch, so lange er sich zurückerinnern konnte, immer schon größer als die anderen Jungen gewesen. Er hatte einfach vorsichtig sein müssen, um niemanden aus Versehen zu verletzen oder Sachen zu beschädigen. Jetzt war es ihm längst zur zweiten Natur geworden. Er überlegte auch gern gründlich und besprach sich manchmal mit anderen. *Aber Rand bildet sich ein, er sei ein Lord, und so kann ich nicht mit ihm reden. Mat wird sicher auch nicht viel zu sagen haben.*

Letzte Nacht war er in einen der Gärten gegangen, um nachzudenken. Er schämte sich bei der Erinnerung daran noch ein wenig. Wäre er nicht gegangen, hätte er sich statt dessen in seinem Zimmer befunden, dann wäre er mit Egwene und Mat gegangen und hätte sie vielleicht davor bewahren können, verletzt zu werden. Wahrscheinlicher allerdings läge er jetzt wie Mat in einem dieser Betten oder wäre gar tot, aber das änderte nichts an seinen Gefühlen. Was auch immer, er war in den Garten gegangen, und was ihm jetzt Kopfzerbrechen bereitete, hatte nichts mit dem Angriff der Trollocs zu tun.

Dienerinnen und eine von Lady Amalisas Hofdamen, Lady Timora, hatten ihn gefunden, wie er dort in der Dunkelheit saß. Sobald sie ihn gesehen hatten, schickte Timora eine der anderen los, und er hatte gehört, wie sie sagte: »Suche schnell Liandrin Sedai! Schnell!«

Sie hatten dagestanden und ihn beobachtet, als dächten sie, er werde gleich wie ein Gaukler in einer Rauchwolke verschwinden. Das war zu der Zeit, als die erste Alarmglocke zu läuten begann und jedermann in der Festung losgerannt war.

»Liandrin«, murmelte er jetzt. »Rote Ajah. Alles, was sie tun, ist Männer zu jagen, die die Eine Macht benützen können. Du glaubst doch nicht, daß sie mich für einen davon hält, oder?« Mat antwortete natürlich nicht. Perrin rieb sich reuevoll die Nase. »Jetzt führe ich schon Selbstgespräche. Das geht nun wirklich nicht an.«

Mats Augenlider zuckten. »Wer…? Perrin? Was ist passiert?« Seine Augen öffneten sich nicht ganz, und seine Stimme klang, als schlafe er noch halb.

»Erinnerst du dich nicht, Mat?«

»Erinnern?« Mat hob sich schläfrig langsam eine Hand vors Gesicht und ließ sie dann seufzend wieder fallen. »Erinnere mich … Egwene. Bat mich … hinunterzugehen zu Fain.« Er lachte, und das Lachen wandelte sich zu einem Gähnen. »Sie bat nicht … hat es mir befohlen … Weiß nicht, was geschah …« Er schmatzte mit den Lippen und verfiel wieder in das tiefe, gleichmäßige Atmen des Schlafes.

Perrin sprang auf, als er das Geräusch sich nähernder Schritte hörte, aber er fand keine Zuflucht. Er stand immer noch neben Mats Bett, als sich die Tür öffnete und Leane hereinkam. Sie blieb stehen, stemmte die Hände in die Hüften und musterte ihn langsam von oben bis unten. Sie war beinahe so groß wie er.

»Also«, sagte sie in ruhigem, aber knappem Tonfall. »Du bist beinahe schon ein so hübscher Junge, daß ich mir wünschte, ich gehörte zu den Grünen. Beinahe. Aber wenn du meinen Patienten gestört hast … na ja, ich bin mit Brüdern fertiggeworden, die fast so groß waren wie du, bevor ich zur Weißen Burg kam, also mußt du nicht glauben, daß deine breiten Schultern dir helfen werden.«

Perrin räusperte sich. In der Hälfte aller Fälle verstand er nicht, was Frauen meinten, wenn sie ihm so etwas sagten. *Nicht wie Rand. Er weiß immer, was man Mädchen sagen muß.* Ihm wurde klar, daß er finster dreinblickte, und so machte er schnell wieder ein unbeteiligtes Gesicht. Er wollte nicht über Rand nachdenken, wollte aber ganz gewiß auch keine Aes Sedai verärgern, besonders eine, die nun ungeduldig mit der Fußspitze auf den Boden klopfte. »Äh ... ich habe ihn nicht gestört. Er schläft immer noch. Seht Ihr?«

»Tut er das? Gut für dich. Also, was machst du hier? Ich erinnere mich, daß ich dich schon einmal hinausgejagt habe. Du brauchst nicht zu denken, daß ich das nicht mehr weiß.«

»Ich wollte nur wissen, wie es ihm geht.«

Sie zögerte. »Er schläft, und das genügt. In ein paar Stunden wird er aufstehen, und du wirst denken, es habe ihm nie etwas gefehlt.«

Als sie so zögerte, sträubten sich ihm die Nackenhaare. Irgendwie log sie. Aes Sedai logen niemals, aber sie sagten auch nicht immer die Wahrheit. Er war sich nicht sicher, was vorging — Liandrin suchte nach ihm, Leane log ihn an —, aber er glaubte, es sei an der Zeit, sich von den Aes Sedai abzusetzen. Er konnte auch nichts für Mat tun.

»Danke«, sagte er. »Dann lasse ich ihn wohl am besten schlafen. Entschuldigt mich.«

Er versuchte, um sie herum durch die Tür zu schlüpfen, aber plötzlich schossen ihre Hände vor und ergriffen sein Gesicht. Sie zog es schräg herunter, damit sie ihm in die Augen sehen konnte. Etwas schien ihn zu durchlaufen, eine warme Welle, die oben beim Kopf begann und bis zu den Füßen schwappte und dann wieder zurück. Er zog den Kopf aus der Umklammerung ihrer Hände.

»Du bist so gesund wie ein junges wildes Tier«, sagte sie und spitzte die Lippen. »Aber ich will ein Weißmantel sein, wenn du mit diesen Augen geboren wurdest!«

»Das sind die einzigen Augen, die ich jemals hatte«, grollte er. Ihm war ein bißchen kribbelig zumute, weil er in diesem Ton mit einer Aes Sedai sprach, aber er überraschte sich selbst noch mehr, als er sie sanft an den Armen packte und auf die Seite hob. Er setzte sie neben der Tür wieder ab. Als sie sich ansahen, fragte er sich, ob seine Augen genauso vor Schreck geweitet seien wie ihre. »Entschuldigt mich«, sagte er nochmals und rannte beinahe aus der Tür.

Meine Augen. Meine vom Licht verfluchten Augen! Die Morgensonne fiel auf seine Augen, und sie schimmerten wie mattes Gold.

Rand warf sich auf seinem Bett herum und versuchte, auf der dünnen Matratze eine bequemere Lage zu finden. Sonnenschein fiel durch die Schießscharten herein und färbte die kahlen Steinwände golden. Er hatte den Rest der Nacht über nicht geschlafen und war sicher, so müde er sich auch fühlte, daß er auch jetzt nicht schlafen konnte. Das Lederwams lag am Fußboden zwischen seinem Bett und der Wand, aber davon abgesehen war er komplett angezogen. Sogar seine neuen Stiefel hatte er an. Sein Schwert hatte er an das Bett gelehnt, und Bogen sowie Köcher ruhten in einer Ecke auf den gebündelten Umhängen.

Er wurde das Gefühl nicht los, daß er die Gelegenheit wahrnehmen sollte, die ihm Moiraine verschafft hatte, und sofort aufbrechen. Diesen Drang hatte er die ganze Nacht über gespürt. Dreimal war er aufgestanden, um zu gehen. Zweimal hatte er sogar schon die Tür geöffnet. Der Flur war bis auf ein paar Diener, die ihren nächtlichen Aufgaben nachgingen, leer gewesen; der Weg frei. Aber er mußte erst etwas in Erfahrung bringen.

Perrin kam mit gesenktem Kopf und gähnend herein. Rand setzte sich auf. »Wie geht es Egwene? Und Mat?«

»Sie schläft, hat man mir gesagt. Sie ließen mich nicht in das Frauenquartier, um sie zu besuchen. Mat ist ...« Plötzlich blickte Perrin mit bösem Gesicht den Boden an. »Wenn du daran so interessiert bist, warum bist du dann nicht selbst gegangen und hast ihn besucht? Ich dachte, du hättest kein Interesse mehr an uns. Das hast du selbst gesagt.« Er öffnete sein Abteil des Kleiderschranks und kramte nach einem sauberen Hemd.

»Ich war auf der Krankenstation, Perrin. Es war eine Aes Sedai dort, die große, die immer bei der Amyrlin steckt. Sie sagte, Mat schliefe und ich sei im Weg und könne später einmal wiederkommen. Sie klang wie Meister Thane, wenn er seine Männer in der Mühle herumkommandierte. Du weißt, wie Meister Thane ist: immer geht er gleich hoch, und man muß alles beim ersten Mal richtig machen und zwar sofort!«

Perrin antwortete nicht. Er ließ lediglich seinen Mantel fallen und zog sich das Hemd über den Kopf aus.

Rand betrachtete einen Moment lang den Rücken seines Freundes und bemühte sich dann um ein Lachen. »Willst du etwas hören? Weißt du, was sie zu mir gesagt hat? Die Aes Sedai in der Krankenstation meine ich. Du hast gesehen, wie groß sie ist. Genauso groß wie die meisten Männer. Eine Handbreit größer, und sie könnte mir beinahe geradewegs in die Augen schauen. Na ja, sie hat mich von oben bis unten gemustert und dann gemurmelt: ›Groß bist du. Wo warst du, als ich noch sechzehn war? Oder sogar dreißig?‹ Und dann lachte sie, als sei es ein Scherz gewesen. Was hältst du davon?«

Perrin zog sich ein frisches Hemd über und sah ihn von der Seite her an. Mit seinen mächtigen Schultern und dem Lockenkopf machte er auf Rand den Eindruck eines verwundeten Bären. Eines Bären, der nicht verstand, warum man ihn verwundet hatte.

»Perrin, es …«

»Wenn du dich über eine Aes Sedai lustig machen willst«, unterbrach Perrin ihn, »dann ist das deine Sache. Mein Lord.« Er stopfte sein Hemd in die Hose. »Ich verbringe nicht viel Zeit damit, mich — geistreich ist wohl der richtige Ausdruck — mich geistreich mit Aes Sedai zu unterhalten. Aber ich bin ja auch nur ein unbeholfener Hufschmied und könnte jemandem im Weg stehen. Mein Lord.« Er schnappte sich seinen Mantel vom Boden und ging in Richtung Tür.

»Licht noch mal, Perrin, es tut mir leid. Ich hatte Angst, und ich dachte, ich sei in Schwierigkeiten — vielleicht war ich das auch und bin es noch, ich weiß nicht —, und ich wollte dich und Mat nicht mit hineinziehen. Licht, letzte Nacht haben sämtlich Frauen nach mir gesucht. Ich denke, das ist ein Teil der Schwierigkeiten, in denen ich mich befinde. Ich glaube es jedenfalls. Und Liandrin ... Sie ...« Er warf resignierend die Hände hoch. »Perrin, glaub mir, du solltest in so etwas nicht hineingezogen werden.«

Perrin war stehengeblieben, aber er stand mit dem Gesicht zur Tür gewandt und drehte den Kopf nur soweit, daß Rand ein goldenes Auge sehen konnte. »Sie haben dich gesucht? Vielleicht suchten sie nach uns allen.«

»Nein, sie suchten nach mir. Ich wünschte, es wäre nicht so, aber ich weiß es besser.«

Perrin schüttelte den Kopf. »Liandrin suchte jedenfalls mich. Das weiß ich. Ich habe es gehört.«

Rand runzelte die Stirn. »Warum sollte sie ...? Aber das ändert nichts. Schau mal, ich habe das Maul aufgerissen und gesagt, was ich nicht sagen sollte. Ich habe es nicht so gemeint, Perrin. Würdest du mir jetzt bitte sagen, wie es um Mat steht?«

»Er schläft. Leane — das ist die Aes Sedai — sagte, er werde in ein paar Stunden auf den Beinen sein.« Er zuckte unsicher die Achseln. »Ich glaube, sie hat gelogen. Ich weiß, Aes Sedai lügen nie, jedenfalls nicht so, daß man sie dabei ertappen kann, aber sie log entweder oder hielt etwas zurück.« Er schwieg einen Moment lang und sah Rand von der Seite her an. »Du hast alles nicht so gemeint? Wir reisen hier zusammen ab? Du und ich und Mat?«

»Ich kann nicht, Perrin. Ich kann dir nicht sagen, warum, aber ich muß wirklich all ... Perrin, warte!«

Die Tür schlug hinter seinem Freund zu.

Rand ließ sich auf das Bett zurückfallen. »Ich kann es dir doch nicht sagen«, murmelte er. Er trommelte mit den Fäusten auf die Seitenbretter des Bettes. »Ich kann nicht.« *Aber du kannst jetzt gehen,* sagte eine Stimme in seinem Hinterkopf. *Egwene kommt wieder in Ordnung, und Mat wird in ein, zwei Stunden wieder aufstehen. Also kannst du jetzt gehen. Bevor Moiraine ihre Meinung ändert.*

Er wollte sich gerade aufsetzen, als ihn ein lautes Klopfen an die Tür hochschießen ließ. Falls das Perrin war — nein, der würde nicht anklopfen. Wieder klopfte es laut.

»Wer ist da?«

Lan schritt herein und schob die Tür mit dem Absatz seines Stiefels hinter sich zu. Wie üblich trug er sein Schwert über einem einfachen grünen Mantel, der im Wald kaum auffiel. Diesmal allerdings hatte er sich eine breite goldene Kordel oben um den linken Arm herumgebunden. Die Fransen am Ende hingen ihm fast bis zum Ellbogen. Auf den Knoten war ein fliegender goldener Kranich aufgesteckt, das Wahrzeichen von Malkier.

»Die Amyrlin will dich sehen, Schafhirte. So kannst du aber nicht gehen. Zieh ein anderes Hemd an, und kämm dir auch die Haare. Du siehst aus wie ein Heuhaufen.« Er riß den Kleiderschrank auf und kramte in den Kleidern, die Rand hatte zurücklassen wollen.

Rand stand stocksteif da. Er hatte das Gefühl, von einem Hammer auf den Kopf getroffen worden zu sein. Natürlich hatte er das auf gewisse Weise erwartet, aber er war sicher gewesen, bereits nicht mehr da zu sein, wenn die Ladung erfolgte. *Sie weiß Bescheid. Licht, da bin ich ganz sicher.* »Was meinst du damit, sie will mich sehen? Ich bin im Gehen, Lan. Du hattest recht. Ich wollte gerade zum Stall gehen, mein Pferd holen und losreiten.«

»Das hättest du gestern abend tun sollen.« Der Behüter warf ein weißes Seidenhemd auf das Bett. »Niemand weigert sich, zu einer Audienz bei der Amyrlin zu gehen, Schafhirte. Nicht einmal der Kommandeur der Weißmäntel würde das wagen. Pedron Niall würde vielleicht den Weg dorthin benützen, um Mordpläne zu schmieden, für den Fall, daß er sie ausführen und heil wieder herauskommen könnte, aber kommen würde er.« Er wandte sich mit einem der hochgeschlossenen Mäntel in der Hand Rand zu und hielt ihn hoch. »Der hier geht.« Verschlungene wilde Rosen mit langen Dornen schlangen sich in einer breiten, mit Gold besetzten Borte um die Ärmel und Manschetten. Auf dem goldbesetzten Kragen waren ebenso goldene Reiher zu sehen. »Auch die Farbe stimmt.« Er schien sich über irgend etwas zu amüsieren oder wirkte zumindest befriedigt. »Los, komm, Schafhirte. Wechsle dein Hemd. Beweg dich!«

Zögernd streifte Rand das rauhe Arbeitshemd über den Kopf. »Ich fühle mich wie ein Narr«, sagte er leise. »Ein Seidenhemd! Ich habe noch nie in meinem Leben ein Seidenhemd getragen. Und auch noch nie so einen feinen Mantel — nicht einmal an einem Feiertag.« *Licht, wenn Perrin mich darin sieht ... Licht noch mal, nach all diesem idiotischen Geschwätz von mir, ein Lord zu sein, wird er nie wieder auf mich hören, wenn er mich darin sieht.*

»Du kannst nicht wie ein frisch vom Stall gekommener Laufbursche vor die Amyrlin treten, Schafhirte. Laß mich mal deine Stiefel sehen. Die sind in Ordnung. Also, los dann, auf! Man läßt die Amyrlin nicht warten. Trag dein Schwert.«

»Mein Schwert!« Das Seidenhemd über seinem Kopf dämpfte Rands Aufschrei. Er zog es mit einem Ruck ganz herunter. »In den Frauenquartieren! Lan, wenn ich zu einer Audienz mit der Amyrlin — der Amyrlin! — gehe und dabei ein Schwert trage, wird sie ...«

»Gar nichts tun«, unterbrach ihn Lan trocken. »Falls die Amyrlin vor dir Angst hat — und es ist besser für dich, wenn du das nicht glaubst, denn ich kenne nichts, was dieser Frau Angst einjagen würde —, dann gewiß nicht eines Schwertes wegen. Nun denke daran: wenn du vor sie trittst, kniest du nieder. Natürlich nur auf ein Knie, ja?« fügte er scharf hinzu. »Du bist nicht irgendein Kaufmann, den man beim falschen Abwiegen erwischt hat. Vielleicht solltest du es kurz mal üben.«

»Ich glaube, ich weiß, wie es geht. Ich sah, wie die königliche Garde vor Königin Morgase kniete.«

Ein Anflug von Lächeln spielte um den Mund des Behüters. »Ja, mache es genau wie sie. Das wird ihnen zu denken geben.«

Rand runzelte die Stirn. »Warum sagst du mir das, Lan? Du bist Behüter. Du handelst, als wärst du auf meiner Seite.«

»Ich bin auf deiner Seite, Schafhirte. Ein wenig. Genug, um dir auch ein wenig zu helfen.« Das Gesicht des Behüters war steinern, und mitfühlende Worte in dieser rauhen Stimme klangen eigenartig. »Was du an Übung hattest, habe ich dir vermittelt, und ich will nicht, daß du kriechst und bettelst. Das Rad webt uns alle in das Muster hinein, wie es will. Du hast weniger Bewegungsfreiheit als die meisten in dieser Hinsicht, aber beim Licht, du kannst deinem Schicksal wenigstens aufrecht entgegensehen. Denke daran, wer die Amyrlin ist, Schafhirte, und zeige den ihr zustehenden Respekt, aber tu auch, was ich dir sage, und blicke ihr ins Auge. Na, und nun steh nicht da und halte Maulaffen feil. Steck dein Hemd hinein.«

Rand schloß den Mund und stopfte das Hemd in die Hose. *Daran denken, wer sie ist? Licht noch mal, ich würde etwas darum geben, wenn ich vergessen könnte, wer sie ist!*

Lan fuhr mit seinen Instruktionen fort, während Rand in den roten Mantel schlüpfte und sein Schwert gürtete. Was er sagen sollte und zu wem und was er nicht sagen sollte. Was er tun sollte und was nicht. Sogar, wie er sich bewegen sollte. Er war nicht sicher, ob er alles im Kopf behalten konnte — das meiste klang eigenartig und leicht zu vergessen —, doch er war sicher, das, was er vergaß, würde bestimmt geeignet sein, die Aes Sedai wütend zu machen. *Wenn sie das nicht schon sind. Wenn Moiraine es der Amyrlin gesagt hat, wem dann noch?*

»Lan, warum kann ich nicht einfach auf dem Weg fortlaufen, den ich geplant hatte? Wenn ihr schließlich klar ist, daß ich nicht komme, bin ich schon eine Meile weit weg und galoppiere frei davon.«

»Und sie würde Kundschafter auf deine Fährte jagen, bevor du zwei Meilen weg wärst. Was die Amyrlin will, Schafhirte, das bekommt sie.« Er zog Rands Schwertgurt zurecht, so daß die schwere Schnalle genau in der Mitte war. »Was ich tue, ist für dich das beste von allem, was in meiner Macht steht. Glaub es mir ruhig.«

»Aber warum all das? Was hat es zu bedeuten? Warum lege ich mir die Hand aufs Herz, wenn die Amyrlin aufsteht? Warum lehne ich alles bis auf Wasser ab — nicht, daß ich mit ihr essen möchte —, und tröpfle dann etwas auf den Boden und sage: ›Das Land dürstet‹? Und wenn sie mich fragt, wie alt ich bin, warum soll ich ihr dann sagen, wie lange es her ist, seit ich das Schwert bekam? Ich verstehe die Hälfte von dem nicht, was du mir gesagt hast.«

»Drei Tropfen, Schäfer, und nicht gießen. Du verspritzt lediglich drei Tropfen. Du kannst es später verstehen; Hauptsache, du erinnerst dich jetzt daran. Nimm es eben als Bräuche, die man aufrechterhalten muß. Die Amyrlin wird dich behandeln, wie sie muß. Wenn du glaubst, du könntest es vermeiden, dann glaubst du auch, du könntest wie Lenn zum Mond fliegen. Du kannst nicht entkommen, aber vielleicht kannst du ihr eine Weile lang die Stirn bieten und wenigstens dabei deinen Stolz bewahren. Licht, verseng mich, ich verschwende wahrscheinlich meine Zeit, aber ich habe gerade nichts Besseres zu tun. Halt still!« Der Behüter zog ein Stück einer langen, goldenen Kordel mit Fransen am Ende aus seiner Tasche und band sie mit einem komplizierten Knoten um Rands linken Arm. Auf den Knoten steckte er eine rot emaillierte Anstecknadel: einen Adler mit ausgebreiteten Schwingen. »Ich ließ das anfertigen, um es dir zu geben, und das kann ich genausogut jetzt gleich tun. Das wird ihnen zu denken geben.« Diesmal gab es keinen Zweifel: Der Behüter lächelte.

Rand sah mit sorgenvollem Gesicht auf die Nadel hinunter. *Caldazar.* Der Rote Adler von Manetheren. »Ein Dorn im Fuß des Dunklen Königs«, murmelte er, »und ein Stachel in seiner Hand.« Er blickte den Behüter an. »Manetheren ist längst tot und vergessen, Lan. Es ist nur noch ein Name in einem Buch. Es gibt nur die Zwei Flüsse. Was ich auch sonst sein mag, ich bin Schäfer und Bauer. Das ist alles.«

»Nun, das Schwert, das nicht zerbrochen werden konnte, splitterte am Ende doch, aber es kämpfte bis zum letzten Hieb gegen den Schatten. Es gibt eine Regel, die über allem steht, wenn man ein Mann ist: Was auch kommt, tritt ihm aufrecht entgegen. Bist du jetzt fertig? Die Amyrlin wartet.«

Mit einem eiskalten Kloß im Magen folgte Rand dem Behüter in den Flur.

KAPITEL 8

Der Wiedergeborene Drache

Rand schritt anfangs steifbeinig und nervös neben dem Behüter her. *Tritt ihm aufrecht entgegen.* Lan hatte leichtes Reden. Er war nicht zur Amyrlin bestellt worden. Er mußte sich nicht fragen, ob er eine Dämpfung erfahren sollte, bevor noch der Tag vorüber war, oder gar noch Schlimmeres. Rand fühlte sich, als sei ihm etwas im Hals steckengeblieben; er konnte nicht schlucken, so sehr er sich auch bemühte.

Die Gänge waren voll mit Leuten: Dienern, die ihre morgendlichen Aufträge erfüllten, und Kriegern, die über die Morgenmäntel Schwerter gegürtet hatten. Ein paar kleine Jungen mit ebenso kleinen Übungsschwertern in den Händen hielten sich dicht an den Erwachsenen, die sie begleiteten, und ahmten deren Gang nach. Kein Zeichen des Kampfes war mehr zu sehen, aber selbst die Kinder schienen irgendwie alarmbereit. Die erwachsenen Männer wirkten wie Katzen, die auf ein Rudel Ratten warteten.

Ingtar warf Rand und Lan einen eigenartigen Blick zu, fast besorgt, und öffnete den Mund, sagte aber nichts, als sie an ihm vorbeigingen. Kajin, groß und hager und blaß, schwenkte die Fäuste über dem Kopf und rief: *»Tai'shar Malkier! Tai'shar Manetheren!«* Das wahre Blut von Malkier. Das wahre Blut von Manetheren.

Rand fuhr zusammen. *Licht, warum hat er das gesagt? Sei kein Narr,* sagte er sich dann. *Hier kennen alle Manetheren. Sie kennen jede alte Geschichte, falls darin Kämpfe vorkommen. Licht noch mal, ich muß mich zusammenreißen.*

Lan hob die Fäuste zur Antwort. *»Tai'shar Schienar!«*

Falls er jetzt losrannte, könnte er dann lange genug in der Menge untertauchen, um sein Pferd zu erreichen? *Wenn sie mir Kundschafter nachschickt* ... Mit jedem Schritt wuchs seine innere Anspannung.

Als sie sich den Frauenquartieren näherten, bellte Lan plötzlich: »Die Katze läuft über den Hof!«

Überrascht nahm Rand ganz instinktiv die Haltung beim Gehen ein, die ihm Lan beigebracht hatte, mit geradem Rücken, aber entspannten Muskeln, als hinge er mit dem Kopf an einem Draht. Es war ein entspanntes, beinahe überhebliches Schreiten. Entspannt allerdings nur äußerlich; innen sah es anders aus. Er hatte keine Zeit, sich seiner eigenen Haltung bewußt zu werden. Sie kamen im Gleichschritt um die letzte Ecke.

Die Frauen am Eingang der Frauenquartiere blickten ruhig auf, als sie sich näherten. Einige saßen hinter schräg gekippten Tischen, suchten in großformatigen Büchern herum und machten gelegentlich Einträge. Andere strickten oder arbeiteten mit Nadeln und Stickhaken. Damen in Seide hielten hier Wache, genau wie livrierte Dienerinnen. Die großen Torflügel standen offen, unbewacht bis auf die Frauen. Mehr war nicht nötig. Kein Schienarer würde uneingeladen eintreten, aber jeder schienarische Mann war bereit, das Tor zu verteidigen, wenn es nötig war, aber die Notwendigkeit würde ihn erschrecken.

Rands Magen brannte. Es stieß ihm sauer auf. *Sie werden einen Blick auf unsere Schwerter werfen und uns wieder wegschicken. Aber das ist mir doch gerade recht, oder? Wenn sie uns wegschicken, kann ich vielleicht immer noch fliehen. Falls sie nicht die Wachen rufen.* Er hielt sich an die von Lan vorgegebene Fechthaltung wie an einen schwimmenden Ast in der Flut. Das war das einzige, was ihn davon abhielt, sich umzudrehen und wegzurennen.

Eine der Hofdamen Lady Amalisas, Nisura, eine Frau mit rundem Gesicht, legte ihr Stickzeug zur Seite und stand auf, als sie stehenblieben. Ihr Blick huschte über ihre Schwerter, und ihre Mundpartie spannte sich, doch sie sagte nichts. Alle Frauen hielten in ihren Tätigkeiten inne und beobachteten sie schweigend und gespannt. »Ehre Euch beiden«, sagte Nisura mit einem leichten Nicken. Sie sah Rand an, aber so schnell, daß er kaum sicher sein konnte, es wirklich bemerkt zu haben. Das erinnerte ihn an Perrins Worte. »Die Amyrlin erwartet Euch.« Sie machte eine Bewegung, und zwei andere Damen — keine Dienerinnen; man ehrte sie wirklich — traten vor, um sie zu begleiten. Die Frauen verbeugten sich eine Idee tiefer als vorher Nisura und bedeuteten ihnen, durch das Tor einzutreten. Beide sahen Rand aus den Augenwinkeln an, und dann beachteten sie ihn nicht weiter.

Suchten sie nach uns allen oder nur nach mir? Warum nach uns allen?

Drinnen erregten sie das von Rand erwartete Aufsehen — zwei Männer in den Frauenquartieren, wo Männer so selten zu sehen waren —, und ihre Schwerter verursachten einiges Stirnrunzeln, doch keine der Frauen sagte ein Wort. Hinter sich ließen die beiden Männer angeregte Unterhaltungen zurück, leises Gemurmel, zu leise, als daß Rand es hätte verstehen können. Lan schritt weiter, als bemerke er es nicht. Rand lief hinter ihren Begleiterinnen her und wünschte, er könne lauschen.

Und dann kamen sie zu den Gemächern der Amyrlin. Vor der Tür im Flur standen drei Aes Sedai. Die große Aes Sedai, Leane, hatte ihren Stab mit der goldenen Flamme in der Hand. Rand kannte die beiden anderen nicht. Nach den Fransen ihrer Stolen zu schließen, gehörte die eine zu den Weißen Ajah und die andere zu den Gelben. Er erinnerte sich allerdings an ihre Gesichter. Sie hatten ihn angestarrt, als er durch die gleichen Gänge gelaufen war. Glatte Aes-Sedai-Gesichter mit wissenden Augen. Sie musterten ihn mit hochgezogenen Augenbrauen und gespitzten Lippen. Die Damen, die Rand und Lan hergebracht hatten, knicksten und übergaben sie an die Aes Sedai.

Leane betrachtete Rand mit einem leichten Lächeln. Aber trotz des Lächelns klang ihre Stimme scharf. »Was habt Ihr der Amyrlin heute mitgebracht, Lan Gaidin? Einen jungen Löwen? Laßt ihn besser von keiner Grünen sehen, sonst wird eine von ihnen ihn sich zuschwören lassen, bevor er noch bis drei zählen kann. Die Grünen binden sie gern an sich, wenn sie noch jung sind.«

Rand fragte sich, ob es wirklich möglich sei, unter der Haut auch noch zu schwitzen. Er fühlte sich danach. Er wollte gern Lan anblicken, doch er erinnerte sich an diesen Teil der Instruktionen des Behüters. »Ich bin Rand al'Thor, Sohn des Tam al'Thor aus dem Gebiet der Zwei Flüsse, das einst Manetheren war. Wie ich von der Amyrlin berufen wurde, Leane Sedai, so erscheine ich vor Euch. Ich bin bereit.« Er war überrascht darüber, daß seine Stimme nicht einmal gezittert hatte.

Leane blinzelte, und ihr Lächeln wandelte sich zu einem nachdenklichen Gesichtsausdruck. »Das soll ein Schäfer sein, Lan Gaidin? Heute morgen war er nicht so selbstsicher.«

»Er ist ein Mann, Leane Sedai«, sagte Lan mit fester Stimme, »nicht mehr und nicht weniger. Wir sind, was wir sind.«

Die Aes Sedai schüttelte den Kopf. »Die Welt wird jeden Tag seltsamer. Ich schätze, der Hufschmied wird noch einmal eine Krone tragen und höfische Sprache gebrauchen. Wartet hier.« Sie verschwand nach drinnen, um ihr Kommen anzukündigen.

Sie war erst wenige Momente weg, aber Rand war sich der Blicke der anderen Aes Sedai nur zu bewußt. Er war nervös. Er bemühte sich, ihre Blicke gleichmütig zu erwidern, wie es ihm Lan beigebracht hatte, und da steckten sie die Köpfe zusammen und flüsterten miteinander. Was sagen sie? Was wissen sie? Licht, werden sie mich einer Dämpfung unterziehen? War es das, was Lan meinte, als er sagte, ich solle allem, was kommt, aufrecht entgegentreten?

Leane kehrte zurück und bedeutete Rand, hineinzugehen. Als Lan ihm folgen wollte, stellte sie ihren Stab vor ihn hin und hinderte ihn daran. »Ihr nicht, Lan Gaidin. Moiraine Sedai hat eine Aufgabe für Euch. Euer Löwenjunges ist auch allein sicher genug.«

Die Tür schwang hinter Rand zu, doch zuvor hatte er noch Lans Stimme vernommen, wild und stark und doch leise, nur für seine Ohren bestimmt: *»Tai'shar Manetheren!«*

Moiraine saß auf einer Seite des Raumes, und eine der Braunen Aes Sedai, die er im Kerker gesehen hatte, saß auf der anderen, doch es war die Frau auf dem hohen Stuhl hinter dem breiten Tisch, die seinen Blick fesselte. Man hatte die Vorhänge teilweise vor die Schießscharten gezogen, aber die Lücken dazwischen ließen genug blendendes Licht hereinfallen, daß es schwer war, ihre Gesichtszüge klar zu erkennen. Trotzdem erkannte er sie natürlich. Die Amyrlin.

Schnell fiel er auf ein Knie nieder, die Linke am Griff seines Schwertes, die rechte Faust auf dem gemusterten Läufer, und beugte das Haupt. »Wie Ihr mich berufen habt, Mutter, so erscheine ich. Ich bin bereit.« Er hob den Kopf rechtzeitig, um zu sehen, wie sie die Augenbrauen hochzog.

»Tatsächlich, Junge?« Sie klang beinahe erheitert. Und noch etwas schwang mit, das er nicht definieren konnte. Aber sie sah jedenfalls keineswegs erheitert aus. »Steh auf, Junge, und laß mich einen Blick auf dich werfen.«

Er richtete sich auf und bemühte sich um ein entspanntes Gesicht. Es kostete Mühe, die Hände nicht zu Fäusten zu ballen. *Drei Aes Sedai. Wie viele müssen es sein, um einen Mann einer Dämpfung zu unterziehen? Hinter Lo-*

gain haben sie ein Dutzend oder mehr hergeschickt. Würde Moiraine mir das antun? Er sah der Amyrlin gerade in die Augen. Sie blinzelte nicht.

»Setz dich, Junge«, sagte sie schließlich und deutete auf einen Stuhl mit Sprossenlehne, den man direkt vor den Tisch gestellt hatte. »Das hier dauert eine Weile, fürchte ich.«

»Danke, Mutter.« Er beugte das Haupt, wie Lan es ihm gesagt hatte, sah den Stuhl an und berührte sein Schwert. »Wenn Ihr erlaubt, Mutter, werde ich stehen. Die Wache ist nicht vorüber.«

Die Amyrlin gab einen verzweifelten Laut von sich und blickte zu Moiraine hinüber. »Hast du Lan auf ihn losgelassen, Tochter? Es wird schon schwer genug werden, ohne daß er auch noch die Sitten der Behüter annimmt.«

»Lan hat alle Jungen unterrichtet, Mutter«, antwortete Moiraine ruhig. »Er hat diesem hier nur etwas mehr Zeit gewidmet als den anderen, weil er ein Schwert trägt.«

Die Braune Aes Sedai rutschte auf ihrem Stuhl nach vorn. »Die Gaidins sind starrköpfig und stolz, Mutter, aber auch nützlich. Ich könnte nicht ohne Tomas sein, wie Ihr nicht ohne Alric. Ich habe sogar schon ein paar Rote gehört, die sagten, manchmal hätten sie auch gern einen Behüter. Und die Grünen natürlich ...«

Die drei Aes Sedai ignorierten ihn jetzt alle. »Dieses Schwert«, sagte die Amyrlin. »Es scheint ein Reiherschwert zu sein. Wie ist er denn dazu gekommen, Moiraine?«

»Tam al'Thor verließ die Zwei Flüsse als Junge, Mutter. Er schloß sich dem Heer von Illian an und diente dort im Weißmantelkrieg und in den letzten beiden Kriegen gegen Tear. Mit der Zeit stieg er zum Schwertmeister auf und wurde Zweiter Hauptmann der Gefährten. Nach dem Aielkrieg kehrte Tam al'Thor mit einer Frau aus Caemlyn und einem wenige Monate alten Jungen in die Zwei Flüsse zurück. Ich hätte mir viel ersparen können, hätte ich das alles früher gewußt, doch nun weiß ich es.«

Rand starrte Moiraine an. Er wußte, daß Tam die Zwei Flüsse verlassen hatte und mit einer ausländischen Frau und dem Schwert zurückgekehrt war, aber der Rest ... *Wo hast du das alles erfahren? Jedenfalls nicht in Emondsfeld. Es sei denn, Nynaeve hat dir mehr erzählt, als sie mir jemals sagte. Ein wenige Monate alter Junge. Sie spricht nicht von einem Sohn. Aber das bin ich.*

»Gegen Tear.« Die Amyrlin zog die Stirn ein wenig kraus. »Na ja, an diesen Kriegen waren wohl beide Seiten schuld. Närrische Männer, die lieber kämpften, als zu verhandeln. Kannst du feststellen, ob die Klinge echt ist, Verin?«

»Es gibt die Möglichkeit der Probe, Mutter.«

»Dann nimm es und stell es fest, Tochter.«

Die drei Frauen sahen ihn noch nicht einmal an. Rand trat zurück und packte den Schwertgriff mit aller Kraft. »Mein Vater gab mir dieses Schwert«, sagte er zornig. »Niemand nimmt es mir ab.« Erst dann bemerkte er, daß sich Verin nicht von ihrem Stuhl wegbewegt hatte. Er sah sie verwirrt an und bemühte sich, sein inneres Gleichgewicht wiederzufinden.

»Also«, sagte die Amyrlin, »hast du durchaus Kampfgeist, abgesehen davon, was Lan dir vermittelt hat. Gut. Du wirst ihn brauchen.«

»Ich bin, was ich bin, Mutter.« Er brachte es einigermaßen überzeugend heraus. »Ich bin bereit für das, was kommt.«

Die Amyrlin verzog das Gesicht. »Lan hat dich wirklich gut vorbereitet. Hör mal zu, Junge. In wenigen Stunden wird Ingtar aufbrechen, um das gestohlene Horn zu suchen. Dein Freund Mat wird mit ihm gehen. Ich denke, daß auch dein anderer Freund — Perrin? — mitkommt. Willst du sie begleiten?«

»Mat und Perrin gehen mit? Warum?« Verspätet erinnerte er sich daran, ein respektvolles ›Mutter‹ hinzuzufügen.

»Du weißt von dem Dolch, den dein Freund trug?« Ein Verziehen ihres Mundes deutete an, was sie von dem Dolch hielt. »Auch der wurde gestohlen. Wenn er nicht gefunden wird, kann die Verbindung zwischen ihm und der Klinge nicht vollständig beseitigt werden, und er wird sterben. Du kannst mit ihnen reiten, wenn du willst. Oder du kannst hier bleiben. Zweifellos wird Lord Agelmar dich als Gast hierbehalten, solange du willst. Ich reise heute ebenfalls ab. Moiraine Sedai wird mit mir kommen, genauso wie Egwene und Nynaeve. Wenn du bleibst, bist du also allein. Die Entscheidung liegt bei dir.«

Rand starrte sie an. *Sie sagt, ich könne gehen, wie ich will. Hat sie mich deshalb holen lassen? Mat stirbt!* Er sah Moiraine an, die teilnahmslos mit im Schoß gefalteten Händen dasaß. Sie wirkte, als könne nichts auf der Welt sie weniger interessieren als die Frage, wohin er ging. *Wohin versuchst du mich als Spielfigur zu schieben, Aes Sedai? Licht noch mal, ich werde nicht mitspielen. Aber falls Mat stirbt ... Ich kann ihn nicht im Stich lassen. Licht, wie sollen wir denn diesen Dolch finden?*

»Du mußt dich jetzt noch nicht entscheiden«, sagte die Amyrlin. Auch sie schien es wenig zu kümmern. »Aber du mußt dich entscheiden, bevor Ingtar aufbricht.«

»Ich werde mit Ingtar reiten, Mutter.«

Die Amyrlin nickte abwesend. »Nun, da das geklärt ist, können wir uns wichtigeren Dingen zuwenden. Ich weiß, daß du die Macht benützt, Junge. Was weißt du selbst darüber?«

Rands Mund klappte auf. Durch seine Sorge um Mat abgelenkt, trafen ihn ihre beiläufig geäußerten Worte wie ein Hammerschlag. Alle Ratschläge und Anweisungen Lans wirbelten davon. Er blickte sie stumm an und leckte sich die Lippen. Es war eine Sache, zu glauben, sie wisse Bescheid, aber eine ganz andere, herauszufinden, daß sie es wirklich wußte. Schließlich trat ihm der Schweiß auf die Stirn.

Sie beugte sich auf ihrem Stuhl vor und erwartete seine Antwort. Er hatte allerdings das Gefühl, sie wolle sich eher zurücklehnen. Er dachte daran, was Lan gesagt hatte. *Wenn sie Angst vor dir hat ...* Er wollte lachen. Wenn *sie* Angst vor *ihm* hatte.

»Nein, kann ich nicht. Ich meine ... Ich habe es nicht mit Absicht getan. Es ist einfach passiert. Ich will nicht ... die Macht lenken. Ich werde es nie wieder tun. Das schwöre ich.«

»Du willst es nicht«, sagte die Amyrlin. »Nun, das ist klug von dir. Und auch gleichzeitig närrisch. Einigen kann man das Lenken der Macht beibringen, den meisten aber nicht. Einige wenige jedoch tragen die Saat schon bei der Geburt in sich. Früher oder später benützen sie die Eine Macht, ob sie wollen oder nicht, so sicher, wie aus Rogen Fisch wird. Du wirst weiterhin die Macht benützen, Junge. Du kannst nichts dagegen machen. Und du solltest sie besser zu lenken *lernen*, lernen, wie man sie beherrscht, oder du lebst nicht lange genug, um wahnsinnig zu werden. Die Eine Macht tötet alle, die ihren Fluß nicht beherrschen können.«

»Wie soll ich es denn lernen?« wollte er wissen. Moiraine und Verin saßen einfach nur unbeeindruckt da und beobachteten ihn. *Wie Spinnen.* »Wie? Moiraine behauptet, sie könne mir nichts beibringen und ich wisse nicht, wie ich lernen könne oder so was. Ich will ja sowieso nicht. Ich will aufhören! Könnt Ihr das nicht verstehen? Aufhören will ich!«

»Ich habe dir die Wahrheit gesagt, Rand«, sagte Moiraine. Es klang, als befände sie sich in einer angenehmen Unterhaltungsrunde. »Diejenigen, die dich lehren könnten, die männlichen Aes Sedai, sind seit dreitausend Jahren tot. Keine lebende Aes Sedai kann dir beibringen, wie du *Saidin* berühren kannst, genausowenig, wie du es erlernen könntest, *Saidar* zu berühren. Ein Vogel kann einem Fisch nicht das Fliegen beibringen und ein Fisch keinem Vogel, wie man schwimmt.«

»Ich habe das schon immer für eine falsche Redensart gehalten«, warf Verin plötzlich ein. »Es gibt Vögel, die tauchen und schwimmen können. Und im Meer der Stürme gibt es fliegende Fische. Sie breiten lange Flossen aus, die beinahe soweit reichen wie ausgestreckte Arme, und sie haben Schnäbel wie Schwerter, die selbst einen ...« Ihre Worte wurden leiser und unverständlich, und sie schien verwirrt. Moiraine und die Amyrlin blickten sie ausdruckslos an.

Rand benützte die Unterbrechung, um wenigstens einigermaßen die Selbstbeherrschung wieder zu erlangen. Wie Tam es ihn vor langer Zeit gelehrt hatte, formte er in seinem Geist eine einzelne Flamme und leerte seine Ängste hinein, suchte die Leere, die Ruhe des Nichts. Die Flamme schien zu wachsen, bis sie alles umhüllte, bis sie zu groß war, um noch länger im Geist festgehalten zu werden. Mit einem Schlag war sie verschwunden, und statt ihrer fühlte er inneren Frieden. An dessen Rand flackerten immer noch Gefühle auf. Furcht und Zorn wirkten wie schwarze Flecke, aber das Nichts blieb erhalten. Gedanken glitten über seine Oberfläche wie Kieselsteine über Eis. Die Aufmerksamkeit der Aes Sedai hatte sich nur einen Moment lang von ihm abgewandt, aber als sie sich wieder umdrehten, war sein Gesicht entspannt.

»Warum sprecht Ihr so mit mir, Mutter?« fragte er. »Ihr solltet mich einer Dämpfung unterziehen.«

Die Amyrlin runzelte die Stirn und wandte sich Moiraine zu. »Hat Lan ihm das beigebracht?«

»Nein, Mutter. Er hat es von Tam al'Thor.«

»Warum?« wollte Rand erneut wissen.

Die Amyrlin sah ihm direkt in die Augen und sagte: »Weil du der Wiedergeborene Drache bist.«

Das Nichts schwankte. Die Welt schwankte. Alles

schien sich um ihn zu drehen. Er konzentrierte sich auf das Nichts, und die Leere kehrte zurück, die Welt stabilisierte sich. »Nein, Mutter. Ich kann die Macht lenken, Licht, hilf mir, aber ich bin nicht Raolin Dunkelbann oder Guaire Amalasin oder Yurian Steinbogen. Ihr könnt mich dämpfen oder töten oder mich gehen lassen, aber ich werde nicht zu einem zahmen falschen Drachen an der Leine Tar Valons.«

Er hörte, wie Verin nach Luft schnappte, und sah, wie sich die Augen der Amyrlin weiteten. Ihr Blick war so hart wie blauer Fels. Es berührte ihn nicht; er glitt an dem Nichts in seinem Inneren ab. »Wo hast du diese Namen her?« wollte die Amyrlin wissen. »Wer sagte dir, daß Tar Valon *irgendeinen* falschen Drachen am Gängelband hat?«

»Ein Freund, Mutter«, sagte er. »Ein Gaukler. Er hieß Thom Merrilin. Jetzt ist er tot.« Moiraine gab ein Geräusch von sich, und er sah zu ihr hinüber. Sie behauptete, Thom sei nicht tot, aber sie hatte niemals einen Beweis erbracht, und er konnte sich nicht vorstellen, daß ein Mann eine direkte Konfrontation mit einem Blassen überleben konnte. Der Gedanke kam von außen und verblaßte schnell. Es gab nur noch das Nichts und das Einssein damit.

»Du bist kein falscher Drache«, sagte die Amyrlin mit Überzeugung. »Du bist der wahre Wiedergeborene Drache.«

»Ich bin ein Schäfer von den zwei Flüssen, Mutter.«

»Tochter, erzähle ihm die Geschichte. Eine *wahre* Geschichte, Junge. Hör gut zu!«

Moiraine begann zu erzählen. Rand blickte weiter die Amyrlin an, hörte aber aufmerksam zu.

»Vor beinahe zwanzig Jahren überquerten die Aiel das Rückgrat der Welt, den Drachenwall — das einzige Mal in ihrer Geschichte. Sie wüteten in Cairhien, vernichteten jedes Heer, das gegen sie ausgesandt wurde, brannten die Stadt Cairhien nieder und kämpften sich bis Tar Valon durch. Es war Winter, und es schneite, doch Kälte oder Hitze bedeuten einem Aiel wenig. Die endgültige Schlacht, die letzte, die zählte, wurde außerhalb der Leuchtenden Mauer geschlagen, im Schatten des Drachenberges. Nach drei Tagen und drei Nächten des Kampfes wurden die Aiel zurückgeschlagen. Oder genauer, sie zogen sich zurück, denn sie hatten vollbracht, weswegen sie aufgebrochen waren: König Laman von Cairhien wegen seiner Sünde gegen den Baum zu töten. Und zu der Zeit beginnt meine Geschichte. Und deine.«

Sie kamen über den Drachenwall wie eine Flut. Bis hin zur Leuchtenden Mauer. Rand wartete darauf, daß die Erinnerungen verschwammen, aber es war Tams Stimme, die er hörte, als er krank war und phantasierte und Geheimnisse aus seiner Vergangenheit ausplauderte. Die Stimme hielt sich außerhalb des Nichts und bettelte darum, hineingelassen zu werden.

»Ich gehörte zu der Zeit zu den Aufgenommenen«, sagte Moiraine, »genau wie unsere Mutter, die Amyrlin. Wir sollten bald vollwertige Schwestern werden, und in jener Nacht standen wir der Amyrlin zur Verfügung. Ihre Behüterin der Chronik, Gitara Moroso, war dabei. Jede andere vollwertige Schwester in Tar Valon war draußen und heilte so viele Verwundete, wie sie finden konnte. Sogar die Roten halfen mit. Es war in der Morgendämmerung. Das Feuer im Herd konnte die Kälte nicht mindern. Es hatte endlich zu schneien aufgehört, und in den Gemächern der Amyrlin in der Weißen Burg konnten wir den Qualm brennender Dörfer aus der Umgebung riechen.«

Schlachten sind immer heiß, selbst im Schnee. Mußte dem Gestank des Todes entfliehen. Tams fiebernde Stimme riß an der leeren Ruhe in Rand. Das Nichts zitterte und schrumpfte, stabilisierte sich und wackelte wieder. Die Blicke der Amyrlin bohrten sich in ihn hinein. Er fühlte wieder, wie ihm der Schweiß übers Gesicht rann. »Es

war alles nur ein Fiebertraum«, sagte er. »Er war krank.« Er erhob seine Stimme. »Ich heiße Rand al'Thor. Ich bin Schäfer. Mein Vater ist Tam al'Thor und meine Mutter war …«

Moiraine hatte seinetwegen geschwiegen, aber jetzt schnitt ihm ihre gleichmäßige Stimme sanft und unnachgiebig das Wort ab. »Der *Karaethon-Zyklus,* die Prophezeihungen des Drachen, sagt, daß der Drache auf dem Abhang des Drachenberges wiedergeboren werde, wo er während der Zerstörung der Welt gestorben war. Gitara Sedai hatte manchmal die Gabe der Weissagung. Sie war alt, ihr Haar so weiß wie der Schnee draußen, aber wenn eine Vision über sie kam, war sie stark. Das Licht des Morgens, das durch die Fenster fiel, wurde heller, als ich ihr eine Tasse Tee reichte. Die Amyrlin fragte mich, welche Neuigkeiten es vom Schlachtfeld gäbe. Und Gitara Sedai schoß aus ihrem Stuhl hoch, stand zitternd mit steifen Armen und Beinen da, machte ein Gesicht, als blicke sie in den Krater des Verderbens am Shayol Ghul, und rief: ›Er ist wiedergeboren! Ich fühle ihn! Der Drache tut seinen ersten Atemzug am Hang des Drachenberges! Er kommt! Licht, hilf uns! Licht, hilf der Welt! Er liegt im Schnee und weint wie Donnerhall! Er brennt wie die Sonne!‹ Und damit fiel sie mir tot in die Arme.«

Abhang des Berges. Hörte ein Baby weinen. Gebar es ganz allein dort, bevor sie starb. Das Kind war blau vor Kälte. Rand bemühte sich, Tams Stimme wegzudrücken. Das Nichts wurde kleiner. »Ein Fiebertraum«, keuchte er. *Konnte ein Kind nicht dort lassen.* »Ich wurde in den Zwei Flüssen geboren.« *Ich wußte schon immer, daß du dir ein Kind wünscht, Kari.* Er riß sich vom Blick der Amyrlin los. Er versuchte, das Nichts zum Durchhalten zu zwingen. Er wußte, daß das nicht richtig war, aber es brach in ihm zusammen. *Ja, Mädchen. Rand ist ein guter Name.* »Ich-bin-Rand-al'Thor!« Seine Beine zitterten.

»Und so wußten wir, daß der Drache wiedergeboren

war«, fuhr Moiraine fort. »Die Amyrlin ließ uns beide schwören, daß wir es geheimhalten würden, denn ihr war klar, daß nicht alle Schwestern die Wiedergeburt unter dem gleichen Aspekt sehen würden, wie es sein sollte. Sie ließ uns suchen. Nach dieser Schlacht gab es viele vaterlose Kinder. Zu viele. Aber wir spürten eine Geschichte auf, daß ein Mann auf dem Berg ein Baby gefunden hatte. Das war alles. Ein Mann und ein kleiner Junge. Also suchten wir weiter. Jahrelang suchten wir, fanden andere Hinweise, vergruben uns in den Prophezeihungen. ›Er wird von uraltem Blute sein und vom alten Blut aufgezogen werden.‹ Das war einer; es gab weitere Hinweise. Aber es gibt viele Gegenden, wo das alte Blut seit dem Zeitalter der Legenden noch stark vertreten ist. Dann war ich im Gebiet der Zwei Flüsse, wo das alte Blut von Manetheren strömt wie ein über die Ufer getretener Fluß, und in Emondsfeld fand ich drei Jungen, deren Namenstage innerhalb weniger Wochen nach der Schlacht am Drachenberg lagen. Und einer von ihnen kann die Macht benützen. Glaubst du, die Trollocs hätten dich nur gejagt, weil du *ta'veren* bist? Du bist der Wiedergeborene Drache.«

Rands Knie gaben nach. Er hockte plötzlich am Boden und fing sich gerade noch mit ausgebreiteten Händen auf dem Teppich ab, bevor er auf die Nase fiel. Das Nichts war weg, die Stille zerschmettert. Er hob den Kopf. Sie sahen ihn an, die drei Aes Sedai. Ihre Gesichter waren ernst und glatt wie ein spiegelglatter Teich, und ihre Augen blinzelten nicht. »Mein Vater ist Tam al'Thor, und ich wurde ...« Sie starrten ihn unbewegt an. *Sie lügen. Ich bin nicht ... was sie behaupten! Irgendwie, irgendwie lügen sie und versuchen, mich zu benutzen.* »Ich werde mich nicht von Euch benutzen lassen.«

»Ein Anker wird nicht geschändet, weil er benützt wird, um ein Boot festzuhalten«, sagte die Amyrlin. »Du wurdest zu einem bestimmten Zweck geschaffen, Rand al'Thor. ›Wenn die Sturmwinde von Tarmon

Gai'don über die Erde toben, wird er dem Schatten gegenübertreten und das Licht wieder in die Welt bringen.‹ Die Prophezeihungen müssen erfüllt werden, oder der Dunkle König wird sich befreien und die Welt nach seinem Willen umgestalten. Die Letzte Schlacht kommt, und du wurdest dazu geboren, die Menschheit zu einen und sie gegen den Dunklen König zu führen.«

»Ba'alzamon ist tot«, sagte Rand heiser, und die Amyrlin schnaubte wie ein Stallbursche.

»Wenn du das glaubst, bist du ein genauso großer Narr wie die Domani. Viele dort glauben, er sei tot, oder sie sagen es zumindest, aber ich habe festgestellt, daß sie trotzdem nicht riskieren, ihn beim Namen zu nennen. Der Dunkle König lebt, und er ist dabei, sich zu befreien. Du wirst dem Dunklen König gegenübertreten. Das ist dein Schicksal.«

Das ist dein Schicksal. Er hatte das zuvor schon gehört, in einem Traum, der vielleicht nicht ganz ein Traum gewesen war. Er fragte sich, was die Amyrlin sagen würde, wenn sie wüßte, daß Ba'alzamon in Träumen zu ihm gesprochen hatte. *Das ist erledigt. Ba'alzamon ist tot. Ich sah ihn sterben.*

Plötzlich wurde ihm bewußt, daß er wie eine Kröte dahockte, sich unter ihren Augen duckte. Er versuchte, das Nichts wieder heraufzubeschwören, aber durch seinen Kopf wirbelten Stimmen und machten jede Anstrengung zunichte. *Das ist dein Schicksal. Du bist der Wiedergeborene Drache. Ba'alzamon ist tot. Rand ist ein guter Name, Kari. Ich werde mich nicht benutzen lassen!* Er bezog Kraft aus seiner angeborenen Starrköpfigkeit und zwang sich zum Aufstehen. *Tritt ihm aufrecht gegenüber. Wenigstens kannst du dir deinen Stolz bewahren.* Die drei Aes Sedai beobachteten ihn ausdruckslos.

»Was ...« Mit Mühe beherrschte er seine Stimme. »Was werdet Ihr mit mir machen?«

»Nichts«, sagte die Amyrlin, und er riß die Augen auf. Das war nicht die Antwort, die er erwartet und gefürchtet hatte. »Wenn du sagst, du möchtest deine Freunde und Ingtar begleiten, dann kannst du das. Ich habe dich nicht auf irgendeine Weise hervorgehoben. Ein paar der Schwestern wissen vielleicht, daß du *ta'veren* bist, aber nicht mehr. Nur wir drei wissen, was du wirklich bist. Dein Freund Perrin wird zu mir gebracht werden, genau wie du, und ich werde deinen anderen Freund in der Krankenstation besuchen. Du kannst tun, was du willst, ohne Angst haben zu müssen, daß wir die Roten Schwestern auf dich hetzen.«

Wer du wirklich bist. Zorn stieg in ihm auf, heiß und beißend. Er zwang ihn nieder. »Warum?«

»Die Prophezeihungen müssen erfüllt werden. Wir lassen dich in vollem Bewußtsein dessen, was du bist, laufen, denn sonst wird die Welt, wie wir sie kennen, sterben und der Dunkle König wird die Erde mit Feuer und Tod überziehen. Versteh mich recht: Nicht alle Aes Sedai denken so. Es gibt welche hier in Fal Dara, die dich niederstrecken würden, wüßten sie nur ein Zehntel von dem, was du bist, und sie würden sich nicht mehr schuldig fühlen, als schnitten sie einem Fisch den Kopf ab. Aber andererseits gibt es Männer, die zweifellos zuvor mit dir gelacht haben und trotzdem das gleiche täten, wenn sie Bescheid wüßten. Sei vorsichtig, Rand al'Thor, Wiedergeborener Drache.«

Er sah eine nach der anderen an. *Eure Prophezeihungen gehen mich nichts an.* Sie erwiderten seinen Blick so ruhig — es war kaum zu glauben, daß sie ihn zu überzeugen versuchten, er sei der meistgehaßte, meistgefürchtete Mann in der Geschichte der Welt. Er hatte die Zone der Angst durchschritten und war auf der anderen Seite in etwas Kaltes hineingeraten. Der Zorn war alles, was ihn warm hielt. Sie konnten ihn einer Dämpfung unterziehen oder ihn auf dem Fleck zu einem Häufchen Asche verbrennen — es berührte ihn nicht mehr.

Ein Teil der Belehrungen Lans kam ihm wieder zu Bewußtsein. Mit der linken Hand am Schwertgriff gab er dem Schwert einen sanften Stoß nach hinten und fing die Scheide mit der Rechten ab. Dann verbeugte er sich mit gestreckten Armen. »Mit Eurer Erlaubnis, Mutter, darf ich diesen Ort verlassen?«

»Ich gebe dir die Erlaubnis zu gehen, mein Sohn.«

Er richtete sich auf und stand noch einen Augenblick lang da. »Ich lasse mich nicht benutzen«, sagte er ihnen. Als er sich umdrehte und ging, herrschte Schweigen.

Das Schweigen dehnte sich im Raum, nachdem Rand gegangen war, bis es schließlich durch einen langen Seufzer der Amyrlin gebrochen wurde. »Ich kann mir nicht helfen, ich fühle mich nicht wohl bei dem, was wir gerade getan haben«, sagte sie. »Es war notwendig, aber ... Hat es die gewünschte Wirkung hinterlassen, Töchter?«

Moiraine schüttelte den Kopf. Es war nur die Andeutung einer Bewegung. »Ich weiß nicht. Aber es *war* und ist nötig.«

»Nötig«, stimmte Verin zu. Sie berührte ihre Stirn und betrachtete dann die Feuchtigkeit an ihren Fingern. »Er ist stark. Und genauso stur, wie du gesagt hast, Moiraine. Viel stärker, als ich erwartet hatte. Wir müssen ihn vielleicht doch noch einer Dämpfung unterziehen, bevor ...« Ihre Augen weiteten sich. »Aber das können wir nicht, oder? Die Prophezeihungen. Licht, vergib uns, daß wir so etwas auf die Welt loslassen.«

»Die Prophezeihungen«, sagte Moiraine nickend. »Hinterher werden wir tun, was sein muß. So wie jetzt auch.«

»Das müssen wir«, sagte die Amyrlin. »Ja. Aber Licht hilf uns allen, wenn er lernt, die Macht zu beherrschen.«

Wieder breitete sich Schweigen aus.

Ein Sturm war im Anzug. Nynaeve fühlte ihn kommen. Ein schlimmer Sturm, schlimmer als jeder, den sie bisher erlebt hatte. Sie konnte dem Wind lauschen und hören, wie sich das Wetter entwickeln würde. Alle Seherinnen behaupteten, dazu fähig zu sein, auch wenn es manche gar nicht konnten. Nynaeve hatte ihre Fähigkeit früher eher geschätzt als jetzt, nachdem sie wußte, daß es eine Spielart der Einen Macht war. Jede Frau, die dem Wind lauschen konnte, konnte auch die Macht lenken, obwohl es den meisten wahrscheinlich ebenso wie ihr erging, daß ihnen nämlich nicht klar war, was sie da taten. Es kam sowieso nur in Schüben und einer Art von Anfall.

Diesmal allerdings war irgend etwas nicht in Ordnung. Draußen stand die Morgensonne wie ein goldener Ball am klaren, blauen Himmel, und in den Gärten sangen Vögel. Doch das war nicht der springende Punkt. Es wäre ja nichts dabei gewesen, dem Wind zu lauschen, wenn man das Wetter erst dann voraussagen konnte, wenn die Anzeichen bereits sichtbar waren. Es stimmte irgend etwas mit dem Gefühl dafür nicht; es war einfach nicht so wie sonst. Der Sturm schien fern zu sein, zu fern an sich, um ihn überhaupt schon zu fühlen. Und doch war es ein Gefühl, als müßte es eigentlich in Strömen regnen und schneien und hageln, alles zur gleichen Zeit, und der Wind müßte mit einer Gewalt heulen, daß er beinahe die Mauern der Festung zum Erzittern brachte. Und sie konnte auch das gute Wetter fühlen, das noch tagelang anhalten würde, doch das verschwand fast unter der Last des anderen.

Ein Blaufink saß in einer Schießscharte, als mache er sich über ihr Wettergefühl lustig. Er spähte frech in den Flur hinein. Als er sie sah, verschwand er mit aufblitzenden blauen und weißen Federn.

Sie blickte den Fleck an, auf dem der Vogel gesessen hatte. *Es gibt einen Sturm, und es gibt ihn auch wieder nicht. Das bedeutet etwas. Aber was?*

Weit hinten im von Frauen und kleinen Kindern angefüllten Flur sah sie, wie Rand davonschritt. Seine weibliche Eskorte mußte fast rennen, um mit ihm Schritt zu halten. Nynaeve nickte energisch. Falls es einen Sturm gab, der kein Sturm war, mußte er dahinterstecken. Sie raffte ihre Röcke hoch und eilte ihm nach.

Frauen, mit denen sie sich seit ihrer Ankunft in Fal Dara angefreundet hatte, versuchten sie anzusprechen. Sie wußten, daß Rand mit ihr gekommen war und daß sie beide von den Zwei Flüssen stammten, und sie wollten wissen, warum die Amyrlin ihn zu sich bestellt hatte. *Die Amyrlin!* Eisklumpen in ihrem Bauch ... Sie rannte los, doch bevor sie noch die Frauenquartiere verlassen konnte, hatte sie ihn in dem Gewirr von Fluren und Menschen aus den Augen verloren.

»Wohin ist er gegangen?« fragte sie Nisura. Es war nicht nötig zu sagen, wen sie meinte. Sie hörte Rands Namen aus der Unterhaltung der Frauen heraus, die sich um die hohe Bogentür versammelt hatten.

»Ich weiß nicht, Nynaeve. Er kam so schnell heraus, als sei ihm Herzensbann persönlich auf den Fersen. Sollte er auch, wenn man bedenkt: Er kommt mit einem Schwert am Gürtel hier herein! Danach sollte der Dunkle König noch die geringste seiner Sorgen sein. Wohin kommen wir denn noch? Und er wird auch noch der Amyrlin in ihren Gemächern vorgestellt! Sag mal, Nynaeve, ist er wirklich in eurem Land ein Prinz?« Die anderen Frauen unterbrachen ihre Unterhaltung und schoben sich näher heran, um zu lauschen.

Nynaeve konnte später nicht mehr sagen, was sie geantwortet hatte. Es war jedenfalls etwas gewesen, was die anderen dazu brachte, sie gleich wieder laufen zu lassen. Sie eilte aus den Frauenquartieren. An jeder Kreuzung von Korridoren drehte sie den Kopf nach allen Seiten, um ihn zu entdecken. Die Hände hatte sie zu Fäusten geballt. *Licht, was haben sie mit ihm angestellt? Ich hätte ihn irgendwie von Moiraine wegholen müssen, das Licht blende sie. Ich bin seine Seherin.*

Tatsächlich? neckte eine kleine Stimme in ihrem Inneren. *Du hast Emondsfeld sich selbst überlassen. Kannst du dich mit Recht noch ihre Seherin nennen?*

Ich habe sie nicht im Stich gelassen, sagte sie sich selbst energisch. *Ich holte Mavra Mallen aus Devenritt herüber, damit sie sich um alles kümmert, bis ich zurück bin. Sie kann ganz gut mit dem Bürgermeister und dem Gemeinderat umgehen, und sie kommt gut mit dem Frauenzirkel aus.*

Mavra muß in ihr Dorf zurück. Kein Dorf kann sehr lange ohne eine eigene Seherin auskommen. Nynaeve verkrampfte sich innerlich. Es war schon Monate her, daß sie Emondsfeld verlassen hatte.

»Ich bin die Seherin von Emondsfeld!« sagte sie laut.

Ein livrierter Diener mit einem Stoffballen auf den Armen sah sie erstaunt an und verbeugte sich dann tief, bevor er davonhastete. Seinem Gesichtsausdruck nach war er froh, von ihr wegzukommen.

Nynaeve errötete und blickte sich um, ob jemand anders ihre Worte gehört hatte. Es befanden sich nur ein paar ins Gespräch vertiefte Männer im Flur sowie mehrere Frauen in Schwarz und Gold, die ihren Geschäften nachgingen. Sie verbeugten sich oder knicksten vor ihr, wenn sie vorbeikam. Sie hatte die gleichen Probleme schon hundertmal im Kopf durchgewälzt, aber das war das erste Mal gewesen, daß sie dabei laut gesprochen hatte. Sie fluchte leise in sich hinein, aber als ihr klar wurde, was sie tat, preßte sie die Lippen fest zusammen.

Sie sah schließlich ein, daß ihre Suche umsonst war, und dann sah sie Lan, der mit dem Rücken zu ihr an einer Schießscharte stand und auf den äußeren Hof hinunterblickte. Von unten schallte der Lärm von Pferden und Männern empor: Wiehern und Durcheinanderschreien. Lan war so konzentriert, daß er sie dieses eine Mal tatsächlich nicht zu bemerken schien. Sie haßte es, daß sie sich ihm niemals unbemerkt nähern konnte, so leise sie sich auch bewegte. Zu Hause in Emondsfeld hatte sie als gute Waldläuferin gegolten, obwohl das keine Tätigkeit war, an der viele Frauen Interesse zeigten.

Sie blieb sofort stehen und preßte sich die Hände auf den Bauch, um das nervöse Flattern zu bekämpfen. *Ich sollte Rannel und Schafzungenwurzel benutzen, um mich zu betäuben,* dachte sie selbstkritisch. Das war die Mixtur, die sie allen gab, die herumhingen und behaupteten, sie seien krank, oder sich überhaupt wie dumme Gänse benahmen. Rannel und Schafzungenwurzel weckten die Lebensgeister ein wenig und schadeten nicht, aber vor allem schmeckte das Zeug furchtbar, und der Geschmack hielt den ganzen Tag an. Es war eine perfekte Kur für jemanden, der sich wie ein Narr aufführte.

Vor seinen Blicken sicher, betrachtete sie ihn von oben bis unten, wie er an der Steinwand lehnte und sich über das Kinn strich, während er die Vorgänge im Hof beobachtete. *Er ist zum einen zu groß und auch noch alt genug, um mein Vater zu sein. Ein Mann mit einem solchen Gesicht muß doch grausam sein. Nein, das ist er nicht. Niemals.* Und er war ein König. Sein Land wurde zerstört, als er noch ein Kind war, und er beanspruchte keine Krone, doch er war trotzdem ein König. *Was kann ein König schon von einer Dorfschönen wollen. Außerdem ist er ja auch ein Behüter und Moiraine zugeschworen. Sie besitzt seine Loyalität bis zum Tod, und das ist eine engere Verbindung als die Liebe. Sie hat ihn. Sie hat alles, was ich will; das Licht versenge sie!*

Er drehte sich um, und sie wollte weghuschen.

»Nynaeve.« Seine Stimme fing sie und hielt sie fest wie eine Schlinge. »Ich wollte allein mit dir sprechen. Du scheinst dich immer in den Frauenquartieren oder in Gesellschaft aufzuhalten.«

Es kostete sie Mühe, ihn anzusehen, aber als sie zu ihm aufblickte, war sie sicher, daß ihre Gesichtszüge ruhig wirkten. »Ich suche Rand.« Sie dachte nicht daran zuzugeben, daß sie ihn mied. »Wir haben uns alles Nötige gesagt, bereits vor längerer Zeit, du und ich. Ich habe mich erniedrigt — was ich nie wieder tun werde —, und du sagtest mir, ich solle gehen.«

»Ich habe nie gesagt ...« Er holte tief Luft. »Ich sagte dir, ich habe nichts als Witwenkleider, die ich dir als Brautgeschenk bieten könnte. Kein Geschenk, das ein Mann einer Frau gibt. Kein Mann jedenfalls, der sich noch Mann nennt.«

»Ich verstehe«, sagte sie kühl. »Auf jeden Fall gibt ein König einer Frau vom Dorf keine Geschenke. Und ich als Landpomeranze würde sie auch nicht akzeptieren. Hast du Rand gesehen? Ich muß mit ihm sprechen. Er war bei der Amyrlin. Weißt du, was sie von ihm wollte?«

Seine Augen blitzten wie blaues Eis im Sonnenschein. Sie machte schnell ihre Beine steif, damit sie nicht zurückwich, und sah ihn genauso wütend an.

»Der Dunkle König soll Rand al'Thor und die Amyrlin holen«, wütete er und drückte ihr etwas in die Hand. »Ich werde dir ein Geschenk geben, und du wirst es annehmen, und wenn ich es dir um den Hals binden muß.«

Sie riß den Blick von seinem los. Wenn er wütend war, hatte er den Ausdruck eines blauäugigen Falken. In ihrer Hand lag ein Siegelring aus schwerem Gold, vom Alter abgenützt. Er war beinahe groß genug, daß ihre beiden Daumen hindurchgepaßt hätten. Darauf flog ein Kranich über einer Lanze und einer Krone. Alles war sorgfältig und fein detailliert eingraviert. Ihr stockte der Atem. Der Königsring von Malkier. Sie vergaß, böse dreinzublicken, und hob das Gesicht. »Das kann ich nicht annehmen, Lan.«

Er tat es mit einem Achselzucken ab. »Es ist nichts. Alt und nutzlos ist er jetzt. Aber es gibt welche, die ihn erkennen würden, wenn sie ihn sehen. Zeige ihn, und du genießt Gastrecht und Hilfe, wenn du sie brauchst, und zwar von jedem Lord in den Grenzlanden. Zeige ihn einem Behüter, und er wird dir helfen oder mir eine

Nachricht überbringen. Schicke ihn zu mir oder auch eine Botschaft, die mit ihm versiegelt wurde, und ich komme ohne Verzögerung auf jeden Fall zu dir. Das schwöre ich.«

Ihre Augen füllten sich mit Tränen. *Wenn ich jetzt weine, bringe ich mich um.* »Ich kann nicht ... ich will kein Geschenk von dir, al'Lan Mandragoran. Hier, nimm ihn.«

Er wehrte ihre Versuche ab, ihm den Ring zurückzugeben. Seine Hand umschloß ihre, sanft, aber so fest wie eine Handschelle. »Dann nimm ihn um meinetwillen — tu mir den Gefallen. Oder wirf ihn weg, wenn er dir nicht gefällt. Ich kann ihn nicht mehr gebrauchen.« Er streichelte ihre Wange mit einem Finger, und sie fuhr zusammen. »Ich muß jetzt gehen, Nynaeve *mashiara.* Die Amyrlin will vor dem Mittag abreisen, und es gibt noch viel zu tun. Vielleicht haben wir auf der Reise nach Tar Valon Zeit, uns zu unterhalten.« Er wandte sich ab und war gleich darauf den Gang hinunter verschwunden.

Nynaeve berührte ihre Wange. Sie konnte noch immer fühlen, wo er sie berührt hatte. *Mashiara.* Geliebte meines Herzens und meiner Seele — aber es bedeutete auch: meine verlorene Liebe. Verloren, und nie wiederzugewinnen. *Närrische Frau! Hör auf, dich wie ein Mädchen zu benehmen, das noch nicht einmal die Haare zum Zopf flechten darf. Es hat keinen Zweck, wenn du dich von ihm ...*

Sie hielt den Ring ganz fest in der Hand, wandte sich um und fuhr zusammen, als sie sich plötzlich Moiraine gegenübersah. »Wie lange wart Ihr schon hier?« wollte sie wissen.

»Nicht lange genug, um irgend etwas zu hören, das ich nicht hören sollte«, antwortete die Aes Sedai gewandt. »Wir werden aber bald abreisen, wie ich gehört habe. Ihr müßt Euch um Euer Gepäck kümmern.«

Abreise. Das hatte sie gar nicht registriert, als Lan es

erwähnt hatte. »Ich muß den Jungen noch Lebwohl sagen«, murmelte sie, und dann blickte sie Moiraine durchdringend an. »Was habt Ihr mit Rand gemacht? Er wurde zur Amyrlin gebracht. Warum? Habt Ihr davon erzählt, daß er ...?« Sie konnte es nicht über die Lippen bringen. Er kam aus ihrem Heimatdorf, und sie war gerade soviel älter, um ein- oder zweimal auf ihn aufgepaßt zu haben, als er noch klein war. Nun konnte sie noch nicht einmal daran denken, was er geworden war, ohne daß sich ihr Magen zusammenkrampfte.

»Die Amyrlin will alle drei sehen, Nynaeve. *Ta'veren* sind nicht so häufig, daß sie die Gelegenheit versäumen möchte, drei gleichzeitig am selben Ort kennenzulernen. Vielleicht wird sie ihnen ein wenig Mut zusprechen, da sie ja mit Ingtar wegreiten werden, um die Diebe des Horns zu suchen. Sie werden etwa zur gleichen Zeit wie wir aufbrechen, also solltet Ihr Euch mit Euren Abschiedsgrüßen beeilen.«

Nynaeve huschte zur nächsten Schießscharte und blickte auf den Außenhof hinunter. Überall standen Pferde, Packtiere und gesattelte, und um sie herum eilten geschäftig Männer. Viele riefen sich gegenseitig etwas zu. Der einzige freie Raum befand sich um die Sänfte der Amyrlin herum. Die paarweise angeschirrten Pferde warteten geduldig ohne irgendwelche Aufseher. Einige der Behüter waren dort draußen und kontrollierten ihre Reittiere. Auf der anderen Seite des Hofs stand Ingtar mit einem Schwarm Schienarer um sich, die voll gerüstet waren. Manchmal kam ein Behüter herüber, oder einer der Schienarer überquerte den gepflasterten Hof, und sie sprachen kurz miteinander.

»Ich hätte die Jungen von Euch fernhalten sollen«, sagte sie beim Hinausschauen. *Auch Egwene, wenn ich das fertigbrächte, ohne sie damit zu töten. Licht, warum mußte sie nur mit dieser verfluchten Fähigkeit geboren werden?* »Ich hätte sie nach Hause bringen sollen.«

»Sie sind mehr als alt genug, um vom Schürzenzipfel

loszukommen«, sagte Moiraine trocken. »Und Ihr wißt sehr gut, warum Ihr das nicht machen könntet. Jedenfalls in einem Fall. Außerdem hieße das, Egwene allein auf den Weg nach Tar Valon zu schicken. Oder habt Ihr beschlossen, doch nicht selbst nach Tar Valon zu gehen? Wenn Eure eigenen Fähigkeiten im Gebrauch der Macht nicht geschult werden, werdet Ihr auch nie in der Lage sein, sie gegen mich einzusetzen.«

Nynaeve fuhr herum und blickte mit offenem Mund die Aes Sedai an. Sie konnte es nicht vermeiden. »Ich weiß nicht, wovon Ihr sprecht.«

»Habt Ihr geglaubt, ich wisse das nicht, Kind? Aber wie Ihr wünscht. Ich nehme also an, Ihr *kommt* mit nach Tar Valon? Ja, ich dachte es mir.«

Nynaeve wollte sie am liebsten schlagen und das flüchtige Lächeln, das über das Gesicht der Aes Sedai huschte, wegprügeln. Aes Sedai waren seit der Zerstörung nicht in einer Position gewesen, ganz offen Macht zu ergreifen, geschweige denn die Eine Macht offen anzuwenden, aber sie intrigierten und manipulierten, zogen Fäden wie Marionettenspieler, benützten Throne und Nationen als Steine auf einem Spielbrett. *Irgendwie will sie mich auch benutzen. Wenn schon einen König oder eine Königin, warum dann nicht auch eine Seherin? Genauso wie bei Rand. Ich bin kein Kind mehr, Aes Sedai.*

»Was werdet Ihr jetzt mit Rand anfangen? Habt Ihr ihn noch nicht genug benützt? Ich weiß nicht, warum Ihr ihm keine Dämpfung angedeihen lassen habt, nachdem ja jetzt die Amyrlin mit all diesen anderen Aes Sedai hier ist, aber Ihr werdet schon einen Grund haben. Das muß wieder so eine Intrige sein, die Ihr ausgebrütet habt. Wenn die Amyrlin wüßte, was Ihr vorhabt, dann wette ich, sie ...«

Moiraine schnitt ihr das Wort ab. »Welches Interesse könnte die Amyrlin schon an einem Schäfer haben? Natürlich, wenn ihre Aufmerksamkeit auf die falsche Weise auf ihn gelenkt würde, könnte es sein, daß er gedämpft oder sogar getötet würde. Schließlich ist er ja, was er ist. Und es herrscht ein beachtlicher Zorn wegen letzter Nacht. Jeder sucht nach einem Schuldigen.« Die Aes Sedai schwieg, und das Schweigen zog sich in die Länge. Nynaeve blickte sie an und knirschte mit den Zähnen.

»Ja«, sagte Moiraine schließlich, »es ist viel besser, keine schlafenden Löwen zu wecken. Am besten kümmert Ihr Euch jetzt um Euer Gepäck.« Sie ging in die gleiche Richtung weg, in die Lan gegangen war. Sie schien dabei über den Boden zu gleiten.

Nynaeve zog eine Grimasse und schlug mit der Faust gegen die Wand. Der Ring schnitt ihr in die Handfläche. Sie öffnete die Hand und sah ihn an. Der Ring schien ihren Zorn noch anzuheizen. Er wirkte wie ein Brennpunkt für ihren Haß. *Ich* werde *es lernen. Du glaubst, du kannst mir entkommen, weil du es bereits kannst. Aber ich werde es besser lernen, als du glaubst, und ich werde dich stürzen. Du hast schon zuviel angestellt. Ich werde vergelten, was du Mat und Perrin angetan hast. Und Rand — Das Licht helfe ihm, und der Schöpfer beschütze ihn. Ganz besonders um Rands willen.* Ihre Hand schloß sich um den schweren Goldreif. *Und auch meinetwegen.*

Egwene sah zu, wie das livrierte Stubenmädchen ihre Kleider zusammenfaltete und in eine lederbezogene Reisetruhe legte. Sie fühlte sich auch nach beinahe einem Monat der Übung immer noch nicht wohl dabei, wenn jemand anders machte, was sie gut auch selbst tun könnte. Es waren solch schöne Kleider, alles Geschenke von Lady Amalisa, wie auch das grauseidene Reitkleid, das sie trug, obwohl das einfach gestaltet war, lediglich mit ein paar auf die Brust gestickten weißen Morgensternchenblüten verziert. Viele der anderen Kleider waren dagegen reich geschmückt. Jedes davon würde am Sonnentag oder jedem anderen Festtag besonders auffallen. Sie seufzte, als sie daran dachte, daß sie am nächsten Sonnentag nicht in Emondsfeld, sondern in Tar Valon sein würde. Aus dem wenigen, was ihr Moiraine über die Ausbildung der Novizinnen erzählt hatte — wirklich beinahe gar nichts — schloß sie, daß sie möglicherweise noch nicht einmal im Frühling zum Sonnentag zu Hause sein würde.

Nynaeve steckte den Kopf ins Zimmer. »Bist du fertig?« Sie kam vollends herein. »Wir müssen bald unten im Hof sein.« Auch sie trug ein Reitkleid aus blauer Seide mit roten Schleifen auf dem Busen. Ein weiteres Geschenk von Amalisa.

»Beinahe, Nynaeve. Es tut mir fast schon leid, abreisen zu müssen. Ich glaube kaum, daß wir in Tar Valon viele Gelegenheiten haben werden, die schönen Kleider zu tragen, die uns Amalisa gab.« Sie lachte kurz auf. »Aber, liebe Seherin, ich werde es nicht vermissen, mich beim Baden ständig umschauen zu müssen, ob ein Mann kommt.«

»Es ist viel besser, allein zu baden«, sagte Nynaeve kurz angebunden. Ihr Gesichtsausdruck änderte sich nicht, doch nach einem Moment färbten sich ihre Wangen rot.

Egwene lächelte. *Sie denkt an Lan.* Es war immer noch ein eigenartiges Gefühl, sich vorzustellen, daß Nynaeve, die Seherin, hinter einem Mann her war. Sie hielt es nicht für diplomatisch, das Nynaeve so deutlich wissen zu lassen, aber in letzter Zeit hatte sich die Seherin manchmal wirklich genauso versponnen benommen wie jedes Mädchen, das ihr Herz an einen bestimmten Mann verloren hatte. *Und dann noch an einen, der nicht genug Verstand hatte, um ihrer würdig zu sein. Sie liebt ihn und ich kann sehen, daß auch er sie liebt, also warum kann er ihr das nicht sagen?*

»Ich glaube nicht, daß du mich noch länger Seherin nennen solltest«, sagte Nynaeve plötzlich.

Egwene riß die Augen auf. Es wurde natürlich nicht ausdrücklich verlangt und Nynaeve bestand auch nicht auf dieser Anrede, außer, sie war wütend oder besonders formell, aber das jetzt … »Warum denn nicht?«

»Du bist jetzt eine Frau.« Nynaeve sah ihr offen getragenes Haar an, und Egwene widerstand gerade eben noch dem Drang, es hastig zu einer Art von Zopf zusammenzuzwirbeln. Aes Sedai trugen das Haar, wie sie wollten, aber für sie war das offen getragene Haar zu einem Symbol für einen Neuanfang in ihrem Leben geworden. »Du bist eine Frau«, wiederholte Nynaeve mit fester Stimme. »Wir sind zwei Frauen, weit von Emondsfeld entfernt, und es wird lange dauern, bis wir die Heimat wiedersehen. Es ist besser, du nennst mich einfach Nynaeve.«

»Wir werden die Heimat wiedersehen, Nynaeve. Ganz bestimmt!«

»Versuche nicht, die Seherin zu beruhigen, Mädchen«, sagte Nynaeve barsch, aber sie lächelte dabei.

Es klopfte an die Tür, aber bevor Egwene sie öffnen konnte, trat bereits Nisura ganz aufgeregt ein. »Egwene, dein junger Mann versucht, in die Frauenquartiere hereinzukommen!« Sie klang entrüstet. »Und er trägt ein Schwert. Nur, weil ihn die Amyrlin so hereinkommen ließ … Lord Rand sollte es besser wissen. Er zettelt damit einen Aufstand an. Egwene, du mußt mit ihm sprechen.«

»Lord Rand«, schnaubte Nynaeve. »Dieser junge Mann wird entschieden zu aufgeblasen. Ich werde ihm den Lord schon geben, wenn ich ihn in die Hände bekomme.«

Egwene legte eine Hand auf Nynaeves Arm. »Laß mich mit ihm sprechen, Nynaeve. Allein.«

»Ach, ja, ist schon gut. Selbst die besten Männer haben höchstens einigermaßen gute Manieren.« Nynaeve unterbrach sich und fügte dann mehr zu sich selbst hinzu: »Aber andererseits sind die besten es auch wert, daß man ihnen Manieren beibringt.«

Egwene schüttelte den Kopf, als sie Nisura in den

Gang folgte. Noch vor einem halben Jahr hätte Nynaeve den zweiten Teil niemals hinzugefügt. *Aber Lan bringt sie niemals Manieren bei.* Ihre Gedanken wandten sich Rand zu. Verursacht einen Aufstand. Tatsächlich? »Ihm Manieren beibringen?« murmelte sie. »Wenn er jetzt noch keine Manieren gelernt hat, werde ich ihm die Haut bei lebendigem Leib abziehen.«

»Das muß wohl manchmal sein«, sagte Nisura. Sie ging mit schnellen Schritten weiter. »Männer sind nicht mehr als halbzivilisiert, bis sie verheiratet sind.« Sie sah Egwene von der Seite her an. »Hast du vor, Lord Rand zu heiraten? Ich will ja nicht bohren, aber du gehst zur Weißen Burg, und Aes Sedai heiraten selten — höchstens ein paar der Grünen Ajah, soweit ich je gehört habe, und auch von denen nicht viele — und ...«

Egwene konnte sich den Rest denken. Sie hatte den Klatsch in den Frauenquartieren wohl vernommen, als über eine passende Frau für Rand gesprochen wurde. Zuerst hatte das in ihr Stiche der Eifersucht und auch Zorn hervorgerufen. Er war ihr doch praktisch versprochen worden, seit sie Kinder waren. Aber sie würde eine Aes Sedai werden, und er war, was er nun eben war. Ein Mann, der die Macht beherrschte. Sie konnte ihn heiraten. Und dann zuschauen, wie er dem Wahnsinn verfiel und wie er starb. Der einzige Weg, das zu verhindern, wäre, ihn einer Dämpfung zuzuführen. *Das kann ich ihm nicht antun. Ich kann nicht!* »Ich weiß nicht«, sagte sie traurig.

Nisura nickte. »Niemand wird dir in die Quere kommen, wo du ältere Rechte hast, aber du gehst zur Weißen Burg, und er wird einmal ein guter Ehemann. Wenn er einmal dazu erzogen wurde. Da ist er.«

Die Frauen, die sich sowohl innen wie auch außerhalb des Eingangs zu den Frauenquartieren versammelt hatten, beobachteten alle drei Männer im Vorraum. Da stand Rand mit dem über den roten Mantel gegürteten Schwert, und ihm gegenüber standen Agelmar und Kajin. Keiner der beiden trug ein Schwert, selbst nach den Ereignissen dieser Nacht. Das hier waren immer noch die Frauenquartiere. Egwene blieb hinter den anderen stehen.

»Ihr versteht doch, warum Ihr nicht hineingehen könnt«, sagte Agelmar. »Ich weiß, daß in Andor andere Sitten herrschen, aber versteht Ihr trotzdem?«

»Ich habe überhaupt nicht versucht hineinzugehen.« Rands Stimme klang, als habe er das schon mehr als einmal erklärt. »Ich sagte Lady Nisura, daß ich Egwene sprechen wolle, und sie sagte, Egwene sei beschäftigt und ich müsse warten. Alles, was ich tat, war, von der Tür aus nach ihr zu rufen! Ich habe nicht versucht einzutreten. Man könnte denken, ich hätte den Dunklen König beim Namen genannt, so haben sie mich alle angestarrt.«

»Frauen haben ihre Eigenarten«, sagte Kajin. Er war groß für einen Schienarer, beinahe so groß wie Rand, schlacksig und blaß. Sein Haarknoten war pechschwarz. »Sie stellen die Regeln für die Frauenquartiere auf, und wir halten uns daran, selbst wenn sie unsinnig sind.« Unter den Frauen zogen einige bei seinen Worten die Augenbrauen hoch, und er räusperte sich hastig. »Ihr müßt eine Nachricht hineinschicken, wenn Ihr mit einer der Frauen sprechen wollt, aber die Nachricht wird dann überbracht, wenn sie es wollen, und bis dahin müßt Ihr warten. So ist es Brauch bei uns.«

»Ich muß sie sehen«, sagte Rand stur. »Wir reisen bald ab. Nicht früh genug für mich, aber ich muß Egwene trotzdem noch sehen. Wir werden das Horn von Valere und den Dolch zurückholen, und damit fertig. Dann ist Schluß. Aber ich will sie noch sehen, bevor ich losreite.« Egwene runzelte die Stirn. Das klang so eigenartig.

»Es ist nicht nötig, deshalb so wild zu werden«, sagte Kajin. »Ihr und Ingtar werdet das Horn entweder finden oder nicht. Wenn nicht, holt es jemand anders zurück.

Das Rad webt, wie das Rad es wünscht, und wir sind nur Fäden im Muster.«

»Laßt Euch nicht vom Horn beherrschen, Rand«, sagte Agelmar. »Es kann einen Mann wirklich packen — ich weiß ein Lied davon zu singen —, und das sollte nicht geschehen. Ein Mann muß seine Pflicht suchen und nicht den Ruhm. Was geschehen soll, das wird geschehen. Wenn das Horn von Valere für das Licht erklingen soll, dann wird es das.«

»Hier ist ja Eure Egwene«, sagte Kajin, der sie im Hintergrund ausgemacht hatte.

Agelmar sah sich um und nickte, als er sie mit Nisura entdeckte. »Ich werde Euch ihr überlassen, Rand al'Thor. Denkt daran, daß hier ihr Wort Gesetz ist, und nicht Eures. Lady Nisura, seid nicht zu böse auf ihn. Er wollte nur seine junge Frau sehen, und er kennt unsere Sitten nicht.«

Egwene folgte Nisura, als die Schienarerin sich einen Weg durch die Zuschauerinnen bahnte. Nisura neigte kurz den Kopf in Richtung Agelmar und Kajin. Sie ignorierte Rand ganz eindeutig dabei. Ihre Stimme klang angespannt. »Lord Agelmar. Lord Kajin. Er sollte mittlerweile unsere Sitten zur Genüge kennen, aber da er zu groß ist, um gezüchtigt zu werden, werde ich ihn Egwene überlassen.«

Agelmar klopfte Rand väterlich auf die Schulter. »Seht Ihr? Ihr werdet mit ihr sprechen, wenn auch nicht genau auf die Weise, wie Ihr es wolltet. Kommt, Kajin. Wir müssen uns noch um vieles kümmern. Die Amyrlin besteht noch darauf ...« Seine Stimme verklang, als er mit dem anderen Mann wegging. Rand stand da und sah Egwene an.

Egwene wurde es bewußt, daß die Frauen sie immer noch beobachteten. Sie ebenso wie Rand. Sie warteten darauf, was sie unternehmen würde. *Also sollte ich ihn wohl jetzt herunterputzen, ja?* Und doch fühlte sie, wie ihr Herz ihm zuflog. Sein Haar benötigte wieder einmal einen Kamm. In seinem Gesicht standen Ärger, Trotz und Erschöpfung geschrieben. »Komm mit mir«, forderte sie ihn auf. Hinter ihr murrten die Frauen, als er neben ihr den Flur hinunterging, weg von den Frauenquartieren. Rand schien mit sich selbst zu kämpfen. Er suchte nach Worten.

»Ich habe von deinen ... Eskapaden gehört«, sagte sie schließlich. »Letzte Nacht bist du mit einem Schwert in der Hand durch die Frauenquartiere gerannt. Zur Audienz bei der Amyrlin hast du ein Schwert getragen.« Er sagte immer noch nichts und ging nur mit finsterem, zu Boden gerichteten Blick neben ihr her. »Sie hat ... sie hat dir nichts getan, oder?« Sie konnte sich nicht dazu überwinden, ihn zu fragen, ob er eine Dämpfung erfahren habe. Er wirkte nicht so, aber sie wußte freilich nicht, wie ein Mann danach aussah.

Er zuckte ein wenig. »Nein. Sie hat mich nicht ... Egwene, die Amyrlin ...« Er schüttelte den Kopf. »Sie hat mir nichts getan.«

Sie hatte das Gefühl, er habe eigentlich etwas ganz anderes sagen wollen. Normalerweise konnte sie herausbekommen, was er vor ihr verbergen wollte, aber wenn er einmal wirklich stur bleiben wollte, hätte sie noch leichter einen Backstein mit den Fingernägeln aus der Wand kratzen können. Nach der Haltung seines Kinns zu schließen, hatte er gerade seine allersturste Phase.

»Was wollte sie von dir, Rand?«

»Nichts Wichtiges. *Ta'veren.* Sie wollte die *ta'veren* kennenlernen.« Sein Gesichtsausdruck wurde weicher, als er zu ihr hinunterblickte. »Wie geht es dir denn, Egwene? Fühlst du dich wieder wohl? Moiraine meinte, es werde dir wieder gut gehen, aber du warst so still. Zuerst glaubte ich, du seist tot.«

»Nein, bin ich nicht«, lachte sie. Sie konnte sich an nichts erinnern, was geschehen war, nachdem sie Mat gebeten hatte, mit ihr in den Kerker zu gehen. Ihr Gedächtnis setzte dort wieder ein, als sie an jenem Morgen in ihrem eigenen Bett erwacht war. Nachdem sie alles über diese Nacht erfahren hatte, war sie beinahe froh darüber, sich an nichts erinnern zu können. »Moiraine sagte, wenn sie nur einen Teil hätte heilen können und nicht alles an mir, dann hätte sie mir kräftige Kopfschmerzen gelassen, weil ich so idiotisch war. Aber das ging nun mal nicht.«

»Ich sagte dir doch, daß Fain gefährlich ist«, sagte er leise. »Ich habe es dir gesagt, aber du wolltest nicht hören.«

»Wenn du weiter so mit mir reden willst«, meinte sie energisch, »dann übergebe ich dich wieder Nisura. Sie wird anders mit dir umgehen als ich. Der letzte Mann, der versucht hat, sich in die Frauenquartiere einzuschleichen, hat den nächsten Monat bis zu den Ellbogen in Seifenwasser verbracht. Er mußte den Frauen beim Wäschewaschen helfen, und dabei wollte er doch nur seine Verlobte besuchen und sich für einen Streit entschuldigen. Aber wenigstens war er so schlau, sein Schwert nicht zu tragen. Das Licht weiß, was sie mit dir anfangen würden.«

»Jeder will irgend etwas mit mir anfangen«, grollte er. »Jeder will mich zu irgend etwas benutzen. Aber ich werde mich nicht benutzen lassen. Wenn wir einmal das Horn und Mats Dolch gefunden haben, werde ich mich nie wieder benutzen lassen.«

Mit einem ungeduldigen Laut packte sie ihn bei den Schultern und zog ihn herum, damit er sie ansah. Sie funkelte zu ihm hinauf. »Wenn du nicht langsam mal vernünftig redest, Rand al'Thor, schwöre ich, daß ich dir die Ohren langziehen werde.«

»Jetzt klingst du wie Nynaeve«, lachte er. Doch als er zu ihr hinunterblickte, verflog sein Lachen. »Ich schätze — ich schätze, daß ich dich nie wieder sehen werde. Ich weiß, daß du nach Tar Valon mußt. Das ist klar. Und du wirst eine Aes Sedai. Ich bin mit den Aes Sedai fertig,

Egwene. Ich werde nicht die Marionette für sie spielen, nicht für Moiraine oder irgendeine andere.«

Er wirkte so verloren, daß sie am liebsten seinen Kopf an ihre Schulter gebettet hätte, und gleichzeitig so starrköpfig, daß sie ihn wirklich an den Ohren ziehen wollte. »Hör mir mal zu, du großer Hornochse. Ich *werde* eine Aes Sedai, und ich werde trotzdem einen Weg finden, dir zu helfen. Ganz bestimmt.«

»Wenn du mich das nächste Mal siehst, wirst du mich wahrscheinlich dämpfen wollen.«

Sie sah sich hastig um. Sie waren allein in diesem Teil des Flurs. »Wenn du deine Zunge nicht hütest, kann ich dir auch nicht helfen. Willst du, daß es jeder erfährt?«

»Zu viele wissen es bereits«, sagte er. »Egwene, ich wünschte, die Lage sei anders, aber es ist nun mal nicht so. Ich wünschte ... Paß auf dich auf. Und versprich mir, daß du dich nicht für die Roten Ajah entscheiden wirst.«

Tränen ließen ihren Blick verschwimmen, als sie die Arme um ihn schlang. »Und du paßt bitte auf dich auf«, sagte sie energisch zu seiner Brust. »Wenn nicht, dann werde ich ... ich werde ...« Sie glaubte, ihn murmeln zu hören: »Ich liebe dich«, und dann drückte er kraftvoll ihre Arme von sich und schob sie sanft weg. Er drehte sich um und ging fort. Er rannte beinahe.

Sie fuhr zusammen, als Nisura ihren Arm berührte. »Er sieht aus, als hättest du ihm eine Aufgabe erteilt, die ihm nicht gefällt. Aber du darfst ihn nicht sehen lassen, daß du seinetwegen weinst. Das schwächt deine Position. Komm! Nynaeve verlangt nach dir.«

Egwene wischte sich über die Wangen und folgte der anderen Frau. *Paß auf dich auf, du wollköpfiger Tolpatsch. Licht, behüte ihn!*

KAPITEL 9

Abschied

Der Außenhof befand sich in geordnetem Aufruhr, als Rand schließlich mit seinen Satteltaschen und dem Bündel samt Harfe und Flöte ankam. Die Sonne kletterte der Mittagshöhe entgegen. Männer eilten zwischen den Pferden herum, prüften Sattelgurte und Ladegeschirr und schrien hin und her. Andere hetzten mit Dingen zu den Packpferden, an die sie in letzter Minute gedacht hatten, oder brachten den arbeitenden Männern Wasser oder eilten weg, um etwas zu holen, was ihnen gerade eingefallen war. Aber jeder schien genau zu wissen, was er tat und wohin er zu gehen hatte. Die Wehrgänge und die Balkone der Bogenschützen waren wieder besetzt, und die Vormittagsluft knisterte vor Erregung. Hufe klapperten über die Pflastersteine. Eines der Packpferde schlug aus, und Stallburschen rannten hin, um es zu beruhigen. Pferdegeruch hing dicht in der Luft. Der Wind zerrte an Rands Umhang, so, wie er die Flaggen mit dem fliegenden Falken auf den Türmen zum Flattern brachte, doch der über seinen Rücken geschlungene Bogen hielt den Umhang fest.

Außerhalb des geöffneten Tors formierten sich die Lanzenträger und Bogenschützen der Amyrlin auf dem Platz. Sie waren von einem Seitenausgang heranmarschiert. Einer der Trompeter probierte sein Instrument aus.

Ein paar der Behüter sahen Rand neugierig an, als er über den Hof schritt. Einige zogen die Augenbrauen beim Anblick des Reiherzeichens auf seinem Schwert hoch, aber keiner sprach ihn deswegen an. Die Hälfte trug diese Art von Umhängen, die man kaum ansehen konnte, ohne daß einem schwindlig wurde. Mandarb, Lans Hengst, stand da, hoch im Rist und schwarz und mit wilden Augen, aber sein Besitzer war nicht da, genausowenig wie sämtliche Aes Sedai bisher erschienen waren. Moiraines weiße Stute Aldieb tänzelte kokett neben dem Hengst.

Rands brauner Hengst befand sich bei der anderen Gruppe auf der gegenüberliegenden Seite des Hofes. Dort warteten Ingtar, ein Bannerträger, der Ingtars Banner mit der Grauen Eule hielt, und zwanzig gerüstete Männer, deren Lanzen zwei Fuß lange Stahlspitzen aufwiesen; alle bereits zu Pferde. Ihre Visiere hatten sie heruntergelassen, und die Schuppenpanzer wurden von den goldenen Wappenröcken mit dem Schwarzen Falken auf der Brust verdeckt. Nur Ingtars Helm trug eine Verzierung: einen Halbmond, der mit nach oben zeigenden Enden über der Stirn angebracht war. Rand erkannte einige der Männer. Uno mit der unflätigen Ausdrucksweise, mit einer langen Narbe im Gesicht und nur einem Auge. Ragan und Masema. Andere, mit denen er ein paar Worte gewechselt oder ein Brettspiel gespielt hatte. Ragan winkte ihm zu, und Uno nickte, doch Masema war der einzige, der ihn kalt anblickte und sich dann abwandte. Ihre Packpferde standen ruhig mit gelegentlich zuckenden Schweifen da.

Der große Braune tänzelte, als Rand die Satteltaschen und das Bündel hinter dem hochgezogenen Sattel festschnallte. Er setzte seinen Fuß in den Steigbügel und murmelte: »Nur mit der Ruhe, Roter«, während er sich in den Sattel schwang. Dann ließ er den Hengst ein bißchen von seiner im Stall angestauten Energie austoben.

Zu Rands Überraschung erschien Loial aus der Richtung der Ställe und ritt heran, um sich ihnen anzuschließen. Das zottige Reittier des Ogiers war so groß und schwer wie ein hochdotierter Dhurran-Hengst. Neben ihm wirkten alle anderen Tiere, als seien sie etwa so groß wie Bela, doch mit Loial im Sattel sah dann dieses Pferd selbst wie ein Pony aus. Loial trug keine für Rand sichtbare Waffe. Er hatte auch nie von einem Ogier gehört, der eine Waffe gebraucht hätte. Ihr *Stedding* war Schutz genug. Und Loial hatte seine eigenen Anschauungen darüber, was er für eine Reise benötigte. Die Taschen seines langen Mantels beulten sich verdächtig aus, und seine Satteltaschen zeigten die rechteckigen Abdrücke von Büchern.

Der Ogier ließ sein Pferd ein Stück entfernt stehenbleiben und sah Rand an. Seine behaarten Ohren zuckten unschlüssig.

»Ich wußte nicht, daß du mitkommst«, sagte Rand. »Ich dachte, du hättest langsam genug davon, mit uns zu reisen. Diesmal kann man nicht vorhersagen, wie lange es dauern wird oder wo wir schließlich landen.«

Loials Ohren hoben sich ein wenig. »Das wußte man auch nicht, als ich dich zum erstenmal traf. Außerdem, was damals galt, gilt auch jetzt noch. Ich kann die Chance nicht verstreichen lassen, zuzuschauen, wie sich die tatsächliche Geschichte um *ta'veren* herum webt. Und zu helfen, das Horn zu finden ...«

Mat und Perrin ritten hinter Loial heran und hielten an. Mat wirkte um die Augen herum ein wenig müde, aber sein Gesicht strotzte vor Gesundheit.

»Mat«, sagte Rand. »Was ich gesagt habe, tut mir leid. Perrin, ich habe es nicht so gemeint. Ich war einfach blöd.«

Mat sah ihn nur an, schüttelte dann den Kopf und flüsterte Perrin etwas zu, das Rand nicht verstehen konnte. Mat hatte nur seinen Bogen und den Köcher dabei, aber Perrin trug auch wieder seine Axt am Gürtel — die große, halbmondförmige Klinge an ihrem dicken Schaft.

»Mat? Perrin? Ich wollte wirklich nicht ...« Sie ritten weiter auf Ingtar zu. »Das ist aber kein Mantel für eine lange Reise, Rand«, sagte Loial.

Rand blickte hinunter auf die goldenen Dornen, die den purpurroten Ärmel erkletterten, und er schnitt eine Grimasse. *Kein Wunder, daß Mat und Perrin immer noch glauben, ich hielte mich für was Besseres.* Als er in sein Zimmer zurückgekehrt war, hatte er alles leer vorgefunden — das Gepäck war bereits fertig gepackt und weggebracht worden. Alle einfachen Mäntel, die man ihm gegeben hatte, befanden sich auf den Packpferden, sagten die Diener. Jeder im Schrank zurückgebliebene Mantel war mindestens ebenso prachtvoll wie der, den er anhatte. In seinen Satteltaschen befand sich keine Kleidung außer ein paar Hemden, einigen Wollstrümpfen und einem Paar Reservehosen. Zumindest hatte er die goldene Schnur von seinem Ärmel entfernt; die Anstecknadel mit dem roten Adler hatte er in die Tasche gesteckt. Lan hatte sie ihm ja schließlich geschenkt.

»Ich werde mich umziehen, wenn wir heute abend lagern«, murmelte er. Er atmete tief ein. »Loial, ich habe dir Sachen gesagt, die ich nicht hätte sagen sollen, und ich hoffe, du kannst mir vergeben. Du hast jedes Recht, auf mich zornig zu sein, aber ich hoffe, du bist es nicht.«

Loial grinste, und seine Ohren stellten sich auf. Er brachte sein Pferd näher heran. »Ich sage die ganze Zeit über Sachen, die ich nicht sagen sollte. Die Ältesten haben immer behauptet, ich rede schon eine Stunde, bevor ich denke.«

Plötzlich befand sich Lan neben Rands Steigbügeln. Er trug seine graugrüne Rüstung, in der er im Wald oder bei Dunkelheit fast nicht mehr zu sehen war. »Ich muß mit dir sprechen, Schafhirte.« Er sah Loial an. »Allein bitte, wenn es Euch recht ist, Erbauer.« Loial nickte und ritt auf seinem riesigen Pferd ein Stück weg.

»Ich weiß nicht, ob ich auf Euch hören sollte«, sagte Rand zu dem Behüter. »Diese auffallende Kleidung und alles, was Ihr mir empfohlen habt, war nicht sehr hilfreich.«

»Wenn du keinen großen Sieg erringen kannst,

Schafhirte, dann lerne, dich mit kleinen abzufinden. Wenn du es fertiggebracht hast, daß sie glauben, du seist mehr als ein Bauernjunge, den man leicht herumkommandieren kann, dann hast du einen kleinen Sieg errungen. Jetzt sei ruhig und hör zu. Ich habe nur Zeit für eine letzte Lektion — die schwerste: Schwert in die Scheide.«

»Ihr habt jeden Morgen eine Stunde damit verbracht, mich nichts anderes tun zu lassen, als dieses blöde Schwert zu ziehen und zurück in die Scheide zu stekken. Stehend, sitzend, liegend. Ich denke, ich schaffe es, das Schwert zurückzustecken, ohne mich dabei zu schneiden.«

»Ich sagte, du sollst zuhören, Schafhirte«, grollte der Behüter. »Es wird eine Zeit kommen, wo du unter allen Umständen ein Ziel erreichen mußt. Das kann sowohl beim Angreifen als auch in der Verteidigung geschehen. Und der einzige mögliche Weg wird darin bestehen, daß du deinem Gegner erlaubst, das Schwert in deinem eigenen Körper unterzubringen.«

»Das ist ja verrückt«, sagte Rand. »Warum sollte ich je ...?«

Der Behüter schnitt ihm das Wort ab. »Du wirst es erkennen, wenn es soweit ist, Schafhirte, wenn der Zweck das Opfer wert ist und du keine andere Wahl mehr hast. Das nennt man dann ›Schwert in die Scheide‹. Merke es dir.«

Die Amyrlin erschien und schritt mit Leane und deren Stab sowie Lord Agelmar neben sich über den Hof. Selbst in einem grünen Samtmantel wirkte der Herr von Fal Dara keineswegs deplaziert unter so vielen gerüsteten Männern. Von den anderen Aes Sedai war noch nichts zu sehen. Als sie vorbeikamen, hörte Rand einen Teil ihrer Unterhaltung.

»Aber Mutter«, protestierte Agelmar gerade, »Ihr habt gar keine Zeit gehabt, Euch von der Reise hierher auszuruhen! Bleibt doch noch ein paar Tage. Ich verspreche Euch ein Fest heute abend, wie Ihr es kaum in Tar Valon erwarten könnt.«

Die Amyrlin schüttelte den Kopf, ohne im Schreiten innezuhalten. »Ich kann nicht, Agelmar. Ihr wißt, ich würde bleiben, wenn ich könnte. Ich hatte nicht geplant, lang zu bleiben, und dringende Angelegenheiten verlangen meine Anwesenheit in der Weißen Burg. Ich sollte jetzt schon dort sein.«

»Mutter, es beschämt mich, daß Ihr an einem Tag ankommt und uns am nächsten wieder verlaßt. Ich schwöre Euch, es wird keine Wiederholung von letzter Nacht geben. Ich habe die Wachen sowohl an den Stadttoren als auch an der Festung verdreifachen lassen. Ich habe hier Akrobaten aus der Stadt, und aus Mos Shirare kommt ein Barde. Und außerdem dürfte König Easar auf dem Weg von Fal Moran nach hier sein. Ich habe ihn benachrichtigt, sobald ...«

Ihre Stimmen verklangen, als sie den Hof überquerten, und wurden vom Lärm der Reisevorbereitungen verschluckt. Die Amyrlin warf keinen einzigen Blick in Rands Richtung.

Als Rand hinunterblickte, war der Behüter verschwunden und nirgends mehr zu sehen. Loial ließ sein Pferd wieder an Rands Seite treten. »Der Mann ist schwer zu fangen und festzuhalten, nicht wahr, Rand? Er ist nicht da, dann ist er da, dann ist er weg, und man sieht ihn weder kommen noch gehen.«

Schwert in die Scheide. Rand schauderte. *Behüter müssen wohl verrückt sein.*

Der Behüter, mit dem die Amyrlin gerade sprach, sprang plötzlich in den Sattel. Er befand sich schon in gestrecktem Galopp, bevor er die weit offenstehenden Torflügel passierte. Sie sah ihm nach, und ihre Haltung schien ihn anzutreiben, noch schneller zu reiten. »Wohin reitet er in solcher Eile?« fragte sich Rand laut.

»Ich hörte«, sagte Loial, »daß sie heute jemanden den ganzen Weg nach Arad Doman hinüberschicken wollte.

Es gab eine Nachricht über irgendeine Art von Unruhen in der Ebene von Almoth, und die Amyrlin will genau wissen, was es damit auf sich hat. Was ich nicht verstehe, ist, warum gerade jetzt? Nach dem zu schließen, was ich gehört habe, hat das Gerücht die Aes Sedai bereits von Tar Valon herbegleitet.«

Rand fror. Egwenes Vater hatte eine große Landkarte zu Hause, eine Karte, über der Rand mehr als einmal gebrütet hatte. Er hatte geträumt, bevor er herausfand, was an den Träumen dran war, wenn sie zur Wirklichkeit wurden. Sie war alt, diese Karte, und zeigte einige Länder und Staaten, von denen die Kaufleute von auswärts behaupteten, sie existierten nicht mehr, aber die Ebene von Almoth war eingezeichnet. Sie stieß direkt an die Toman-Halbinsel. *Wir treffen uns auf der Toman-Halbinsel wieder.* Das lag ganz auf der anderen Seite der Welt, die er kannte, an der Küste des Aryth-Meeres. »Das hat mit uns nichts zu tun«, flüsterte er. »Hat nichts mit mir zu tun.«

Loial schien es nicht gehört zu haben. Er rieb sich mit einem dicken Wurstfinger über einen Nasenflügel und sah immer noch zu dem Tor hinüber, durch das der Behüter verschwunden war. »Wenn sie das in Erfahrung bringen wollte, warum schickt sie dann nicht jemanden los, bevor sie Tar Valon verläßt? Aber Ihr Menschen seid halt immer überhastet und leicht erregbar, springt immer hektisch herum und schreit gleich.« Seine Ohren wurden steif vor Verlegenheit. »Es *tut* mir so leid, Rand. Siehst du, was ich damit meinte: reden, bevor ich denke? Ich bin selbst manchmal vorschnell und leicht erregbar, wie du weißt.«

Rand lachte. Es war ein eher schwaches Lachen, aber er fühlte sich wohl bei dem Gedanken, überhaupt etwas zu haben, worüber er lachen konnte. »Wenn wir so lange lebten wie ihr Ogier, wären wir vielleicht auch etwas gesetzter.« Loial war neunzig Jahre alt und nach Ogier-Regeln bedeutete das, er war zehn Jahre zu jung, um das *Stedding* allein zu verlassen. Daß er trotzdem weggegangen war, stellte seiner beharrlichen Ansicht nach einen Beweis seiner vorschnellen Handlungsweise dar. Wenn Loial schon ein leicht erregbarer Ogier war, dachte Rand, dann mußten die anderen wohl aus Stein bestehen.

»Vielleicht«, sann Loial laut nach, »aber ihr Menschen macht soviel aus Euren Leben. Wir tun nichts, als in unseren *Steddings* zusammenzuhocken oder die Haine zu pflanzen, und auch das Erbauen war beendet, bevor das Lange Exil noch vorüber war.« Es waren die Haine, die Loial am Herzen lagen, und nicht die Städte, die die Menschen an die Ogier erinnerten, die sie erbaut hatten. Es waren diese Haine, angelegt, um die Ogier-Baumeister an die *Steddings* zu erinnern, derentwegen Loial seine Heimat verlassen hatte. »Seit wir den Weg zurück zu den *Steddings* gefunden haben ...« Seine Worte brachen ab, als sich die Amyrlin näherte.

Ingtar und die anderen Männer rutschten in den Sätteln hin und her und bereiteten sich darauf vor, abzusteigen und niederzuknien, doch sie bedeutete ihnen, zu bleiben, wo sie waren. Leane stand neben ihr, und Agelmar einen Schritt dahinter. Nach seinem betrübten Gesicht zu schließen, hatte er es aufgegeben, sie dafür gewinnen zu wollen, noch länger zu verweilen.

Die Amyrlin sah einen nach dem anderen an, bevor sie sprach. Ihr Blick ruhte nicht länger auf Rand als auf den anderen.

»Der Friede segne Euer Schwert, Lord Ingtar«, sagte sie schließlich. »Ehre den Erbauern, Loial Kiseran.«

»Ihr ehrt uns, Mutter. Möge der Friede Tar Valon erhalten bleiben.« Ingtar verbeugte sich im Sattel, und die anderen Schienarer folgten seinem Beispiel.

»Alle Ehre Tar Valon«, sagte Loial, der sich ebenfalls verbeugte.

Nur Rand und seine beiden Freunde auf der anderen Seite der Gruppe hielten sich aufrecht. Er fragte sich, was sie ihnen wohl gesagt habe. Leanes finstere Miene galt allen dreien, und Agelmar riß die Augen auf, doch die Amyrlin nahm keine Notiz davon.

»Ihr reitet, um das Horn von Valere zu suchen«, sagte sie, »und die Hoffnung der Welt reitet mit Euch. Das Horn kann nicht in falschen Händen verbleiben, besonders nicht in den Händen von Schattenfreunden. Diejenigen, die zur Antwort auf seinen Ruf erscheinen, kommen, gleich wer es bläst, und sie sind an das Horn gebunden und nicht ans Licht.«

Es entstand Unruhe unter den lauschenden Männern. Jeder hatte geglaubt, daß diese aus den Gräbern zurückgerufenen Helden für das Licht kämpfen würden. Wenn sie statt dessen für den Schatten kämpften ...

Die Amyrlin fuhr fort, doch Rand hörte nicht mehr zu. Der Beobachter war wieder da. Seine Nackenhaare stellten sich auf. Er spähte hinauf zu den überfüllten Balkonen der Bogenschützen, die den Hof überblickten, und zu den dichten Reihen der Menschen auf den Wehrgängen. Irgendwo dort droben befand sich das Augenpaar, das ihm ungesehen gefolgt war. Der Blick hing an ihm wie schmutziges Öl. *Es kann kein Blasser sein, hier nicht. Aber wer dann? Oder was?* Er drehte sich im Sattel um und zog auch den Braunen herum und suchte. Der Hengst begann wieder zu tänzeln.

Plötzlich zischte etwas vor Rands Gesicht vorbei. Ein Mann, der hinter der Amyrlin vorbeilief, schrie auf und stürzte. Ein schwarz befiederter Pfeil ragte aus seiner Seite. Die Amyrlin stand ruhig da und betrachtete einen Riß in ihrem Ärmel. Blut drang langsam durch die graue Seide.

Eine Frau schrie, und plötzlich erklangen überall um den Hof Rufe und Schreie. Die Menschen auf den Mauern drängten sich wild durcheinander, und jeder Mann im Hof hatte sein Schwert gezogen. Selbst Rand, wie er überrascht bemerkte.

Agelmar erhob seine Klinge zum Himmel. »Findet

ihn!« brüllte er. »Bringt ihn zu mir!« Sein vor Zorn gerötetes Gesicht erblaßte, als er das Blut am Ärmel der Amyrlin bemerkte. Er fiel auf die Knie nieder und senkte den Kopf. »Vergebt, Mutter. Ich habe bei Eurem Schutz versagt. Ich bin beschämt.«

»Unsinn, Agelmar«, sagte die Amyrlin. »Leane, hör auf, um mich herumzuwuseln, und kümmere dich um diesen Mann. Ich habe mich mehr als einmal schlimmer geschnitten, wenn ich Fische ausnahm, und er benötigt sofort Hilfe. Agelmar, steh auf. Steht auf, Herr von Fal Dara. Ihr habt nicht versagt, und Ihr habt keinen Grund, Euch zu schämen. Letztes Jahr in der Weißen Burg, wo an jeder Tür meine eigenen Wachen und rund herum Behüter stehen, kam ein Mann mit einem Messer bis auf fünf Schritte an mich heran. Zweifellos ein Weißmantel, auch wenn ich keinen Beweis habe. Bitte steht auf, oder Ihr beschämt mich.« Als Agelmar sich langsam erhob, fühlte sie nach ihrem zerrissenen Ärmel. »Ein schlechter Schuß für einen Weißmantel-Bogenschützen oder sogar für einen Schattenfreund.« Ihr Blick huschte zu Rand hinüber und traf seinen. »Wenn er überhaupt auf mich gezielt hat.« Der Blick war wieder woandershin gerichtet, bevor er etwas aus ihrem Gesichtsausdruck ablesen konnte, doch er wäre am liebsten abgestiegen und hätte sich versteckt.

Er war nicht auf sie gezielt, und sie weiß das.

Leane richtete sich aus ihrer knienden Haltung auf. Jemand hatte einen Umhang über das Gesicht des Mannes gebreitet, der den Pfeil abbekommen hatte. »Er ist tot, Mutter.« Es klang müde. »Er war schon tot, bevor er den Boden berührte. Selbst wenn ich gleich neben ihm gestanden hätte ...«

»Du hast dein Möglichstes getan, Tochter. Vom Tod kann man nicht geheilt werden.«

Agelmar trat näher heran. »Mutter, falls Weißmantel-Mörder oder Schattenfreunde in der Nähe sind, müßt Ihr mir gestatten, Euch Männer mitzugeben. Wenigstens bis zum Fluß. Ich würde es nicht überleben, wenn Euch ausgerechnet in Schienar etwas zustöße. Bitte geht zurück in die Frauenquartiere. Ich bürge mit meinem Leben dafür, daß sie gut behütet werden, bis Ihr reisefertig seid.«

»Nehmt es nicht so schwer«, sagte sie zu ihm. »Der Kratzer wird mich keinen einzigen Moment lang aufhalten. Ja, ja. Ich werde mich glücklich schätzen, uns bis zum Fluß von Euren Männern begleiten zu lassen, wenn Ihr darauf besteht. Aber ich erlaube nicht, daß deshalb Lord Ingtar auch nur einen Augenblick lang aufgehalten wird. Jeder Herzschlag zählt, bis das Horn wiedergewonnen ist. Habe ich Eure Erlaubnis, Lord Agelmar, Euren Männern Befehle zu erteilen?«

Er neigte zustimmend das Haupt. In diesem Moment hätte er ihr auch Fal Dara übergeben, wenn sie ihn darum gebeten hätte.

Die Amyrlin wandte sich wieder Ingtar und den Männern zu, die sich hinter ihm versammelt hatten. Sie sah Rand nicht mehr an. Er war überrascht, als er sie plötzlich lächeln sah.

»Ich wette, in Illian wird man die Wilde Jagd nach dem Horn nicht so pompös gestalten«, sagte sie. »Aber Ihr seid die wirklichen Jäger des Horns. Ihr seid wenige und könnt deshalb schnell vorwärtskommen, aber Ihr seid doch genug, um durchzuführen, was sein muß. Ich beauftrage Euch, Lord Ingtar aus dem Haus Shinowa, ich beauftrage Euch alle, das Horn von Valere zu finden. Laßt Euch durch nichts davon abhalten.«

Ingtar riß sein Schwert vom Rücken und küßte die Klinge. »Bei meinem Leben und meiner Seele, bei meinem Haus und meiner Ehre schwöre ich es, Mutter.«

»Dann reitet los.«

Ingtar wandte sein Pferd dem Tor zu.

Rand ließ den Braunen die Fersen spüren und galoppierte der Kolonne hinterher, die bereits durch das Tor verschwand.

Dessen unkundig, was im Inneren der Festung geschehen war, standen die Lanzenträger und Bogenschützen der Amyrlin vom Tor bis zur Stadt Spalier, auf jeder Brust die Flamme von Tar Valon. Ihre Trommler und Trompeter warteten in der Nähe des Tores, bereit, hinter ihr einzuschwenken, wenn sie die Festung verließ. Hinter den Reihen der gerüsteten Männer war der Vorplatz der Festung voll von Menschen. Einige jubelten beim Anblick von Ingtars Flagge, und andere glaubten zweifellos, dies sei der Beginn der Abreise der Amyrlin. Anschwellender Jubel folgte Rand über den Platz hinweg.

Er holte Ingtar ein, wo Häuser mit tief heruntergezogenen Dächern und Läden zu beiden Seiten der Straße standen und wo die gepflasterten Straßen noch dichter von Zuschauern belagert wurden. Auch hier jubelten einige. Mat und Perrin waren zusammen mit Ingtar und Loial am Kopf der Kolonne geritten, aber die beiden ließen sich zurückfallen, als Rand nahte. *Wie kann ich mich jemals entschuldigen, wenn sie nie lang genug bei mir bleiben, um überhaupt etwas zu sagen? Licht noch mal, er sieht nicht danach aus, als liege er im Sterben.*

»Changu und Nidao sind weg«, sagte Ingtar plötzlich. Es klang kalt und zornig, aber auch erschüttert. »Wir zählten jedermann in der Festung, tot oder lebendig, am letzten Abend und heute morgen noch mal. Sie sind die einzigen, über deren Verbleib nichts bekannt ist.«

»Changu hatte gestern Wache im Kerker«, sagte Rand bedächtig.

»Nidao auch. Sie hatten die zweite Wache. Sie blieben immer beieinander, auch wenn sie tauschen oder sogar Sonderdienste deswegen übernehmen mußten. Sie hatten keine Wache, als es passierte, aber ... Sie kämpften vor einem Monat noch am Tarwin-Paß und retteten Lord Agelmar, als sein Pferd inmitten von Trollocs stürzte. Und nun das. Schattenfreunde.« Er atmete tief durch. »Alles zerbricht langsam.«

Ein Berittener bahnte sich den Weg durch die Menschenmenge an der Straße und schloß sich der Kolonne an. Er ritt gleich hinter Ingtar. Der Kleidung nach war er ein Stadtbewohner, hager, mit zerfurchtem Gesicht und langem, fast grauem Haar. Hinter seinen Sattel hatte er ein Bündel und dazu Wasserflaschen geschnallt, und an seinem Gürtel hingen ein kurzes Schwert und ein verbeulter Schwertfänger neben einem durchgesteckten Knüppel.

Ingtar bemerkte Rands Blick. »Das ist Hurin, unser Schnüffler. Es war nicht nötig, daß die Aes Sedai von ihm erfuhren. Nicht, daß er etwas Schlimmes tut, verstehst du? Der König hält sich in Fal Moran auch einen Schnüffler, und in Ankor Dail gibt es noch einen. Es ist nur so — den Aes Sedai gefällt nichts, was sie nicht verstehen, und dann ist er auch noch ein Mann ... Es hat natürlich nichts mit der Einen Macht zu tun. Aaaah! Sag du es ihm, Hurin.«

»Ja, Lord Ingtar«, sagte der Mann. Er verbeugte sich tief im Sattel vor Rand. »Es ist mir eine Ehre, Euch zu dienen, Lord.«

»Nenn mich einfach Rand.« Rand streckte ihm die Hand hin, und nach kurzem Zögern grinste Hurin und ergriff sie.

»Wie Ihr wünscht, Lord Rand. Lord Ingtar und Lord Kajin kümmern sich wenig darum, wie sich Männer untereinander verhalten — und Lord Agelmar natürlich auch nicht —, aber in der Stadt heißt es, Ihr seid ein ausländischer Prinz aus dem Süden, und einige der Herren aus dem Ausland halten strikt den Abstand zum gewöhnlichen Volk ein.«

»Ich bin kein Lord.« *Wenigstens kann ich dem allen jetzt entkommen.* »Einfach Rand.«

Hurin zwinkerte. »Wie Ihr wünscht, Lor ... äh ... Rand. Seht Ihr ... siehst du, ich bin ein Schnüffler. Diesen Sonntag habe ich vierjähriges Jubiläum gehabt. Zuvor hatte ich noch nie von so etwas gehört, aber ich weiß nun, daß es noch ein paar andere wie mich gibt. Es hat langsam angefangen. Ich habe Gestank gerochen, wo sonst niemand etwas riechen konnte, und das wurde immer häufiger. Es hat ein ganzes Jahr gedauert, bis ich darauf kam, was es bedeutet. Ich konnte Gewalt riechen, Tod und Verletzungen. Ich konnte riechen, wo es geschehen war. Ich konnte die Spur derjenigen riechen, die Gewalttaten vollbracht hatten. Jede Spur ist anders, also kann ich sie nie verwechseln. Lord Ingtar hat davon gehört und nahm mich in seinen Dienst, um der Gerechtigkeit des Königs zu dienen.«

»Du kannst Gewalt riechen?« fragte Rand. Er konnte sich nicht helfen — er mußte die Nase des Mannes ansehen. Es war eine ganz gewöhnliche Nase, nicht groß und nicht klein. »Du willst damit sagen, daß du wirklich jemandem folgen kannst, der zum Beispiel einen anderen Mann getötet hat? Nur durch deinen Geruchssinn?«

»Das kann ich, Lor ... äh ... Rand. Mit der Zeit läßt der Geruch nach, aber je schlimmer die angewandte Gewalt war, desto länger hält er sich. O je, ich kann ein zehn Jahre altes Schlachtfeld noch riechen, auch wenn die Spuren der Männer, die dort waren, längst verblichen sind. Oben in der Nähe der Fäule bleiben die Spuren der Trollocs immer gleich stark. Ein Trolloc kann nicht viel mehr als töten und verletzen. Bei einer Wirtshausschlägerei aber, wo vielleicht nur ein Arm gebrochen wird, ist der Geruch nach wenigen Stunden verflogen.«

»Ich sehe schon, warum du nicht willst, daß die Aes Sedai das herausfinden.«

»Äh, Lord Ingtar hatte schon recht in bezug auf die Aes Sedai, das Licht möge sie erleuchten ... äh, Rand. Da war einmal eine in Cairhien — Braune Ajah, aber ich schwöre, ich hatte sie in Verdacht, zu den Roten zu gehören, bevor sie mich schließlich laufen ließ —; sie hat mich einen ganzen Monat festgehalten, um herauszufinden, wie ich das mache. Sie konnte es nicht vertragen, etwas nicht zu wissen. Sie murmelte immer wieder: ›Ist es eine alte Fähigkeit, die nun wieder auftaucht, oder ist es etwas Neues?‹ und starrte mich an, bis man glauben konnte, ich benütze tatsächlich die Eine Macht. Ich habe beinahe schon an mir selbst gezweifelt. Aber ich bin nicht wahnsinnig geworden, und ich tue auch eigentlich nichts. Ich rieche es halt nur.«

Rand konnte nicht anders als sich an Moiraines Worte zu erinnern. *Die alten Schranken werden brüchig. In unserer Zeit liegt etwas von Auflösung und Veränderung. Alte Dinge kommen zurück, und neue werden geboren. Wir erleben vielleicht das Ende eines Zeitalters.* Er schauderte. »Also werden wir diejenigen, die das Horn stahlen, mit Hilfe deiner Nase verfolgen.«

Ingtar nickte. Hurin grinste stolz und sagte: »Das werden wir ... äh ... Rand. Einmal habe ich einen Mörder bis Cairhien verfolgt und einen anderen sogar bis Maradon, damit ich sie den Richtern des Königs übergeben konnte.« Sein Grinsen verflog, und er sah fast besorgt aus. »Aber dies ist der schlimmste Fall, mit dem ich je beschäftigt war. Mord riecht schlecht, und die Spur der Mörder stinkt danach, aber das hier ...« Er rümpfte die Nase. »Letzte Nacht waren auch Männer darin verwickelt. Müssen Schattenfreunde gewesen sein, aber man kann halt einen Schattenfreund nicht am Geruch erkennen. Ich folge den Trollocs und den Halbmenschen. Und etwas noch Schlimmerem.« Er wurde leiser, machte ein finsteres Gesicht und murmelte etwas in sich hinein, aber Rand konnte es verstehen. »Etwas noch Schlimmerem, Licht hilf mir!«

Sie erreichten das Stadttor, und gleich hinter der Mauer hob Hurin das Gesicht in den leichten Wind. Seine Nasenflügel blähten sich, und er schnaubte vor Ekel. »Dorthin, Lord Ingtar.« Er zeigte nach Süden.

Ingtar blickte überrascht drein. »Nicht in Richtung Fäule?«

»Nein, Lord Ingtar. Pfui!« Hurin wischte sich mit dem

Ärmel den Mund ab. »Ich kann sie beinahe schmecken. Sie gingen nach Süden.«

»Dann hatte sie also recht, die Amyrlin«, sagte Ingtar bedächtig. »Eine große und weise Frau, die bessere als mich verdient, um ihr zu dienen. Nimm die Witterung auf, Hurin.«

Rand drehte sich um und spähte durch das Tor zurück die Straße hinauf zur Festung. Er hoffte, daß es Egwene auch wirklich gut gehe. *Nynaeve wird sich um sie kümmern. Vielleicht ist es so besser, ein klarer Einschnitt, zu schnell, um zu schmerzen, sobald er vollbracht wurde.*

Er ritt hinter Ingtar und dem Banner der Grauen Eule her nach Süden. Der Wind frischte auf und blies ihm trotz des Sonnenscheins kalt in den Rücken. Er glaubte, schwaches und spöttisches Gelächter darin zu hören.

Der zunehmende Mond beleuchtete die feuchten, nachtdunklen Straßen von Illian, in denen immer noch der Lärm der Feiern des Tages nachklang. In nur wenigen Tagen würde man die Wilde Jagd nach dem Horn mit allem Pomp und allen Feierlichkeiten eröffnen, die der Überlieferung nach bis auf das Zeitalter der Legenden zurückgingen. Die Feierlichkeiten zu Ehren der Jäger waren mit dem Fest des Teven und mit dessen berühmtem Gaukler-Wettbewerb zusammengefallen. Wie immer würde der wichtigste aller Preise für den besten Vortrag der *Wilden Jagd nach dem Horn* verliehen.

Heute abend traten die Gaukler in den Palästen und Herrenhäusern der Stadt auf, wo sich die Großen und Mächtigen aufhielten und die Jäger, die aus allen Ländern gekommen waren, um, wenn nicht das Horn selbst, dann doch wenigstens Unsterblichkeit im Lied der Barden zu finden. Es würde Musik erklingen und getanzt werden und Fächer und Eis geben, um die erste wirkliche Hitzewelle des Jahres besser zu überstehen. Aber auch in den Straßen herrschte in dieser mondbeschienenen, schwülen Nacht großer Trubel. Bis die Jäger aufbrachen, herrschte jeden Tag und jede Nacht Trubel. Menschen mit Masken und bizarren, phantasievollen Kostümen, von denen viele eine Menge Fleisch sehen ließen, rannten an Bayle Domon vorbei. Sie rannten rufend und singend einher, ein halbes Dutzend zusammen, dann vereinzelte kichernde Paare, die sich eng umarmten, dann wieder zwanzig in einer grölenden Gruppe. Am Himmel zerknallten Feuerwerkskörper in goldenen und silbernen Explosionen vor dem schwarzen Himmel. Es befanden sich beinahe so viele Feuerwerker in der Stadt wie Gaukler.

Domon verschwendete nicht viele Gedanken an das Feuerwerk oder die Jagd. Er war auf dem Weg, sich mit Männern zu treffen, von denen er glaubte, sie wollten ihn möglicherweise töten.

Er überquerte die Brücke der Blumen über einen der vielen Kanäle in der Stadt und ging ins Parfümierte Viertel, den Hafenbezirk von Illian. Der Kanal roch nach dem Inhalt zu vieler Nachttöpfe, und es gab kein Anzeichen dafür, daß sich in der Nähe der Brücke jemals Blumen befunden hatten. Das Viertel roch nach Hanftauen und Pech aus den Werften und Docks, nach saurem Hafenschlamm, und alles wurde noch verstärkt durch eine erhitzte, feuchte Luft. Domon atmete schwer. Jedesmal, wenn er aus dem Norden zurückkehrte, wurde er erneut von der Frühsommerhitze Illians überrascht, obwohl er hier geboren war. In einer Hand trug er einen kräftigen Knüppel, und die andere ruhte auf dem Griff des kurzen Schwertes, das er schon so oft benützt hatte, um das Deck seines Flußkahns vor Räubern zu schützen. Nicht wenige Straßenräuber lauerten in diesen durchfeierten Nächten, wo die Beute reich und die meisten Opfer angetrunken waren.

Aber er war ein breitschultriger, kräftiger Mann, und keiner derer, die darauf aus waren, Gold zu erbeuten, hielt ihn mit seinem einfach geschnittenen Mantel für reich genug, um zu riskieren, etwas von einem Mann seiner Größe und von seinem Knüppel abzubekommen. Die wenigen, die ihn im aus einem Fenster fallenden Licht klar erkennen konnten, blieben stehen und warteten, bis er vorbei war. Dunkles Haar hing ihm auf die Schultern, und ein langer Bart, der die Oberlippe freiließ, umrahmte ein Gesicht, das noch nie einen sanften Ausdruck gezeigt hatte. Jetzt wirkte es so grimmig, als habe er vor, sich durch eine Wand hindurchzurammen. Er mußte bestimmte Männer treffen und war nicht gerade glücklich darüber.

Weitere Angetrunkene rannten vorüber, wobei sie völlig falsch sangen und der Wein ihre Worte verschwimmen ließ. *›Das Horn von Valere‹, ganz gewiß!* dachte Domon mürrisch. *Es sein mein Schiff, was ich behalten wollen. Und mein Leben, Glück stich mich.*

Er kehrte in eine Schenke ein, die das Zeichen eines großen, weißgestreiften Dachses aufwies, der mit einem Mann mit silberner Schaufel auf den Hinterbeinen tanzte. ›Den Dachs erleichtern‹ hieß die Schenke, und noch nicht einmal Nieda Sidoro, die Wirtin, wußte, was der Name bedeutete. Es hatte immer schon eine Schenke dieses Namens in Illian gegeben.

Der Schankraum war gut beleuchtet und ruhig. Auf dem Boden lagen Sägespäne, und ein Musiker zupfte sanft seine zwölfsaitige Zither. Er spielte eines der traurigen Lieder des Meervolks. Nieda gestattete kein Gegröle in ihrer Schenke, und ihr Neffe Bili war groß genug, um mit jeder Hand einen Mann hinauszuschleppen. Seemänner, Werftarbeiter und Schauerleute kamen in den ›Dachs‹, um etwas zu trinken und sich vielleicht ein wenig zu unterhalten, um Pfeile zu werfen oder ein Brettspiel zu spielen. Der Raum war jetzt halb voll; selbst Männer, die die Ruhe liebten, hatten sich in den Trubel hinauslocken lassen. Die Gespräche waren leise, aber Domon hörte, wie immer wieder die Jagd erwähnt wurde und der falsche Drache, den die Murandianer gefangen hatten, und derjenige, den die Taren in die Haddon-Sümpfe jagten. Es schien Uneinigkeit darüber zu herrschen, ob man lieber den falschen Drachen oder die Taren sterben sehen würde.

Domon verzog das Gesicht. *Falsche Drachen! Glück stich mich, es sein kein Platz sicher heutzutage.* Aber die falschen Drachen bewegten ihn nicht wirklich, genausowenig wie die Jagd.

Die stämmige Wirtin, die ihr Haar in einem Knoten am Hinterkopf zusammengebunden hatte, wischte einen Krug aus und behielt dabei ihr Etablissement genau im Auge. Sie hörte nicht mit dem auf, was sie gerade tat, und sah ihn nicht einmal direkt an, aber ihr linkes Augenlid senkte sich, und ihr Blick zeigte auf drei Männer an einem Ecktisch. Sie wirkten selbst für den Dachs noch sehr ruhig, beinahe düster gestimmt, und ihre glockenförmigen Samtkappen und dunklen Mäntel, die auf der Brust aufgenähte Gold- und Silberbalken trugen, hoben sich von der einfachen Kleidung der anderen Gäste ab.

Domon seufzte und setzte sich allein an einen anderen Ecktisch. *Aus Cairhien diesmal.* Er griff nach dem Krug dunklen Bieres, den ihm die Serviererin brachte, und nahm einen langen Zug. Als er den Krug senkte, standen die drei Männer in den gestreiften Mänteln neben seinem Tisch. Er machte eine unauffällige Geste, damit Nieda wußte, daß er Bili nicht brauchte. »Kapitän Domon?« Alle drei wirkten bis auf die Kleidung unauffällig, aber der Sprecher hatte etwas an sich, das Domon glauben machte, er sei ihr Anführer. Sie schienen unbewaffnet zu sein. Trotz ihrer noblen Kleidung schienen sie das nicht nötig zu haben. Aus den durchschnittlichen Gesichtern blickten harte Augen. »Kapitän Bayle Domon von der *Gischt?*«

Domon nickte kurz, und die drei setzten sich an seinen Tisch, ohne auf eine Einladung zu warten. Es war immer der gleiche Mann, der sprach. Die anderen beiden sahen lediglich zu, wobei sie kaum die Lider bewegten. *Wachen,* dachte Domon, *trotz ihrer feinen Kleidung. Wer sein er mit einem Paar Leibwächter, um ihn zu beschützen?*

»Kapitän Domon, wir haben eine Person, die von Mayene nach Illian gebracht werden muß.«

»*Gischt* sein ein Flußschiff«, unterbrach Domon sie. »Sie nicht viel Tiefgang haben und auch keinen Kiel für tiefes Wasser.« Das stimmte nicht ganz, doch es war gut genug für Landratten. *Wenigstens es anders ist als in Tear. Sie doch schlauer werden.*

Der Mann nahm die Unterbrechung gelassen hin. »Wir haben gehört, daß Ihr den Flußhandel aufgebt.«

»Vielleicht ich werden, vielleicht nicht. Ich nicht entschieden.« Obwohl er sich natürlich entschlossen hatte. Er würde nicht mehr hinauffahren zu den Grenzlanden, und wenn man ihm alle Seide böte, die den Taren heruntertransportiert wurde. Felle aus Saldaea und Eispfeffer waren es einfach nicht wert, und das hatte nichts mit dem falschen Drachen zu tun, der angeblich dort aufgetaucht war. Aber er fragte sich wieder, woher man das erfahren hatte. Er hatte es niemandem gesagt, und doch hatten es die anderen gewußt.

»Ihr könnt leicht genug die Küste nach Mayene hochschippern. Kapitän, Ihr hättet doch sicher nichts dagegen, für tausend Goldmark die Küste entlang zu segeln.«

Unwillkürlich schnappte Domon nach Luft. Das war viermal soviel wie beim letzten Angebot, und das war schon hoch genug gewesen, um einen Mann zum Staunen zu bringen. »Wen ich sollen dafür abholen? Die Erste von Mayene selbst? Haben Tear sie schließlich doch ganz herausgeworfen?«

»Ihr müßt keine Namen wissen, Kapitän.« Der Mann stellte einen großen Lederbeutel auf den Tisch und legte eine versiegelte Urkunde daneben. In dem schweren Beutel klimperte es, als er über den Tisch geschoben wurde. Der große rote Wachsfleck, der das zusammengerollte Pergament verschloß, trug das Zeichen der vielstrahligen Aufgehenden Sonne von Cairhien. »Zweihundert jetzt gleich. Ich glaube, für tausend Mark muß ich keine Namen nennen. Gebt das Pergament mit unbeschädigtem Siegel dem Hafenkapitän von Mayene, und er wird Euch dreihundert mehr übergeben und Euren Passagier. Ich werde Euch den Rest übergeben, wenn Euer Passagier hier ankommt. Falls Ihr nicht versucht habt, die Identität dieser Person herauszufinden.«

Domon atmete tief ein. *Glück, es sein wert diese Reise, auch wenn kein Pfennig mehr dafür bezahlen als was ist in diesem Beutel.* Und tausend waren mehr Geld, als er in zwei oder mehr Jahren verdienen konnte. Er vermutete, falls er noch ein wenig bohrte, würde er weitere Andeutungen erhalten — nur Andeutungen —, daß die Reise mit geheimen Absprachen zwischen dem Rat der Neun von Illian und der Ersten von Mayene zu tun habe. Der Stadtstaat der Ersten war nur dem Namen nach eine Provinz von Tear, und sie würde zweifellos Hilfe aus Illian begrüßen. Und es gab viele in Illian, die meinten, es sei Zeit für einen neuen Krieg und daß Tear mehr vom Seehandel auf dem Meer der Stürme beherrschte, als gut sei. Ein hervorragender Köder, um ihn einzufangen, wenn er nicht im letzten Monat schon drei ähnliche vor die Nase gehalten bekommen hätte.

Er streckte die Hand aus, um den Beutel zu nehmen, doch der Mann, der mit ihm gesprochen hatte, packte ihn am Handgelenk. Domon funkelte ihn an, aber er erwiderte den Blick ganz gelassen.

»Ihr müßt so schnell wie möglich segeln, Kapitän.«

»Beim ersten Tageslicht«, grollte Domon, und der Mann nickte und ließ ihn los.

»Also dann beim ersten Tageslicht, Kapitän Domon. Denkt daran, Diskretion hält einen Mann am Leben, damit er sein Geld auch ausgeben kann.«

Domon beobachtete die drei, als sie aus der Schenke gingen, und dann starrte er mit saurer Miene auf die

Urkunde und den Beutel auf dem Tisch vor seiner Nase. Jemand wollte, daß er nach Osten reiste. Tear oder Mayene, das spielte keine große Rolle, solange er nur nach Osten fuhr. Er glaubte zu wissen, wer das wollte. *Und andererseits haben ich keinen echten Hinweis auf sie.* Wer konnte wissen, wer ein Schattenfreund war und wer nicht? Aber er wußte, daß Schattenfreunde hinter ihm her waren, seit er Marabon verlassen hatte und flußabwärts gefahren war. Schattenfreunde und Trollocs. Da war er sich ganz sicher. Die wirkliche Frage, auf die er auch nicht den Schimmer einer Antwort hatte, war, warum sie das taten.

»Schwierigkeiten, Bayle?« fragte Nieda. »Du siehst aus, als hättest du einen Trolloc gesehen.« Sie kicherte — ein unmöglicher Laut von einer Frau ihrer Statur. Wie die meisten Leute, die nie in den Grenzlanden gewesen waren, glaubte Nieda nicht an die Existenz von Trollocs. Er hatte versucht, sie von der Wahrheit zu überzeugen, doch ihr gefielen seine Geschichten wohl, sie hielt sie aber allesamt für erlogen. Sie glaubte auch nicht an Schnee.

»Keine Schwierigkeiten, Nieda.« Er band den Beutel auf, holte ohne hinzublicken eine Münze heraus und warf sie ihr zu. »Runden für jeden, bis das hier aufgebraucht ist, und dann geben ich dir noch eine.«

Nieda sah die Münze überrascht an. »Eine Mark aus Tar Valon? Handelst du jetzt mit den Hexen, Bayle?«

»Nein«, sagte er heiser. »Machen ich nicht!«

Sie biß auf die Münze und steckte sie dann schnell hinter ihren breiten Gürtel. »Na ja, sagt man halt so. Und ich schätze, Hexen sind sowieso nicht so schlecht, wie manche sagen. Das sage ich sonst nicht zu irgendwelchen anderen Männern. Ich kenne einen Geldwechsler, der nimmt so was. Du brauchst mir nicht mehr zu geben, bei so wenigen Gästen wie heute abend. Mehr Bier für dich, Bayle?«

Er nickte betrübt, obwohl sein Krug noch halb voll

war, und sie entfernte sich. Sie war eine Freundin und würde nicht weitererzählen, was sie gesehen hatte. Er saß da und starrte den Lederbeutel an. Ein weiterer Krug wurde gebracht, bevor er sich aufraffen konnte, den Beutel weit genug zu öffnen, um sich die Münzen darin anzusehen. Er fuhr mit einem schwieligen Finger darin herum. Goldmarkstücke glitzerten ihn im Lampenschein an, und jedes davon trug die verräterische Flamme von Tar Valon. Hastig band er den Beutel zu. Gefährliche Münzen. Ein oder zwei würden nicht weiter auffallen, aber so viele würden den meisten Leuten genau das sagen, was Nieda auch dachte. Es waren Kinder des Lichts in der Stadt, und obwohl es in Illian kein Gesetz gab, das den Handel mit den Aes Sedai verbot, würde er es nicht mehr bis zum Magistrat schaffen, falls die Weißmäntel davon erfuhren. Diese Männer wollten sichergehen, daß er nicht einfach ihr Gold nahm und in Illian blieb.

Während er so da saß und sich seine Gedanken machte, kam Yarin Maeldan, sein düsterer, storchenähnlicher zweiter Offizier auf der *Gischt*, in den ›Dachs‹. Die Augenbrauen hatte er bis auf die lange Nase heruntergezogen, und so stand er dann am Tisch seines Kapitäns. »Carn ist tot, Käpten.«

Domon sah ihn mit gerunzelter Stirn an. Drei andere seiner Männer waren bereits getötet worden, jedesmal einer, wenn er einen Auftrag abgelehnt hatte, nach Osten zu fahren. Der Magistrat hatte nichts unternommen. Sie sagten, die Straßen seien nachts eben gefährlich und die Seeleute eine rauhe und streitsüchtige Bande. Der Magistrat kümmerte sich selten um das, was im Parfümierten Viertel geschah, solange keine respektablen Bürger verletzt wurden.

»Aber diesmal habe ich ihr Angebot angenommen«, murmelte er.

»S' is' noch nich' alles, Käpten«, erzählte Yarin weiter. »Sie ham Carn mit Messern bearbeitet, als ob sie wollten, daß er ihnen was sagt. Und vor 'ner Stunde ham noch'n paar Männer versucht, sich auf die *Gischt* zu schleichen. Die Hafenpolizei hat sie vertrieben. Dritte Mal in zehn Tagen, und ich hab nie Kanalratten gekannt, die so ausdauernd warn. Sie wartn, bis man nich' mehr dran denkt, und dann versuchn sie's wieder. Und jemand hat letzte Nacht mein Zimmer im ›Silbernen Delphin‹ durchgewühlt. Hat 'n paar Silbermünzen mitgenommen. Ich glaub', das war'n Dieb. Hat aber meine Gürtelschnalle liegengelassen; die mit Granat- und Mondsteinen verziert ist, und die hat ganz offen rumgelegen. Was is'n da los, Käpten? Die Leute haben Angst, und ich bin auch 'n bißchen nervös.«

Domon sprang auf. »Hol die Mannschaft zusammen, Yarin! Finde sie und sag ihnen, *Gischt* segelt, sobald genug Männer an Bord sein, sie zu segeln.« Er stopfte das Pergament in eine Manteltasche, schnappte sich den Beutel mit Gold und schob seinen Zweiten vor sich aus der Tür. »Hol sie, Yarin, weil ich lassen jeden Man hier, der es nicht schaffen, wenn auch er auf Kai stehen.«

Domon gab Yarin einen Schubs, daß er losrannte, und dann stolzierte er in Richtung Hafen los. Selbst Straßenräuber, die das Klimpern in dem Beutel hörten, den er trug, hielten sich von ihm fern, denn er marschierte wie ein Mann, der auf Mord sinnt.

Als er ankam, kletterten gerade die ersten Besatzungsmitglieder an Bord der *Gischt*. Weitere rannten barfuß den Steinkai herunter. Sie wußten nicht, wer ihn seiner Ansicht nach verfolge oder daß ihn überhaupt etwas verfolgte, aber sie wußten, daß er gute Gewinne erzielte und, wie es in Illian üblich war, der Mannschaft Anteile auszahlte.

Die *Gischt* war achtzig Fuß lang, hatte zwei Masten und war breit gebaut, so daß auch auf Deck Platz für eine Ladung war, sowie natürlich auch noch im Laderaum selbst. Im Gegensatz zu dem, was Domon dem Mann aus Cairhien erzählt hatte — falls er wirklich aus Cairhien kam —, glaubte er, sie könne auch auf offener See bestehen. Das Meer der Stürme war im Sommer ruhiger.

»Sie muß einfach«, murmelte er und ging nach unten in seine Kajüte. Er warf den Beutel Gold auf sein Bett, das genau in die Bordwand eingepaßt war wie alles andere in der nüchternen Kajüte, und holte das Pergament heraus. Er zündete eine Laterne an, die von oben an einer Kette hing, und betrachtete das versiegelte Dokument. Er drehte es hin und her, als könne er den Inhalt lesen, ohne es zu öffnen. Ein Klopfen an die Tür ließ ihn die Stirn runzeln.

»Rein.«

Yarin steckte den Kopf herein. »Es sin' alle an Bord bis auf drei, die ich nich' finden konnte, Käpten. Aber ich hab' Nachricht hinterlassen in jeder Spelunke und jedem Logis im Viertel. Sie sind an Bord, bevor das Licht reicht, daß wir flußaufwärts segeln.«

»*Gischt* segeln jetzt — seewärts.« Domon schnitt Yarins Protest wegen der Dunkelheit und der Gezeiten ab, ebenso wie seinen Einwand, daß die *Gischt* nicht für die hohe See geeignet sei. »Jetzt! *Gischt* kann auslaufen auch bei Niedrigwasser. Du hast hoffentlich nicht vergessen, nach Sternen zu steuern, oder? Bring sie raus, Yarin. Bring sie jetzt raus, und komm zu mir zurück, wenn wir sein jenseits der Brandung.«

Sein Zweiter zögerte — Domon ließ sich sonst kein schwieriges Segelmanöver entgehen, ohne daß er an Deck die Befehle ausgab, und die *Gischt* bei Nacht hinauszubringen, würde ziemlich schwierig werden, selbst bei ihrem geringen Tiefgang —, nickte aber dann und verschwand. Augenblicke später konnte Domon in seiner Kajüte hören, wie Yarin leiernd Befehle erteilte und wie an Deck bloße Füße hin und her trampelten. Er ignorierte die Geräusche und auch das Rucken des Schiffs, als es in die Strömung hineindriftete.

Schließlich hob er den Mantel der Laterne und hielt

ein Messer in die Flamme. Rauch kräuselte sich hoch, als das Öl an der Klinge brannte, aber bevor sich das Metall rot färben konnte, schob er Seekarten beiseite, drückte das Pergament flach auf seinen Tisch und fuhr mit dem heißen Stahl langsam unter das Siegelwachs. Das Deckblatt kam frei.

Es war ein einfaches Dokument ohne Vorrede oder Begrüßung, und es ließ ihm den Schweiß auf der Stirn ausbrechen.

Der Überbringer ist ein Schattenfreund, der in Cairhien wegen Mordes und anderer gemeiner Verbrechen gesucht wird, deren geringstes es war, Unserer Person Dinge zu entwenden. Wir wünschen, daß Ihr diesen Mann ergreift und alles sicherstellt, was er bei sich trägt; selbst das geringste. Unser Vertreter wird kommen und alles mitnehmen, was er Uns gestohlen hat. Nehmt alle seine Besitztümer, bis auf das, was Wir für Uns beanspruchen, an Euch als Belohnung für seine Ergreifung. Laßt den bösartigen Buben unverzüglich hängen, so daß seine vom Schatten hervorgebrachte Verbrechergestalt das Licht nicht länger befleckt.

Von Unserer Hand versiegelt
Galldrian su Riatin Rie
König von Cairhien
Verteidiger des Drachenwalls

In das dünne rote Wachs unter der Unterschrift hatte man die Aufgehende Sonne von Cairhien und die Fünf Sterne des Hauses Riatin gedrückt.

»Verteidiger des Drachenwalls, daß ich nicht lache«, krächzte Domon. »Schönes Recht der Mann haben, sich jetzt noch so zu nennen.«

Er untersuchte die Siegel und die Unterschrift ganz genau, wobei er das Dokument nahe an die Lampe hielt und es mit der Nase beinahe berührte, aber erstens konnte er nichts Verfälschtes daran entdecken, und zweitens hatte er keine Ahnung, wie Galldrians Handschrift aussah. Falls es nicht der König selbst gewesen war, der unterschrieben hatte, dann vermutete er, daß derjenige sich alle Mühe gegeben haben mußte, um Galldrians Gekritzel gut zu imitieren. Auf jeden Fall spielte das auch keine Rolle. In Tear würde dieser Brief in den Händen eines Illianers tödliche Wirkung haben. Oder auch in Mayene, wo der Einfluß der Taren so stark war. Es herrschte im Moment kein Kriegszustand, und die Männer aus jedem dieser Häfen kamen und gingen unbehelligt, aber in Tear waren die Illianer nicht gerade beliebt, ebenso wie umgekehrt. Und dann noch ein solch perfekter Grund, einen Illianer zu ergreifen.

Einen Augenblick lang hatte er den Wunsch, das Pergament in die Laternenflamme zu halten — es war ein gefährlicher Besitz, sowohl in Tear als auch in Illian oder sonst irgendwo —, aber schließlich steckte er es vorsichtig in ein Geheimfach hinter seinem Schreibtisch, das durch einen Teil der Holztäfelung verschlossen wurde, den nur er öffnen konnte.

»Meine Besitztümer, eh?«

Er sammelte alte Dinge, jedenfalls soweit er sie an Bord eines Schiffes aufbewahren konnte. Was er nicht kaufen konnte, weil es zu teuer oder zu groß war, sammelte er mit den Augen und dem Gedächtnis. All diese Überreste vergangener Zeiten, diese rund um die Welt verstreuten Wunder, hatten ihn als Jungen erst an Bord eines Schiffes gelockt. Er hatte seiner Sammlung auf der letzten Reise in Maradon vier Stücke hinzugefügt, und zu der Zeit hatte auch die Verfolgung durch Schattenfreunde begonnen. Und die durch Trollocs, jedenfalls eine Weile lang. Er hatte gehört, daß kurz nach seiner Abreise Weißbrücke niedergebrannt worden sei, und es hatte Gerüchte gegeben, daß außer Trollocs noch ein Myrddraal beteiligt gewesen sei. Gerade das alles zusammengenommen hatte ihn davon überzeugt, daß er sich dies alles nicht nur einbildete. Deshalb war er auf der Hut gewesen, als ihm dieser erste eigenartige Auftrag angeboten wurde: zuviel Geld für eine einfache Reise nach Tear, und der Grund klang auch fadenscheinig.

Er kramte in seiner Truhe herum und stellte das auf den Schreibtisch, was er in Maradon gekauft hatte: einen Leuchtstab aus dem Zeitalter der Legenden. Jedenfalls angeblich. Auf jeden Fall wußte niemand mehr, wie man so was herstellt. Ein teures Stück, und seltener als ein ehrliches Magistratsmitglied. Er sah aus wie eine einfache Glasrute, dicker als sein Daumen und nicht ganz so lang wie sein Unterarm, aber wenn er ihn in die Hand nahm, leuchtete er so hell wie eine Laterne. Leuchtstäbe zerbrachen wie Glas; er hatte beinahe die *Gischt* durch ein Feuer verloren, das der erste hervorgerufen hatte, den er je besaß. Eine kleine, altersdunkle, aus Elfenbein geschnitzte Statuette eines Mannes, der ein Schwert hielt. Der Bursche, der ihm die verkauft hatte, behauptete, wenn man sie eine Weile hielt, würde es einem ganz warm. Domon hatte davon nichts bemerkt und auch kein Besatzungsmitglied, dem er sie zu halten gab, aber sie war alt, und das genügte Domon. Der Schädel einer löwengroßen Katze war so alt, daß er zu Stein geworden war. Aber kein Löwe hatte je Fänge, fast schon Hauer zu nennen, die einen Fuß lang waren. Und eine dicke Scheibe von der Größe einer Männerhand, halb weiß und halb schwarz. Die Farben wurden durch eine geschwungene Linie voneinander getrennt. Der Ladenbesitzer in Maradon hatte behauptet, sie stamme aus dem Zeitalter der Legenden. Er mußte selbst geglaubt haben, daß es eine Lüge war, aber Domon hatte nur ein wenig gefeilscht, bevor er bezahlte, denn er erkannte, was der Ladenbesitzer nicht kannte: das uralte Symbol der Aes Sedai aus der Zeit vor der Zerstörung der Welt. Nicht gerade ein ungefährliches Stück Besitz, aber auch kein Gegenstand, den ein Mann sich entgehen lassen konnte, der von alten Dingen fasziniert war.

Und es bestand aus Herzstein. Der Ladenbesitzer hatte nicht gewagt, diese Behauptung dem hinzuzufügen, was er sowieso für Lüge hielt. Kein Ladenbesitzer an der Uferstraße von Maradon konnte sich auch nur ein Stückchen *Cuendillar* leisten.

Die Scheibe lag hart und glatt in seiner Hand, und bis auf ihr Alter wirkte sie überhaupt nicht wertvoll, doch er fürchtete, sie könnte es sein, wonach seine Verfolger suchten. Leuchtstäbe und Elfenbeinschnitzereien und sogar versteinerte Knochen hatte er anderswo zu anderen Zeiten schon gesehen. Aber obwohl er wußte — wenn er es wirklich wußte —, was sie wollten, wußte er doch nicht, warum und er war sich nicht mehr sicher, wer seine Verfolger eigentlich waren. Geld aus Tar Valon und ein uraltes Symbol der Aes Sedai. Er wischte sich mit der Hand über die Lippen; der Geschmack der Angst lag bitter auf seiner Zunge.

Ein Klopfen an die Tür. Er legte die Scheibe hin und zog eine aufgerollte Seekarte über die Gegenstände, die auf dem Tisch lagen. »Rein.«

Yarin trat ein. »Wir sind jenseits der Brandung, Käpten.«

Domon war einen Moment lang überrascht, und dann ärgerte er sich über sich selbst. Er hätte sich nicht so in seine Gedanken versenken sollen, daß er es versäumte zuzusehen, wie die *Gischt* von den Brechern emporgehoben wurde. »Halt nach Westen, Yarin. Sorg dafür.«

»Ebu Dar, Käpten?«

Nein, das sein nicht weit genug. Tausend Meilen zu nah. »Wir ankern dort nur lang genug, daß ich Seekarten holen und die Wasserfässer auffüllen kann. Dann segeln wir nach Westen.«

»Nach Westen, Käpten? Tremalking? Das Meervolk läßt keine anderen Händler als ihre eigenen zu.«

»Das Aryth-Meer, Yarin. Es geben eine Menge Handel zwischen Tarabon und Arad Doman und kaum einen Kahn der Taraboner oder Domani, der uns in die Quere kommen können. Wie ich gehört haben, sie nicht lieben das Meer. Und alle die kleinen Städte auf der Toman-Halbinsel, wo jede sich unabhängig halten von alle Staaten. Wir sogar können laden Felle aus Saldaea und Eispfeffer, was nach Bandar Eban runtergebracht wurden.«

Yarin schüttelte bedächtig den Kopf. Er sah immer nur die schlechten Seiten, aber er war ein guter Seemann. »Felle und Eispfeffer sin' dort teurer, als wenn Ihr den Fluß raufsegelt, Käpten. Und ich hab' gehört, da herrscht so 'ne Art Krieg. Wenn Tarabon und Arad Doman gegeneinander kämpfen, gibt's vielleicht kein Handel. Ich glaub' nich', daß wir aus den Städten auf der Toman-Halbinsel viel herausschlagen können, auch wenn wir dort unbehelligt sin'. Falme is' dort die größte Stadt, und die is' nich' groß.«

»Die Taraboner und die Domani haben sich immer gestreiten um die Ebene von Almoth und die Toman-Halbinsel. Auch wenn sie diesmal vielleicht kämpfen: Ein vorsichtiger Mann immer Sachen zu handeln kann finden. Nach Westen, Yarin.«

Als Yarin wieder oben war, verstaute Domon schnell die schwarze und weiße Scheibe im Geheimfach und legte den Rest zurück auf den Boden seiner Truhe. *Schattenfreunde oder Aes Sedai, ich nicht werden rennen dahin, wo sie mich wollen haben. Glück stich mich, ich nein werden.*

Domon fühlte sich zum ersten Mal seit Monaten wieder sicher. Er ging an Deck, gerade als die *Gischt* halste, um unter den Wind zu kommen. Der Bug zeigte über die nachtdunkle See nach Westen.

KAPITEL 10

Die Jagd beginnt

Ingtar trieb sie zu einer schnellen Gangart an, jedenfalls für den Beginn einer Reise, so daß sich Rand schon ein wenig um die Pferde sorgte. Die Pferde konnten diesen Trab durchaus stundenlang durchhalten, doch der größte Teil des Tages lag noch vor ihnen, und weitere solcher Tage würden folgen. Ingtars Gesichtsausdruck vermittelte Rand den Eindruck, er wolle vielleicht schon am ersten Tag und in der ersten Stunde die Diebe des Horns einholen. Er wäre jedenfalls nicht überrascht davon gewesen, wenn er sich an Ingtars Stimme erinnerte, als er der Amyrlin gegenüber schwor, die Diebe zu fassen. Aber er sagte nichts weiter. Lord Ingtar führte hier das Kommando, und so freundlich er auch Rand gegenüber gewesen war, so würde er es doch wohl nicht begrüßen, wenn ihm ein Schäfer gute Ratschläge erteilte.

Hurin ritt immer etwas hinter Ingtar, doch es war der Schnüffler, der sie nach Süden führte. Er wies Ingtar den Weg. Sie waren von niedrigen, bewaldeten Hügeln umgeben, dicht mit Lederblatt und Eichen bewachsen, aber der Weg, den ihnen Hurin wies, führte sie pfeilgerade hindurch. Er wich nicht von dieser Linie ab, außer um einmal ein paar der höheren Hügel zu umgehen, wo man in der Ebene offensichtlich schneller vorankam. Das Banner der Grauen Eule flatterte im Wind.

Rand bemühte sich, neben Mat und Perrin zu reiten, doch immer, wenn Rand sein Pferd zu ihnen zurückfallen ließ, stieß Mat Perrin an, und Perrin galoppierte etwas zögernd mit Mat an die Spitze der Kolonne. Da er sich sagte, es habe keinen Sinn, selbst hinten zu bleiben, ritt Rand zurück an die Spitze. Prompt ließen sich die beiden wieder zurückfallen, wobei immer Mat es war, der Perrin dazu trieb.

Licht noch mal, ich will mich doch nur entschuldigen. Er fühlte sich einsam. Das Wissen, daß es seine eigene Schuld war, half nicht sehr.

Oben auf einem Hügel stieg Uno ab und untersuchte Hufspuren auf dem weichen Boden. Er deutete auf einige Pferdeäpfel und knurrte: »Sie reiten verdammt schnell, Lord.« Seine Stimme klang, als ob er schreie, selbst wenn er ganz normal sprach. »Wir haben noch keine Stunde aufgeholt. Licht noch mal, vielleicht haben wir eher noch eine verfluchte Stunde verloren. So, wie die reiten, bringen sie ihre Pferde glatt um.« Er legte die Hand in einen Hufabdruck. »Das war aber kein Pferd, sondern ein widerlicher Trolloc. Verdammte Bocksfüße!«

»Wir werden sie einholen«, sagte Ingtar grimmig.

»Unsere Pferde, Lord Ingtar. Es ist nicht gut, sie kaputtzureiten, bevor wir sie einholen, Lord. Auch wenn sie ihre Pferde umbringen, können die verfluchten Trollocs doch viel länger durchhalten als Pferde.«

»Wir werden sie einholen. Steig auf, Uno!«

Uno sah Rand mit seinem einzigen Auge an, zuckte die Achseln und stieg in den Sattel. Ingtar ließ sie den Abhang so schnell wie möglich hinuntertraben, teilweise auch rutschen, und galoppierte weiter den nächsten Hügel hinauf.

Warum hat er mich so angeschaut? fragte Rand sich. Uno war einer von denen, die ihm nie sehr viel Freundlichkeit entgegengebracht hatten. Es war nicht wie bei Masemas offener Abneigung; Uno behandelte niemanden besonders freundlich, außer vielleicht ein paar Veteranen, die genau so graue Haare hatten, wie er selbst. *Sicher glaubt gerade er doch nicht an diese Sage, ich sei ein Lord.*

Uno beobachtete die ganze Zeit über genau das vor

ihnen liegende Gelände. Wenn er Rand dabei ertappte, daß er ihn anblickte, erwiderte er dessen Blick, sagte aber kein Wort. Es bedeutete nicht viel. Er sah auch Ingtar in die Augen. So war Uno eben.

Der Weg, den die Schattenfreunde gewählt hatten — *wer sonst noch?* fragte sich Rand, denn Hurin murmelte immer wieder etwas von ›etwas noch Schlimmerem‹ —, die das Horn gestohlen hatten, führte niemals in die Nähe eines Dorfes. Rand sah Dörfer, die auf anderen Hügeln lagen, ungefähr eine Meile oder mehr über das wellige Land hinweg von ihnen entfernt, aber sie kamen den Dörfern nie nah genug, um die Menschen auf der Straße erkennen zu können. Oder nahe genug, daß diese Menschen eine nach Süden eilende Reisegruppe erkennen konnten. Sie sahen auch Bauernhöfe mit Häusern, deren Dächer weit hinuntergezogen waren, mit hohen Scheunen und qualmenden Schornsteinen, auf Hügelspitzen oder an den Abhängen oder in den Tälern, aber auch denen kamen sie nie nahe genug, daß der Bauer ihre Gruppe hätte erspähen können.

Schließlich mußte sogar Ingtar einsehen, daß die Pferde das angeschlagene Tempo nicht länger durchhalten konnten. Rand hörte, wie er leise fluchte, und sah, wie er sich mit der im Kampfhandschuh steckenden Faust grimmig auf die Schenkel schlug, aber er gab schließlich doch den Befehl, abzusitzen. Sie marschierten eine Meile weit und führten die Pferde an den Zügeln hügelauf und hügelab hinter sich her, und dann saßen sie wieder auf und ritten weiter. Eine Weile später das gleiche: eine Meile laufen und dann wieder eine Meile reiten. Laufen, reiten.

Rand beobachtete mit Staunen, daß Loial grinste, wenn sie abgesessen waren und einen Hügel hinaufkeuchten. Der Ogier hatte sich beim Reiten und in bezug auf Pferde noch nie sehr wohlgefühlt und lieber auf die eigenen Beine vertraut, aber Rand hatte geglaubt, er sei längst darüber hinweg.

»Rennst du gern, Rand?« lachte Loial. »Ich schon. Ich war der schnellste Läufer im *Stedding* Schangtai. Ich habe sogar einmal ein Pferd im Rennen geschlagen.«

Rand schüttelte nur den Kopf. Er wollte sich die Atemluft zum Laufen sparen. Er sah sich nach Mat und Perrin um, doch sie befanden sich immer noch ganz hinten, und zwischen ihnen marschierten zu viele Männer, um sie richtig sehen zu können. Er fragte sich, wie die Schienarer das alles mit ihren Rüstungen bewältigen konnten. Keiner von ihnen lahmte oder beklagte sich. Uno wirkte sogar, als schwitze er nicht einmal, und der Bannerträger ließ die Graue Eule kein einziges Mal sinken.

Sie kamen schnell vorwärts, doch die Dämmerung senkte sich, ohne daß sie irgendein Zeichen derer entdeckten, die sie verfolgten, außer eben ihren Spuren. Schließlich ließ Ingtar sie nach einigem Zögern anhalten und im Wald ihr Nachtlager aufschlagen. Die Schienarer entzündeten Feuer und schlugen Pfosten ein, um die Pferde daran anzubinden, und das alles mit einer Routine, die von langer Erfahrung zeugte. Ingtar stellte sechs Wachtposten paarweise für die erste Wache auf.

Das erste, was Rand unternahm, war, in den Tragekörben der Packpferde nach seinem Bündel zu suchen. Es war nicht schwer zu finden — unter den Vorräten befanden sich nur wenige persönliche Gepäckstücke —, aber als er es öffnete, stieß er einen Schrei aus, der jeden Mann im Lager hochschnellen und sein Schwert ziehen ließ.

Ingtar rannte herbei. »Was ist los? Friede, ist jemand ins Lager eingedrungen? Ich habe die Wachen gar nicht gehört.«

»Es sind diese Mäntel«, grollte Rand und starrte immer noch das an, was er da ausgepackt hatte. Ein Mantel war schwarz und mit Silberfäden verziert, der andere weiß und mit Goldfäden bestickt. Beide trugen Reiher am Kragen und waren zumindest genauso prunkvoll wie der rote Mantel, den er trug. »Die Diener sagten mir, sie hätten mir zwei gute, brauchbare Mäntel eingepackt. Schaut sie nur an!«

Ingtar steckte über die Schulter hinweg sein Schwert in die Scheide zurück. Die anderen Männer setzten sich wieder. »Na ja, sie sind doch brauchbar.«

»Die kann ich nicht tragen. Ich kann doch nicht die ganze Zeit in solcher Kleidung herumlaufen.«

»Ihr könnt sie tragen. Mantel ist Mantel. Ich hörte, daß Moiraine Sedai selbst Eure Sachen eingepackt hat. Vielleicht versteht eine Aes Sedai nicht ganz, was ein Mann auf dem Schlachtfeld trägt.« Ingtar grinste. »Vielleicht veranstalten wir ein Fest, wenn wir die Trollocs erledigt haben. Dann seid wenigstens Ihr dafür richtig angezogen, wenn auch wir anderen es nicht sind.« Er schlenderte zurück zu den bereits brennenden Küchenfeuern.

Rand hatte sich nicht bewegt, seit Ingtar Moiraine erwähnt hatte. Er starrte die Mäntel an. *Was will sie eigentlich? Was auch immer, ich lasse mich nicht benützen.* Er schnürte das Bündel wieder zu und steckte es in den Transportkorb zurück. *Ich kann ja immer noch nackt herumlaufen,* dachte er bitter.

Die Schienarer wechselten sich im Dienst beim Kochen ab, und als Rand zurück zum Feuer kam, rührte gerade Masema im Kessel. Der Geruch nach einem Eintopf mit Rüben, Zwiebeln und Trockenfleisch legte sich über das Lager. Ingtar wurde zuerst bedient, dann Uno, und ansonsten stellte sich jeder so an, wie er gerade gekommen war. Masema klatschte eine große Schöpfkelle mit Eintopf auf Rands Teller. Rand tat schnell einen Schritt nach rückwärts, damit nichts auf seinen Mantel spritzte, und während er dem nächsten Mann Platz machte, lutschte er an seinem leicht verbrühten Daumen. Masema blickte ihn mit einem eingefrorenen Lächeln an, das seine Augen nicht berührte. Bis Uno herantrat und ihm einen Stoß gab.

»Wir haben verdammt noch mal nicht genug mitgebracht, damit du es auf den blöden Boden schüttest!« Der Einäugige sah Rand an und ging wieder. Masema rieb sich das Ohr, aber sein böser Blick folgte Rand.

Rand ging hinüber zu Ingtar und Loial, die unter einer weit ausladenden Eiche am Boden saßen. Ingtar hatte den Helm neben sich auf den Boden gelegt, aber ansonsten war er vollständig gerüstet. Mat und Perrin waren auch bereits da und aßen gierig. Mat lächelte höhnisch beim Anblick von Rands Mantel, aber Perrin blickte nur flüchtig auf. Die goldenen Augen schimmerten im Feuerschein, und dann beugte er sich wieder auf seinen Teller hinunter.

Wenigstens sind sie diesmal nicht gleich wieder gegangen.

Er setzte sich ihnen gegenüber neben Ingtar im Schneidersitz auf den Boden. »Ich wünschte, ich wüßte, warum Uno mich immer so anschaut. Wahrscheinlich liegt es an diesem verdammten Mantel.«

Ingtar schwieg nachdenklich und schluckte einen Löffel Eintopf. Schließlich sagte er: »Uno fragt sich zweifellos, ob Ihr wirklich ein Reiherschwert wert seid.« Mat schnaubte laut, doch Ingtar fuhr unbeirrt fort: »Laßt Euch nicht von Uno durcheinanderbringen. Wenn er könnte, würde er auch Lord Agelmar wie einen grünen Rekruten behandeln. Na ja, vielleicht nicht gerade Agelmar, aber jeden anderen. Er hat eine sehr scharfe Zunge, aber er gibt einem auch gute Ratschläge. Das sollte er wohl auch; er war schon im Militärdienst, bevor ich geboren wurde. Beherzigt seine Ratschläge und achtet nicht auf seine scharfe Zunge, dann kommt Ihr mit Uno klar.«

»Ich dachte schon, er sei genau wie Masema.« Rand schaufelte Eintopf in seinen Mund. Er war zu heiß, aber er schluckte trotzdem alles hastig herunter. Sie hatten seit dem Beginn ihres Rittes in Fal Dara nichts gegessen, und diesen Morgen war er zu besorgt gewesen, um etwas zu essen. Sein Magen grollte und erinnerte ihn daran, daß es höchste Zeit war. Er fragte sich, ob es helfen würde, wenn er Masema sagte, daß ihm das Essen schmeckte. »Masema verhält sich, als hasse er mich, und ich verstehe nicht warum.«

»Masema hat drei Jahre lang in den Östlichen Sümpfen gedient«, sagte Ingtar, »in Ankor Dail, im Kampf gegen die Aiel.« Er stocherte mit seinem Löffel im Eintopf herum und runzelte die Stirn dabei. »Versteht mich recht — ich stelle keine Fragen. Wenn Lan Dai Shan und Moiraine Sedai behaupten wollen, daß Ihr aus Andor von den Zwei Flüssen kommt, dann kommt Ihr eben daher. Aber Masema kann den Anblick der Aiel nicht vergessen, und wenn er Euch sieht ...« Er zuckte die Achseln. »Ich stelle keine Fragen.«

Rand ließ seinen Löffel mit einem Aufseufzen auf den Teller fallen. »Jeder glaubt, ich sei ein anderer, als ich bin. Ich komme von den Zwei Flüssen, Ingtar. Ich habe dort mit ... mit meinem Vater Tabak angepflanzt und seine Schafe gehütet. Das ist die Wahrheit über mich. Ich bin ein Bauer und Schäfer aus dem Gebiet der Zwei Flüsse.«

»Er kommt wirklich von den Zwei Flüssen«, sagte Mat verächtlich. »Ich bin mit ihm aufgewachsen, auch wenn man heutzutage nichts mehr davon merkt. Wenn Ihr ihm auch noch diesen Unsinn über die Aiel einredet, zu den Flausen, die er sowieso schon im Kopf hat, dann mag das Licht wissen, was er sich noch einbildet. Vielleicht, daß er ein Lord der Aiel ist.«

»Nein«, sagte Loial, »er sieht wirklich so aus. Erinnerst du dich noch, Rand, daß ich dich das gleiche fragte? Ich dachte damals allerdings, ich kenne einfach die Menschen noch nicht gut genug, um es beurteilen zu können. Denkst du noch daran? ›Bis aller Schatten verflogen, alles Wasser verdunstet ist, hinein in die Dunkelheit des Bösen mit gebleckten Zähnen, mit dem letzten Atemzug noch den Trotz entgegenschreien und dem

Sichtblender ins Auge speien, auch noch am Letzten Tag.‹ Erinnerst du dich daran, Rand?«

Rand blickte auf seinen Teller hinunter. *Wickle eine Schufa um deinen Kopf, und du siehst aus wie ein Aielmann.* Das hatte Gawyn gesagt, der Bruder Elaynes, der Tochter-Erbin von Andor. *Jeder glaubt, ich sei jemand, der ich nicht bin.*

»Wie ging das?« fragte Mat. »Das mit: ›dem Dunklen König ins Auge speien‹?«

»Das sagen die Aiel, wenn sie davon sprechen, wie lange sie kämpfen werden«, sagte Ingtar, »und ich zweifle nicht daran. Mit Ausnahme der Händler und Gaukler teilen die Aiel die Menschen in zwei Gruppen ein: Aiel und deren Feinde. Sie haben diese Regel vor fünfhundert Jahren zugunsten Cairhiens durchbrochen, aus irgendeinem Grund, den nur ein Aiel verstehen konnte, aber ich glaube nicht, daß sie so was noch einmal tun werden.«

»Ich glaube es auch nicht«, seufzte Loial. »Aber sie lassen die Tuatha'an, das Fahrende Volk, die Wüste durchqueren. Und sie betrachten Ogier auch nicht als Feinde, obwohl ich daran zweifle, daß einer von uns in die Wüste gehen würde. Manchmal kommen Aiel ins *Stedding* Schangtai, um besungenes Holz einzutauschen. Das sind schon harte Menschen.«

Ingtar nickte. »Ich wünschte, ich hätte ein paar auch nur halb so harte Leute. Nur halb so hart.«

»Soll das ein Witz sein?« lachte Mat. »Wenn ich eine Meile weit mit all dem Eisenzeug rennen müßte, das Ihr am Körper tragt, dann würde ich umfallen und eine Woche lang schlafen. Ihr habt das den ganzen Tag über Meile um Meile getragen.«

»Die Aiel sind wirklich harte Typen«, sagte Ingtar. »Männer wie Frauen. Ich habe gegen sie gekämpft und kann das beurteilen. Sie rennen fünfzig Meilen weit und stürzen sich am Ende in den Kampf. Sie sind der lebendige Tod, ob bewaffnet oder unbewaffnet. Außer mit dem Schwert. Aus irgendeinem Grund nehmen sie kein Schwert in die Hand. Sie setzen sich auch auf kein Pferd. Sie haben das wohl nicht nötig. Wenn Ihr ein Schwert habt und der Aielmann die bloßen Hände, dann ist das ein ausgeglichener Kampf. Wenn Ihr gut seid.

Sie züchten ihr Vieh und ihre Ziegen, wo Ihr und ich verdursten würden, bevor nur ein Tag um ist. Sie graben ihre Dörfer in riesige Felsen draußen in der Wüste ein. Dort leben sie seit der Zerstörung der Welt oder jedenfalls in etwa. Artur Falkenflügel versuchte, sie dort auszubuddeln, und holte sich eine blutige Nase. Es war die einzige große Niederlage, die er je hinnehmen mußte. Am Tag flimmert die Luft über der Aielwüste vor Hitze, und nachts gefriert sie. Und ein Aiel wird Euch mit seinen blauen Augen groß ansehen und Euch sagen, daß er an keinem Ort der Welt lieber wäre. Und er lügt dabei nicht einmal. Wenn sie je versuchten, dort herauszukommen, hätten wir es schwer, sie zurückzuhalten. Der Aielkrieg dauerte drei Jahre lang, und da kämpften nur vier von dreizehn Stämmen!«

»Die grauen Augen seiner Mutter machen ihn noch nicht zu einem Aielmann«, sagte Mat.

Ingtar zuckte die Achseln. »Wie ich schon sagte: Ich stelle keine Fragen.«

Als sich Rand endlich zum Schlaf niederlegte, hatte er den Kopf voll von unerwünschten Gedanken. *Sieht aus wie ein Aielmann. Moiraine Sedai will behaupten, du kämst von den Zwei Flüssen. Aiel wüteten den ganzen Weg bis Tar Valon. Am Hang des Drachenberges geboren. Der Wiedergeborene Drache.*

»Ich lasse mich nicht benützen«, murmelte er, aber er konnte lange Zeit nicht einschlafen.

Ingtar ließ sie noch vor Sonnenaufgang das Lager abbrechen. Sie hatten bereits gefrühstückt und ritten nach Süden, als die Wolken im Osten noch durch ihre Röte vom kommenden Sonnenaufgang zeugten und der Tau von den Blättern tropfte. Diesmal sandte Ingtar Kundschafter aus, und obwohl das Tempo immer noch stramm war, war es für die Pferde doch erträglicher als zuvor. Rand dachte sich, Ingtar habe wohl eingesehen, daß es nicht in einem Tag zu schaffen war. Die Spur führe immer noch nach Süden, meinte Hurin. Bis dann zwei Stunden nach Sonnenaufgang einer der Kundschafter im Galopp zurückkam.

»Vor uns liegt ein verlassenes Lager, Lord Ingtar. Geradeaus auf der Hügelspitze. Dort müssen letzte Nacht mindestens dreißig oder vierzig von ihnen gelagert haben, Lord.«

Ingtar gab seinem Pferd die Sporen, als habe man ihm gesagt, die Schattenfreunde seien immer noch dort, und Rand mußte sich bei ihm halten, um nicht von den Schienarern niedergeritten zu werden, die hinter ihm den Hügel hinaufgaloppierten.

Es gab nicht viel zu sehen; nur die erkaltete Asche der Lagerfeuer, gut zwischen Bäumen verborgen, und darin lag so etwas wie der Rest einer Mahlzeit. Ein Haufen Abfall in der Nähe der Feuerstellen, über dem bereits die Fliegen summten.

Ingtar hielt die anderen zurück und stieg ab, um mit Uno die Lagerstätte abzugehen und den Boden zu untersuchen. Hurin ritt schnüffelnd rund um das Lager. Rand saß auf seinem Hengst neben den anderen Männern. Er verspürte kein Verlangen danach, einen Ort näher anzusehen, an dem Trollocs und Schattenfreunde gelagert hatten. Und ein Blasser. *Und etwas noch Schlimmeres.*

Mat kletterte zu Fuß den Abhang hoch und stolzierte auf den Lagerplatz. »Sieht so ein Lager von Schattenfreunden aus? Stinkt ein bißchen, aber ansonsten kann ich nicht sagen, daß es sich von denen anderer wesentlich unterscheidet.« Er trat nach einem der Aschehäufchen, wobei er ein Stück angesengten Knochen losriß. Er bückte sich und hob es auf. »Was essen Schattenfreunde? Sieht nicht wie ein Schafsknochen oder der einer Kuh aus.«

»Hier wurde gemordet«, sagte Hurin traurig. Er rieb sich die Nase mit einem Taschentuch. »Was geschah, war schlimmer noch als einfacher Mord.«

»Es waren Trollocs hier«, sagte Ingtar, und dabei sah er Mat offen an. »Ich denke, sie hatten wohl Hunger, und die Schattenfreunde waren gerade zur Hand.« Mat ließ den geschwärzten Knochen fallen. Er wirkte, als wolle er sich übergeben.

»Sie gehen jetzt nicht mehr Richtung Süden, Lord Ingtar«, sagte Hurin. Das brachte ihm die Aufmerksamkeit aller ein. Er zeigte zurück nach Nordosten. »Vielleicht haben sie sich entschlossen, doch zur Fäule zurückzukehren. Uns zu umgehen. Vielleicht wollten sie uns nur ablenken, indem sie nach Süden gingen.« Es klang aber nicht so, als glaube er selbst daran. Er schien verblüfft.

»Was sie auch versuchen«, fauchte Ingtar, »ich will sie jetzt in die Finger kriegen. Aufsitzen!«

Kaum eine Stunde später hielt Hurin erneut an. »Sie haben wieder die Richtung geändert, Lord Ingtar. Nach Süden. Und hier haben sie jemand anderes getötet.«

Im Einschnitt zwischen zwei Hügeln war keine Asche zu sehen, aber nach ein paar Minuten fanden sie die Leiche. Ein Mann, den sie zusammengerollt unter Büsche geschoben hatten. Sein Hinterkopf war eingeschlagen, und die Augen quollen unter der Wucht des Schlags noch immer heraus. Keiner erkannte ihn, obwohl er schienarische Kleidung trug.

»Wir werden unsere Zeit nicht damit verschwenden, Schattenfreunde zu beerdigen«, grollte Ingtar. »Wir reiten nach Süden.« Er folgte den eigenen Worten schon, kaum daß er sie ausgesprochen hatte.

Ansonsten verlief dieser Tag genau wie der vorhergegangene. Uno betrachtete die Spuren und was die anderen so liegengelassen hatten und sagte, sie hätten ein wenig Boden gutgemacht. Die Dämmerung kam, ohne daß sie Trollocs oder Schattenfreunde zu Gesicht bekommen hätten, und am nächsten Morgen fanden sie wieder ein verlassenes Nachtlager — in dem, wie Hurin behauptete, erneut ein Mord begangen worden war —, und die Richtung änderte sich ebenfalls wieder, diesmal nach Nordwesten. Weniger als zwei Stunden später fanden sie eine weitere Leiche, einen Mann, dessen Schädel von einer Axt gespalten war; die Richtung änderte sich schon wieder. Erneut nach Süden. Und, falls Uno die Spuren richtig deutete, hatten sie weiter aufgeholt. Bis zum Einbruch der Dunkelheit sahen sie wieder nur einige entfernte Bauernhöfe. Der nächste Tag brachte das gleiche: Richtungsänderungen, Mord und so weiter, und der darauffolgende wieder.

Jeder Tag brachte sie ihrer Beute ein wenig näher, doch Ingtar ging es nicht schnell genug. Er kochte ständig vor Wut. Einmal schlug er vor, einfach auf direktem Weg abzukürzen, als die Spuren wieder einmal morgens von einer Richtungsänderung zeugten — sicher würden sie die Spur wiederfinden, wenn sie erneut nach Süden zeigte, und damit mehr Zeit gewinnen —, aber bevor jemand etwas dagegen einwenden konnte, meinte er selbst, das sei ein schlechter Einfall gewesen, falls die Männer, die sie suchten, diesmal doch nicht nach Süden weiterritten. Er trieb alle zu noch größerer Eile an, wollte, daß sie früher aufbrachen und bis zur vollständigen Dunkelheit ritten. Er erinnerte sie an die Aufgabe, die ihnen die Amyrlin anvertraut hatte, nämlich das Horn von Valere zurückzugewinnen und sich durch nichts davon abbringen zu lassen. Er sprach von dem Ruhm, den sie dadurch erwerben würden, daß ihre Namen in die Geschichte und in die Erzählungen der Gaukler und die Lieder der Barden eingehen würden als diejenigen, die das Horn gefunden hatten. Er sprach unablässig, als könne er nicht mehr aufhören, und blickte in die Richtung, die ihnen die Spuren wiesen, als läge in ihnen all seine Hoffnung auf das Licht. Selbst Uno begann, ihn eigenartig berührt anzusehen.

Und so erreichten sie schließlich den Erinin.

Rands Meinung nach konnte man das eigentlich gar nicht als Dorf bezeichnen. Er saß zwischen Bäumen auf seinem Pferd und blickte hinauf zu einem halben Dutzend kleiner Häuser, deren mit Holzschindeln gedeckte Dächer bis fast zum Boden hinunterreichten. Der Weiler lag unter der Morgensonne auf einem Hügel über dem Fluß. Nur wenige Leute kamen hier jemals vorbei. Es war erst ein paar Stunden her, seit sie aufgebrochen waren, aber falls das übliche Muster wieder zutraf, hätten sie eigentlich längst die Überreste der Lagerstätte der Schattenfreunde finden müssen. Aber sie waren auf nichts dergleichen gestoßen.

Der Fluß selbst wirkte nicht wie der gewaltige Erinin der Sage. Natürlich befanden sie sich nicht sehr weit von seiner Quelle am Rückgrat der Welt entfernt. Es waren vielleicht sechzig Schritte über das schnell strömende Wasser hinweg bis zum anderen Ufer, an dem sich eine Kette von Bäumen entlangzog. Eine wie ein großer Kahn wirkende Fähre an einem starken Tau bot die einzige Möglichkeit, den Fluß zu überqueren. Das Fährboot lag festgezurrt auf der anderen Seite des Flusses.

Zum ersten Mal hatte sie die Spur geradewegs zu menschlichen Behausungen geführt. Direkt auf die Häuser auf dem Hügel zu. Auf dem einzigen Feldweg, um den sich die Behausungen gruppierten, bewegte sich nichts.

»Eine Falle, Lord Ingtar?« fragte Uno leise.

Ingtar gab die notwendigen Befehle aus, und die Schienarer holten ihre Lanzen aus den langen Lederrohren und verteilten sich rund um die Häuser herum. Auf ein Handzeichen Ingtars hin galoppierten sie aus allen Richtungen gleichzeitig zwischen die Häuser, donnerten mit suchenden Blicken hinein, die Lanzen stoßbereit, während die Hufe ihrer Pferde Staub aufwirbelten. Dann hielten sie an, und der Staub sank allmählich nieder.

Rand steckte den Pfeil, den er bereits aufgelegt gehabt hatte, in den Köcher zurück und hängte sich den Bogen wieder um. Mat und Perrin taten es ihm nach. Loial und Hurin hatten nur einfach an dem Fleck gewartet, an dem Ingtar sie zurückgelassen hatte. Sie beobachteten unruhig die Szenerie.

Ingtar winkte, und Rand und die anderen ritten zu den Schienarern hinüber.

»Mir gefällt der Geruch hier nicht«, murmelte Perrin, als sie zwischen die Häuser ritten. Hurin sah ihn scharf an, und er erwiderte den Blick, bis Hurin die Augen senkte. »Es riecht irgendwie falsch.«

»Die blutigen Schattenfreunde und Trollocs sind geradewegs hier durchgeritten, Lord Ingtar«, sagte Uno und deutete auf ein paar übriggebliebene Spuren, die noch nicht von den Schienarern zertrampelt worden waren. »Gerade durch zu der verfluchten Fähre, und die haben sie, verdammt noch mal, auf der anderen Seite zurückgelassen. Blut und blutige Asche! Wir haben noch ein Schweineglück, daß sie sie nicht losmachten und den Fluß runter treiben ließen.«

»Wo sind die Leute, die hier wohnen?« fragte Loial.

Die Türen standen offen, in den offenen Fenstern flatterten die Gardinen, aber trotz des Donnerns der Pferdehufe war niemand herausgetreten.

»Durchsucht die Häuser«, befahl Ingtar. Die Männer stiegen ab und rannten hinein, doch als sie zurückkamen, schüttelten sie die Köpfe.

»Sie sind weg, Lord Ingtar«, sagte Uno. »Verdammt noch mal einfach weg, mag mich das Licht versengen! Als hätten sie sich entschlossen, mir nichts, dir nichts am hellichten Tag wegzulaufen.« Plötzlich hielt er inne und deutete eindringlich auf ein Haus hinter Ingtar. »Da ist eine Frau an dem Fenster. Wie ich die verdammt noch mal übersehen konnte …?« Er rannte auf das Haus zu, bevor irgend jemand anders sich nur rühren konnte.

»Erschreckt sie nicht!« rief Ingtar. »Uno, wir brauchen Informationen. Das Licht soll dich versengen, Uno, erschreck sie ja nicht!« Der Einäugige verschwand durch die offene Tür. Ingtar erhob die Stimme wieder. »Wir wollen Euch nichts antun, gute Frau! Wir sind Männer von Lord Agelmar, aus Fal Dara. Habt keine Angst! Wir werden Euch nichts tun!«

Ein Fenster ganz oben im Haus flog auf, und Uno steckte den Kopf hinaus und blickte sich wild um. Mit einem Fluch zog er sich wieder zurück. Stampfen und Klappern begleiteten seinen Rückweg, als zertrampele er wütend irgendwelche Gegenstände. Schließlich erschien er in der Tür.

»Weg, Lord Ingtar. Aber sie war da. Eine Frau in einem weißen Kleid war am Fenster. Ich habe sie gesehen. Ich dachte sogar einen Moment lang, ich hätte sie drinnen gesehen, aber dann war sie weg und …« Er atmete tief durch. »Das Haus ist leer, Lord Ingtar.« Das Maß seiner Erregung wurde dadurch deutlich, daß er einmal nicht fluchte.

»Vorhänge«, äußerte sich Mat dazu. »Er erschrickt, weil ein paar verdammte Vorhänge durch die Gegend wehen.« Uno sah ihn scharf an und kehrte dann zu seinem Pferd zurück.

»Wohin sind sie verschwunden?« fragte Rand Loial. »Glaubst du, sie sind weggerannt, als die Schattenfreunde kamen?« *Und die Trollocs und ein Myrddraal. Und das, was Hurin als noch schlimmer bezeichnet. Schlaue Leute, falls sie so schnell wegrannten, wie sie nur konnten.*

»Ich fürchte, die Schattenfreunde haben sie mitgenommen, Rand«, sagte Loial zögernd. Er verzog das Gesicht. Bei seiner breiten Nase, die ein wenig wie ein Rüssel wirkte, war das schon beinahe eine wütende Fratze. »Für die Trollocs.« Rand schluckte und bereute, daß er die Frage gestellt hatte. Es war kein angenehmes Gefühl, sich vorzustellen, was die Trollocs fraßen.

»Was auch hier geschehen sein mag«, sagte Ingtar, »so haben es in jedem Fall die Schattenfreunde zu verantworten. Hurin, wurde hier Gewalt angewandt? Wurde getötet? Hurin?«

Der Schnüffler fuhr zusammen und blickte sich erschreckt um. Er hatte über den Fluß hinweggeblickt. »Gewalt, Lord Ingtar? Ja. Getötet wurde niemand. Oder nicht direkt.« Er sah Perrin aus den Augenwinkeln an. »Ich habe so was noch nie zuvor gerochen, Lord Ingtar. Aber verletzt wurden schon welche.«

»Gibt es Zweifel daran, daß sie den Fluß überquert haben? Oder sind sie wieder auf der eigenen Spur ein Stück zurückgeritten?«

»Sie sind drüben, Lord Ingtar.« Hurin blickte nervös zum anderen Ufer hinüber. »Sie haben ihn überquert. Aber was sie auf der anderen Seite gemacht haben ...?« Er zuckte die Achseln.

Ingtar nickte. »Uno, ich brauche diese Fähre auf unserer Seite. Und ich will, daß Kundschafter sich drüben umschauen, bevor wir den Fluß überqueren. Nur weil hier keine Falle auf uns lauerte, heißt das nicht, daß es dort keine gibt, wenn wir uns bei der Überquerung aufteilen müssen. Die Fähre sieht nicht groß genug aus, um uns alle auf einmal hinüberzubringen. Kümmere dich also darum.«

Uno verbeugte sich, und Augenblicke später halfen sich Ragan und Masema gegenseitig aus den Rüstungen. Bis auf den Lendenschurz entkleidet und mit einem Dolch bewaffnet, der hinten an diesem befestigt war, trabten sie auf krummen Reiterbeinen zum Flußufer und wateten ins Wasser. Sie zogen sich mit den Händen an dem dicken Fährtau entlang. Das Tau hing in der Mitte weit genug durch, um sie bis an die Hüften im Wasser stehen zu lassen, und die Strömung war stark. Sie zog sie flußabwärts, doch schneller als Rand geglaubt hatte, stemmten sie sich über die rauhen Bordwände der Fähre. Sie zogen ihre Dolche und verschwanden unter den Bäumen.

Nach einer Weile, die wie eine Ewigkeit erschien, tauchten die beiden Männer wieder auf und machten sich daran, die Fähre langsam herüberzuziehen. Der Kahn stieß unterhalb des Dorfes ans Ufer, und Masema vertäute ihn, während Ragan zu Ingtar hinauftrabte. Sein Gesicht war bleich. Die Pfeilnarbe auf seiner Wange trat deutlich heraus. Er wirkte erschüttert, als er sprach: »Das andere Ufer ... Es gibt dort keinen Hinterhalt, Lord Ingtar, aber ...« Er verbeugte sich tief, immer noch klatschnaß und zitternd. »Lord Ingtar, Ihr müßt das selbst sehen. Die große Steineiche, fünfzig Schritt südlich des Landestegs. Ich kann es nicht sagen. Ihr müßt es selbst sehen.«

Ingtar runzelte die Stirn und blickte erst Ragan und dann das ferne Ufer an. Schließlich sagte er: »Ihr habt eure Sache gut gemacht, Ragan. Ihr beide.« Seine Stimme wurde schärfer. »Uno, hole diesen Männern etwas aus den Häusern, um sich abzutrocknen. Und schau nach, ob jemand Teewasser aufgesetzt hatte. Gib ihnen etwas Heißes zu trinken, wenn es geht. Dann bringe die zweite Gruppe und die Packpferde hinüber.« Er wandte sich Rand zu. »Also, seid Ihr bereit, das Südufer des Erinin zu sehen?« Er wartete nicht auf eine Antwort und ritt mit Hurin und der Hälfte der Lanzenträger zur Fähre hinunter.

Rand zögerte einen Moment und folgte ihnen dann. Loial kam mit ihm. Zu seiner Überraschung ritt Perrin vor ihnen. Er blickte grimmig drein. Einige der Lanzenträger stiegen unter groben Scherzen ab, um das Tau zu ziehen und so die Fähre hinüberzubringen.

Mat wartete bis zur letzten Minute, als einer der Schienarer bereits die Fähre losband, doch dann gab er seinem Pferd die Fersen zu spüren und drängte sich an Bord. »Früher oder später muß ich doch kommen, oder?« sagte er atemlos, ohne jemand Bestimmtes anzusprechen. »Ich muß ihn finden.«

Rand schüttelte den Kopf. Da Mat so gesund wie früher wirkte, hatte er beinahe vergessen, warum Mat mitgekommen war. *Um den Dolch zu finden. Überlasse Ingtar das Horn. Ich will nur den Dolch für Mat haben.* »Wir werden ihn finden, Mat.«

Mat sah ihn finster an — mit einem höhnischen Seitenblick auf seinen guten roten Mantel — und wandte sich ab. Rand seufzte.

»Es wird sich alles wieder einrenken, Rand«, sagte Loial leise. »Irgendwie geht das schon.«

Die Strömung zerrte an der Fähre, als sie vom Ufer weggezogen wurde. Sie drückte sie unter hartem Quietschen gegen das Tau. Die Lanzenträger wirkten als Fährleute schon sehr eigenartig. Sie marschierten mit Helm und Rüstung und Schwertern auf dem Rücken über das Deck, aber auch so brachten sie die Fähre gut auf den Fluß hinaus.

»Auf diese Art haben wir unsere Heimat verlassen«, sagte Perrin plötzlich. »In Taren-Fähre. Die schweren Stiefeltritte der Fährleute an Deck und das Glucksen des Wassers um die Fähre herum. So verließen wir die Heimat. Diesmal wird es schlimmer.«

»Wie kann es noch schlimmer werden?« fragte Rand. Perrin antwortete nicht. Er suchte mit Blicken das andere Ufer ab, und seine goldenen Augen schienen fast zu glühen, doch nicht vor Eifer.

Nach einer Minute fragte auch Mat: »Wie kann es noch schlimmer kommen?«

»Es wird schlimmer. Ich kann es riechen«, war alles, was Perrin zu sagen bereit war. Hurin beäugte ihn nervös, aber andererseits sah Hurin alles und jeden beunruhigt an, seit sie Fal Dara verlassen hatten.

Die Fähre prallte mit einem hohlen, dumpfen Geräusch vom Aufschlag fester Planken auf zähen Ton beinahe schon unter den überhängenden Zweigen der

Bäume auf das Südufer, und die Schienarer, die pausenlos an dem Tau gezogen hatten, stiegen wieder auf ihre Pferde. Nur zwei blieben zurück. Ingtar hatte ihnen befohlen, die Fähre wieder zurückzubringen, um die anderen abzuholen. Der Rest folgte Ingtar die Uferböschung hinauf.

»Fünfzig Schritt zu einer großen Steineiche«, sagte Ingtar, als sie in den Wald hineinritten. Seine Stimme klang etwas zu unbeteiligt. Wenn schon Ragan nicht darüber sprechen konnte … Einige der Soldaten lockerten die Schwerter auf ihren Rücken und hielten die Lanzen stoßbereit.

Zuerst glaubte Rand, die Gestalten, die an ihren Armen von den dicken grauen Ästen der Steineiche hingen, seien Vogelscheuchen. Rote Vogelscheuchen. Dann erkannte er die beiden Gesichter. Changu und der andere Mann, der mit ihm zusammen auf Wache gewesen war. Nidao. Die Augen weit aufgerissen, die Zähne in erstarrtem Schmerz gebleckt. Sie hatten noch lange Zeit gelebt, nachdem die Greueltat begonnen hatte.

Perrin stieß eine Art tiefes Grollen aus. »Das Schlimmste, was ich je gesehen habe, Lord Ingtar«, sagte Hurin mit schwacher Stimme. »Das Schlimmste, was ich je gerochen habe, außer an jenem Abend im Kerker von Fal Dara.«

Verzweifelt suchte Rand das Nichts in seinem Inneren. Die Flamme schien ihm immer im Weg zu sein. Das fahle Licht flackerte im Rhythmus seines krampfartigen Würgens, doch er kämpfte sich hindurch, und schließlich war er ganz in Leere gehüllt. Das Schwindelgefühl pulsierte innerhalb des Nichts in seinem Inneren. Diesmal also nicht draußen, sondern drinnen. *Kein Wunder, wenn man so etwas sehen muß.* Der Gedanke hüpfte über das Nichts wie ein Wassertropfen in einer heißen Pfanne. *Was hat man mit ihnen gemacht?*

»Man hat ihnen die Haut bei lebendigem Leib abgezogen«, sagte jemand hinter ihm, und außerdem hörte er, wie sich jemand übergab. Er glaubte, es sei Mat, doch alles war weit von ihm entfernt. Er befand sich im Nichts. Nur daß auch dieses ekelhafte Schwindelgefühl bei ihm war. Er hatte das Gefühl, er müsse sich ebenfalls übergeben.

»Schneidet sie ab«, sagte Ingtar mit rauher Stimme. Er zögerte einen Moment und fügte dann hinzu: »Begrabt sie. Wir können nicht sicher sein, daß sie wirklich Schattenfreunde waren. Sie könnten auch deren Gefangene gewesen sein. Es könnte sein. Laßt sie die letzte Umarmung der Mutter noch fühlen.« Männer ritten mit zögernd gezogenen Messern hin. Selbst für die schlachtgewohnten Schienarer war das keine leichte Aufgabe — die gehäuteten Leichen von Männern abzuschneiden, die sie gekannt hatten.

»Geht es Euch soweit gut, Rand?« fragte Ingtar. »Ich bin an so etwas auch nicht gewöhnt.«

»Mir ... mir geht es gut, Ingtar.« Rand ließ das Nichts verfliegen. Er fühlte sich ein wenig besser. Sein Magen hob sich immer noch, aber es war nicht mehr so schlimm. Ingtar nickte und ließ sein Pferd zur Seite drehen, so daß er die Männer bei ihrer Arbeit beobachten konnte.

Das Begräbnis war einfach. Zwei Löcher wurden in den Boden gegraben und die Leichen hineingelegt, während die anderen Schienarer schweigend zusahen. Die Totengräber begannen, ohne weiteres Aufhebens Erde in die Gräber zu schaufeln.

Rand war entsetzt, aber Loial erklärte ihm leise: »Die Schienarer glauben, wir alle kämen aus der Erde und müßten wieder zur Erde zurückkehren. Sie benützen niemals Särge und Leichentücher, und die Körper sind niemals bekleidet. Die Erde muß den Körper zurückerhalten. Die letzte Umarmung der Mutter, so nennen sie das. Und es werden auch keine Worte gesprochen, bis auf ›Das Licht leuchte dir, und der Schöpfer schütze dich. Die letzte Umarmung der Mutter heißt dich zu

Hause willkommen.‹« Loial seufzte und schüttelte das mächtige Haupt. »Ich glaube nicht, daß irgend jemand das nun aussprechen wird. Gleich was Ingtar sagt, Rand, aber es gibt kaum einen Zweifel daran, daß Changu und Nidao die Wachen am Hundetor töteten und die Schattenfreunde in die Festung ließen. Es müssen sie gewesen sein, die für alles verantwortlich waren.«

»Wer hat dann den Pfeil auf ... auf die Amyrlin abgeschossen?« Rand schluckte. *Wer hat auf mich geschossen?* Loial sagte nichts.

Uno kam mit dem Rest der Männer und den Packpferden an, als gerade die letzten Erdbrocken auf die Gräber geschaufelt wurden. Irgend jemand erzählte ihm, was sie vorgefunden hatten, und der Einäugige spuckte aus. »Die ziegenküssenden Trollocs machen das manchmal am Rand der Fäule, wenn sie dir den letzten verdammten Nerv töten oder dich auf ihre verfluchte Weise warnen wollen, ihnen zu folgen. Seng mich, wenn das hier funktionieren sollte.«

Bevor sie weiterritten, hielt Ingtar neben den beiden unauffälligen Gräbern inne, zwei Haufen aufgeschütteter Erde, die zu klein erschienen, um die Körper von Männern aufzunehmen. Nach einem Moment sagte er: »Das Licht leuchte Euch, und der Schöpfer schütze Euch. Die letzte Umarmung der Mutter heißt Euch zu Hause willkommen.« Als er den Kopf hob, blickte er einen der Männer nach dem anderen an. Alle Gesichter waren ausdruckslos, auch das von Ingtar. »Sie retteten am Tarwin-Paß Lord Agelmars Leben«, sagte er. Ein paar der Lanzenträger nickten. Ingtar wendete sein Pferd. »Welche Richtung, Hurin?«

»Nach Süden, Lord Ingtar.«

»Nehmt die Spur auf! Die Jagd beginnt!«

Der Wald wurde bald von einer sanft-welligen Ebene abgelöst, die manchmal durch einen seichten Bach unterbrochen wurde, der sich sein Bett tief in den weichen

Boden eingeschnitten hatte. Die Bodenwellen blieben niedrig — höchstens fanden sie einmal einen geduckten Hügel, der die Bezeichnung nicht wert war. Wunderbares Land für Pferde. Ingtar nützte das aus, ließ sie mit gleichmäßigen, raumgreifenden Schritten vorwärts eilen. Gelegentlich sah Rand in der Ferne etwas, das wie ein Bauernhaus aussah, und einmal sogar glaubte er, ein Dorf entdeckt zu haben, aus dessen meilenweit entfernten Schornsteinen Rauch quoll. Etwas glänzte weiß in der Sonne. Aber das Land in ihrer unmittelbaren Nähe blieb menschenleer. Lange Grasstreifen wurden hier und da durch Unterholz und ein paar Bäume unterbrochen; von Zeit zu Zeit sahen sie sogar ein kleines Dikkicht, aber nie mehr als hundert Schritte breit.

Ingtar sandte Kundschafter aus. Zwei Männer ritten voraus. Man sah sie nur, wenn sie gerade eine Erhebung überquerten. Er hatte sich eine silberne Pfeife um den Hals gehängt, damit er sie zurückrufen konnte, falls Hurin sagte, die Spur weiche von der bisherigen Richtung ab, aber das war nicht der Fall. Süden. Immer nach Süden.

»Wir werden das Schlachtfeld von Talidar in drei oder vier Tagen erreichen, wenn das so weitergeht«, sagte Ingtar, während sie so dahinritten. »Artur Falkenflügels größter Sieg auf dem Schlachtfeld, als die Halbmenschen die Trollocs aus der Fäule gegen ihn führten. Die Schlacht dauerte sechs Tage und Nächte, und als sie vorüber war, flohen die Trollocs in die Fäule zurück und wagten es nie mehr, ihn herauszufordern. Er ließ zur Erinnerung an seinen Sieg dort eine Säule errichten, hundert Spannen hoch. Er ließ aber nicht seinen eigenen Namen einmeißeln, sondern die Namen aller Männer, die dort fielen, und obenauf eine goldene Sonne als Wahrzeichen dafür, daß das Licht den Schatten besiegt hatte.«

»Das würde ich gern sehen«, sagte Loial. »Ich habe noch nie von dieser Siegessäule gehört.«

Ingtar schwieg einen Augenblick lang, und als er weitersprach, klang seine Stimme sehr ruhig. »Sie steht nicht mehr dort, Erbauer. Als Falkenflügel starb, konnten es diejenigen, die sich um sein Reich stritten, nicht ertragen, ein solches Monument eines seiner Siege stehen zu lassen, auch wenn sein Name gar nicht darauf stand. Es ist nichts davon übrig als der Hügel, auf dem es einst stand. Wenigstens diesen können wir in drei oder vier Tagen sehen.« Sein Tonfall ließ anschließend keine Unterhaltung mehr aufkommen.

Unter der am Himmel hängenden goldenen Sonne kamen sie an einer Ruine vorbei, die, quadratisch und aus verputzten Backsteinen errichtet, weniger als eine Meile von ihrem Weg entfernt lag. Sie war nicht hoch; wo immer er auch hinblickte, standen nicht mehr als zwei Stockwerke, aber sie bedeckte eine recht große Fläche. Eine Stimmung trauriger Verlassenheit lag darüber. Die Dächer waren eingebrochen; nur ein paar Streifen dunkler Ziegel hingen noch an einzelnen Dachsparren. Der größte Teil des weißen Verputzes war abgebröckelt und gab den Blick frei auf die dunklen, verwitterten Backsteine darunter. Wände waren eingestürzt und enthüllten Innenhöfe und vermodernde Zimmer. Gestrüpp und sogar ein paar Bäume wuchsen in den Ritzen der einst gepflasterten Innenhöfe.

»Ein Herrenhaus«, erklärte Ingtar. Das bißchen Humor, das er wiedergewonnen hatte, schien zu verblassen, als er die Ruine betrachtete. »Als Harad Dakar noch stand, schätze ich, bewirtschaftete der Gutsherr das Land im Umkreis von ein paar Meilen. Vielleicht baute er Obst an. Die Hardani liebten ihre Obstplantagen.«

»Harad Dakar?« sagte Rand, und Ingtar schnaubte.

»Lernt denn heute keiner mehr Geschichte? Harad Dakar, die Hauptstadt von Hardan; das war das Land, über das wir gerade reiten.«

»Ich habe eine alte Landkarte gesehen«, antwortete Rand mit angespannter Stimme. »Ich kenne die Länder, die es heute nicht mehr gibt: Maredo und Goaban und Carralain. Aber Hardan gab es darauf nicht.«

»Es gab damals noch andere, die heute spurlos verschwunden sind«, sagte Loial. »Mar Haddon, das heute nur noch als die Haddon-Sümpfe bekannt ist, und Almoth. Kintara. Der Hundertjährige Krieg hat Artur Falkenflügels Reich in viele Nationen zersprengt — große und kleine. Die kleinen wurden von den großen geschluckt oder sie vereinigten sich, so wie Altara und Murandy. Oder besser gesagt, sie wurden zur Vereinigung gezwungen und vereinten sich nicht freiwillig, schätze ich.«

»Und was ist dann mit ihnen geschehen?« wollte Mat wissen. Rand hatte gar nicht bemerkt, daß Mat und Perrin herangeritten waren, um sich ihnen anzuschließen. Als er sie zuletzt gesehen hatte, waren sie ganz am Ende der Kolonne geritten, soweit wie möglich von Rand al'Thor entfernt.

»Sie konnten sich nicht halten«, antwortete der Ogier. »Es gab Mißernten, oder der Handel brachte nicht genug ein, oder die Menschen versagten einfach. In jedem Fall versagte irgend etwas, und die Nation schwand dahin. Oft sogen Nachbarländer das betreffende Land in sich auf, als diese Nationen verschwanden, aber auch diese Aneignungen waren nicht für die Dauer. Irgendwann schließlich verließ man die Länder. Hier und da hält sich noch ein Dorf, aber die meisten wurden von der Wildnis verschlungen. Es ist schon fast dreihundert Jahre her, daß Harad Dakar endgültig aufgegeben wurde, aber selbst davor war es nur eine leere Hülle mit einem König, der nicht einmal kontrollieren konnte, was innerhalb der Stadtmauern geschah. Soviel ich weiß, ist Harad Dakar selbst mittlerweile ganz vom Erdboden verschwunden. Alle Dörfer und Städte von Hardan sind vergangen. Ihre Steine wurden von Bauern zum eigenen Gebrauch weggekarrt. Aber die meisten Höfe und Dörfer, die man damit erbaut hat, sind mittlerweile ebenfalls verschwunden. Das habe ich gelesen, und ich habe bisher nichts gesehen, was dem widerspräche.«

»Harad Dakar war fast hundert Jahre lang wie ein Steinbruch«, sagte Ingtar bitter. »Die Menschen zogen mit der Zeit fort, und die Stadt wurde Stein um Stein abgetragen. Alles verschwand langsam, und was noch nicht weg ist, wird auch vergehen. Alles vergeht überall. Es gibt kaum eine Nation, die wirklich das gesamte Land beherrscht, das sie der Landkarte nach ihr eigen nennt, und es gibt auch kaum ein Land, das heute noch auf der Landkarte genauso groß ist wie vor hundert Jahren. Als der Hundertjährige Krieg beendet war, konnte man endlos weit durch ein Land zum anderen reiten; von der Fäule bis zum Meer der Stürme. Jetzt können wir beinahe dieselbe Strecke ständig durch eine Wildnis reiten, die von keinem Land beansprucht wird. Wir in den Grenzlanden werden durch die Notwendigkeit des ständigen Kampfes gegen die Fäule gestärkt und geeint. Vielleicht fehlte diesen Ländern hier die notwendige Herausforderung, um sie stark zu erhalten. Ihr sagtet, sie versagten, Erbauer? Ja, sie versagten, und welche Nation, die heute stolz und mächtig dasteht, wird morgen vielleicht ebenfalls versagen? Wir werden weggeschwemmt, wir Menschen. Weggeschwemmt wie Treibholz in einer Flut. Wie lange noch, bis nur noch die Grenzlande übrig sind? Wie lange noch, bis auch wir untergehen und nichts übrigbleibt, als Trollocs und Myrddraal bis hinunter zum Meer der Stürme?«

Erschrockenes Schweigen folgte seinen Worten. Nicht einmal Mat sagte etwas. Ingtar ritt gedankenverloren weiter.

Nach einer Weile kamen die Kundschafter zurückgaloppiert und berichteten, aufrecht sitzend und mit erhobenen Lanzen: »Vor uns liegt ein Dorf, Lord Ingtar. Man hat uns nicht gesehen, aber es liegt direkt auf unserem Weg.«

Ingtar schüttelte die trüben Gedanken ab, sagte aber

nichts, bis sie den Kamm eines niedrigen Hügels erreicht hatten und auf das Dorf hinunterblickten. Auch dann befahl er lediglich anzuhalten, während er aus seiner Satteltasche ein Fernglas herausholte und es an die Augen hob, um das Dorf zu betrachten. Rand betrachtete ebenfalls interessiert das Dorf. Es war so groß wie Emondsfeld, obwohl das natürlich nicht gerade groß war, wenn man es mit einigen der Ortschaften verglich, die er seit seinem Aufbruch in den Zwei Flüssen gesehen hatte, ganz zu schweigen von den großen Städten. Die Häuser waren alle niedrig und mit weißem Kalk verputzt, und es schien, als wachse auf ihren Giebeldächern Gras. Ein Dutzend Windmühlen lagen über das ganze Dorf verstreut. Ihre langen, stoffbespannten Flügel drehten sich gemütlich und leuchteten weiß im Sonnenschein. Ein niedriger Wall umgab das Dorf. Er war brusthoch und grasbewachsen. Davor befand sich ein breiter Graben mit zugespitzten Stöcken, die man dicht beieinander in den Boden gerammt hatte. Die einzige Öffnung, die er in dem Wall entdecken konnte, besaß keine Torflügel, doch er nahm an, sie könne ziemlich leicht mit einem Karren oder Wagen blockiert werden. Er konnte nirgends Menschen entdecken.

»Nicht mal ein Hund ist zu sehen«, sagte Ingtar und steckte das Fernglas zurück in die Satteltasche. »Seid Ihr sicher, daß sie Euch nicht entdeckt haben?« fragte er die Kundschafter.

»Höchstens wenn sie das Glück des Dunklen Königs auf ihrer Seite haben, Lord Ingtar«, sagte der eine der Männer. »Wir sind noch nicht einmal auf diesen Hügelkamm gestiegen. Und wir haben auch keinerlei Bewegung im Dorf gesehen, Lord Ingtar.«

Ingtar nickte. »Die Spur, Hurin?«

Hurin holte tief Luft. »Zum Dorf hin, Lord Ingtar. Geradewegs darauf zu, soweit ich das von hier aus beurteilen kann.«

»Paßt gut auf«, befahl Ingtar und straffte die Zügel.

»Und glaubt nicht, sie seien freundlich gesinnt, nur weil sie lächeln. Falls sich irgend jemand dort aufhält.« Er führte sie in langsamem Schrittempo auf das Dorf zu und hob die Hand zum Rücken, um sein Schwert in der Scheide zu lockern.

Rand hörte an den Geräuschen hinter ihm, daß die anderen das gleiche taten. Nach einem Augenblick lokkerte auch er sein Schwert in der Scheide. Sich zu bemühen, am Leben zu bleiben, war etwas ganz anderes als sich zu bemühen, ein Held zu ein, stellte er fest.

»Glaubt Ihr, diese Leute würden Schattenfreunden helfen?« fragte Perrin Ingtar. Der Schienarer nahm sich Zeit für seine Antwort. »Sie haben nicht viel für Schienarer übrig«, sagte er schließlich. »Sie sind der Meinung, wir hätten sie zu beschützen. Wir oder die Cairhienin. Cairhien beanspruchte dieses Land für sich, als der letzte König von Hardan starb. Sie beanspruchten das ganze Land bis zum Erinin für sich. Aber sie konnten es nicht halten. Sie gaben es vor beinahe hundert Jahren auf. Die wenigen Menschen, die hier noch leben, müssen sich kaum den Kopf über Trollocs zerbrechen — so weit im Süden —, aber es gibt eine Menge menschlicher Räuber. Deshalb haben sie den Wall und den Graben angelegt. So was haben alle Dörfer hier. Ihre Felder liegen bestimmt in den Mulden hier herum verborgen, und es wohnt niemand außerhalb des Walles. Sie würden jedem König die Treue schwören, der sie beschützt, aber wir haben nun mal alle Hände voll zu tun, um gegen die Trollocs zu kämpfen. Doch sie haben deshalb nicht gerade eine hohe Meinung von uns.« Als sie die Öffnung in dem niedrigen Wall erreichten, fügte er nochmals hinzu: »Paßt gut auf!«

Alle Straßen führten hin zu einem Dorfplatz, aber es befand sich niemand auf diesen Straßen, und niemand spähte aus den Fenstern auf sie herab. Nicht einmal ein Hund war zu sehen; nicht einmal ein Huhn. Nichts Lebendiges. Geöffnete Türen knarrten im Wind auf und zu und lieferten so den Kontrapunkt zu dem rhythmischen Quietschen der Windmühlenflügel. Die Hufe der Pferde polterten laut auf der festgefahrenen Straßenoberfläche. »Wie bei der Fähre«, murmelte Hurin, »und doch anders.« Er saß zusammengesunken und mit gesenktem Kopf im Sattel, als versuche er, sich hinter den eigenen Schultern zu verstecken. »Gewalt wurde gebraucht, aber … ich weiß nicht. Es war schlimm hier. Es riecht schlimm.«

»Uno«, sagte Ingtar, »nimm dir eine Gruppe, und suche die Häuser ab. Wenn du jemanden findest, bringe ihn zu mir auf den Dorfplatz. Aber erschrecke mir diesmal niemanden. Ich brauche Antworten und keine Leute, die vor Angst um ihr Leben rennen.« Er führte die anderen Soldaten weiter zur Ortsmitte hin, während Uno seine zehn Mann absitzen ließ.

Rand zögerte und sah sich um. Die quietschenden Türen, die knarrenden Windmühlenflügel, das Hufgetrappel der Pferde, alles ergab zuviel Hintergrundlärm, als gäbe es auf der ganzen Welt kein anderes Geräusch mehr. Er betrachtete die Häuser. Die Vorhänge in einem geöffneten Fenster wehten wild und klatschen gegen die Außenwand des Hauses. Alles schien leblos. Mit einem Seufzer stieg er ab und ging zum nächsten Haus hinüber. Dann blieb er stehen und blickte die Tür an. *Es ist doch nur eine Tür. Wovor hast du denn Angst?* Er wünschte, er hätte nicht dieses eigenartige Gefühl, als warte irgend jemand auf der anderen Seite. Er schob sie auf.

Drinnen befand sich ein sauber aufgeräumtes Zimmer. Na, jedenfalls war es einstmals sehr ordentlich gewesen. Der Tisch war gedeckt, Stühle mit hohen Gitterlehnen standen darum herum, und ein paar Teller waren schon gefüllt. Ein paar Fliegen summten über Schüsseln mit Rüben und Erbsen, und weitere krabbelten auf kaltem gebratenen Rindfleisch herum, das in einer geronnenen Sauce lag. Eine Scheibe war halb von dem Bratenstück abgeschnitten. Die Gabel stak noch im Fleisch, und das Messer lag noch auf dem Teller, als habe man es fallen lassen. Rand trat ein.

Ein Wimpernschlag.

Ein lächelnder, glatzköpfiger Mann in grober Kleidung legte eine Scheibe Fleisch auf einen Teller, den eine Frau mit verbrauchtem Gesicht hielt. Auch sie lächelte. Sie fügte Erbsen und Rüben hinzu und gab den Teller einem der Kinder, die am Tisch saßen. Es war ein halbes Dutzend Kinder, Jungen und Mädchen; die einen schon fast erwachsen, während andere kaum groß genug waren, um über den Tisch zu schauen. Die Frau sagte etwas, und das Mädchen, das ihr den Teller abnahm, lachte. Der Mann begann, eine weitere Scheibe abzuschneiden.

Plötzlich schrie ein anderes Mädchen auf und deutete auf die Eingangstür. Der Mann ließ das Messer fallen und fuhr herum. Dann schrie auch er mit angstverzerrtem Gesicht und riß ein Kind an sich. Die Frau ergriff ein weiteres und bedeutete den anderen verzweifelt etwas, wobei ihr Mund sich lautlos und aufgeregt bewegte. Alle stürzten zu einer Tür am hinteren Ende des Zimmers.

Die Tür sprang auf und …

Ein Wimpernschlag.

Rand konnte sich nicht rühren. Die Fliegen über dem Tisch summten lauter. Sein Atem bildete eine Wolke vor seinem Mund.

Ein Wimpernschlag.

Ein lächelnder, glatzköpfiger Mann in grober Kleidung legte eine Scheibe Fleisch auf einen Teller, den eine Frau mit verbrauchtem Gesicht hielt. Auch sie lächelte. Sie fügte Erbsen und Rüben hinzu und gab den Teller einem der Kinder, die am Tisch saßen. Es war ein halbes Dutzend Kinder, Jungen und Mädchen; die einen schon fast erwachsen, während andere kaum groß genug waren, um über den Tisch zu schauen. Die Frau sagte etwas, und das Mädchen, das ihr den Teller abnahm, lachte. Der Mann begann, eine weitere Scheibe abzuschneiden.

Plötzlich schrie ein anderes Mädchen auf und deutete auf die Eingangstür. Der Mann ließ das Messer fallen und fuhr herum. Dann schrie auch er mit angstverzerrtem Gesicht und riß ein Kind an sich. Die Frau ergriff ein weiteres und bedeutete den anderen verzweifelt etwas, wobei ihr Mund sich lautlos und aufgeregt bewegte. Alle stürzten zu einer Tür am hinteren Ende des Zimmers.

Die Tür sprang auf und ...

Ein Wimpernschlag.

Rand kämpfte dagegen an, doch seine Muskeln schienen eingefroren zu sein. Das Zimmer war kälter. Er wollte vor Kälte zittern, aber er konnte sich noch nicht einmal soweit bewegen. Fliegen krabbelten über den ganzen Tisch. Er suchte nach dem Nichts. Das trübe Licht war da, aber es kümmerte ihn nicht. Er mußte ...

Ein Wimpernschlag.

Ein lächelnder, glatzköpfiger Mann in grober Kleidung legte eine Scheibe Fleisch auf einen Teller, den eine Frau mit verbrauchtem Gesicht hielt. Auch sie lächelte. Sie fügte Erbsen und Rüben hinzu und gab den Teller einem der Kinder, die am Tisch saßen. Es war ein halbes Dutzend Kinder, Jungen und Mädchen; die einen schon fast erwachsen, während andere kaum groß genug waren, um über den Tisch zu schauen. Die Frau sagte etwas, und das Mädchen, das ihr den Teller abnahm, lachte. Der Mann begann, eine weitere Scheibe abzuschneiden.

Plötzlich schrie ein anderes Mädchen auf und deutete auf die Eingangstür. Der Mann ließ das Messer fallen und fuhr herum. Dann schrie auch er mit angstverzerrtem Gesicht und riß ein Kind an sich. Die Frau ergriff ein weiteres und bedeutete den anderen verzweifelt etwas, wobei ihr Mund sich lautlos und aufgeregt bewegte. Alle stürzten zu einer Tür am hinteren Ende des Zimmers.

Die Tür sprang auf und ...

Ein Wimpernschlag.

Das Zimmer war eiskalt. *So kalt.* Fliegen krochen wie eine schwarze Masse über den Tisch; sie schoben sich über die Wände, den Fußboden, die Decke; alles war schwarz von ihnen. Sie krochen über Rand, bedeckten ihn, krabbelten ihm über das Gesicht, über die Augen, in die Nase und den Mund. *Licht, hilf mir! Kalt.* Die Fliegen summten wie Donner. *Kalt.* Es durchdrang das Nichts, verhöhnte die Leere, schloß ihn in Eis ein. Verzweifelt suchte er nach dem flackernden Licht. Sein Magen drehte sich um, aber das Licht war warm. Warm. Heiß. Ihm war heiß.

Plötzlich krallte er sich in ... etwas hinein. Er wußte nicht, was oder wie. Spinnweben aus Stahl. Mondstrahlen aus Stein. Sie zerbröckelten unter seiner Berührung, aber er wußte, daß er gar nichts berührt hatte. Sie schrumpften und schmolzen in der Hitze, die ihn durchfloß, Hitze wie vom Feuer einer Schmiede, Hitze, als brenne die Welt, Hitze wie ... Es war vorbei. Schwer atmend sah er sich mit weit aufgerissenen Augen um. Ein paar Fliegen lagen auf dem angeschnittenen Braten und auf dem Teller. Tote Fliegen. *Sechs Fliegen. Nur sechs.* In den Schüsseln lagen weitere; ein halbes Dutzend winzige schwarze Flecke im kalten Gemüse. Alle tot. Er taumelte auf die Straße hinaus.

Mat kam gerade aus einem Haus auf der anderen Straßenseite heraus und schüttelte den Kopf. »Niemand da«, sagte er zu Perrin, der immer noch auf dem Pferd saß. »Es hat den Anschein, als seien sie einfach beim Essen aufgestanden und weggegangen.«

Vom Platz her erklang ein Ruf.

»Sie haben etwas gefunden«, sagte Perrin und gab seinem Pferd die Fersen zu spüren. Mat kletterte in den Sattel und galoppierte ihm nach.

Rand bestieg den Braunen etwas langsamer; der Hengst scheute, als fühle er seine Unruhe. Er betrachtete die Häuser, während er langsam zum Dorfplatz hinüber ritt, aber er konnte sich nicht dazu bringen, länger hinzuschauen. *Mat ist hineingegangen, und ihm ist nichts passiert.* Er beschloß, in diesem Dorf kein Haus mehr zu betreten, gleich aus welchem Grund. So gab er dem Braunen die Fersen und beschleunigte dessen Gangart.

Alle standen wie Statuen vor einem großen Gebäude mit einer breiten Doppeltür. Rand glaubte nicht, daß es eine Schenke sei; so hing zum Beispiel kein Schild über dem Eingang. Vielleicht war es ein Treffpunkt der Dorfbewohner. Er schloß sich der schweigenden Runde an und starrte entsetzt wie die anderen auf den sich ihm bietenden Anblick.

Ein Mann hing mit ausgebreiteten Armen und Beinen an der Tür. Dicke Dornen waren ihm durch Handgelenke und Schultern getrieben worden. Weitere Dornen steckten in seinen Augen, um seinen Kopf oben zu halten. Dunkles, eingetrocknetes Blut verkrustete seine Wangen. Trittspuren auf dem Holz hinter seinen Stiefeln zeigte, daß er noch am Leben gewesen war, als man ihm das antat. Zumindest, als man damit begann.

Rand stockte der Atem. Kein Mann. Diese schwarze Kleidung, schwärzer als schwarz, war niemals von einem Menschen getragen worden. Der Wind ließ einen Zipfel des vom Körper festgeklemmten Umhangs flattern — und, wie er nur zu gut wußte, war das sonst nicht der Fall; oft hatte der Wind keine Macht über diese Kleider —, aber in diesem blassen, blutleeren Gesicht hatten sich niemals Augen befunden.

»Myrddraal«, hauchte er, und es war, als löse sein Sprechen den Bann, unter dem alle anderen gestanden hatten. Sie begannen, sich wieder zu bewegen und zu atmen.

»Wer«, begann Mat, und dann mußte er innehalten und schlucken. »Wer kann so etwas mit einem Blassen machen?« Zum Schluß quiekte seine Stimme. »Ich weiß es nicht«, sagte Ingtar. »Ich weiß es nicht.« Er sah sich um und musterte die Gesichter, oder vielleicht zählte er sie auch, um sich zu vergewissern, daß alle da waren. »Und ich glaube nicht, daß wir hier irgend etwas erfahren. Wir reiten weiter. Aufsitzen! Hurin, suche die Spur, die aus diesem Ort hinausführt.«

»Ja, Lord Ingtar. Ja. Mit Vergnügen. In dieser Richtung, Lord Ingtar. Sie ziehen immer noch nach Süden.«

Sie ritten weg und ließen den toten Myrddraal hängen. Der Wind zupfte an seinem schwarzen Umhang. Hurin war als erster auf der anderen Seite des Walls. Zur Abwechslung einmal wartete er nicht auf Ingtar, aber Rand kam gleich hinter ihm.

KAPITEL 11

Das Muster schimmert hindurch

Zum erstenmal beendete Ingtar ihren Tagesritt bereits zu einer Stunde, als noch die Sonne golden am Himmel stand. Die abgehärteten Schienarer fühlten die Auswirkungen dessen, was sie in dem Dorf gesehen hatten. Ingtar hatte zuvor niemals so früh ein Nachtlager errichten lassen, und der Lagerplatz, den er erwählt hatte, wirkte so, als könne man ihn leicht verteidigen. Es war eine tiefe, beinahe runde Mulde, groß genug, um alle Männer und Pferde bequem zu beherbergen. An den Abhängen wuchs ein spärliches Dickicht aus Krüppeleichen und Lederblattbäumchen. Der Rand war hoch genug, um alle im Lager zu verbergen, selbst ohne die Bäume. In diesem Flachland entsprach die Höhe schon fast der eines Hügels.

»Alles, was ich verdammt noch mal sagen will«, hörte er Uno beim Absitzen zu Ragan sagen, »ist die Tatsache, daß ich sie verflucht noch mal gesehen habe, Licht verseng dich! Just bevor wir diesen ziegenküssenden Halbmenschen gefunden haben. Die gleiche verflammte Frau wie bei der verflammten Fähre. Sie war da, und dann war sie auf einmal, verflucht, nicht mehr da. Du kannst sagen, was du verdammt noch mal willst, aber paß auf, wie du das verflammt sagst, oder ich zieh dir das verfluchte Fell selbst über die Ohren und verbrenn deine ziegenküssende Haut, du schafsgesichtiger Milchtrinker!«

Rand stand da, einen Fuß auf dem Boden und den anderen noch in der Luft. *Die gleiche Frau? Aber es gab keine Frau an der Fähre, nur ein paar Vorhänge, die vom Wind be-*

wegt wurden. Und wenn es sie gäbe, könnte sie das Dorf doch nicht vor uns erreicht haben. Das Dorf ...

Er scheute sich vor dem Weiterspinnen dieses Gedankens. Noch mehr als den an die Tür genagelten Blassen wollte er dieses Zimmer und die Fliegen und die Menschen vergessen, die sich dort befanden und auch wieder nicht. Der Halbmensch war Wirklichkeit gewesen — jeder konnte das sehen —, aber dieses Zimmer ... *Vielleicht werde ich nun tatsächlich verrückt.* Er wünschte, Moiraine wäre da, und er könnte mit ihr sprechen. *Möchte eine Aes Sedai sehen. Du bist wirklich ein Narr. Endlich hast du das hinter dir, also laß es auch sein! Aber habe ich es tatsächlich hinter mir? Was ist dort geschehen?*

»Packpferde und Vorräte in die Mitte!« befahl Ingtar, als die Lanzenträger sich daran machten, das Lager zu errichten. »Reibt die Pferde ab, und dann sattelt sie wieder, falls wir schnell weg müssen. Jeder Mann schläft neben seinem Reittier und heute abend werden keine Feuer entzündet. Die Wache wechselt alle zwei Stunden. Uno, ich will Kundschafter dort draußen haben. Sie sollen reiten, so weit sie können, wenn sie bei Einbruch der Dunkelheit zurück sein sollen. Ich will wissen, was dort draußen los ist.«

Er fühlt es auch, dachte Rand. *Es sind nicht nur ein paar Schattenfreunde und Trollocs und vielleicht noch ein Blasser.* Nur ein paar Schattenfreunde und Trollocs und vielleicht noch ein Blasser! Vor nur wenigen Tagen hätte es davor kein ›nur‹ gegeben. Zu jener Zeit hätten sogar in den Grenzlanden, weniger als einen Tagesritt von der Fäule entfernt, Schattenfreunde und Trollocs und Myrddraal gereicht, um einem Mann Alpträume zu bescheren. Bevor er einen Myrddraal sah, den man an eine Tür genagelt hatte. Wer *im Licht konnte so etwas fertigbringen? Oder* wer nicht *im Licht?* Bevor er in ein Zimmer eingetreten war, wo einer Familie das Abendessen und das Lachen abgeschnitten worden waren. *Ich muß mir das eingebildet haben. Bestimmt.* Das klang selbst in seinen eigenen Gedanken nicht überzeugend. Er hatte auch den Wind auf der Turmspitze nicht vorhergesehen oder daß die Amyrlin sagte ...

»Rand?« Er fuhr zusammen, als Ingtar ihn aus nächster Nähe ansprach. »Werdet Ihr die ganze Nacht damit verbringen, auf einem Bein stehenzubleiben?«

Rand setzte den Fuß auf den Boden. »Ingtar, was ist dort hinten in dem Dorf geschehen?«

»Die Trollocs haben sie mitgenommen, genau wie die Leute aus dem Dorf an der Fähre. Das ist geschehen. Der Blasse ...« Ingtar zuckte die Achseln und blickte hinunter auf ein flaches, in Segeltuch gehülltes, quadratisches großes Bündel. Er sah es an, als erblicke er dort verborgene Geheimnisse, die er lieber nicht lüften wollte. »Die Trollocs haben sie als Lebensmittelvorrat mitgenommen. Das tun sie manchmal auch in den Dörfern und auf Bauernhöfen in der Nähe der Fäule, wenn ihnen bei Nacht ein Vorstoß über die Grenzen gelingt. Manchmal können wir die Menschen zurückholen, manchmal nicht. Manchmal holen wir sie zurück und wünschen beinahe, wir hätten es nicht getan. Die Trollocs töten sie gelegentlich nicht gleich, wenn sie mit dem Schlachten beginnen. Und die Halbmenschen machen sich auch mal ihren — Spaß. Das ist noch schlimmer als das, was die Trollocs tun.« Seine Stimme klang so fest, als beschreibe er ganz alltägliche Dinge, na ja, und vielleicht war es auch so, jedenfalls für einen Soldaten aus Schienar.

Rand atmete tief ein, um seinen Magen zu beruhigen. »Der Blasse dort hinten hat sich keinen Spaß mehr erlaubt, Ingtar. Wer mag einen Myrddraal lebendig an eine Tür nageln?«

Ingtar zögerte, schüttelte den Kopf und schob Rand das große Bündel zu. »Hier, Moiraine Sedai trug mir auf, Euch das im ersten Lager südlich des Erinin zu übergeben. Ich weiß nicht, was darin ist, aber sie sagte, Ihr werdet es benötigen. Sie sagte, ich solle Euch mahnen, es sorgfältig zu behüten; Euer Leben könne davon abhängen.«

Rand nahm es nur zögernd; bei der Berührung der Segeltuchhülle prickelte seine Haut. Drinnen war etwas Weiches. Vielleicht aus Stoff. Er hielt das Bündel vorsichtig. *Er denkt auch lieber nicht über den Myrddraal nach. Was ist in diesem Zimmer geschehen?* Ihm wurde plötzlich klar, daß es ihm immer noch lieber war, an den Blassen und sogar an dieses Zimmer zu denken, als daran, was Moiraine ihm geschickt haben mochte.

»Man hat mir ebenfalls aufgetragen, Euch zu sagen, daß die Lanzenträger Eurem Befehl gehorchen werden, falls mir etwas geschieht.«

»Mir?« keuchte Rand und vergaß das Bündel und alles andere. Ingtar begegnete seinem ungläubigen Blick mit einem gelassenen Nicken. »Aber das ist doch verrückt! Ich habe noch nie etwas anderes angeführt als eine Herde Schafe, Ingtar. Sie würden mir sowieso nicht gehorchen. Außerdem kann Moiraine Euch doch nicht vorschreiben, wer Euer Stellvertreter ist. Das ist doch Uno.«

»Uno und ich wurden am Morgen vor unserer Abreise zu Lord Agelmar gerufen. Moiraine Sedai war auch dabei. Doch Lord Agelmar hat mir diesen Befehl erteilt. Ihr seid mein Stellvertreter, Rand.«

»Aber warum, Ingtar? Warum?« Moiraine hatte ganz klar ersichtlich dabei die Hand im Spiel gehabt und die Amyrlin wohl auch. Sie stießen ihn einfach auf den Weg, den sie für ihn erwählt hatten, aber er hatte trotzdem diese Frage stellen müssen.

Der Schienarer schien es auch nicht zu verstehen, aber er war Soldat und in diesem endlosen Krieg am Rande der Fäule an eigenartige Befehle gewöhnt. »Ich hörte aus den Frauenquartieren Gerüchte, Ihr wärt in Wirklichkeit ein ...«

Er spreizte die Hände in den dicken Handschuhen. »Spielt keine Rolle. Ich weiß, daß Ihr es bestreitet. Genauso wie Ihr Euer eigenes Aussehen bestreitet. Moiraine Sedai sagt, Ihr seid ein Schäfer, aber ich habe noch nie einen Schäfer mit einem Reiherschwert gesehen. Macht nichts. Ich behaupte ja nicht, daß ich Euch als meinen Stellvertreter ausgewählt hätte, aber ich glaube, Ihr habt die Fähigkeit, das zu tun, was notwendig ist. Wenn es sich als nötig erweist, werdet Ihr Eure Pflicht tun.«

Rand wollte eigentlich sagen, das gehöre gewiß nicht zu seinen Pflichten, doch statt dessen sagte er: »Uno weiß davon. Wer noch, Ingtar?«

»Alle Lanzenträger. Wenn wir Schienarer ins Feld ziehen, weiß jeder, wer der nächste sein wird, falls der Kommandant fällt. Diese Kette zieht sich ohne Unterbrechung bis zum letzten noch verbleibenden Mann, selbst wenn er nur ein Pferdeknecht ist. Seht Ihr, auf diese Art — auch falls er wirklich der allerletzte ist — betrachtet man ihn nicht nur als einen flüchtenden Nachzügler, der lediglich am Leben zu bleiben versucht. Er führt das Kommando und die Pflicht hält ihn dazu an, das zu tun, was notwendig ist. Falls ich mich in die letzte Umarmung der Mutter begebe, fällt diese Pflicht an Euch. Ihr werdet dann das Horn finden und es dorthin bringen, wohin es gehört. Das werdet Ihr tun.« Ingtar betonte diese letzten Worte so eigenartig.

Das Bündel in Rands Armen erschien ihm bleischwer. *Licht, sie kann dreihundert Meilen weit entfernt sein, und doch streckt sie die Hand aus und zieht an meiner Leine. Hierhin, Rand. Dorthin. Du bist der Wiedergeborene Drache, Rand.* »Ich will diese Pflicht nicht, Ingtar. Ich kann das nicht annehmen. Licht, ich bin doch nur ein Schäfer! Warum glaubt mir das keiner?«

»Ihr werdet Eure Pflicht tun, Rand. Wenn der Mann an der Spitze versagt, fällt alles unter ihm auseinander. Es zerfällt schon zuviel. Viel zuviel. Der Friede möge Eurem Schwert hold sein, Rand al'Thor.«

»Ingtar, ich ...« Aber Ingtar ging weiter und rief nach

Uno, um festzustellen, ob er seine Kundschafter bereits ausgesandt hatte.

Rand sah auf das Bündel in seinem Arm hinunter und leckte sich die Lippen. Er ahnte, was darin war. Einerseits wollte er nachsehen, andererseits hätte er es gern ungeöffnet ins Feuer geworfen. Er überlegte sich, daß er das vielleicht wirklich tun sollte, falls er die Garantie hatte, daß der Inhalt verbrannte, ohne für die anderen sichtbar zu werden; falls er die Garantie hatte, daß der Inhalt überhaupt verbrennen würde. Aber hier konnte er nicht nachsehen. Zu viele fremde Augen konnten zuschauen.

Er blickte sich im Lager um. Die Schienarer luden das Gepäck von den Packpferden ab, und man gab bereits ein kaltes Abendessen aus Trockenfleisch und Fladenbrot aus. Mat und Perrin versorgten ihre Pferde, und Loial saß auf einem Stein und las in einem Buch. Seine langstielige Pfeife hatte er zwischen die Zähne geklemmt, und eine dünne Rauchfahne erhob sich über seinen Kopf. Rand packte das Bündel so fest, als fürchte er, es fallen zu lassen, und schlich sich zwischen die Bäume.

In einer kleinen von dichtbelaubten Zweigen überwucherten Lichtung kniete er nieder und legte das Bündel auf den Boden. Eine Weile starrte er es nur an. *Das hätte sie nicht getan. Bestimmt nicht.* Eine kleine Stimme aus seinem Inneren antwortete: *Aber sicher doch. Das könnte und würde sie tun.* Schließlich machte er sich daran, die kleinen Knoten in der Packschnur zu lösen. Saubere Knoten, so dicht geknüpft, daß sie ganz eindeutig nach Moiraines Handarbeit aussahen; kein Diener hätte das an ihrer Statt so machen können. Sie hätte es auch nicht gewagt, den Inhalt in Gegenwart von Dienern zu zeigen.

Als er die letzte Schnur gelöst hatte, öffnete er das Bündel mit tauben Händen und blickte den Inhalt an. Er schien Staub im Mund zu haben. Der Inhalt bestand nur aus einem Stück, weder gewoben noch gefärbt, noch bemalt. Eine Flagge, weiß wie Schnee, groß genug, daß man sie über ein ganzes Schlachtfeld hinweg sehen konnte. Und darüber bewegte sich eine sich schlängelnde Gestalt wie eine Schlange mit goldenen und roten Schuppen, eine Schlange jedoch, die vier geschuppte Beine besaß, jedes mit fünf goldenen Klauen bewehrt, eine Schlange mit Augen wie die Sonne und der goldenen Mähne eines Löwen. Er hatte das schon einmal zuvor gesehen, und Moiraine hatte ihm erklärt, was es war: das Banner von Lews Therin Telamon, Lews Therin Brudermörder, im Schattenkrieg. Das Banner des Drachen.

»Schau dir das an! Schau, was er jetzt wieder hat!« Mat platzte in die kleine Lichtung hinein, und Perrin kam etwas langsamer hinterher. »Zuerst kostbare Mäntel«, fauchte Mat, »und jetzt noch eine eigene Flagge! Jetzt wird er sich endlos damit großtun wollen ...« Mat kam nahe genug, um die Flagge klar zu erkennen, und der Mund klappte ihm herunter. »Licht!« Er stolperte einen Schritt nach hinten. »Seng mich!« Auch er war dabei gewesen, als Moiraine die Bedeutung des Banners erklärt hatte. Genau wie Perrin.

In Rand stieg Zorn auf, Zorn auf Moiraine und die Amyrlin, die ihn hin und her schoben. Er packte die Flagge mit beiden Händen und schüttelte sie in Mats Richtung. Die Worte barsten unkontrolliert aus ihm heraus: »Es stimmt! Das Banner des Drachen!« Mat trat noch einen Schritt zurück. »Moiraine will mich zu einer Marionette Tar Valons machen, einen falschen Drachen für die Aes Sedai. Sie will mir das aufzwingen, ganz gleich, ob ich will oder nicht. Aber-ich-lasse-mich-nicht-benutzen!«

Mat stand mit dem Rücken an einem Baumstamm. »Ein falscher Drache?« Er schluckte. »Du? Das ist ... Das ist verrückt.«

Perrin hatte sich nicht zurückgezogen. Er hockte da,

die kräftigen Arme auf die Knie gestützt, und betrachtete Rand mit diesen strahlend goldenen Augen. Sie schienen in der Abendsonne richtig zu leuchten. »Falls die Aes Sedai dich als falschen Drachen benutzen wollen ...« Er unterbrach sich, runzelte die Stirn und überdachte alles erst einmal. Schließlich fragte er leise: »Rand, kannst du die Eine Macht kontrollieren?« Mat stieß einen erstickten Laut aus.

Rand ließ die Flagge fallen. Er zögerte nur für einen Moment und nickte dann erschöpft. »Ich habe nicht darum gebeten. Ich will es nicht. Aber ... aber ich glaube nicht, daß ich es irgendwie aufhalten kann.« Ungebeten kam ihm das Zimmer mit den Fliegen wieder ins Gedächtnis. »Ich glaube auch nicht, daß sie mich aufhören lassen.«

»Seng mich!« hauchte Mat. »Blut und blutige Asche! Sie werden uns umbringen, ist Euch das klar? Uns alle. Perrin und mich genau wie dich. Wenn Ingtar und die anderen das herausfinden, schneiden sie uns als Schattenfreunden die blutigen Kehlen durch. Licht, sie werden vielleicht sogar glauben, wir hätten mitgewirkt, das Horn zu stehlen und diese Leute in Fal Dara zu töten.«

»Halt den Mund, Mat!« befahl Perrin gelassen.

»Sag mir nicht, ich soll den Mund halten. Wenn Ingtar uns nicht umbringt, wird Rand verrückt und erledigt das für ihn. Seng mich! Seng mich!« Mat rutschte an dem Baumstamm entlang nach unten und setzte sich auf den Boden. »Warum haben sie dich nicht gedämpft? Wenn die Aes Sedai Bescheid wußten, warum haben sie dich dann nicht gedämpft? Ich habe niemals gehört, daß sie einen Mann laufen ließen, der die Eine Macht kontrollieren konnte.«

»Sie wissen es auch nicht alle«, seufzte Rand. »Die Amyrlin ...«

»Die Amyrlin! *Sie* weiß Bescheid? Licht, kein Wunder, daß sie mich so komisch angeschaut hat.«

»... und Moiraine sagten mir, ich sei der Wiedergeborene Drache und dann sagten sie, ich könne gehen, wohin ich wolle. Siehst du, Mat? Sie wollen mich benutzen.«

»Das ändert nichts daran, daß du die Eine Macht lenken kannst«, murmelte Mat. »Wenn ich du wäre, wäre ich mittlerweile schon bald am Aryth-Meer. Und ich würde nicht ruhen, bis ich einen Ort gefunden hätte, an dem es keine Aes Sedai gibt und wahrscheinlich auch nie geben wird. Und überhaupt keine Menschen. Ich meine ... Na ja.«

»Halt endlich den Mund, Mat!« verlangte Perrin. »Warum *bist* du nun eigentlich hier, Rand? Je länger du dich bei irgendwelchen Leuten aufhältst, desto wahrscheinlicher ist es, daß jemand es herausfindet und den Aes Sedai verrät. Aes Sedai, die *nicht* sagen, du sollst einfach weiter deinen Geschäften nachgehen.« Er hielt inne und kratzte sich am Kopf. »Und Mat hat recht in bezug auf Ingtar. Ich habe keinen Zweifel daran, daß er dich als Schattenfreund bezeichnen und dich töten würde. Vielleicht würde er auch uns alle töten. Er scheint dich zu mögen, aber ich glaube, er täte es trotzdem. Ein falscher Drache? Die anderen täten es auch. Masema wird nicht lange nach Ausreden suchen — in deinem Fall. Also, warum bist du noch nicht weg?«

Rand zuckte die Achseln. »Ich wollte ja, aber dann kam die Amyrlin, anschließend wurde das Horn gestohlen und der Dolch, und Moiraine sagte, Mat müsse sterben, und ... Licht, ich glaubte, ich könne wenigstens so lange bei Euch bleiben, bis wir den Dolch finden. Ich wollte dabei helfen. Vielleicht war das falsch.«

»Du bist des Dolches wegen mitgekommen?« fragte Mat leise. Er rieb sich die Nase und verzog das Gesicht. »Daran hätte ich nie gedacht. Ich hätte nie geglaubt, du wolltest ... Aaaah! Fühlst du dich gut? Ich meine, du wirst doch wohl noch nicht verrückt, oder?«

Rand pickte ein Steinchen aus dem Boden und warf es nach ihm. »Autsch!« Mat rieb sich zur Abwechslung den Arm. »Ich habe doch nur gefragt. Ich meine, na ja, diese vornehmen Kleider und das ganze Geschwätz von wegen, du seist ein Lord. Da stimmt doch im Kopf was nicht.«

»Ich habe versucht, Euch loszuwerden, du Hohlkopf! Ich fürchtete, ich würde verrückt und würde Euch etwas antun.« Sein Blick fiel wieder auf die Flagge, und seine Stimme senkte sich. »Das wird wohl auch geschehen, wenn ich es nicht aufhalten kann. Licht, ich weiß doch nicht, wie ich das anstellen soll.«

»Davor habe ich Angst«, sagte Mat und stand auf. »Nicht böse sein, Rand, aber wenn du nichts dagegen hast, werde ich von dir so weit entfernt wie möglich schlafen. Falls du bleibst. Ich hörte einmal von einem Burschen, der die Macht lenken konnte. Der Leibwächter von einem Kaufmann hat mir davon erzählt. Bevor ihn die Roten Ajah fanden, wachte er eines Morgens auf, und sein ganzes Dorf war plattgewalzt. Alle Häuser, alle Leute, alles bis auf das Bett, in dem er schlief, so, als sei ein Berg über sie hinweggerollt.«

Perin sagte: »In diesem Fall, Mat, schliefe ich gleich neben ihm.«

»Vielleicht bin ich ein Narr, aber ich will wenigstens ein lebendiger Narr bleiben.« Mat zögerte und sah Rand von der Seite an. »Schau mal, ich weiß, daß du meinetwegen mitgekommen bist und mir helfen wolltest, und ich bin ja auch dankbar dafür. Wirklich. Aber du bist einfach nicht mehr der gleiche. Das verstehst du doch, oder?« Er wartete, als erwarte er eine Antwort. Es kam keine. Schließlich verzog er sich zwischen die Bäume in Richtung Lager.

»Wie steht's mit dir?« fragte Rand.

Perrin schüttelte den Kopf, daß die zerzausten Locken flogen. »Ich weiß nicht, Rand. Du bist noch der gleiche und dann doch wieder nicht. Ein Mann, der die Macht lenkt: Damit hat mir meine Mutter Angst eingejagt, als ich klein war. Ich weiß einfach nicht.« Er streckte die

Hand aus und berührte eine Ecke der Flagge. »Ich glaube, die würde ich verbrennen oder vergraben, wenn ich du wäre. Und dann würde ich so schnell und so weit wegrennen, daß mich keine Aes Sedai jemals finden könnte. Da hat Mat schon recht.« Er stand auf und blinzelte zum Himmel im Westen hinauf, der sich im Licht der sinkenden Sonne rot zu färben begann. »Zeit, zum Lager zurückzukehren. Denk darüber nach, was ich dir gesagt habe, Rand. Ich würde abhauen. Aber vielleicht kannst du das nicht. Denk auch darüber nach.« Seine gelben Augen schienen nach innen zu blicken und er hörte sich müde an. »Manchmal kann man nicht wegrennen.« Dann war auch er weg.

Rand kniete da und sah auf die am Boden ausgebreitete Flagge hinunter. »Na ja, manchmal *kann* man schon weglaufen«, murmelte er. »Aber vielleicht hat sie mir die mitgegeben, *damit* ich wegrenne. Vielleicht hat sie dafür gesorgt, daß irgend etwas auf mich wartet, wenn ich weglaufe. Ich werde jedenfalls nicht tun, was sie von mir will. Bestimmt nicht. Ich werde sie einfach hier vergraben. Aber sie sagte, mein Leben könnte davon abhängen, und die Aes Sedai lügen nie offensichtlich ...« Plötzlich schüttelte sich sein Körper in lautlosem Lachen. »Jetzt führe ich schon Selbstgespräche. Vielleicht werde ich wirklich verrückt.«

Als er zum Lager zurückkehrte, trug er die wieder in Segeltuch gehüllte Flagge mit sich. Er hatte sie allerdings mit weniger genauen Knoten zugeknüpft als Moiraine.

Es dämmerte, und der Schatten vom Rand der Mulde bedeckte die Hälfte des Lagers. Die Soldaten ließen sich mit ihren Pferden an der Seite nieder, die Lanzen gleich zur Hand. Mat und Perrin legten sich ebenfalls neben ihre Pferde. Rand sah sie traurig an und holte den Braunen, der noch immer mit hängenden Zügeln dort stand, wo er ihn zurückgelassen hatte. Er ging mit ihm zur anderen Seite der Mulde, wo sich Hurin Loial angeschlossen hatte. Der Ogier hatte das Lesen aufgegeben und untersuchte einen halb im Boden steckenden Stein, auf dem er gesessen hatte. Er fuhr mit dem langen Stiel seiner Pfeife etwas auf dem Stein nach.

Hurin stand auf und begrüßte Rand mit einer Körperbewegung, die einer Verbeugung ähnelte. »Ich hoffe, Ihr habt nichts dagegen, daß ich hier mein Bett aufschlage, Lord ... äh ... Rand. Ich habe nur dem Erbauer hier zugehört.«

»Da bist du ja, Rand«, sagte Loial. »Weißt du, ich glaube, dieser Stein wurde einst bearbeitet. Sieh mal, er ist verwittert, aber er scheint Teil einer Säule gewesen zu sein. Und es gibt auch Markierungen darauf. Ich kann sie nicht ganz erkennen, aber sie kommen mir auch irgendwie bekannt vor.«

»Vielleicht kannst du sie am Morgen besser erkennen«, sagte Rand. Er zog die Satteltaschen von seinem Pferd. »Ich freue mich über Eure Gesellschaft, Hurin.« *Ich bin froh über jeden, der keine Angst vor mir hat. Wie lange werde ich das noch erleben?*

Er packte alles in die eine Hälfte der Satteltaschen um: die Ersatzhemden und Hosen und die Wollstrümpfe, das Nähzeug, die Zunderschachtel, den Blechteller und die dazugehörige Tasse, eine Holzschachtel mit Messer, Gabel und Löffel, ein Päckchen Dörrfleisch und Fladenbrot als eiserne Ration sowie alle anderen notwendigen Reiseutensilien. Dann stopfte er die in Segeltuch gehüllte Flagge in die geleerte Satteltasche. Sie beulte sich aus. Die Riemen paßten kaum in die Schnallen, aber es würde schon reichen.

Loial und Hurin schienen seine Laune zu spüren. Sie ließen ihn in Ruhe, während er dem Braunen Sattel und Zaumzeug abnahm und den großen Hengst mit Grasbüscheln abrieb, die er ausgerissen hatte. Dann sattelte er ihn wieder. Rand lehnte das angebotene Essen ab. Er hatte das Gefühl, in diesem Moment selbst das beste Essen nicht zu verkraften. Alle drei schlugen ihre Betten neben dem Stein auf: jeweils eine zusammengefaltete Decke als Kissen und ein Umhang zum Zudecken.

Im Lager war es jetzt still, aber Rand lag noch bis nach dem vollen Einbruch der Dunkelheit wach. Er grübelte unaufhörlich. *Die Flagge. Was erwartet sie von mir?* Das Dorf. *Wie kann ein Blasser auf diese Art umkommen?* Am schlimmsten war das Haus dort im Dorf gewesen. *Ist das auch wirklich geschehen? Werde ich bereits verrückt? Renne ich weg, oder bleibe ich? Ich muß bleiben. Ich muß Mat helfen, den Dolch zu finden.*

Schließlich fiel er in einen erschöpften Schlaf, und mit dem Schlaf kam auch ungebeten das Nichts und hüllte ihn ein. Es flackerte in einem ungleichmäßigen Lichtschein, der seine Träume störte.

Padan Fain blickte nach Norden in die Nacht hinaus, vorbei am einzigen Feuer seines Lagers, und er lächelte starr vor sich hin. Er bezeichnete sich immer noch selbst als Padan Fain — Padan Fain war seine äußere Hülle —, aber er war verändert worden und das war ihm bewußt. Er wußte jetzt sehr vieles, mehr, als seine früheren Herren ahnten. Er war jahrelang schon ein Schattenfreund gewesen, bevor Ba'alzamon ihn zu sich rief und ihn auf die Spur der drei jungen Männer aus Emondsfeld ansetzte, alles filterte, was er über sie wußte, auch ihn filterte, und die Essenz des Ganzen in ihn zurückfüllte, so daß er sie *fühlte, roch,* wo sie gewesen waren, und ihnen folgte, wohin sie sich auch begaben. Besonders dem einen. Ein Teil seiner selbst verkrampfte sich noch immer, wenn er sich daran erinnerte, was ihm Ba'alzamon angetan hatte, aber es war nur ein kleiner Teil, verborgen und unterdrückt. Er war verändert. Die Verfolgung der drei hatte ihn nach Shadar Logoth geführt. Er hatte nicht dorthin gewollt, doch er mußte gehorchen. Zu jener Zeit. Und in Shadar Logoth …

Fain atmete tief ein und griff nach dem Dolch mit dem Rubingriff an seinem Gürtel. Auch der stammte aus Shadar Logoth. Es war die einzige Waffe, die er trug, die einzige, die er benötigte; sie war wie ein Teil von ihm selbst. Er war jetzt in sich geschlossen, eins mit sich selbst. Das war alles, was für ihn noch eine Rolle spielte.

Er warf einen Blick auf das Lager zu beiden Seiten des Feuers. Die zwölf übriggebliebenen Schattenfreunde kauerten — die einst so gute Kleidung verknittert und schmutzig — in der Dunkelheit auf einer Seite und blickten nicht ins Feuer, sondern auf ihn. Auf der anderen Seite hockten seine Trollocs, zwanzig an der Zahl, und die nur zu menschlichen Augen in diesen tierisch verzerrten Männergesichtern folgten jeder seiner Bewegungen wie bei Mäusen, die eine Katze beobachten.

Zuerst war es ein innerer Kampf gewesen. Jeden Morgen war er erwacht, und irgend etwas hatte ihm gefehlt. Dazu hatte der Myrddraal das Kommando wieder übernommen, gewütet und verlangt, daß sie sich wieder nach Norden zur Fäule und zum Shayol Ghul hin orientierten. Aber langsam wurden diese Schwächeanfälle kürzer, bis ... Er erinnerte sich an das Gefühl, wie er den Hammer in der Hand hielt und die Dornen hineinschlug, und er lächelte. Diesmal war es ein warmes Lächeln — der Genuß süßer Erinnerungen.

Ein Weinen aus der Dunkelheit drang an sein Ohr, und sein Lächeln verflog. *Ich hätte den Trollocs nicht erlauben sollen, so viele mitzunehmen.* Ein ganzes Dorf, das sie nun am schnellen Vorwärtskommen hinderte. Wenn diese wenigen Häuser an der Fähre nicht verlassen gewesen wären, vielleicht ... Aber die Trollocs waren von Natur aus gierig, und in der Euphorie, dem Myrddraal beim Sterben zuschauen zu können, hatte er nicht in dem Maß auf sie geachtet, wie es nötig gewesen wäre.

Er sah zu den Trollocs hinüber. Jeder von ihnen war beinahe zweimal so groß wie er und stark genug, um ihn mit einer Hand zu zerbrechen, und doch kauerten sie da und zuckten vor ihm zurück. »Tötet sie. Alle. Ihr könnt essen, aber dann legt alles, was übrigbleibt, auf einen Haufen — damit ihn unsere Freunde finden. Legt die Köpfe obenauf. Und zwar ordentlich!« Er lachte. Das Lachen brach aber schnell ab. »Geht!«

Die Trollocs hasteten davon, zogen ihre Sichelschwerter und hoben die Dornenäxte. Augenblicke später ertönten Schreie und Brüllen aus der Richtung, wo die Dorfbewohner gefesselt am Boden lagen. Bitten um Gnade und die spitzen Schreie der Kinder wurden durch dumpfe Schläge und unangenehme Geräusche abgewürgt; es klang, als zerstampfe man Melonen.

Fain wandte der Kakophonie den Rücken und betrachtete seine Schattenfreunde. Auch sie gehörten ihm mit Leib und Seele. Was noch an Seele übrig geblieben war. Jeder einzelne von ihnen steckte innerlich genauso im Sumpf, wie Fain es früher getan hatte, bevor er den Weg hinaus fand. Keiner von ihnen hatte ein anderes Ziel, als ihm zu folgen. Ihre Blicke hingen an ihm, angsterfüllt und bittend. »Glaubt ihr, sie werden wieder hungrig sein, bevor wir ein anderes Dorf oder einen Bauernhof finden? Könnte schon sein. Glaubt ihr, ich überlasse ihnen noch ein paar von euch? Na ja, vielleicht ein oder zwei. Wir haben keine Pferde mehr, die wir entbehren könnten.«

»Die anderen waren nur gewöhnliche Leute«, brachte eine Frau mit unsicherer Stimme hervor. Das Gesicht über ihrem feingeschnittenen Kleid, das sie als reiche Kauffrau auswies, war mit Schmutz beschmiert. Der gute graue Stoff war auch verschmiert und der Rock wurde von einem langen Riß verunziert. »Das waren Bauern. Wir haben gedient — *ich* habe gedient ...«

Fain schnitt ihr das Wort ab. Sein lockerer Tonfall machte die Worte nur noch härter. »Was seid ihr denn für mich? Weniger als Bauern. Vielleicht Herdenvieh für die Trollocs? Wenn ihr am Leben bleiben wollt, ihr Viehzeug, dann müßt ihr euch als nützlich erweisen.«

Das Gesicht der Frau wurde zur Grimasse. Sie

schluchzte, und plötzlich schrien alle anderen durcheinander und versicherten ihm, wie nützlich sie seien. Männer und Frauen mit Einfluß und in guten Positionen seien sie gewesen, bevor man sie abkommandierte, um ihrem Eid in Fal Dara nachzukommen. Sie sprudelten die Namen bedeutender, mächtiger Personen hervor, die sie in den Grenzlanden, in Cairhien und anderswo kannten. Sie plapperten von den Kenntnissen, die allein sie über das eine oder andere Land oder die politischen Verhältnisse, die Bündnisse, die Intrigen besaßen, und was sie ihm alles zutragen konnten, wenn sie ihm nur dienen durften. Ihr Geschrei vermischte sich mit den Geräuschen der wütenden Trollocs, und es paßte alles zueinander.

Fain überhörte alles (er hatte keine Angst davor, ihnen den Rücken zuzuwenden, nachdem sie zugesehen hatten, wic er den Blassen beseitigt hatte) und wandte sich seiner Beute zu. Er kniete nieder und strich mit beiden Händen über die reichverzierte goldene Truhe. Er fühlte die im Inneren eingeschlossene Macht. Er hatte sie von einem Trolloc tragen lassen — er traute den Menschen so wenig, daß sie die Beute nicht auf ein Packpferd laden dürften; ihre Träume von Macht und Bedeutung mochten sogar die Angst vor Fain besiegen, während die Trollocs von nichts anderem träumten, als zu töten — und er hatte noch nicht herausbekommen, wie man die Truhe öffnete. Aber die Zeit dazu würde auch noch kommen. Alles würde sich ergeben. Alles.

Er zog den Dolch aus der Scheide und legte ihn auf die Truhe, bevor er sich am Feuer niederließ. Diese Klinge war ein besserer Wächter als jeder Trolloc und jeder Mensch. Sie hatten alle bereits einmal gesehen, was geschah, wenn er sie benutzte. Keiner würde sich ohne ausdrücklichen Befehl der entblößten Klinge auch nur auf eine Spanne nähern.

Er lag in seine Decken gehüllt da und blickte nach Norden. Im Moment konnte er al'Thor nicht fühlen; die

Entfernung zwischen ihnen war zu groß. Oder vielleicht trickste al'Thor ihn auch gerade wieder aus. Manchmal war der Junge in der Festung ganz plötzlich aus Fains Wahrnehmung verschwunden. Er wußte nicht, wie er das bewirkte, und er tauchte ebenso plötzlich wieder auf, so wie er verschwunden war. Auch diesmal würde er zurückkommen.

»Diesmal kommst du zu mir, Rand al'Thor. Vorher folgte ich dir wie ein Hund der Spur, aber nun folgst du mir.« Sein Lachen klang wie irres Gegacker. Er wußte selbst, daß es verrückt klang, aber es war ihm gleich. Auch der Wahnsinn war mittlerweile ein Teil seiner selbst geworden. »Komm zu mir, al'Thor! Der Tanz hat noch nicht einmal begonnen. Wir werden auf der Toman-Halbinsel tanzen, und ich werde mich von dir befreien. Ich werde endlich dafür sorgen, daß du stirbst.«

KAPITEL 12

Ins Muster verwoben

Egwene eilte hinter Nynaeve zu der Gruppe von Aes Sedai, die um die von Pferden getragene Sänfte der Amyrlin herumstand. Ihre Neugier, die Ursache des Aufruhrs in Fal Dara zu erfahren, übertrumpfte sogar ihre Sorge um Rand. Er war im Moment außerhalb ihrer Reichweite. Bela, ihre zerzauste Stute, befand sich genau wie Nynaeves Reittier bei den Pferden der Aes Sedai.

Die Behüter, die Hände an den Schwertgriffen und mit ständig suchendem Blick, bildeten einen stählernen Kreis um die Aes Sedai und die Sänfte. So war eine Insel relativer Ruhe im Hof entstanden, wo ansonsten die schienarischen Soldaten immer noch zwischen den entsetzten Festungsbewohnern hin und her liefen. Egwene schob sich neben Nynaeve. Sie beide wurden nach einem scharfen Blick von den Behütern mehr oder weniger übersehen — jeder wußte, daß sie mit der Amyrlin reisen würden. Sie entnahmen dem Volksgemurmel im Hof, daß ein Pfeil anscheinend aus dem Nichts herangeflogen war und der Schütze noch nicht ermittelt werden konnte.

Egwene stand mit weitaufgerissenen Augen da und war zu entsetzt, um überhaupt zu bemerken, daß sie von Aes Sedai umgeben war. Ein Anschlag auf das Leben der Amyrlin. Das war fast unvorstellbar.

Die Amyrlin saß in ihrer Sänfte und hatte die Vorhänge zurückgezogen. Der blutige Riß in ihrem Ärmel zog alle Blicke auf sich. Sie sah auf Lord Agelmar hinunter. »Ihr werdet den Schützen entweder finden oder ihn nicht finden, mein Sohn. Wie auch immer: Meine Aufgabe in Tar Valon ist genauso dringlich wie die Ingtars bei seiner Suche. Ich reise sofort ab.«

»Aber Mutter«, protestierte Agelmar, »dieser Anschlag auf Euer Leben ändert alles. Wir wissen immer noch nicht, wer den Mann beauftragt hat oder warum. Noch eine Stunde, und ich habe den Schützen ermittelt und die Antwort für Euch bereit.«

Die Amyrlin lachte auf; es schwang jedoch kein Humor darin mit. »Ihr braucht schlauere Köder oder ein feineres Netz, um diesen Fisch zu fangen, mein Sohn. Wenn Ihr den Mann endlich habt, wird es zu spät sein, um heute noch abzureisen. Es gibt zu viele, die meinen Tod bejubeln würden, als daß ich mir um diesen Mann besondere Gedanken machen müßte. Ihr könnt mir ja alles berichten, was Ihr herausfindet — falls Ihr überhaupt etwas herausfindet.« Ihr Blick glitt über die Türme, die den Hof überblickten, und über die Wehrgänge und die Balkone der Bogenschützen. Alles war noch dicht mit Menschen besetzt, die jetzt schwiegen. Der Pfeil mußte hier irgendwo seinen Ausgangspunkt gehabt haben. »Ich glaube, der Schütze ist bereits aus Fal Dara geflohen.«

»Aber Mutter ...«

Die Frau in der Sänfte schnitt ihm mit einer scharfen und endgültigen Geste das Wort ab. Nicht einmal der Herr von Fal Dara durfte die Amyrlin allzulange belästigen. Ihr Blick erfaßte schließlich Egwene und Nynaeve. Es war ein durchdringender Blick, der alles zu entdekken schien, was Egwene über sich selbst geheimhalten wollte. Sie trat einen Schritt zurück, fing sich dann aber und knickste. Dabei hoffte sie, daß sie das Richtige tat, denn niemand hatte ihr das Protokoll erklärt und was sie tun sollte, wenn sie der Amyrlin gegenüberstand. Nynaeve hielt sich steif und aufrecht und erwiderte den Blick der Amyrlin, ohne den Blick zu senken, doch ihre Hand suchte nach der von Egwene und ergriff sie genauso fest, wie Egwene zupackte.

»Also das sind deine beiden, Moiraine«, sagte die Amyrlin. Moiraine deutete ein Nicken an, und die anderen Aes Sedai drehten sich um und blickten die beiden Frauen aus Emondsfeld an. Egwene schluckte. Sie alle wirkten so, als wüßten sie über viele Dinge Bescheid, von denen andere nichts ahnten, und es half überhaupt nichts, zu wissen, daß es tatsächlich so war. »Ja, ich fühle deutlich einen Funken in ihnen. Aber was wird daraus erwachsen? Das ist die Frage, nicht wahr?«

Egwenes Mund war staubtrocken. So hatte Meister Padwin, der Zimmermann zu Hause, seine Werkzeuge angesehen — so wie die Amyrlin sie nun musterte: diese Frau für diesen Zweck, die andere Frau für jenen Zweck.

Die Amyrlin sprach plötzlich: »Es ist Zeit zu gehen. Auf die Pferde! Lord Agelmar und ich können alles Notwendige besprechen, ohne daß Ihr alle gafft wie die Novizinnen am freien Tag. Auf die Pferde!«

Auf ihren Befehl hin rannten die Behüter zu ihren Reittieren, wobei sie sich immer noch vorsichtig umsahen, und die Aes Sedai bis auf Leane schlüpften von der Sänfte weg zu ihren eigenen Pferden. Als sich Egwene und Nynaeve abwandten, um dem Befehl Folge zu leisten, erschien ein Diener mit einem silbernen Kelch neben Lord Agelmar. Agelmar nahm ihn mit einem unbefriedigten Ausdruck um die Mundwinkel entgegen.

»Mit diesem Kelch aus meiner Hand, Mutter, nehmt meinen Wunsch entgegen, daß es Euch an diesem Tag und an jedem anderen gut ergehen ...«

Was sonst noch gesagt wurde, entging Egwene, als sie auf Bela kletterte. Als sie es geschafft hatte, die Stute zu tätscheln und ihre Röcke zurechtzuziehen, war die Sänfte bereits unterwegs zum offenstehenden Tor. Die Tragpferde schritten ohne Zügel und irgendwelche Führung dahin. Leane ritt neben der Sänfte, ihren Stab in einen Steigbügel gestützt. Egwene und Nynaeve ritten zusammen mit den anderen Aes Sedai hinterher.

Rufe und Hurrageschrei aus der Menge entlang der Straßen der Stadt begrüßten die Prozession und übertönten beinahe das Donnern der Trommeln und das Schmettern der Trompeten. Behüter führten die Kolonne an; die Flagge mit der Weißen Flamme blähte sich im Wind. Weitere Behüter bildeten einen Kreis um die Aes Sedai und hielten die Menschenmenge zurück. Bogenschützen und Pikeure mit der Flamme auf der Brust folgten in geordneten Reihen dahinter. Die Trompeten schwiegen, als die Kolonne aus der Stadt hinaustrottete und sich nach Süden bewegte, doch die Jubelklänge aus der Stadt folgten ihnen noch immer. Egwene blickte sich öfter um, bis Bäume und Hügel die Mauern und Türme von Fal Dara verdeckten.

Nynaeve, die an ihrer Seite ritt, schüttelte den Kopf. »Rand wird es schon gutgehen. Er hat ja Lord Ingtar und zwanzig Lanzenträger bei sich. Und du könntest sowieso nichts tun. Keine von uns kann eingreifen.« Sie blickte zu Moiraine hinüber. Die gestriegelte weiße Stute der Aes Sedai und Lans großer schwarzer Hengst bildeten ein eigenartiges Paar. Sie ritten ganz für sich nebeneinander. »Noch nicht.«

Die Kolonne bog nach Westen ab und bewegte sich nicht eben schnell. Selbst die Fußsoldaten, die nur einen Brustpanzer trugen, kamen auf den Hügeln Schienars nicht sehr schnell vorwärts. Trotzdem marschierten sie so stramm wie möglich.

Des Nachts schlugen sie erst spät ihr Lager auf. Die Amyrlin gestattete ihnen keinen Halt, bevor es so dunkel war, daß sie kaum noch genug sahen, um die Zelte aufzuschlagen — niedrige weiße Kuppelzelte, die gerade hoch genug waren, um darin aufrecht zu stehen. Jedes Paar Aes Sedai aus der gleichen Ajah hatte eines, während die Amyrlin und die Behüterin der Chronik eines für sich hatten. Moiraine teilte sich das Zelt mit ihren beiden Schwestern von den Blauen Ajah. Die Soldaten schliefen in einem gesonderten Teil des Lagers auf dem Boden, und die Behüter wickelten sich in der Nähe der Zelte der Aes Sedai, denen sie zugeschworen waren, in ihre Umhänge. Das Zelt, das sich die Roten Schwestern teilten, wirkte ohne Behüter irgendwie einsam, während das der Grünen beinahe festlich aussah. Die beiden Aes Sedai saßen oftmals bis lange nach Einbruch der Dunkelheit draußen und unterhielten sich mit den vier Behütern, die sie mitgebracht hatten.

Lan kam einmal zu dem Zelt, das sich Egwene und Nynaeve teilten, und führte die Seherin ein Stück weg in die Nacht hinein. Egwene linste um die Zeltklappe herum, um sie zu beobachten. Sie konnte nicht hören, was gesprochen wurde, aber Nynaeve wurde schließlich zornig und stolzierte zurück. Sie wickelte sich in ihre Decken und weigerte sich, irgend etwas zu sagen. Egwene glaubte zu entdecken, daß ihre Wangen feucht waren, aber sie verbarg das Gesicht hinter dem Zipfel einer Decke. Lan stand noch lange Zeit im Dunklen und beobachtete das Zelt, bevor er schließlich wegging. Danach kam er nicht wieder.

Moiraine kam gar nicht erst in ihre Nähe. Wenn sie vorbeiging, nickte sie ihnen lediglich kurz zu. Sie schien ihre ganze Zeit damit zu verbringen, mit den anderen Aes Sedai zu sprechen, außer mit den Roten Schwestern. Sie zog ihre Gesprächspartnerinnen beim Reiten eine nach der anderen zur Seite. Die Amyrlin gestattete ihnen nur wenige Aufenthalte, um sich auszuruhen, und die waren ebenfalls sehr kurz bemessen.

»Vielleicht hat sie jetzt für uns keine Zeit mehr«, meinte Egwene traurig. Moiraine war eben die einzige Aes Sedai, die sie kannte. Vielleicht war sie auch — obwohl es ihr nicht leicht fiel, dies zuzugeben — die einzige, der sie trauen konnte. »Sie hat uns gefunden, und wir sind auf dem Weg nach Tar Valon. Ich denke, jetzt hat sie andere Dinge im Kopf.«

Nynaeve schnaubte leise. »Ich glaube erst dann daran, daß sie mit uns fertig ist, wenn sie tot ist —

oder wenn wir tot sind. Sie ist eine ganz hinterlistige Frau.«

Andere Aes Sedai besuchten ihr Zelt. Egwene fuhr bald aus der Haut, als in ihrer ersten Nacht außerhalb Fal Daras die Zeltklappe beiseite geschoben wurde und eine mollige Aes Sedai mit kantigem Gesicht, ergrauten Haaren und einem abwesenden Blick geduckt das Zelt betrat. Sie blickte zu der Laterne, die am höchsten Punkt des Zeltes hing, und die Flamme wuchs ein wenig empor. Egwene glaubte, etwas zu fühlen, glaubte, etwas um die Aes Sedai herum zu sehen, als die Flamme heller strahlte. Moiraine hatte ihr gesagt, daß sie eines Tages — wenn sie genug Übung darin hatte — *sehen* könne, wenn eine andere Frau die Eine Macht benutzte, und eine solche Frau auch erkennen werde, wenn sie gar nichts tat.

»Ich heiße Verin Mathwin«, sagte die Frau lächelnd. »Und ihr seid Egwene al'Vere und Nynaeve al'Meara von den Zwei Flüssen, die einst Manetheren waren. Das ist ein starkes Blut. Es singt.«

Egwene tauschte einen Blick mit Nynaeve, als sie aufstanden.

»Sollt Ihr uns zur Amyrlin bestellen?« fragte Egwene.

Verin lachte. Die Aes Sedai hatte einen Tintenfleck auf der Nase. »Ach je, nein, natürlich nicht. Die Amyrlin hat wichtigere Dinge zu tun, als sich mit zwei jungen Frauen zu beschäftigen, die noch nicht einmal Novizinnen sind. Obwohl, man kann das nie vorhersagen. Ihr beide verfügt über ein beachtliches Potential, besonders du, Nynaeve. Eines Tages ...« Sie schwieg und rieb mit einem Finger genau auf der Stelle mit dem Tintenfleck herum. »Aber jetzt ist nicht eines Tages. Ich bin gekommen, um dir eine Lektion zu erteilen, Egwene. Du hast deine Nase etwas zu früh in manche Dinge gesteckt, fürchte ich.«

Egwene sah Nynaeve nervös an. »Was habe ich getan? Ich bin mir keiner Schuld bewußt.«

»Oh, es war nichts Schlimmes. Jedenfalls nicht unmittelbar. Vielleicht ein bißchen gefährlich, aber nicht schlimm.« Verin ließ sich auf dem mit Segeltuch bedeckten Boden im Schneidersitz nieder. »Setzt euch hin, ihr beiden. Ich will mir nicht den Kopf verrenken.« Sie rutschte herum, bis sie eine bequeme Stellung gefunden hatte. »Setzt euch.«

Egwene setzte sich mit übergeschlagenen Beinen der Aes Sedai gegenüber auf den Boden und gab sich Mühe, Nynaeve nicht anzusehen. *Kein Grund, schuldbewußt dreinzuschauen, bevor ich überhaupt weiß, woran ich schuld sein soll.* »Was soll ich getan haben, das gefährlich, aber nicht so schlimm ist?«

»Ja, Kind, du hast die Eine Macht benutzt.«

Egwene konnte nur nach Luft schnappen. Nynaeve platzte heraus: »Das ist lächerlich. Deshalb gehen wir doch schließlich nach Tar Valon.«

»Moiraine hat ... Also, na ja, Moiraine Sedai hat mich unterrichtet«, brachte Egwene hervor.

Verin hob die Hände, um sie zum Schweigen zu bringen, und die beiden hielten den Mund. Sie mochte ihnen wohl etwas eigenartig vorkommen, aber sie war immerhin eine Aes Sedai. »Kind, glaubst du, eine Aes Sedai unterrichtet sofort jedes Mädchen, das sagt, sie wolle eine von uns werden, im Gebrauch der Macht? Ja, ich denke schon, daß du nicht irgendein Mädchen bist, aber trotzdem ...« Sie schüttelte ernst den Kopf.

»Warum hat sie es dann getan?« wollte Nynaeve wissen. Sie war nicht unterrichtet worden, und Egwene war sich nicht sicher, ob Nynaeve deshalb eifersüchtig war oder nicht.

»Weil Egwene die Macht bereits benutzt hatte«, sagte Verin geduldig.

»Das ... das habe ich auch getan.« Nynaeve klang, als sei sie nicht gerade froh darüber.

»Aber unter ganz anderen Umständen, Kind. Daß du noch am Leben bist, zeigt ja, daß du mit den verschiedenen Krisen fertig wurdest, und zwar selbständig. Ich glaube, du weißt, wieviel Glück du da hattest. Von vier Frauen, die gezwungen sind, das zu tun, was du tatest, überlebt nur eine. Wilde natürlich ...« Verin verzog das Gesicht. »Verzeih mir, aber so nennen wir in der Weißen Burg die Frauen, die ohne Ausbildung die Macht zumindest im groben beherrschen — mehr zufällig, man kann es kaum Beherrschung nennen, ebenso wie bei dir, aber doch eben eine Art von Beherrschung. Wilde haben ihre Schwierigkeiten, das stimmt. Fast immer haben sie Mauern um sich herum aufgebaut, um sich selbst nicht bewußt machen zu müssen, was sie tun, und diese Mauern wiederum verhindern die bewußte Kontrolle. Je länger man sich hinter diesen Mauern verbirgt, desto schwerer ist es, sie zu beseitigen, aber wenn man es schafft — na ja, einige der begabtesten Schwestern waren einmal Wilde.«

Nynaeve rutschte unruhig hin und her und sah die Zeltklappe an, als plane sie die Flucht.

»Ich weiß nicht, was das alles mit mir zu tun haben soll«, sagte Egwene.

Verin sah sie mit großen Augen an, beinahe so, als frage sie sich, wo sie eigentlich herkäme. »Mit dir? Natürlich nichts. Dein Problem liegt ganz anders. Die meisten Mädchen, die Aes Sedai werden wollen — sogar die meisten jener, die den Samen in sich tragen, so wie du —, haben auch Angst davor. Selbst nachdem sie die Burg erreicht haben, selbst nachdem sie gelernt haben, was und wie sie es anstellen sollen, müssen sie noch monatelang Schritt für Schritt von einer Schwester oder einer der Adeptinnen geführt werden. Du allerdings nicht. Demzufolge, was mir Moiraine erzählt hat, hast du dich hineingestürzt, sobald du wußtest, daß du die Fähigkeiten besitzt, und hast dir deinen eigenen Weg durch die Dunkelheit gesucht, ohne zu überlegen, ob dein nächster Schritt nicht vielleicht in einen bodenlosen Abgrund führt. Oh, es hat schon andere als dich gegeben, du bist kein Einzelfall. Moiraine selbst war genauso. Sobald sie wußte, was du getan hattest, hatte sie keine andere Wahl mehr, als mit deinem Unterricht zu beginnen. Hat dir Moiraine das niemals erklärt?«

»Nie.« Egwene wünschte, ihre Stimme klänge nicht so atemlos. »Sie hatte ... mit anderen Sachen zu tun.« Nynaeve schnaubte leise.

»Ja, also, Moiraine hat es nie für nötig gehalten, irgend jemandem etwas zu erzählen, was sie nicht unbedingt wissen mußten. Das Wissen an sich erfüllt keinen wirklichen Zweck, aber die Unwissenheit eben auch nicht. Ich persönlich ziehe es in jedem Fall vor, zu wissen.«

»Gibt es einen? Einen Abgrund, meine ich?«

»Offensichtlich bisher noch nicht«, sagte Verin mit schiefgehaltenem Kopf. »Aber beim nächsten Schritt?« Sie zuckte die Achseln. »Siehst du, Kind, je mehr du dich bemühst, die Eine Quelle zu berühren, je mehr du versuchst, die Eine Macht zu lenken, desto leichter wird es, das wirklich fertigzubringen. Ja, sicher, am Anfang fühlt man nach der Quelle, und in den meisten Fällen ist es lediglich, als ergreife man Luft. Oder man berührt *Saidar* tatsächlich, doch auch wenn man die Macht durch sich fließen fühlt, kann man nichts damit anfangen. Oder man tut etwas, aber es ist absolut nicht das, was man eigentlich wollte. Das ist die Gefahr. Normalerweise wird man geführt und geschult, und die eigene Angst läßt es einen auch langsam angehen, und dann erlangt man gleichzeitig die Fähigkeit, die Quelle zu berühren, die Fähigkeit, die Macht zu lenken und die Fähigkeit, auch das eigene Tun unter Kontrolle zu halten. Aber du hast damit begonnen, die Macht zu lenken, ohne daß jemand da war, der dir beibringen konnte, deine eigenen Fähigkeiten wenigstens einigermaßen unter Kontrolle zu halten. Ich weiß, du glaubst nicht, daß du bereits sehr weit fortgeschritten bist, und das stimmt auch, aber du bist wie jemand, der sich selbst beigebracht hat, Berge zu besteigen — wenigstens manchmal —, ohne zu lernen, wie man auf der anderen Seite wieder hinunterkommt. Früher oder später wirst du abstürzen, falls du das nicht auch noch lernst. Und ich spreche jetzt keineswegs davon, was geschieht, wenn einer dieser armen Männer damit beginnt, die Macht zu lenken — du wirst nicht in Wahnsinn verfallen oder sterben, nicht, wenn Schwestern da sind, die dich führen und lehren —, sondern davon, was du durch Zufall, ohne eigenes Zutun, anrichten könntest.« Für einen Moment wirkte Verins Blick nicht mehr so abwesend. Und in diesen Moment war der Blick der Aes Sedai genauso scharf wie der der Amyrlin von Egwene zu Nynaeve gehuscht. »Deine angeborenen Fähigkeiten sind stark, Kind, und sie werden immer stärker. Du mußt lernen, sie zu beherrschen, bevor du dir selbst oder anderen Schaden zufügst. Das wollte Moiraine dir beibringen. Dabei will ich dir heute abend helfen, und jeden Abend wird eine Schwester kommen, um dir zu helfen, bis wir dich der tüchtigen Sheriam übergeben. Sie ist die Herrin der Novizinnen.«

Egwene überlegte. *Könnte sie von Rand wissen? Das ist doch nicht möglich. Sie hätte ihn niemals aus Fal Dara weggelassen, wenn sie auch nur einen Verdacht gehabt hätte.* Aber sie war sicher, daß sie sich Verins Blick nicht eingebildet hatte. »Ich danke Euch, Verin Sedai. Ich werde mein Bestes geben.«

Nynaeve erhob sich graziös. »Ich werde mich drüben ans Feuer setzen und euch beide alleinlassen.«

»Ihr solltet bleiben«, sagte Verin. »Ihr habt vielleicht auch etwas davon. Demzufolge, was Moiraine mir erzählt hat, braucht Ihr nur ein wenig Schulung, um zu den Aufgenommenen erhoben zu werden.«

Nynaeve zögerte nur einen Augenblick und schüttelte dann entschlossen den Kopf. »Ich danke Euch für das Angebot, aber ich kann warten, bis wir Tar Valon erreichen. Egwene, falls du mich brauchst, bin ich ...«

»Mit normalem Maß gemessen«, warf Verin ein, »seid

Ihr eine erwachsene Frau, Nynaeve. Gewöhnlich ist eine Novizin um so besser, je jünger sie ist. Das betrifft nicht die Schulung an sich, aber von einer Novizin wird erwartet, daß sie tut, was man ihr sagt, und daß sie es ohne Widerspruch durchführt. Das bewährt sich dann, wenn die Schulung einen bestimmten Punkt erreicht hat — ein Zögern zur falschen Zeit, ein Zweifel können tragische Folgen haben —, aber es ist besser, immer die Disziplin vornanzustellen. Andererseits erwartet man von den Aufgenommenen, daß sie die Dinge in Frage stellen, denn man glaubt, sie wüßten genug, um zur rechten Zeit die rechten Fragen zu stellen. Welche von beiden Möglichkeiten zögt Ihr vor?«

Nynaeves Hände verkrampften sich in ihren Rock, und sie blickte mit gerunzelter Stirn zur Zeltklappe hinüber. Schließlich nickte sie kurz und ließ sich wieder auf dem Boden nieder. »Ich denke, ich kann genausogut auch ein wenig zuhören«, sagte sie.

»Gut«, sagte Verin. »Also, du kennst diesen Teil bereits, Egwene, aber Nynaeve zuliebe werde ich dich noch einmal Schritt für Schritt anleiten. Mit der Zeit wird dir das zur zweiten Natur — du wirst alles schneller tun, als du es dir vorstellen kannst —, doch jetzt ist es am besten, wir schreiten langsam vorwärts. Schließ bitte die Augen. Am Anfang ist es besser, wenn du dich von nichts ablenken läßt.« Egwene schloß die Augen. Es gab eine Unterbrechung. »Nynaeve«, sagte Verin, »bitte schließt die Augen. Es gelingt dann wirklich besser.« Eine weitere Pause schloß sich an. »Danke, Kind. Jetzt müßt ihr euch innerlich entleeren. Entleert eure Gedanken. In eurem Verstand befindet sich nur noch eines: eine Knospe. Nur dies. Nur die Knospe. Ihr erkennt jede Einzelheit. Ihr riecht sie. Ihr fühlt sie. Ihr fühlt die Rippe jedes einzelnen Blattes, jede Krümmung der Blütenblätter. Ihr fühlt den Saft darin pulsieren. Fühlt! Wißt! Seid die Knospe! Ihr und die Knospe seid eins. Ihr seid eins. Ihr seid die Knospe.«

Ihre Stimme leierte hypnotisch weiter, doch Egwene hörte nicht mehr hin. Sie hatte diese Übung schon früher mit Moiraine durchgeführt. Sie dauerte eine Weile, aber Moiraine hatte gesagt, es werde mit der fortschreitenden Übung immer schneller gelingen. In ihrem Inneren war sie eine Rosenknospe mit fest geschlossenen Blütenblättern. Und doch gab es da plötzlich noch etwas anderes. Licht. Licht drückte auf die Blütenblätter. Langsam öffnete sich die Knospe und wandte sich dem Licht zu, nahm es in sich auf. Die Rose und das Licht wurden eins. Egwene war eins mit dem Licht. Sie spürte auch das leichteste Rieseln des Lichts in ihr. Sie streckte sich noch mehr aus und griff danach ...

Innerhalb eines Augenblicks war alles weg — Rose und Licht. Moiraine hatte auch gesagt, man könne es nicht erzwingen. Seufzend öffnete sie die Augen. Nynaeve trug einen zornigen Gesichtsausdruck zur Schau. Verin war genauso ruhig wie immer.

»Ihr könnt es nicht erzwingen«, sagte die Aes Sedai. »Ihr müßt es geschehen *lassen*. Ihr müßt euch der Macht ergeben, bevor ihr sie beherrschen könnt.«

»Das ist doch völlig närrisch«, murmelte Nynaeve. »Ich fühle mich nicht wie eine Blume. Wenn überhaupt, dann wie ein Schlehenstrauch. Ich glaube, ich warte doch lieber am Feuer.«

»Wie Ihr wünscht«, sagte Verin. »Habe ich schon erwähnt, daß die Novizinnen Haushaltsarbeiten erledigen müssen? Sie waschen das Geschirr ab, schrubben die Böden, kümmern sich um die Wäsche, bedienen am Tisch und was sonst noch alles. Ich für meinen Teil bin der Meinung, daß Diener so etwas viel besser machen, aber allgemein heißt es, solche Arbeit stärke den Charakter. Oh, Ihr bleibt doch? Gut. Also, Kind, denkt daran, daß auch ein Schlehenstrauch manchmal blüht — schöne weiße Blüten inmitten der Dornen. Wir werden es probieren, eine nach der anderen. Nun nochmals ganz von Anfang an, Egwene. Schließ die Augen.«

Mehrmals — bevor Verin schließlich ging — fühlte Egwene, wie die Macht sie durchströmte, aber es war jedesmal nicht sehr stark und das beste, was sie fertigbrachte, war eine leichte Brise, die die Zeltklappe ein wenig bewegte. Sie war sicher, daß ein Niesen genausoviel bewirkt hätte. Sie hatte bei Moiraine schon mehr erreicht, jedenfalls manchmal. Sie wünschte sich Moiraine als Lehrerin.

Nynaeve fühlte nicht das geringste, so behauptete sie jedenfalls. Jedenfalls wirkten ihre Augen so grimmig, und ihre Lippen waren so zusammengepreßt, daß Egwene befürchtete, sie werde Verin gleich herunterputzen, als sei die Aes Sedai eine Dorfbewohnerin, die sich in ihre privaten Angelegenheiten einmischte. Aber Verin riet ihr einfach, sie solle noch einmal die Augen schließen, doch diesmal, ohne daß Egwene mitmachte.

Egwene saß da und beobachtete die beiden unter Gähnen. Es war spät geworden, viel später, als sie sonst zu schlafen pflegte. Nynaeves Gesicht sah aus, als sei sie schon seit einer Woche tot. Ihre Augen waren zugedrückt, als wolle sie sie überhaupt nicht mehr öffnen, und die Hände lagen zu Fäusten geballt in ihrem Schoß. Egwene hoffte, die Seherin werde sich auch weiterhin beherrschen, nachdem sie schon so lange durchgehalten hatte.

»Fühlt den Strom der Macht in Euch«, sagte Verin gerade. Ihre Stimme klang nicht verändert, doch plötzlich funkelten ihre Augen. »Fühlt den Strom. Den Strom der Macht. Er fließt zuerst wie eine leichte Brise, wie ein Lufthauch nur.« Egwene richtete sich auf. Genauso hatte Verin sie jedesmal geführt, wenn die Macht sie wirklich durchfloß. »Eine leichte Brise, nur ein Lufthauch. Leicht.«

Plötzlich schlugen Flammen lichterloh aus den übereinandergelegten Decken.

Nynaeve öffnete mit einem Aufschrei die Augen. Egwene war sich nicht bewußt, ob sie auch schrie oder nicht. Sie merkte nur, daß sie hochschoß und sich bemühte, die brennenden Decken nach draußen zu treten, bevor sie das ganze Zelt entzündeten. Bevor sie jedoch ein zweites Mal zutreten konnte, verschwanden die Flammen und hinterließen nichts als feine Rauchwölkchen, die sich aus der verkohlten Masse erhoben, und den Geruch nach versengtem Holz. »Na ja«, sagte Verin, »ich habe nicht damit gerechnet, ein Feuer löschen zu müssen. Werdet mir nur ja nicht ohnmächtig, Kind. Es ist ja schon alles gut. Ich habe alles unter Kontrolle.«

»Ich ... ich war wütend.« Nynaeve sagte es mit zitternden Lippen im blutleeren Gesicht. »Ich hörte Euch von einer Brise sprechen und mir sagen, was ich tun solle, und da sprang das Feuer einfach in meinen Kopf. Ich ... ich wollte nichts verbrennen. Es war nur ein kleines Feuer in ... in meinem Kopf.« Sie schauderte.

»Ich denke schon, daß es ein kleines Feuer war.« Verin lachte auf, doch das Lachen brach nach einem weiteren Blick auf Nynaeves Gesicht ab. »Geht es Euch wieder gut, Kind? Wenn Euch schlecht ist, kann ich ...« Nynaeve schüttelte den Kopf, und Verin nickte. »Was Ihr braucht, ist Ruhe. Ihr beide. Ich habe Euch zu sehr umgetrieben. Ihr müßt ausruhen. Die Amyrlin wird uns alle noch vor der Dämmerung aufstehen und aufbrechen heißen.« Sie erhob sich und trat die verkohlten Decken mit dem Fuß. »Ich werde Euch ein paar neue Decken bringen lassen. Ich hoffe, Ihr seht nun, wie wichtig es ist, alles unter Kontrolle zu halten. Ihr müßt lernen, das zu tun, was Ihr tun wollt, aber nicht mehr. Abgesehen davon, daß Ihr beträchtlichen Schaden anrichten könnt, wenn Ihr mehr Macht an Euch zieht, als Ihr ohne Gefahr benützen könnt, zerstört Ihr Euch vielleicht selbst, wenn Ihr zuviel Macht an Euch zieht. Ihr könntet dabei sterben. Oder vielleicht brennt Ihr innerlich aus und zerstört alle Eure Fähigkeiten.« Und als habe sie nicht gerade geäußert, daß sie auf Messers Schneide wandelten, fügte sie ein fröhliches »Schlaft gut!« hinzu. Und damit war sie weg.

Egwene legte die Arme um Nynaeve und drückte sie an sich. »Es ist schon gut, Nynaeve. Es gibt keinen Grund zur Furcht. Wenn du erst lernst ...«

Nynaeve lachte krächzend. »Ich habe keine Angst.« Sie blickte zur Seite auf die qualmenden Decken und riß sich dann wieder davon los. »Es ist schon mehr als ein kleines Feuer nötig, um mir Angst einzujagen.« Aber sie sah die Decken nicht mehr an, selbst als ein Behüter kam, sie mitnahm und neue daließ. So wie sie gesagt hatte, kam Verin nicht wieder zu ihnen. Während sie Tag um Tag nach Südwesten weiterzogen, so schnell die Fußsoldaten marschieren konnten, kümmerte sich Verin genausowenig wie Moiraine um die beiden Frauen aus Emondsfeld. Keine der Aes Sedai nahm sich ihrer an. Sie waren nicht direkt unfreundlich, diese Aes Sedai, sondern eher distanziert und zurückhaltend, als seien sie mit ganz anderen Dingen beschäftigt. Ihre Kühle steigerte Egwenes Unsicherheit und rief ihr wieder alle die Geschichten in Erinnerung, die sie als Kind gehört hatte.

Ihre Mutter hatte ihr immer gesagt, die Geschichten von den Aes Sedai seien eine Ansammlung von männlichem Unsinn, aber weder ihre Mutter noch irgendeine andere Frau in Emondsfeld hatte je eine Aes Sedai kennengelernt, bevor Moiraine dorthin gekommen war. Sie selbst hatte viel Zeit mit Moiraine verbracht, und Moiraine stellte für sie den Beweis dar, daß die Aes Sedai keineswegs so waren, wie sie in den alten Geschichten beschrieben wurden: kalte Intrigantinnen und gnadenlose Zerstörerinnen. Zerstörer der Welt. Sie wußte nun, daß wenigstens diese — die Zerstörer der Welt — männliche Aes Sedai gewesen waren, als es sie noch gab, im Zeitalter der Legenden. Aber das half ihr auch nicht viel. Nicht *alle* Aes Sedai waren so wie in den Sagen, doch wie viele und welche von ihnen?

Die Aes Sedai, die jede Nacht in ihr Zelt kamen, waren derart unterschiedlich, daß es ihr nicht weiterhalf, Klarheit zu gewinnen. Alviarin war so kühl und geschäftsmäßig wie ein Kaufmann, der gekommen war, Wolle und Tabak zu erwerben. Sie war überrascht, daß auch Nynaeve an dem Unterricht teilnahm, nahm es aber hin. Sie kritisierte hart, war aber immer bereit, es noch einmal zu versuchen. Alanna Mosvani lachte und verbrachte ebenso viel Zeit damit, über die Welt und die Männer zu sprechen, wie sie zu unterrichten. Alanna zeigte allerdings für Egwenes Geschmack zuviel Interesse an Rand, Perrin und Mat. Besonders an Rand. Die Schlimmste von allen war Liandrin, die einzige, die ihre Stola trug; die anderen hatten ihre Stolen vor der Abreise aus Fal Dara eingepackt. Liandrin saß da, befühlte die roten Fransen und brachte ihnen wenig bei, und das auch nur zögernd. Sie verhörte Egwene und Nynaeve, als habe man sie eines Verbrechens beschuldigt, und alle ihre Fragen drehten sich um die drei Jungen. Sie machte so weiter, bis Nynaeve sie aus dem Zelt warf — Egwene war nicht sicher, warum Nynaeve das tat —, und dann ging sie mit einer Drohung auf den Lippen.

»Nehmt Euch in acht, meine Töchter. Ihr seid nicht mehr in eurem Dorf. Jetzt hängt ihr die Zehen in ein Wasser, in dem Dinge leben, die beißen könnten.«

Schließlich erreichte die Kolonne das Dorf Medo am Ufer des Mora, der an der Grenze zwischen Schienar und Arafel entlangfloß und in den Erinin mündete.

Egwene war sicher, daß die Fragen der Aes Sedai ihre Träume von Rand ausgelöst hatten, das und die Sorge um ihn, ob er und die anderen dem Horn von Valere bis in die Fäule hinein hatten folgen müssen. Die Träume waren immer quälend, aber anfangs waren es wenigstens nur einfache Alpträume. Bis zu jenem Abend jedoch, an dem sie Medo erreichten, hatten sich die Träume verändert.

»Verzeiht, Aes Sedai«, fragte Egwene schüchtern,

»habt Ihr Moiraine Sedai gesehen?« Die schlanke Aes Sedai winkte ihr zu, weiterzugehen, und hastete weiter die überfüllte, von Fackeln beleuchtete Dorfstraße entlang. Sie rief jemandem zu, ihr Pferd vorsichtig zu behandeln. Die Frau gehörte zu den Gelben Ajah, obwohl sie gerade ihre Stola nicht trug. Mehr wußte Egwene nicht; nicht einmal ihren Namen.

Medo war ein kleines Dorf, das nun mehr Neuankömmlinge beherbergte, als es Einwohner hatte. Pferde und Menschen füllten die engen Straßen und drängten sich an den Einwohnern vorbei, die jedesmal niederknieten, wenn eine Aes Sedai vorbeikam. Greller Fackelschein beleuchtete alles. Die beiden Landestege ragten wie Steinfinger in den Mora hinein, und an jedem hatte ein Paar zweimastiger kleiner Schiffe festgemacht. Dort wurden bereits Pferde mit Hilfe von Ladebäumen, Tauen und Segeltuchbahnen an Bord gehievt. Weitere Schiffe mit starken hohen Bordwänden und Laternen an den Masten lagen auf dem mondbeschienenen Fluß. Sie waren bereits beladen oder warteten, bis sie an die Reihe kamen. Ruderboote brachten Bogenschützen und Pikeure heran. Die erhobenen Piken ließen die Boote wie riesige Stachelschweine aussehen, die an der Wasseroberfläche schwammen. Auf dem linken Landesteg entdeckte Egwene Anaiya, die den Ladevorgang beaufsichtigte und diejenigen ausschimpfte, die sich nicht schnell genug bewegten. Obwohl sie noch nie mehr als zwei Worte mit Egwene gewechselt hatte, erschien ihr Anaiya anders als die anderen — mehr wie eine Frau von zu Hause. Egwene konnte sich vorstellen, wie sie in der Küche stand und buk; das fiel ihr bei den anderen schwer. »Anaiya Sedai, habt Ihr Moiraine Sedai gesehen? Ich muß mit ihr sprechen.«

Die Aes Sedai blickte sich mit abwesendem Stirnrunzeln um. »Was? Ach, Ihr seid es, Kind. Moiraine ist weg. Und Eure Freundin Nynaeve ist bereits draußen auf der *Flußkönigin*. Ich mußte sie persönlich auf ein Boot verfrachten. Sie schrie, sie wolle nicht ohne Euch abfahren. Licht, welch ein Durcheinander! Ihr solltet auch schon an Bord sein. Sucht ein Boot, das zur *Flußkönigin* hinausfährt. Ihr beide reist mit der Amyrlin, also benehmt Euch, wenn Ihr an Bord seid. Keine weiteren Szenen oder Wutanfälle!«

»Auf welchem Schiff befindet sich Moiraine Sedai?«

»Moiraine ist auf keinem Schiff, Kind. Sie ist schon seit zwei Tagen weg, und die Amyrlin macht sich Sorgen um sie.« Anaiya verzog das Gesicht und schüttelte den Kopf, obwohl der größte Teil ihrer Aufmerksamkeit immer noch den Arbeitern galt. »Zuerst verschwindet Moiraine mit Lan, anschließend Liandrin und dann Verin, ohne daß eine von ihnen ein Sterbenswörtchen verlauten ließ. Verin hat nicht einmal ihren Behüter mitgenommen. Tomas kaut sich vor Sorge die Nägel ab.« Die Aes Sedai blickte zum Himmel hinauf. Der zunehmende Mond war diesmal nicht von Wolken verdeckt. »Wir werden wieder den Wind heraufbeschwören müssen, und das wird der Amyrlin nicht gerade passen. Sie sagt, sie wolle, daß wir noch innerhalb einer Stunde nach Tar Valon aufbrechen, und sie wird keinen Aufenthalt dulden. Ich möchte nicht in Moiraines, Liandrins oder Verins Haut stecken, wenn sie ihnen das nächste Mal begegnet. Sie werden sich wünschen, wieder Novizinnen zu sein. Ja Kind, was ist denn los?«

Egwene atmete tief durch. *Moiraine weg? Das kann nicht sein! Ich muß mit jemandem sprechen, der mich nicht auslacht.* Sie stellte sich Anaiya zu Hause in Emondsfeld vor, wie sie sich die Probleme ihrer Tochter anhörte. Die Frau paßte in dieses Bild. »Anaiya Sedai, Rand ist in Schwierigkeiten.«

Anaiya sah sie nachdenklich an. »Der große Junge aus Eurem Dorf? Ihr vermißt ihn bereits, nicht wahr? Na ja, es sollte mich nicht überraschen, wenn er wirklich in Schwierigkeiten steckt. Das passiert jungen Männern in seinem Alter ständig. Obwohl eher der andere — Mat?

— so aussah, als habe er Probleme. Schon gut, Kind. Ich will mich nicht über Euch lustig machen oder es auf die leichte Schulter nehmen. Welche Art von Schwierigkeiten? Und woher wißt Ihr überhaupt davon? Er und Lord Ingtar sollten mittlerweile das Horn in Besitz haben und wieder zurück in Fal Dara sein. Oder sie mußten ihm in die Fäule folgen, und daran kann man nichts ändern.«

»Ich ... ich glaube nicht, daß sie in der Fäule oder in Fal Dara sind. Ich hatte einen Traum.« Sie sagte es beinahe trotzig. So ausgesprochen, klang es einfältig, aber es war ihr so real erschienen. Ein echter, aber eben ein realer Alptraum. Erst war da ein Mann gewesen mit einer Maske vor dem Gesicht und Feuer in den Augen. Trotz der Maske hatte sie einen Anflug von Überraschung auf seinem Gesicht festgestellt, als er ihrer ansichtig wurde. Sein Blick hatte ihr Angst eingejagt, bis sie glaubte, ihre Knochen würden vor Zittern abbröckeln, doch plötzlich verschwand er, und sie sah Rand, der in einen Umhang gehüllt auf dem Boden schlief. Eine Frau stand über ihm und betrachtete ihn. Ihr Gesicht lag im Schatten, aber ihre Augen leuchteten so hell wie der Mond, und Egwene wußte, daß sie böse war. Dann gab es einen Lichtblitz, und sie waren verschwunden. Beide. Und hinter allem lag, beinahe ganz losgelöst davon, ein Gefühl von Gefahr, als schnappe gerade eine Falle über einem nichtsahnenden Lamm zu — eine Falle mit vielen Zacken. Als habe sich der Ablauf der Zeit verlangsamt, konnte sie beobachten, wie sich die eisernen Kiefer aufeinander zu bewegten. Der Traum war mit dem Erwachen nicht verblaßt, wie das bei Träumen sonst der Fall war. Und das Gefühl der Gefahr war so stark, daß sie sich am liebsten ständig umgeblickt hätte — nur irgendwie wußte sie, daß die Gefahr Rand galt und nicht ihr.

Sie fragte sich, ob die Frau vielleicht Moiraine gewesen war, und schalt sich dann selbst ob dieses Gedankens. Liandrin füllte diese Rolle besser aus. Oder möglicherweise Alanna; auch sie hatte Interesse an Rand gezeigt.

Sie konnte sich nicht überwinden, Anaiya alles zu erzählen. So sagte sie höflich: »Anaiya Sedai, ich weiß, daß es töricht klingt, aber er ist in Gefahr. In großer Gefahr. Ich weiß es. Ich fühlte es. Ich fühle es immer noch.«

Anaiya sah nachdenklich aus. »Ja«, sagte sie leise, »ich wette, mit dieser Möglichkeit hat niemand gerechnet. Ihr könntet eine Wahrträumerin sein. Es ist nur eine geringe Möglichkeit, Kind, doch ... Wir haben seit, ach, vier- oder fünfhundert Jahren keine mehr gehabt. Und Wahrträumen hängt eng mit Weissagung zusammen. Falls Ihr wirklich wahrträumen könnt, mag es sein, daß Ihr auch Voraussagen treffen könnt. *Das* wäre den Roten ein Dorn im Auge. Es könnte sich natürlich auch um einen ganz normalen Alptraum handeln, der von der Müdigkeit in der späten Nacht und von kaltem Essen und der beschwerlichen Reise hervorgerufen worden ist. Und davon, daß Ihr Euren jungen Mann vermißt. Das ist viel wahrscheinlicher. Ja, ja, Kind, ich weiß schon. Ihr seid seinetwegen besorgt. Hat Euer Traum eine Andeutung geliefert, welche Art von Gefahr ihm droht?«

Egwene schüttelte den Kopf. »Er verschwand einfach, und ich fühlte die Gefahr. Und das Böse. Ich hatte es sogar schon gefühlt, bevor er verschwand.« Sie schauderte und rieb die Hände aneinander. »Ich kann es immer noch wahrnehmen.«

»Nun, wir werden uns auf der *Flußkönigin* weiter darüber unterhalten. Falls Ihr wirklich eine Wahrträumerin seid, werde ich dafür sorgen, daß Ihr die Ausbildung erhaltet, die Moiraine eigentlich ... Du da!« schrie die Aes Sedai plötzlich, und Egwene zuckte zusammen. Ein hochgewachsener Mann, der sich gerade auf ein Weinfaß gesetzt hatte, zuckte ebenfalls zusammen. Ein paar andere beschleunigten ihren Schritt. »Das soll an Bord

gebracht und nicht zum Sitzen benützt werden! Wir sprechen auf dem Boot weiter, Kind. Nein, du Narr! Das kannst du nicht allein tragen! Willst du dir einen Bruch heben?« Anaiya lief den Landesteg hinunter und schimpfte die unglücklichen Dorfbewohner so heftig aus, wie Egwene es ihr nicht zugetraut hatte.

Egwene spähte in der Dunkelheit nach Süden. Er war irgendwo dort draußen. Nicht in Fal Dara, nicht in der Fäule. Da war sie sicher. *Reiß dich zusammen, du wollköpfiger Narr! Wenn du dich umbringen läßt, bevor ich dich herausholen kann, ziehe ich dir die Haut bei lebendigem Leib ab.* Sie kam gar nicht darauf, sich zu fragen, wie sie ihn wohl aus irgendeiner Gefahr herausholen sollte, während sie nach Tar Valon unterwegs war.

Sie zog ihren Umhang dicht um sich und machte sich daran, ein Boot zu suchen, das sie zur *Flußkönigin* bringen würde.

KAPITEL 13

Von Stein zu Stein

Der Schein der aufgehenden Sonne weckte Rand, und er fragte sich, ob er immer noch träumte. Er setzte sich langsam auf und sah sich um. Alles war anders — oder beinahe alles. Sonne und Himmel boten den erwarteten Anblick, wenn auch blaß und fast wolkenlos. Loial und Hurin lagen noch zu seinen Seiten und schliefen, fest in ihre Umhänge gehüllt. Ihre Pferde standen nur ein paar Schritte entfernt mit unversehrten Fußfesseln. Aber alles andere war weg. Soldaten, Pferde, seine Freunde — jeder und alles waren verschwunden.

Auch die Mulde selbst hatte sich verändert, und sie befanden sich nun in der Mitte und nicht mehr am Rand. Nahe bei Rands Kopf erhob sich ein grauer Steinzylinder, bestimmt volle drei Spannen hoch und einen Schritt im Durchmesser. Er war bedeckt mit Hunderten, vielleicht Tausenden von tief eingemeißelten Diagrammen und Markierungen in einer Schrift, die er nicht kannte. Der Boden der Mulde war mit weißem Stein ausgelegt, so eben wie ein Fußboden in einem Haus und so glatt poliert, daß er beinahe glänzte. Breite hohe Stufen führten in konzentrischen Kreisen aus verschiedenfarbigem Stein zum Rand hinauf. Um den Rand herum standen rußgeschwärzte, verformte Bäume, über die ein Feuersturm hinweggerast zu sein schien. Alles kam ihm blasser vor, als es sein sollte, genau wie die Sonne, die so gedämpft schien, als sehe er sie durch einen Nebel hindurch. Nur daß es keinen Nebel gab. Nur sie drei und die Pferde kamen ihm wirklich greifbar vor. Doch als er den Stein unter sich berührte, *fühlte* er sich fest an.

Er streckte die Hand aus und rüttelte Loial und Hurin auf. »Aufwachen! Wacht auf und sagt mir, daß ich träume. Bitte wacht auf!«

»Ist es schon Morgen?« begann Loial. Er richtete sich auf, und dann blieb ihm der Mund offen stehen. Seine großen runden Augen weiteten sich.

Hurin zuckte beim Erwachen zusammen, sprang auf wie ein Floh auf einem heißen Stein und blickte sich nach allen Seiten um. »Wo sind wir? Was ist geschehen? Wo sind die anderen alle? Wo sind wir, Lord Rand?« Er sank händeringend auf die Knie, aber sein Blick huschte unruhig von einem zum anderen. »Was ist bloß passiert?«

»Ich weiß es nicht«, sagte Rand bedächtig. »Ich hoffte, es sei nur ein Traum, aber ... Vielleicht ist es ein Traum.« Er hatte ja seine Erfahrungen mit Träumen, die keine waren, Erfahrungen, die er weder wiederholen noch in die Erinnerung zurückrufen wollte. Er stand vorsichtig auf. Alles blieb, wie es war.

»Ich glaube nicht«, sagte Loial. Er betrachtete die Säule und schien dabei nicht glücklicher zu werden. Seine langen Augenbrauen fielen ihm über die Wangen herunter, und seine behaarten Ohren wirkten wie verwelkt. »Ich glaube, das ist der gleiche Stein, neben dem wir uns letzte Nacht schlafen legten. Ich glaube, ich weiß jetzt, was es ist.« Ausnahmsweise klang es einmal, als sei er unglücklich darüber, etwas zu wissen.

»Das ist ...« *Nein.* Daß dies der gleiche Stein sein sollte, war auch nicht verrückter als alles andere Verrückte, das um ihn herum geschah: Mat und Perrin und die Schienarer verschwunden und alles verändert. *Ich dachte, ich sei entkommen, aber es hat schon wieder begonnen, und es gibt nichts Verrücktes mehr. Es sei denn, ich bin verrückt.* Er sah Loial und Hurin an. Sie benahmen sich nicht so, als sei er verrückt. Auch sie sahen das gleiche. Etwas an den Treppen zog seinen Blick an. Es waren die unterschiedlichen Farben, sieben, von Blau bis Rot. »Eine für jede Ajah«, sagte er.

»Nein, Lord Rand«, stöhnte Hurin. »Nein. Aes Sedai täten uns das nicht an. Das täten sie nicht. Ich wandle im Licht!«

»Das tun wir alle, Hurin«, sagte Rand. »Die Aes Sedai werden dir nichts tun.« *Es sei denn, du stehst ihnen im Weg.* Konnte das irgendwie Moiraines Werk sein? »Loial, du weißt, was dieser Stein bedeutet? Was stellt er dar?«

»Ich sagte, ich weiß es vielleicht, Rand. Es gab da eine Stelle in einem alten Buch, nur ein paar Seiten lang, und auf einer Seite befand sich eine Zeichnung dieses Steins — dieses Steins« — er wiederholte die Worte auf ganz bestimmte Weise und mit besonderer Betonung — »oder eines sehr ähnlichen Steins. Und darunter stand: ›Von Stein zu Stein verlaufen die Linien des Möglichen zwischen den Welten, die existieren könnten.‹«

»Was soll das heißen, Loial? Das ergibt doch keinen Sinn.«

Der Ogier schüttelte traurig das mächtige Haupt. »Es waren nur ein paar Seiten. Und da stand, daß Aes Sedai im Zeitalter der Legenden, jedenfalls einige, die springen konnten, die mächtigsten unter ihnen, diese Steine zu benutzen wußten. Es stand nicht dort, wie sie das bewerkstelligten, aber ich glaube, daß diese Aes Sedai die Steine vielleicht dazu benutzten, um solche Welten zu erreichen.« Er blickte hinauf zu den versengten Bäumen und senkte den Blick schnell wieder, weil er nicht daran denken wollte, was sich jenseits des Randes befinden mochte. »Doch selbst wenn bestimmte Aes Sedai die Macht benutzen konnten oder können — wir hatten jedenfalls keine Aes Sedai dabei, die die Macht zu lenken imstande war. Also weiß ich nicht, wie dies alles geschehen konnte.«

Rands Haut juckte. *Sie wurden von Aes Sedai angewen-*

det. Im Zeitalter der Legenden, als es noch männliche Aes Sedai gab. Er erinnerte sich schwach, daß sich beim Einschlafen das Nichts um ihn geschlossen hatte, erfüllt von diesem unsteten Glühen. Und er erinnerte sich an das Zimmer in diesem Dorf und an das Licht, nach dem er gegriffen hatte, um zu entkommen. *Falls das die männliche Hälfte der Wahren Quelle war ... Nein, das kann nicht sein. Aber wenn es das doch war? Licht, ich habe mich gefragt, ob ich wegrennen sollte oder nicht, und hatte es die ganze Zeit über im Kopf. Vielleicht habe ich uns hierhergebracht.* Er wollte nicht weiter darüber nachdenken. »Welten, die existieren könnten? Das verstehe ich nicht, Loial.«

Der Ogier hob hilflos die mächtigen Schultern. »Ich auch nicht, Rand. Das meiste klang so: ›Wenn eine Frau nach links geht oder nach rechts, teilt sich dann der Strom der Zeit? Webt das Rad dann zwei Muster? Tausend für jede ihrer Entscheidungen? So viele, wie es Sterne gibt? Ist eines wirklich, und sind dann die anderen bloße Schatten und Spiegelungen?‹ Siehst du, es war alles nicht sehr klar. Meist waren es Fragen, und die schienen sich meistens auch noch zu widersprechen. Und es stand ja auch nicht viel drin.« Er wandte sich wieder dem Studium der Säule zu, aber er hätte es ganz offensichtlich lieber gehabt, sie wäre verschwunden. »Es soll angeblich eine ganze Menge dieser Steine geben, über die gesamte Welt verteilt. Vielleicht gab es sie einst, aber ich habe noch nie gehört, daß jemand einen fand.«

»Lord Rand? Lord Rand, Ihr bringt uns doch zurück, oder? Zurück dorthin, wo wir hingehören? Ich habe eine Frau, Lord Rand, und Kinder. Es wäre schlimm genug für Melia, falls ich sterben sollte, aber wenn sie nicht einmal meinen Körper hat, um ihn der letzten Umarmung der Mutter anzuvertrauen, wird sie sich bis zum Ende ihrer Tage grämen. Versteht mich recht, Lord Rand. Ich kann sie nicht in Ungewißheit lassen. Ihr bringt uns doch zurück? Und wenn ich sterbe und Ihr meine Leiche nicht mitnehmen könnt, dann teilt es ihr mit, damit sie wenigstens Gewißheit hat.« Zum Schluß fragte er nicht mehr. Ein Unterton des Vertrauens war in seiner Stimme zu hören.

Rand öffnete den Mund, um zu wiederholen, daß er kein Lord sei, aber dann schloß er ihn wieder. Das war jetzt einfach nicht wichtig genug, um darauf herumzureiten. *Du hast ihn da mit hineingezogen.* Er wollte es abstreiten, doch er wußte, was er war, wußte, daß er die Macht lenken konnte, auch wenn es immer so aussah, als geschähe es von selbst. Loial behauptete, die Aes Sedai würden die Steine benutzen, und das bedeutete die Eine Macht. Was Loial sagte, hatte Hand und Fuß — der Ogier behauptete nie etwas, dessen er nicht sicher war —, und es befand sich niemand in der Nähe, der die Macht benutzen konnte. *Du hast ihn mit hineingezogen, also bring ihn auch wieder heil heraus. Du mußt es wenigstens versuchen.*

»Ich werde mir alle Mühe geben, Hurin.« Und weil Hurin Schienarer war, fügte er hinzu: »Bei meinem Haus und meiner Ehre. Dem Haus eines Schäfers und der Ehre eines Schäfers, aber ich werde ihnen ebenso gerecht werden, als sei ich ein Lord.«

Hurin gewann sichtlich sein Vertrauen zurück. Er verbeugte sich tief. »Ehre, Euch zu dienen, Lord Rand.«

Rand durchrieselten Schuldgefühle. *Jetzt glaubt er, du bringst ihn sicher nach Hause zurück, denn die schienarischen Lords halten ihr Versprechen. Was tust du nun,* Lord *Rand?* »Laß das, Hurin. Keine Verbeugung. Ich bin kein ...« Plötzlich war ihm klar, daß er dem Mann nicht wieder erklären konnte, er sei kein Lord. Alles, was den Schnüffler noch auf den Beinen hielt, war sein Glaube an einen Lord, und den durfte er ihm jetzt nicht rauben. Nicht hier. »Keine Verbeugung«, brachte er verlegen heraus.

»Wie Ihr wünscht, Lord Rand.« Hurin grinste beinahe so breit wie beim ersten Zusammentreffen mit Rand.

Rand räusperte sich. »Ja. Also, das will ich eben nicht.«

Beide beobachteten ihn. Loial war neugierig, und Hurin sah ihn vertrauensvoll an. Beide warteten darauf, was er tun würde. *Ich habe sie hierhergebracht. Bestimmt war ich es. Also muß ich sie zurückbringen. Und das bedeutet ...*

Er holte tief Luft und schritt über die weißen Pflastersteine zu dem mit Symbolen bedeckten Zylinder hinüber. Jedes dieser Zeichen war von dünnen Zeilen in einer ihm unbekannten Schrift umgeben, eigenartigen Buchstaben, die Kurven und Spiralen bildeten, die plötzlich zu gezackten Haken wurden, in scharfen Winkeln ausliefen und sich dann wieder wie vorher weiterzogen. Wenigstens war es keine Trolloc-Schrift. Zögernd legte er die Hände auf die Säule. Sie sah aus wie aus alltäglichem geschliffenen Stein gefertigt, fühlte sich aber seltsam schlüpfrig an — wie geöltes Metall.

Er schloß die Augen und ließ die Flamme erscheinen. Das Nichts bildete sich langsam, zögernd. Er wußte, daß seine Angst es zurückhielt, die Furcht vor dem Versuch. So schnell er auch die Angst in die Flamme ergoß, es kam immer neue Angst. *Ich schaffe es nicht. Lenke die Macht. Ich will aber nicht. Licht, es muß doch einen anderen Weg geben.* Grimmig schob er diese Gedanken beiseite. Er fühlte, wie sich auf seinem Gesicht Schweißtropfen bildeten. Entschlossen machte er weiter, entleerte seine Ängste in die alles verschlingende Flamme und ließ sie wachsen, wachsen. Und das Nichts war schließlich auch da.

Seine innerster Kern schwebte in der Leere. Er konnte das Licht sehen — *Saidin* —, sogar mit geschlossenen Augen, konnte seine Wärme fühlen, wie sie ihn umgab, alles umgab, alles in sich aufnahm. Sie flackerte wie ein Kerzenlicht, das man durch Ölpapier betrachtet. Ranziges Öl. Stinkendes Öl.

Er faßte danach — es war ihm selbst nicht klar, *wie* er

das machte; irgendwie, eine Bewegung, ein Sich-dem-Licht-Entgegenstrecken, Nach-*Saidin*-Fassen — und fand nichts. Es war, als fasse er nur in Wasser. Es fühlte sich an wie ein schleimiger Tümpel, auf dem über dem sauberen Wasser lauter Schmutz schwamm. Doch er vermochte nichts von dem Wasser zu schöpfen. Immer wieder rann es ihm durch die Finger. Nicht einmal Wassertropfen blieben zurück, nur der dicke Schleim, bei dem es ihn angeekelt fröstelte.

Verzweifelt versuchte er, sich die Mulde so vorzustellen, wie sie ausgesehen hatte — mit Ingtar und den Lanzenträgern, wie sie neben ihren Pferden schliefen, mit Mat und Perrin und dem Stein, der fast ganz in der Erde steckte. Er ließ das Bild außerhalb des Nichts entstehen, wo es an der Hülle aus Leere klebte, die ihn umschloß. Er bemühte sich, dieses Bild mit dem Licht zu verknüpfen, versuchte, zu verschweißen. Die Mulde, wie sie ausgesehen hatte, und er, Loial und Hurin darinnen. Sein Kopf schmerzte. Alle zusammen, auch Mat und Perrin und die Schienarer. In seinem Kopf brannte ein Feuer. Zusammen!

Das Nichts zerplatzte zu tausend rasiermesserscharfen Scherben, die in seinen Geist schnitten.

Schaudernd taumelte er mit weitaufgerissenen Augen rückwärts. Seine Hände schmerzten, weil er sie so stark auf den Stein gedrückt hatte, Arme und Schultern bebten. Schmerz durchwallte ihn. Der Magen drehte sich ihm beinahe um, denn er hatte das Gefühl, ganz von diesem schleimigen Schmutz bedeckt zu sein, auch der Kopf … Er bemühte sich, ganz ruhig zu atmen. Das war ihm noch nie passiert. Wenn das Nichts verschwand, dann geschah das wie bei einer angestochenen Blase. Es war mit einem Wimpernschlag einfach weg. Es war noch nie wie ein Glas zersplittert. Sein Kopf war wie betäubt, als sei er tausendmal so schnell geschnitten worden, daß der Schmerz sich noch gar nicht bemerkbar gemacht hatte. Aber jeder Schnitt war so real gewesen, als sei er durch ein Messer erfolgt. Er berührte seine Schläfe und war überrascht, daß an den Fingern kein Blut klebte.

Hurin stand immer noch da und beobachtete ihn vertrauensvoll. Wenn überhaupt, dann schien ihm der Schnüffler von Minute zu Minute sicherer zu werden. Lord Rand unternahm etwas. Dazu waren Lords da. Sie schützten Land und Leute mit ihrem Leib und Leben, und wenn etwas mißlang, stellten sie es wieder richtig und sorgten dafür, das sich Recht und Gesetz durchsetzten. Solange Rand etwas unternahm, gleichgültig was, konnte Hurin sicher sein, daß am Ende alles gut wurde. So war das eben bei Lords.

Loial blickte ganz anders drein, mit verblüfft gerunzelter Stirn, aber auch sein Blick ruhte auf Rand. Rand fragte sich, was er wohl dachte.

»Das war einen Versuch wert«, sagte er. Das Gefühl, ranziges Öl im Kopf zu haben — *Licht, in mir drinnen! Ich will das nicht in mir haben!* —, verschwand langsam, obwohl er immer noch das Bedürfnis hatte, sich zu übergeben. »Ich versuche es in ein paar Minuten nochmals.«

Er hoffte, daß es selbstbewußt klang. Er hatte keine Ahnung, wie die Steine funktionierten, ob das, was er tat, auch nur die Hoffnung von Erfolg bot. *Vielleicht gibt es gewisse Regeln, wie man damit umzugehen hat. Vielleicht muß ich etwas ganz Bestimmtes tun. Licht, vielleicht kann man auch den gleichen Stein nicht zweimal hintereinander benutzen, sonst ...* Er brach den Gedankengang ab. Es hatte keinen Sinn, sich darüber den Kopf zu zerbrechen. Er mußte statt dessen etwas tun. Als er Hurin und Loial ansah, glaubte er zu wissen, was Lan gemeint hatte, als er von erdrückender Pflicht sprach.

»Lord Rand, ich glaube ...« Hurin sprach nicht weiter und wirkte zerknirscht. »Lord Rand, vielleicht finden wir die Schattenfreunde und können einen von ihnen zwingen, uns die Rückkehr zu ermöglichen.«

»Ich würde jeden Schattenfreund und sogar den

Dunklen König selbst fragen, wenn ich sicher sein könnte, eine wahre Antwort zu erhalten«, sagte Rand. »Aber wir sind die einzigen hier. Nur wir drei.« *Nur ich. Ich bin derjenige, der es tun muß.*

»Wir könnten ihrer Spur folgen, Lord Rand. Wenn wir sie erwischen ...«

Rand starrte der Schnüffler überrascht an. »Du kannst sie immer noch riechen?«

»Das kann ich, Lord.« Hurin zog die Stirn kraus. »Es ist nur schwach und irgendwie blaß wie alles hier, aber ich kann die Spur riechen. Gleich dort droben.« Er deutete auf den Rand der Mulde. »Ich verstehe es nicht, Lord Rand, aber letzten Abend hätte ich schwören können, daß die Spur geradewegs an der Mulde vorbeiführt, dort — dort, wo wir waren. Nun ja, die Spur ist immer noch da, aber eben hier, und sie ist schwächer, wie ich schon sagte. Nicht alt und schwach, sondern ... Ich weiß nicht, Lord Rand, aber sie ist hier.«

Rand überlegte. Falls Fain und die Schattenfreunde hier waren — wo immer das sein mochte —, wußten sie möglicherweise, wie sie zurückkommen konnten. Das mußten sie wohl, nachdem sie ja schon hierhergekommen waren. Und sie besaßen das Horn und den Dolch. Mat mußte diesen Dolch zurückbekommen. Allein schon deshalb mußte er sie finden. Was ihn schließlich bewog, ihnen zu folgen, war seine Scheu davor, es noch einmal zu versuchen. Er hatte Angst vor dem Versuch, die Macht zu benutzen. Er hätte sogar weniger Angst davor gehabt, Schattenfreunden und Trollocs gegenüberzustehen, als das zu tun.

»Dann werden wir die Schattenfreunde verfolgen.« Er bemühte sich, selbstsicher zu erscheinen, so wie das bei Lan oder Ingtar der Fall gewesen wäre. »Das Horn muß zurückgewonnen werden. Wenn wir keinen Weg finden, es ihnen wieder abzunehmen, wissen wir zumindest, wo sie sind, wenn wir Ingtar wiederfinden.« *Wenn sie nur nicht fragen, wie wir ihn wiederfinden wollen.*

»Hurin, überzeug dich bitte davon, daß es wirklich die Spur ist, hinter der wir her sind.«

Der Schnüffler sprang in den Sattel. Er war begierig darauf, selbst etwas zu tun, vielleicht auch aus der Mulde wegzukommen. Er ließ sein Pferd die breiten farbigen Stufen hinaufklettern. Die Hufe des Tieres klapperten laut auf dem Steinboden, aber sie hinterließen keine Spuren.

Rand verstaute die Fußfesseln des Braunen in den Satteltaschen; die Flagge steckte immer noch dort drinnen (er hätte sich nicht beklagt, wäre sie zurückgeblieben). Er nahm seinen Bogen und Köcher und kletterte auf den Rücken des Hengstes. Das Bündel aus Thom Merrilins Umhang war hinter dem Sattel festgemacht.

Loial führte sein großes Reittier zu ihm herüber. Der Ogier stand noch, und doch reichte er Rand bis fast an die Schultern, während Rand im Sattel saß. Loial wirkte immer noch verblüfft.

»Glaubst du, wir sollten hierbleiben?« fragte Rand. »Noch einmal versuchen, den Stein zu benutzen? Falls die Schattenfreunde sich hier befinden, müssen wir sie suchen. Wir können das Horn von Valere nicht in den Händen von Schattenfreunden lassen; du hast gehört, was die Amyrlin gesagt hat. Und wir müssen diesen Dolch zurückhaben. Mat wird ohne ihn sterben.«

Loial nickte. »Ja, Rand, das müssen wir. Aber die Steine ...«

»Wir werden einen anderen finden. Du hast gesagt, sie seien überall verstreut, und wenn sie alle so sind wie dieser hier — mit diesen Zeichen rundum —, sollte es nicht zu schwer sein, einen zu finden.«

»Rand, in diesem Buch stand, daß die Steine aus einem früheren Zeitalter stammen als der Zeit der Legenden und daß selbst die Aes Sedai sie nicht verstanden, obwohl sie sie benutzten, jedenfalls ein paar der wirklich Mächtigen. Sie brauchten dazu die Eine Macht. Wie wolltest du den Stein benutzen, um uns zurückzubringen? Oder irgendeinen anderen Stein, falls wir einen finden?«

Für einen Augenblick konnte Rand nur den Ogier ansehen und dabei schneller denken als je zuvor. »Wenn sie älter sind als das Zeitalter der Legenden, dann haben die Leute, die sie herstellten, vielleicht die Macht gar nicht angewandt. Es muß einen anderen Weg geben. Die Schattenfreunde sind hierher gelangt und benutzen ganz gewiß die Macht nicht. Was das auch für ein Weg sein mag; ich werde ihn finden. Ich werde uns zurückbringen, Loial.« Er betrachtete die hohe Steinsäule mit ihren eigenartigen Markierungen und fühlte Angst in sich aufsteigen. *Licht, hoffentlich muß ich nicht wirklich die Macht benutzen, um es zu schaffen!* »Das werde ich, Loial. Ich verspreche es dir. So oder so.«

Der Ogier nickte zweifelnd. Er schwang sich auf sein riesiges Pferd und folgte Rand die Stufen hinauf, um sich zwischen den rußgeschwärzten Bäumen Hurin anzuschließen.

Das Land erstreckte sich flach und wellig vor ihnen. Hier und da sahen sie spärliche Wälder und dazwischen Grasland, das von Bächen durchschnitten wurde. In mittlerer Entfernung glaubte Rand einen weiteren verbrannten Fleck zu entdecken. Alles war blaß — die Farben ausgewaschen. Es gab kein Anzeichen von Menschenwerk, außer dem Steinkreis hinter ihnen. Der Himmel war leer; kein Rauch aus einem Schornstein, keine Vögel, nur ein paar Wolken und die blasse gelbe Sonne.

Am schlimmsten war, daß dieses Land irgendwie die Sichtweise zu verzerren schien. Alles Nahegelegene sah normal aus und auch alles, was in der Entfernung direkt vor seinen Augen lag. Aber immer wenn er den Kopf drehte, schienen ferne Dinge, die er aus den Augenwinkeln sah, auf ihn zuzufliegen. Wenn er sie dann wieder direkt ansah, waren sie näher als vorher. Das löste Schwindelgefühle aus. Sogar die Pferde wieherten nervös und rollten die Augen. Er versuchte, den Kopf langsam zu bewegen. Die scheinbare Bewegung feststehender Dinge war immer noch vorhanden, aber es schien doch ein wenig zu helfen.

»Hat dein Buch irgend etwas *darüber* ausgesagt?« fragte Rand.

Loial schüttelte den Kopf und schluckte, als wünsche er, er hätte ihn nicht bewegt. »Nichts.«

»Tja, ich schätze, da läßt sich nichts machen. Wohin nun, Hurin?«

»Nach Süden, Lord Rand.« Der Schnüffler starrte zu Boden.

»Also, dann nach Süden.« *Es muß doch einen Rückweg geben, bei dem man die Macht nicht anwenden muß.* Rand gab dem Braunen die Fersen. Er bemühte sich, seiner Stimme einen fröhlichen Klang zu verleihen, als sähe er überhaupt keine Schwierigkeit in allem, was auf sie einstürmte. »Was hat Ingtar gesagt? Drei oder vier Tage bis zu dieser Siegessäule für Artur Falkenflügel? Ich frage mich, ob die auch wirklich existiert, so wie die Steine. Falls dies eine *mögliche* Welt ist, steht sie hier vielleicht noch. Das wäre doch etwas Sehenswertes, Loial!«

Sie ritten südwärts.

KAPITEL 14

Wolfsbruder

Weg?« wollte Ingtar von der Luft wissen. »Und meine Wachen haben nichts gesehen? Nichts! Sie können doch nicht einfach weg sein!«

Perrin hörte zu und spannte die Schultern. Er sah Mat an, der etwas entfernt stand, die Stirn gerunzelt hatte und in sich hinein murmelte. Er war sich mit sich selbst nicht einig, so sah es Perrin. Die Sonne lugte bereits über den Horizont, und es war höchste Zeit, weiterzureiten. Schatten erstreckten sich über der Mulde, lang und blaß, aber sie sahen immer noch den Bäumen ähnlich, die sie hervorriefen. Die Packpferde stampften ungeduldig. Sie waren beladen und an der langen Führleine angebunden. Alle Soldaten standen neben ihren Pferden und warteten.

Uno kam mit langen Schritten heran. »Keine einzige ziegenküssende Spur, Lord Ingtar.« Es klang beleidigt; eine Schande bei seinem Können. »Seng mich, nicht einmal ein flammender Kratzer von Pferdehufen. Sie sind einfach blutig verschwunden.«

»Drei Männer und drei Pferde verschwinden nicht so einfach«, grollte Ingtar. »Sieh dir den Boden noch einmal genau an, Uno. Wenn jemand herausfinden kann, wo sie hin sind, dann bist du es.«

»Vielleicht sind sie einfach weggerannt«, sagte Mat. Uno blieb stehen und funkelte ihn an. *Als hätte er eine Aes Sedai beschimpft,* dachte Perrin staunend.

»Warum sollten sie denn wegrennen?« Ingtars Stimme klang gefährlich sanft. »Rand, der Erbauer, mein Schnüffler — mein Schnüffler! —, warum sollte auch nur einer von ihnen wegrennen, geschweige denn alle drei?«

Mat zuckte die Achseln. »Ich weiß nicht. Rand war …« Perrin hätte am liebsten etwas nach ihm geworfen, ihn geschlagen, irgend etwas getan, um ihn zum Schweigen zu bringen, aber Ingtar und Uno sahen zu. Erleichterung durchströmte ihn, als Mat zögerte, die Hände spreizte und knurrte: »Ich weiß nicht, warum. Ich habe nur so gedacht …«

Ingtar verzog das Gesicht. »Weggerannt«, grollte er, als habe er das nicht einen Moment lang geglaubt. »Der Erbauer kann gehen, wohin er will, aber Hurin rennt nicht weg. Und Rand al'Thor auch nicht. Das täte er nicht, denn er kennt jetzt seine Pflichten. Geh weiter, Uno. Such den Boden nochmals ab.« Uno verbeugte sich halb und eilte davon. Der Griff seines Schwertes hüpfte über den Schultern. Ingtar murrte: »Warum sollte Hurin ohne ein Wort mitten in der Nacht abhauen? Er weiß doch, worum es geht. Wie soll ich diesen schattengeborenen Dreckskerlen ohne seine Hilfe folgen? Ich gäbe tausend Goldkronen für ein Rudel Spürhunde. Wenn ich es nicht besser wüßte, müßte ich annehmen, die Schattenfreunde hätten ihre Hand im Spiel gehabt, so daß sie nach Osten oder Westen verschwinden können, ohne daß ich es weiß. Friede, ich weiß nicht einmal, was ich überhaupt weiß.« Er stapfte hinter Uno her.

Perrin trat unsicher von einem Fuß auf den anderen. Zweifellos entfernten sich die Schattenfreunde von Minute zu Minute von ihnen. Sie entfernten sich, und mit ihnen das Horn von Valere — und der Dolch aus Shadar Logoth. Er glaubte nicht, daß Rand, was immer mit ihm geschehen war, diese Jagd aufgeben würde. *Aber wo steckt er?* Loial war vielleicht aus Freundschaft mit Rand gegangen — aber warum Hurin?

»Vielleicht ist er wirklich weggerannt«, knurrte er und blickte sich um. Keiner schien es gehört zu haben; selbst Mat achtete nicht auf ihn. Er fuhr sich mit der

Hand durch das Haar. Wenn hinter ihm die Aes Sedai her gewesen wären, um aus ihm einen falschen Drachen zu machen, wäre er auch weggerannt. Aber sich um Rand Sorgen zu machen, half auch nicht, die Spur der Schattenfreunde zu finden.

Es gab vielleicht eine Möglichkeit, falls er das wirklich wollte. Er wollte aber nicht. Er war lange genug davor weggelaufen. Vielleicht konnte er jetzt nicht mehr länger weglaufen. *Geschieht mir recht nach allem, was ich Rand gesagt habe. Ach, könnte ich doch weglaufen!* Obwohl er wußte, was er tun mußte, um zu helfen, zögerte er.

Keiner sah ihn an. Keinem wäre auch klar gewesen, was er da sah, wenn er ihn anblickte. Schließlich schloß er zögernd die Augen und ließ sich treiben, ließ seine Gedanken hinaustreiben, weg von ihm selbst.

Er hatte es von Anfang an abgelehnt, lange bevor die Farbe seiner Augen sich von Dunkelbraun zu glänzendem Goldgelb veränderte. Bei diesem ersten Zusammentreffen, dem ersten Augenblick des Erkennens, hatte er sich geweigert, daran zu glauben, und vor dieser Erkenntnis war er seither weggelaufen. Er wollte immer noch fliehen.

Seine Gedanken trieben hinaus, fühlten nach dem, was dort draußen sein mußte, was sich immer in einem Land befand, wo die Menschen weit verstreut lebten, suchten nach seinen Brüdern.

Anfangs hatte er gefürchtet, sein Tun werde irgendwie vom Dunklen König geprägt oder auch von der Einen Macht — beides genauso schlimm für einen Mann, der nicht mehr wollte, als ein Hufschmied sein und sein Leben lang im Licht und in Frieden wandeln. Von der Zeit an konnte er Rands Gefühle besser nachvollziehen: sich vor den eigenen Fähigkeiten fürchten, sich unrein fühlen. Er war noch nicht ganz darüber hinweg. Aber was er da tat, hatte es schon gegeben, bevor Menschen die Eine Macht anwendeten. Es stammte von der Geburt der Zeit her. Es sei nicht die Macht, hatte Moiraine gesagt. Etwas lange Verschwundenes, das nun wiedergekehrt war. Auch Egwene wußte davon, wenn es ihm auch lieber gewesen wäre, sie hätte nichts gewußt. Er wünschte, keiner hätte darüber Bescheid gewußt. Er hoffte, daß sie es niemandem erzählt hatte.

Kontakt. Er fühlte sie, fühlte andere Wesen. Fühlte seine Brüder, die Wölfe.

Ihre Gedanken erreichten ihn als ein Gewirr von Eindrücken und Gefühlen. Zuerst war er nicht in der Lage gewesen, mehr als die stärksten Gefühle darin auszumachen, doch nun formte sein Verstand die Worte, die darin steckten. *Wolfsbruder. Überraschung. Zweibeiner, der spricht.* Ein verblaßtes Bild, vom Alter getrübt, älter als alt, das Menschen zeigte, die mit den Wölfen jagten. Zwei Rudel, die gemeinsam jagten. *Wir haben gehört, daß es wiederkommt. Bist du Langzahn?*

Es war das blasse Bild eines in Felle gekleideten Mannes mit einem langen Messer in der Hand, aber das Bild wurde in der Mitte von dem eines zerzausten Wolfs überlagert, der einen Zahn besaß, länger als alle anderen, einen stählernen Zahn, der im Sonnenschein glitzerte, als der Wolf das Rudel in einem verzweifelten Angriff auf einen Hirsch durch den Tiefschnee führte. Der Hirsch bedeutete für sie Leben anstelle des langsamen Hungertodes. Er trat um sich und versuchte, durch den bauchhohen Schnee zu rennen. Die Sonne gleißte auf dem Weiß, bis die Augen schmerzten, und der Wind heulte die Pässe herunter, wirbelte den Pulverschnee wie Nebelschwaden auf, und … Die Namen von Wölfen bestanden immer aus komplexen Bildern und Vorstellungen.

Perrin erkannte den Mann. Elyas Machera, der ihn zuerst mit den Wölfen bekanntgemacht hatte. Manchmal wünschte er sich, er hätte Elyas nie getroffen.

Nein, dachte er und versuchte, sich selbst im Geist darzustellen.

Ja. Wir haben von dir gehört. Es war aber nicht das Bild, das er geschaffen hatte, von einem jungen Mann mit kräftigen Schultern und zerzausten braunen Locken, eines jungen Mannes mit einer Axt am Gürtel, von dem andere glaubten, er denke und bewege sich langsam. Dieser Mann war schon da, irgendwo in jenem geistigen Bild, das von den Wölfen stammte, aber stark überlagert von dem eines wuchtigen wilden Bullen mit gekrümmten Hörnern aus glänzendem Metall, der mit der Schnelligkeit und dem Überschwang der Jugend durch die Nacht stürmte, das lockige Fell im Mondschein glänzend, der sich zwischen die Weißmäntel auf ihren Pferden stürzte ... Die Luft war beißend kalt und dunkel, das Blut so rot an den Hörnern und ...

Junger Stier.

Einen Augenblick lang verlor Perrin in seiner Überraschung den Kontakt. Er hatte sich nicht träumen lassen, daß sie ihm einen Namen gegeben hatten. Er wünschte, sich nicht mehr daran zu erinnern, wie er sich den Namen verdient hatte. Er berührte die Axt am Gürtel mit ihrer schimmernden Halbmondschneide. *Licht, hilf mir, ich habe zwei Männer getötet! Sie hätten mich und Egwene sogar noch schneller getötet, aber ...*

Er schob alles beiseite. Es war vorbei und lag hinter ihm. Er verspürte kein Bedürfnis, sich noch weiter daran zu erinnern. Er teilte den Wölfen die Witterung Rands, Loials und Hurins mit und fragte sie, ob sie die drei irgendwo gewittert hatten. Das war eine der Eigenschaften, die er zusammen mit der Veränderung seiner Augen gewonnen hatte: Er konnte Menschen durch ihren Geruch unterscheiden, selbst wenn er sie nicht sah. Er sah auch besser als vorher und bei jedem Licht außer völliger Dunkelheit. Er achtete mittlerweile sehr darauf, Lampen oder Kerzen anzuzünden, oft lange bevor ein anderer dies für nötig hielt.

Von den Wölfen kam das Bild von Männern auf Pferden, die sich spät am Tag noch der Mulde näherten. Das war das letzte, was sie von Rand und den beiden anderen gewittert oder gesehen hatten.

Perrin zögerte. Der nächste Schritt wäre sinnlos, außer er sprach mit Ingtar darüber. Und Mat wird sterben, wenn wir den Dolch nicht finden. Seng dich, Rand, warum hast du den Schnüffler mitgenommen?

Beim einzigen Mal, als er Egwene in den Kerker begleitet hatte, hatten sich ihm bei Fains Geruch die Haare gesträubt; nicht einmal Trollocs stanken so fürchterlich. Er hätte die Gitterstäbe der Zelle am liebsten weggefetzt und den Mann zerrissen, und allein dieser Wunsch hatte ihn noch mehr erschüttert als Fain selbst. Um Fains Geruch im eigenen Geist zu überdecken, fügte er den Geruch von Trollocs hinzu, bevor er laut heulte.

Aus der Entfernung erklang das Jaulen des Wolfsrudels und in der Mulde stampften und wieherten die Pferde vor Angst. Einige der Soldaten legten die Hände an die Schäfte ihrer Lanzen und beobachteten wachsam den Rand der Mulde. In Perrins Kopf ging es viel schlimmer zu. Er fühlte den Zorn und den Haß der Wölfe. Es gab nur zwei Dinge, die Wölfe haßten. Alles andere ertrugen sie, aber sie haßten das Feuer und die Trollocs, und sie würden durch das Feuer springen, um Trollocs zu töten.

Noch mehr als die Trollocs hatte Fains Witterung sie in wilde Erregung versetzt, als röchen sie etwas, gegen das selbst Trollocs natürlich und gut rochen.

Wo?

Der Himmel rollte durch seinen Kopf, und das Land schwankte wild. Die Wölfe kannten kein Ost und West. Sie kannten die Bewegung von Sonne und Mond, den Wechsel der Jahreszeiten, die Gestalt der Landschaft. Perrin fand heraus, wie er es ihnen am besten beibringen konnte. Süden. Der Sonne entgegen. Und noch heftiger fügte er hinzu: den Willen, die Trollocs zu töten. Die Wölfe würden es dem Jungen Stier erlauben, am Töten teilzunehmen. Er konnte auch die Zweibeiner mit der harten Haut mitbringen, wenn er wollte, aber der Junge Stier und Rauch und Zwei Hirsche und Winterdämmerung und der Rest des Rudels würden die Verzerrten verfolgen, die in ihr Land eingedrungen waren. Das ungenießbare Fleisch und das bittere Blut würden ihnen auf der Zunge brennen, aber sie mußten getötet werden. Tötet sie. Tötet die Verzerrten.

Ihre Wut steckte ihn an. Er verzog die Lippen zu einem Knurren und trat einen Schritt vor, um sich ihnen anzuschließen, um neben ihnen herzurennen, um mit ihnen zu töten.

Mit Mühe unterbrach er die Verbindung bis auf das schwache Gefühl, daß die Wölfe da waren. Er hätte über die ganze Entfernung hinweg direkt auf sie deuten können. Innerlich war ihm kalt. *Ich bin ein Mensch und kein Wolf. Licht, hilf mir, ich bin doch ein Mensch!*

»Geht es dir gut, Perrin?« fragte Mat, der auf ihn zutrat. Er klang ganz so wie immer, leichthin und in letzter Zeit mit einem bitteren Unterton, aber er sah besorgt aus. »Das kann ich gerade noch gebrauchen. Rand weggelaufen, und du wirst krank. Ich weiß nicht, wo ich eine Seherin auftreiben soll, die dich hier draußen behandelt. Ich glaube, ich habe noch etwas Weidenrinde in einer Satteltasche. Ich kann dir Tee daraus bereiten, falls Ingtar so lange wartet. Geschieht dir recht, wenn ich ihn zu stark mache.«

»Mir … mir geht's gut, Mat.« Perrin schüttelte den Freund ab und suchte Ingtar. Der schienarische Lord suchte den Boden am Rand ab, zusammen mit Uno, Ragan und Masema. Die anderen warfen ihm böse Blicke zu, als er Ingtar zur Seite zog. Er vergewisserte sich, daß Uno und die anderen zu weit entfernt waren, um zu lauschen, bevor er loslegte. »Ich weiß nicht, wohin Rand und die anderen verschwunden sind, Ingtar, aber Padan Fain und die Trollocs — und ich denke, auch die anderen Schattenfreunde — sind immer noch auf dem Weg nach Süden.«

»Woher wißt Ihr das?« fragte Ingtar.

Perrin atmete tief durch. »Die Wölfe haben es mir gesagt.« Er wartete, doch er war nicht sicher, worauf. Lachen, Spott, die Anklage, er sei ein Schattenfreund oder verrückt. Absichtlich hakte er seine Daumen hinter dem Gürtel ein — ein Stück von der Axt entfernt. *Ich werde nicht töten. Nicht noch einmal. Wenn er versucht, mich als Schattenfreund zu töten, werde ich wegrennen, aber ich werde niemanden töten.*

»Ich habe von solchen Dingen gehört«, sagte Ingtar bedächtig nach einem Augenblick des Schweigens. »Gerüchte. Es gab einmal einen Behüter, einen Mann namens Elyas Machera, von dem man sagte, er könne mit Wölfen sprechen. Er verschwand vor Jahren.« Er schien Perrins Blick etwas zu entnehmen. »Ihr kennt ihn?«

»Ich kenne ihn«, sagte Perrin knapp. »Er ist derjenige ... Ich will nicht darüber sprechen. Ich habe nicht darum gebeten.« *Das hat auch Rand gesagt. Licht, ich wünsche, ich wäre zu Hause und könnte in Meister Luhhans Schmiede arbeiten.*

»Diese Wölfe«, sagte Ingtar, »werden sie für uns die Schattenfreunde und Trollocs aufspüren?« Perrin nickte. »Gut. Ich muß das Horn haben, gleich wie.« Der Schienarer blickte sich nach Uno und den anderen um, die immer noch nach Spuren suchten. »Aber es ist besser, niemandem davon zu erzählen. Wölfe werden in den Grenzlanden als Glücksbringer betrachtet. Die Trollocs haben Angst vor ihnen. Aber trotzdem ist es besser, das alles eine Weile für uns zu behalten. Einige von ihnen verstünden es vielleicht nicht.«

»Mir wäre es recht, wenn niemals jemand davon erführe«, sagte Perrin.

»Ich werde ihnen sagen, Ihr hättet vermeintlich Hurins Gabe. Das kennen sie; es stößt sie nicht ab. Einige von ihnen haben bemerkt, wie Ihr damals in dem Dorf und auch an der Fähre Eure Nase gerümpft habt. Ich habe Scherze über Eure empfindliche Nase gehört. Ja,

Ihr führt uns heute auf ihre Spur, und Uno wird genug von ihren Spuren sehen, um zu bestätigen, daß es wirklich die richtige Spur ist, und dann ist noch vor Anbruch der Nacht auch der letzte meiner Männer davon überzeugt, daß Ihr ein Schnüffler seid. Ich *muß* das Horn haben.« Er blickte zum Himmel auf und erhob die Stimme: »Wir werden kein Tageslicht mehr verschwenden! Aufsitzen!«

Zu Perrins Überraschung schienen die Schienarer Ingtars Geschichte zu glauben. Ein paar von ihnen blickten skeptisch drein — Masema ging sogar so weit, daß er ausspuckte —, aber Uno nickte nachdenklich, und das genügte den meisten. Mat war am schwersten zu überzeugen.

»Ein Schnüffler? Du? Du willst Mörder am Geruch erkennen? Perrin, du spinnst ja schon genauso wie Rand! Ich bin der einzige aus Emondsfeld, der noch normal ist. Und Egwene und Nynaeve trotteln nach Tar Valon, um dort ...« Er brach ab und sah sich unsicher nach den Schienarern um. Perrin übernahm Hurins Platz neben Ingtar, als die kleine Kolonne nach Süden ritt. Mat machte ständig verächtliche Bemerkungen, bis Uno die ersten Spuren von Trollocs und von menschlichen Reitern fand, aber Perrin achtete sowieso nicht viel auf ihn. Er hatte genug damit zu tun, die Wölfe davon abzuhalten, vorauszurennen, um die Trollocs zu töten. Den Wölfen lag nur daran, die Verzerrten zu töten; für sie unterschieden sich Schattenfreunde nicht von allen anderen Zweibeinern. Perrin konnte sich vorstellen, wie die Schattenfreunde in allen Richtungen auseinanderstoben, während die Wölfe Trollocs rissen. Sie würden mit dem Horn von Valere fliehen; mit dem Dolch fliehen. Und wenn die Trollocs einmal tot waren, dann glaubte er nicht, daß er die Wölfe noch dafür gewinnen konnte, die Menschen zu verfolgen. Er wüßte auch gar nicht, welche von ihnen er dann verfolgen sollte. Er setzte sich fortwährend deswegen mit den Wölfen auseinander, und seine Stirn war schweißbedeckt, als er die ersten Bilder aufblitzen sah, die ihm den Magen umdrehten.

Er zerrte an den Zügeln und ließ sein Pferd auf der Stelle anhalten. Die anderen folgten seinem Beispiel und warteten. Er starrte geradewegs nach vorn und fluchte leise und bitter.

Wölfe töteten schon auch gelegentlich Menschen, aber Menschen waren für sie keine besonders beliebte Beute. Zum einen erinnerten sich die Wölfe daran, daß man einmal gemeinsam gejagt hatte, und zum anderen schmeckten die Zweibeiner schlecht. Wölfe waren in bezug auf ihr Fressen wählerischer, als er geglaubt hatte. Sie fraßen kein Aas, außer sie waren am Verhungern, und nur wenige töteten mehr, als sie fressen konnten. Was Perrin nun von den Wölfen empfing, konnte man am besten als Ekel bezeichnen. Und da waren die Bilder, die Eindrücke. Er sah sie viel genauer, als er wollte. Leichen, Männer und Frauen und Kinder, aufeinandergehäuft und herumgeschleudert. Blutgetränkte Erde, von Hufen und verzweifelten Fluchtversuchen aufgewühlt. Zerfetztes Fleisch. Abgeschlagene Köpfe. Geier flatterten um sie herum, die weißen Schwingen rotgefärbt. Blutige federlose Köpfe rissen und schlangen. Er brach den Kontakt ab, bevor sich sein Magen entleerte.

Über einigen Bäumen in der Ferne konnte er gerade noch schwarze Flecke ausmachen, die in geringer Höhe kreisten, sich fallen ließen und dann wieder erhoben. Geier, die sich um ihre Beute stritten.

»Da vorn ist etwas Schlimmes.« Er schluckte und sah Ingtar in die Augen. Wie konnte er das mit der Geschichte erklären, daß er ein Schnüffler war? *Ich will nicht nahe genug herankommen, um das alles zu sehen. Aber sie werden nachsehen wollen, sobald sie die Geier sehen. Ich muß ihnen genug sagen, damit sie einen Bogen darum machen.* »Die Leute aus diesem Dorf ... Ich glaube, die Trollocs haben sie getötet.«

Uno fluchte leise, und einige Schienarer murmelten vor sich hin. Keiner von ihnen jedoch schien seine Erklärung eigenartig zu finden. Lord Ingtar sagte, er sei ein Schnüffler, und Schnüffler konnten Morde riechen.

»Und jemand folgt uns«, sagte Ingtar.

Mat drehte übereifrig sein Pferd um. »Vielleicht ist es Rand. Ich wußte, daß er mir nicht fortrennen würde.«

Dünne Staubwölkchen erhoben sich im Norden: Ein Pferd galoppierte über spärlich mit Gras bewachsene Flächen. Die Schienarer verteilten sich mit erhobenen Lanzen, so daß sie alle Richtungen überblicken konnten. Dies war kein Ort, an dem man die Ankunft eines Fremden leichtnahm.

Ein Fleck schälte sich aus dem Staub — Pferd und Reiter. Lange bevor jemand den Reiter erkennen konnte, wußte Perrin, daß es eine Frau war, die sich ihnen schnell näherte. Sie ritt langsamer, als sie sie sah, und wedelte sich mit einer Hand frische Luft zu. Es war eine mollige Frau mit ergrautem Haar, den Umhang hinter den Sattel geschnallt, die sie abwesend anblinzelte.

»Das ist eine der Aes Sedai«, sagte Mat enttäuscht. »Ich kenne sie. Verin.«

»Verin Sedai«, sagte Ingtar in scharfem Ton und verbeugte sich im Sattel vor ihr.

»Moiraine Sedai hat mich geschickt, Lord Ingtar«, verkündete Verin mit befriedigtem Lächeln. »Sie dachte, Ihr würdet mich brauchen. Welch ein Ritt war das! Ich glaubte schon, ich würde Euch nicht mehr vor Cairhien erreichen. Ihr habt natürlich dieses Dorf gesehen? Oh, das war schlimm, nicht wahr? Und dieser Myrddraal. Auf allen Dächern saßen Raben und Krähen, aber kein einziger näherte sich ihm, so tot er auch war. Ich mußte allerdings Fliegen vom Gewicht des Dunklen Königs wegscheuchen, bevor ich erkannte, wer das war. Eine Schande, daß ich keine Zeit hatte, ihn herunterzunehmen. Ich hatte noch nie Gelegenheit, einen Myrddraal zu ...« Plötzlich verengten sich ihre Augen, und das abwesende Gebaren verschwand. »Wo ist denn Rand al'Thor?«

Ingtar verzog das Gesicht. »Weg, Verin Sedai. Verschwand letzte Nacht spurlos. Er, der Ogier und Hurin, einer meiner Männer.«

»Der Ogier, Lord Ingtar? Und Euer Schnüffler ging mit ihnen? Was könnten diese beiden gemeinsam haben mit ...?« Ingtar starrte sie mit offenem Mund an und schnaubte. »Habt Ihr geglaubt, Ihr könntet so etwas geheimhalten?« Sie schnaubte nochmals. »Schnüffler. Verschwunden, behauptet Ihr?«

»Ja, Verin Sedai.« Ingtar klang verstört. Es war unangenehm, festzustellen, daß Aes Sedai die Geheimnisse kannten, die man vor ihnen verborgen hielt. Perrin hoffte, Moiraine habe nichts von ihm erzählt. »Aber ich habe ... Ich habe einen neuen Schnüffler.« Der schienarische Lord deutete auf Perrin. »Dieser Mann scheint die gleiche Begabung zu haben. Ich werde das Horn von Valere finden, wie ich es schwor, keine Angst. Eure Gesellschaft ist uns willkommen, Aes Sedai, falls Ihr mit uns reiten wollt.« Zu Perrins Überraschung wirkte er dabei nicht so ganz überzeugt.

Verin sah Perrin an, bis er unsicher hin und her rutschte. »Ein neuer Schnüffler, nachdem Ihr gerade Euren alten verloren habt. Wie — vorsorglich. Ihr habt keine Spuren gefunden? Nein, natürlich nicht. Ihr sagtet ja: spurlos. Seltsam. Letzte Nacht.« Sie drehte sich im Sattel um und blickte nach Norden zurück. Einen Augenblick lang glaubte Perrin, sie werde denselben Weg zurückreiten, den sie gekommen war. Ingtar sah sie mit gerunzelter Stirn an. »Glaubt Ihr, daß ihr Verschwinden etwas mit dem Horn zu tun hat, Aes Sedai?«

Verin setzte sich bequem zurecht. »Mit dem Horn? Nein. Nein, ich ... glaube nicht. Aber es ist eigenartig. Sehr seltsam. Ich mag keine eigenartigen Dinge, wenn ich sie nicht verstehe.«

»Ich kann Euch von zwei Männern dorthin zurückbringen lassen, wo sie verschwanden, Verin Sedai. Es wird ihnen keine Mühe bereiten, Euch geradewegs zu dem Ort zu führen.«

»Nein. Wenn Ihr sagt, daß sie spurlos verschwanden ...« Für einen langen Augenblick musterte sie Ingtar mit nichtssagender Miene. »Ich werde mit Euch reiten. Vielleicht finden wir sie wieder, oder sie finden uns. Sprecht mit mir, während wir reiten, Lord Ingtar. Erzählt mir alles, was Ihr wißt, über diesen jungen Mann. Alles, was er tat, und alles, was er sagte.«

Sie ritten mit klimperndem Zaumzeug und quietschenden Rüstungen los, Verin neben Ingtar. Sie fragte ihn eindringlich aus, aber zu leise, um von den anderen gehört zu werden. Sie warf Perrin einen Blick zu, als er seinen Platz wieder einnehmen wollte, und er ließ sich zurückfallen.

»Sie ist hinter Rand her«, murmelte Mat, »und nicht hinter dem Horn.«

Perrin nickte. *Wo immer du auch sein magst, Rand, bleib dort. Dort bist du sicherer als hier.*

KAPITEL 15

Brudermörder

Die Art, wie die seltsam verblaßt wirkenden fernen Hügel auf Rand zuglitten, wenn er sie direkt anblickte, erzeugte Schwindelgefühle in ihm, außer er hüllte sich in das Nichts ein. Manchmal kam die Leere unversehens über ihn, aber er mied sie wie die Pest. Besser schwindlig zu sein, als das Nichts mit diesem unsteten Licht zu teilen. Viel besser, das verblaßte Land zu beobachten. Trotzdem bemühte er sich, nichts anzusehen, was in größerer Entfernung lag — nur das, was geradeaus vor ihnen lag.

Hurin trug einen erstarrten Gesichtsausdruck zur Schau, während er sich darauf konzentrierte, die Spur zu wittern, als versuche er, das Land zu übersehen, durch das diese Spur verlief. Wenn dem Schnüffler ihre Umgebung doch bewußt wurde, fuhr er zusammen und wischte sich die Hände am Mantel ab. Dann schob er die Nase vor wie ein Jagdhund, seine Augen wurden glasig, und er schloß alles andere aus seiner Wahrnehmung aus. Loial hing müde im Sattel und sah sich mit gerunzelter Stirn um. Seine Ohren zuckten unruhig, und er führte Selbstgespräche.

Wieder überquerten sie ein Stück Land, das geschwärzt und verbrannt aussah. Selbst der Boden knirschte unter den Hufen der Pferde, als habe man ihn versengt. Diese verbrannten Landstreifen waren manchmal eine Meile und manchmal nur ein paar hundert Schritte breit, aber alle erstreckten sich kerzengerade von Osten nach Westen. Zweimal sah Rand das Ende eines solchen Streifens. Einmal ritten sie direkt darüber und einmal in der Nähe vorbei. Sie liefen am Ende in schmalen Spitzen aus. Jedenfalls dort, wo sie es sehen konnten; er vermutete, es war doch überall das gleiche.

Einmal hatte er zu Hause in Emondsfeld Whatley Eldin zugesehen, wie er einen Festwagen für den Sonnentag vorbereitet hatte. What hatte ihn mit bunten Bildern und kunstvollen Verzierungen geschmückt. An den Rändern hatte What den Wagen lediglich mit der Pinselspitze berührt. Die dünne Linie wurde stärker, als er mehr aufdrückte, und wieder dünner, als der Pinseldruck nachließ. Genauso sah das Land aus: als habe jemand mit einem riesigen Feuerpinsel Linien darüber gezogen.

Nichts wuchs dort, wo das Land verbrannt war. Einige der Brandstreifen zumindest erweckten das Gefühl, schon sehr alt zu sein. Dort konnte man nicht einmal eine Andeutung von Ruß in der Luft riechen, ja, selbst dann nicht, wenn er sich herunterbeugte, ein schwarzes Ästchen abbrach und daran roch. Lange vorbei, und doch gab es nichts, was das Land wieder belebt und zum Blühen gebracht hätte. Schwarz und Grün wechselten sich ab, und die Grenzen verliefen messerscharf.

Der Rest der Landschaft wirkte auf eine andere Art genauso tot wie die Brandstreifen, obwohl der Boden grasbewachsen war und die Bäume Blätter trugen. Alles wirkte so verblaßt — wie Kleider, die man zu oft gewaschen und zu lange in der Sonne getrocknet hatte. Es gab keine Vögel oder andere Tiere; jedenfalls sah und hörte Rand keine. Kein Falke drehte seine Kreise am Himmel, kein jagender Fuchs bellte, kein Vogel sang. Nichts raschelte im Gras oder setzte sich auf einen Ast. Keine Bienen, keine Schmetterlinge. Mehrmals überquerten sie seichte Bäche. Oft hatte sich das Wasser eine tiefe Rinne in das Land gegraben, deren steile Uferböschungen die Pferde hinunterrutschen und auf der anderen Seite wieder besteigen mußten. Das Wasser war klar bis auf den von den Pferdehufen aufgewirbelten Schlamm, doch keine Elritze und keine Kaulquappe schossen aus dem Schlammwirbel heraus. Nicht einmal eine Wasserspinne tanzte über die Oberfläche, und keine Libelle schwebte über dem Wasserspiegel.

Das Wasser war trinkbar, und das war gut so, denn ihre Vorräte reichten nicht ewig. Rand versuchte es zuerst und ließ Loial und Hurin warten, um zu sehen, ob ihm etwas passierte. Dann durften sie trinken. Er hatte sie in diese Lage gebracht und war verantwortlich für sie. Das Wasser war kühl und sauber, und das war auch noch das beste daran. Es schmeckte schal, als sei es abgekocht. Loial verzog das Gesicht, und die Pferde mochten es auch nicht. Sie schüttelten die Köpfe und tranken nur zögernd.

Es gab kein Anzeichen für Leben hier. Zweimal sah er einen zerfledderten Streifen wie eine von Wolken gezogene Linie über den Himmel kriechen. Die Linien war zu gerade, um natürlichen Ursprungs zu sein, aber er konnte sich nicht vorstellen, was die Ursache war. Er erwähnte diese Streifen den anderen gegenüber nicht. Vielleicht bemerkten sie sie gar nicht. Hurin war ganz auf die Spur konzentriert, und Loial hatte sich in sich selbst zurückgezogen. Jedenfalls sagten sie nichts zu den Streifen.

Als sie bereits den halben Morgen lang geritten waren, schwang sich Loial plötzlich wortlos von seinem riesigen Pferd und lief hinüber zu einer Gruppe Riesenbesenbäume. Ihre Stämme teilten sich zu vielen dicken Ästen, die steif und gerade keinen Schritt weit über dem Boden herausstanden. An den Spitzen teilten sie sich erneut zu einem dicht mit Blättern bewachsenen Gestrüpp, das ihnen den Namen gegeben hatte.

Rand hielt den Braunen an und wollte schon fragen, was er vorhatte, aber etwas am Benehmen des Ogiers, der selbst unsicher schien, ließ Rand schweigen. Nachdem er den Baum angeblickt hatte, legte Loial die Hände auf den Stamm und begann mit tiefer, sanft grollender Stimme zu singen.

Rand hatte schon einmal das Baumlied des Ogiers gehört, damals, als Loial einen sterbenden Baum besungen und wieder zum Leben erweckt hatte, und er hatte auch von besungenem Holz gehört, Kunstgegenständen, deren Material mit Hilfe des Baumlieds von Bäumen gewonnen worden war. Loial sagte, dieses Talent sei allmählich immer seltener geworden. Er war mittlerweile einer der wenigen, die diese Fähigkeit besaßen. Deshalb war besungenes Holz nun um so wertvoller und sehr gesucht. Als Loial damals sang, schien die Erde selbst zu singen. Doch nun sang der Ogier leise und beinahe schüchtern, und das Land warf ein flüsterndes Echo zurück.

Es schien eine reine Melodie zu sein, Musik ohne Worte; jedenfalls besaß sie keinen für Rand erkennbaren Text. Falls es einen Wortlaut gab, ging der so in die Melodie über wie Wasser in einen Bach. Hurin schnappte nach Luft und machte große Augen.

Rand war nicht klar, was Loial da eigentlich tat oder wie er es bewerkstelligte. So leise das Lied auch erklang, so hatte es doch eine beinahe hypnotische Wirkung auf ihn und erfüllte seinen Geist fast so wie das Nichts.

Loial streichelte den Stamm mit seinen großen Händen, sang und liebkoste sowohl mit seiner Stimme als auch mit seinen Fingern. Irgendwie schien der Stamm nun glatter, als ob sein Streicheln ihn veränderte. Rand blinzelte. Er war sicher, daß der Baum, den Loial bearbeitete, vorher genau wie die anderen an der Spitze Äste aufgewiesen hatte, doch nun lief er in einem abgerundeten Ende direkt über Loials Kopf aus. Rand öffnete den Mund, aber das Lied beruhigte ihn wieder. Es kam ihm so bekannt vor, dieses Lied, als sollte er es eigentlich kennen.

Plötzlich schwoll Loials Stimme an, erreichte einen

Höhepunkt — es klang wie eine Dankeshymne — und verklang so sanft wie eine Brise.

»Seng mich«, hauchte Hurin. Er wirkte wie betäubt. »Seng mich, ich habe noch nie so etwas gehört ... Seng mich.«

In seinen Händen hielt Loial einen Stab, so lang, wie er groß war, und so dick wie Rands Unterarm. Er war glatt und glänzte. Wo sich der Stamm des Riesenbesenbaums befunden hatte, war jetzt ein kleiner neuer Sprößling zu sehen.

Rand atmete tief durch. *Immer wieder etwas Neues, etwas Unerwartetes, und manchmal ist es nichts Schlimmes.*

Er sah zu, wie Loial sich auf sein Pferd schwang und den Stab vor sich über den Sattel legte. Er fragte sich, warum der Ogier einen Stab wollte, da sie ja schließlich ritten. Doch dann sah er plötzlich den dicken Prügel mit anderen Augen, nicht der Größe wegen, sondern weil ihm bewußt wurde, wie der Ogier ihn führte. »Ein Bauernspieß«, sagte er überrascht. »Ich wußte nicht, daß Ogier auch Waffen tragen, Loial.«

»Normalerweise ist das auch nicht der Fall«, antwortete der Ogier kurz angebunden. »Normalerweise. Der Preis ist immer zu hoch gewesen.« Er schwang den mächtigen Bauernspieß und runzelte angewidert die Nase. »Der Älteste Haman würde bestimmt sagen, daß ich einen langen Schaft an meine Axt stecke, aber ich handle nie übereilt oder unüberlegt, Rand. Dieser Ort hier ...« Er schauderte, und seine Ohren zuckten.

»Wir finden bestimmt bald den Weg zurück«, meinte Rand. Er bemühte sich, selbstsicher zu klingen.

Loial sprach, als habe er nichts gehört: »Alles ist ... irgendwie miteinander verknüpft, Rand. Ob lebendig oder nicht, ob es denken kann oder nicht, alles was *ist,* gehört zusammen. Der Baum denkt nicht, ist aber ein Teil des Ganzen, und das Ganze kann man ... fühlen. Ich kann es nicht erklären, genausowenig, wie ich dir erklären könnte, was ›glücklich‹ bedeutet, aber ... Rand, dieses Land war froh, daß ich eine Waffe daraus fertigte. Froh!«

»Das Licht leuchte uns«, murmelte Hurin nervös, »und die Hand des Schöpfers schütze uns. Und wenn wir uns in die letzte Umarmung der Mutter begeben, dann beleuchte uns den Weg, Licht.« Er wiederholte diese Litanei immer wieder, als sei sie ein schützender Bannspruch.

Rand widerstand dem Impuls, sich umzusehen. Ganz bestimmt blickte er nicht zum Himmel auf. Alles, was noch notwendig war, um sie vollends zu entmutigen, war in diesem Augenblick eine weitere ausgefranste Spur am Himmel. »Hier gibt es nichts, was uns schaden könnte«, sagte er mit fester Stimme. »Und wir werden aufmerksam wachen und aufpassen, daß uns nichts bedrohen kann.«

Er hätte sich gern selbst ausgelacht, so ernsthaft klang das alles. Dabei war er sich in keiner Weise sicher. Aber wenn er die anderen so betrachtete — Loial, dessen behaarte Ohren herunterhingen, und Hurin, der sich bemühte, überhaupt nichts anzusehen —, dann wurde ihm klar, daß wenigstens einer von ihnen selbstsicher erscheinen mußte, sonst würden Angst und Unsicherheit zu ihrem Untergang führen. *Das Rad webt, wie das Rad es wünscht.* Er verdrängte diesen Gedanken. *Hat nichts mit dem Rad zu tun und auch nichts mit* ta'veren *oder Aes Sedai oder dem Drachen. Es ist eben einfach so, und das ist alles.*

»Loial, bist du hier fertig?« Der Ogier nickte und strich bedauernd über seinen Bauernspieß. Rand wandte sich Hurin zu. »Hast du die Spur noch?«

»Habe ich, Lord Rand. Ich habe sie.«

»Dann also weiter. Wenn wir Fain und die Schattenfreunde finden, dann kehren wir als Helden nach Hause zurück — mit dem Dolch für Mat und mit dem Horn von Valere. Du führst, Hurin.« *Helden? Ich begnüge mich damit, daß wir alle heil hier herauskommen.*

»Es gefällt mir hier nicht«, verkündete der Ogier platt. Er hielt den Bauernspieß so, als erwarte er, ihn in Kürze verwenden zu müssen.

»Dann ist es ja um so besser, daß wir nicht vorhaben, hier zu bleiben, oder?« sagte Rand. Hurin lachte auf, als hätte er einen Scherz gemacht, aber Loial sah ihn ernst an.

»Um so besser, daß wir das nicht vorhaben, Rand.«

Doch als sie weiter nach Süden ritten, stellte er fest, daß sein leichter Tonfall und seine vorgegebene Sicherheit die anderen ein wenig aufgemuntert hatten. Hurin saß aufrechter im Sattel, und Loials Ohren wirkten nicht mehr ganz so verwelkt. Es war weder der richtige Zeitpunkt noch der richtige Ort, um ihnen zu gestehen, daß er ihre Ängste teilte; also behielt er sie für sich und kämpfte einen einsamen inneren Kampf.

Hurin hielt seine Fröhlichkeit den ganzen Vormittag über aufrecht, murmelte »Um so besser, daß wir nicht vorhaben, zu bleiben«, und schmunzelte, bis Rand ihm befahl, still zu sein. Gegen Mittag wurde der Schnüffler dann ruhig, schüttelte gelegentlich nur noch den Kopf und runzelte die Stirn. Schließlich wünschte sich Rand, daß der Mann lieber wieder lachen und seinen Spruch wiederholen möge.

»Stimmt etwas mit der Spur nicht, Hurin?« fragte er.

Der Schnüffler zuckte die Achseln, wirkte aber beunruhigt. »Ja, Lord Rand, und auch wieder nein, könnte man sagen.«

»Es muß doch entweder so oder so sein. Hast du die Spur verloren? Es ist keine Schande, wenn das der Fall sein sollte. Du sagtest doch von Anfang an, sie sei nur schwach ausgeprägt. Wenn wir die Schattenfreunde nicht finden können, suchen wir uns einen anderen Stein und kehren auf diesem Weg zurück.« *Licht, alles, bloß das nicht!* Rand verzog das Gesicht nicht. »Wenn Schattenfreunde kommen und wieder verschwinden können, können wir das auch.«

»Ach, ich habe sie nicht verloren, Lord Rand. Ich kann den Gestank von denen immer noch riechen. Das ist es nicht. Es ist nur ... Es ist ...« Er verzog das Gesicht, und dann brach es aus ihm heraus: »Es ist, als erinnerte ich mich nur daran, Lord Rand, und röche es nicht wirklich. Aber das stimmt nicht. Die Spur wird ständig von Dutzenden anderer Spuren gekreuzt, von Dutzenden und Aberdutzenden, und es gibt alle Arten von Spuren der Gewalttätigkeit. Einige Spuren sind beinahe frisch, nur verblaßt wie alles andere hier. Heute morgen, gleich nachdem wir die Mulde verlassen hatten, hätte ich schwören können, daß nur Minuten zuvor Hunderte vor meinen Füßen dahingeschlachtet worden waren, aber es gab keine Leichen, und keine Spur war im Gras zu entdecken, außer unseren Hufabdrücken. So etwas kann nicht geschehen, ohne daß der Boden aufgerissen wird und überall Blutspuren zu sehen sind, aber es war nichts zu sehen! Und so geht das die ganze Zeit, Lord Rand. Doch ich folge weiter der Spur. Wirklich. Dieser Ort macht mich nur nervös. Das ist der Grund. Das muß es sein.«

Rand sah zu Loial hinüber — manchmal wußte der Ogier die eigenartigsten Dinge zu erzählen —, aber der sah genauso erstaunt aus wie Hurin. Rand ließ seine Stimme viel sicherer klingen, als er sich fühlte. »Ich weiß, du gibst dein Bestes, Hurin. Wir sind alle ziemlich nervös. Folge der Spur nur, so gut es eben geht, dann finden wir sie auch.«

»Wie Ihr wünscht, Lord Rand.« Hurin trieb sein Pferd an. »Wie Ihr wünscht.«

Aber bei Einbruch der Nacht hatten sie immer noch keine Schattenfreunde zu Gesicht bekommen, und Hurin meinte, die Spur sei noch schwächer ausgeprägt als zuvor. Der Schnüffler murmelte immer etwas von ›Erinnerung‹ vor sich hin.

Es war keine Spur zu sehen gewesen, wirklich nicht die geringste. Rand war kein so guter Spurensucher wie

Uno, aber man erwartete von jedem Jungen der Zwei Flüsse, daß er gut genug Fährten lesen konnte, um ein verlaufenes Schaf aufzuspüren oder ein Kaninchen zu erwischen. Er hatte nichts gesehen. Es schien, als habe kein Lebewesen dieses Land je betreten, bevor sie kamen. Es hätte doch wenigstens *etwas* da sein müssen, wenn die Schattenfreunde vor ihnen waren. Und Hurin folgte der Spur, die er roch.

Als die Sonne den Horizont berührte, schlugen sie ihr Lager in einem kleinen Gehölz auf, das der Brand nicht erfaßt hatte. Sie aßen direkt aus ihren Satteltaschen: Fladenbrot und Trockenfleisch, mit schalem Wasser hinuntergespült — kaum ein richtiges Essen zu nennen, zäh und ohne jeden Geschmack. Rand hoffte, daß sie genug Proviant für eine Woche dabei hatten. Danach ... Hurin aß langsam und bewußt, während Loial sein Essen mit verächtlich verzogenem Gesicht hinunterwürgte. Dann setzte er sich zurecht und zog seine Pfeife heraus. Den Bauernspieß hatte er neben sich gelegt, um ihn gleich zur Hand zu haben. Rand hielt das Feuer klein und gut hinter den Bäumen versteckt. Fain und seine Schattenfreunde und die Trollocs konnten nahe genug sein, um ein Feuer zu erspähen. Man konnte so etwas nie wissen, auch wenn Hurin sich ständig über die Eigenart der Spur Gedanken machte. Es erschien Rand selbst eigenartig, daß es für ihn Fains Schattenfreunde und Fains Trollocs waren. Fain war nur ein Verrückter. *Warum haben sie ihn dann gerettet?* Fain war Teil des Planes des Dunklen Königs gewesen, um ihn zu finden. Vielleicht hatte es damit zu tun. *Warum läuft er dann davon, anstatt mich zu verfolgen? Was ist in diesem Zimmer voller Fliegen geschehen? Und wer hat den Blassen umgebracht? Und diese Augen, die mich in Fal Dara beobachteten. Und dieser Wind, der mich so unversehens erwischt hat? Nein. Nein, Ba'alzamon muß tot sein.* Die Aes Sedai glaubten das keineswegs. Moiraine glaubte es nicht, und die Amyrlin war der gleichen Meinung. Hartnäckig weigerte er sich, weiter daran zu denken. Im Augenblick dachte er lediglich daran, den Dolch für Mat aufzuspüren und Fain und das Horn zu finden.

Es ist niemals vorbei, al'Thor.

Die Stimme wisperte ihm diese Worte in den Hinterkopf — ein dünnes, eisiges Geflüster, das bis in die hintersten Windungen seines Verstands vordrang. Beinahe hätte er das Nichts gesucht, um ihr zu entkommen, aber er erinnerte sich noch zu gut daran, was dort auf ihn wartete, und er zügelte seinen Wunsch.

Im Zwielicht der Dämmerung übte er die Attacken und Paraden mit dem Schwert, so wie Lan es ihm beigebracht hatte. Aber er beschwor das Nichts dabei nicht herauf. ›Die Seide zur Seite schieben‹, ›Die Hummel küßt eine Rose‹, ›Der Reiher watet durchs Schilf‹. Er brauchte das, um das richtige Gleichgewichtsgefühl nicht zu verlieren. Er verlor sich in diesen schnellen, sicheren Bewegungen, vergaß für eine Weile, wo er sich befand, und arbeitete, bis er ganz von Schweiß bedeckt war. Doch als er aufhörte, kehrte alles wieder, und nichts hatte sich geändert. Das Wetter war nicht kalt, aber er schauderte und zog seinen Umhang fest um sich, während er am Feuer kauerte. Die anderen bemerkten seine Stimmung, und so aßen sie schnell und schweigend. Niemand beklagte sich, als er lockere Erde auf die letzten aufzuckenden Flammen trat.

Rand übernahm die erste Wache selbst. Er ging am Rand des Gehölzes mit seinem Bogen in der Hand auf und ab. Gelegentlich lockerte er das Schwert in der Scheide. Der kalte Mond war beinahe eine volle Scheibe. Er stand hoch droben in der Schwärze, und die Nacht war genauso still, wie es der Tag gewesen war, und genauso leer. Leer war der richtige Ausdruck dafür. Das Land war leer wie eine staubige Milchkanne. Es fiel schwer, daran zu glauben, daß es überhaupt jemanden auf der ganzen Welt gab, auf dieser Welt, außer ihnen dreien. Es fiel sogar schwer, daran zu glauben, daß sich die Schattenfreunde irgendwo vor ihnen befinden sollten.

Um sich die Zeit zu vertreiben, wickelte er Thom Merrilins Umhang auf und legte die Harfe und die Flöte in ihren Lederbehältern frei, die auf den vielfarbigen Flicken lagen. Er nahm die Gold-und-Silber-Flöte aus ihrem Behälter und dachte daran, als er sie befühlte, wie ihn der Gaukler das Spielen gelehrt hatte. Er spielte ein paar Takte von ›Der Wind, der die Weide beugt‹, aber leise, damit er die anderen nicht weckte. Aber sogar so leise gespielt, klang der klagende Ton an diesem Ort noch zu laut, zu real. Seufzend legte er die Flöte zurück und packte das Bündel wieder zusammen.

Er hielt bis weit in die Nacht hinein Wache, damit die anderen schlafen konnten. Er wußte nicht, wie spät es war, als er plötzlich bemerkte, daß Nebel aufgekommen war. Er lag dicht über dem Boden und machte Hurin und Loial zu undeutlichen Erhebungen, die aus Wolken hervorstanden. Weiter oben war er feiner, doch verbarg er das sie umgebende Land bis auf die nächsten Bäume. Es schien so, als betrachte er den Mond durch feuchte Seide hindurch. Alles konnte sich ungesehen an sie heranschleichen. Er berührte sein Schwert.

»Schwerter helfen nicht gegen mich, Lews Therin. Das solltest du doch wissen.«

Der Nebel wirbelte um Rands Füße, als er herumfuhr. Das Schwert sprang in seine Hand; die Klinge mit dem Reiherzeichen stand senkrecht vor ihm. In ihm blähte sich das Nichts auf. Zum ersten Mal bemerkte er das kränkliche Licht von *Saidin* kaum.

Eine schattenhafte Gestalt kam durch den Nebel näher heran. Sie ging an einem hohen Stock. Dahinter, so, als werfe die Gestalt einen riesigen Schatten, verdunkelte sich der Nebel, bis er schwärzer als die Nacht erschien. Rand überlief es kalt. Die Gestalt kam näher und entpuppte sich als ein ganz in Schwarz gekleideter Mann mit schwarzen Handschuhen, dessen Gesicht von einer schwarzen Seidenmaske bedeckt war. Mit ihm näherte sich auch der Schatten. Auch der Stock war schwarz, als sei das Holz verkohlt, aber es war glatt und glänzte wie Wasser im Mondschein. Einen Augenblick lang glühte es in den Augenlöchern der Maske, als befänden sich statt Augen Feuer dahinter, aber Rand benötigte dieses Zeichen nicht, um zu erkennen, mit wem er es zu tun hatte.

»Ba'alzamon«, hauchte er. »Das ist ein Traum. Es muß so sein. Ich bin eingeschlafen und ...«

Ba'alzamons Lachen klang wie das Aufbrüllen der Flammen in einem geöffneten Hochofen. »Du versuchst doch immer abzuleugnen, was wirklich ist, Lews Therin. Wenn ich die Hand ausstrecke, kann ich dich berühren, Brudermörder. Ich kann dich immer berühren. Immer und überall.«

»Ich bin nicht der Drache! Mein Name ist Rand al' ...!« Rand biß sich auf die Lippen, um sich vom Weitersprechen abzuhalten.

»Oh, ich kenne den Namen, den du jetzt benutzt, Lews Therin. Ich kenne jeden Namen, den du Zeitalter um Zeitalter benutzt hast, sogar schon lange bevor du zum Brudermörder wurdest.« Ba'alzamons Stimme wurde lauter und eindringlicher. Manchmal flammten die Feuer seiner Augen so stark auf, daß Rand sie durch die Öffnungen in der Seidenmaske sah. Er sah sie als endloses Flammenmeer. »Ich kenne dich, kenne dein Geschlecht und deine Abstammung bis zurück zum ersten Lebensfunken, zum ersten Augenblick. Du kannst dich niemals vor mir verbergen. Nie! Wir sind aneinandergefesselt wie die beiden Seiten einer Münze. Gewöhnliche Männer können sich in den Falten des Musters verbergen, aber *ta'veren* heben sich davon ab wie Leuchtfeuer auf einem Hügel, und du, *du* hebst dich von alledem ab, als stünden zehntausend leuchtende Pfeile am Himmel, die auf dich deuten! Du bist mein und immer in Reichweite meiner Hand!«

»Vater der Lügen!« brachte Rand heraus. Trotz des Nichts in seinem Inneren klebte ihm die Zunge am Gaumen. *Licht, laß es ein Traum sein.* Der Gedanke rutschte über die Oberfläche der Leere. *Selbst einen dieser Träume, die keine echten Träume sind. Er kann doch nicht* wirklich *vor mir stehen. Der Dunkle König ist im Shayol Ghul gefangen, wo ihn der Schöpfer im Augenblick der Schöpfung ...* Er kannte die Wahrheit zu gut, als daß die Litanei ihm geholfen hätte. »Der Name paßt gut zu dir. Wenn du mich einfach in Besitz nehmen könntest, warum hast du es dann nicht getan? Weil du nicht kannst! Ich wandle im Licht, und du kannst mich nicht berühren.«

Ba'alzamon stützte sich auf seinen Stock und sah Rand einen Augenblick lang an. Dann ging er hinüber zu Hurin und Loial und sah auf sie hinunter. Der riesenhafte Schatten kam mit ihm. Er bewegte die Nebelschwaden nicht, wie Rand bemerkte — er ging vorwärts, der Stock schwang sich zu seinen Schritten, aber der graue Nebel wirbelte und floß nicht um seine Füße herum wie bei Rand. Das machte ihm Mut. Vielleicht war Ba'alzamon nicht *wirklich* hier. Vielleicht *war* es ein Traum.

»Du hast eigenartige Anhänger«, überlegte Ba'alzamon laut. »Das war aber schon immer so. Das Mädchen, das versucht, dich zu bewachen. Ein schlechter und schwacher Wächter, Brudermörder. Und wenn sie ein ganzes Leben lang Zeit hätte, zu wachsen, würde sie doch niemals groß genug, daß du dich hinter ihr verstecken könntest.«

Mädchen? Wer? Moiraine ist ja wohl kein Mädchen mehr. »Ich weiß nicht, wovon du sprichst, Vater der Lügen. Du lügst und lügst, und selbst wenn du die Wahrheit sagst, verdrehst du sie zu einer Lüge.«

»Tatsächlich, Lews Therin? Du weißt, was du bist und wer du bist. Ich habe es dir gesagt. Und diese Frauen aus Tar Valon haben es dir auch gesagt.« Rand verlagerte sein Gewicht, und Ba'alzamon lachte auf wie ein leichter Donnerschlag. »Sie glauben sich in ihrer Weißen

Burg sicher, aber unter meinen Anhängern befinden sich sogar einige von ihnen. Die Aes Sedai namens Moiraine sagte dir, wer du bist, nicht wahr? Log sie? Oder gehört sie zu meinen Anhängern? Die Weiße Burg will dich benutzen wie einen Hund an der Leine. Lüge ich? Lüge ich, wenn ich behaupte, daß du das Horn von Valere suchst?« Er lachte erneut. So sehr ihn das Nichts auch beruhigte, so konnte sich Rand doch kaum zurückhalten, die Ohren zu bedecken. »Manchmal bekämpfen sich alte Feinde so lange, daß sie zu Verbündeten werden, ohne es zu bemerken. Sie glauben, einen Schlag gegen dich zu führen, aber die Verbindung ist so eng geworden, daß es ist, als führest du den Schlag selbst.«

»Du führst mich nicht«, sagte Rand. »Ich verleugne dich.«

»Ich habe dich an tausend Fäden gebunden, Brudermörder, jeder feiner als Seide und stärker als Stahl. Die Zeit hat tausend Fäden zwischen uns geknüpft. Die Schlacht, die wir beide geschlagen haben — erinnerst du dich eigentlich noch an irgendeinen Teil davon? Hast du eine Ahnung davon, daß wir zuvor gekämpft, unzählige Schlachten geschlagen haben seit dem Beginn der Zeit? Ich weiß viel, was du vergessen hast. Der Kampf wird bald beendet sein. Die Letzte Schlacht kommt. Die letzte, Lews Therin. Glaubst du wirklich, du könntest sie meiden? Du armer zitternder Wurm. Du wirst mir dienen oder sterben. Und diesmal beginnt der Zyklus mit deinem Tod nicht wieder aufs neue. Das Grab gehört dem Großen Herrn der Dunkelheit. Diesmal wirst du mit deinem Tod gänzlich vernichtet werden. Diesmal wird das Rad gebrochen, gleichgültig, was du anstellst, und die Welt wird neu geformt werden. Diene mir! Diene Shai'tan, oder du wirst für immer vernichtet!«

Bei der Erwähnung dieses Namens schien sich die Luft zu verdichten. Die Dunkelheit hinter Ba'alzamon schwoll an und wuchs und drohte, alles zu verschlingen. Rand fühlte, wie sie ihn einschloß. Kälter war sie als Eis und gleichzeitig heißer als glühende Kohlen, schwärzer als der Tod, und sie zog ihn in ihre Tiefen, verschlang die Welt um ihn herum.

Er packte den Griff seines Schwertes, bis ihm die Knöchel schmerzten. »Ich verleugne dich und verleugne deine Macht! Ich wandle im Licht. Das Licht bewahrt uns, und wir sind sicher in der Hand des Schöpfers.« Er blinzelte. Ba'alzamon stand noch immer da, und die große Dunkelheit hing noch immer hinter ihm, doch es schien, als sei alles andere eine Sinnestäuschung gewesen.

»Willst du mein Gesicht sehen?« Es kam als Flüstern.

Rand schluckte. »Nein.«

»Du solltest aber.« Eine im Handschuh steckende Hand griff an die schwarze Maske.

»Nein!«

Die Maske wurde entfernt. Es erschien das schrecklich verbrannte Gesicht eines Mannes. Aber zwischen den schwarzgeränderten roten Rissen in diesen Zügen sah die Haut gesund und glatt aus. Dunkle Augen blickten Rand an; grausame Lippen lächelten unter dem Aufblitzen weißer Zähne. »Sieh mich an, Brudermörder, und betrachte den hundertsten Teil deines Schicksals.« Einen Augenblick lang wurden Augen und Mund zu Toren in endlose Flammenhöhlen. »Das kann die unkontrollierte Macht fertigbringen und selbst mir antun. Aber ich heile, Lews Therin. Ich kenne den Weg zu noch größerer Macht. Ich werde dich verbrennen wie einen Falter, der in einen Brennofen fliegt.«

»Ich werde es nicht berühren!« Rand fühlte, wie ihn das Nichts umgab, fühlte *Saidin.* »Das werde ich nicht.«

»Du kannst dich nicht selbst aufhalten.«

»Laß-mich-in-RUHE!«

»Macht.« Ba'alzamons Stimme wurde leise und lokkend. »Du kannst endlich wieder Macht haben, Lews Therin. Du bist jetzt, in diesem Moment, mit ihr verbunden. Ich weiß es. Ich kann es sehen. Fühle sie, Lews Therin. Fühle das Glühen in deinem Inneren. Fühle die Macht, die du beherrschen kannst. Du mußt sie nur ergreifen. Aber der Schatten liegt zwischen dir und ihr. Wahnsinn und Tod. Du mußt nicht sterben, Lews Therin, niemals mehr.«

»Nein«, sagte Rand, aber die Stimme fuhr fort und bohrte sich in ihn hinein.

»Ich kann dich lehren, die Macht zu beherrschen, damit sie dich nicht vernichtet. Es existiert sonst niemand, der dich das lehren könnte. Der Große Herr der Dunkelheit kann dich vor dem Wahnsinn behüten. Die Macht kann dein sein, und du kannst ewig leben. Ewig! Du mußt mir nur dienen. Nur dienen. Einfache Worte — ›Ich bin dein, Großer Herr!‹ —, und die Macht wird dir gehören. Eine Macht jenseits dessen, wovon diese Frauen von Tar Valon träumen, und dazu ewiges Leben, wenn du dich nur mir ergibst und mir dienst.«

Rand leckte sich über die Lippen. *Nicht wahnsinnig werden! Nicht sterben!* »Niemals! Ich wandle im Licht«, krächzte er heiser, »und du kannst mich niemals berühren!«

»Dich berühren, Lews Therin? Dich berühren? Ich kann dich verschlingen. Probier sie aus und wisse, was ich weiß!«

Die dunklen Augen wurden wieder zu Flammen und der Mund ebenfalls, Flammen, die aufblühten und wuchsen, bis sie heller als die Sommersonne schienen. Sie wuchsen, und plötzlich glühte Rands Schwert, als sei es gerade erst aus dem Schmiedfeuer gezogen worden. Er schrie auf, als der Griff ihm die Hand verbrannte, schrie und ließ das Schwert fallen. Und der Nebel fing Feuer, Feuer, das sich ausbreitete und alles verbrannte.

Schreiend schlug Rand auf seine Kleidung ein, die rauchte und rußte und zu Asche zerfiel. Er schlug mit Händen, die sich schwärzten und die schrumpften, als sich das nackte Fleisch in den Flammen abschälte. Er schrie. Schmerz schlug auf das Nichts in seinem Inneren ein, und er bemühte sich, tiefer in die Leere hineinzukriechen. Das Glühen war da, das befleckte Licht gerade außerhalb seiner Sicht. Halb verrückt und nicht mehr daran interessiert, was es eigentlich war, griff er nach *Saidin,* versuchte, sich darin einzuhüllen, versuchte sich darin vor dem Brennen und dem Schmerz zu verstecken.

So plötzlich, wie das Feuer aufgeflammt war, verschwand es wieder. Rand blickte erstaunt auf die Hand, die aus dem roten Ärmel seines Mantels ragte. Auf der Wolle war keine auch nur angesengte Stelle zu entdekken. *Ich habe mir alles nur eingebildet.* Verzweifelt sah er sich um. Ba'alzamon war weg. Hurin wälzte sich im Schlaf herum; der Schnüffler und Loial waren immer noch zwei aus dem Bodennebel herausragende Erhebungen. *Ich habe es mir tatsächlich nur eingebildet.*

Bevor die Erleichterung in ihm aufsteigen konnte, stach ihm der Schmerz in die rechte Hand, und er drehte sie um und betrachtete sie. Über die ganze Handfläche war ein Reiher eingebrannt, der Reiher vom Griff seines Schwertes, zornig und rot, so sauber eingebrannt, als habe ein Künstler das Werk vollbracht.

Er zog ungeschickt ein Taschentuch aus der Manteltasche und wickelte es um die Hand. Die Hand pulsierte nun. Da konnte das Nichts ihm helfen — er war sich im Nichts des Schmerzes *bewußt, fühlte* ihn aber nicht —, aber er schlug sich das aus dem Kopf. Zweimal hatte er nun, ohne es zu wollen — und dazu einmal ganz bewußt; das konnte er nicht vergessen —, versucht, die Macht zu lenken, während er sich im Nichts befand. Dazu wollte ihn Ba'alzamon verlocken. Das war es, was Moiraine und die Amyrlin von ihm wollten. Er würde ihnen den Gefallen nicht tun.

KAPITEL 16

Im Spiegel der Dunkelheit

Das hättet Ihr nicht tun sollen, Lord Rand«, sagte Hurin, als Rand die anderen bei Tagesanbruch weckte. Die Sonne versteckte sich noch hinter dem Horizont, aber es gab bereits genug Licht, um alles zu erkennen. Die Nebel hatte sich noch während der Dunkelheit zögernd verzogen. »Wenn Ihr Euch schädigt, um uns zu schonen, wer wird dann dafür sorgen, daß wir wieder nach Hause kommen?«

»Ich mußte nachdenken«, sagte Rand. Nichts deutete darauf hin, daß es je Nebel gegeben hatte und daß Ba'alzamon dagewesen war. Er betastete das Taschentuch, das um seine rechte Hand gewickelt war. Das bewies: Ba'alzamon war wirklich dagewesen. Er wollte weg von diesem Ort. »Zeit zum Aufsitzen, wenn wir Fains Schattenfreunde finden wollen. Höchste Zeit. Wir können unser Fladenbrot beim Reiten essen.«

Loial, der sich gerade streckte, wobei seine Arme so hoch hinaufreichten, wie Hurin groß gewesen wäre, wenn er sich auf Rands Schultern gestellt hätte, hielt inne. »Deine Hand, Rand. Was ist passiert?«

»Ich habe mich verletzt. Es ist weiter nichts.«

»Ich habe eine Salbe in meinen Satteltaschen ...«

»Es ist weiter nichts!« Rand wußte, daß es grob klang, aber ein Blick auf seine Hand hätte zu Fragen geführt, die er nicht beantworten wollte. »Wir dürfen keine Zeit verschwenden. Reiten wir los!« Er machte sich daran, den Braunen zu satteln, ungeschickt mit seiner verletzten Hand, und Hurin begab sich zu seinem eigenen Pferd.

»Deswegen mußt du doch nicht so empfindlich sein«, murrte Loial.

Eine Spur, so dachte Rand beim Aufbruch, wäre in dieser Welt doch etwas ganz Natürliches. Es gab schon zu viele unnatürliche Dinge hier. Selbst ein einziger Hufabdruck wäre willkommen gewesen. Fain und die Schattenfreunde und die Trollocs mußten doch irgendeine Spur hinterlassen. Er konzentrierte sich darauf, beim Reiten den Boden genau zu betrachten und nach jeder möglichen Spur zu suchen, die ein anderes lebendes Wesen hinterlassen haben mochte.

Er fand nichts, weder einen weggestoßenen Stein noch einen herausgerissenen Erdklumpen. Einmal betrachtete er den Boden hinter ihnen, nur um sicherzugehen, daß sich Hufabdrücke darauf auch wirklich abzeichneten. Aufgerissene Erde und niedergedrücktes Gras zeigten deutlich, wo sie geritten waren, doch der Boden vor ihnen wies keinerlei Spuren auf. Aber Hurin bestand darauf, er könne die Spur riechen. Sie sei schwach und dünn, aber sie führe immer noch nach Süden.

Erneut konzentrierte sich der Schnüffler ausschließlich darauf, der Spur zu folgen, wie ein Hund der Fährte eines Hirsches, und Loial ritt gedankenverloren dahin, sprach mit sich selbst und streichelte den riesigen Bauernspieß, den er vor sich über den Sattel gelegt hatte.

Sie waren kaum eine Stunde geritten, da sah Rand die Säule. Er war so damit beschäftigt, den Boden nach Spuren abzusuchen, daß die hochaufragende Säule bereits deutlich hinter den Bäumen sichtbar war, als er sie bemerkte. »Ich wüßte gern, was das ist.« Sie lag direkt an ihrem Weg.

»Ich weiß nicht, was es sein kann, Rand«, sagte Loial.

»Wenn das hier ... Wenn das unsere Welt wäre, Lord Rand ...« Hurin rutschte unsicher im Sattel hin und her. »Also, dieses Monument, von dem Lord Ingtar sprach — das man für Artur Falkenflügels Sieg über die Trollocs errichtet hat —, war eine hohe Säule. Aber sie wurde vor tausend Jahren abgerissen. Es ist nichts davon übriggeblieben als eine große Erhebung, ein Hügel. Ich habe ihn gesehen, als ich für Lord Agelmar nach Cairhien ritt.«

»Laut Ingtar«, sagte Loial, »liegt er noch drei oder vier Tagesritte vor uns. Falls er hier überhaupt existiert. Ich sehe keinen Grund, warum es so sein sollte. Ich glaube nicht, daß es hier überhaupt Menschen gibt.«

Der Schnüffler wandte den Blick wieder dem Boden zu. »Das ist es ja gerade, oder, Erbauer? Keine Menschen, und doch befindet es sich dort vor uns. Vielleicht sollten wir uns davon fernhalten, Lord Rand. Man kann nie wissen, was es ist oder wer dort ist, wenn man sich an einem Ort wie diesem befindet.«

Rand trommelte ein Weilchen nachdenklich mit den Fingern auf das Sattelhorn vor ihm. »Wir müssen so nahe bei der Spur bleiben wie möglich«, sagte er schließlich. »Wir scheinen Fain auch so schon kaum näher zu kommen, und ich will nicht noch mehr Zeit verlieren, wenn ich es vermeiden kann. Wenn wir irgendwelche Menschen oder etwas Außergewöhnliches sehen, machen wir einen Bogen darum, bis wir die Spur wiederfinden. Aber bis dahin reiten wir so weiter.«

»Wie Ihr wollt, Lord Rand.« Der Schnüffler klang eigenartig berührt und sah Rand kurz von der Seite her an. »Wie Ihr wollt.«

Rand runzelte die Stirn, doch dann verstand er. Nun war es an ihm, zu seufzen. Ein Lord pflegte seinen Gefolgsleuten nichts zu erklären — nur anderen Lords. *Ich habe ihn nicht darum gebeten, mich für einen blutigen Lord zu halten. Aber er hat es getan,* schien ihm ein schwaches Stimmchen zu antworten, *und du hast es zugelassen. Die Wahl lag bei dir, und nun liegt die Pflicht auch bei dir.* »Nimm die Spur auf, Hurin«, bat Rand.

Unter dem Aufblitzen eines erleichterten Lächelns trieb der Schnüffler sein Pferd an.

Die blasse Sonne stieg empor, während sie weiterritten, und als sie hoch über ihnen stand, befanden sie sich nur noch ungefähr eine Meile von der Säule entfernt. Sie hatten einen der Bäche erreicht, der in einer etwa einen Schritt tiefen Rinne dahinfloß, und es wuchsen nur spärlich Bäume zwischen dem Bach und der Säule. Rand konnte den Hügel erkennen, auf dem sie errichtet worden war. Er war rund, mit einer abgeflachten Spitze. Die graue Säule selbst war mindestens hundert Spannen hoch, und nun konnte er gerade erkennen, daß sich auf der Spitze ein in Stein gehauener Vogel mit ausgebreiteten Schwingen befand. »Ein Falke«, sagte Rand. »Es ist tatsächlich Falkenflügels Siegessäule. Es muß so sein. Es waren einst Menschen hier, gleichgültig, ob es heute noch welche gibt oder nicht. Denk nur, Hurin, wenn wir zurückkommen, kannst du erzählen, wie die Siegessäule wirklich aussah. Es wird nur uns drei Menschen auf der ganzen Welt geben, die sie je gesehen haben.«

Hurin nickte. »Ja, Lord Rand. Meine Kinder würden bestimmt gern die Geschichte hören, wie ihr Vater Falkenflügels Säule gesehen hat.«

»Rand ...«, begann Loial besorgt.

»Wir können den Rest des Wegs galoppieren«, sagte Rand. »Kommt schon. Ein Galopp wird uns guttun. Dieser Ort mag tot sein, aber wir leben.«

»Rand«, sagte Loial, »ich glaube nicht, daß dies ein ...«

Rand wartete nicht ab, um den Rest des Satzes zu hören, sondern hieb dem Braunen die Fersen in die Flanken, und der Hengst galoppierte los. In zwei Sätzen platschte er durch den seichten Wasserstreifen und erklomm das andere Ufer. Hurin hielt sein Pferd dicht bei ihm. Rand hörte, wie Loial von hinten etwas rief, aber er lachte, winkte dem Ogier zu, er solle folgen, und galoppierte weiter. Wenn er seinen Blick immer auf den gleichen Fleck richtete, schien die Landschaft nicht so schlimm abzukippen und vorbeizugleiten, und es tat gut, den Wind im Gesicht zu fühlen.

Der Basishügel bedeckte eine Fläche von gut zweihundert auf hundert Schritt, aber der grasbewachsene Abhang wies nur eine sanfte Neigung auf. Die graue Säule ragte viereckig und mächtig genug in den Himmel, um einen Eindruck von Erhabenheit zu erwecken. Und doch wirkte sie beinahe gedrungen und zu niedrig. Rands Lachen erstarb, und er brachte den Braunen mit grimmiger Miene zum Stehen.

»Ist das Falkenflügels Siegessäule, Lord Rand?« fragte Hurin unsicher. »Irgendwie wirkt sie nicht so.«

Rand erkannte die harte winklige Schrift, die die Oberfläche des Monuments bedeckte, und er erkannte einige der Symbole, die mannshoch in die Seiten des Sockels eingemeißelt waren. Der gehörnte Schädel der Da'vol-Trollocs. Die eiserne Faust der Dhai'mon. Der Dreizack der Ka'bol und der Wirbelwind der Ahf'frait. Es gab auch einen Falken, ganz unten, gleich über dem Boden. Bei einer Flügelspannweite von zehn Schritt lag er auf dem Rücken, von einem Lichtblitz durchbohrt, und Raben pickten ihm die Augen aus. Die riesenhaften Schwingen oben auf der Säule schienen den Sonnenschein abzuhalten. Er hörte, wie Loial von hinten herangaloppierte. »Ich habe versucht, dir das zu sagen, Rand«, sagte Loial. »Das ist ein Rabe und kein Falke. Ich konnte ihn klar erkennen.« Hurin wandte sein Pferd und weigerte sich, die Säule noch länger anzublicken.

»Aber wieso?« fragte Rand. »Artur Falkenflügel errang hier einen großen Sieg über die Trollocs. Das hat Ingtar gesagt.«

»Hier nicht«, sagte Loial bedächtig. »Offensichtlich hier nicht. ›Von Stein zu Stein verlaufen die Linien des Möglichen zwischen den Welten, die sein könnten.‹ Ich habe darüber nachgedacht und glaube, ich weiß, was ›die Welten, die sein könnten‹ bedeutet. Vielleicht weiß ich es. Welten, zu denen unsere Welt geworden wäre, hätten sich die Dinge nicht anders ergeben. Vielleicht wirkt deshalb hier alles so — ausgebleicht. Weil es ein ›Wenn‹ ist, ein ›Vielleicht‹. Nur der Schatten einer wirklichen Welt. In dieser Welt, glaube ich, haben die Trollocs gewonnen. Möglicherweise haben wir deshalb keine Dörfer und Menschen gesehen.«

Rand lief es kalt über den Rücken. Wenn die Trollocs gewannen, ließen sie keinen Menschen am Leben, außer als Nahrung. Wenn sie auf einer Welt ganz und gar gewonnen hatten … »Wenn die Trollocs gewonnen hätten, wären sie doch überall. Wir hätten jetzt schon tausend von ihnen gesehen. Wir wären bereits seit gestern tot.«

»Ich weiß nicht, Rand. Vielleicht haben sie nach den Menschen sich gegenseitig umgebracht. Trollocs müssen einfach töten. Das ist alles, was sie können, alles, was sie sind. Ich weiß einfach nicht …«

»Lord Rand«, fiel ihm Hurin ins Wort, »dort drunten hat sich etwas bewegt.«

Rand riß sein Pferd herum und war darauf vorbereitet, angreifende Trollocs zu entdecken, aber Hurin deutete nach hinten, den Weg zurück, den sie gekommen waren. Es war nichts zu sehen. »Was hast du gesehen, Hurin? Wo?«

Der Schnüffler ließ den Arm fallen. »Ganz am Ende dieser Baumgruppe dort, ungefähr eine Meile entfernt. Ich glaubte, es ist — eine Frau … und noch etwas, das ich nicht erkennen konnte, aber …« Er schauderte. »Es ist so schwer, hier Dinge zu erkennen, die man nicht gerade vor der Nase hat. Aaah, dieser Ort verschafft mir eine Darmverschlingung. Vielleicht bilde ich mir nur alles ein, Lord Rand. Hier kann man wirklich Wahnvorstellungen bekommen.« Er saß da mit eingezogenen Schultern, als stemme er sich gegen das Gewicht der Säule. »Kein Zweifel, es war nur der Wind, Lord Rand.«

Loial sagte: »Ich fürchte, wir sollten außerdem noch

etwas anderes beachten.« Er klang wieder besorgt. Er deutete nach Süden. »Was seht Ihr dort hinten?«

Rand sah mit zusammengekniffenen Augen hinüber, denn entfernte Dinge schienen schon wieder auf ihn zuzugleiten. »Eine Landschaft wie die, die wir gerade durchquert haben. Bäume. Dann ein paar Hügel und Berge. Sonst nichts. Worauf willst du hinaus?«

»Die Berge«, seufzte Loial. Die Haarbüschel an seinen Ohren hingen herunter, und die Enden seiner Augenbrauen befanden sich auf seinen Wangen. »Das muß Brudermörders Dolch sein, Rand. Es gibt keinen anderen Berg, der hier stehen könnte, sonst wäre diese Welt grundlegend verschieden von unserer. Aber Brudermörders Dolch liegt mehr als zweihundert Meilen südlich des Erinin. Sogar noch um einiges mehr. Man kann Entfernungen hier nur schwer einschätzen, aber ... Ich glaube, wir können vor Anbruch der Dunkelheit dort sein.« Er mußte nicht mehr sagen. Sie hätten in weniger als drei Tagen wohl kaum mehr als zweihundert Meilen zurücklegen können.

Ohne nachzudenken, murmelte Rand: »Vielleicht ist dieser Ort wie die Kurzen Wege.« Er hörte Hurin stöhnen und bedauerte sofort, seine Zunge nicht im Zaum gehalten zu haben.

Es war kein angenehmer Gedanke. Betritt eines der Wegetore — man konnte sie gleich außerhalb von Ogier-*Steddings* und in den Hainen der Ogier finden —, und du kannst die Wege wieder durch ein anderes Tor verlassen und bist zweihundert Meilen von deinem Ausgangspunkt entfernt. Heutzutage waren die Wege düster und schlimm, und sie zu durchqueren bedeutete, daß man sein Leben und seinen Verstand riskierte. Selbst die Blassen fürchteten sich davor, die Kurzen Wege zu benützen.

»Falls es so ist, Rand«, fragte Loial nachdenklich, »kann dann auch hier ein falscher Schritt zum Verhängnis werden? Gibt es Dinge, die wir noch nicht gesehen haben, die mehr können, als uns nur zu töten?« Hurin stöhnte wieder auf.

Sie hatten das fade Wasser getrunken und waren dahingeritten, als hätten sie keinerlei Sorgen. Sorglosigkeit konnte einen auf den Kurzen Wegen ganz schnell töten. Rand schluckte und hoffte, sein Magen werde sich rasch wieder beruhigen.

»Es ist zu spät, sich darüber Gedanken zu machen, was hinter uns liegt«, sagte er. »Allerdings werden wir von nun an besser achtgeben.« Er sah Hurin an. Der Schnüffler hatte den Kopf eingezogen, und sein Blick huschte unstet umher, als fürchte er, daß sich von irgendwoher etwas auf ihn stürzen könne. Der Mann hatte Mörder verfolgt, aber das hier war mehr, als er ertragen konnte. »Nimm dich zusammen, Hurin. Wir sind noch nicht tot, und wir werden auch nicht sterben. Wir müssen nur etwas vorsichtiger sein. Das ist alles.«

Genau in diesem Augenblick hörten sie den dünnen, weit entfernten Schrei.

»Eine Frau!« sagte Hurin. Selbst diese Art von Normalität schien seine Lebensgeister wieder ein wenig zu wecken. »Ich wußte doch, daß ich ...«

Ein weiterer Schrei ertönte, diesmal noch verzweifelter als der erste.

»Nur wenn sie fliegen kann«, sagte Rand. »Sie befindet sich südlich von uns.« Er trat den Braunen und jagte ihn mit zwei Sätzen in den gestreckten Galopp.

»Du hast gesagt, wir müßten vorsichtig sein!« rief Loial ihm nach. »Licht, Rand, denk daran! Sei vorsichtig!«

Rand lag nun auf dem Rücken des Braunen und ließ den Hengst laufen. Die Schreie zogen ihn an. Es war einfach, ihm zu raten, er solle vorsichtig sein, aber in dieser Frauenstimme lag blankes Entsetzen. Sie klang nicht so, als hätte er Zeit, sich vorsichtig zu verhalten. Am Rand eines Bachbettes, das tiefer eingeschnitten war als die anderen, hielt er sein Pferd an. Es kam in einem Schauer von Steinchen und Schmutz zum Stehen. Die Schreie kamen — von dort.

Mit einem Blick erfaßte er die Situation. Vielleicht zweihundert Schritt entfernt stand die Frau neben ihrem Pferd im Bachbett, den Rücken der gegenüberliegenden Uferböschung zugewandt. Mit einem abgebrochenen Ast wehrte sie sich gegen ein knurrendes — Etwas. Rand schluckte. Einen Moment lang war er völlig überrascht. Falls ein Frosch die Größe eines Bären oder ein Bär die graugrüne Haut eines Frosches haben könnte, hätte er in etwa so ausgesehen. Ein großer Bär.

Er zwang sich, nicht an dieses Geschöpf zu denken, sprang vom Pferd und spannte seinen Bogen. Wenn er sich die Zeit nähme, näher heranzureiten, wäre es vielleicht zu spät. Die Frau konnte sich kaum noch das — Ding mit dem Ast vom Leibe halten. Die Entfernung war beträchtlich; er blinzelte immer wieder, während er versuchte, das Ziel richtig einzuschätzen; mit jeder Bewegung des Dinges schien sich die Entfernung allerdings gleich um Spannen zu verändern — aber es war ja eine große Zielscheibe. Es war schwierig, mit der bandagierten Hand an der Sehne zu ziehen, aber der erste Pfeil flog schon, als er noch kaum die Füße auf dem Boden hatte.

Der Pfeil bohrte sich tief in die ledrige Haut; die Kreatur fuhr herum und blickte Rand an. Rand trat trotz der Entfernung einen Schritt zurück. Dieser riesige keilförmige Kopf gehörte zu keinem Tier, das er je gesehen hatte, genausowenig wie das breite schnabelförmige Maul mit den Hornlippen, an denen sich Widerhaken befanden, mit denen ohne weiteres Fleischstücke weggerissen werden konnten. Und das Ungeheuer hatte drei Augen, klein und wild, die von harten Wülsten umgeben waren. Der Körper spannte sich, sprang den Bach hinunter und mit großen, platschenden Sätzen auf ihn zu. Für Rands gestörtes Wahrnehmungsvermögen wirkte es, als seien manche dieser Sprünge doppelt so weit wie die anderen; dabei war er sicher, daß sie alle gleich lang waren.

»Ein Auge!« rief die Frau. Sie klang überraschend ruhig, wenn man an ihre vorherigen Schreie dachte. »Ihr müßt ein Auge treffen, um das Biest zu töten!«

Er zog die Sehne mit einem weiteren Pfeil bis ans Ohr zurück. Zögernd suchte er das Nichts; er wollte eigentlich nicht, aber schließlich hatte es Tam ihm gerade für diesen Zweck beigebracht, und er wußte, daß der Schuß ohne die Hilfe des Nichts fehlgehen würde. *Mein Vater,* dachte er mit einem Gefühl des Bedauerns, und dann erfüllte ihn die Leere. Der flackernde Lichtschein von *Saidin* war auch da, aber er beachtete ihn nicht. Er war eins mit dem Bogen, mit dem Pfeil, mit der monströsen Gestalt, die auf ihn zujagte. Eins mit dem winzigen Auge. Er fühlte nicht einmal, wie der Pfeil die Sehne verließ.

Die Kreatur richtete sich zu einem weiteren Satz auf, und in diesem Augenblick traf der Pfeil das mittlere Auge. Das Ding landete auf allen vieren. Wasser und Schlamm spritzten auf. Wellen breiteten sich um die Kreatur aus, aber sie bewegte sich nicht mehr.

»Ein guter und mutiger Schuß!« rief die Frau. Sie saß auf ihrem Pferd und ritt auf ihn zu. Rand war überrascht, daß sie nicht davongerannt war, als die Aufmerksamkeit des Dinges von ihr abgelenkt wurde. Sie ritt an dem Ungeheuer vorbei, das im Todeskampf zuckte, ohne auch nur hinunterzublicken, ließ ihr Pferd die Böschung erklimmen und stieg ab. »Nur wenige Männer hätten den Mut, sich dem Angriff eines *Grolms* zu stellen, Herr.«

Sie war weiß gekleidet. Ihr Kleid war zum Reiten geschlitzt, von einem silbernen Gürtel zusammengehalten, und die Stiefel, die unter dem Saum hervorlugten, waren mit Silber verziert. Sogar der Sattel war weiß mit Silberknöpfen. Ihre Schimmelstute mit dem edel gekrümmten Hals und dem spielerischen Schritt war beinahe so hochrahmig wie Rands Hengst. Aber alles, was er in diesem Moment sah, war die Frau selbst. Sie war etwa so alt wie Nynaeve, vermutete er. Zum einen war sie groß — noch eine Handspanne mehr, und sie hätte ihm direkt in die Augen sehen können. Zum anderen war sie schön. Ihre elfenbeinblasse Haut bildete einen scharfen Kontrast zu dem nachtdunklen langen Haar und den schwarzen Augen. Er hatte andere schöne Frauen gesehen. Moiraine war schön, wenn auch auf eine kühle Art, und auch Nynaeve sah schön aus, wenn sie nicht gerade einen Wutausbruch erlitt. Egwene und Elayne, die Tochter-Erbin von Andor, waren beide schön genug, um einem Mann den Atem stocken zu lassen. Doch diese Frau ... Die Zunge klebte ihm am Gaumen, und er fühlte, wie sein Herz zu klopfen begann.

»Euer Gefolge, Herr?«

Überrascht blickte er sich um. Hurin und Loial waren angekommen. Hurin sah sie genauso an, wie Rand es von sich selbst vermutete, und sogar der Ogier schien fasziniert. »Meine Freunde«, sagte er. »Loial und Hurin. Ich heiße Rand. Rand al'Thor.«

»Ich habe noch niemals darüber nachgedacht«, sagte Loial, und es klang, als spräche er zu sich selbst, »aber wenn es etwas wie die vollkommene menschliche Schönheit gibt, Gesicht und Gestalt, dann seid Ihr ...«

»Loial!« rief Rand. Die Ohren des Ogier versteiften sich vor Verlegenheit. Rands Ohren waren rot angelaufen. Loials Worte hatten zu genau dem entsprochen, was er selbst empfand.

Die Frau lachte melodiös, doch im nächsten Augenblick hatte sie ihre edle Haltung wiedergewonnen und wirkte wie eine Königin auf ihrem Thron. »Man nennt mich Selene«, sagte sie. »Ihr habt Euer Leben riskiert und meines gerettet. Ich gehöre Euch, Lord Rand al'Thor.« Und zu Rands Entsetzen kniete sie vor ihm nieder.

Er sah Hurin und Loial nicht an und zog sie hastig wieder auf die Beine. »Ein Mann, der nicht bereit ist, für eine Frau zu sterben, ist kein Mann.« Sofort beschämte er sich selbst, indem er rot wurde. Es war eine Redensart der Schienarer, und er wußte schon, daß sie allzu pompös klang, bevor die Worte noch seinen Mund verlassen hatten, aber ihr Gebaren hatte ihn angesteckt, und er konnte sich nicht zurückhalten. »Ich meine ... Das heißt, es war ...« *Narr, du kannst doch einer Frau nicht sagen, es sei nichts, ihr Leben gerettet zu haben.* »Es war mir eine Ehre.« Das klang in etwa schienarisch und auch höflich. Er hoffte, dies sei die richtige Antwort gewesen. Ansonsten war sein Verstand wie leergefegt, als befände er sich noch im Nichts.

Plötzlich wurde er sich ihres Blickes bewußt, der auf ihm ruhte. Ihr Gesichtsausdruck hatte sich nicht verändert, aber unter ihren dunklen Augen fühlte er sich nackt. Unbewußt stellte er sich Selene ebenfalls nackt vor. Wieder errötete er. »Äh! Äh, wo kommt Ihr her, Selene? Seit wir hier sind, haben wir noch kein menschliches Wesen getroffen. Wohnt Ihr in einer nahen Stadt?« Sie sah ihn nachdenklich an, und er trat einen Schritt zurück. Ihr Blick machte ihm ihre körperliche Nähe zu deutlich bewußt.

»Ich komme nicht von dieser Welt, Herr«, sagte sie. »Hier gibt es keine Menschen. Nichts lebt hier außer den *Grolm* und ähnlichen Kreaturen. Ich komme aus Cairhien. Und wie ich hierherkam, weiß ich nicht genau. Ich war ausgeritten und hielt an, um ein wenig zu schlafen. Als ich aufwachte, befanden sich mein Pferd und ich hier. Ich kann nur hoffen, Herr, daß Ihr mich erneut rettet und mir helft, wieder nach Hause zu kommen.«

»Selene, ich bin kein ... Das heißt, nennt mich doch bitte Rand.« Seine Ohren waren schon wieder heiß. *Licht, es schadet niemandem, wenn sie mich für einen Lord hält. Seng mich, das schadet doch nicht!*

»Wenn Ihr wünscht ... Rand.« Ihr Lächeln schnürte ihm den Hals zusammen. »Ihr werdet mir helfen?«

»Natürlich werde ich das.« *Seng mich, sie ist so schön. Und sie sieht mich an wie einen Helden aus einer Sage.* Er schüttelte den Kopf, um ihn von solch närrischen Gedanken zu befreien. »Aber zuerst müssen wir die Männer finden, denen wir folgen. Ich werde mich bemühen, Euch vor aller Gefahr zu bewahren, aber wir müssen sie finden. Mit uns zu kommen ist besser für Euch, als allein hierzubleiben.«

Einen Augenblick lang schwieg sie. Ihr Gesicht wirkte ausdruckslos, die Züge waren glatt. Rand hatte keine Ahnung, was sie überlegte, außer daß sie ihn erneut genau zu mustern schien. »Ein pflichtbewußter Mann«, sagte sie schließlich. Ein leichtes Lächeln verzog ihre Lippen. »Das mag ich. Ja. Wer sind diese Übeltäter, denen Ihr folgt?«

»Schattenfreunde und Trollocs, Lady«, platzte Hurin heraus. Er verbeugte sich ungeschickt im Sattel. »Sie begingen Morde in der Festung von Fal Dara und stahlen das Horn von Valere, Lady, aber Lord Rand wird es wieder zurückholen.«

Rand sah den Schnüffler vorwurfsvoll an. Hurin grinste schwach. *Alle Geheimhaltung dahin!* Hier spielte das vielleicht keine große Rolle, dachte er sich, aber wenn sie wieder in ihrer eigenen Welt wären ... »Selene, Ihr dürft niemandem von dem Horn erzählen. Wenn es herauskommt, haben wir hundert Leute auf den Fersen, die das Horn auch suchen, aber für sich selbst.«

»Nein, das darf niemals sein«, sagte Selene. »*Das* darf nicht in die falschen Hände fallen. Das Horn von Valere. Ich kann Euch gar nicht sagen, wie oft ich davon geträumt habe, es zu berühren, es in Händen zu halten. Ihr müßt mir versprechen, daß ich es berühren darf, wenn Ihr es habt.«

»Bevor ich dazu in der Lage bin, müssen wir es erst finden. Wir sollten jetzt besser aufbrechen.« Rand bot ihr die Hand zum Aufsteigen, und Hurin kletterte herab, um ihr den Steigbügel zu halten. »Was das auch für ein Ding gewesen sein mag, das ich tötete — ein *Grolm?* —, es könnten noch mehr davon in der Gegend sein.« Ihr Griff war fest und überraschend kräftig, und ihre Haut war — Seide? Etwas noch Weicheres, Glatteres. Rand überlief es kalt.

»Mit einem Grolm ist immer zu rechnen«, sagte Selene. Die große weiße Stute scheute und bleckte die Zähne zu Rands Braunem hin, aber Selenes Griff an den Zügeln beruhigte sie.

Rand hing sich den Bogen über und stieg auf den Braunen. *Licht, wie kann denn Haut so zart sein?* »Hurin, wo ist die Spur? Hurin? Hurin!« Der Schnüffler fuhr zusammen und hörte auf, Selene anzugaffen. »Ja, Lord Rand. Äh ... die Spur. Nach Süden, Lord Rand. Immer noch nach Süden.«

»Dann also los.« Rand sah unsicher hinüber zu dem graugrünen mächtigen Körper des *Grolms,* der im Bachbett lag. Es war schöner gewesen, sich vorzustellen, sie wären die einzigen Lebewesen auf dieser Welt. »Nimm die Spur auf, Hurin!«

Zuerst ritt Selene neben Rand und plauderte mit ihm über dies und das, stellte ihm Fragen und nannte ihn Lord. Mehrmals wollte er ihr sagen, er sei kein Lord, nur ein Schäfer, aber jedesmal,wenn er sie ansah, blieben ihm die Worte im Hals stecken. Eine Lady wie sie spräche nicht mit einem Schäfer, da war er sicher, nicht einmal mit einem Schäfer, der ihr Leben gerettet hatte.

»Ihr werdet ein großer Mann sein, wenn Ihr das Horn von Valere gewonnen habt«, sagte sie zu ihm. »Ein Mann, aus dem eine Legende wird. Der Mann, der das Horn bläst, wird seine eigenen Legenden erschaffen.«

»Ich will es nicht blasen, und ich will auch kein Teil irgendeiner Legende sein.« Er wußte nicht, ob sie ein Parfüm benutzte, aber sie schien von einem Duft umgeben, der seine Sinne verwirrte und ihm den Kopf mit eigenartigen Gedanken erfüllte. Gewürze, gleichzeitig scharf und süß, kitzelten ihn in der Nase, und er schluckte.

»Jeder will ein großer Mann sein. Ihr könntet der größte Mann aller Zeitalter werden.«

Das klang zu sehr nach Moiraines Worten. Der Wiedergeborene Drache würde aus den Zeitaltern herausragen. »Ich doch nicht!« rief er leidenschaftlich. »Ich bin nur dabei, das Horn zu suchen. Und einem Freund zu helfen.«

Sie schwieg für einen Moment und sagte dann: »Ihr habt Euch die Hand verletzt.«

»Es ist nichts.« Er wollte schon die verwundete Hand in die Manteltasche stecken — sie schmerzte stark, weil er die Zügel zu fest gehalten hatte —, da griff sie herüber und nahm seine Hand in die ihre.

Er war so überrascht, daß er es zuließ, und dann hatte er nur die Wahl, sie ihr entweder grob zu entreißen oder zuzulassen, daß sie das Taschentuch entfernte. Ihre Berührung wirkte kühl und sicher. Seine Handfläche war in einem bösartigen Rotton angelaufen und geschwollen, aber der Reiher zeichnete sich klar und deutlich ab.

Sie berührte das eingebrannte Zeichen mit einem Finger, sagte aber nichts und fragte nicht einmal, wie er dazu gekommen war. »Ihr könntet eine steife Hand davontragen, falls sich niemand darum kümmert. Ich habe eine Salbe, die helfen wird.« Sie nahm eine kleine Steinflasche aus einer Innentasche ihres Umhangs, zog den Stöpsel heraus und rieb ihm sanft eine weiße Flüssigkeit auf die Handfläche und die Brandwunde, während sie weiterritten.

Die Salbe fühlte sich erst kühl an, schien sich dann aber zu erwärmen und in sein Fleisch einzudringen. Und sie wirkte genausogut, wie Nynaeves Salben es manchmal taten. Er blickte erstaunt auf seine Hand, als die Röte verflog und die Schwellung unter ihren sanft massierenden Fingern zurückging.

»Einige Männer«, sagte sie, ohne den Blick von seiner Hand zu wenden, »entscheiden sich dafür, den Ruhm zu suchen, während er anderen aufgezwungen wird. Es ist immer besser, freiwillig diesen Weg zu gehen als gezwungenermaßen. Ein Mann, der in diese Rolle gezwungen wird, ist niemals ganz sein eigener Herr. Er wird von denen, die ihn hineinzwingen, als Marionette benutzt.«

Rand entzog ihr seine Hand. Die Brandwunde sah aus, als sei sie mindestens eine Woche alt, und war schon fast verheilt. »Was meint Ihr damit?« wollte er wissen.

Sie lächelte ihn an, und er schämte sich ob seines Ausbruchs. »Na, das Horn natürlich«, sagte sie ruhig. Dann steckte sie die Salbe weg. Ihre Stute, die neben Rands Braunem herschritt, war so groß, daß sich Selenes Augen nur wenig unter Rands Augenhöhe befanden. »Wenn Ihr das Horn von Valere findet, könnt Ihr dem Ruhm nicht entrinnen. Wird er Euch dann aufgezwungen oder werdet Ihr Euch ihm freiwillig hingeben? Das ist die Frage.«

Er öffnete und schloß die Hand probeweise. Sie klang sosehr wie Moiraine. »Seid Ihr eine Aes Sedai?«

Selenes Augenbrauen hoben sich. Ihre dunklen Augen funkelten ihn an, aber ihre Stimme klang sanft. »Aes Sedai? Ich? Nein.«

»Ich wollte Euch nicht kränken. Es tut mir leid.«

»Mich kränken? Ich bin nicht gekränkt, aber ich bin keine Aes Sedai.« Ihre Lippen verzogen sich spöttisch, und selbst das sah schön aus. »Sie hocken in ihrer vermeintlichen Sicherheit, obwohl sie soviel tun könnten. Sie dienen, obwohl sie herrschen könnten, und sie lassen die Männer Kriege ausfechten, während sie Ruhe und Ordnung in die Welt bringen könnten. Nein, nennt mich niemals Aes Sedai!« Sie lächelte und legte die Hand auf seinen Arm, um ihm zu zeigen, daß sie sich nicht geärgert hatte. Bei ihrer Berührung mußte er schlucken. Er war erleichtert, als sie ihre Stute verhielt und dann neben Loial weiterritt. Hurin nickte ihr untertänig zu wie ein alter Diener der Familie.

Rand war erleichtert, aber er vermißte auch gleichzeitig ihre Gegenwart. Sie befand sich nur zwei Spannen entfernt, aber das war eben nicht das gleiche, wie wenn er sie direkt neben sich gehabt hätte, nahe genug, um ihren Duft zu spüren, nahe genug, sie zu berühren. Er drehte sich im Sattel um und sah nach ihr. Sie ritt neben Loial, und der Ogier hatte sich weit heruntergebeugt, um mit ihr zu sprechen. Rand setzte sich ärgerlich im Sattel zurecht. Es war ja nicht so, daß er sie unbedingt berühren wollte — er erinnerte sich an seine Liebe zu Egwene und hatte Schuldgefühle, weil er erst bewußt daran denken mußte — aber sie war so schön, und sie hielt ihn für einen Lord, und sie behauptete, er könne ein großer Mann werden. Er kämpfte in Gedanken mit sich selbst. *Moiraine sagt auch, du kunnst groß werden — der Wiedergeborene Drache. Selene ist keine Aes Sedai. Das stimmt; sie ist eine Adlige aus Cairhien, und du bist ein Schäfer. Das weiß sie doch nicht. Wie lange willst du sie noch mit einer Lüge täuschen? Nur so lange, bis wir von hier weg sind. Falls wir wegkommen. Falls.* Damit beruhigten sich seine Gedanken und verfielen in mürrisches Schweigen.

Er bemühte sich, die Landschaft im Auge zu behalten. Wenn Selene behauptete, es gäbe mehr von diesen Dingern ... diesen *Grolmen* ... in der Gegend, dann glaubte er ihr. Hurin war zu sehr darauf konzentriert, die Spur zu wittern, um irgendeine Gefahr zu bemerken, und Loial war ganz in seine Unterhaltung mit Selene versunken, so daß er nichts sehen würde, bis es ihn in die Ferse bisse. Aber es war schwer, die Landschaft zu betrachten. Wenn er den Kopf zu schnell drehte, traten ihm die Tränen in die Augen. Ein Hügel oder ein Gehölz konnten, aus einem Winkel gesehen, eine Meile entfernt erscheinen, und aus einem anderen Blickwinkel waren sie nur ein paar hundert Spannen entfernt.

Die Berge kamen näher, das war sicher. Brudermörders Dolch, der nun hoch in den Himmel ragte, zeigte eine gezackte Reihe schneebedeckter Gipfel. Das Land rundum stieg bereits zu einer Hügelkette an, die die nahen Berge ankündigte. Sie würden den Saum der eigentlichen Berge noch vor Einbruch der Dunkelheit erreichen, vielleicht in einer Stunde. *Mehr als dreihundert Meilen in weniger als drei Tagen. Noch schlimmer: Wir haben den größten Teil eines Tages südlich des Erinin noch in unserer eigenen Welt verbracht. Mehr als dreihundert Meilen also in weniger als zwei Tagen.*

»Sie sagt, du hattest recht mit deinen Ansichten in bezug auf diesen Ort, Rand.«

Rand fuhr zusammen, denn er hatte nicht bemerkt, daß Loial zu ihm nach vorn aufgeschlossen hatte. Er sah sich nach Selene um und stellte fest, daß sie neben Hurin einherritt. Der Schnüffler grinste, nickte und legte beinahe bei jedem Wort die Faust vor die Stirn. Rand warf dem Ogier einen Seitenblick zu. »Ich bin überrascht, daß du nicht mehr an ihrer Seite bist, so wie ihr die Köpfe zusammengesteckt habt. Was meinst du damit: daß ich recht hatte?«

»Sie ist eine faszinierende Frau, nicht wahr? Einige der Ältesten wissen nicht so viel über Geschichte wie sie — besonders, was das Zeitalter der Legenden anbetrifft — und auch über ... Ach, ja. Sie sagt, du hättest recht in bezug auf die Kurzen Wege, Rand. Die Aes Sedai, jedenfalls einige von ihnen, untersuchten Welten wie diese, und diese Untersuchung war die Grundlage für die Erschaffung der Wege. Sie sagt, es gebe Welten, wo die Zeit sich ändert und nicht die Entfernung. Verbring einen Tag in einer dieser Welten, und wenn du zurückkommst, ist in der wirklichen Welt möglicherweise ein Jahr vergangen oder vielleicht sogar zwanzig Jahre. Oder es könnte auch andersherum kommen. Diese Welten, diese und die anderen, sind Spiegelbilder der wirklichen Welt, sagte sie. Diese hier kommt uns blaß vor, weil sie nur ein schwaches Abbild darstellt, das kaum eine Gelegenheit hatte, jemals wahr zu werden. Andere sehen beinahe wie unsere eigene aus. Sie sind genauso greifbar wie unsere Welt, und es gibt dort auch Menschen. Dieselben Menschen, sagt sie, Rand. Stell dir das vor! Du könntest auf eine dieser Welten kommen und dir selbst begegnen! Das Muster hat unendliche viele Spielmöglichkeiten, und jede davon, die existieren kann, wird auch existieren.«

Rand schüttelte den Kopf und bereute es sofort, denn die Landschaft rückte vor und zurück, und es drehte ihm den Magen um. Er atmete tief durch. »Woher weiß sie das alles? Du weißt mehr als jeder, den ich zuvor kennengelernt habe, Loial, und alles, was du über diese Welt wußtest, war letztlich nicht mehr als ein Gerücht.«

»Sie kommt aus Cairhien, Rand. Die Königliche Bibliothek in Cairhien ist eine der größten der Welt, vielleicht die größte außerhalb von Tar Valon. Die Aiel haben sie mit Absicht verschont, als sie Cairhien niederbrannten. Sie würden kein Buch zerstören. Wußtest du, daß sie ...«

»Die Aielmänner interessieren mich nicht«, sagte Rand hitzig. »Wenn Selene soviel weiß, dann hoffe ich, sie hat etwas darüber gelesen, wie wir von hier wieder weg und nach Hause kommen. Ich wünschte, Selene ...«

»Was wünscht Ihr von Selene?« Die Frau lachte, als sie zu ihnen aufschloß.

Rand sah sie an, als sei sie monatelang weggewesen; jedenfalls empfand er es so. »Ich wünschte, Selene würde wieder eine Weile neben mir reiten«, sagte er. Loial schmunzelte, und Rand fühlte, wie sein Gesicht brannte. Selene lächelte und sah Loial an. »Entschuldigt Ihr uns, *Alantin?*«

Der Ogier verbeugte sich im Sattel und hielt sein großes Pferd zurück. Zögernd sanken die Haarbüschel an seinen Ohren herunter.

Eine Weile ritt Rand schweigend weiter und genoß einfach Selenes Gegenwart. Von Zeit zu Zeit warf er ihr einen verstohlenen Blick zu. Er hätte gern seine Gefühle ihr gegenüber etwas geordnet. Konnte sie, obwohl sie es abstritt, eine Aes Sedai sein? Vielleicht von Moiraine ausgeschickt, um ihn zu lenken, damit er das tat, was die Aes Sedai für ihn geplant hatten? Aber Moiraine hatte nicht wissen können, daß er in diese fremde Welt geraten würde, und keine Aes Sedai hätte versucht, sich dieses Ungeheuer mit einem Stock vom Leibe zu halten, während sie es doch mit Hilfe der Macht hätte töten oder in die Flucht schlagen können. Da sie ihn für einen Lord hielt und in Cairhien wohl niemand wußte, wer er wirklich war, hätte er sie ja weiterhin in dem Glauben lassen können. Sie war ganz sicher die schönste Frau, die er je gesehen hatte, intelligent und gebildet, und sie hielt ihn für tapfer. Noch mehr konnte ein Mann ja wohl kaum von einer Frau verlangen. *Das ist doch verrückt! Wenn ich jemanden heirate, dann nur Egwene, aber ich kann eine Frau doch nicht bitten, einen Mann zu heiraten, der wahnsinnig wird und sie dann vielleicht in Gefahr bringt.* Aber Selene war so schön!

Er bemerkte, daß sie sein Schwert betrachtete. Er legte sich daraufhin seine Worte im Kopf zurecht. Nein, er sei kein Schwertmeister, aber sein Vater habe ihm das Schwert verliehen. *Tam. Licht, warum kannst du nicht wirklich mein Vater sein?* Er verdrängte diesen Gedanken ganz schnell. »Das war ein großartiger Schuß«, sagte Selene.

»Nein, ich bin kein ...«, begann Rand und blinzelte. »Ein Schuß?«

»Ja. Dieses Auge war ein winziges Ziel und bewegte sich auch noch. Dazu auf hundert Schritt Entfernung! Ihr seid ein einmaliger Bogenschütze.«

Rand rutschte nervös im Sattel umher. »Äh ... danke. Das ist ein Trick, den mir mein Vater beigebracht hat.« Er erzählte ihr von dem Nichts und wie Tam ihn gelehrt hatte, es auf das Bogenschießen anzuwenden. Nach einer Weile wurde ihm bewußt, daß er sogar von Lan und seinen Übungsstunden mit dem Schwert erzählt hatte.

»Das Einssein«, sagte sie, und es klang befriedigt. Sie bemerkte seinen fragenden Blick und fügte hinzu: »So wird es ... an einigen Orten genannt. Das Einssein. Um es wirklich anwenden zu können, ist es am besten, Ihr hüllt Euch ständig darin ein und lebt praktisch darin, habe ich gehört.«

Er mußte nicht erst darüber nachdenken, was im Nichts auf ihn wartete, um seine Antwort zu kennen, aber er sagte trotzdem: »Ich werde darüber nachdenken.«

»Hüllt Euch die ganze Zeit über in Euer Nichts ein, Rand al'Thor, und Ihr werdet lernen, es noch auf ganz andere, nicht geahnte Weise anzuwenden.«

»Ich sagte, ich werde darüber nachdenken.« Sie öffnete erneut den Mund, aber er schnitt ihr das Wort ab: »Ihr wißt über das alles so gut Bescheid. Über das Nichts — das Einssein, wie Ihr es nennt. Über diese Welt. Loial liest die ganze Zeit Bücher; er hat mehr Bücher gelesen, als ich je gesehen habe. Aber er hat niemals mehr als nur das Fragment eines Textes über die Steinsäulen entdecken können.«

Selene richtete sich kerzengerade im Sattel auf. Plötzlich erinnerte sie ihn sehr an Moiraine und an Königin Morgase, wenn sie zornig waren.

»Es gab ein Buch über diese Welten«, sagte sie mit angespannter Stimme. »*Spiegel des Rads.* Wie Ihr seht, hat der *Alantin* nicht *alle* Bücher gesehen, die darüber existieren.«

»Was bedeutet diese Bezeichnung *Alantin,* die Ihr immer benutzt? Ich habe noch nie ...«

»Der Portalstein, neben dem ich erwachte, liegt dort drüben«, sagte Selene. Sie deutete auf die Berge östlich des Weges. Rand ertappte sich dabei, daß er sich nach ihrer Wärme und ihrem Lächeln sehnte. »Wenn Ihr mich dorthin bringt, wie Ihr versprochen habt, kann ich nach Hause zurückkehren. Wir könnten in einer Stunde dort sein.«

Rand achtete kaum darauf, wohin sie deutete. Den Stein benutzen — den Portalstein, wie sie ihn genannt hatte —, bedeutete, die Macht anzuwenden, damit er sie zurück in die wirkliche Welt transportierte. »Hurin, wie verläuft die Spur?«

»Schwächer als je zuvor, Lord Rand, aber sie ist noch da.« Der Schnüffler bedachte Selene mit einem flüchtigen Grinsen und einem Kopfnicken. »Ich glaube, sie biegt langsam nach Westen ab. Dort gibt es ein paar leichtere Pässe nahe der Spitze des Dolchs, wenn ich mich richtig an meine Reise nach Cairhien erinnere.«

Rand seufzte. *Fain oder einer seiner Schattenfreunde muß einen anderen Weg kennen, die Steine zu benutzen. Ein Schattenfreund kann die Macht nicht gebrauchen.* »Ich muß dem Horn folgen, Selene.«

»Woher wißt Ihr, daß Euer begehrtes Horn sich überhaupt auf dieser Welt befindet? Kommt mit mir, Rand. Ihr werdet Eure Legende finden, das verspreche ich Euch. Kommt mit mir.«

»Ihr könnt den Stein, diesen Portalstein, selbst benutzen«, sagte er hitzig. Bevor er die Worte noch ganz ausgesprochen hatte, bereute er sie bereits. *Warum muß sie ständig von Legenden reden?* Stur zwang er sich zum Weiterreiten. »Der Portalstein hat Euch nicht von allein hergebracht. Ihr habt das getan, Selene. Wenn Ihr den Stein dazu gebracht habt, Euch hierherzubringen, könnt Ihr ihn auch dazu benutzen, daß er Euch zurückbringt. Ich bringe Euch hin, aber dann reite ich weiter dem Horn nach.«

»Ich weiß nichts über die Benutzung der Portalsteine, Rand. Falls ich etwas getan habe, weiß ich selbst nichts davon.«

Rand betrachtete sie. Sie saß hochgewachsen und mit geradem Rücken in ihrem Sattel und wirkte so edel wie zuvor, wenn auch vielleicht etwas weicher. Stolz und doch verwundbar, und sie brauchte ihn. Er hatte sie für etwa gleichalt wie Nynaeve gehalten — ein paar Jahre älter als er selbst — doch das war falsch gewesen, erkannte er jetzt. Sie war eher in seinem Alter und schön, und sie brauchte ihn. Der Gedanke, der bloße Gedanke an das Nichts ging ihm durch den Kopf. Und natürlich an das Licht. *Saidin.* Um den Portalstein zu benutzen, müßte er wieder in dessen Verderbtheit eintauchen.

»Bleibt bei mir, Selene«, bat er. »Wir werden das Horn, Mats Dolch und einen Weg zurück finden. Das verspreche ich Euch. Bleibt nur bei mir.«

»Ihr seid immer...« Selene holte tief Luft, wahrscheinlich um sich zu beruhigen. »Ihr seid immer so unnachgiebig. Na ja, ich kann Unnachgiebigkeit an einem Mann nur bewundern. An einem Mann, der immer gleich alles tut, was man von ihm will, ist nicht viel dran.«

Rand errötete. Das klang sehr nach den Dingen, die ihm Egwene gelegentlich sagte, und sie waren sich ja seit ihrer Kindheit sozusagen als Eheleute versprochen. Diese Worte von Selene zu hören und den Blick zu bemerken, den sie ihm dabei zuwarf, das erschreckte ihn. Er wandte sich hastig Hurin zu, um ihm zu sagen, er solle sich beeilen.

Hinten ihnen ertönte aus einiger Entfernung plötzlich ein Grunzen. Bevor Rand den Braunen herumreißen konnte, um sich umzusehen, erklang erneut ein Grunzen wie das zuvor, und dann noch dreimal etwas weiter zurück. Zuerst konnte er nichts außer der Landschaft erkennen, die vor seinen Augen verschwamm, doch dann entdeckte er sie zwischen den weit auseinanderstehenden Bäumen eines Gehölzes, wie sie gerade einen Hügel überquerten. Fünf Gestalten, schien es ihm, nur eine halbe Meile entfernt, höchstens tausend Schritte, und sie näherten sich in Riesensätzen von mindestens dreißig Fuß.

»*Grolme*«, sagte Selene gelassen. »Ein kleines Rudel, aber es scheint, sie haben unsere Witterung aufgenommen.«

KAPITEL 17

Entscheidungen

Wir müssen weg, und zwar schnell«, sagte Rand. »Hurin, kannst du der Spur im Galopp folgen?«

»Ja, Lord Rand.«

»Dann aber los. Wir werden ...«

»Das hilft nichts«, sagte Selene. Ihre weiße Stute war das einzige Reittier, das nach den harten, bellenden Grunzlauten der *Grolme* nicht nervös tänzelte. »Sie geben niemals auf. Wenn sie einmal eine Witterung aufgenommen haben, dann folgen die *Grolme* ihr Tag und Nacht, bis sie ihr Opfer eingeholt haben. Ihr müßt sie entweder alle töten oder einen Weg finden, um zu fliehen. Rand, der Portalstein kann uns wegbringen!«

»Nein! Wir *können* sie töten. Ich kann es. Ich habe ja schon einen getötet. Es sind nur fünf. Wenn ich nur ...« Er sah sich nach einem geeigneten Fleck um und fand ihn. »Folgt mir!« Er preßte die Fersen in die Flanken des Braunen und ließ ihn galoppieren. Er war sicher, daß die anderen folgen würden, und bald hörte er auch das Klappern ihrer Hufe.

Der Fleck, den er erwählt hatte, war ein niedriger runder Hügel ohne Baumbestand. Nichts konnte sich nähern, ohne gesehen zu werden. Er schwang sich aus dem Sattel und bespannte seinen Langbogen. Loial und Hurin gesellten sich zu ihm. Der Ogier schwang probeweise seinen riesigen Bauernspieß, und der Schnüffler hatte sein Kurzschwert in der Hand. Weder Bauernspieß noch Schwert würden ihnen helfen, wenn die *Grolme* allzu nahe an sie herankämen. *Ich werde sie nicht so nahe heranlassen.*

»Dieses Risiko ist unnötig«, sagte Selene. Sie beachtete die *Grolme* kaum und beugte sich ein Stück herunter, um besser mit Rand sprechen zu können. »Wir können den Portalstein vor ihnen erreichen.«

»Ich werde sie aufhalten.« Schnell zählte Rand die noch in seinem Köcher verbliebenen Pfeile. Achtzehn, jeder davon armlang, und zehn hatten Meißelspitzen, die dazu gemacht waren, den Panzer eines Trollocs zu durchdringen. Sie waren ebensogut gegen *Grolme* einzusetzen wie gegen Trollocs. Er steckte vier davon senkrecht in den Boden, und einen fünften legte er seinem Bogen auf. »Loial, Hurin, ihr seid hier unten zu nichts nutze. Sitzt auf und macht euch bereit, Selene zum Stein zu bringen, falls eines der Biester hierher durchkommt.« Er fragte sich, ob er wohl eines dieser Ungeheuer mit dem Schwert töten könnte, falls es dazu kam. *Du* bist *verrückt! Selbst die Macht ist nicht so schlimm wie dies jetzt.*

Loial sagte etwas, das er nicht verstand. Er suchte bereits das Nichts, sowohl um seinen eigenen Gedanken zu entfliehen als auch aus Notwendigkeit. *Du weißt, was auf dich wartet. Aber so muß ich es wenigstens nicht berühren.* Das Glühen war da, das Licht gerade eben außerhalb seines inneren Gesichtsfeldes. Es schien auf ihn zuzufließen, doch die Leere war am Ende alles. Gedanken jagten über die Oberfläche des Nichts, im kränklichen Lichtschein klar sichtbar. *Saidin. Die Macht. Wahnsinn. Tod.* Gedanken von außerhalb. Er war eins mit dem Bogen, mit dem Pfeil, mit den Dingen, die über die nächstgelegene Anhöhe kamen.

Die *Grolme* näherten sich weiter, überholten einander bei ihren langen Sätzen, fünf große ledrige Gestalten mit drei Augen und aufgerissenen Hornmäulern. Ihre grunzenden Schreie prallten kaum hörbar am Nichts ab.

Rand war sich nicht bewußt, daß er den Bogen erhob und die Sehne zur Wange und zum Ohr zurückzog. Er war eins mit den Bestien, eins mit dem mittleren Auge der ersten. Dann war der Pfeil unterwegs. Der erste *Grolm* starb. Einer seiner Artgenossen sprang ihn an, als er stürzte, und das schnabelähnliche Maul riß große Fleischstücke aus dem leblosen Körper. Er knurrte die anderen an, und die machten einen großen Bogen um ihn und hetzten weiter. Wie unter innerem Zwang ließ der eine sein Festmahl liegen und sprang ihnen mit blutverschmiertem Maul nach.

Rand arbeitete unbewußt mit geschmeidigen Bewegungen. Ziehen und loslassen. Ziehen und loslassen.

Der fünfte Pfeil verließ den Bogen, und er senkte ihn. Er befand sich noch tief im Nichts, während bereits der vierte *Grolm* fiel wie eine Marionette, deren Fäden zerschnitten wurden. Obwohl der letzte Pfeil sich noch in der Luft befand, wußte er, daß er keinen weiteren benötigen würde. Die letzte Bestie brach zusammen, als wären ihre Knochen geschmolzen. Ein gefiederter Pfeil ragte aus ihrem mittleren Auge. Immer war es das mittlere Auge.

»Prachtvoll, Lord Rand«, sagte Hurin. »Ich ... ich habe noch nie jemanden so schießen sehen.«

Das Nichts hielt Rand fest. Das Licht lockte ihn, und er ... griff ... danach. Es umgab ihn, füllte ihn aus.

»Lord Rand?« Hurin berührte seinen Arm, und Rand fuhr zusammen. Die Leere füllte sich mit den Dingen seiner Umgebung. »Fühlt Ihr euch wohl, Lord Rand?«

Rand fuhr sich mit den Fingerspitzen über die Stirn. Sie war trocken, doch er hatte das Gefühl, sie müsse mit Schweiß bedeckt sein. »Mir ... mir geht es gut, Hurin.«

»Ich habe gehört, daß es jedesmal leichter wird«, sagte Selene. »Je länger Ihr im Einssein verharrt, desto leichter wird es.«

Rand blickte sie an. »Mag sein, aber ich werde das nicht mehr brauchen, jedenfalls für eine ganze Weile nicht.« *Was ist geschehen? Ich wollte ...* Er wollte es immer noch, das wurde ihm erschreckend klar. Er *wollte* zurück ins Nichts, wollte fühlen, wie ihn dieser Lichtschein erneut erfüllte. Es war ihm dabei vorgekommen, als lebe er erst jetzt vollkommen, trotz aller Kränklichkeit dieses Lichts, als sei das ›Jetzt‹ nur ein billiger Abklatsch. Nein, noch schlimmer. Er hatte beinahe vollkommen gelebt, aber im vollen Bewußtsein, was ›Leben‹ wirklich hieß. Er mußte lediglich nach *Saidin* greifen ...

»Nicht noch einmal«, murmelte er. Er sah hinüber zu den toten *Grolmen*. Fünf unförmige Gestalten lagen auf dem Boden. Nicht mehr gefährlich. »Jetzt können wir uns auf den Weg ...«

Ein keuchendes, grunzendes Bellen, nur zu bekannt, erklang jenseits der toten *Grolme*, jenseits des nächsten Hügels, und weitere antworteten darauf. Immer mehr kamen, vom Osten her, vom Westen her.

Rand erhob unsicher seinen Bogen.

»Wie viele Pfeile habt Ihr noch übrig?« wollte Selene wissen. »Könnt Ihr zwanzig *Grolme* töten? Dreißig? Hundert? Wir *müssen* den Portalstein erreichen.«

»Sie hat recht, Rand«, sagte Loial bedächtig. »Wir haben keine andere Wahl mehr.« Hurin sah Rand angsterfüllt an. Die *Grolme* schrien. Ein Dutzend übertönte sich gegenseitig.

»Zum Stein«, stimmte Rand zögernd zu. Wütend schwang er sich wieder in den Sattel und hängte sich den Bogen um. »Führt uns zu diesem Stein, Selene.«

Mit einem Kopfnicken ließ sie ihre Stute umdrehen und setzte sie in Trab. Rand und die anderen folgten ihr — die anderen eifrig, er dagegen zurückhaltend. Das bellende Grunzen der *Grolme* verfolgte sie. Es schienen Hunderte zu sein. Es klang, als kämen die *Grolme* in einer halbkreisförmigen Formation von hinten auf sie zu, die nur den Weg nach vorn freiließ. Schnell und sicher führte Selene sie zwischen den Hügeln hindurch. Das Land stieg den Bergen zu an. Die Abhänge wurden steiler, so daß die Pferde über ausgewaschene Felsausläufer und die spärlichen blassen Sträucher stolperten, die sich an die Felsen klammerten. Der Weg wurde schwieriger. Es ging immer steiler nach oben.

Das schaffen wir nicht, dachte Rand, als der Braune zum fünften Mal ausglitt und in einem Steinhagel zurückrutschte. Loial warf seinen Bauernspieß weg; er nützte ihm nichts gegen die *Grolme* und hinderte ihn nur am Vorwärtskommen. Der Ogier hatte das Reiten aufgegeben. Er zog sich mit einer Hand nach oben, und mit der anderen zerrte er sein großes Pferd hinter sich her. Das zottlige Tier hatte große Schwierigkeiten beim Hochklettern, aber es war immer noch besser dran ohne Loial auf dem Rücken. Die *Grolme* bellten hinter ihnen, und es klang jetzt näher.

Dann brachte Selene ihre Stute zum Stehen und deutete auf eine Mulde, die unter ihnen im Granit eingebettet lag. Alles befand sich dort: die sieben breiten farbigen Stufen um den blassen Steinboden herum und in der Mitte die hohe Steinsäule.

Sie stieg ab und führte ihre Stute in die Mulde und die Treppe hinab zur Säule. Sie ragte über ihr auf. Sie drehte sich um und sah nach Rand und den anderen. Dutzende von *Grolmen* stießen ihre lauten bellenden Grunzlaute aus — und zwar sehr nahe. »Sie werden uns bald erreicht haben«, sagte sie. »Ihr müßt den Stein benutzen, Rand. Oder Ihr findet eine Möglichkeit, alle *Grolme* zu töten.«

Seufzend stieg Rand aus dem Sattel und führte den Braunen in die Mulde. Loial und Hurin folgten ihm eilig. Er dagegen betrachtete unsicher die mit Schriftzeichen bedeckte Säule, den Portalstein. *Sie muß in der Lage sein, die Macht zu lenken, wenn auch vielleicht unbewußt, sonst hätte sie uns nicht hierherbringen können. Die Macht schadet Frauen nicht.* »Wenn diese Säule Euch hertransportiert hat ...«, begann er, aber sie unterbrach ihn.

»Ich weiß, was sie ist«, sagte sie entschieden, »aber ich weiß nicht, wie man sie benutzt. Ihr müßt tun, was zu tun ist.« Sie fuhr ein Schriftzeichen mit dem Finger nach. Es war ein wenig größer als die anderen: ein Dreieck, das innerhalb eines Kreises auf der Spitze stand. »Das steht für die wirkliche Welt, unsere Welt. Ich glaube, es wird Euch helfen, wenn Ihr das im Kopf habt, während Ihr ...« Sie spreizte die Hände, als sei sie nicht sicher, was er eigentlich tun solle.

»Äh ... Lord Rand?« sagte Hurin vorsichtig. »Es bleibt nicht mehr viel Zeit.« Er sah sich zum Rand der Mulde um. Das Bellen wurde lauter. »Diese Biester werden in wenigen Minuten hier sein.« Loial nickte.

Rand holte tief Luft und legte die Hand auf das Zeichen, das Selene ihm gezeigt hatte. Er sah sie fragend an, ob er es richtig machte, aber sie schaute einfach nur zu. Nicht die leichteste Sorgenfalte zierte ihre blasse Stirn. *Sie glaubt fest daran, daß du sie retten kannst. Du mußt einfach.* Ihr Duft füllte seine Nase.

»Äh ... Lord Rand?«

Rand schluckte und beschwor das Nichts herauf. Es kam ganz leicht und hüllte ihn mühelos ein. Leere. Leere, bis auf das Licht, das so schwankte, daß es ihm den Magen umdrehte. Leere bis auf *Saidin*. Aber selbst das Schwindelgefühl war irgendwie fern. Er war eins mit dem Portalstein. Die Säule lag glatt und etwas schlüpfrig unter seiner Hand, aber das Brandzeichen in seiner Handfläche drückte gegen ein wärmendes Dreieck-und-Kreis-Symbol. *Muß sie in Sicherheit bringen. Muß sie heimbringen.* Der Lichtschein schwebte auf ihn zu, wie es schien, umgab ihn, und er ... gab sich ... ihm hin.

Licht erfüllte ihn. Hitze erfüllte ihn. Er sah den Stein, auch die anderen, wie sie ihn beobachteten — Loial und Hurin nervös, während Selene keinen Zweifel daran zeigte, daß er sie retten könne —, aber sie hätten genausogut gar nicht da sein können. Das Licht erfüllte alles. Die Hitze und das Licht durchdrangen seine Glieder wie Wasser, das in trockenen Sand einsickert, und sie erfüllten ihn. Das Zeichen brannte in sein Fleisch. Er versuchte, alles in sich aufzunehmen, die Hitze, das Licht. Alles. Das Zeichen ... Plötzlich flackerte die Welt, als hätte die Sonne einen Moment lang mit Scheinen ausgesetzt. Und dann wieder. Das Zeichen war wie eine glühende Kohle in seiner Hand. Er trank das Licht. Die Welt flakkerte. Flackerte. Es machte ihn krank, dieses Licht; es war Wasser für einen Mann, der am Verdursten war. Flackern. Er saugte daran. Er hätte sich am liebsten übergeben. Er wollte alles. Flackern. Dreieck und Kreis verbrannten ihn. Er fühlte, wie es seine Hand verkohlte. Flackern. Er wollte alles! Er schrie, heulte vor Schmerz, heulte vor Verlangen.

Flackern ... Flackern ... FlackernFlackernFlackern ...

Hände rissen an ihm. Er merkte es nur ganz am Rande. Er taumelte zurück. Das Nichts entschlüpfte ihm, das Licht und das Schwindelgefühl, das ihm den Magen umdrehte. Das Licht. Bedauernd sah er zu, wie es dahinfloh. *Licht, es ist doch verrückt, sich so danach zu sehnen. Aber es hat mich so erfüllt! Ich war so ...* Betäubt sah er Selene an. Sie war es, die ihn an den Schultern hielt und ihm fragend in die Augen sah. Er hob die Hand vor das Gesicht. Das Brandzeichen des Reihers war da, aber sonst nichts. Kein eingebranntes Dreieck im Kreis.

»Bemerkenswert«, sagte Selene bedächtig. Sie blickte sich nach Loial und Hurin um. Der Ogier wirkte verdattert. Seine Augen schienen tellergroß. Der Schnüffler hockte am Boden und stützte sich mit einer Hand ab. Er schien sich kaum anders aufrecht halten zu können. »Alle sind wir hier und auch alle unsere Pferde. Und Ihr wißt nicht einmal, was Ihr getan habt. Bemerkenswert.«

»Sind wir ...?« begann Rand heiser, dann mußte er sich unterbrechen, um zu schlucken.

»Seht Euch um«, sagte Selene. »Ihr habt uns nach Hause gebracht.« Sie lachte kurz auf. »Ihr habt uns alle heimgebracht.«

Erst jetzt wurde sich Rand seiner Umgebung bewußt. Die Mulde, in der sie sich befanden, wies keine Stufen auf, aber hier und da sah man einen verdächtig glatt geschliffenen, rot oder blau gefärbten Stein liegen. Die Säule befand sich am Abhang und war unter einem Steinschlag halb begraben worden. Die Symbole darauf waren nicht mehr klar zu erkennen; von Wind und Wasser waren sie verwittert. Und alles sah ganz real aus. Die Farben wirkten kräftig, der Granit war von einem glänzenden Grau, die Sträucher glänzten grün und braun. Nach diesem anderen Ort schien alles beinahe zu lebhaft.

»Zu Hause«, hauchte Rand, und dann lachte auch er. »Wir sind zu Hause.« Loials Gelächter klang nach dem Brüllen eines Stiers. Hurin tanzte umher.

»Ihr habt es geschafft«, sagte Selene. Sie näherte sich ihm, bis ihr Gesicht Rands Sicht füllte. »Ich wußte, Ihr könnt das!«

Rands Lachen erstarb. »Ich ... ich schätze, ja.« Er sah den umgestürzten Portalstein an und brachte ein schwaches Lachen zustande. »Aber ich kann nicht erklären, was ich eigentlich getan habe.«

Selene sah ihm tief in die Augen. »Vielleicht wißt Ihr es eines Tages«, sagte sie leise. »Ihr seid ganz sicher zu Großem bestimmt.«

Ihre Augen schienen ihm so dunkel und tief wie die Nacht, so weich wie Samt. Ihr Mund ... *Wenn ich sie nun küßte ...* Er blinzelte und trat hastig einen Schritt zurück, wobei er sich räusperte. »Selene, erzählt bitte niemandem davon. Von dem Portalstein und mir. Ich verstehe es schon nicht, und ein anderer wird es erst recht nicht verstehen. Ihr wißt, wie die Leute auf Ereignisse reagieren, die sie nicht verstehen.«

Ihr Gesicht blieb ausdruckslos. Plötzlich wünschte er sich so sehr, Mat und Perrin wären hier. Perrin wußte, wie man mit Mädchen zu sprechen hatte, und Mat konnte lügen, ohne mit der Wimper zu zucken. Er beherrschte beides nicht so gut.

Da lächelte Selene und knickste spöttisch. »Ich werde Euer Geheimnis bewahren, Lord Rand al'Thor.«

Rand blickte sie an und räusperte sich wieder. *Ist sie jetzt böse auf mich? Sie wäre sicher böse, wenn ich versuchte, sie zu küssen. Glaube ich.* Zu allem Überfluß sah sie ihn so an, als kenne sie seine Gedanken. »Hurin, gibt es eine Möglichkeit, daß Schattenfreunde diesen Stein vor uns benutzten?«

Der Schnüffler schüttelte bedauernd den Kopf. »Sie ritten von hier aus in westlicher Richtung, Lord Rand. Wenn die Portalsteine nicht sehr viel häufiger sind, als ich annehme, sind sie immer noch in dieser anderen Welt. Aber ich brauche kaum eine Stunde, um das genau nachzuprüfen. Das Land ist ja das gleiche wie hier. Ich könnte die Stelle finden, an der ich dort die Spur verloren habe, falls Ihr wißt, was ich meine, und nachschauen, ob sie bereits dort vorbeigekommen sind.«

Rand blickte zum Himmel auf. Die Sonne — eine wunderbar kräftige Sonne, überhaupt nicht blaß — stand niedrig im Westen. Ihre Schatten erstreckten sich bereits aus der Mulde hinaus. In einer weiteren Stunde würde schon Dämmerung herrschen. »Am Morgen«, sagte er. »Aber ich fürchte, wir haben die Spur verloren.« *Wir dürfen diesen Dolch nicht aufgeben! Auf keinen Fall!* »Selene, falls es wirklich so sein sollte, werden wir Euch am Morgen nach Hause bringen. Wohnt Ihr in der Stadt Cairhien selbst oder …?«

»Ihr habt vielleicht das Horn von Valere noch nicht verloren«, sagte Selene bedächtig. »Wie Ihr wißt, weiß ich *ein paar Dinge* in bezug auf diese Welten.«

»Spiegel des Rads«, sagte Loial.

Sie sah ihn kurz an und nickte. »Ja, genau. Diese Welten sind auf gewisse Art wirklich Spiegelbilder, besonders diejenigen, auf denen es keine Menschen gibt. Einige spiegeln ausschließlich große Ereignisse aus der wirklichen Welt wider, aber in einigen werfen diese Ereignisse bereits einen Schatten voraus, bevor sie überhaupt geschehen sind. Das Kommen des Horns von Valere wäre sicherlich ein solch großes Ereignis. Spiegelbilder dessen, was sein wird, sind schwächer als die von Ereignissen, die geschehen oder bereits geschehen sind, genauso wie Hurin sagt, die Spur, der er folgte, sei schwach ausgeprägt gewesen.«

Hurin machte ein ungläubiges Gesicht. »Wollt Ihr damit sagen, Lady Selene, daß ich gerochen habe, wo diese Schattenfreunde *sein werden?* Licht, hilf mir, das hätte ich nicht gern. Es ist schon schlimm genug, wenn man Gewalt riechen muß, wo sie angewandt *wurde,* ohne auch noch riechen zu müssen, wo sie angewandt *werden wird.* Es kann nicht viele Orte geben, an denen nicht *manchmal* der eine oder andere Gewaltakt geschehen wird. Das triebe mich höchstwahrscheinlich zum Wahnsinn. Der Ort, den wir gerade verließen, hat mich schon beinahe geschafft. Ich konnte es dort die ganze Zeit riechen: Töten und Verletzen und das Schlimmste, was man sich vorstellen kann. Ich konnte es sogar an uns riechen. An uns allen. Selbst an Euch, Lady, falls Ihr mir vergebt, wenn ich das sage. Es lag einfach an diesem Ort, der mich verdreht hat, so wie er die Sicht verdrehte.« Er schüttelte sich. »Ich bin froh, daß wir da weg sind. Ich kann meine Nase noch immer nicht von diesem Geruch freibekommen.«

Rand rieb abwesend über das Brandzeichen in seiner Hand. »Was denkst du, Loial? Könnten wir uns wirklich *vor* Fains Schattenfreunden befinden?«

Der Ogier runzelte die Stirn und zuckte die Achseln. »Ich weiß es nicht, Rand. Ich weiß darüber rein gar nichts. Ich glaube, daß wir wieder in unserer Welt sind. Ich glaube, wir befinden uns an Brudermörders Dolch. Darüber hinaus ...« Er zuckte erneut die Achseln.

»Wir sollten Euch nach Hause bringen, Selene«, sagte Rand. »Eure Familie wird sich Sorgen um Euch machen.«

»In ein paar Tagen werden wir wissen, ob ich recht hatte«, sagte sie ungeduldig. »Hurin kann den Ort wiederfinden, an dem wir die Spur verlassen haben; er hat das selbst gesagt. Wir können sie überwachen. Das

Horn von Valere wird bestimmt bald dort sein. Das Horn von Valere, Rand. Denkt doch einmal. Der Mann, der das Horn bläst, wird für immer in die Legende eingehen.«

»Ich will nichts mit Legenden zu tun haben«, erwiderte er scharf. *Aber wenn die Schattenfreunde dich überholen ... Was ist, wenn Ingtar ihre Spur verloren hat? Dann haben die Schattenfreunde das Horn von Valere für immer, und Mat stirbt.* »In Ordnung, noch ein paar Tage. Schlimmstenfalls treffen wir vielleicht Ingtar und die anderen. Ich kann mir nicht vorstellen, daß sie dort geblieben oder gar umgekehrt sind, nur weil wir ... weggingen.«

»Ein weiser Entschluß, Rand«, sagte Selene, »und gut durchdacht.« Sie berührte seinen Arm und lächelte, und er fühlte schon wieder den Wunsch, sie zu küssen.

»Äh ... wir müssen näher dort sein, wo sie herkommen werden. Falls sie kommen. Hurin, kannst du noch vor Einbruch der Dunkelheit einen Lagerplatz für uns finden, von dem aus sich die Stelle beobachten läßt, an dem du die Spur verloren hast?« Er blickte zum Portalstein hinüber und überlegte, ob sie in der Nähe schlafen sollten. Dann dachte er daran, wie ihn das Nichts beim letzten Mal im Schlaf überrascht hatte, und an das Licht im Nichts. »Irgendwo ein gutes Stück von hier entfernt.«

»Überlaßt das nur mir, Lord Rand.« Der Schnüffler kletterte in den Sattel. »Ich schwöre, daß ich mich nie wieder schlafen lege, ohne vorher genau nachzusehen, welche Art von Steinen es in der Nähe gibt.«

Als Rand auf dem Braunen aus der Mulde heraus ritt, wurde ihm bewußt, daß seine Blicke vor allem Selene galten und nicht Hurin. Sie schien so kühl und beherrscht, nicht älter als er, doch so königlich, und wenn sie ihn anlächelte so wie jetzt, dann ... *Egwene hätte nicht gesagt, ich sei weise. Egwene hätte mich Wollkopf genannt.* Gereizt gab er dem Braunen die Fersen.

KAPITEL 18

Zur Weißen Burg

Egwene stand unsicher auf dem Ladedeck, als die *Flußkönigin* den breiten Erinin unter dunkel bewölktem Himmel hinunterfuhr. Die Segel blähten sich im Wind, und die Flagge mit der Weißen Flamme flatterte wild am Hauptmast. Der Wind hatte sich erhoben, kaum daß die letzte von ihnen in Medo an Bord gegangen war, und er hatte keinen Moment nachgelassen oder gar aufgehört, weder bei Tag noch bei Nacht. Der Fluß führte nun Hochwasser, das gegen die Schiffe klatschte und sie schneller vorwärtstrieb. Wind und Fluß hatten nicht lockergelassen, genau wie die Schiffe, die in einer Gruppe dahintrieben. Die *Flußkönigin* führte sie an, und das gebührte ja auch dem Schiff, das die Amyrlin trug.

Der Steuermann hielt grimmig sein Ruder fest. Er hatte die Beine gespreizt, um das Gleichgewicht besser zu halten. An Deck gingen die Matrosen barfuß und konzentriert ihrer Arbeit nach. Wenn sie zum Himmel hinauf oder auf den Fluß hinunterblickten, rissen sie ihren Blick schnell wieder weg und murmelten leise Flüche. Ein Dorf verschwand gerade hinter ihnen, und am Ufer lief ein Junge entlang. Für eine kurze Strecke hatte er mit den Schiffen mitgehalten, doch jetzt ließen sie ihn hinter sich zurück. Als er verschwand, kehrte Egwene unter Deck zurück.

In der kleinen Kabine, die sie sich teilten, funkelte Nynaeve sie böse aus ihrer engen Koje an. »Sie sagen, daß wir heute noch nach Tar Valon kommen. Licht, hilf mir, bin ich froh, wieder an Land zu gehen, selbst wenn es Tar Valon ist.« Das Schiff schwankte in Wind und Strömung, und Nynaeve mußte schlucken. »Ich werde nie wieder ein Boot betreten«, murmelte sie erstickt.

Egwene schüttelte das Spritzwasser des Flusses aus ihrem Umhang und hängte ihn an einen Haken neben der Tür. Es war eine beengte Kabine — auf dem Schiff gab es nur kleine Kabinen, wie es schien, nicht einmal jene, die die Amyrlin vom Kapitän übernommen hatte, war geräumig, wenn auch etwas größer als die anderen. Die beiden Kojen waren in die Wand eingebaut; darüber befanden sich Schubfächer und darunter Regalbretter, so daß alles gleich zur Hand war.

Obwohl es schwierig war, das Gleichgewicht zu halten, störte die Bewegung des Schiffs Egwene nicht in dem Maß, wie es bei Nynaeve der Fall war. Sie hatte es aufgegeben, Nynaeve etwas zu essen anzubieten, nachdem die Seherin das dritte Mal die Schüssel nach ihr geworfen hatte. »Ich mache mir Sorgen um Rand«, sagte sie.

»Ich mache mir Sorgen um alle«, antwortete Nynaeve undeutlich. Einen Augenblick später fragte sie: »Wieder ein Traum letzte Nacht? So wie du seit dem Aufstehen ins Leere geschaut hast ...«

Egwene nickte. Sie hatte es nie sehr gut verstanden, etwas vor Nynaeve zu verheimlichen, und bei den Träumen hatte sie es gar nicht erst versucht. Nynaeve hatte zuerst versucht, sie deshalb auf den Arm zu nehmen, aber als sie hörte, daß sich eine Aes Sedai dafür interessierte, glaubte sie ihr. »Er war wie die anderen. Anders, aber im Prinzip das gleiche. Rand befindet sich in Gefahr. Ich weiß es. Und es wird schlimmer. Er hat etwas getan oder wird etwas tun, daß ihn in ...« Sie ließ sich auf das Bett fallen und beugte sich zu der Freundin hinüber. »Ach, könnte ich mir nur einen Reim darauf machen!«

»Wendet er die Macht an?« fragte Nynaeve leise.

Unwillkürlich sah sich Egwene um, ob nicht jemand

lauschte. Sie waren allein, die Tür war geschlossen, und trotzdem sprach sie ganz leise. »Ich weiß nicht. Vielleicht.« Man wußte nie, was Aes Sedai alles fertigbrachten — sie hatte bereits genug gesehen, um alles zu glauben, was man sich über ihre Fähigkeiten erzählte —, und sie wollte nicht riskieren, daß jemand sie belauschte. *Ich setze doch Rand nicht aufs Spiel. Von Rechts wegen müßte ich es ihnen erzählen, aber Moiraine weiß Bescheid, und sie hat nichts gesagt. Außerdem ist es Rand! Ich kann nicht.* »Ich weiß nicht mehr weiter.«

»Hat Anaiya noch etwas zu diesen Träumen gesagt?« Nynaeve fügte aus Prinzip niemals den Titel Sedai hinzu. Die meisten Aes Sedai schienen sich nicht darum zu kümmern, aber diese Angewohnheit hatte ihr schon ein paar befremdete und auch ein paar böse Blicke eingebracht; schließlich reiste sie zur Weißen Burg, um sich dort ausbilden zu lassen.

»Das Rad webt, wie das Rad es wünscht.« Egwene imitierte Anaiya: »›Der Junge ist weit weg, Kind, und wir können nichts unternehmen, bis wir mehr wissen. Ich werde dafür sorgen, daß ich selbst deine Fähigkeiten überprüfe, wenn wir die Weiße Burg erreicht haben, Kind.‹ Aaaach! Sie *weiß*, daß an diesen Träumen etwas dran ist. Ich fühle es deutlich. Ich mag diese Frau, Nynaeve, wirklich! Aber sie *will* mir einfach nicht sagen, was ich wissen muß. Ich kann ihr nicht alles erzählen. Wenn ich könnte, vielleicht ...«

»Wieder der Mann mit der Maske?«

Egwene nickte. Irgendwie fand sie es besser, Anaiya nichts von ihm zu erzählen. Sie konnte sich nicht vorstellen, warum, doch sie war sich ganz sicher. Dreimal war der Mann mit den Augen aus Feuer in ihren Träumen aufgetaucht, immer wenn sie etwas träumte, das Rand in Gefahr zeigte. Er trug immer eine Gesichtsmaske. Manchmal konnte sie seine Augen sehen, und manchmal sah sie nur Flammen an der Stelle seiner Augen. »Er lachte mich aus. Es war so ... voller Verachtung. Als sei ich ein Welpe, den er mit dem Fuß beiseite schieben müsse. Das ängstigt mich. Ich fürchte mich vor ihm.«

»Bist du sicher, daß es etwas mit den anderen Träumen zu tun hat, den Träumen von Rand? Manchmal ist ein Traum doch nur ein Traum.«

Egwene hob gereizt die Hände. »Und manchmal, Nynaeve, redest du schon genauso wie Anaiya Sedai!« Sie legte besondere Betonung auf den Titel und freute sich, als Nynaeve das Gesicht verzog.

»Falls ich noch einmal aus dieser Koje herauskomme, Egwene ...«

Was auch immer sie noch hatte sagen wollen, wurde durch ein Klopfen an die Tür unterbrochen. Bevor Egwene etwas sagen oder sich auch nur bewegen konnte, kam die Amyrlin selbst herein und schloß die Tür hinter sich. Erstaunlicherweise war sie einmal allein. Sie verließ sonst nur selten ihre Kabine und dann auch nur mit Leane an der Seite und vielleicht noch einer der Aes Sedai.

Egwene sprang auf. Der Raum war ziemlich voll mit drei Menschen.

»Fühlt Ihr Euch beide wohl?« fragte die Amyrlin aufmunternd. Sie hielt den Kopf schief und sah Nynaeve an. »Ich hoffe, Ihr eßt auch gut? Seid Ihr guter Stimmung?«

Nynaeve setzte sich mühsam auf und lehnte sich gegen die Wand. »Meine Stimmung ist ausgezeichnet, vielen Dank.«

»Es ist uns eine Ehre, Mutter«, begann Egwene, aber die Amyrlin gab ihr durch einen Wink zu verstehen, sie solle schweigen.

»Es ist gut, sich wieder auf dem Wasser zu befinden, aber wenn man nichts zu tun hat, wird es mit der Zeit so langweilig wie ein Mühlteich.« Das Schiff schwankte, und sie verlagerte ihr Gewicht, ohne es überhaupt zu bemerken. »Heute unterrichte ich Euch.« Sie setzte sich im Schneidersitz auf das Ende von Egwenes Koje. »Setzt Euch, Kind.«

Egwene setzte sich, aber Nynaeve bemühte sich, auf die Beine zu kommen. »Ich denke, ich gehe an Deck.«

»Ich sagte, setzt Euch!« Die Stimme der Amyrlin peitschte durch die Kabine, aber Nynaeve versuchte immer noch, wankend aufzustehen. Sie stützte sich mit beiden Händen am Bett ab, doch sie stand schon fast. Egwene war schon bereit, sie aufzufangen, falls sie stürzte.

Dann schloß Nynaeve die Augen und setzte sich wieder auf das Bett. »Vielleicht bleibe ich doch. Es ist oben bestimmt windig.«

Die Amyrlin lachte auf. »Man sagte mir, Ihr hättet eine Laune wie eine Möwe mit einer Gräte in der Kehle. Einige meinen, Kind, es sei besser für Euch, eine Weile als Novizin zu verbringen, gleichgültig, wie alt Ihr schon seid. Ich dagegen sage, wenn Ihr wirklich die Fähigkeiten besitzt, von denen ich hörte, verdient Ihr es, unter die Aufgenommenen eingereiht zu werden.« Sie lachte erneut. »Ich glaube daran, jedem das zu geben, was er verdient hat. Ja. Ich vermute, Ihr werdet eine Menge lernen, wenn Ihr einmal in der Weißen Burg seid.«

»Mir wäre es lieber, einer der Behüter brächte mir bei, wie man ein Schwert gebraucht«, grollte Nynaeve. Sie schluckte krampfhaft und öffnete die Augen weit. »Es gibt jemanden, bei dem ich das gern verwenden würde.« Egwene warf ihr einen scharfen Blick zu. Meinte Nynaeve damit die Amyrlin — das wäre dumm und gefährlich — oder Lan? Sie hatte Egwene jedesmal angefaucht, wenn Lan erwähnt wurde.

»Ein Schwert?« fragte die Amyrlin. »Ich habe niemals daran geglaubt, daß Schwerter sehr nützlich seien — selbst wenn Ihr die Fertigkeit besitzt, Kind, gibt es immer Männer, die es genausogut können und kräftiger sind. Aber wenn Ihr ein Schwert haben wollt ...« Sie erhob die Hand — Egwene keuchte völlig überrascht, und selbst Nynaeves Augen quollen beinahe heraus — und hielt ein Schwert. Klinge und Griff waren von einem eigenartigen bläulichen Weiß und wirkten irgendwie ... kalt. »Aus der Luft erschaffen, Kind. Es ist so gut wie die meisten Stahlklingen, sogar besser als die meisten und doch zu wenigem zu gebrauchen.« Aus dem Schwert wurde ein Hirschfänger. Es schrumpfte nicht etwa; es war erst ein Schwert und dann übergangslos etwas anderes. »Das hier ist zum Beispiel nützlich.« Der Hirschfänger verwandelte sich in Nebel, und der Nebel verflog. Die Amyrlin legte die Hand wieder in den Schoß. »Aber beides kostet mehr Mühe, als es wert ist. Es ist besser und leichter, einfach ein gutes Messer bei sich zu tragen. Ihr müßt lernen, wann Ihr Eure Fähigkeiten anwendet, genauso wie Ihr lernen müßt, *wie* Ihr sie richtig anwendet und wann es besser ist, die Dinge so anzupacken wie jede normale Frau. Laßt den Schmied Messer anfertigen, um Fische auszunehmen. Gebraucht Ihr die Eine Macht zu oft und in zu hohem Maße, dann gefällt es Euch vielleicht zusehr. Darin liegt Gefahr. Ihr wollt dann mehr und mehr davon, und früher oder später riskiert Ihr, mehr Macht an Euch zu reißen, als Ihr gefahrlos beherrschen könnt. Und das wiederum kann Euch ausbrennen wie eine abgeschnittene Kerze oder ...«

»Wenn ich das alles schon lernen muß«, unterbrach Nynaeve sie unnachgiebig, »dann möchte ich lieber gleich etwas Nützliches erlernen. All dieses ... dieses ... ›Beweg die Luft, Nynaeve. Entzünde die Kerze, Nynaeve. Jetzt lösch sie wieder. Entzünde sie nochmals.‹ Pah!«

Egwene schloß die Augen. *Bitte, Nynaeve, bitte zügle dein Temperament!* Sie biß sich auf die Lippen, um es nicht laut auszusprechen.

Die Amyrlin schwieg ein Weilchen. »Nützlich«, sagte sie schließlich. »Etwas Nützliches. Ihr wolltet ein Schwert haben. Stellt Euch vor, ein Mann griffe mich mit einem Schwert an. Was täte ich? Etwas Nützliches, da könnt Ihr sicher sein. Ich glaube, zum Beispiel das hier.«

Für einen Augenblick glaubte Egwene, einen Lichtschein um die Frau sehen zu können, die am anderen Ende des Bettes saß. Dann schien sich die Luft zu verdichten. Es änderte sich nichts, soweit Egwene es sehen konnte, aber sie konnte etwas fühlen. Sie versuchte, den Arm zu heben. Er bewegte sich nicht. Es war, als stecke sie bis zum Hals in Gelatine. Sie konnte nichts außer dem Kopf bewegen.

»Laßt mich frei!« krächzte Nynaeve. Ihre Augen funkelten zornig, und ihr Kopf ruckte von einer Seite zur anderen, doch der Rest von ihr saß so starr wie eine Statue. Egwene wurde klar, daß sie nicht die einzige war, die auf diese Art festgehalten wurde. »Laßt mich los!«

»Nützlich, nicht wahr? Und es hat nur mit dem Element Luft zu tun.« Die Amyrlin sprach in einem Tonfall, als säßen sie beim Tee und klatschten lediglich miteinander. »Ein großer Mann mit viel Muskeln und seinem Schwert, aber das Schwert nutzt ihm genausoviel wie die Haare auf der Brust.«

»Laßt mich los, sage ich!«

»Und wenn es mir nicht paßt, wo er sich befindet, na ja, dann hebe ich ihn hoch.« Nynaeve quiekte wütend, als sie langsam hochschwebte, immer noch in sitzender Haltung, bis ihr Kopf beinahe an die Decke stieß. Die Amyrlin lächelte. »Ich habe mir oft gewünscht, ich könne dies selbst zum Fliegen benutzen. Die Berichte sagen aus, daß die Aes Sedai im Zeitalter der Legenden tatsächlich fliegen konnten, aber sie drücken sich nicht klar genug aus, wie das vor sich ging. Jedenfalls nicht so. Das geht so einfach nicht. Man kann die Hände ausstrecken und eine Truhe aufheben, die genausoviel wiegt wie man selbst. Man sieht stark aus dabei. Aber Ihr könnt Euch selbst packen, wie immer Ihr wollt — es gelingt Euch nicht, Euch selbst hochzuheben.«

Nynaeves Kopf zuckte aufgebracht, doch kein anderer Muskel an ihrem Körper rührte sich. »Das Licht versenge Euch, laßt mich endlich los!«

Egwene schluckte und hoffte, sie werde nicht auch noch hochgehoben.

»Also«, fuhr die Amyrlin fort, »der große haarige Mann. Er kann mir nichts antun, während ich ihm alles antun kann. Tja, wenn es mir in den Kopf käme« — sie beugte sich vor, sah Nynaeve eindringlich an, und ihr Lächeln erschien nicht mehr so freundlich —, »könnte ich ihn einfach in der Luft kopfstehen lassen und ihm das Hinterteil versohlen. Genau so …« Plötzlich schlug es die Amyrlin nach hinten, so daß ihr Kopf gegen die Wand prallte, und dort blieb sie, als hielte sie etwas fest.

Egwene starrte sie an. Ihr Mund war ausgetrocknet. *Das gibt es doch nicht. Das kann doch nicht sein!*

»Sie hatten recht«, sagte die Amyrlin. Ihre Stimme klang gequält, als habe sie Schwierigkeiten mit dem Atmen. »Sie sagten, Ihr lerntet äußerst schnell. Und sie sagten auch, Ihr müßtet erst ganz schlechter Laune sein, um wirklich zu dem durchzudringen, was Ihr vollbringen könnt.« Sie atmete schwer ein. »Sollen wir uns nicht gegenseitig wieder loslassen, Kind?«

Nynaeve, die immer noch mit funkelnden Augen in der Luft schwebte, rief: »Laßt mich sofort los, oder ich werde …« Schlagartig verzog sich ihr Gesicht vor Überraschung und wirkte dann ein wenig verloren. Ihr Mund bewegte sich lautlos.

Die Amyrlin setzte sich auf und bewegte probeweise die Schultern. »Ihr wißt eben doch nicht alles, oder? Nicht einmal den hundertsten Teil von allem. Ihr habt nicht vermutet, daß ich Euch von der Wahren Quelle abschneiden kann. Ihr könnt sie immer noch dort draußen fühlen, aber Ihr könnt sie genausowenig berühren wie ein Fisch den Mond. Wenn Ihr genug gelernt habt, um zur vollen Schwester erhoben zu werden, wird keine

Frau in der Lage sein, mit Euch so etwas anzustellen. Je stärker Ihr werdet, desto mehr Aes Sedai werden nötig sein, um Euch gegen Euren Willen abzuschirmen. Seid Ihr jetzt der Meinung, Ihr solltet es vielleicht doch lernen?« Nynaeve preßte die Lippen ganz fest zusammen und sah ihr grimmig in die Augen. Die Amyrlin seufzte. »Wenn Ihr auch nur um Haaresbreite weniger Potential besäßet, Kind, würde ich Euch zur Oberin der Novizinnen schicken und ihr befehlen, sie solle Euch für den Rest Eures Lebens dort behalten. Aber Ihr werdet bekommen, was Ihr verdient.«

Nynaeves Augen weiteten sich, und sie hatte gerade noch Zeit, mit einem Aufschrei zu beginnen, da fiel sie auch schon mit einem lauten dumpfen Schlag auf ihr Bett zurück. Egwene verzog schmerzlich das Gesicht; die Matratzen waren dünn, und das Holz darunter war ziemlich hart. Nynaeves Gesicht verzog sich nicht. Sie rutschte nur ein winziges Stückchen weiter, um bequemer zu sitzen.

»Und jetzt«, sagte die Amyrlin mit fester Stimme, »werden wir mit den Lektionen beginnen, außer Ihr wünscht noch eine weitere Demonstration. Man könnte auch sagen, laßt uns mit der Lektion fortfahren.«

»Mutter?« fragte Egwene schwach. Sie konnte sich unter Kinnhöhe immer noch nicht rühren.

Die Amyrlin sah sie fragend an und lächelte. »Oh, das tut mir leid, Kind. Eure Freundin hat meine ganze Aufmerksamkeit in Anspruch genommen.« Plötzlich konnte sich Egwene wieder bewegen. Sie hob die Arme, um sich davon zu überzeugen. »Seid Ihr beide bereit zu lernen?«

»Ja, Mutter«, sagte Egwene schnell.

Die Amyrlin zog die Augenbrauen in Richtung Nynaeve hoch.

Einen Augenblick später sagte Nynaeve mit angespannter Stimme: »Ja, Mutter.«

Egwene seufzte vor Erleichterung auf.

»Gut. Nun denn. Entleert Eure Gedanken von allem, bis auf eine Knospe.«

Egwene kam ordentlich ins Schwitzen, bis die Amyrlin endlich ging. Sie hatte geglaubt, einige der anderen Aes Sedai seien harte Lehrerinnen gewesen, aber diese lächelnde Frau mit dem nichtssagenden Gesicht holte die letzten Reserven aus ihnen heraus, pumpte sie aus, und wenn keine Energie mehr übrig war, schien sie in die beiden einzudringen und immer noch etwas aus ihnen herauszuholen. Aber die Stunde war gut verlaufen. Als sich die Tür hinter der Amyrlin schloß, hob Egwene eine Hand. Eine winzige Flamme entstand, balancierte um Haaresbreite über ihrem Zeigefinger und tanzte anschließend von Fingerspitze zu Fingerspitze. Sie durfte das eigentlich nicht ohne die Anwesenheit einer Lehrerin tun — mindestens einer der Aufgenommenen —, aber sie war zu freudig erregt ob ihrer Fortschritte, um darauf zu achten.

Nynaeve sprang auf und warf ihr Kissen nach der sich schließenden Tür. »Diese gemeine, verachtungswürdige, miese — Hexe! Das Licht soll sie versengen! Ich würde *sie* gern an die Fische verfüttern. Ich würde ihr gern Elixiere einflößen, damit sie für den Rest ihres Lebens grün anläuft! Es ist mir gleich, daß sie alt genug ist, um meine Mutter zu sein. Wenn ich sie in Emondsfeld hätte, könnte sie sich nicht mal fünf Minuten lang ruhig auf den Hintern setzen ...« Sie knirschte so laut mit den Zähnen, daß Egwene zusammenfuhr.

Egwene ließ die Flamme ersterben und richtete den Blick fest auf ihren Schoß. Sie hätte sich gern aus dem Raum geschlichen, ohne Nynaeves Aufmerksamkeit zu erregen.

Für Nynaeve war die Unterrichtsstunde nicht so gut verlaufen, denn sie hatte ihr Temperament streng gezügelt, bis die Amyrlin weg war. Sie konnte aber nur dann viel erreichen, wenn sie wütend war, aber dann brach alles aus ihr heraus. Nachdem sie eins ums andere Mal versagt hatte, hatte die Amyrlin ihr Bestes getan, sie wieder richtig aufzuregen.

Nynaeve stolzierte steif hinüber zu ihrer Koje und starrte die Wand an. Die Fäuste hatte sie geballt. Egwene sah die Tür sehnsuchtsvoll an.

»Es war ja nicht deine Schuld«, sagte Nynaeve, und Egwene fuhr zusammen. »Nynaeve, ich ...«

Nynaeve drehte sich um und sah sie an. »Es war nicht deine Schuld«, wiederholte sie, klang aber nicht ganz überzeugend. »Aber wenn du jemals auch nur ein Wort weitererzählst, dann werde ich ...«

»Kein Sterbenswörtchen«, beteuerte Egwene schnell. »Ich erinnere mich an gar nichts, was ich erzählen könnte.«

Nynaeve blickte sie noch einen Moment lang an und nickte dann. Plötzlich verzog sie das Gesicht. »Licht, ich hätte nicht gedacht, daß etwas noch schlechter schmekken könnte als rohe Schafszungenwurzel!«

Egwene zuckte zusammen. Das war das erste gewesen, was die Amyrlin probiert hatte, um Nynaeve wütend zu machen. Plötzlich war ein dunkler Klumpen aufgetaucht, der wie Schmiere glänzte und schrecklich stank. Während die Amyrlin Nynaeve mit Hilfe der Macht festhielt, wurde der Seherin das Zeug in den Mund hineingezwungen. Die Amyrlin hatte ihr sogar die Nase zugehalten, damit sie es schluckte. Und Nynaeve vergaß nie, was sie einmal erlebt hatte — sie war schrecklich nachtragend. Egwene wußte, daß es keine Möglichkeit gab, sie von ihrer Rache abzuhalten. Bei allem Erfolgsgefühl, daß sie eine Flamme zum Tanzen bringen konnte, hätte *sie* die Amyrlin niemals an der Wand festgehalten. »Wenigstens wirst du jetzt nicht mehr seekrank.«

Nynaeve brummte und lachte dann kurz und hart auf. »Ich bin zu wütend, um seekrank zu sein.« Nach einem weiteren freudlosen Lacher schüttelte sie den Kopf. »Ich fühle mich zu schlecht, um seekrank zu sein. Licht, ich fühle mich, als hätte mich einer rückwärts durch ein Astloch gezogen. Wenn so der Unterricht bei den Novizinnen aussieht, dann erwarten uns ja herrliche Zeiten.«

Egwene blickte finster auf ihre Knie. Im Gegensatz zu Nynaeve hatte die Amyrlin lediglich ruhig auf sie eingeredet, ihre Erfolge belächelt, Verständnis für gelegentliches Versagen ausgedrückt und ihr dann wieder Streicheleinheiten geschenkt. Aber alle Aes Sedai hatten behauptet, in der Weißen Burg werde es schwieriger werden, härter, auch wenn keine gesagt hatte, inwiefern. Wenn sie Tag für Tag das durchmachen mußte, was Nynaeve erlebt hatte, dann konnte sie das wohl kaum durchhalten.

Etwas änderte sich an der Bewegung des Schiffes. Das Schaukeln ließ nach, und auf Deck über ihren Köpfen trampelten Schritte. Ein Mann rief etwas, das Egwene nicht ganz verstehen konnte.

Sie blickte zu Nynaeve auf. »Glaubst du … Tar Valon?«

»Es gibt nur eine Möglichkeit, um das herauszufinden«, antwortete Nynaeve und nahm entschlossen ihren Umhang vom Haken.

Als sie an Deck kamen, rannten überall Matrosen herum, zogen an Tauen, refften Segel und hielten lange Stangen bereit. Der Wind war zu einer Brise abgeflaut, und die Wolken zerstreuten sich allmählich.

Egwene eilte zur Reling. »Es stimmt! Es ist Tar Valon!« Nynaeve trat mit ausdruckslosem Gesicht neben sie.

Die Insel war so groß, daß es eher so wirkte, als teile sich der Fluß in zwei Arme. Brücken, die aus zarten Spitzen zu bestehen schienen, spannten sich von jedem Ufer zur Insel hinüber. Die Stadtmauer, die Leuchtende Mauer von Tar Valon, glänzte weiß, als die Sonne durch die Wolken brach. Und nahe dem westlichen Ufer erhob sich schwarz der Drachenberg, aus dessen zerrissenem

Gipfel eine dünne Rauchfahne quoll. Es war der einzige Berg in einer ebenen, von welligen Hügeln eingerahmten Landschaft. Der Drachenberg, wo der Drache gestorben war. Der Drachenberg, der durch den Tod des Drachen entstand.

Egwene mußte wieder an Rand denken, als sie den Berg ansah. *Ein Mann, der die Macht lenkt. Licht, hilf ihm.*

Die *Flußkönigin* fuhr durch eine breite Öffnung in einer hohen kreisförmigen Mauer, die sich über den Fluß erstreckte. Drinnen zog sich eine lange Kaimauer rund um den Hafen. Matrosen legten die letzten Segel zusammen und verwendeten die Stangen, um das Schiff mit dem Heck nach vorn an den Anlegeplatz zu befördern. Überall an der Kaimauer wurden nun die anderen Schiffe, die ebenfalls den Fluß heruntergekommen waren, an ihre Liegeplätze zwischen die bereits dort befindlichen Schiffe gezurrt. Die Flagge mit der Weißen Flamme lockte Arbeiter herbei, die den schon belebten Kai noch mehr bevölkerten.

Die Amyrlin kam an Deck, bevor noch die Haltetaue festgemacht waren, und Arbeiter brachten sofort einen Laufsteg herbei, als sie erschien. Leane schritt an ihrer Seite, den Stab mit der Flammenspitze in der Hand, und die anderen Aes Sedai auf dem Schiff folgten ihr an Land. Keine von ihnen warf Egwene und Nynaeve auch nur einen Blick zu. Auf dem Kai begrüßte eine Delegation die Amyrlin — Aes Sedai, mit ihren Stolen bekleidet, die sich höflich verbeugten und den Ring der Amyrlin küßten. Auf dem Kai quirlte alles durcheinander: Schiffe wurden entladen, die Amyrlin wurde begrüßt, Soldaten formierten sich, um an Land zu gehen, Männer richteten Ladebäume auf; Trompetensignale hallten von der Mauer wider und konkurrierten mit den Hurrarufen der Zuschauer.

Nynaeve schniefte laut. »Es scheint, man hat uns vergessen. Komm mit. Wir machen uns selbständig.«

Egwene riß sich nur schwer vom Anblick Tar Valons

los, aber sie folgte Nynaeve nach unten, um ihre Sachen zu packen. Als sie mit Bündeln auf den Armen wieder nach oben kamen, waren die Soldaten und Trompeter fort, und die Aes Sedai ebenfalls. Männer öffneten die Luken an Deck und rollten Taue um ihre Halterungen.

An Deck packte Nynaeve einen der Schauerleute am Arm — einen stämmigen Burschen in einem groben, braunen, ärmellosen Hemd. »Unsere Pferde ...«, begann sie.

»Ich bin beschäftigt«, grollte er und riß sich los. »Die Pferde werden alle zur Weißen Burg gebracht.« Er musterte sie von oben bis unten. »Wenn Ihr in der Weißen Burg etwas zu erledigen habt, dann bewegt Euch. Die Aes Sedai mögen es nicht, wenn Neulinge sich vertrödeln.« Ein anderer Mann, der sich mit einem Ballen abmühte, der an einem Tau aus einer Luke gezogen wurde, schrie ihm etwas zu, und er ließ die beiden stehen, ohne einen Blick zurückzuwerfen.

Egwene und Nynaeve sahen sich an. Es schien, daß man sie wirklich sich selbst überlassen hatte.

Nynaeve stolzierte mit einem Ausdruck grimmiger Entschlossenheit los, Egwene hingegen ging traurig den Laufsteg hinunter. Über dem Kai lag ein Geruch nach Teer. *All das Geschwätz, daß sie uns hier haben wollen, und nun scheint es sie nicht mehr zu kümmern.*

Breite Treppen führten vom Kai hinauf zu einem weiten Sandsteinbogen. Als sie ihn durchschritten, blieben Egwene und Nynaeve stehen und nahmen den Anblick in sich auf, der sich ihnen bot.

Jedes Gebäude erschien ihnen wie ein Palast, obgleich die näher an dem Torbogen gelegenen meist Schenken oder Läden beherbergten, nach den Schildern über den Türen zu schließen. Überall sah man kunstvolle Friese. Die Form eines Gebäudes schien so gewählt, daß es das danebenstehende ergänzte und besser zur Geltung brachte. Für den Betrachter wirkte das, als sei alles Teil eines einzigen riesigen Musters. Einige der Strukturen sahen nicht einmal wie normale Gebäude aus, sondern wie riesige Wogen, die sich am Strand brachen, oder wie Muscheln oder kunstvolle, vom Wind abgeschliffene Klippen. Vor dem Torbogen lag ein breiter Platz mit einem Brunnen und Bäumen, und Egwene erkannte weiter hinten einen weiteren solchen Platz. Über allem erhoben sich die Türme, hoch und elegant in den Himmel; einige waren durch weit geschwungene Brücken miteinander verbunden. Und über allen wiederum erhob sich eine Burg, ein Turm, höher und breiter als alle anderen und so weiß wie die Leuchtende Mauer selbst.

»Raubt einem beinahe den Atem, wenn man es zum erstenmal sieht«, sagte eine Frauenstimme hinter ihnen. »Allerdings auch noch beim zehnten und beim hundertsten Mal.«

Egwene drehte sich um. Die Frau war eine Aes Sedai, da war sie sicher, auch wenn sie keine Stola trug. Niemand sonst sah so alterslos aus, und dazu strömte sie ein solches Selbstvertrauen, solche Sicherheit aus, daß es gar nicht anders sein konnte. Ein Blick auf ihre Hand zeigte den goldenen Ring mit der Schlange, die sich in den eigenen Schwanz biß. Die Aes Sedai mit ihrem warmen Lächeln war ein wenig mollig und vom Aussehen her eine der eigenartigsten Frauen, die Egwene je gesehen hatte. In dem runden Gesicht zeichneten sich ganz deutlich hohe Backenknochen ab, ihre klaren blaßgrünen Augen standen schräg und ihr Haar war beinahe feuerrot. Egwene mußte sich zurückhalten, um dieses Haar und diese Augen nicht unhöflich anzustarren.

»Natürlich von Ogiern erbaut«, fuhr die Aes Sedai fort, »und wohl das absolute Meisterstück ihrer Baukunst, so sagt man. Eine der ersten Städte, die nach der Zerstörung errichtet wurden. Damals wohnten hier kaum fünfhundert Menschen — nicht mehr als zwanzig Schwestern —, aber sie bauten für die Bedürfnisse der Nachwelt.«

»Es ist eine wunderschöne Stadt«, sagte Nynaeve.

»Man erwartet, daß wir uns zur Weißen Burg begeben. Wir sind hierhergekommen, um ausgebildet zu werden, aber nun scheint sich niemand darum zu kümmern, ob wir gehen oder bleiben.«

»Sie kümmern sich«, meinte die Frau lächelnd. »Ich bin hergekommen, um Euch abzuholen, aber ich wurde durch ein Gespräch mit der Amyrlin aufgehalten. Ich bin Sheriam, die Oberin der Novizinnen.«

»Ich werde keine Novizin«, sagte Nynaeve mit Entschlossenheit in der Stimme, aber ein wenig vorschnell. »Die Amyrlin selbst sagte, ich solle eine der Aufgenommenen werden.«

»Das hat man mir auch gesagt.« Sheriam klang amüsiert. »Ich habe noch nie von einem solchen Fall gehört, aber man sagt, Ihr wärt — außergewöhnlich. Denkt aber daran, daß sogar eine der Aufgenommenen in mein Arbeitszimmer gerufen werden kann. Sie muß dann wohl einige Vorschriften mehr gebrochen haben als eine Novizin, aber es ist schon vorgekommen.« Sie wandte sich Egwene zu, als habe sie Nynaeves gerunzelte Stirn nicht bemerkt. »Und Ihr seid unsere neue Novizin. Es ist immer gut, wenn eine neue kommt. Heutzutage haben wir viel zu wenige. Mit Euch sind es vierzig. Nur vierzig. Und nicht mehr als acht oder neun von Euch werden zu den Aufgenommenen erhoben. Ich glaube aber nicht, daß Ihr Euch darüber Gedanken machen müßt, solange Ihr hart arbeitet und Nützliches leistet. Die Arbeit ist schwer, und auch für jemanden mit Eurem Talent wird sie nicht leichter. Falls Ihr das nicht durchhaltet, ganz gleich, wie schwer es ist, oder falls Ihr unter der Belastung zusammenbrecht, sollten wir das am besten gleich herausfinden und Euch Eurer Wege ziehen lassen und nicht erst warten, bis Ihr eine volle Schwester seid und andere sich auf Euch verlassen. Das Leben einer Aes Sedai ist nicht einfach. Hier werden wir Euch darauf vorbereiten, wenn Ihr das Notwendige in Euch tragt.«

Egwene schluckte. *Unter der Belastung zusammenbrechen?* »Ich werde es versuchen, Sheriam Sedai«, sagte sie matt. *Und ich werde nicht zusammenbrechen.*

Nynaeve sah sie besorgt an. »Sheriam ...« Sie hielt inne und holte tief Luft. »Sheriam Sedai« — sie schien den Titel aus sich herauszuzwingen —, »muß es denn für sie so schlimm kommen? Fleisch und Blut können eben nur soviel ertragen und nicht mehr. Ich weiß ... ein bißchen von dem ... was die Novizinnen durchmachen müssen. Sicher wird es doch nicht notwendig sein, sie zu zerbrechen, um festzustellen, wie stark sie ist.«

»Ihr meint, was die Amyrlin heute mit Euch angestellt hat?« Nynaeves Rücken versteifte sich. Sheriam machte den Eindruck, als bemühe sie sich krampfhaft, ernst zu bleiben. »Ich habe Euch ja gesagt, daß ich mit der Amyrlin gesprochen habe. Macht Euch keine Sorgen um Eure Freundin. Die Übungen der Novizinnen sind schwer, aber nicht *so* schwer. Was Ihr erlebt habt, war für die ersten Wochen einer Aufgenommenen gedacht.« Nynaeve stand mit offenem Mund da; Egwene glaubte, ihr würden gleich die Augen aus dem Kopf fallen. »Man muß die wenigen erwischen, die sich unberechtigterweise als Novizinnen gerade so durchgemogelt haben. Wir können nicht riskieren, daß eine von uns — eine volle Aes Sedai — unter der Belastung der Welt dort draußen zusammenbricht.« Die Aes Sedai nahm die beiden freundschaftlich in die Arme, um sie wegzuführen. Nynaeve schien gar nicht zu bemerken, wohin sie ging. »Kommt«, sagte Sheriam, »ich werde Euch zu Euren Zimmern bringen. Die Weiße Burg erwartet Euch.«

KAPITEL 19

Unter dem Dolch

Die Nacht am Abhang von Brudermörders Dolch war kalt, so wie es die Nächte im Gebirge für gewöhnlich immer waren. Der Wind peitschte von den Gipfeln herunter und trug die Eiseskälte der Gletscher mit sich.

Rand wälzte sich auf dem harten Boden herum, zupfte an Umhang und Decke und konnte nicht richtig schlafen. Seine Hand suchte nach dem Schwert, das neben ihm lag. *Noch ein Tag,* dachte er schläfrig. *Noch ein weiterer Tag, und dann geben wir auf. Wenn morgen niemand kommt, weder Ingtar noch die Schattenfreunde, dann bringe ich Selene nach Cairhien.*

Das hatte er sich auch schon vorher vorgenommen. An jedem Tag, den sie hier am Berghang verbracht und den Ort beobachtet hatten, an dem Hurin, seinen eigenen Worten nach, die Spur verloren hatte, sagte er sich, es sei Zeit zum Aufgeben. Selene hatte behauptet, in dieser Welt würden die Schattenfreunde auf jeden Fall auftauchen. Und sie sprach vom Horn von Valere, berührte seinen Arm, sah ihm in die Augen, und bevor er wußte, was er tat, hatte er bereits zugestimmt, einen weiteren Tag hier zu warten, bevor sie abreisten.

Er machte sich ganz klein, um dem kalten Wind keine Angriffsfläche zu bieten, und dachte daran, wie Selene seinen Arm berührte und ihm in die Augen sah. *Wenn Egwene das sehen könnte, würde sie mich zusammenputzen wie einen Schuljungen — und Selene womöglich auch. Mittlerweile könnte Egwene ja in Tar Valon sein und sich darauf vorbereiten, eine Aes Sedai zu werden. Wenn sie mich das nächste Mal sieht, wird sie vielleicht versuchen, mich niederzumachen.*

Als er sich wieder herumwälzte, glitt seine Hand am Schwert vorbei und berührte das Bündel mit Thom Merrilins Harfe und Flöte. Unbewußt verkrampften sich seine Finger in den Umhang des Gauklers. *Damals war ich glücklich, selbst als ich um mein Leben rennen mußte. Flöte spielen und damit mein Abendessen verdienen. Ich wußte einfach nicht, was wirklich geschah. Nun gibt es kein Zurück mehr.*

Zitternd öffnete er die Augen. Der einzige Lichtschein stammte von dem abnehmenden Mond, der niedrig am Himmel stand. Ein Feuer würde allen jenen ihren Standort verraten, nach denen sie Ausschau hielten. Loial murmelte im Schlaf. Es klang wie leises Donnergrollen. Ein Pferd stampfte mit dem Huf. Hurin hatte die erste Wache. Er saß auf einem Felsvorsprung etwas weiter oben. Bald würde er kommen und Rand wecken, damit dieser die Wache übernähme.

Rand drehte sich um — und erstarrte. Im Mondschein erkannte er die Gestalt Selenes, die sich über seine Satteltaschen beugte. Ihre Hände lagen auf den Schnallen. Ihr weißes Kleid schimmerte im blassen Licht. »Braucht Ihr etwas?«

Sie fuhr sichtlich zusammen und sah zu ihm herüber. »Ihr ... Ihr habt mich überrascht.«

Er rollte herum und stand auf. Die Decke ließ er fallen und wickelte sich statt dessen in seinen Umhang. So ging er zu ihr hinüber. Er war sicher, die Satteltaschen gleich neben sich gelegt zu haben, als er sich schlafen legte. Er hatte sie immer an seiner Seite. Nun nahm er sie ihr ab. Alle Schnallen waren zugezogen; sogar diejenigen auf der Seite, die diese verräterische Flagge enthielt. *Wie kann mein Leben davon abhängen, daß ich sie behalte? Wenn sie jemand sieht und erkennt, worum es sich handelt, dann werde ich sterben, weil ich sie bei mir habe.* Er sah sie mißtrauisch an.

Selene blieb stehen und blickte zu ihm auf. Der Mond spiegelte sich in ihren dunklen Augen. »Ich hatte das Gefühl«, sagte sie, »daß ich dieses Kleid schon zu lange getragen habe. Ich könnte es wenigstens ausbürsten, wenn ich inzwischen etwas anderes zum Anziehen hätte. Vielleicht eines Eurer Hemden.«

Rand nickte und empfand große Erleichterung. Ihr Kleid wirkte auf ihn genauso sauber wie bei ihrem ersten Zusammentreffen, aber er kannte das von Egwene. Wenn sie einen Fleck auf ihrem Kleid entdeckte, half absolut nichts: Sie mußte ihn sofort ausreiben. »Natürlich.« Er öffnete die geräumige Tasche, in die er alles bis auf die Flagge hineingestopft hatte, und zog eines der weißen Seidenhemden heraus.

»Danke schön.« Sie faßte sich an den Rücken, an die Knöpfe, wie ihm bewußt wurde.

Mit großen Augen drehte er sich schnell von ihr weg.

»Wenn Ihr mir dabei helft, ist es leichter für mich.«

Rand räusperte sich. »Das verbietet der Anstand. Wir sind doch nicht verlobt oder ...« *Hör auf, so etwas zu denken! Du kannst niemals jemanden heiraten.* »Das wäre nicht schicklich.«

Ihr leises Lachen jagte ihm einen Schauer über den Rücken, als sei sie ihm mit dem Finger am Rückgrat entlanggefahren. Er bemühte sich, nicht auf das Rascheln hinter sich zu lauschen. Er sagte: »Äh ... morgen ... morgen reisen wir nach Cairhien ab.«

»Und was wird aus dem Horn von Valere?«

»Vielleicht hatten wir unrecht. Vielleicht kommen sie überhaupt nicht hier entlang. Hurin sagt, es gäbe eine Reihe von Pässen über Brudermörders Dolch. Wenn sie nur ein wenig weiter nach Westen ziehen, müssen sie nicht einmal die Berge überqueren.«

»Aber die Spur, der wir folgten, fand sich hier. Sie werden hier vorbeikommen. Das Horn kommt hierher. Jetzt könnt Ihr Euch umdrehen.«

»Das behauptet Ihr, aber wir wissen nicht ...« Er

drehte sich um, und die Worte erstarben ihm im Mund. Sie hatte ihr Kleid über dem Arm und trug sein Hemd, das ihr in bauschigen Falten am Körper hing. Es war ein langes Hemd, für seine Körpergröße angefertigt, aber sie war für eine Frau ja recht groß. So bedeckte das Hemd ihre Schenkel kaum zur Hälfte. Es war ja nicht so, daß er noch nie die Beine eines Mädchens gesehen hatte; die Mädchen der Zwei Flüsse schürzten ihre Rökke immer, wenn sie in den Teichen des Wasserwalds herumwateten. Aber damit hörten sie auf, längst bevor sie alt genug waren, um sich die Haare zum Zopf zu flechten, und noch dazu war es jetzt dunkel, und der Mondschein brachte ihre Haut zum Schimmern.

»Was wißt Ihr nicht, Rand?«

Der Klang ihrer Stimme löste seine Verkrampfung. Mit lautem Keuchen fuhr er herum und sah in die entgegengesetzte Richtung. »Äh ... ich glaube ... äh ... ich ... äh ...«

»Denkt an den Ruhm, Rand.« Ihre Hand berührte seinen Rücken und, er hätte in seiner Scham beinahe aufgeschrien. »Denkt an den Ruhm für denjenigen, der das Horn von Valere findet. Wie stolz wäre ich, an der Seite dessen zu stehen, der das Horn in Händen hält. Ihr wißt überhaupt nicht, welche Höhen wir gemeinsam erklimmen können, Ihr und ich. Mit dem Horn von Valere in der Hand könntet Ihr ein König werden. Ihr könntet ein neuer Artur Falkenflügel werden. Ihr ...«

»Lord Rand!« Hurin betrat schweratmend den Lagerplatz. »Lord Rand, sie ...« Er blieb wie angewurzelt stehen und gab ein gurgelndes Geräusch von sich. Er senkte den Blick und stand händeringend da. »Vergebt mir, Lady. Ich wollte nicht ... Ich ... Vergebt mir.«

Loial setzte sich auf. Decke und Umhang fielen von ihm ab. »Was ist los? Bin ich schon mit der Wache dran?« Er blickte zu Rand und Selene hinüber, und selbst im Mondschein war deutlich zu sehen, wie sich seine Augen weiteten.

Rand hörte Selene hinter sich seufzen. Er trat von ihr weg und sah sie immer noch nicht an. *Ihre Beine sind so weiß, so glatt.* »Was ist los, Hurin?« Er bemühte sich, seinen Ton zu mäßigen. War er böse auf Hurin, auf sich selbst oder auf Selene? *Kein Grund, auf sie böse zu sein.* »Hast du etwas gesehen, Hurin?«

Der Schnüffler sprach, ohne den Blick zu heben. »Ein Feuer, Lord Rand, drunten zwischen den Hügeln. Ich habe es zuerst gar nicht gesehen. Sie machten nur ein kleines Feuer und haben es verborgen, aber sie verbargen es vor jemandem, der sie verfolgt, und nicht vor jemandem vor und über ihnen. Zwei Meilen, Lord Rand. Auf jeden Fall weniger als drei.«

»Fain«, sagte Rand. »Ingtar würde nicht fürchten, daß ihm jemand folgt. Es muß Fain sein.« Plötzlich wußte er nicht, was er jetzt eigentlich tun sollte. Sie hatten auf Fain gewartet, aber nun, da der Mann nur eine Meile von ihnen entfernt war, fühlte er sich unsicher. »Am Morgen ... Am Morgen werden wir ihnen folgen. Wenn Ingtar und die anderen aufholen, werden wir in der Lage sein, sie direkt zu ihnen zu führen.«

»Also«, sagte Selene, »werdet Ihr diesem Ingtar das Horn von Valere überlassen. Und den Ruhm.«

»Ich will keinen ...« Ohne nachzudenken drehte er sich um, und da stand sie mit mondscheinblassen Beinen und kümmerte sich so wenig darum, daß sie nackt waren, als wäre sie allein. *Als wären wir allein,* flüsterten seine Gedanken. *Sie will den Mann haben, der das Horn findet.* »Wir drei allein können es ihnen nicht abnehmen. Ingtar hat zwanzig Lanzenträger bei sich.«

»Ihr wißt überhaupt nicht, ob Ihr es ihnen nicht doch abnehmen könnt. Wie viele Leute hat dieser Mann tatsächlich bei sich? Auch das wißt Ihr nicht.« Ihre Stimme klang ruhig, aber eindringlich. »Ihr wißt noch nicht einmal, ob die Männer, die dort lagern, das Horn bei sich haben. Es sei denn, Ihr geht selbst hinunter und seht nach. Nehmt den *Alantin;* seine Rasse verfügt über scharfe Augen, sogar im Mondschein. Und er hat die Kraft, um das Horn in seiner Truhe zu tragen, falls Ihr die richtige Entscheidung trefft.«

Sie hat recht. Du weißt nicht mit Sicherheit, ob es Fain ist. Eine schöne Bescherung, wenn Hurin nach einer Spur gesucht hätte, die gar nicht vorhanden war, und sie sich alle ohne Deckung befänden, wenn die wirklichen Schattenfreunde schließlich kämen. »Ich werde allein gehen«, sagte er. »Hurin und Loial werden Euch bewachen.«

Lachend und so graziös, als ob sie sie tanze, kam Selene auf ihn zu. Mondschatten ließen ihr Gesicht geheimnisvoll erscheinen, als sie zu ihm aufblickte, und das Geheimnis machte es um so schöner. »Ich bin in der Lage, auf mich selbst aufzupassen, bis Ihr zurückkehrt, um mich zu beschützen. Nehmt den *Alantin* mit.«

»Sie hat recht, Rand«, sagte Loial und stand auf. »Ich kann bei Mondschein besser sehen als du. Dank meiner Augen müssen wir uns vielleicht nicht so nahe heranschleichen wie du allein.«

»Also gut.« Rand ging hinüber zu seinem Schwert und schnallte es sich um. Bogen und Köcher ließ er liegen. Im Dunklen war ein Bogen zu nichts nutze, und er wollte außerdem etwas ausspähen und nicht kämpfen. »Hurin, zeig mir dieses Feuer!«

Der Schnüffler führte ihn den Abhang hinauf zu dem Vorsprung, der wie ein riesiger Steindaumen aus dem Berg ragte. Das Feuer war nur als winziger Fleck zu erkennen — beim ersten Mal, als Hurin darauf zeigte, entdeckte er es noch gar nicht. Wer immer es angezündet hatte, wollte nicht, daß es gesehen wurde. Er merkte sich die genaue Lage.

Als sie zum Lager zurückkehrten, hatte Loial den Braunen und sein eigenes Pferd gesattelt. Rand kletterte auf den Hengst, und Selene faßte ihn an der Hand. »Denkt an den Ruhm«, sagte sie leise. »Denkt daran.« Das Hemd schien ihr besser zu passen als vorher. Es hatte sich ihrer Figur angepaßt.

Er holte tief Luft und zog seine Hand zurück. »Du bist mir für ihr Leben verantwortlich, Hurin. Loial?« Er gab dem Braunen sanft die Fersen. Das große Reittier des Ogiers polterte hinterher.

Sie bemühten sich erst gar nicht, schnell vorwärtszukommen. Die Nacht verbarg den Abhang, und die Mondschatten machten den Boden unübersichtlich. Rand konnte das Feuer nicht mehr sehen — zweifellos war es dem Beobachter verborgen, der sich auf gleicher Höhe befand —, aber er hatte die Lage im Kopf. Für jemanden, der im Gewirr des Westwaldes im Gebiet der Zwei Flüsse das Jagen erlernt hatte, stellte es keine große Schwierigkeit dar, das Feuer zu finden. *Und was dann?* Selenes Gesicht tauchte vor ihm auf. *Wie stolz wäre ich, an der Seite dessen zu stehen, der das Horn in Händen hält.*

»Loial«, sagte er plötzlich in einem Versuch, wieder klarer zu denken, »was bedeutet dieses *Alantin,* mit dem sie dich immer bezeichnet?«

»Das ist in der Alten Sprache, Rand.« Das Pferd des Ogiers suchte sich unsicher seinen Weg, aber er lenkte es beinahe so sicher wie bei Tageslicht. »Es bedeutet ›Bruder‹ und ist die Kurzform von *Tia avende Alantin.* Bruder der Bäume. Baumbruder. Es ist sehr förmlich, aber ich habe gehört, daß die Leute in Cairhien Formalitäten lieben. Zumindest die Adelshäuser. Die einfachen Menschen, die ich dort sah, benahmen sich überhaupt nicht förmlich.«

Rand runzelte die Stirn. Ein Schäfer wäre unter diesen Umständen wohl kaum annehmbar für ein Adelshaus aus Cairhien gewesen. *Licht, Mat hatte recht in bezug auf dich. Du spinnst und hast dazu einen mächtig geschwollenen Kopf. Aber wenn ich heiraten könnte …*

Er hätte etwas dafür gegeben, seine Gedanken abschalten zu können, und bevor es ihm bewußt wurde, hatte sich in ihm das Nichts gebildet und ließ die Gedanken fern erscheinen, als seien sie Teil eines anderen

Menschen. *Saidin* beleuchtete ihn, lockte ihn. Er knirschte mit den Zähnen und wollte es nicht wahrhaben. Es war, als versuche er, eine glühende Kohle in seinem Kopf nicht zur Kenntnis zu nehmen; aber wenigstens wurde es nicht schlimmer. Doch beinahe hätte er das Nichts verlassen, aber dort draußen in der Nacht befanden sich die Schattenfreunde, und sie kamen immer näher. Und die Trollocs. Er brauchte die Leere, brauchte sogar die halbherzige Ruhe des Nichts. *Ich muß es nicht berühren. Ich muß nicht.*

Nach einer Weile hielt er den Braunen an. Sie standen am Fuß eines Hügels. Die weit verstreuten Bäume auf dem Abhang waren schwarze Schemen in der Nacht. »Ich glaube, wir sind jetzt nahe dabei«, flüsterte er. »Am besten gehen wir den Rest des Wegs zu Fuß.« Er glitt aus dem Sattel und band die Zügel des Hengstes an einen Ast.

»Fühlst du dich wohl?« flüsterte Loial beim Absteigen. »Du klingst so eigenartig.«

»Mir geht's gut.« Seine Stimme klang äußerst angespannt, merkte er. Gedehnt. *Saidin* rief ihn zu sich. *Nein!* »Sei vorsichtig. Ich kann nicht sicher sagen, wie weit es noch ist, aber das Feuer befindet sich irgendwo direkt vor uns. Auf der Hügelkuppe, vermute ich.« Der Ogier nickte.

Vorsichtig schlich sich Rand von Baum zu Baum, setzte einen Fuß vor den anderen und hielt sein Schwert fest, damit es nicht gegen einen Baumstamm schlug. Er war dankbar dafür, daß es kaum Unterholz gab. Loial folgte ihm wie ein großer Schatten — viel mehr konnte Rand von ihm nicht sehen. Alles schien nur aus Mondschatten und Dunkelheit zu bestehen.

Plötzlich löste irgendein besonderer Einfallswinkel des Mondscheins die Schatten vor ihm auf, und er erstarrte. Er hielt sich an der rauhen Rinde eines Lederblattbaumes fest. Undeutliche Erhebungen auf dem Boden vor ihm verwandelten sich zu Männern, in Decken gehüllt. Ein Stück entfernt fiel sein Blick auf eine Gruppe größerer Erhebungen. Schlafende Trollocs. Sie hatten das Feuer gelöscht. Ein Mondstrahl, der sich zwischen den Ästen durchschob, enthüllte einen goldenen und silbernen Schimmer am Boden in der Mitte zwischen beiden Gruppen. Der Mondschein schien heller zu werden; für einen Augenblick hatte er klare Sicht. Die Gestalt eines schlafenden Mannes lag neben dem Schimmer, aber er war es nicht, der seinen Blick anzog. *Die Truhe. Das Horn.* Und etwas obenauf. Ein roter Lichtpunkt erstrahlte im Mondschein. *Der Dolch! Warum legte Fain den …?*

Loials riesige Hand legte sich auf Rands Mund. Er wandte sich um und sah den Ogier an. Loial zeigte bedächtig nach rechts.

Zuerst konnte Rand nichts entdecken. Dann bewegte sich ein Schatten keine zehn Schritt entfernt. Ein großer massiger Schatten mit einer langen Schnauze. Rand stockte der Atem. Ein Trolloc. Er hob die Schnauze witternd in die Luft. Manche von ihnen jagten nur nach Witterung. Für einen Moment flackerte das Nichts. Im Lager der Schattenfreunde rührte sich jemand, und der Trolloc wandte sich um und spähte hinüber.

Rand erstarrte und ließ sich von der Ruhe der Leere einhüllen. Seine Hand lag auf dem Schwertgriff, aber er dachte überhaupt nicht nach dabei. Das Nichts war alles. Was auch immer geschah, es geschah. Er beobachtete den Trolloc ohne jedes Augenzwinkern.

Der Schatten mit der Schnauze beobachtete das Lager der Schattenfreunde noch ein wenig und ließ sich dann, anscheinend befriedigt, neben einem Baum nieder. Beinahe augenblicklich war ein leises Geräusch wie von reißendem Stoff zu vernehmen.

Loial brachte seinen Mund ganz nahe an Rands Ohr. »Er schläft«, flüsterte er ungläubig.

Rand nickte. Tam hatte ihm gesagt, Trollocs seien faul und würden jede Aufgabe schnell vernachlässigen —

vom Töten abgesehen —, wenn sie nicht von Angst getrieben wurden. Er wandte sich wieder dem Lager zu.

Alles war ruhig dort, nichts rührte sich. Der Mondstrahl traf die Truhe nicht mehr, aber er wußte nun, welcher Schatten es war. Er konnte sie im Geist sehen, wie sie golden und mit Silber verziert im Schein von *Saidin* glitzerte. Das Horn von Valere und der Dolch, den Mat brauchte, und beides so nahe, daß er sie beinahe mit der Hand berühren konnte. Selenes Gesicht schwebte neben der Truhe. Sie konnten Fains Gruppe am Morgen folgen und warten, bis Ingtar sich ihnen anschloß. Falls Ingtar kam; falls er der Spur ohne Schnüffler noch folgte. Nein, es würde keine bessere Möglichkeit mehr geben. Alles in Reichweite seiner Hand. Selene wartete auf dem Berg.

Rand bedeutete Loial, ihm zu folgen, legte sich auf den Bauch und kroch auf die Truhe zu. Er hörte den Ogier gedämpft aufkeuchen, aber seine Augen waren auf die schattenhafte Erhebung vor ihm gerichtet. Schattenfreunde und Trollocs lagen zu seiner Rechten und zu seiner Linken, aber als er einst beobachtet hatte, wie Tam sich so nahe an einen Hirsch herangeschlichen hatte, daß er ihm die Hand auf die Flanke legen konnte, bevor das Tier erschreckt davonstürzte, hatte er sich vorgenommen, diese Kunst ebenfalls zu erlernen. *Wahnsinn!* Der Gedanke huschte fast außerhalb seiner Reichweite an ihm vorbei. *Das ist Wahnsinn! Du-wirst-verrückt!* Undeutliche Gedanken; die Gedanken eines anderen.

Langsam und lautlos kroch er zu diesem besonderen Schatten hinüber und streckte die Hand danach aus. Er berührte komplizierte, in Gold gewirkte Muster. Es *war* die Truhe mit dem Horn von Valere. Auf dem Deckel berührte seine Hand etwas anderes. Den Dolch mit blanker Klinge. Im Dunklen weiteten sich seine Augen. Er dachte daran, was der Dolch Mat angetan hatte, und schreckte zurück. Das Nichts verlagerte sich in seiner Erregung.

Der am nächsten schlafende Mann — nicht mehr als zwei Schritt von der Truhe entfernt; alle anderen lagen zumindest Spannen weit weg — stöhnte im Schlaf auf und riß an seinen Decken. Rand gestattete dem Nichts, alle Gedanken und alle Furcht wegzuwischen. Der Mann beruhigte sich unter schlaftrunkenem Gemurmel.

Rand bewegte seine Hand wieder auf den Dolch zu, ohne ihn wirklich zu berühren. Zu Anfang hatte er Mat nicht geschadet. Jedenfalls nicht sehr, nicht zu Beginn. Mit einer schnellen Bewegung hob er den Dolch auf, steckte ihn in seinen Gürtel und riß seine Hand weg, als könne es helfen, wenn er die Zeit eng begrenzte, die er mit seiner Haut in Berührung kam. Vielleicht half es ja wirklich, und Mat würde ohne den Dolch sterben. Er fühlte ihn wie ein Gewicht, das ihn herunterzog. Er drückte sich dagegen. Aber im Nichts waren Gefühle ebenso fern wie Gedanken, und das Gefühl des Dolches an seinem Körper wurde schnell zu etwas Gewohntem.

Er verschwendete nur noch einen Augenblick daran, die in Schatten gehüllte Truhe zu betrachten. Das Horn mußte sich drinnen befinden, aber er wußte nicht, wie er sie öffnen sollte, und konnte sie auch nicht selbst aufheben. Er sah sich nach Loial um. Der Ogier kauerte nicht weit hinter ihm. Sein massiger Kopf drehte sich hierhin und dorthin, als er von den schlafenden menschlichen Schattenfreunden zu den schlafenden Trollocs blickte und zurück. Selbst in der Nacht wurde deutlich, daß Loials Augen weit aufgerissen waren. Im Mondschein wirkten sie untertassengroß. Rand lehnte sich zurück und nahm Loials Hand in die seine.

Der Ogier fuhr zusammen und keuchte. Rand legte einen Finger auf die Lippen, führte Loials Hand zur Truhe und machte Bewegungen, als hebe er sie an. Eine kurze Zeitspanne lang — in dieser Nacht schien sie ewig zu dauern, so von Schattenfreunden und Trollocs umgeben, wie sie waren; es konnte sich aber nur um wenige Herzschläge gehandelt haben — starrte ihn Loial verständnislos an. Dann schlang er langsam seine Arme um die goldene Truhe und stand auf. Bei ihm erschien das irgendwie mühelos.

Außerordentlich vorsichtig, sogar noch vorsichtiger, als er gekommen war, verließ Rand hinter Loial und der Truhe das Lager. Beide Hände am Schwertgriff, beobachtete er die schlafenden Schattenfreunde und die ruhigen Umrisse der Trollocs. Alle diese schattenhaften Gestalten wurden von tieferer Dunkelheit verschluckt, als sie sich entfernten. *Beinahe in Sicherheit. Wir haben's geschafft!*

Der Mann, der neben der Truhe geschlafen hatte, fuhr plötzlich mit einem unterdrückten Schrei hoch und sprang einen Moment später auf. »Sie ist weg! Wacht auf, ihr Dreckskerle! Sie ist weeeeeg!« Fains Stimme — Rand erkannte sie sogar im Nichts. Die anderen, Schattenfreunde wie Trollocs, erhoben sich und fragten, was los sei, knurrten und fauchten. Fains Stimme erhob sich in einem lauten Aufheulen: »Ich weiß, das bist du, al'Thor! Du versteckst dich vor mir, aber ich weiß, daß du da draußen bist! Sucht ihn! Sucht ihn! Al'Thooooor!« Menschen und Trollocs stoben sich in allen Richtungen auseinander.

In Leere gehüllt, schritt Rand weiter. Beinahe vergessen, seit er das Lager betreten hatte, pulsierte *Saidin* im Nichts. »Er kann uns nicht sehen«, flüsterte Loial leise. »Wenn wir erst die Pferde erreicht haben ...«

Ein Trolloc sprang aus der Dunkelheit auf sie zu. Wo Mund und Nase sein sollten, trug er einen grausamen Adlerschnabel im Gesicht. Sein Sichelschwert pfiff bereits durch die Luft.

Rand bewegte sich, ohne nachzudenken. Er war eins mit der Klinge. Die Katze tanzt auf der Mauer. Der Trolloc schrie, als er stürzte, schrie wieder, bevor er starb.

»Renn, Loial!« befahl Rand. *Saidin* lockte ihn. »Renn!«

Ihm wurde undeutlich bewußt, daß Loial in einen ungeschickten Galopp verfiel, aber dann ragte ein weiterer Trolloc in der Nacht vor ihm auf. Er hatte die Schnauze eines Bären und erhob seine mit Zacken gespickte Axt. Gewandt glitt Rand zwischen Trolloc und Ogier; Loial mußte das Horn in Sicherheit bringen. Der Trolloc war mehr als einen Kopf größer als Rand und mindestens um die Hälfte breiter gebaut, und er griff ihn mit lautlosem Fauchen an. Der Höfling öffnet seinen Fächer. Diesmal schrie er nicht. Er ging rückwärts hinter Loial her und spähte in die Nacht hinein. *Saidin* sang ihm ein süßes Lied. *Die Macht könnte alle verbrennen, Fain und all die anderen in Asche verwandeln. Nein!*

Zwei weitere Trollocs, Wolf und Hammel, schimmernde Zähne und gekrümmte Hörner. Eidechse im Gestrüpp. Er erhob sich geschmeidig von einem Knie, als der zweite stürzte und die Hörner beinahe seine Schulter streiften. Das Lied von *Saidin* umschmeichelte ihn verführerisch, zog ihn mit tausend Seidenfäden an sich. *Alle mit der Macht verbrennen. Nein. Nein! Besser tot als das. Wenn ich tot wäre, wäre auch alles vorüber.*

Eine Gruppe Trollocs kam in Sicht, die unsicher herumsuchte. Drei, dann vier. Plötzlich deutete einer auf Rand und heulte auf. Die anderen beantworteten sein Heulen, während sie heranstürmten.

»Laßt es uns beenden!« schrie Rand und sprang auf sie zu.

Einen Moment lang verlangsamten sie überrascht ihren Schritt, doch dann rannten sie mit kehligen, freudigen, blutdürstigen Schreien und erhobenen Schwertern und Äxten weiter. Er tanzte nach dem Lied von *Saidin* zwischen ihnen hindurch. Die Hummel küßt eine Rose. So verführerisch war dieses Lied, das ihn erfüllte. Katze auf heißem Sand. Das Schwert schien in seinen Händen so wie nie zuvor zum Leben erwacht zu sein, und er kämpfte, als könne eine Reiherklinge *Saidin* von ihm abhalten. Der Reiher spreizt die Flügel.

Rand sah die bewegungslosen Gestalten auf dem Boden. »Lieber tot sein«, murmelte er. Er erhob den Blick zum Hügel, wo sich das Lager befand. Fain war dort und Schattenfreunde und noch mehr Trollocs.

Zu viele, um gegen alle zu kämpfen. Zu viele, um sich ihnen entgegenzustellen und zu überleben. Er tat einen Schritt auf sie zu. Noch einen.

»Rand, komm weiter!« Loials eindringlicher geflüsterter Ruf trieb durch die Leere zu ihm her. »Um des Lebens und des Lichts willen, Rand, komm!«

Vorsichtig bückte sich Rand und wischte seine Klinge am Mantel eines Trollocs ab. Dann steckte er sie so förmlich, als ob Lan ihn beim Üben beobachte, in die Scheide zurück.

»Rand!«

Als habe er keinerlei Eile, schloß sich Rand Loial bei den Pferden an. Der Ogier schnallte die goldene Truhe mit Riemen aus seinen Satteltaschen auf dem Sattel fest. Seinen Umhang hatte er untergelegt, damit die Truhe fester auf dem abgerundeten Sattel ruhte.

Saidin sang nicht mehr. Es war noch da, dieses herzergreifende Glühen, aber es hielt sich zurück, als hätte er es tatsächlich abgewehrt. Staunend ließ er das Nichts verschwinden. »Ich glaube, ich werde verrückt«, sagte er. Plötzlich wurde ihm klar, wo sie sich befanden, und spähte den Weg zurück, den sie gekommen waren. Schreie und Heulen erklangen aus den verschiedensten Richtungen: Anzeichen für eine Suche, aber nicht für eine Verfolgung. Trotzdem. Er schwang sich auf den Rükken des Braunen.

»Manchmal verstehe ich kaum etwas von deinen Worten«, sagte Loial. »Wenn du schon verrückt werden mußt, kannst du dann nicht wenigstens damit warten, bis wir wieder bei Lady Selene und Hurin sind?«

»Wie willst du eigentlich reiten mit dem Ding im Sattel?«

»Ich werde rennen!« Der Ogier folgte dem eigenen

Vorschlag und trabte los, wobei er das Pferd an den Zügeln hinterherzog. Rand folgte ihm.

Loial legte eine Geschwindigkeit vor, die von den Pferden gerade eben noch eingehalten werden konnte. Rand war sicher, daß der Ogier das nicht lange durchhalten würde, aber Loials Füße versagten ihm den Dienst nicht. Rand kam zu dem Schluß, daß seine Angeberei, er habe einst ein Pferd im Rennen geschlagen, vielleicht gar nicht gelogen war. Hin und wieder blickte sich Loial beim Laufen um, aber die Rufe der Schattenfreunde und das Heulen der Trollocs verklangen mit zunehmender Entfernung.

Selbst als der Hang steiler wurde, verlangsamte sich Loials Schritt kaum, und er trabte schließlich auf ihren Lagerplatz am Berghang, ohne besonders schwer zu atmen.

»Ihr habt es.« Selenes Stimme klang triumphierend, als ihr Blick auf der kunstvoll gearbeiteten Truhe ruhte. Sie trug wieder ihr eigenes Kleid. Für Rand sah es so weiß wie frischer Schnee aus. »Ich wußte, Ihr trefft die richtige Wahl. Darf ich — es einmal ansehen?«

»Wurdet Ihr verfolgt, Lord Rand?« fragte Hurin besorgt. Er betrachtete die Truhe ehrfurchtsvoll, doch sein Blick glitt immer wieder in die Nacht hinaus den Hang hinunter. »Falls sie Euch verfolgen, müssen wir schnell verschwinden.«

»Ich glaube nicht. Geh mal zu dem Vorsprung und sieh nach, ob du etwas entdeckst.« Rand kletterte aus dem Sattel, als Hurin den Hang hinaufeilte. »Selene, ich weiß nicht, wie man die Truhe öffnet. Weißt du es, Loial?« Der Ogier schüttelte den Kopf.

»Laßt mich versuchen ...« Selbst für eine Frau von Selenes Größe befand sich Loials Sattel hoch über dem Boden. Sie streckte sich und berührte die kunstvoll gewirkten Muster auf der Truhe. Ihre Hände glitten darüber und drückten zu. Man hörte ein Klicken, und sie hob den Deckel an und ließ ihn auffallen.

Als sie sich auf die Zehenspitzen stellte, um hineinzufassen, griff Rand über ihre Schulter hinweg und hob das Horn von Valere heraus. Er hatte es einmal zuvor gesehen, aber noch nie berührt. Obwohl es so schön war, machte es nicht den Eindruck großen Alters oder großer Macht. Ein gewundenes goldenes Horn, das in der schwachen Beleuchtung schimmerte, mit einer eingravierten silbernen Schrift, die sich um die Öffnung am Ende hinzog. Er berührte die fremdartigen Buchstaben mit dem Finger. Sie schienen das Mondlicht zu reflektieren.

»*Tia mi aven Moridin isainde vadin*«, las Selene. »›Das Grab ist keine Grenze für meinen Ruf.‹ Ihr werdet *gewiß* größer, als Artur Falkenflügel es je war.«

»Ich bringe es nach Schienar zu Lord Agelmar.« *Es sollte eigentlich nach Tar Valon kommen,* dachte er, *aber ich habe genug von den Aes Sedai. Sollen Ingtar oder Agelmar ihnen das Horn bringen.* Er legte das Horn in die Truhe zurück. Es warf den Mondschein zurück und zog den Blick an.

»Das ist Wahnsinn«, sagte Selene.

Rand zuckte bei diesem Wort zusammen. »Verrückt oder nicht, ich werde es jedenfalls so machen. Ich habe Euch gesagt, Selene, daß ich keinen Anteil am Ruhm will. Dort hinten glaubte ich, ich wolle den Ruhm. Eine Zeitlang hatte ich das Gefühl, ich wolle viele Dinge haben ...« *Licht, sie ist so schön. Egwene, Selene, ich bin keine von beiden wert.* »Etwas schien mich besessen zu machen.« Saidin *wollte mich einfangen, aber ich habe es mit einem Schwert abgewehrt. Oder ist das auch wahnsinnig?* Er atmete tief durch. »Das Horn von Valere gehört nach Schienar. Andernfalls wird Lord Agelmar wissen, was damit zu tun ist.«

Hurin erschien wieder. »Das Feuer ist wieder da, Lord Rand, und größer als zuvor. Und ich hörte Rufe. Alles unten zwischen den Hügeln. Ich glaube nicht, daß sie den Berg hochkommen.«

»Ihr mißversteht mich, Rand«, sagte Selene. »Ihr könnt jetzt nicht zurück. Euer Kurs liegt fest. Diese Freunde der Dunkelheit werden nicht einfach abziehen, weil Ihr ihnen das Horn abgenommen habt. Im Gegenteil. Wenn Ihr keine Gelegenheit findet, sie alle zu töten, werden sie Euch jagen, wie Ihr zuvor sie gejagt habt.«

»Nein!« Loial und Hurin rissen bei Rands Heftigkeit erstaunt die Augen auf. Er sprach sanfter weiter: »Ich weiß keine Methode, sie alle zu töten. Von mir aus können sie ewig leben.«

Selenes langes Haar schlug Wellen, als sie den Kopf schüttelte. »Dann könnt Ihr nicht zurück, sondern nur vorwärts. Ihr könnt die Sicherheit der Mauern Cairhiens in viel kürzerer Zeit erreichen als Schienar. Erscheint Euch der Gedanke an ein paar weitere Tage in meiner Gesellschaft so unerträglich?«

Rand sah die Truhe an. Selenes Gesellschaft war alles andere als hinderlich, doch in ihrer Nähe zwang ihn irgend etwas, so zu denken, wie er nicht denken wollte. Sicher, wieder nach Norden zurückzureiten bedeutete, ein Zusammentreffen mit Fain und seinen Anhängern zu riskieren. Da hatte sie recht. Fain würde niemals aufgeben. Auch Ingtar würde nicht aufgeben. Wenn Ingtar nach Süden weiterzog, würde er früher oder später nach Cairhien kommen.

»Cairhien«, stimmte er zu. »Ihr werdet mir zeigen müssen, wo Ihr wohnt, Selene. Ich war noch nie in Cairhien.« Er faßte nach dem Deckel der Truhe, um ihn zu schließen.

»Ihr habt den Freunden der Dunkelheit noch etwas abgenommen?« fragte Selene. »Ihr habt vorher auch von einem Dolch gesprochen.«

Wie konnte ich den vergessen? Er ließ die Truhe, wo sie war, und zog den Dolch aus dem Gürtel. Die blanke Klinge war gekrümmt wie ein Horn, und die Querträger am Griff waren goldene Schlangen. In den Griff eingelassen war ein Rubin, so groß wie sein Daumennagel. Er schimmerte wie ein böse dreinblickendes Auge im Mondschein. Doch so kunstvoll geschmiedet und so mit einem Fluch belastet, wie er war, fühlte er sich kein bißchen anders an als jedes andere Messer.

»Seid vorsichtig«, sagte Selene. »Schneidet Euch nicht.«

Rand schauderte innerlich. Wenn schon das einfache Tragen gefährlich war, dann wollte er nicht wissen, was ein Schnitt erst anrichten würde. »Er stammt aus Shadar Logoth«, erklärte er. »Er wird jeden schädlich beeinflussen, der ihn länger trägt, wird ihn bis auf die Knochen verderben, so wie Shadar Logoth verdorben wurde. Ohne die Heilkunst der Aes Sedai wird der Fluch schließlich den Träger töten.«

»Also deshalb ist Mat so krank«, sagte Loial leise. »Das hätte ich nicht vermutet.« Hurin starrte den Dolch in Rands Hand an und wischte sich die Hände an der Vorderseite seines Mantels ab. Der Schnüffler wirkte nicht gerade glücklich.

»Keiner von uns sollte ihn länger als notwendig in die Hand nehmen«, fuhr Rand fort. »Ich muß eine Möglichkeit finden, ihn zu tragen ...«

»Er ist gefährlich.« Selene sah die Klinge so finster an, als seien die Schlangen echt und giftig. »Werft ihn weg. Laßt ihn liegen oder vergrabt ihn, falls er nicht in andere Hände fallen soll, aber entledigt Euch seiner.«

»Mat braucht ihn«, sagte Rand entschlossen.

»Er ist zu gefährlich. Das habt Ihr selbst gesagt.«

»Er braucht ihn. Die Am ... Die Aes Sedai sagte, er werde sterben, wenn sie ihn nicht benutzen könnten, um ihn zu heilen.« *Sie haben ihn immer noch am Gängelband, aber dieser Dolch wird es zerschneiden. Bis ich ihn loshabe und das Horn dazu, haben sie auch mich am Gängelband, aber ich werde nicht nach ihrer Pfeife tanzen, sosehr sie sich auch bemühen.*

Er legte den Dolch in die Truhe, genau in die Krümmung des Horns — er hatte gerade Platz darin —, und schloß den Deckel. Das Schloß schnappte hörbar zu. »Das sollte uns davor beschützen.« Er hoffte es wenigstens. Lan hatte gesagt, wenn man am unsichersten sei, müsse man am sichersten wirken. »Die Truhe wird uns auf jeden Fall schützen«, sagte Selene mit angespannter Stimme. »Und jetzt möchte ich die letzten Stunden Schlaf in dieser Nacht genießen.«

Rand schüttelte den Kopf. »Wir sind ihnen zu nahe. Fain scheint manchmal in der Lage zu sein, mich aufzuspüren.«

»Sucht das Einssein, wenn Ihr Angst habt«, sagte Selene.

»Ich möchte am Morgen so weit wie möglich von diesen Schattenfreunden entfernt sein. Ich werde Eure Stute satteln.«

»Einfach stur!« Sie klang wütend, aber als er sie anblickte, verzog sich ihr Mund zu einem Lächeln, das allerdings die dunklen Augen nicht erreichte. »Ein halsstarriger Mann ist am besten, wenn er einmal ...« Ihre Stimme verklang, und das bereitete ihm Kopfzerbrechen. Frauen schienen gewisse Dinge immer ungesagt zu lassen, und in seiner begrenzten Erfahrung mit ihnen hatte er festgestellt, daß gerade das, was sie nicht sagten, oft die größten Schwierigkeiten bereitete. Sie sah schweigend zu, als er ihren Sattel auf den Rücken der weißen Stute schnallte und sich bückte, um den Sattelgurt anzuziehen.

»Hol sie alle her!« fauchte Fain. Der Trolloc mit der Ziegenschnauze schob sich von ihm weg nach hinten von ihm weg. Das Feuer, mittlerweile hoch mit Holz aufgefüllt, beleuchtete die Hügelkuppe. Schatten huschten über Fain hinweg. Seine menschlichen Anhänger kauerten am Feuer und fürchteten sich davor, draußen im Dunklen sein zu müssen, wo sich der Rest der Trollocs befand. »Hol sie her, jeden, der noch lebt! Und wenn sie weglaufen wollen, dann erzähl ihnen, was mit dem hier geschah.« Er deutete auf den ersten Trolloc, der ihm die Nachricht überbracht hatte, daß sie al'Thor nicht finden konnten. Seine Schnauze öffnete und schloß sich krampfartig auf dem blutverschmierten Boden, und seine Hufe rissen zuckend Furchen in den Boden. »Geh!« flüsterte Fain, und der Trolloc mit der Ziegenschnauze rannte in die Nacht hinaus.

Fain sah die anderen Menschen verächtlich an. *Sie können immer noch nützlich sein.* Dann drehte er sich um und blickte in die Nacht hinaus in Richtung Brudermörders Dolch. Al'Thor befand sich irgendwo dort oben in den Bergen. Mit dem Horn. Bei dem Gedanken knirschte er hörbar mit den Zähnen. Er wußte nicht genau, wohin, aber irgend etwas zog ihn zu den Bergen hinauf. Zu al'Thor. Soviel war ihm vom — Geschenk des Dunklen Königs geblieben. Er hatte kaum noch daran gedacht, hatte sich bemüht, nicht daran zu denken, bis plötzlich, als das Horn weg war — *weg!* —, al'Thor da war und ihn anzog, wie Fleisch einen halb verhungerten Hund.

»Ich bin kein Spürhund mehr. Kein Hund mehr!« Er hörte, wie sich die anderen unruhig am Feuer bewegten, aber er beachtete sie nicht. »Du wirst dafür bezahlen, was du mir angetan hast, al'Thor! Die Welt wird dafür bezahlen!« Sein wahnwitziges Lachen gackerte durch die Nacht. »Die Welt wird dafür bezahlen!«

KAPITEL 20

Saidin

Rand zog mit ihnen durch die Nacht und erlaubte ihnen lediglich eine kurze Rast bei Sonnenaufgang, um den Pferde eine Rast zu gönnen. Und er mußte auch Loial eine Pause gewähren. Da das Horn von Valere in seiner Gold-und-Silber-Truhe seinen Sattel in Anspruch nahm, ging oder lief der Ogier ohne Klagen vor seinem großen Pferd her. Er hielt sie auch nicht auf. Irgendwann in der Nacht hatten sie die Grenze nach Cairhien überquert.

»Ich möchte es wieder anschauen«, sagte Selene, als sie anhielten. Sie stieg ab und ging zu Loials Pferd hinüber. Ihre langen blassen Schatten zeigten nach Westen. Die Sonne blinzelte gerade eben über den Horizont. »Heb es mir herunter, *Alantin!*« Loial löste, die Schnallen. »Das Horn von Valere.«

»Nein«, sagte Rand und kletterte vom Rücken des Braunen. »Nein, Loial.« Der Ogier blickte von Rand zu Selene. Seine Ohren zuckten zweifelnd, aber er nahm die Hände weg.

»Ich möchte das Horn sehen«, verlangte Selene. Rand war sicher, daß sie nicht älter war als er selbst, aber in diesem Moment erschien sie ihm so alt und so kalt wie die Berge und majestätischer als Königin Morgase, wenn sie besonders streng war.

»Ich glaube, wir sollten den Dolch in seiner Verwahrung belassen«, sagte Rand. »Nach alledem, was ich gehört habe, kann es genauso gefährlich sein, ihn anzuschauen, wie ihn zu berühren. Laßt ihn, wo er ist, bis ich ihn in Mats Hände legen kann. Er ... er kann ihn zu den Aes Sedai bringen.« *Und was werden sie für diese Heilung verlangen? Doch er hat keine andere Wahl.* Er fühlte sich ein wenig schuldig, weil er Erleichterung empfand, daß zumindest er nichts mehr mit den Aes Sedai zu tun haben mußte. *Ich bin mit ihnen fertig. So oder so.*

»Der Dolch! Alles, was Ihr im Kopf zu haben scheint, ist dieser Dolch. Ich sagte Euch doch, daß Ihr ihn loswerden müßt. Das Horn von Valere, Rand!«

»Nein.«

Sie kam mit einem Hüftschwung auf ihn zu, und er hatte das Gefühl, ihm sei etwas in der Kehle steckengeblieben. »Ich will es lediglich bei Tageslicht sehen. Ich werde es nicht einmal berühren. Ihr haltet es. Das bliebe mir in Erinnerung — Ihr mit dem Horn von Valere in den Händen.« Beim Sprechen nahm sie seine Hände in die ihren. Bei ihrer Berührung prickelte seine Haut, und der Mund trocknete ihm aus. Etwas, woran sie sich erinnern würde — wenn sie weg war... Er konnte den Deckel sofort wieder über dem Dolch schließen, wenn er das Horn aus der Truhe genommen hatte. Es wäre schon etwas, das Horn in Händen zu halten und es bei Tageslicht zu betrachten.

Wenn er nur mehr über die Prophezeihungen des Drachen gewußt hätte! Als er einmal gehört hatte, wie der Leibwächter eines Kaufmanns in Emondsfeld etwas davon erzählte, hatte Nynaeve dem Mann einen Besen um die Ohren gehauen, bis der Stiel abbrach. In dem wenigen, das er gehört hatte, war nichts über das Horn von Valere vorgekommen.

Die Aes Sedai wollen mich dazu bringen, daß ich tue, was sie wünschen. Selene sah ihm immer noch eindringlich in die Augen. Ihr Gesicht war so jung und schön, daß er sie am liebsten geküßt hätte — trotz seines mißtrauischen Gedankengangs. Niemals hatte sich eine Aes Sedai so benommen wie sie. Und sie sah so jung aus, nicht alterslos... *Ein Mädchen meines Alters kann doch keine Aes Sedai sein. Aber...*

»Selene«, fragte er leise, »seid Ihr doch eine Aes Sedai?«

»Aes Sedai«, fauchte sie fast. Sie stieß seine Hände weg. »Aes Sedai! Immer müßt Ihr mir das vorwerfen!« Sie holte tief Luft und strich ihr Kleid glatt, als wolle sie sich damit beruhigen. »Ich bin, was oder wer ich eben bin. Und ich bin keine Aes Sedai!«

Und dann hüllte sie sich in eine lautlose Kälte, gegen die selbst die Morgensonne kalt war.

Loial und Hurin ertrugen alles so gelassen, wie sie es vermochten, bemühten sich um eine Unterhaltung und verbargen ihre Verlegenheit, bis ihr Blick sie zum Schweigen brachte. Sie ritten weiter.

Als sie an diesem Abend ihr Lager neben einem Bergbach aufschlugen, der ihnen Fisch zum Abendessen bescherte, schien Selene sich wieder so weit in der Gewalt zu haben, daß sie mit dem Ogier über Bücher sprechen und freundlich mit Hurin plaudern konnte. Allerdings sprach sie kaum mit Rand; höchstens wenn er sie ansprach. Das war so an diesem Abend und den ganzen nächsten Tag über, während sie in den Bergen umherritten, die wie riesige gezackte graue Mauern neben ihnen aufragten. Es ging unaufhörlich aufwärts. Aber immer wenn er sie ansah, stellte er fest, daß sie ihn beobachtete und lächelte. Manchmal war es ein Lächeln, das ihn ermunterte, zurückzulächeln, manchmal allerdings mußte er sich räuspern und ob der eigenen Gedanken erröten, und manchmal war es das geheimnisvolle, wissende Lächeln, das er auch bei Egwene gelegentlich gesehen hatte. Bei dieser Art von Lächeln versteifte sich sein Rücken — aber wenigstens war es ein Lächeln.

Sie kann doch keine Aes Sedai sein.

Dann führte der Weg abwärts, und als bereits ein Versprechen der nahenden Dämmerung in der Luft lag, machte Brudermörders Dolch abgerundeten welligen Hügeln Platz, auf denen mehr Unterholz als Wald wuchs, mehr Hecken als Bäume. Es gab keine Straße, nur einen Feldweg, der vielleicht von Zeit zu Zeit von einem Karren befahren wurde. An einigen der Hügel waren terrassenförmige Felder angelegt worden. Das Getreide stand gut, aber um diese Zeit waren keine Menschen zu sehen. Die verstreut liegenden Bauernhöfe waren so weit von ihrem Weg entfernt, daß Rand kaum etwas erkennen konnte. Die Häuser waren aus Stein erbaut.

Als das Dorf vor ihnen auftauchte, leuchteten in einigen Fenstern bereits abendliche Lichter.

»Heute nacht schlafen wir in Betten«, sagte er.

»Das werde ich zu genießen wissen, Lord Rand.« Hurin lachte. Loial nickte zustimmend.

»Eine Dorfschenke«, murrte Selene. »Zweifellos schmutzig und voll von ungewaschenen Männern, die Bier saufen. Warum können wir nicht wieder unter den Sternen nächtigen? Mir ist bewußt geworden, daß ich gern unter freien Himmel schlafe.«

»Es würde Euch nicht gefallen, wenn uns Fain einholte, während wir schlafen«, sagte Rand. »Er und diese Trollocs. Er verfolgt mich, Selene. Er will auch das Horn, und er kann mich finden. Warum, glaubt Ihr, habe ich in den letzten Nächten so genau aufgepaßt?«

»Wenn Fain uns einholt, werdet Ihr mit ihm fertig.« Ihre Stimme klang kühl und selbstbewußt. »Und es könnte im Dorf auch Schattenfreunde geben.«

»Selbst dann, wenn sie wissen, wer wir sind, können sie in Gegenwart aller anderen Dorfbewohner nicht viel unternehmen. Oder glaubt Ihr, jeder Einwohner des Dorfs ist ein Schattenfreund?«

»Und wenn sie entdecken, daß Ihr das Horn bei Euch habt? Ob Ihr nun Ruhm sucht oder nicht — sogar die Bauern träumen davon.«

»Sie hat recht, Rand«, sagte Loial. »Ich fürchte, sogar Bauern wollen es möglicherweise stehlen.«

»Roll deine Decke auf, Loial, und wirf sie über die Truhe. Halte sie bedeckt.« Loial gehorchte, und Rand nickte. Es war klar zu sehen, daß sich unter der gestreiften Decke des Ogiers eine Kiste oder Truhe befand, aber nichts wies darauf hin, daß es sich um mehr als einen Reisekoffer handelte. »Die Kleidertruhe meiner Lady«, grinste Rand mit einer Verbeugung.

Selene begegnete seinem Scherz mit Schweigen und einem nicht zu deutenden Blick. Einen Augenblick später ritten sie weiter.

Fast im gleichen Moment wurde ein Strahl der untergehenden Sonne glitzernd von einem Gegenstand auf dem Boden reflektiert. Es war etwas Großes. Nach dem davon ausgehenden Strahlen war es sogar etwas sehr Großes. Neugierig wendete er sein Pferd.

»Lord Rand?« fragte Hurin. »Das Dorf?«

»Ich will mir das ansehen«, sagte Rand. *Es strahlt heller als Sonnenschein auf dem Wasser. Was kann das sein?*

Da er nur auf das reflektierte Licht achtete, überraschte es ihn, daß der Braune plötzlich stehenblieb. Beinahe hätte er den Hengst weiter vorangetrieben, doch rechtzeitig wurde ihm klar, daß sie an der Kante einer tiefen, enorm großen Lehmgrube standen. Der größte Teil des Hügels war bis zu einer Tiefe von mindestens hundert Schritt abgegraben worden. Bestimmt war sogar mehr als nur ein Hügel verschwunden und vielleicht noch einige Felder dazu, denn das Loch war bestimmt zehnmal so breit wie tief. Die entlegene Seite war offensichtlich zu einer Rampe festgetreten worden. Am Grund der Grube befanden sich Menschen, ein Dutzend vielleicht, die ein Feuer entfachten. Dort drunten war bereits Nacht. Hier und da spiegelte sich das letzte Tageslicht auf einer Rüstung, und an den Hüften der Männer hingen Schwerter. Rand beachtete sie kaum.

Aus dem Lehm am Grund der Grube ragte eine gigantische Steinhand, die eine Kristallkugel hielt, und diese war es, die den letzten Sonnenschein reflektierte. Rand bestaunte deren Größe. Er war sicher, daß sich nicht ein einziger Kratzer auf der Oberfläche der glatten Kugel befand, und sie hatte einen Durchmesser von mindestens zwanzig Schritt!

In einiger Entfernung von der Hand hatte man ein dementsprechend großes Steingesicht ausgegraben. Das Gesicht eines bärtigen Mannes erhob sich mit der Würde hohen Alters aus dem Lehm. Die breiten Gesichtszüge strahlten Weisheit und Wissen aus.

Ungebeten bildete sich das Nichts. Nach einem Augenblick war es bereits vollständig, und *Saidin* glühte und lockte. Er konzentrierte sich so auf das Gesicht und die Hand, daß ihm gar nicht klar wurde, was geschah. Er hatte einst gehört, wie ein Kapitän von einer riesigen Hand erzählte, die eine enorme Kristallkugel hielt. Bayle Domon hatte behauptet, sie stecke in einem Hügel auf der Insel Tremalking.

»Das ist gefährlich«, sagte Selene. »Kommt weg, Rand.«

»Ich glaube, ich sehe einen Weg hinunter«, sagte er abwesend. *Saidin* sang ihm ein Lied. Die riesige Kugel schien im Schein der untergehenden Sonne weiß zu glühen. Es schien ihm, daß in den Tiefen des Kristalls Licht wirbelte und im Rhythmus des Liedes von *Saidin* tanzte. Er fragte sich, warum die Männer dort unten das offensichtlich nicht bemerkten.

Selene ritt näher heran und faßte ihn am Arm. »Bitte, Rand, Ihr müßt mitkommen.« Er sah verblüfft ihre Hand an. Dann folgte sein Blick ihrem Arm bis hinauf zu ihrem Gesicht. Sie schien wirklich besorgt, vielleicht sogar voller Angst zu sein. »Wenn dieser Abhang nicht unter unseren Pferden nachgibt und wir uns beim Fallen den Hals brechen, dann sind diese Männer da unten Wachen, und niemand stellt Wachen auf, wenn jeder Vorbeikommende das hier sehen soll. Was hilft es Euch, wenn Ihr Fain abhängt, aber von den Wachen irgendeines Lords festgenommen werdet? Kommt weg von hier.«

Plötzlich — auch wenn es nur ein entfernter, flüchtiger Gedanke war — wurde ihm bewußt, daß ihn das Nichts umgab. *Saidin* sang, und die Kugel pulsierte. Er konnte es *fühlen*, ohne hinzusehen. Ihm kam die Idee, daß er nur das Lied von *Saidin* mitsingen mußte, damit das riesige Steingesicht den Mund öffnete und ebenfalls mitsang. Zusammen mit ihm und *Saidin*. Alle zusammen.

»Bitte, Rand«, sagte Selene. »Ich gehe auch mit Euch zum Dorf. Ich erwähne das Horn nicht mehr. Wenn Ihr nur mitkommt!«

Er ließ das Nichts fahren ... aber es verschwand nicht. *Saidin* sang und das Licht in der Kugel schlug wie ein Herz. Wie sein Herz. Loial, Hurin, Selene, alle sahen ihn an, aber sie schienen das grandiose Leuchten der Kristallkugel nicht zu bemerken. Er versuchte das Nichts beiseite zu schieben. Es hielt ihm stand wie Granit. Er schwebte in einer Leere, die so hart war wie Stein. Das Lied von *Saidin*, das Lied der Kugel: Er fühlte, wie seine Knochen mitvibrierten. Zornig weigerte er sich, nachzugeben. Er fühlte tief in sich hinein. *Ich werde nicht ...*

»Rand.« Er wußte nicht, wessen Stimme das war.

... fühlte nach dem Kern seines Seins, dessen, was er war ...

... werde nicht ...

»Rand.« Das Lied erfüllte ihn, füllte die Leere.

... berührte Stein, erhitzt von einer erbarmungslosen Sonne, abgekühlt von einer gnadenlosen Nacht ...

... nicht ...

Licht erfüllte ihn, blendete ihn.

»Bis der Schatten vergangen«, murmelte er, »bis das Wasser vergangen ...«

Macht erfüllte ihn. Er war eins mit der Kugel.

»... in den Schatten mit gebleckten Zähnen ...«

Die Macht war sein. Die Eine Macht war sein.

»... dem Sichtblender ins Auge spucken ...«

Macht, um die Welt zu zerstören.

»... am letzten Tag!« Es brach als Schrei aus ihm heraus, und das Nichts war verschwunden. Der Braune scheute, als er schrie. Lehm bröckelte unter den Hufen des Hengstes ab und fiel in die Grube hinunter. Der großrahmige Hengst ging in die Knie. Rand beugte sich vor und nahm die Zügel fest in die Hand. Der Braune kletterte zurück in Sicherheit — ein Stück von der Abbruchkante entfernt.

Er sah, daß ihn alle anstarrten. Selene, Hurin, Loial, alle. »Was ist geschehen?« *Das Nichts* ... Er faßte sich an die Stirn. Das Nichts hatte sich nicht verflüchtigt, als er es losließ, und das Glühen von *Saidin* war stärker geworden und ... Er konnte sich an nichts weiter erinnern. *Saidin.* Ihm war kalt. »Habe ich ... etwas angestellt?« Er runzelte die Stirn im Bemühen, sich zu erinnern. »Habe ich etwas gesagt?«

»Du hast lediglich steif wie eine Statue dagesessen«, sagte Loial, »und Selbstgespräche geführt. Ich konnte nicht verstehen, was du sagtest, bis du schließlich so laut ›Tag‹ geschrien hast, daß du damit Tote hättest erwecken können und dein armes Pferd beinahe über die Kante gescheucht hättest. Bist du krank? Du benimmst dich jeden Tag eigenartiger.«

»Ich bin nicht krank«, sagte Rand grob, fügte aber schnell besänftigend hinzu: »Es geht mir gut, Loial.« Selene betrachtete ihn mißtrauisch.

Aus der Grube erklangen Rufe der Männer. Die Worte waren nicht zu verstehen. »Lord Rand«, sagte Hurin, »ich glaube, diese Wachen haben uns mittlerweile entdeckt. Wenn sie einen Weg hier herauf kennen, können sie jede Minute da sein.«

»Ja«, sagte Selene, »laßt uns schnell weiterreiten.«

Rand blickte in die Grube und dann schnell wieder weg. In dem großen Kristall war nichts als das reflektierte Licht der Abendsonne zu sehen, aber er wollte nicht hinschauen. Er konnte sich beinahe erinnern ...

Da war *etwas* mit der Kugel gewesen. »Ich sehe keinen Anlaß, auf sie zu warten. Wir haben nichts angestellt. Suchen wir uns eine Schenke.« Er drehte den Braunen zum Dorf hin, und bald ließen sie die Grube und die rufenden Männer hinter sich zurück.

Wie viele Dörfer lag Tremonsien auf der Kuppe eines Hügels, aber wie schon bei den Bauernhöfen, an denen sie vorbeigekommen waren, hatte man auch hier den Hügel mit Hilfe von Trennmauern in Terrassen unterteilt. Steinhäuser mit quadratischem Grundriß standen auf immer gleichen Grundstücken mit immer gleichen Gärten dahinter. Ein paar gerade Straßen kreuzten sich genau im rechten Winkel.

Die Menschen schienen offen und freundlich zu sein. Sie blieben stehen und nickten einander zu, während sie in Eile die letzten Arbeiten vor Beginn der Nacht verrichteten. Es waren kleine Leute — keiner reichte Rand über die Schulter, und nur wenige waren so groß wie Hurin — mit dunklen Augen und blassen, schmalen Gesichtern. Sie waren dunkel gekleidet, bis auf ein paar, die farbige Schärpen über der Brust trugen. Küchengerüche erfüllten die Luft — Rand kannte die Gewürze nicht —, obwohl einige Frauen immer noch über ihre Türen gelehnt standen und miteinander plauderten. Die Türen waren geteilt, so daß der obere Teil offenstehen konnte, während der untere geschlossen blieb. Die Menschen musterten die Neuankömmlinge neugierig. Es gab kein Anzeichen von Feindseligkeit. Ein paar betrachteten Loial etwas länger — einen Ogier, der neben einem Pferd einherschritt, das so groß war wie ein Dhurranhengst —, aber nie so, daß es unhöflich wirkte.

Die Schenke auf der Kuppe des Hügels war auch ein Steingebäude wie alle im Dorf, und sie war deutlich durch ein bemaltes Schild gekennzeichnet, das über der breiten Eingangstür hing. ›Zu den Neun Ringen.‹ Rand schwang sich lächelnd aus dem Sattel und band den Braunen an einem der beringten Pfosten vor dem Gebäude fest. ›Die Neun Ringe‹ war seine Lieblingsgeschichte gewesen, als er noch ein Junge war, und war es wohl immer noch.

Selene machte immer noch einen unruhigen Eindruck, als er ihr beim Absteigen behilflich war. »Fühlt Ihr Euch wohl?« fragte er. »Ich habe Euch dort hinten doch wohl keine Angst eingejagt, oder? Der Braune würde nie mit mir über eine Klippe stürzen.« Er fragte sich, was wirklich geschehen war.

»Ihr *habt* mir Angst eingejagt«, sagte sie mit angespannter Stimme, »und ich ängstige mich nicht so leicht. Ihr hättet Euch selbst umbringen können ...« Sie strich sich über das Kleid. »Reitet mit mir weiter. Heute abend. Jetzt gleich. Bringt das Horn mit, und ich werde immer an Eurer Seite bleiben. Denkt darüber nach. Ich an Eurer Seite und das Horn von Valere in Euren Händen. Und ich verspreche Euch, das ist nur der Anfang. Was könntet Ihr noch mehr wünschen?«

Rand schüttelte den Kopf. »Ich kann nicht, Selene. Das Horn ...« Er sah sich um. Ein Mann blickte gegenüber aus dem Fenster und zog dann die Vorhänge zu. Der Abend senkte sich über die Straßen, und außer Loial und Hurin war niemand zu sehen. »Das Horn gehört mir nicht. Das habe ich Euch doch gesagt.« Sie wandte ihm den Rücken zu. Ihr weißer Umhang trennte ihn von ihr wie eine Mauer.

KAPITEL 21

Die Neun Ringe

Rand erwartete einen leeren Schankraum, da die Leute um diese Zeit gewöhnlich beim Abendessen saßen, doch an einem Tisch saß ein halbes Dutzend Männer vor Bierseideln und würfelte. Ein anderer Mann saß abseits von ihnen und aß. Obwohl die Würfelspieler keine sichtbaren Waffen und Rüstungen trugen und nur in einfache dunkelblaue Mäntel und Kniebundhosen gekleidet waren, verriet ihre Haltung, daß es Soldaten waren. Rands Blick wanderte hinüber zu dem einzelnen Mann. Er war Offizier. Seine hohen Schaftstiefel waren oben umgeschlagen, und das Schwert hatte er an den Tisch neben seinem Stuhl gelehnt. Ein roter und ein gelber Streifen zogen sich quer über die Brust seines blauen Mantels von Schulter zu Schulter. Über der Stirn waren die Haare wegrasiert, hinten hingen sie ihm hingegen lang und schwarz herunter. Die Haare der Soldaten waren ganz kurz, als habe man sie alle unter der gleichen Schüssel abgeschnitten. Alle sieben wandten sich um, als Rand und seine Gefährten eintraten.

Die Wirtin war eine hagere Frau mit langer Nase und ergrautem Haar, aber ihre Falten schienen eher vom Lächeln herzurühren als vom Kummer. Sie kam herbei und wischte sich die Hände an der blütenweißen Schürze ab. »Einen guten Abend wünsche ich Euch« — ein schneller Blick erfaßte Rands goldbestickten roten Mantel und Selenes vornehmes weißes Kleid —, »mein Lord, meine Lady. Ich heiße Maglin Madwen, Euer Lordschaft. Seid willkommen in den ›Neun Ringen‹. Und ein Ogier. Nicht viele Eurer Rasse kommen hierher, Freund Ogier. Kommt Ihr vielleicht vom *Stedding* Tsofu?«

Loial brachte es trotz des Gewichts der Truhe fertig, sich halb zu verbeugen. »Nein, gute Wirtin. Ich komme aus der anderen Richtung, von den Grenzlanden her.«

»Von den Grenzlanden sagt Ihr? Aha. Und Ihr, Eure Lordschaft? Vergebt mir meine Neugier, aber Ihr seht nicht so aus wie jemand aus den Grenzlanden. Nichts für ungut.«

»Ich komme von den Zwei Flüssen, Frau Madwen. Das liegt in Andor.« Er sah Selene an. Sie schien über ihn hinwegzublicken und gerade noch anzuerkennen, daß dieser Schankraum mit seinen Gästen existierte. »Lady Selene kommt aus Cairhien, aus der Hauptstadt selbst, und ich komme aus Andor.«

»Wie Ihr sagt, Eure Lordschaft.« Frau Madwens Blick huschte zu Rands Schwert hinunter. Die Bronzereiher auf Scheide und Knauf waren deutlich sichtbar. Sie runzelte leicht die Stirn, aber einen Augenblick später hatte sie sich wieder in der Gewalt. »Ihr wünscht sicher ein Mahl für Euch, Eure schöne Lady und Euer Gefolge. Und Zimmer, schätze ich. Ich werde dafür sorgen, daß Eure Pferde versorgt werden. Ich habe einen guten Tisch für Euch, gleich hier drüben, und Schweinefleisch mit gelbem Pfeffer auf dem Feuer. Sucht Ihr auch nach dem Horn von Valere, Eure Lordschaft, Ihr und Eure Lady?«

Rand war gerade dabei, ihr zum Tisch zu folgen, und stolperte fast bei dieser Bemerkung. »Nein! Wieso glaubt Ihr das?«

»Nichts für ungut, Eure Lordschaft. Hier kamen schon zwei durch letzten Monat, und beide wie die Helden aufgeputzt. Nicht, daß ich etwas dergleichen über Euch andeuten möchte, Eure Lordschaft. Hier kommen nicht viele Fremde her, außer den Händlern aus der Hauptstadt, die hier Hafer und Gerste kaufen. An sich hatte ich nicht geglaubt, daß die Jäger bereits Illian verlassen haben, aber vielleicht glauben einige, sie brauchten den Segen nicht und könnten den anderen zuvorkommen, wenn sie darauf verzichten.«

»Wir jagen nicht nach dem Horn, gute Frau.« Rand sah das Bündel in Loials Armen nicht an. Die buntgestreifte Decke hing dem Ogier über die kräftigen Arme und verbarg die Truhe recht gut. »Ganz sicher nicht. Wir sind auf dem Weg zur Hauptstadt.«

»Wie Ihr meint, Eure Lordschaft. Verzeiht meine Frage, aber geht es Eurer Lady gut?«

Selene sah sie an und sagte zum erstenmal etwas: »Es geht mir recht gut.« Ihre Stimme ließ die Atmosphäre im Raum einfrieren. Für einen Augenblick lang erstarrte jede Unterhaltung.

»Ihr stammt nicht aus Cairhien, Frau Madwen«, sagte Hurin plötzlich. So, wie er beladen war mit Satteltaschen und Bündeln, wirkte er wie ein wandelnder Gepäckwagen. »Verzeihung, aber Ihr sprecht nicht wie jemand aus Cairhien.«

Frau Madwens Augenbrauen hoben sich. Sie sah schnell zu Rand hinüber und lächelte dann. »Ich hätte wissen sollen, daß Ihr Euren Mann frei sprechen laßt, aber ich habe mich so daran gewöhnt, daß ...« Ihr Blick huschte hinüber zu dem Offizier, der sich wieder seiner Mahlzeit zugewandt hatte. »Licht, nein, ich komme nicht aus Cairhien, aber ich habe hierher geheiratet. Dreiundzwanzig Jahre lang habe ich mit ihm zusammengelebt, und als er starb — das Licht leuchte ihm —, wollte ich gern nach Lugard zurückzukehren, aber wer zuletzt lacht ... Er hinterließ mir die Schenke, und das Geld bekam sein Bruder. Dabei war ich so sicher gewesen, es werde andersherum kommen. Ein ausgefeimter Bursche war mein Barin, wie alle Männer, die ich kennengelernt habe, und besonders die aus Cairhien. Nehmt Ihr bitte Platz, Eure Lordschaft, Lady?«

Die Wirtin blickte überrascht drein, als sich Hurin an denselben Tisch mit ihnen setzte. Es schien, ein Ogier sei eine Ausnahme, aber Hurin hielt sie auf jeden Fall für einen Diener. Nach einem weiteren schnellen Blick zu Rand hinüber eilte sie in die Küche, und bald kamen

Serviererinnen herein und trugen das Mahl auf. Die Mädchen kicherten nervös und starrten den Lord, die Lady und den Ogier an, bis Frau Madwen sie wieder an die Arbeit scheuchte.

Anfangs betrachtete Rand zweifelnd, was er da auf dem Teller hatte. Das Schweinefleisch war in kleine Stücke geschnitten und schwamm zwischen langen Schnitten gelben Pfeffers, Erbsen und anderen Gemüsen, die er nicht kannte, in einer klaren dicken Sauce. Sie roch gleichzeitig süß und scharf. Selene stocherte nur in ihrem Teller herum, aber Loial aß mit herzhaftem Appetit.

Hurin grinste Rand über seine Gabel hinweg an. »Sie verwenden eigenartige Gewürze, Lord Rand, aber es schmeckt trotzdem nicht schlecht.«

»Es wird nicht zurückbeißen, Rand«, fügte Loial hinzu.

Rand aß zögernd ein wenig und ließ es vor Überraschung beinahe wieder aus dem Mund fallen. Es schmeckte so, wie es roch: gleichzeitig süß und scharf. Das Schweinefleisch war außen knusprig und innen zart, schmeckte nach einem Dutzend verschiedener Gewürze, und alle ergänzten sich und blieben dennoch erhalten. Er hatte noch nie etwas ähnliches im Mund gehabt. Es schmeckte wunderbar. Er leerte seinen Teller, und als Frau Madwen mit den Serviererinnen kam, um abzuräumen, hätte er beinahe so wie Loial um einen Nachschlag gebeten. Selenes Teller war noch halb voll, und sie bedeutete einem Mädchen knapp, ihn mitzunehmen.

»Aber gern, Freund Ogier.« Die Wirtin lächelte. »Einer wie Ihr braucht eine ganze Menge, um satt zu werden. Catrine, bring noch einen Teller voll und mach schnell!« Eines der Mädchen eilte davon. Frau Madwen wandte sich lächelnd Rand zu. »Lord Rand, ich hatte hier einen Mann, der Zither spielte, aber er hat ein Bauernmädchen von einem entfernten Hof geheiratet, und nun darf er die Zügel hinter dem Pflug zupfen. Ich sah zufällig, daß etwas aus dem Bündel Eures Mannes ragte, was wie ein Flötenkasten aussah. Da mein Musikant nicht mehr da ist, würdet Ihr vielleicht Eurem Mann erlauben, uns mit ein wenig Musik zu erfreuen?«

Hurin blickte verlegen drein. »*Er* spielt nicht«, erklärte Rand, »sondern ich.«

Die Frau riß die Augen auf. Anscheinend spielte ein Lord keine Flöte, jedenfalls nicht in Cairhien. »Ich ziehe meinen Wunsch zurück, Lord Rand. Bei der Wahrheit des Lichts, ich wollte Euch nicht kränken, das schwöre ich. Ich bäte niemals jemanden wie Euch, in einem Schankraum zu spielen.«

Rand zögerte nur einen Augenblick. Es war schon zu lange her, daß er statt mit dem Schwert mit der Flöte geübt hatte, und die Münzen in seiner Tasche würden auch nicht ewig reichen. Wenn er endlich seine vornehme Kleidung los war — nachdem er Ingtar das Horn und Mat den Dolch gegeben hatte —, würde er die Flöte brauchen, um sich wieder sein Essen zu verdienen, während er nach einem Ort suchte, an dem er vor den Aes Sedai sicher war. *Und auch vor mir selbst sicher? Irgend etwas* ist *dort hinten geschehen. Aber was?*

»Es macht mir nichts aus«, sagte er. »Hurin, gib mir den Behälter. Zieh ihn einfach raus.« Es war nicht nötig, den Umhang des Gauklers zu zeigen. Ohnedies erschienen schon genügend unausgesprochene Fragen in Frau Madwens dunklen Augen. Das mit Gold und Silber verzierte Instrument sah so aus, als könne es wirklich nur von einem Lord gespielt werden, falls es irgendwo Lords gab, die Flöte spielten. Der in seine rechte Handfläche eingebrannte Reiher machte ihm beim Spielen keine Schwierigkeiten. Selenes Salbe hatte so gut geholfen, daß er gar nicht mehr an das Brandzeichen gedacht hatte, bis es ihm jetzt wieder zu Bewußtsein kam. Jetzt mußte er daran denken, und deshalb spielte er unbewußt den ›Reiherflug‹.

Hurin nickte mit dem Kopf im Takt des Liedes, und Loial schlug den Takt mit einem dicken Finger auf dem Tisch. Selene sah Rand an, als frage sie sich, wer er überhaupt sei ... *Ich bin kein Lord, meine Lady. Ich bin Schäfer und spiele Flöte in Schankräumen.* Die Soldaten hielten in ihrem Gespräch inne und lauschten. Der Offizier schloß den Holzdeckel des Buches, in dem er gerade lesen wollte. Selenes ruhiger Blick löste in Rand Trotz aus. Bewußt mied er jedes Lied, das in einem Palast oder im Herrenhaus eines Lords gespielt werden mochte. Statt dessen spielte er ›Nur ein Eimer Wasser‹ und ›Tabak von den zwei Flüssen‹, ›Der alte Jak sitzt oben im Baum‹ und ›Meister Prikets Pfeife‹.

Beim letzten Lied begannen die Soldaten, mit rauhen Stimmen mitzusingen, wenn auch nicht den Text, den Rand kannte.

> Wir reiten hinunter zum Iralell,
> dort, wo der Taren mündet.
> Wir stehen am Ufer, als die Sonne sich gerade
> über dem Horizont befindet.
> Ihre Pferde zertrampeln das Sommergras,
> ihre Flaggen verdunkeln den Himmel,
> doch wir halten das Feld gegen sie
> am Ufer des Iralell.
> Ja, wir halten das Feld,
> wir halten das Feld,
> wir halten das Feld am Iralell.

Rand stellte nicht zum ersten Mal fest, daß eine Melodie in einem anderen Land oder manchmal sogar in einem anderen Dorf des gleichen Landes einen anderen Text und Titel hatte. Er begleitete sie, bis sie den Text beendet hatten, sich gegenseitig auf die Schultern schlugen und bissige Kommentare über die Gesangskunst des anderen abgaben.

Als Rand die Flöte senkte, erhob sich der Offizier und machte eine abgehackte Handbewegung. Mitten im Lachen verstummten die Soldaten, schoben ihre Stühle zurück, verbeugten sich mit einer Hand auf der Brust vor dem Offizier und vor Rand und gingen hinaus, ohne sich umzusehen. Der Offizier kam an Rands Tisch und verbeugte sich mit der Hand auf dem Herzen. Der kahlgeschorene vordere Teil seines Kopfes sah aus, als habe er ihn weiß gepudert. »Die Gnade des Lichts leuchte Euch, mein Lord. Ich hoffe, sie haben Euch mit ihrem Gesang nicht belästigt. Es sind gewöhnliche Leute, aber ich versichere Euch, daß sie Euch nicht beleidigen wollten. Ich heiße Aldrin Caldevwin, Eure Lordschaft, Hauptmann im Dienst seiner Majestät, das Licht sei ihm gnädig.« Sein Blick glitt über Rands Schwert. Rand hatte das Gefühl, Caldevwin habe die Reiher sofort bemerkt, als sie hereinkamen.

»Sie haben mich nicht beleidigt.« Die Aussprache des Offiziers erinnerte ihn an Moiraine, so genau sprach er jedes einzelne Wort aus. *Hat sie mich wirklich einfach fortgelassen? Ich frage mich, ob sie mir folgt. Oder auf mich wartet.* »Setzt Euch doch bitte, Hauptmann.« Caldevwin zog einen Stuhl vom Nachbartisch heran. »Wenn Ihr nichts dagegen habt, Hauptmann, dann beantwortet mir doch bitte eine Frage. Habt Ihr in letzter Zeit Fremde gesehen? Ein Dame, klein und schlank, und einen Kämpfer mit blauen Augen? Er ist groß und trägt manchmal das Schwert auf dem Rücken.«

»Ich habe überhaupt keine Fremden gesehen«, sagte er, während er sich steif auf den Stuhl sinken ließ. »Außer Euch und Eurer Lady, Eure Lordschaft. Wenig Adlige verirren sich jemals hierher.« Sein Blick huschte leicht beunruhigt zu Loial, während er Hurin als Diener übersah.

»Es war nur so eine Idee.«

»Beim Licht, Eure Lordschaft, und bei allem Respekt, aber dürfte ich Eure Namen wissen? Es gibt hier so wenig Fremde, daß ich jeden von ihnen kennen möchte.«

Rand nannte ihm seinen Namen — er fügte keinen

Titel hinzu, aber das schien der Offizier nicht zu bemerken — und erklärte, was er auch zur Wirtin gesagt hatte: »Von den Zwei Flüssen in Andor.«

»Ein erstaunliches Land, wie ich gehört habe, Lord Rand — ich darf Euch doch so nennen? —, und gute Kämpfer, die Männer von Andor. Niemand aus Cairhien hat das Schwert eines Schwertmeisters in so jungen Jahren gewonnen wie Ihr. Ich habe einst einige Männer aus Andor kennengelernt, darunter den Generalhauptmann der königlichen Garde. Ich kann mich zu meiner Scham nicht an seinen Namen erinnern. Könntet Ihr mir vielleicht damit dienen?«

Rand bemerkte die Serviererinnen, die im Hintergrund zu putzen und kehren begannen. Caldevwin schien sich nur unterhalten zu wollen, aber sein Blick lauerte durchbohrend. »Gareth Bryne.«

»Natürlich. Jung, und doch hat er schon eine solche Verantwortung.«

Rand behielt seinen ruhigen Tonfall bei: »Gareth Bryne hat genug graue Haare, um Euer Vater zu sein, Hauptmann.«

»Vergebt mir, Lord Rand. Ich wollte sagen, daß er schon jung dieses Amt erlangte.« Caldevwin wandte sich Selene zu und sah sie einen Moment lang nur an. Schließlich schüttelte er sich, als erwache er aus einer Trance. »Vergebt mir, Lady, daß ich Euch so ansah, und vergebt mir meine Worte, aber die Schönheit hat Euch reich gesegnet. Nennt Ihr mir einen Namen für soviel Schönheit?«

Gerade als Selene den Mund öffnete, schrie eine der Bedienungen auf und ließ eine Lampe fallen, die sie von einem Regal heruntergenommen hatte. Öl spritzte und bildete eine flammende Lache auf dem Boden. Rand sprang zusammen mit den anderen auf, doch bevor einer von ihnen sich rühren konnte, erschien Frau Madwen, und sie und das Mädchen erstickten die Flammen mit ihren Schürzen.

»Ich habe dir doch gesagt, du sollst aufpassen, Catrine«, sagte die Wirtin und schwenkte die rußige Schürze unter der Nase des Mädchens. »Du wirst noch die ganze Schenke niederbrennen und dich mit!«

Das Mädchen schien den Tränen nahe. »Ich *habe* aufgepaßt, Frau Madwen, aber ich spürte plötzlich ein solches Zwicken im Arm.«

Frau Madwen hob beschwörend die Arme. »Du hast immer eine Ausrede und doch zerbrichst du mehr Geschirr als alle anderen. Ach, ist schon in Ordnung. Putz es auf und verbrenn dich nicht dabei.« Die Wirtin wandte sich Rand und den anderen zu, die immer noch am Tisch standen. »Ich hoffe, keiner von Euch wird das falsch verstehen. Das Mädchen wird natürlich die Schenke nicht niederbrennen. Sie behandelt das Geschirr etwas rauh, wenn sie wieder mal einem jungen Burschen schöne Augen macht, aber sie hat noch nie zuvor Schwierigkeiten mit einer Lampe gehabt.«

»Ich möchte gern in mein Zimmer gebracht werden. Mir geht es doch nicht so gut.« Selene sprach so langsam, als sei sie sich der Reaktion ihres Magens nicht sicher, aber es klang genauso kühl und ruhig wie immer, und so sah sie auch aus. »Die Reise und das Feuer ...«

Die Wirtin gluckste wie eine Henne. »Natürlich, Lady. Ich habe ein schönes Zimmer für Euch und Euren Lord. Soll ich Mutter Caredwain holen lassen? Sie hat viel Geschick mit Heilkräutern.«

Selenes Tonfall verschärfte sich. »Nein. Und ich will ein Zimmer für mich allein.«

Frau Madwen sah Rand an, doch im nächsten Moment verbeugte sie sich und geleitete Selene zur Treppe. »Wie Ihr wünscht, Lady. Lidan, hol die Sachen der Lady. Sei ein gutes Mädchen.« Eines der Mädchen eilte zu Hurin und nahm ihm Selenes Satteltaschen ab. Dann verschwanden die Frauen nach oben. Selene schritt mit steifem Kreuz und schweigend hinauf.

Caldevwin blickte ihnen nach, bis sie nicht mehr zu

sehen waren, dann schüttelte er sich wieder. Er wartete darauf, daß Rand sich setzte, und nahm seinen Stuhl wieder ein. »Vergebt mir, Lord Rand, daß ich Eure Lady so anstarrte, aber Ihr seid wirklich ein beneidenswerter Mann, nichts für ungut.«

»Ist schon gut«, sagte Rand. Er fragte sich, ob alle Männer die gleichen Gefühle empfanden wie er, wenn sie Selene anblickten. »Als ich auf das Dorf zuritt, Hauptmann, sah ich eine riesige Kugel. Sie schien aus Kristall zu bestehen. Was ist das?«

Der Blick des Mannes aus Cairhien wurde schärfer. »Sie ist ein Teil der Statue, Lord Rand«, sagte er bedächtig. Sein Blick huschte zu Loial hinüber; einen Moment lang schien ein neues Element in seine Überlegungen einzufließen.

»Statue? Ich sah eine Hand und auch ein Gesicht. Sie muß riesig sein.«

»Das ist sie, Lord Rand. Und alt.« Caldevwin schwieg. »Aus dem Zeitalter der Legenden, hat man mir erzählt.«

Rand überlief es kalt. Das Zeitalter der Legenden, als überall die Eine Macht in Gebrauch war, falls man den Geschichten darüber Glauben schenken konnte. *Was ist dort geschehen? Ich weiß, da war etwas.*

»Das Zeitalter der Legenden«, sagte Loial. »Ja, das muß stimmen. Keiner wußte seither solch großartige Arbeiten auszuführen. Eine sehr wichtige Aufgabe, diese Ausgrabungen, Hauptmann.« Hurin saß schweigend da, als höre er gar nicht zu und sei überhaupt nicht da.

Caldevwin nickte zögernd. »Ich habe fünfhundert Arbeiter im Lager bei den Ausgrabungen, trotzdem werden wir viel Zeit über den Sommer hinaus brauchen, um alles freizulegen. Das sind Leute aus Vortor. Meine Arbeit besteht zur Hälfte daraus, sie zum Graben anzutreiben, und zur anderen Hälfte, sie vom Dorf fernzuhalten. Die Leute aus Vortor haben eine Schwäche fürs Trinken und Austoben, versteht Ihr, und diese Menschen hier führen ein ruhiges Leben.« Seinem Tonfall nach lagen seine Sympathien eindeutig bei den Dorfbewohnern.

Rand nickte. Er interessierte sich nicht für die Menschen in Vortor, wo immer das auch sein mochte. »Was wird dann mit der Figur geschehen?« Der Hauptmann zögerte, aber Rand sah ihn so lange an, bis er sich äußerte.

»Galldrian selbst hat befohlen, daß sie in die Hauptstadt gebracht wird.«

Loial zwinkerte überrascht. »Das wird aber ein hartes Stück Arbeit. Ich möchte wissen, wie man etwas so Großes so weit transportieren kann.«

»Seine Majestät hat es befohlen«, sagte Caldevwin in scharfem Ton. »Die Figur wird außerhalb der Stadt aufgestellt als Sinnbild der Größe Cairhiens und des Hauses Riatin. Ogier sind nicht die einzigen, die es verstehen, mit Stein umzugehen.« Loial blickte verletzt drein, und der Hauptmann beruhigte sich sichtlich. »Verzeihung, Freund Ogier. Ich habe vorschnell und unhöflich gesprochen.« Er klang aber immer noch ein wenig barsch. »Werdet Ihr lange in Tremonsien bleiben, Lord Rand?«

»Wir reisen morgen früh ab«, sagte Rand. »Wir sind unterwegs nach Cairhien.«

»Wie der Zufall will, schicke ich morgen einige meiner Soldaten in die Stadt zurück. Ich muß sie immer wieder austauschen. Es ermüdet sie, Männern beim Schaufeln und Hacken zuzuschauen. Ihr habt doch nichts dagegen, in ihrer Gesellschaft zu reisen?« Er formulierte es als Frage, doch so, als sei ihr Einverständnis vorweggenommen. Frau Madwen erschien auf der Treppe, und er erhob sich. »Wenn Ihr mich nun entschuldigen würdet, Lord Rand; ich muß früh aufstehen. Also, dann bis morgen. Die Gnade des Lichts sei mit Euch.« Er verbeugte sich vor Rand, nickte Loial zu und ging.

Als sich die Tür hinter dem Offizier aus Cairhien schloß, kam die Wirtin zu ihnen an den Tisch.

»Ich habe Eure Lady gut untergebracht, Eure Lordschaft. Und ich habe schöne Zimmer für Euch und Euren Mann und Euch, Freund Ogier, richten lassen.« Sie hielt inne und musterte Rand. »Verzeiht mir, falls ich zu weit gehe, Lord Rand, aber ich glaube, ich kann frei mit einem Lord sprechen, der seinen Mann ohne Aufforderung reden läßt. Falls ich mich täusche ... Also, ich meine es nicht böse. Dreiundzwanzig Jahre lang haben Barin Madwen und ich uns gestritten, wenn wir uns nicht gerade küßten ... Also, ich will damit sagen, daß ich einige Erfahrung besitze. Im Moment glaubt Ihr wahrscheinlich, Eure Lady wolle Euch nie wieder sehen, aber aus Erfahrung bin ich der Meinung, wenn Ihr heute nacht an ihre Tür klopft, dann wird sie Euch einlassen. Lächelt und sagt ihr, es sei alles Eure Schuld gewesen, gleichgültig, ob es stimmte oder nicht.«

Rand räusperte sich und hoffte, daß sein Gesicht nicht rot anlief. *Licht, Egwene brächte mich um, wenn sie wüßte, daß ich auch nur an so etwas gedacht habe. Und Selene brächte mich um, wenn ich es täte. Oder?* Der Gedanke rötete ihm die Wangen. »Ich ... danke Euch für Eure Anregung, Frau Madwen. Die Zimmer ...« Er vermied es, die mit einer Decke bedeckte Truhe neben Loials Stuhl anzusehen. Sie wagten es nicht, sie einfach ohne Bewachung stehen zu lassen. »Wir drei schlafen alle im gleichen Zimmer.«

Die Wirtin wirkte überrascht, fing sich aber gleich wieder. »Wie Ihr wünscht, Eure Lordschaft. Hier hinauf, bitte.«

Rand folgte ihr die Treppe hinauf. Loial trug die Truhe mit der Decke. Die Treppe knarrte unter der Last doch die Wirtin schien zu glauben, es liege nur an dem Gewicht des Ogiers. Hurin trug immer noch alle Satteltaschen und den zum Bündel verschnürten Umhang mit Harfe und Flöte. Frau Madwen ließ ein drittes Bett hereinbringen, zusammenbauen und beziehen. Eines der beiden bereits vorhandenen Betten erstreckte sich von Wand zu Wand. Das war ganz offensichtlich für Loial vorgesehen gewesen. Es war kaum Platz genug, um sich zwischen den Betten zu bewegen. Sobald die Wirtin gegangen war, wandte sich Rand an die anderen. Loial hatte die Truhe unter sein Bett geschoben und probierte die Matratze aus. Hurin lehnte die Satteltaschen an die Wand. »Weiß einer von euch, warum der Hauptmann uns so mißtrauisch behandelt hat? Das hat er doch, da bin ich sicher.« Er schüttelte den Kopf. »So, wie er geredet hat, könnte man fast glauben, wir wollten diese Statue stehlen.«

»*Daes Dae'mar*, Lord Rand«, sagte Hurin. »Das Große Spiel. Das Spiel der Häuser wird es von manchen genannt. Dieser Caldevwin glaubt, Ihr führtet irgend etwas im Schilde, sonst wärt Ihr nicht hier. Und was immer Ihr vorhabt: Es könnte zu seinem Nachteil gereichen, also muß er vorsichtig taktieren.«

Rand schüttelte den Kopf. »Das Große Spiel? Was für ein Spiel?«

»Es ist überhaupt kein Spiel, Rand«, sagte Loial von seinem Bett her. Er hatte ein Buch aus der Tasche gezogen; es lag jedoch ungeöffnet auf seiner Brust. »Ich weiß nicht viel darüber — Ogier tun so etwas nicht —, aber ich habe davon gehört. Die Adligen und die adligen Familien, die Häuser, intrigieren, um sich Vorteile zu verschaffen. Sie tun Dinge, die ihnen vermeintlich helfen oder einem Gegner schaden — oder beides. Normalerweise läuft das alles geheim ab, und wenn nicht, tun sie so, als wollten sie etwas ganz anderes als in Wirklichkeit.« Er kratzte sich fragend ein behaartes Ohr. »Aber obwohl ich weiß, was es ist, verstehe ich es nicht. Der Älteste Haman hat immer gesagt, es sei ein größerer Verstand nötig, um die Dinge zu verstehen, die Menschen so anstellen, na ja, und ich kenne nicht viele, die so klug sind wie der Älteste Haman. Ihr Menschen seid schon eigenartig.«

Hurin sah den Ogier prüfend an, sagte aber: »Er hat recht in bezug auf *Daes Dae'mar,* Lord Rand. Die Adligen in Cairhien spielen das noch häufiger als andere, obwohl das überall im Süden verbreitet ist.«

»Diese Soldaten morgen früh«, sagte Rand, »sind sie ein Teil von Caldevwins Strategie, das Große Spiel mitzuspielen? Wir können es uns nicht leisten, in so etwas verwickelt zu werden.« Das Horn mußte er gar nicht erst erwähnen. Sie alle waren sich seiner Gegenwart nur zu bewußt.

Loial schüttelte den Kopf. »Ich weiß nicht, Rand. Er ist ein Mensch, also kann es alles mögliche bedeuten.«

»Hurin?«

»Ich weiß es auch nicht.« Hurin klang genauso besorgt, wie Loial aussah. »Es kann sein, daß er genau das meint, was er sagt, oder ... So ist das Spiel der Häuser. Man weiß nie genau Bescheid. Ich verbrachte die meiste Zeit in Vortor, als ich in Cairhien lebte, Lord Rand, und weiß deshalb nicht viel über den Adel der Stadt, aber ... Na ja, *Daes Dae'mar* kann überall gefährlich sein, und ganz besonders in Cairhien, wie ich hörte.« Plötzlich hellte sich seine Miene auf. »Die Lady Selene, Lord Rand. Sie wird es besser wissen als ich oder der Erbauer. Ihr könnt sie morgen früh danach fragen.«

Aber am Morgen war Selene fort. Als Rand in den Schankraum hinunterging, händigte ihm Frau Madwen einen versiegelten Umschlag aus. »Vergebt mir, Eure Lordschaft, doch Ihr hättet besser auf mich gehört. Ihr hättet doch an die Tür Eurer Lady klopfen sollen.«

Rand wartete, bis sie weg war, dann zerbrach er das weiße Wachssiegel. In das Wachs war eine Mondsichel mit Sternen eingedrückt.

Ich muß Euch für eine Weile verlassen. Es gibt hier zu viele Leute, und mir gefällt dieser Caldevwin nicht. Ich werde in Cairhien auf Euch warten.

Glaubt niemals,

daß ich Euch fern sei. Ihr werdet immer in meinen Gedanken sein, so wie ich in Euren — das weiß ich.

Es war nicht unterschrieben, aber diese elegante fließende Schrift sah ganz nach Selene aus.

Er faltete den Brief sorgfältig zusammen und steckte ihn in die Tasche, bevor er nach draußen ging, wo Hurin mit den Pferden wartete.

Hauptmann Caldevwin war auch da. Er hatte einen jüngeren Offizier dabei, und fünfzig berittene Soldaten drängten sich auf der Straße. Die beiden Offiziere trugen keine Kopfbedeckung, wohl aber stahlbewehrte Handschuhe, und sie hatten goldverzierte Brustpanzer über ihre blauen Mäntel geschnallt. Ein kurzer Stab war auf dem Rücken jedes Offiziers an der Rüstung befestigt, so daß ein kleiner steifer Flaggenwimpel über seinem Kopf hing. Caldevwins Flagge zeigte einen einzelnen weißen Stern, während auf dem Wimpel des jüngeren Offiziers zwei gekreuzte weiße Balken zu sehen waren. Sie bildeten einen harten Kontrast zu den Soldaten in ihren einfachen Rüstungen und Helmen, die wie Glocken aussahen, bei denen man ein Stück Metall herausgeschnitten hatte, damit sie sehen konnten.

Caldevwin verbeugte sich, als Rand aus der Schenke trat. »Einen guten Morgen, Lord Rand. Darf ich Euch Elricain Tavolin vorstellen, der Eure Eskorte befehligt, falls ich so sagen darf?« Der andere Offizier verbeugte sich. Sein Kopf war vorn kahlgeschoren wie der von Caldevwin. Er schwieg.

»Uns ist eine Eskorte willkommen, Hauptmann«, sagte Rand und brachte es fertig, dabei ganz entspannt zu wirken. Fain würde nichts gegen fünfzig Soldaten unternehmen, aber Rand hoffte, daß sie wirklich nur als Eskorte gedacht waren.

Der Hauptmann musterte Loial, der mit der verdeckten Truhe auf dem Weg zu seinem Pferd war. »Eine schwere Last, Ogier.«

Loial wäre beinahe gestolpert. »Ich möchte nie von meinen Büchern getrennt sein, Hauptmann.« Die Zähne in seinem breiten Mund blitzten auf, als er verlegen grinste, und er beeilte sich damit, die Truhe auf den Sattel zu schnallen.

Caldevwin sah sich mit gerunzelter Stirn um. »Eure Lady ist noch nicht heruntergekommen. Und ihr edles Pferd fehlt auch noch.«

»Sie ist bereits abgereist«, teilte Rand ihm mit. »Sie mußte schnell, noch während der Nacht, nach Cairhien reiten.«

Caldevwin zog die Augenbrauen hoch. »In der Nacht? Aber meine Männer ... Verzeiht, Lord Rand.« Er zog den jüngeren Offizier auf die Seite und flüsterte heftig auf ihn ein.

»Er ließ die Schenke überwachen, Lord Rand«, flüsterte Hurin. »Lady Selene muß irgendwie unbemerkt an ihnen vorbeigekommen sein. Vielleicht haben sie geschlafen.«

Rand kletterte mit einer Grimasse auf den Rücken des Braunen. Falls Caldevwin sie bisher doch irgendwie für unverdächtig gehalten hatte, so hatte Selene dem wohl ein Ende bereitet. »Zu viele Leute, hat sie gesagt«, murmelte er. »In Cairhien gibt es noch viel mehr Leute.«

»Ihr habt etwas bemerkt, Eure Lordschaft?«

Rand blickte auf, als Tavolin sich ihnen anschloß. Er saß auf einem hochrahmigen staubfarbenen Wallach. Auch Hurin saß im Sattel, und Loial stand beim Kopf seines großen Pferdes. Die Soldaten hatten sich zu Rängen formiert. Caldevwin war nicht mehr zu sehen.

»Nichts geschieht so, wie ich es erwarte«, sagte Rand.

Tavolin lächelte ihn kurz an. Es war kaum mehr als ein Zucken der Lippen. »Sollen wir reiten, Eure Lordschaft?«

Die eigenartige Prozession bewegte sich auf die ausgefahrene Straße zu, die zur Stadt Cairhien führte.

KAPITEL 22

Heimliche Beobachter

»Nichts geschieht so, wie ich es erwarte«, murmelte Moiraine, und sie erwartete keine Antwort von Lan.

Der mattglänzende lange Tisch vor ihr war übersät mit Büchern und Papieren, Pergamentrollen und Manuskripten, viele davon vom langen Lagern verstaubt und vom Alter zerfleddert, manche auch nur noch aus Bruchstücken bestehend. Der ganze Raum schien nur aus Büchern und Manuskripten zu bestehen. Überall standen gefüllte Regale; nur Tür, Fenster und Kamin waren frei. Die Stühle hatten hohe Lehnen und waren gut gepolstert, aber auf der Hälfte von ihnen und auf den meisten kleinen Tischen lagen ebenfalls Bücher. Sogar unter manche Möbelstücke hatte man Bücher und Pergamentrollen gepackt. Allerdings gehörte Moiraine selbst nur das Durcheinander auf dem Tisch vor ihr.

Sie stand auf und trat zum Fenster. Dort spähte sie in die Nacht hinaus. Nicht weit entfernt schimmerten die Lichter des Dorfes. Hier bestand keine Gefahr von Verfolgung. Keiner würde erwarten, daß sie hierherkam. *Wieder einen klaren Kopf bekommen und noch einmal von vorn anfangen,* dachte sie. *Das ist alles, was ich tun kann.*

Keiner der Dorfbewohner hatte eine Ahnung davon, daß die beiden ältlichen Schwestern, die in dem gemütlichen Haus wohnten, Aes Sedai waren. So etwas vermutete man nicht in einem kleinen Ort wie Tifans Quell, einer Bauerngemeinde mitten in der Grasebene von Arafel. Die Dorfbewohner kamen zu den Schwestern, um Ratschläge in bezug auf ihre Sorgen, Heilkräuter und Salben für ihre Krankheiten zu erhalten, und sie schätzten sie als vom Licht gesegnete Frauen, aber nicht mehr. Adeleas und Vandene hatten sich vor so langer Zeit in die freiwillige Einsamkeit begeben, daß sich auch in der Weißen Burg nur wenige an sie erinnerten.

Mit dem genauso alten Behüter, der ihnen geblieben war, lebten sie ein ruhiges Leben und planten immer noch, eine Geschichte der Welt seit der Zerstörung zu schreiben und auch noch soviel wie möglich von der Geschichte davor mit einzuschließen. Eines Tages. In der Zwischenzeit gab es so viele Informationen, die man sammeln mußte; so viele Rätsel zu lösen. Ihr Haus war der ideale Ort, an dem Moiraine die benötigten Informationen finden konnte. Abgesehen davon, daß es hier heiß war.

Sie nahm eine Bewegung wahr und drehte sich um. Lan lehnte an dem aus gelbem Backstein gemauerten Kamin und wirkte so unbeweglich wie ein Felsblock. »Erinnerst du dich an unser erstes Zusammentreffen, Lan?«

Sie wartete auf eine Reaktion, sonst hätte sie das kurze Zucken seiner Augenbrauen nicht bemerkt. Sie konnte ihn nicht oft überraschen. Das war eigentlich ein Thema, das keiner von beiden berührte. Vor fast zwanzig Jahren hatte sie ihm mit dem Stolz einer so jungen Person gesagt, daß sie es nie wieder erwähnen werde und das gleiche Schweigen von ihm erwarte.

»Ich erinnere mich«, war alles, was er sagte.

»Und du entschuldigst dich immer noch nicht, oder? Du hast mich in einen Teich geworfen.« Sie lächelte nicht, obwohl sie sich mittlerweile darüber amüsieren konnte. »Jeder Fetzen Kleidung, den ich trug, war durchnäßt, und das zu einer Jahreszeit, die Ihr Männer der Grenzlande den Vorfrühling nennt. Ich wäre beinahe erfroren.«

»Ich erinnere mich auch daran, daß ich Feuer machte

und Decken aufhängte, damit du dich ungesehen aufwärmen konntest.« Er stocherte zwischen den brennenden Scheiten herum und hängte den Feuerhaken wieder an seinen Platz. In den Grenzlanden waren selbst die Sommernächte kühl. »Ich erinnere mich weiterhin daran, daß du den halben Teich über mich geleert hast, während ich schlief. Es hätte uns beiden eine ganze Menge Zähneklappern erspart, wenn du mir einfach gesagt hättest, daß du eine Aes Sedai bist, anstatt es mir zu demonstrieren. Und anstatt zu versuchen, mich von meinem Schwert zu trennen. Das ist keine gute Methode, dich einem Mann aus den Grenzlanden vorzustellen, selbst für eine junge Frau.«

»Ich war wirklich jung und einsam, und du warst genauso groß wie jetzt, und deine Härte war stärker spürbar. Du solltest nicht wissen, daß ich eine der Aes Sedai war. Ich dachte mir zu jener Zeit, du würdest meine Fragen ehrlicher beantworten, wenn du es nicht wüßtest.« Sie schwieg und dachte an die Jahre seit diesem Zusammentreffen. Es war gut gewesen, einen Begleiter für ihre lange Suche zu finden. »In den Wochen danach, hast du da geahnt, daß ich dich bitten würde, mir den Treueeid zu schwören? Ich hatte mich schon am ersten Tag entschlossen, daß du derjenige sein solltest.«

»Das hätte ich nie gedacht«, antwortete er trocken. »Ich war zu sehr damit beschäftigt, dich mit heiler Haut nach Chachin zu bringen. Jeden Abend hattest du eine andere Überraschung für mich. Ich denke da besonders noch an die Ameisen. Ich glaube nicht, daß ich den ganzen Ritt über auch nur eine einzige ruhige Nacht hatte.«

Sie erlaubte sich bei der Erinnerung ein leichtes Lächeln. »Ich war jung«, wiederholte sie. »Und scheuert dein Halsband dich nach all den Jahren wund? Du bist kein Mann, der ein solches Halsband leicht erträgt, nicht einmal dann, wenn es so sanft ist wie das meine.« Der Kommentar war beißend, und das hatte sie auch beabsichtigt.

»Nein.« Seine Stimme klang kühl, doch er nahm den Feuerhaken wieder in die Hand und stocherte mit völlig überflüssiger Heftigkeit in der Glut herum. Funken stoben in die Kaminöffnung hinein. »Ich habe frei gewählt und wußte, worauf ich mich einlasse.« Der Eisenstab klapperte wieder an seinem Haken gegen die Kaminmauer, und er verbeugte sich höflich. »Eine Ehre, Euch zu dienen, Moiraine Aes Sedai. Das war so und wird immer so sein.«

Moiraine seufzte. »In deiner Unterwürfigkeit, Lan Gaidin, lag schon immer mehr Hochmut, als Könige mit einer ganzen Armee im Rücken an den Tag legten. Das war so seit dem ersten Tag, da ich dich traf.«

»Warum sprichst du so über die Vergangenheit, Moiraine?«

Zum hundertsten Mal — jedenfalls schien es ihr so — überlegte sie sich die Wahl ihrer Worte. »Bevor wir Tar Valon verließen, traf ich Vorsorge für den Fall, daß mir etwas zustoßen sollte. Dein Eid wird dann an eine andere weitergegeben.« Er sah sie schweigend an. »Wenn du fühlst, daß ich sterbe, wird dich ein innerer Zwang dazu bringen, sie sofort aufzusuchen. Ich will nicht, daß du davon überrascht wirst.«

»Gezwungen«, hauchte er leise und zornig. »Nie zuvor hast du den Eid benutzt, um mich zu etwas zu zwingen. Ich glaubte, das lehntest du ganz und gar ab.«

»Wenn ich dies nicht verfügt hätte, wärst du nach meinem Tod frei von deinem Eid, und nicht einmal mein nachdrücklichster Befehl würde verfolgt. Ich werde nicht zulassen, daß die bei dem nutzlosen Versuch, mich zu rächen, selbst umkommst. Und ich werde dir nicht gestatten, zu deinem ebenso nutzlosen Privatkrieg in der Fäule zurückzukehren. Der Krieg, in dem wir stehen, ist derselbe Krieg. Wenn du das nur einsähest! Ich werde dafür sorgen, daß du einen sinnvollen Kampf kämpfst. Weder Rache zu üben noch einsam in der Fäule zu sterben, kann einen Sinn haben.«

»Und siehst du deinen baldigen Tod kommen?« Seine Stimme klang ruhig; sein Gesicht war ausdruckslos. Beides wirkte wie Stein in einem Wintersturm. Diese Stimmung hatte sie an ihm schon oft bemerkt, gewöhnlich, wenn er nahe daran war, Gewalt anzuwenden. »Hast du etwas ohne mich geplant, das dir den Tod bringen wird?«

»Ich bin froh, daß es in diesem Raum keinen Teich gibt«, murmelte sie, und als er sich ob ihres leichten Tonfalles versteifte, hob sie beschwichtigend die Hände. »Ich sehe meinem Tod jeden Tag ins Gesicht, genau wie du. Wie könnte das auch anders sein angesichts der Aufgabe, der wir uns so viele Jahre lang gewidmet haben? Jetzt, da sich alles zuspitzt, wird die Wahrscheinlichkeit einfach größer.«

Einen Augenblick lang betrachtete er seine großen, eckigen Hände. »Ich habe nie daran gedacht«, sagte er schwerfällig, »daß du die erste von uns beiden sein könntest, die stirbt. Irgendwie schien es mir selbst in der schlimmsten Lage ...« Er rieb sich die Hände. »Wenn die Möglichkeit besteht, daß ich wie ein Schoßhündchen weitergereicht werde, möchte ich wenigstens wissen, wem ich übergeben werde.«

»Ich habe dich nie als Schoßhündchen betrachtet«, sagte Moiraine in scharfem Tonfall, »und Myrelle tut es auch nicht.«

»Myrelle.« Er verzog das Gesicht. »Ja, es mußte wohl eine Grüne sein, sonst hätte es nur irgendein Mädchen sein können, das gerade erst die volle Schwesternschaft erlangt hat.«

»Wenn Myrelle mit ihren drei Gaidins fertig werden kann, dann schafft sie dich vielleicht auch noch. Obwohl sie dich, wie ich weiß, gern behalten würde, hat sie mir doch versprochen, dich an eine andere weiterzugeben, wenn sie eine findet, die besser zu dir paßt.«

»Aha. Kein Schoßhündchen, sondern ein Paket. Myrelle wird also nur eine — Aufseherin sein! Moiraine, nicht einmal die Grünen behandeln ihre Behüter so. Keine Aes Sedai hat in den letzten hundert Jahren ihren Behüter unter Eid an eine andere weitergegeben, aber du hast das mit mir nicht nur einmal, sondern sogar zweimal vor!«

»Es ist geregelt, und ich werde es nicht mehr rückgängig machen.«

»Licht blende mich, aber wenn ich schon von Hand zu Hand weitergereicht werden soll, hast du dann wenigstens eine Ahnung, in wessen Hand ich schließlich enden werde?«

»Was ich tue, ist zu deinem eigenen Wohl und vielleicht auch zum Wohl einer anderen. Vielleicht wird Myrelle ja irgendein Mädchen finden, das gerade erst die volle Schwesternschaft erlangt hat — so hattest du das doch ausgedrückt? — und die einen kampferprobten Behüter braucht, der sich in der Welt auskennt, ein Mädchen, das vielleicht jemanden braucht, der sie in einen Teich wirft. Du hast viel zu bieten, Lan. Und das alles in einem unbekannten Grab enden zu lassen, oder unter den Schnäbeln der Raben, während es einer Frau dienen könnte, die es braucht, das wäre schlimmer als die Sünde, von der die Weißmäntel immer predigen. Ja, ich glaube, sie wird dich brauchen.«

Lans Augen weiteten sich. Bei ihm war dies das gleiche, als ob einem anderen Mann vor Überraschung der Atem stockte. Sie hatte ihn selten so aus dem Gleichgewicht gebracht. Er öffnete und schloß den Mund zweimal, bevor er ein Wort herausbrachte: »Und an wen denkst du dabei ...?«

Sie schnitt ihm das Wort ab: »Bist du sicher, daß das Halsband nicht scheuert, Lan Gaidin? Erkennst du jetzt tatsächlich zum erstenmal, wie stark dieses Band wirklich ist und wie tief es in dein Leben eingreift? Du könntest bei einer aufblühenden Weißen enden, die ganz Logik ist und kein Herz hat, oder bei einer jungen Braunen, die nichts anderes in dir sieht als zwei Paar Hände, die ihr die Bücher und Skizzen hinterhertragen. Ich kann dich weitergeben, an wen ich will, so wie ein Paket — oder einen Schoßhund —, und du kannst nichts dagegen tun. Bist du sicher, daß es nicht scheuert?«

»Ist das der ganze Zweck gewesen?« schimpfte er. Seine Augen glühten wie blaues Feuer, und sein Mund verzog sich. Zorn. Zum erstenmal, seit sie sich kannten, verzerrte offen zur Schau getragener Zorn sein Gesicht. »War dieses ganze Geschwätz ein Test — ein Test! —, um festzustellen, ob du es schaffst, mein Band zum Scheuern zu bringen, mich wundzureiben? Nach all dieser Zeit? Vom Tag an, da ich mich dir verschwor, bin ich dorthin geritten, wohin ich reiten sollte, selbst wenn ich es für falsch hielt, selbst wenn ich einen Grund hatte, einen anderen Weg zu nehmen. Du mußtest dieses Band niemals benutzen, um mich zu etwas zu zwingen. Auf dein Wort hin habe ich zugesehen, wie du in eine Gefahr hineingerannt bist, und ich habe die Hände stillgehalten, obwohl ich nichts lieber getan hätte, als das Schwert zu ziehen und dir damit einen Weg in die Sicherheit zu hauen. Nach alldem willst du mich noch prüfen?«

»Das war keine Prüfung, Lan. Ich habe es klar ausgesprochen und nichts verdreht, und ich habe wirklich getan, was ich sagte. Aber in Fal Dara begann ich mich zu fragen, ob du tatsächlich noch ganz hinter mir stehst.« Sein Blick wurde vorsichtig-mißtrauisch. *Lan, vergib mir. Ich hätte die Mauer um dich herum nicht derartig eingeschlagen, aber ich muß es einfach wissen.* »Warum hast du das mit Rand getan?« Er zwinkerte; das hatte er offensichtlich nicht erwartet. Sie wußte, woran er gedacht hatte, und ließ nicht mehr locker, nachdem sie ihn schon aus dem Gleichgewicht gebracht hatte. »Du hast ihm beigebracht, vor der Amyrlin wie einer der Grenzland-Lords und ein geborener Soldat zu handeln und zu sprechen. Auf gewisse Weise paßte das durchaus zu dem, was ich für ihn geplant hatte, aber wir haben niemals davon gesprochen, daß du ihn unterrichten solltest. Warum, Lan?«

»Es schien mir — richtig. Ein junger Wolfshund muß eines Tages seinen ersten Wolf treffen, aber wenn der Wolf ihn als Welpe betrachtet und wenn er sich wie ein Welpe verhält, dann wird ihn der Wolf mit Sicherheit töten. Der Wolfshund muß in den Augen des Wolfes ein Wolfshund sein, mehr noch als in seiner Selbstachtung, wenn er überleben will.«

»Siehst du die Aes Sedai so? Die Amyrlin? Mich? Wölfe, die deinen jungen Wolfshund zerreißen wollen?« Lan schüttelte den Kopf. »Du weißt doch, was er ist, Lan. Du weißt, was aus ihm werden muß. Muß! Worauf ich hingearbeitet habe, seit dem Tag, da wir uns kennenlernten, und sogar schon davor. Zweifelst du jetzt an meinem Tun?«

»Nein. Nein, aber ...« Er hatte sich wieder besser im Griff, richtete die Mauer wieder auf. Aber noch stand sie nicht. »Wie oft hast du gesagt, daß *ta'veren* diejenigen in ihrer Umgebung wie Blätter in einen Strudel hineinreißen? Vielleicht wurde ich so hineingezogen. Ich weiß nur, daß es ein gutes Gefühl war. Diese Bauernburschen brauchten jemanden an ihrer Seite. Rand auf jeden Fall. Moiraine, ich glaube an das, was du tust. Selbst jetzt, da ich nicht einmal die Hälfte davon weiß, glaube ich daran, wie ich an dich glaube. Ich habe nicht darum gebeten, aus meinem Eid entlassen zu werden, und ich werde das auch nicht tun. Welche Pläne du auch für den Fall deines Todes und meine weitere — Verwendung haben magst: Ich werde dich mit größter Freude am Leben halten und dafür sorgen, daß wenigstens diese Pläne schiefgehen.«

»*Ta'veren*«, seufzte Moiraine. »Vielleicht lag es daran. Ich lenke kein Ästchen, das einen Bach hinuntertreibt, sondern einen Baumstamm durch die Stromschnellen. Jedesmal, wenn ich ihm einen Stoß gebe, schlägt er zurück, und der Stamm wird immer größer, je weiter wir kommen. Und doch muß ich bis zum Ende darauf sitzenbleiben.« Sie lachte ein wenig. »Ich werde nicht unglücklich darüber sein, mein alter Freund, wenn du es schaffst, meine Pläne überflüssig zu machen. Jetzt geh aber bitte. Ich muß allein sein und nachdenken.« Er zögerte nur kurz, bevor er sich zur Tür wandte. Aber im letzten Moment konnte sie sich eine weitere Frage nicht verkneifen: »Träumst du manchmal von einem ganz anderen Leben, Lan?«

»Alle Menschen träumen. Aber ich kann die Träume von der Wirklichkeit unterscheiden. Dies hier« — er berührte den Griff seines Schwerts —, »ist die Wirklichkeit.« Die Mauer um sein Ich war wieder da, so hoch und fest wie immer.

Nachdem er gegangen war, lehnte sich Moiraine auf ihrem Stuhl zurück und blickte ins Feuer. Sie dachte an Nynaeve und die Risse in der Mauer. Ohne zu wollen und auch ohne überhaupt zu bemerken, was sie anrichtete, hatte diese junge Frau der Mauer um Lan herum Risse zugefügt und Schlingpflanzen hineingesät. Lan glaubte sich sicher, in der Festung seines Schicksals und seiner eigenen Wünsche gefangen, doch langsam und geduldig zerstörten die stetig wachsenden Ranken die Mauer und legten den Mann dahinter bloß. Bereits jetzt teilte er einige der Verhaltensmuster Nynaeves. Anfangs waren ihm die Leute aus Emondsfeld gleichgültig gewesen, außer eben als Menschen, an denen Moiraine einiges Interesse hatte. Nynaeve hatte diese Haltung geändert, so wie sie Lan bereits verändert hatte.

Zu ihrer eigenen Überraschung fühlte Moiraine doch etwas Eifersucht. Das war ihr noch nie zuvor passiert, jedenfalls bei keiner der anderen Frauen, die ihm ihr Herz zu Füßen gelegt hatten, oder bei denen, die sein Bett geteilt hatten. Sie hatte ihn überhaupt nie als ein Objekt der Eifersucht betrachtet, ihn genausowenig wie alle anderen Männer. Sie war mit ihrem Kampf verheiratet, so wie er mit seinem. Aber sie waren schon so lange Kampfgenossen. Nach der letzten Schlacht hatte er ein Pferd zuschanden geritten und sich anschließend beinahe zu Tode gerannt, immer mit ihr auf den Armen, um sie zu Anaiya zu bringen, damit die ihre Wunden heilen konnte. Sie hatte mehr als einmal seine Verwundungen versorgt und mit ihrer Heilkunst ein Leben erhalten, das er jederzeit wegwerfen würde, um ihres zu retten. Er hatte immer gesagt, er sei mit dem Tod verheiratet. Nun hatte ihn eine neue Braut für sich gewonnen, und er merkte es nicht einmal. Er glaubte sich immer noch sicher hinter seiner inneren Mauer, aber Nynaeve hatte einen Brautkranz in sein Haar geflochten. War er immer noch in der Lage, blindlings in den möglichen Tod zu reiten? Moiraine fragte sich, wann er sie wohl bitten würde, ihn von seinem Eid zu entbinden, und was sie dann tun würde.

Mit einer Grimasse stand sie auf. Es gab wichtigere Dinge. Viel wichtigere. Ihr Blick wanderte über die geöffneten Bücher und Papiere, mit denen der Raum übersät war. So viele Andeutungen, aber keine Antworten.

Vandene kam mit einer Kanne Tee und mit Tassen auf einem Tablett herein. Sie war schlank und graziös in ihrer aufrechten Haltung und hatte die beinahe weißen Haare im Nacken zu einem Knoten zusammengebunden. Die Alterslosigkeit ihres faltenlosen Gesichts zeugte von langen, langen Jahren. »Jaem hätte das ja hereinbringen können, um dich nicht zu stören, aber er ist draußen in der Scheune und übt mit dem Schwert.« Sie schnalzte mit der Zunge, als sie die zerfledderten Manuskripte zur Seite schob, um das Tablett abstellen zu können. »Seit Lan hier ist, hat er sich wieder daran erinnert, daß er mehr ist als ein Gärtner und Haushaltshelfer. Diese Gaidin sind so was von stolz! Ich dachte, Lan sei noch hier; deshalb habe ich eine Tasse mehr gebracht. Hast du gefunden, was du suchtest?«

»Ich bin nicht einmal sicher, was ich eigentlich suche.« Moiraine zog die Stirn kraus und betrachtete die Gefährtin. Vandene gehörte zu der Grünen Ajah, nicht zu den Braunen wie ihre Schwester, aber die beiden hatten so lange gemeinsam studiert, daß sie über die Geschichte genausogut Bescheid wußte wie Adeleas.

»Was es auch sein mag, du weißt offensichtlich nicht einmal, wo du suchen mußt.« Vandene schob einige Bücher und Manuskripte auf dem Tisch zur Seite und schüttelte den Kopf. »So viele Themen: die Trolloc-Kriege. Die Wächter der Wogen. Die Legende von der Wiedergeburt. Zwei Abhandlungen über das Horn von Valere. Drei über dunkle Prophezeihungen, und — Licht, hier ist Santhras Buch über die Verlorenen. Das ist eine böse Sache. Genauso schlimm wie dieses Buch über Shadar Logoth. Und die Prophezeihungen des Drachen in drei verschiedenen Übersetzungen *und* im Original. Moiraine, *was* suchst du denn da? Die Prophezeihungen — das sehe ich ja ein. Man hört selbst hier in dieser abgelegenen Gegend einiges. Wir hören auch einiges darüber, was sich in Illian abspielt. Es gibt im Dorf sogar ein Gerücht, jemand habe bereits das Horn gefunden.« Sie hob ein Manuskript hoch und hustete, als sich Staub davon erhob. »Darauf gebe ich natürlich nichts. Es mußte zu Gerüchten führen. Aber was ...? Nein. Du sagtest, du wolltest deine Ruhe haben, und die will ich auch geben.«

»Warte einen Moment!« bat Moiraine. Die andere Aes Sedai blieb kurz vor der Tür stehen. »Vielleicht kannst du mir einige Fragen beantworten.«

»Ich werde mir Mühe geben.« Vandene lächelte plötzlich. »Adeleas behauptet, ich hätte eine Braune werden sollen. Fang an zu fragen.« Sie goß zwei Tassen Tee ein und reichte Moiraine eine davon. Dann setzte sie sich auf einen Stuhl am Feuer.

Dampf stieg von den Tassen auf, während Moiraine sich ihre Fragen überlegte. *Antworten finden und doch nicht zuviel verraten.* »Das Horn von Valere wird in den

Prophezeihungen nicht erwähnt, aber gibt es irgendeine Verbindung zum Drachen?«

»Nein. Außer der Tatsache, daß das Horn vor Tarmon Gai'don gefunden werden muß und daß man annimmt, der Drache werde die Letzte Schlacht schlagen. Sonst gibt es keine Verbindung zwischen beiden.« Die weißhaarige Frau schlürfte ihren Tee und wartete.

»Gibt es irgendeine Verbindung des Drachen mit der Toman-Halbinsel?«

Vandene zögerte. »Ja und nein. Das ist ein umstrittener Punkt zwischen mir und Adeleas.« Ihre Stimme klang nun belehrend, und sie klang nun wirklich wie eine Braune. »Es gibt im Original einen Vers, der lautet wörtlich: ›Fünf reiten aus, und vier kehren zurück. Über den Wächtern wird er sich erklären und ein feuriges Banner über den Himmel ziehen ...‹ Na ja, das geht so weiter. Das Wichtige daran ist das Wort *Ma'vron*. Ich meine, man kann das nicht einfach mit ›Wächter‹ übersetzen, denn das heißt *A'vron*. In *Ma'vron* liegt mehr Bedeutung. Ich behaupte, damit sind die Wächter der Wogen gemeint, auch wenn sie sich natürlich *Do Miere A'vron* nennen und nicht *Ma'vron*. Adeleas sagt, das seien Spitzfindigkeiten. Doch ich glaube, es bedeutet, daß der Wiedergeborene Drache irgendwo über der Toman-Halbinsel erscheinen wird, in Arad Doman oder Saldaea.

Adeleas wird mich vielleicht für närrisch halten, aber ich achte mittlerweile auf alles, was ich heutzutage aus Saldaea höre. Mazrim Taim kann wohl die Macht benutzen, habe ich gehört, und unsere Schwestern haben es bisher nicht geschafft, ihn zu isolieren. Falls der Drache wiedergeboren wurde und das Horn von Valere gefunden wird, dann kommt die Letzte Schlacht bald. Vielleicht können wir unser Geschichtsbuch niemals vollenden.« Sie schauderte und lachte. »Seltsam, sich über so etwas Gedanken zu machen. Ich schätze, ich werde tatsächlich immer mehr zur Braunen. Furchtbar, wenn man sich das richtig überlegt. Stell lieber deine nächste Frage.«

»Ich glaube nicht, daß du dir Taims wegen Gedanken machen mußt«, sagte Moiraine abwesend. Es war wirklich eine Verbindung zur Toman-Halbinsel, wenn auch klein und vage. »Man wird mit ihm ebenso fertig werden wie mit Logain. Was ist mit Shadar Logoth?«

»Shadar Logoth!« schnaubte Vandene. »Kurz gesagt, wurde die Stadt von ihrem eigenen Haß zerstört, alles, was lebte, bis auf Mordeth, den Ratgeber, mit dem alles begonnen hatte. Er benutzte die gleiche Taktik wie Schattenfreunde gegen Schattenfreunde, und jetzt steckt er dort in der Falle und wartet auf eine Seele, die er stehlen kann. Es ist gefährlich, die Stadt zu betreten und irgend etwas darin zu berühren. Aber das weiß ja wohl jede Novizin, die kurz davor steht, zu den Aufgenommenen erhoben zu werden. Um die ganze Geschichte zu hören, mußt du einen Monat hierbleiben und dir Adeleas' Vorträge anhören — sie weiß wirklich sehr viel darüber —, aber sogar ich kann dir sagen, daß nichts über den Drachen darin enthalten ist. Der Ort war schon hundert Jahre lang tot, bevor sich Yurian Steinbogen aus der Asche der Trolloc-Kriege erhob, und von allen falschen Drachen der Geschichte liegt er dem am nächsten.«

Moiraine hob eine Hand. »Ich habe mich nicht klar ausgedrückt, und ich spreche jetzt nicht von einem Drachen, sei er wiedergeboren oder falsch. Kannst du dir irgendeinen Grund denken, warum ein Blasser etwas aus Shadar Logoth mitnehmen würde?«

»Nicht, wenn er wußte, was das wirklich war. Der Haß, der Shadar Logoth tötete, war Haß, der *gegen* den Dunklen König eingesetzt werden sollte. Er würde einen Abkömmling des Schattens genauso zerstören wie jemanden, der im Licht wandelt. Sie fürchten sich zu Recht genauso wie wir vor Shadar Logoth.«

»Was kannst du mir über die Verlorenen berichten?«

»Du springst von einem Thema zum anderen! Ich kann dir nicht viel mehr erzählen, als du schon als Novizin gelernt hast. Niemand weiß viel mehr über die Namenlosen. Erwartest du von mir, daß ich dir das herunterbete, was wir beide als Mädchen gelernt haben?«

Moiraine schwieg. Sie wollte nicht zuviel ausplaudern, aber Vandene und Adeleas wußten viel mehr als jede andere außerhalb der Weißen Burg, und dort erwartete sie mehr Schwierigkeiten, als sie ertragen konnte. Sie sprach den Namen aus, als wäre es unabsichtlich geschehen: »Lanfear.«

»Ausnahmsweise«, seufzte die andere Frau, »weiß ich darüber kein bißchen mehr als damals als Novizin. Die Tochter der Nacht bleibt ein Geheimnis, als habe sie sich tatsächlich in Dunkelheit gehüllt.« Sie unterbrach sich, starrte in ihre Tasse, und als sie wieder aufblickte, traf ihr scharfer Blick Moiraines Gesicht. »Lanfear war mit dem Drachen, mit Lews Therin Telamon, eng verknüpft. Moiraine, hast du einen Hinweis darauf, wo der Drache wiedergeboren wird? Oder wiedergeboren wurde? Ist er schon da?«

»Falls ich das wüßte«, sagte Moiraine verbindlich, »wäre ich dann hier und nicht auf der Weißen Burg? Ich schwöre dir, die Amyrlin weiß genausoviel wie ich. Bist du zu ihr gerufen worden?«

»Nein, aber ich glaube wohl, daß wir zusammengerufen werden. Wenn die Zeit kommt, daß wir uns dem Wiedergeborenen Drachen entgegenstellen müssen, dann braucht die Amyrlin jede Schwester, jede Aufgenommene, jede Novizin, die ohne Hilfe eine Kerze entzünden kann.« Vandenes Stimme senkte sich nachdenklich. »Bei der Macht, die er zur Verfügung hat, müssen wir ihn überwältigen, bevor er eine Möglichkeit hat, sie gegen uns einzusetzen, bevor er wahnsinnig werden und die Welt zerstören kann. Doch zuerst müssen wir ihn gegen den Dunklen König kämpfen lassen.« Sie lachte humorlos, als sie Moiraines überraschten

Blick wahrnahm. »Ich bin keine Rote. Ich habe die Prophezeihungen gründlich genug studiert, um zu wissen, daß wir es nicht wagen dürfen, ihn gleich einer Dämpfung zu unterziehen. Falls wir ihn überhaupt dämpfen können. Ich weiß so gut wie du, so gut wie jede Schwester, die es herauszufinden wagt, daß die Siegel, die den Dunklen König in Shayol Ghul binden, bereits schwächer werden. Die Illianer rufen zur Wilden Jagd nach dem Horn auf. Falsche Drachen tauchen auf. Und zwei von ihnen, Logain und nun dieser Bursche in Saldaea, sind in der Lage, die Macht zu benutzen. Wann ist es das letztemal geschehen, daß die Roten innerhalb eines Jahres gleich zwei Männer gefunden haben, die die Macht benutzen können? Sie haben ja nicht einmal einen in fünf Jahren gefunden! Jedenfalls nicht während meiner Lebenszeit, und ich bin ein gutes Stück älter als du. Die Anzeichen sind überall zu finden. Tarmon Gai'don kommt. Der Dunkle König wird sich befreien. Und der Drache wird wiedergeboren.« Die Tasse klapperte beim Hinstellen. »Und deshalb hatte ich gefürchtet, du hättest einen Hinweis auf ihn entdeckt.«

»Er wird kommen«, sagte Moiraine ausweichend, »und wir werden tun, was getan werden muß.«

»Wenn es von irgendwelchem Nutzen wäre, würde ich Adeleas' Nase aus den Büchern zerren und mit ihr zur Weißen Burg aufbrechen. Aber um ehrlich zu sein, ich bin lieber hier als dort. Vielleicht haben wir doch genügend Zeit, um unser Geschichtsbuch zu vollenden.«

»Ich hoffe, das wird Euch gelingen, Schwester.«

Vandene erhob sich. »Also, jetzt muß ich noch einiges erledigen, bevor ich ins Bett gehe. Falls du keine weiteren Fragen hast, werde ich dich deinen Studien überlassen.« Aber dann hielt sie noch einmal inne und bewies, daß sie trotz all der mit dem Studium von Büchern verbrachten Zeit immer noch eine Grüne war. »Du solltest etwas wegen Lan unternehmen, Moiraine. In dem Mann grollt es schlimmer als im Drachenberg. Früher oder später wird er explodieren. Ich habe schon oft genug erlebt, wie ein Mann einer Frau wegen in Schwierigkeiten geriet. Ihr beiden seid lange Zeit zusammengewesen. Vielleicht hat er sich endlich dazu durchgerungen, dich als Frau zu sehen und nicht nur als Aes Sedai.«

»Lan sieht mich als das, was ich bin, Vandene. Aes Sedai. Und immer noch als Freundin, hoffe ich.«

»Ihr Blauen. Immer dazu bereit, die Welt zu retten, und dabei verliert ihr euch selbst aus den Augen.«

Nachdem die weißhaarige Aes Sedai gegangen war, raffte Moiraine ihren Umhang um sich und ging vor sich hinmurmelnd in den Garten. Irgend etwas von Vandenes Worten nagte an ihrem Verstand, doch sie konnte sich nicht erinnern, was es war. Eine Antwort oder der Anflug einer Antwort auf eine Frage, die sie nicht gestellt hatte. Aber sie konnte sich auch an die Frage nicht erinnern.

Wie das Haus war auch der Garten klein, aber sehr gepflegt. Das wurde selbst im Mondschein deutlich, der von dem gelben Schein aus den Fenstern unterstützt wurde. Zwischen sauber angelegten Blumenbeeten zogen sich Sandwege entlang. Sie zog in der sanften Kühle der Nacht den Umhang etwas fester zusammen. *Welche Antwort war das — und auf welche Frage?*

Sand knirschte hinter ihr, und sie drehte sich um, im Glauben, es sei Lan.

Ein Schatten ragte nur wenige Schritte vor ihr auf, ein Schatten, der wie ein viel zu großer, in einen Umhang gehüllter Mann wirkte. Aber der Mondschein enthüllte das Gesicht. Hagere Wangen, blasse Haut, zu große schwarze Augen über einem Schmollmund mit blutroten Lippen. Der Umhang öffnete sich und wurde zu den riesigen Schwingen einer Fledermaus.

Im Bewußtsein, daß es zu spät war, öffnete sie sich *Saidar,* doch der Draghkar begann leise zu singen, und die sanften Töne durchrieselten sie und ließen ihre Willenskraft erlahmen. *Saidar* entschlüpfte ihr. Sie empfand nur eine verwaschene Traurigkeit, als sie auf die Kreatur zuschritt. Das tiefe Singen, das sie immer näher lockte, unterdrückte jedes andere Gefühl. Weiße, weiße Hände — wie die Hände eines Mannes, doch mit Klauen bewehrt — streckten sich nach ihr aus, und blutrote Lippen verzogen sich zum schrecklichen Abklatsch eines Lächelns. Spitze Zähne zeigten sich, aber nur undeutlich, ganz undeutlich. Sie wußte, daß er nicht beißen oder reißen würde. Fürchte den Kuß des Draghkar. Sobald diese Lippen sie berührten, war sie so gut wie tot. Erst würde ihr die Seele geraubt und dann das Leben. Wer immer sie auch finden mochte, und wenn es in dem Augenblick war, in dem der Draghkar sie fallen ließ, der würde eine Leiche ohne jede Verwundung finden — so kalt, als sei sie bereits zwei Tage lang tot. Und falls jemand kam, bevor sie tot war, wäre das, was sie fänden, noch schlimmer und hätte wirklich mit ihr nichts mehr zu tun. Das Singen lockte sie in die Reichweite dieser blassen Hände, und der Kopf des Draghkar neigte sich langsam ihr zu.

Sie empfand nur eine leichte Überraschung, als eine Schwertklinge über ihre Schulter fuhr und sich in die Brust des Draghkar bohrte, und auch nicht viel mehr, als eine zweite über ihre andere Schulter hinwegfuhr und neben der ersten eindrang.

Betäubt und wankend beobachtete sie wie aus großer Entfernung, daß die Kreatur von ihr weggedrückt wurde. Lan kam in Sicht und dann Jaem. Die knochigen Arme des grauhaarigen Behüters hielten seine Klinge genauso gerade und fest wie die des jüngeren Mannes. Die blassen Hände des Draghkar färbten sich rot, als sie an dem scharfen Stahl rissen. Schwingen schlugen durch die Luft und erzeugten Donnerschläge. Plötzlich, verwundet und blutend, begann er wieder zu singen. Er sang zu den Behütern.

Mit Mühe riß sich Moiraine zusammen. Sie fühlte

sich beinahe so leer, als hätte das Ding seinen Kuß bekommen. *Keine Zeit für Schwäche.* Einen Moment später öffnete sie sich *Saidar* und, als die Macht sie erfüllte, bereitete sie sich darauf vor, den Abkömmling des Schattens direkt zu berühren. Die beiden Männer waren zu nahe. Alles andere würde auch sie in Gefahr bringen. Aber selbst wenn sie die Macht benutzte, wußte sie, daß sie sich von dem Draghkar beschmutzt fühlen würde. Doch in dem Augenblick, als sie begann, rief Lan: »Empfange den Tod!« Jaem tat es ihm mit fester Stimme gleich: »Empfange den Tod!« Und die beiden Männer traten vor in die Reichweite des Draghkar und stießen ihre Klingen bis zum Knauf in dessen Brust. Der Draghkar warf den Kopf in den Nacken und kreischte. Der Schrei schien Moiraines Kopf wie mit Nadeln zu durchbohren. Obwohl sie sich in *Saidar* hüllte, konnte sie ihn dennoch fühlen. Wie ein gefällter Baum stürzte der Draghkar. Eine Schwinge stieß Jaem fast um, und er ging in die Knie. Lan sackte erschöpft in sich zusammen.

Laternen bewegten sich vom Haus her auf sie zu, von Vandene und Adeleas getragen. »Was war denn das für ein Lärm?« wollte Adeleas wissen. Sie war beinahe ein Spiegelbild ihrer Schwester. »Ist Jaem verrückt geworden ...?« Der Laternenschein fiel auf den Draghkar, und ihre Stimme erstarb.

Vandene ergriff Moiraines Hände. »Es hat doch nicht ...?« Sie ließ die Frage unausgesprochen. In Moiraines Augen bildete sich eine Aura um sie herum. Moiraine fühlte Kraft von der anderen Frau zu sich herüberströmen und wünschte sich nicht zum erstenmal, daß die Aes Sedai dasselbe für sich tun könnten wie für andere.

»Es hat nicht«, sagte sie dankbar. »Schau nach dem Gaidin.«

Lan sah sie an. Sein Gesicht wirkte angespannt. »Wenn ich nicht aus Wut über dich zu Jaem gegangen wäre, um mit ihm zu üben, so wütend gewesen wäre, daß ich das Haus nicht betreten wollte ...«

»Aber ich habe«, sagte sie. »Das Muster schließt alles ins Gewebe mit ein.« Jaem murmelte etwas, erlaubte aber Vandene doch, nach seiner Schulter zu sehen. Er schien nur aus Sehnen und Knochen zu bestehen, wirkte aber so hart wie eine zähe alte Wurzel.

»Wie konnte nur«, wollte Adeleas wissen, »eine Kreatur des Schattens so nahe kommen, ohne daß wir sie fühlten?«

»Sie wurde abgeschirmt«, sagte Moiraine.

»Unmöglich!« fauchte Adeleas. »Nur eine Schwester könnte ...« Sie brach mitten im Satz ab, und Vandene drehte sich von Jaem weg und blickte Moiraine an. Moiraine sprach die Worte aus, die keine von ihnen hören wollte: »Die Schwarzen Ajah.« Rufe erklangen vom Dorf herüber. »Am besten versteckt Ihr das« — sie deutete auf den Draghkar, der auf einem Blumenbeet lag — »ganz schnell. Sie kommen gleich, Euch zu fragen, ob Ihr Hilfe braucht, aber wenn sie das sehen, wird es zu unerwünschtem Gerede führen.«

»Ja, natürlich«, sagte Adeleas. »Jaem, geh ihnen entgegen. Sag ihnen, du wüßtest nicht, was den Lärm verursachte, aber es gehe uns gut. Halt sie auf!« Der grauhaarige Behüter eilte in die Nacht hinaus und auf die Geräusche der sich nähernden Dorfbewohner zu. Adeleas dreht sich um und betrachtete den Draghkar, als sei er lediglich ein schwer zu verstehender Absatz in einem ihrer Bücher. »Ob nun Aes Sedai darin verwickelt sind oder nicht: Was mag ihn hergeführt haben?« Vandene sah Moiraine schweigend an.

»Ich fürchte, ich muß Euch verlassen«, sagte Moiraine. »Lan, machst du bitte die Pferde fertig?« Als er ging, sagte sie: »Ich werde Euch Briefe hinterlassen, die zur Weißen Burg geschickt werden müssen. Könnt Ihr das veranlassen?« Adeleas nickt abwesend. Ihre Aufmerksamkeit galt immer noch dem Ding am Boden.

»Und wirst du dort, wo du hingehst, deine Antworten finden?« fragte Vandene.

»Ich habe möglicherweise bereits eine Antwort gefunden, von der ich nicht wußte, daß ich nach ihr suche. Ich hoffe nur, ich komme nicht zu spät. Ich brauche eine Feder und Pergament.« Sie zog Vandene zum Haus zu und ließ Adeleas zurück, die sich um den Draghkar kümmern sollte.

KAPITEL 23

Die Prüfung

Nynaeve sah sich mißtrauisch in dem riesigen Raum tief unter der Weißen Burg um, und genauso mißtrauisch betrachtete sie auch Sheriam, die an ihrer Seite stand. Die Oberin der Novizinnen machte einen erwartungsvollen, ja sogar ein wenig ungeduldigen Eindruck. Während der wenigen Tage in Tar Valon hatte Nynaeve bei den Aes Sedai nur Gelassenheit erlebt und eine lächelnde Hinnahme der auf sie zukommenden Ereignisse.

Der Kuppelsaal war aus dem Grundgestein der Insel herausgehauen worden. Der Schein der auf hohen Podesten befestigten Lampen wurde von blassen glatten Steinwänden reflektiert. Genau unter der Mitte der Kuppel befanden sich drei oben abgerundete silberne Torbogen, jeder Bogen gerade hoch genug, daß ein Mensch ihn durchschreiten konnte und dergestalt auf einem breiten silbernen Ring befestigt, daß die Torbogen sich gegenseitig berührten. Bogen und Ring waren aus einem einzigen Stück gefertigt. Nynaeve konnte nicht sehen, was innerhalb dieses Dreiecks lag, denn dort flackerte das Licht unruhig, und wenn sie zu lange hinblickte, begann ihr Magen im gleichen Rhythmus zu flattern. Wo ein Bogen den Ring berührte, saß jeweils eine Aes Sedai im Schneidersitz auf dem blanken Steinboden und sah unverwandt das silberne Gebilde an. Eine weitere stand in der Nähe neben einem schlichten Tisch, auf dem drei große Silberschalen standen. Jede Schale, das wußte Nynaeve — zumindest hatte man ihr das gesagt — war mit klarem Wasser gefüllt. Alle vier

Aes Sedai trugen, genau wie Sheriam, ihre Stolen. Die von Sheriam hatte blaue Fransen, die der dunkelhäutigen Aes Sedai am Tisch rote, und Grün, Weiß und Grau waren die Farben der drei Frauen an den Bogen. Nynaeve trug immer noch eines der Kleider, die man ihr in Fal Dara gegeben hatte: blaßgrün, mit kleinen weißen Blüten bestickt.

»Zuerst laßt Ihr mich von früh bis spät Däumchen drehen«, knurrte Nynaeve leise, »und jetzt muß plötzlich alles husch-husch gehen.«

»Die richtige Stunde wartet nicht auf eine Frau«, antwortete Sheriam. »Das Rad webt, wie das Rad es will und *wann* es will. Geduld ist eine Tugend, die man erlernen muß, aber wir sollten auch auf augenblickliche Veränderungen vorbereitet sein.«

Nynaeve bemühte sich, nicht wieder wütend dreinzublicken. Was sie an der Aes Sedai mit dem Flammenhaar am meisten ärgerte, war die Angewohnheit, Dinge so auszudrücken, als zitiere sie irgendwelche Weisheiten, obwohl das gar nicht stimmte. »Was ist das für ein Ding?«

»Ein *Ter'Angreal.*«

»Na ja, das sagt mir nichts. Wozu ist es da?«

»Ein *Ter'Angreal* kann vielerlei Dinge, Kind. Wie ein *Angreal* und ein *Sa'Angreal* ist er eines der Überbleibsel aus dem Zeitalter der Legenden, dessen Wirkung auf der Einen Macht beruht; er ist aber nicht so selten wie die beiden anderen. Während einige *Ter'Angreal,* so wie dieser, von Aes Sedai bedient werden müssen, genügt es bei anderen schon, wenn eine Frau zugegen ist, die die Macht lenken kann. Angeblich gibt es sogar ein paar, die jedermann benutzen kann. Im Unterschied zu den *Angreal* und *Sa'Angreal* wurden sie hergestellt, um ganz bestimmte Dinge zu vollbringen. Ein anderer, den wir ebenfalls in der Burg haben, macht jeden Eid absolut bindend. Wenn Ihr zur vollen Schwesternschaft erhoben werdet, dann sprecht Ihr Euren Treueeid, während Ihr diesen *Ter'Angreal* in den Händen haltet. Kein Wort zu sagen, das nicht wahr ist. Keine Waffe herzustellen, mit der ein Mensch einen anderen töten kann. Die Eine Macht niemals als Waffe zu verwenden, außer gegen Schattenfreunde oder Abkömmlinge des Schattens oder um in der höchsten Not das eigene Leben oder das Eures Behüters zu verteidigen, oder natürlich das einer anderen Schwester.«

Nynaeve schüttelte den Kopf. Es klang einerseits danach, als sei zuviel in diesen Schwur eingebaut, aber andererseits auch wieder zu wenig. Sie sagte das auch ganz deutlich.

»Einst verlangte man von den Aes Sedai nicht, daß sie einen Eid schwören mußten. Es war bekannt, was Aes Sedai waren und wofür sie standen, und das reichte vollauf. Viele von uns wünschen sich, es wäre noch genauso. Aber das Rad dreht sich, und die Zeiten ändern sich. Die Tatsache, daß wir diese Eide ablegen und daran gebunden sind, erlaubt den Staaten, Beziehungen zu uns zu unterhalten, ohne fürchten zu müssen, daß wir unsere Macht, die Eine Macht, gegen sie einsetzen. Wir entschieden uns zwischen den Trolloc-Kriegen und dem Hundertjährigen Krieg für diesen Weg, und nur deshalb steht die Weiße Burg noch immer, und wir sind noch immer in der Lage, alles in unserer Macht Stehende gegen den Schatten zu unternehmen.« Sheriam holte tief Luft. »Licht, Kind, ich versuche, Euch Dinge beizubringen, die jede andere Frau an Eurer Stelle im Verlauf von Jahren gelernt hätte. Das ist einfach nicht möglich. Was jetzt für Euch am wichtigsten ist, das ist der *Ter'Angreal.* Wir wissen nicht, warum sie angefertigt wurden. Wir wagen es lediglich, eine Handvoll von ihnen zu benützen, und die Methoden, die wir anzuwenden wagen, entsprechen vielleicht überhaupt nicht den Zwecken ihrer Hersteller. Die meisten dieser Zwecke haben wir zu einem hohen Preis vermeiden gelernt. Das zu lernen, hat im Laufe der Jahre viele Aes Sedai das Leben gekostet, und bei anderen brannten die Fähigkeiten vollständig aus.«

Nynaeve schauderte. »Und Ihr wollt, daß ich da hineingehe?« Das Flackern des Lichts innerhalb der Bogen hatte jetzt nachgelassen, aber sie konnte das Innere nach wie vor nicht erkennen.

»Wir wissen, was dort drinnen geschieht. Ihr werdet von Angesicht zu Angesicht Euren größten Ängsten gegenüberstehen.« Sheriam lächelte süß. »Niemand wird Euch fragen, was Ihr gesehen habt; Ihr müßt nicht mehr sagen, als Ihr wollt. Die Ängste einer Frau gehören nur ihr selbst.«

Nynaeve dachte kurz an ihre Angst vor Spinnen, besonders im Dunklen, aber sie glaubte nicht, daß Sheriam von solchen Ängsten sprach. »Ich gehe einfach durch einen Torbogen und komme in einem anderen wieder heraus? Dreimal hindurch und dann ist es geschafft?«

Die Aes Sedai zuckte mit der Schulter, damit ihre Stola wieder in die richtige Lage kam. »Falls Ihr es so kurz und bündig ausdrücken wollt, dann ja«, sagte sie trokken. »Ich sagte Euch auf dem Weg hierher bereits alles, was Ihr über die Zeremonie wissen müßt, also das, was jede Frau vorher erfahren darf. Wenn Ihr eine Novizin wärt, die vor dieser Aufgabe stünde, wüßtet Ihr alles auswendig, aber macht Euch trotzdem keine Gedanken über mögliche Fehler. Wenn nötig, sage ich es Euch vor. Seid Ihr auch bestimmt bereit, dies auf Euch zu nehmen? Wenn Ihr jetzt lieber aufgeben wollt, kann ich Euren Namen noch immer ins Register der Novizinnen eintragen.«

»Nein!«

»Also gut. Ich werde Euch jetzt zwei Dinge erklären, die keine Frau hört, bevor sie sich in diesem Raum befindet. Das erste ist folgendes: Wenn Ihr diese Prüfung beginnt, müßt Ihr sie auch bis zum Ende durchstehen. Weigert Ihr Euch, weiterzugehen, dann werdet Ihr —

ganz gleich, wie groß Euer Potential auch sein mag — freundlich aus der Burg gewiesen, bekommt genug Silber, um Euch ein Jahr lang zu versorgen, und dürft nie mehr zurückkehren.« Nynaeve öffnete den Mund, um zu sagen, daß sie nicht aufgeben werde, doch Sheriam schnitt ihr mit einer abrupten Geste das Wort ab. »Hört zu und sprecht nur dann, wenn Ihr wißt, was Ihr sagen müßt. Zweitens: Zu suchen und nach etwas zu streben, heißt auch, sich in Gefahr begeben. Hier wird Euch die Gefahr begegnen. Einige Frauen sind hineingegangen und nie wieder herausgekommen. Als man dem *Ter'Angreal* gestattete, sich zu beruhigen, waren sie einfach nicht mehr da. Und man hat sie nie mehr gesehen. Wenn Ihr überleben wollt, müßt Ihr standhaft bleiben. Zweifelt, versagt, und ...« Ihr Schweigen sagte mehr als Worte. »Das ist jetzt Eure letzte Gelegenheit, Kind. Ihr könnt jetzt, noch in diesem Moment, umkehren, und ich werde Euren Namen in das Register der Novizinnen eintragen, und es wird nur eine einzige negative Eintragung für Euch geben. Zwei weitere Male wird man Euch gestatten, hierherzukommen, und erst beim dritten Verweigern werdet Ihr aus der Burg gewiesen. Es ist keine Schande, die Prüfung abzubrechen. Viele tun das. Ich war selbst nicht in der Lage, hineinzugehen, als ich zum erstenmal hier war. Jetzt könnt Ihr Euch äußern.«

Nynaeve sah die silbernen Torbogen aus den Augenwinkeln an. Das Licht darin flackerte nicht mehr; das Innere war von einem weichen weißen Glühen erfüllt. Um zu lernen, was sie lernen wollte, mußte sie die Freiheiten einer Aufgenommenen besitzen: in Frage zu stellen, selbständig zu studieren und nicht mehr Anleitung zu erhalten, als sie wünschte. *Moiraine muß dafür bezahlen, was sie uns angetan hat. Ich muß.* »Ich bin bereit.«

Sheriam ging langsam in den Raum hinein. Nynaeve schritt neben ihr her.

Als sei dies ein Signal, sprach die Rote Schwester mit lauter Stimme in feierlichem Singsangton: »Wen bringst du mit, Schwester?« Die drei Aes Sedai am *Ter'Angreal* konzentrierten ihre Aufmerksamkeit weiterhin auf das Gebilde.

»Eine, die als Kandidatin kommt, um aufgenommen zu werden, Schwester«, antwortete Sheriam genauso feierlich.

»Ist sie bereit?«

»Sie ist bereit, hinter sich zurückzulassen, was sie war, ihre Ängste zu bezwingen und aufgenommen zu werden.«

»Kennt sie ihre Ängste?«

»Sie hat ihnen noch nie gegenübergestanden, aber nun ist sie willens dazu.«

»Dann laßt sie dem gegenübertreten, was sie fürchtet.«

Sheriam blieb zwei Spannen weit vor den Bogen stehen, und Nynaeve blieb ebenfalls stehen. »Euer Kleid«, flüsterte Sheriam, ohne sie anzusehen.

Nynaeve lief rot an, weil sie bereits vergessen hatte, was ihr Sheriam auf dem Weg von ihrem Zimmer herunter gesagt hatte. Schnell zog sie ihre Kleider, Schuhe und Strümpfe aus. Einen Augenblick lang vergaß sie beinahe die Torbogen, während sie damit beschäftigt war, ihre Kleidung zu falten und sauber wegzulegen. Sie steckte Lans Ring sorgfältig unter ihr Kleid, denn sie wollte nicht, daß er angestarrt wurde. Dann war sie fertig, und der *Ter'Angreal* war immer noch da und wartete auf sie.

Der Steinboden unter ihren bloßen Füßen war kalt, und sie bekam eine Gänsehaut am ganzen Körper, doch sie stand aufrecht und atmete ruhig. Sie wollte niemandem zeigen, daß sie Angst hatte.

»Das erste Mal steht für das, was war«, sagte Sheriam. »Der Weg zurück erscheint nur ein einziges Mal. Seid standhaft.«

Nynaeve zögerte. Dann trat sie vor, ging durch den Bogen hindurch und in das Glühen hinein. Es umgab sie, als glühe die Luft selbst, als ertrinke sie im Licht. Das Licht war überall. Das Licht war alles.

Nynaeve fuhr zusammen, als ihr klar wurde, daß sie nackt war, und dann sah sie sich erstaunt um. Auf beiden Seiten befand sich eine Steinmauer, zweimal so hoch wie sie und glattgeschliffen. Ihre Zehen wühlten im Staub eines unebenen Pflasters. Der Himmel über ihr schien bleiern und ohne Tiefe, trotz des Fehlens aller Wolken, und die Sonne hing aufgebläht und rot über ihr. Nach beiden Seiten zu entdeckte sie Durchgänge in den Mauern, die durch kurze quadratische Säulen markiert waren. Obwohl die Mauern ihr Gesichtsfeld einengten, sah sie, daß der Boden sich von ihrem Standpunkt aus sowohl nach vorn wie auch nach hinten senkte. Durch die Durchgänge erblickte sie weitere dicke Mauern und dazwischen Wege. Sie befand sich in einem gigantischen Labyrinth.

Wo bin ich? Wie bin ich hierhergekommen? Wie von einer anderen Stimme gesprochen, kam ein weiterer Gedanke: *Der Weg hinaus erscheint nur ein einziges Mal.*

Sie schüttelte den Kopf. »Wenn es nur einen einzigen Weg hinaus gibt, dann finde ich ihn nicht, indem ich hier herumstehe.« Wenigstens war die Luft warm und trocken. »Hoffentlich finde ich etwas zum Anziehen, bevor ich Leute treffe«, murmelte sie.

Sie erinnerte sich noch schwach daran, daß sie als Kind Labyrinthe aufgezeichnet hatte; es hatte irgendeinen Trick gegeben, den Weg hinaus zu finden, doch er wollte ihr einfach nicht mehr einfallen. Alles an ihrer Vergangenheit erschien ihr so vage, als habe es jemand anders erlebt. Sie ging los und streifte dabei mit einer Hand an der Mauer entlang. Unter ihren bloßen Füßen erhoben sich Staubwölkchen.

Am ersten Durchgang angekommen, blickte sie in einen weiteren Gang, der sich von dem nicht zu unterscheiden schien, in dem sie sich befand. Sie atmete tief durch und ging geradeaus weiter durch neue Gänge, die alle genau gleich aussahen. Schließlich teilte sich der Gang. Sie entschied sich für links, und später teilte sich dieser Gang wieder. Erneut ging sie nach links. Bei der dritten Abzweigung führte sie der linke Gang in eine Sackgasse.

Mit grimmiger Miene ging sie zur letzten Abzweigung zurück und nahm den rechten Gang. Diesmal erreichte sie nach dem vierten Rechtsabbiegen eine Sackgasse. Für einen Augenblick stand sie nur da und blickte wütend auf die Abschlußmauer. »Wie bin ich hergekommen?« fragte sie laut. »Wo liegt dieser Ort eigentlich?« *Der Weg nach draußen erscheint nur ein einziges Mal.*

Noch einmal wandte sie sich zurück. Sie war sicher, es müsse einen Kniff geben, um diesem Labyrinth zu entkommen. Bei der letzten Abzweigung hielt sie sich links und an der nachfolgenden rechts. Entschlossen machte sie so weiter. Links und dann rechts. Geradeaus, bis sie an eine Gabelung kam. Links, dann rechts.

Es schien ihr zu glücken. Zumindest war sie auf die Art bereits an einem Dutzend Abzweigungen vorbeigekommen, ohne wieder in einer Sackgasse zu landen. Sie erreichte eine weitere Gabelung.

Aus dem Augenwinkel erkannte sie eine huschende Bewegung. Als sie sich umdrehte und nachsehen wollte, lag da nur ein staubiger Gang zwischen glatten Steinmauern. Sie ging nach links und fuhr herum, weil sie wieder eine Bewegung wahrgenommen hatte. Es war nichts zu sehen, aber diesmal war sie sich trotzdem sicher. Hinter ihr war jemand gewesen. War immer noch jemand. Sie eilte beunruhigt in die andere Richtung davon.

Immer wieder sah sie nun am Rand ihres Gesichtsfeldes in diesem oder jenen Seitengang eine Bewegung, zu schnell, um Genaueres erkennen zu können, und bevor sie den Kopf drehte, um es klar zu sehen, war es wieder verschwunden. Sie rannte. Als sie noch ein Mädchen war, hatten zu Hause in den Zwei Flüssen nur wenige Jungen im Laufen mit ihr mithalten können. *Die Zwei Flüsse? Was ist das?*

Ein Mann trat aus einer Öffnung vor ihr. Seine dunkle Kleidung wirkte muffig und halb zerfallen und er war alt. Älter als alt. Eine Haut wie vergilbtes Pergament spannte sich so fest über seinen Schädel, als läge darunter kein bißchen Fleisch.

Dünne Büschel von brüchigem Haar bedeckten einen vernarbten Kahlkopf, und seine Augen waren so eingesunken, daß sie aus zwei Höhlen hervorzuspähen schienen.

Sie kam auf den unebenen Pflastersteinen rutschend zum Stehen. »Ich bin Aginor«, sagte er lächelnd, »und Euretwegen gekommen.«

Ihr Herz wollte den Brustkorb sprengen. Einer der Verlorenen. »Nein. Nein, das kann nicht sein!«

»Ihr seid ein hübsches Mädchen. Ich werde Euch genießen.«

Plötzlich erinnerte sich Nynaeve daran, daß sie keinen Fetzen Kleidung am Leib trug. Mit einem leichten Aufschrei und einem nicht nur vom Zorn geröteten Gesicht rannte sie weg, den nächsten der Querwege hinunter. Gackerndes Lachen und die Geräusche von schleifenden, rennenden Füßen verfolgte sie; die mit ihr Schritt hielten; dazu schweratmende Versprechen, was er alles tun werde, wenn er sie eingefangen hatte, Versprechen, die ihr den Magen schier umdrehten, obwohl sie kaum die Hälfte verstand.

Verzweifelt suchte sie nach einem Weg aus dem Labyrinth, sah sich ständig um, während sie mit geballten Fäusten weiterrannte. *Der Weg hinaus erscheint nur ein einziges Mal. Seid standhaft.* Nichts — immer nur dieses endlose Gewirr von Gängen und Mauern. So sehr sie auch rannte: Das schmutzige Geschwätz erklang immer direkt hinter ihr. Langsam verwandelte sich ihre Furcht in Zorn.

»Seng ihn«, schluchzte sie. »Licht, verseng ihn! Er hat kein Recht dazu!« In ihrem Inneren fühlte sie ein Blühen, ein Öffnen, ein sich Ausbreiten zum Licht hin.

Mit gefletschten Zähnen drehte sie sich zu ihrem Verfolger um, gerade in dem Moment, als Aginor halb hinkend, halb rennend, hinter ihr erschien.

»Ihr habt kein Recht dazu!« Sie streckte ihm die Faust entgegen. Ihre Finger öffneten sich, als würfe sie etwas. Sie war nicht allzu überrascht, als eine Feuerkugel aus ihrer Hand schoß.

Sie explodierte an Aginors Brust und warf ihn zu Boden. Nur einen Augenblick lang lag er dort, dann erhob er sich taumelnd. Er schien den schwelenden Mantel überhaupt nicht zu bemerken. »Ihr wagt es? Ihr wagt es!« Er bebte vor Zorn, und Speichel rann ihm über das Kinn.

Plötzlich standen Wolken am Himmel, bedrohliche graue und schwarze Schwaden. Blitze zuckten aus der Wolke über ihr und zielten auf ihr Herz.

Es schien ihr, nur einen Herzschlag lang, als verlangsame sich der Lauf der Zeit, als dauere dieser Herzschlag eine Ewigkeit. Sie fühlte den Strom in ihrem Körper — *Saidar,* sagte ihr ein ferner Gedanke —, fühlte im Blitz ein Entgegenkommen. Und sie änderte die Richtung des Energiestroms. Die Zeit sprang voran.

Mit einem lauten Krachen zerschmetterte der Blitz die Steine über Aginors Kopf. Der Verlorene riß die Augen auf und stolperte rückwärts. »Das könnt Ihr nicht tun! Das kann nicht sein!« Er sprang weg, als ein Blitz dort einschlug, wo er gerade noch gestanden hatte. Stein explodierte zu einem Regen von Splittern.

Entschlossen ging Nynaeve auf ihn zu. Und Aginor floh.

Saidar war wie eine Strömung, die durch sie hindurchschoß. Sie fühlte die Steine ihrer Umgebung, fühlte die winzigen Teilchen der Einen Macht, die sie durchdrangen und zusammenhielten. Und sie fühlte, wie

Aginor auch … etwas … unternahm. Sie nahm es nur schwach und wie aus großer Entfernung wahr, als sei es etwas, das sie niemals wirklich verstehen könne, aber sie sah die Wirkung in ihrer Umgebung und wußte, was sie hervorrief.

Der Boden grollte und wölbte sich unter ihren Füßen auf. Mauern stürzten vor ihr um. Steinhaufen versperrten ihr den Weg. Sie kroch hinüber, kümmerte sich nicht darum, ob scharfkantige Steine ihr Hände und Füße blutig rissen. Sie mußte Aginor immer in Sichtweite behalten. Ein Sturm erhob sich, heulte durch die Gänge hinter ihr, wütete, bis ihr Tränen über die Wangen rannen, versuchte, sie zu Boden zu werfen. Sie änderte die Richtung, und dann taumelte Aginor den Gang wie ein entwurzelter Strauch entlang. Sie berührte den Strom der Macht im Boden, gab ihm eine neue Richtung, und die Steinmauern um Aginor stürzten und schlossen ihn ein. Blitze zuckten unter ihrem Blick vom Himmel, schlugen um ihn herum ein und kamen ihm immer näher. Sie fühlte, wie er darum kämpfte, sie wieder in ihre Richtung abzudrängen, aber die blendenden Einschläge näherten sich dem Verlorenen Fuß um Fuß.

Zu ihrer Rechten schimmerte etwas auf, von den zusammenbrechenden Mauern freigegeben.

Nynaeve fühlte, wie Aginor schwächer wurde, wie seine Bemühungen, sie zu treffen, immer schwächlicher und hektischer wurden. Doch sie wußte, daß er noch nicht aufgeben würde. Wenn sie ihn jetzt gehen ließ, würde er sie genauso wie vorher jagen, überzeugt davon, daß sie eben doch zu schwach sei, um ihn zu besiegen, zu schwach, um ihn davon abzuhalten, was er mit ihr vorhatte.

Ein silberner Torbogen erhob sich, wo vorher nur Stein gewesen war, ein mit weicher silberner Strahlung erfüllter Bogen. *Der Weg zurück …*

Sie merkte es, als der Verlorene seinen Angriff aufgab und von diesem Augenblick an alle Kräfte verwandte, um sich gegen sie zu wehren. Und seine Macht reichte nicht aus dafür; er konnte ihre Schläge nicht länger ablenken. Nun mußte er sich vor den Steinfontänen in Sicherheit bringen, die ihre Blitze hochschleuderten. Wieder warfen ihn diese Explosionen zu Boden.

Der Weg zurück erscheint nur ein einziges Mal. Seid standhaft.

Die Blitze zuckten nicht mehr vom Himmel. Nynaeve wandte sich von dem kriechenden Aginor ab, um den Bogen anzublicken. Sie sah zu Aginor zurück, gerade im rechten Augenblick, um zu sehen, wie er über Steinhaufen hinweg davon kroch und verschwand. Sie zischte enttäuscht durch die Zähne. Große Teile des Labyrinths standen noch, und in den Trümmern, die ihr Kampf hinterlassen hatte, gab es hundert neue Verstecke. Es würde Zeit kosten, ihn wiederzufinden, aber sie war sicher, wenn nicht sie ihn zuerst fände, dann würde er sie erneut aufspüren. Erholt und mit neuer Kraft würde er sie überfallen, wenn sie es am wenigsten erwartete.

Der Weg zurück erscheint nur ein einziges Mal.

In aufkeimender Angst sah sie sich um und war erleichtert, daß sich der Bogen noch dort befand. Wenn sie Aginor schnell aufspürte …

Seid standhaft.

Mit einem Aufschrei unterdrückten Zorns kletterte sie los, über die umgestürzten Steine hinweg auf das Tor zu. »Wer auch dafür verantwortlich sein mag, daß ich hier bin«, murmelte sie, »an dem werde ich mich so rächen, daß er wünscht, anstelle von Aginor zu sein. Ich werde …« Sie schritt in das Tor hinein, und das Licht überwältigte sie.

»Ich werde …« Nynaeve trat aus dem Tor und sah sich um. Es war alles so, wie in ihrer Erinnerung — der silberne *Ter'Angreal*, die Aes Sedai, der Raum —, aber alles das traf sie wie ein Schlag, als die verschwundenen Erinnerungen in ihren Kopf zurückkrachten. Sie war aus dem gleichen Bogen getreten, durch den sie den Raum verlassen hatte.

Die Rote Schwester hob eine der Silberschalen und goß einen Schwall kühlen klaren Wassers über Nynaeves Kopf. »Ihr seid gereinigt von aller Sünde, die Ihr begangen haben mögt«, sang die Aes Sedai, »und von den Sünden, die an Euch begangen wurden. Ihr seid gereinigt von allen Verbrechen, die Ihr begangen haben mögt, und von denen, die man an Euch begangen hat. Ihr kommt zu uns gewaschen und rein in Herz und Seele.«

Nynaeve schauderte, als das Wasser an ihrem Körper hinunterlief und auf den Boden tropfte.

Sheriam nahm sie mit einem erleichterten Lächeln beim Arm, aber aus der Stimme der Oberin der Novizinnen konnte sie nicht auf vorhergegangene Sorgen schließen. »Bisher macht Ihr Eure Sache gut. Zurückzukommen heißt, es gut zu machen. Denkt daran, was Ihr erreichen wollt, und dann wird es auch weiterhin gelingen.« Der Rotschopf führte sie um den *Ter'Angreal* herum zum nächsten Tor.

»Es sah so wirklich aus«, sagte Nynaeve im Flüsterton. Sie konnte sich an alles erinnern, auch wie sie die Eine Macht benützt hatte, als sei es genauso einfach, wie eine Hand zu erheben. Sie erinnerte sich an Aginor und was der Verlorene ihr hatte antun wollen. Sie schauderte wieder. »War es real?«

»Das weiß niemand«, antwortete Sheriam. »In der Erinnerung erscheint es real, und manche sind auch schon herausgekommen und hatten wirkliche Wunden, die sie drinnen erhalten hatten. Andere wieder hat man drinnen bis auf die Knochen durchbohrt, und sie sind ohne einen Kratzer herausgekommen. Es ist immer etwas Neues für jede Frau, die hineingeht. Die Alten behaupteten, es gebe viele Welten. Vielleicht bringt uns der *Ter'Angreal* zu ihnen. Aber sollte das der Fall sein, dann nur unter sehr eigenartigen Bedingungen für etwas, das einen nur von einem Ort zum anderen befördern soll.

Ich glaube, es ist nichts Reales. Aber denkt daran, gleichgültig, ob das Geschehen wirklich ist oder nicht, die *Gefahr* ist jedenfalls so real wie ein Messer, das Euch ins Herz gestoßen wird.«

»Ich habe die Macht verwandt. Es war so leicht.«

Sheriam stolperte. »Man sagt, das sei nicht möglich. Ihr solltet Euch nicht einmal daran erinnern, die Macht gelenkt zu haben.« Sie musterte Nynaeve. »Und doch ist Euch nichts passiert. Ich kann die Fähigkeit immer noch in Euch fühlen, so stark wie vorher.«

»Ihr klingt, als sei das gefährlich«, meinte Nynaeve bedächtig, und Sheriam zögerte mit ihrer Antwort.

»Wir halten es nicht für notwendig, Euch davor zu warnen, da Ihr nicht in der Lage sein solltet, Euch überhaupt daran zu erinnern, aber ... Dieser *Ter'Angreal* wurde während der Trolloc-Kriege gefunden. Wir haben Berichte über die damals angestellten Untersuchungen im Archiv. Die erste Schwester, die man hineinschickte, war so stark abgeschirmt wie überhaupt nur möglich, da niemand wußte, was geschehen würde. Sie behielt ihre Erinnerungen, und sie benützte die Eine Macht, als sie bedroht wurde. Und sie kam mit völlig ausgebrannten Fähigkeiten zurück, unfähig, die Macht zu lenken, unfähig sogar, die Wahre Quelle wahrzunehmen. Auch die zweite, die hineinging, war abgeschirmt, und auch sie wurde auf die gleiche Weise innerlich zerstört. Die dritte ging ungeschützt hinein, erinnerte sich drinnen an nichts und kehrte unversehrt zurück. Das ist ein Grund, warum wir Euch völlig ungeschützt hineinschicken. Nynaeve, Ihr dürft im *Ter'Angreal* die Macht nicht mehr benützen. Ich weiß, es ist schwer, sich an etwas zu erinnern, aber bemüht Euch.«

Nynaeve schluckte. Sie konnte sich an alles erinnern, auch daran, daß sie sich drinnen an nichts mehr erinnert hatte. »Ich werde die Macht nicht benützen«, sagte sie. *Wenn ich mich daran erinnern kann.* Sie hätte am liebsten hysterisch gelacht.

Sie hatten den nächsten Bogen erreicht. Das Glühen erfüllte nach wie vor alle. Sheriam warf Nynaeve einen letzten warnenden Blick zu und ließ sie dann allein.

»Das zweite Mal ist für das, was ist. Der Weg zurück erscheint nur ein einziges Mal. Seid standhaft.«

Nynaeve blickte den schimmernden Bogen an. *Was wartet diesmal drinnen auf mich?* Die anderen warteten und beobachteten sie. Sie trat entschlossen hindurch in das Licht.

Nynaeve blickte das einfache braune Kleid überrascht an, das sie trug. Dann fuhr sie zusammen. Warum sah sie ihr eigenes Kleid so an? *Der Weg zurück erscheint nur ein einziges Mal.* Sie lächelte, als sie sich umblickte. Sie stand am Rand des Dorfgrüns in Emondsfeld, um sie herum die schindelgedeckten Dächer und vor ihr die Weinquellenschenke. Die Weinquelle selbst quoll in einem kraftvollen Schwall aus dem Felsausläufer, der sich ins Gras des Grüns hineinschob, und der Weinquellenbach rauschte unter den Weiden neben der Schenke hindurch nach Osten. Die Straßen waren leer, aber die meisten Leute waren um diese Zeit des Vormittags bei der Arbeit.

Als sie die Schenke ansah, verflog ihr Lächeln. Sie wirkte mehr als nur ein bißchen vernachlässigt. Der Verputz war verblaßt, ein Fensterladen hing lose an einer Angel, das faulende Ende eines Dachbalkens zeigte sich in einer Lücke zwischen den Ziegeln. *Was ist denn in Bran gefahren? Verbringt er so viel Zeit damit, Bürgermeister zu spielen, daß er vergißt, sich um seine Schenke zu kümmern?* Die Tür der Schenke flog auf, und Cenn Buie trat heraus. Als er sie sah, blieb er wie angewurzelt stehen. Der alte Dachdecker wirkte so knorrig wie eine Eichenwurzel, und der Blick, den er ihr zuwarf, war genauso freundlich. »Also bist du zurückgekommen, was? Na ja, du kannst gleich wieder verschwinden.«

Sie runzelte die Stirn, als er vor ihr ausspuckte und

an ihr vorbeieilte. Cenn war noch nie ein angenehmer Umgang gewesen, aber er war selten so offen unhöflich. Jedenfalls nicht zu ihr. Ihr Blick folgte ihm, und sie erblickte überall im Dorf Anzeichen von Vernachlässigung — Dächer, die schadhaft geworden waren, und Unkraut in den Höfen. Die Tür des Hauses von Frau al'Caar hing schief an einem gebrochenen Scharnier.

Nynaeve schüttelte den Kopf und trat in die Schenke. *Ich werde mir Bran einmal richtig vornehmen müssen.* Der Schankraum war leer bis auf eine einzelne Frau, die ihren dicken ergrauten Zopf über die Schulter geschlungen hatte. Sie wischte gerade einen Tisch ab, aber aus der Art, wie sie die Tischfläche anstarrte, schloß Nynaeve, daß sie gar nicht merkte, was sie tat. Der Raum erschien ihr staubig.

»Marin?«

Marin al'Vere zuckte zusammen, eine Hand an der Kehle, und sah sie mit großen Augen an. Sie wirkte um Jahre gealtert, seit Nynaeve sie zum letzten Mal gesehen hatte. Verbraucht. »Nynaeve? Nynaeve! Oh, du bist es wirklich! Egwene? Hast du Egwene zurückgebracht? Sag, daß sie da ist.«

»Ich ...« Nynaeve drückte sich eine Hand gegen die Stirn. *Wo ist Egwene?* Es schien ihr, als *sollte* sie das wissen. »Nein, nein, ich habe sie nicht mitgebracht.« *Der Weg zurück erscheint nur ein einziges Mal.* Frau al'Vere sackte auf einen der Stühle mit ihren geraden hohen Lehnen. »Ich hatte so darauf gehofft. Seit Bran starb ...«

»Bran ist tot?« Nynaeve konnte sich das nicht vorstellen; dieser breite, lächelnde Mann war ihr immer als ein Mensch erschienen, der nie aus ihrem Leben verschwinden könne. »Ich hätte hierbleiben sollen.«

Die Frau sprang auf und eilte zum Fenster und spähte ängstlich auf das Grün und das Dorf hinaus. »Wenn Malena erfährt, daß du hier bist, dann gibt es Ärger. Bestimmt hatte Cenn nichts Besseres zu tun, als zu ihr zu rennen. Er ist jetzt Bürgermeister.«

»Cenn? Wie konnten diese Wollköpfe ausgerechnet Cenn wählen?«

»Das war Malena. Sie brachte den ganzen Frauenzirkel dazu, daß sie ihre Männer beeinflußten, sie sollten Cenn wählen.« Marin drückte die Nase an der Fensterscheibe platt und versuchte gleichzeitig nach allen Seiten zu blicken. »Diese dummen Männer sprachen nicht darüber, wessen Namen sie zuvor in die Urne legten; ich glaube, jeder Mann, der für Cenn stimmte, dachte, er sei der einzige, dessen Frau ihn dazu getrieben hatte. Dachte sich, daß eine Stimme nicht viel ausmachen werde. Na ja, jetzt wissen sie es besser. Wir alle wissen es besser.«

»Wer ist diese Malena, die den Frauenzirkel mißbraucht, um ihre Ziele durchzusetzen? Ich habe noch nie von ihr gehört.«

»Sie kommt aus Wachhügel. Sie ist die Seh ...« Marin wandte sich vom Fenster ab und rang die Hände. »Malena Aylar ist jetzt die Seherin hier, Nynaeve. Als du nicht zurückkamst ... Licht, ich hoffe, sie bekommt nicht heraus, daß du hier bist.«

Nynaeve schüttelte staunend den Kopf. »Marin, du hast ja Angst vor ihr. Du zitterst ja. Was für eine Frau ist das denn? Warum hat der Frauenzirkel eine wie sie gewählt?«

Frau al'Vere lachte bitter. »Wir müssen verrückt gewesen sein. Malena kam herüber, um Mavra Mallen zu besuchen, einen Tag bevor Mavra nach Devenritt zurückkehren mußte, und da in dieser Nacht mehrere Kinder krank wurden, blieb Malena und kümmerte sich um sie. Dann begannen die Schafe zu sterben, und Malena kümmerte sich auch darum. Es erschien uns ganz natürlich, sie zu wählen, aber ... Sie ist eine Tyrannin, Nynaeve. Sie unterdrückt jeden, bis man tut, was sie will. Sie hackt auf einem herum, immer wieder, bis man zu müde ist, um noch nein zu sagen. Und noch schlimmer. Sie schlug Alsbet Luhhan nieder.«

Ein Bild schoß Nynave durch den Kopf: Alsbet Luhhan und ihr Mann Haral, der Schmied. Sie war beinahe so groß wie er und kräftig. Dabei sah sie recht gut aus. »Alsbet ist fast genauso stark wie Haral. Ich kann nicht glauben ...«

»Malena ist keine große Frau, aber sie ist — sie ist wild, Nynaeve. Sie prügelte Alsbet mit einem Stock über das ganze Grün, und keine von uns, die es beobachteten, hatte den Mut, sie davon abzuhalten. Als sie davon erfuhren, haben Bran und Haral gesagt, sie müßten zu ihr gehen, auch wenn sie sich damit in die Angelegenheiten des Frauenzirkels einmischten. Ich glaube, ein paar im Frauenzirkel hätten vielleicht auf sie gehört, aber Bran und Haral wurden beide am gleichen Abend krank und starben mit einem Tag Abstand.« Marin biß sich auf die Lippe und sah sich im Raum um, als könne sich da jemand versteckt haben. Sie senkte die Stimme. »Malena hat die Medizin für sie gemischt. Sie sagte, es sei ihre Pflicht, obwohl sie gegen sie gewesen seien. Ich sah ... Ich sah, daß sie grauen Fenchel mitnahm.«

Nynaeve keuchte überrascht. »Aber ... Bist du sicher, Marin? Bist du wirklich sicher?« Die ältere Frau nickte. Sie verzog das Gesicht und war den Tränen nahe. »Marin, wenn du vermutet hast, daß diese Frau Bran vergiftet hat, warum bist du dann nicht zum Frauenzirkel gegangen?«

»Sie sagte, Bran und Haral wandelten nicht im Licht«, murmelte Marin, »weil sie sich gegen die Seherin gestellt hatten. Sie sagte, deshalb seien sie gestorben. Das Licht habe sie verlassen. Sie spricht die ganze Zeit von der Sünde. Sie behauptete, Paet al'Caar habe gesündigt, da er sich nach dem Tod Harals und Brans gegen sie geäußert hatte. Dabei sagte er nur, daß sie keine so gute Heilerin sei wie du, aber sie malte den Drachenzahn an seine Tür, ganz offen, so daß jeder sie mit der Zeichenkohle in der Hand sehen konnte. Seine beiden Jungen waren noch vor dem Wochenende tot — einfach tot, als ihre Mutter kam, um sie aufzuwecken. Arme Nela. Wir fanden sie, als sie herumirrte, zur gleichen Zeit lachte und weinte, und schrie, daß Paet der Dunkle König sei und ihre Jungen getötet habe. Paet hat sich am nächsten Tag aufgehängt.« Sie schauderte, und ihre Stimme wurde so leise, daß Nynaeve sie kaum noch verstehen konnte. »Ich habe vier Töchter, die immer noch unter meinem Dach leben. Sie leben, Nynaeve. Verstehst du, was ich sagen will? Sie leben noch, und ich will, daß sie am Leben bleiben.«

Nynaeve fror bis auf die Knochen. »Marin, das kannst du nicht zulassen?« *Der Weg zurück erscheint nur ein einziges Mal. Seid standhaft.* Sie schob den Gedanken zur Seite. »Wenn der Frauenzirkel zusammenhält, könnt ihr sie loswerden.«

»Gegen Malena zusammenhalten?« Marins Lachen klang eher wie ein Schluchzen. »Wir haben alle Angst vor ihr. Aber sie kann gut mit den Kindern umgehen. Es sind immerzu Kinder krank, wie es scheint, aber Malena tut alles für sie. Als du noch Seherin warst, starb fast niemand an Krankheiten.«

»Marin, hör auf mich. Ist dir nicht klar, warum immer Kinder krank sind? Wenn sie euch keine Angst einjagen kann, will sie euch im Glauben lassen, ihr bräuchtet sie der Kinder wegen. Sie tut das, Marin. Genauso, wie sie Bran krank gemacht hat.«

»Bestimmt nicht«, hauchte Marin. »Das täte sie nicht. Nicht bei den Kleinen.«

»Glaub es nur, Marin.« *Der Weg zurück ...* — Nynaeve unterdrückte diesen Gedanken heftig. »Gibt es eine im Zirkel, die keine Angst hat? Eine, die auf uns hören würde?«

Die ältere Frau sagte: »Keine, die nicht Angst vor ihr hätte. Aber Corin Ayellin hört vielleicht auf uns. Wenn das der Fall ist, bringt sie noch zwei oder drei weitere auf unsere Seite. Nynaeve, wenn genügend Mitglieder auf uns hören, wirst du dann wieder unsere Seherin?

Ich glaube, du wärst die einzige unter uns, die nicht vor Malena kuscht, auch wenn wir alle Bescheid wissen. Du weißt nicht, wie sie ist.«

»Ich werde es herausfinden.« *Der Weg zurück ... Nein! Das sind die mir anvertrauten Menschen!* »Hol deinen Umhang, und dann gehen wir zu Corin.«

Marin zögerte, die Schenke zu verlassen, und als Nynaeve sie schließlich draußen hatte, schlich sie ängstlich von Schwelle zu Schwelle, duckte sich und blickte sich ständig um. Bevor sie noch den halben Weg zu Corin Ayellins Haus zurückgelegt hatten, sah Nynaeve eine große hagere Frau auf der anderen Seite des Grüns zur Schenke gehen, wobei sie mit einer dicken Weidenrute im Vorbeigehen die Blumen köpfte. Sie war zwar knochig, wirkte aber drahtig und kräftig und trug einen entschlossenen Zug um den Mund. Cenn Buie lief in ihrem Kielwasser hinterher.

»Malena.« Marin zog Nynaeve in eine Lücke zwischen zwei Häusern. Sie flüsterte, als fürchte sie, die Frau könne sie über das Grün hinweg hören. »Ich wußte, daß Cenn zu ihr rennen würde.«

Etwas zwang Nynaeve, sich nach hinten umzublikken. Hinter ihr stand ein silberner Bogen, spannte sich von Haus zu Haus und glühte weiß. *Der Weg zurück erscheint nur ein einziges Mal. Seid standhaft.* Marin schrie leise auf. »Sie hat uns gesehen. Licht hilf uns, sie kommt!«

Die große Frau hatte sich auf den Weg über das Grün hinweg gemacht und ließ Cenn hinter sich zurück. Auf Malenas Gesicht zeigte sich keine Unsicherheit. Sie ging langsam, als gäbe es kein Entkommen vor ihr. Ihr grausames Lächeln wurde mit jedem Schritt deutlicher. Marin zupfte Nynaeve am Ärmel. »Wir müssen wegrennen. Wir müssen uns verstecken. Komm, Nynaeve! Cenn hat ihr bestimmt erzählt, wer du bist. Sie haßt es, wenn jemand nur von dir spricht.«

Der silberne Torbogen zog Nynaeves Blicke an. *Der*

Weg zurück … Sie schüttelte den Kopf und versuchte verkrampft, sich zu erinnern. *Es ist nicht wirklich.* Sie sah Marin an. Blanke Angst verzerrte das Gesicht der Frau. *Ihr müßt standhaft sein, um zu überleben.* »Bitte, Nynaeve. Sie hat mich mit dir gesehen. Sie-hat-mich-gesehen! Bitte, Nynaeve!«

Malena kam unaufhaltsam näher. *Meine mir anvertrauten Menschen.* Der Bogen leuchtete. *Der Weg zurück. Es ist nicht wirklich.* Mit einem Aufschluchzen riß Nynaeve den Arm aus Marins Griff und stürzte auf das silberne Glühen zu.

Marins Schrei erklang hinter ihr: »Um der Liebe des Lichts willen, Nynaeve, hilf mir! HILF MIR!«

Das Glühen hüllte sie ein.

Mit weitaufgerissenen Augen taumelte Nynaeve aus dem Tor heraus. Sie war sich des Raums und der Aes Sedai kaum bewußt. Dafür hatte sie Marins Schreie noch im Ohr. Sie zuckte nicht zusammen, als ihr plötzlich kaltes Wasser über den Kopf geschüttet wurde.

»Ihr seid gereinigt von falschem Stolz. Ihr seid gereinigt von falschem Ehrgeiz. Ihr kommt gewaschen zu uns, rein in Herz und Seele.« Als die Rote Aes Sedai zurücktrat, kam Sheriam und nahm Nynaeves Arm. Nynaeve fuhr zusammen und erkannte erst dann, wer es war. Sie packte mit beiden Händen den Kragen von Sheriams Kleid. »Sagt mir, daß es nicht wirklich war. Sagt es mir!«

»Schlimm?« Sheriam zog Nynaeves Hände von ihrem Kragen, als sei sie an eine solche Reaktion gewöhnt. »Es wird jedesmal schlimmer, und das dritte Mal ist am schlimmsten.«

»Ich habe meine Freundin verlassen … Ich habe die mir anvertrauten *Menschen* im Stich gelassen … in der Hölle zurückgelassen.« *Licht, bitte, laß es nicht Wirklichkeit sein. Ich habe nicht wirklich … Dafür* muß *Moiraine bezahlen. Sie* muß!

»Es gibt immer einen Grund, nicht zurückzukehren, etwas, um Euch davon abzuhalten oder abzulenken. Dieser *Ter'Angreal* webt Euch Fallen aus Eurer eigenen Seele, webt sie fest und stark, härter als Stahl und tödlicher als Gift. Deshalb benutzen wir ihn für diese Prüfung. Ihr müßt mehr als alles in der Welt eine Aes Sedai werden wollen. Dieser Wunsch muß stark genug sein, um allem gegenüberzutreten, um Euch aus jeder Lage herauszukämpfen, um dieses Ziel zu erreichen. Die Weiße Burg läßt nicht weniger gelten. Wir verlangen das von Euch.«

»Ihr verlangt eine ganze Menge.« Nynaeve blickte unverwandt auf den dritten Torbogen, als die rothaarige Aes Sedai sie dorthin führte. *Das dritte Mal ist am schlimmsten.* »Ich habe Angst«, flüsterte sie. *Was kann noch schlimmer werden als das, was ich gerade tat?* »Gut«, sagte Sheriam. »Ihr wollt eine Aes Sedai werden und die Eine Macht lenken. Niemand sollte das ohne Ehrfurcht und Respekt versuchen. Die Furcht wird Euch vorsichtig machen, und die Vorsicht wird Euch am Leben halten.« Sie drehte Nynaeve um, damit sie den Bogen ansah, doch noch trat sie selbst nicht zurück. »Niemand wird Euch zwingen, ein drittes Mal einzutreten, Kind.«

Nynaeve leckte sich die Lippen. »Wenn ich mich weigere, werdet Ihr mich aus der Burg weisen und mich niemals zurückkommen lassen.« Sheriam nickte. »Und jetzt wird es am schlimmsten.« Sheriam nickte wieder. Nynaeve holte tief Luft. »Ich bin bereit.«

»Das dritte Mal«, sang Sheriam aus, »ist für das, was sein wird. Der Weg zurück erscheint nur ein einziges Mal. Seid standhaft.«

Nynaeve rannte in den Torbogen hinein.

Lachend rannte sie durch aufwirbelnde Wolken von Schmetterlingen, die auf der von Wildblumen überwucherten Hügelkuppe gesessen hatten. Die Blumen wirkten wie ein kniehoher Gauklerumhang. Ihre graue Stute tänzelte nervös mit herunterhängenden Zügeln am Rand der Wiese, und so hörte Nynaeve mit dem Herumrennen auf, damit sich das Tier nicht noch mehr ängstigte. Einige Schmetterlinge setzten sich auf ihr Kleid, auf gestickte Blumen und aufgenähte Perlen, oder sie flatterten um die Saphire und Mondsteine in ihrem Haar, das ihr lose auf die Schultern herunterhing.

Unterhalb des Hügels erstreckte sich das Halsband der Tausend Seen durch die Stadt Malkier. Darin spiegelten sich die wolkenhohen Sieben Türme, auf denen die Flaggen mit dem Goldenen Kranich wehten. In der Stadt zeigten sich tausend Gärten, doch sie zog diesen wilden Naturgarten auf der Hügelspitze jenen vor. *Der Weg zurück erscheint nur ein einziges Mal. Seid standhaft.*

Beim Klang von Hufschlag drehte sie sich um.

Al'Lan Mandragoran, der König von Malkier, sprang vom Rücken seines Streitrosses und lief durch die Schmetterlinge lachend auf sie zu. Sein Gesicht war das eines harten Mannes, doch das Lächeln, das er ihr schenkte, machte die steinernen Kanten sanfter.

Sie starrte ihn überrascht mit offenem Mund an, und da nahm er sie in die Arme und küßte sie. Einen Moment lang klammerte sie sich an ihn und küßte ihn wieder. Ihre Füße hingen ein Stück in der Luft, aber das machte ihr nichts aus.

Plötzlich stemmte sie sich gegen ihn und zog ihr Gesicht zurück. »Nein.« Sie stemmte sich noch mehr. »Laß mich los! Ich will runter.« Erstaunt ließ er sie sinken, bis ihre Füße wieder auf dem Boden standen. Sie trat vor ihm zurück. »Das nicht«, sagte sie. »Ich kann es nicht ertragen. Nur das nicht.« *Bitte, stellt mich wieder Aginor gegenüber.*

Ihre Erinnerungen wirbelten durcheinander. *Aginor?* Sie wußte nicht, woher dieser Gedanke gekommen war. Die Erinnerungen zuckten auf und kippten weg wie sich durcheinanderschiebende Eisschollen auf einem überfluteten Fluß. Sie griff nach den Stücken, nach etwas, woran sie sich klammern konnte.

»Geht es dir nicht gut, Liebling?« fragte Lan besorgt.

»Nenn mich nicht so! Ich bin nicht dein Liebling! Ich kann dich nicht heiraten!«

Er überraschte sie damit, daß er den Kopf in den Nakken warf und schallend lachte. »Deine Annahme, daß wir nicht verheiratet seien, könnte unsere Kinder verwirren, liebe Gattin. Und wie könntest du nicht mein Liebling sein? Ich habe keinen anderen, und ich werde keine andere Frau jemals lieben.«

»Ich muß zurück.« Verzweifelt sah sie sich nach dem Bogen um, fand aber nur die Wiese und den Himmel. *Härter als Stahl und tödlicher als Gift. Lan. Lans Kinder. Licht, hilf mir doch!* »Ich muß jetzt zurück.«

»Zurück? Wohin? Nach Emondsfeld? Wenn du das wünscht. Ich schicke Morgase einen Brief und bestimme eine Eskorte.«

»Allein«, murmelte sie und suchte immer noch in ihrem Inneren. *Wo ist es? Ich muß weg.* »Ich lasse mich nicht darin verwickeln. Ich könnte es nicht ertragen. Nicht das hier. Ich muß *jetzt* weg!«

»Worin verwickeln, Nynaeve? Was könntest du nicht ertragen? Nein, Nynaeve. Hier kannst du allein umherreiten, wann immer du willst, aber wenn die Königin von Malkier ohne die ihr zustehende Eskorte nach Andor käme, wäre Morgase entsetzt, vielleicht sogar beleidigt. Du willst sie doch nicht beleidigen, oder? Ich dachte, ihr zwei seid Freundinnen.«

Nynaeve fühlte sich, als habe man sie ein ums andere Mal auf den Kopf geschlagen. »Königin?« fragte sie zögernd. »Und wir haben Kinder?«

»Bist du ganz sicher, daß es dir gutgeht? Ich glaube, ich sollte dich lieber zu Sharina Sedai bringen.«

»Nein.« Sie zog sich wieder vor ihm zurück. »Keine Aes Sedai.« *Das ist nicht wirklich. Ich werde mich diesmal nicht hineinziehen lassen. Auf keinen Fall!*

»Also gut«, sagte er bedächtig. »Als meine Frau — wie könntest du da nicht auch gleichzeitig Königin sein? Wir sind hier alle Malkieri und keine Ausländer. Du wurdest in den Sieben Türmen zur gleichen Zeit gekrönt, als wir die Ringe tauschten.« Unbewußt bewegte er die linke Hand. An seinem Zeigefinger steckte ein einfacher goldener Ring. Sie blickte auf ihre eigene Hand hinunter, auf den Ring, den sie kannte. Sie legte ihre andere Hand darüber, aber ob sie seine Existenz verleugnen könne. »Erinnerst du dich jetzt wieder?« fuhr er fort. Er streckte seine Hand aus, als wolle er ihre Wange streicheln, doch sie trat nochmals sechs Schritt zurück. Er seufzte. »Wie du wünschst, Liebling. Wir haben drei Kinder, wenn auch nur eines davon noch ein Säugling ist. Maric geht dir schon bis an die Schulter und kann sich nicht entscheiden, ob ihm Pferde oder Bücher besser gefallen. Elnore hat damit angefangen, auszuprobieren, wie man den Jungen am besten den Kopf verdreht, wenn sie nicht gerade Sharina löchert, wann sie endlich alt genug sei, zur Weißen Burg zu gehen.«

»Elnore war der Name meiner Mutter«, sagte sie leise.

»Das sagtest du, als du den Namen wähltest. Nynaeve ...«

»Nein. Ich lasse mich diesmal nicht hineinziehen. Diesmal nicht. Auf keinen Fall!« Jenseits von ihm, zwischen den Bäumen neben der Wiese, sah sie den silbernen Torbogen. Vorher hatten ihn die Bäume verborgen. *Der Weg zurück erscheint nur ein einziges Mal.* Sie wandte sich dorthin. »Ich muß gehen.« Er ergriff ihre Hand, und es war ihr, als hätten ihre Füße im Stein Wurzeln geschlagen. Sie hatte nicht die Kraft, sich ihm zu entziehen.

»Ich weiß nicht, was dich so bewegt, meine liebe Frau, aber was es auch sein mag: Sag es mir, und ich werde es richten. Ich weiß, daß ich vielleicht nicht der beste aller Ehemänner bin. Als ich dich fand, war ich ein ziemlich eckiger Typ, aber du hast zumindest einige meiner Kanten abgeschliffen.«

»Du bist der beste aller Ehemänner«, murmelte sie. Zu ihrem Schrecken wurde ihr bewußt, daß sie sich an ihn als ihren Mann erinnerte, an Lachen und Weinen, an Krach und süße Versöhnung. Es waren schwache Erinnerungen, aber sie fühlte, wie sie stärker und wärmer wurden. »Ich kann nicht.« Dort drüben stand der Bogen, nur wenige Schritte entfernt. *Der Weg zurück erscheint nur ein einziges Mal. Seid standhaft.*

»Ich weiß nicht, was geschieht, Nynaeve, aber ich habe das Gefühl, ich verliere dich. Das könnte ich nicht ertragen.« Er legte eine Hand auf ihr Haar. Sie schloß die Augen und drückte ihre Wange an seine Handfläche. »Bleib immer bei mir!«

»Ich möchte bleiben«, sagte sie leise. »Ich möchte bei dir bleiben.« Als sie die Augen öffnete, war der Torbogen weg ... *Nur ein einziges Mal.* »Nein. Nein!«

Lan drehte ihr Gesicht dem seinen zu. »Was ist mit dir? Du mußt es mir sagen, wenn ich helfen soll.«

»Das ist alles nicht wirklich.«

»Nicht wirklich? Bevor ich dich traf, glaubte ich, bis auf mein Schwert sei nichts real. Sieh dich um, Nynaeve. Es *ist* Wirklichkeit. Was auch immer du als real betrachten möchtest, das wird für uns beide real sein.«

Staunend blickte sie sich um. Die Wiese lag immer noch um sie herum. Die Sieben Türme erhoben sich immer noch über den Tausend Seen. Der Bogen war weg, aber sonst hatte sich nichts geändert. *Ich könnte hierbleiben. Bei Lan. Nichts hat sich geändert.* Ihre Gedanken wirbelten. *Nichts hat sich geändert. Egwene ist allein in der Weißen Burg. Rand wird die Macht benutzen und dem Wahn verfallen. Und was ist mit Mat und Perrin? Können sie ein Stück ihres Lebens festhalten und weitermachen? Und Moiraine, die unser Leben so zerrissen hat, ist immer noch frei.* »Ich muß zurück«, flüsterte sie. Unfähig, den Schmerz in seinem Gesichtsausdruck zu ertragen, riß sie sich von ihm los. Entschlossen formte sie eine Knospe im Geist, eine weiße Knospe an einem Schlehenzweig. Sie machte die Dornen scharf und gefährlich und wünschte, sie sollten ihre Haut durchbohrten. Dabei fühlte sie sich, als habe sie bereits mitten im Schlehengebüsch gehangen. Sheriam Sedais Stimme tanzte gerade außerhalb ihrer Hörweite und sagte ihr, es sei gefährlich, die Eine Macht zu gebrauchen. Die Knospe öffnete sich, und *Saidar* erfüllte sie mit Licht.

»Nynaeve, sag mir doch, was los ist!«

Lans Stimme schnitt in ihre Konzentration. Sie weigerte sich, darauf zu hören. Der Weg zurück mußte immer noch existieren. Sie starrte auf den Fleck, wo sich der silberne Bogen befunden hatte. Nichts.

»Nynaeve ...«

Sie versuchte, sich den Bogen vorzustellen, ihn bis in die kleinste Einzelheit in ihrem Geist neu zu formen, diesen Bogen schimmernden Metalls, der mit einem Glühen wie von brennendem Schnee erfüllt war. Es schien ihr, als verschwimme etwas vor ihr, sei zuerst zwischen den Bäumen und ihr selbst vorhanden, dann wieder nicht, dann doch wieder.

»... ich liebe dich ...«

Sie zog Energie aus *Saidar,* trank den Strom der Einen Macht, bis sie glaubte, sie müsse platzen. Das Leuchten erfüllte sie, strahlte von ihr aus, schmerzte in ihren Augen. Die Hitze wollte sie verschlingen. Der flackernde Bogen bildete sich und wurde realer, stand schließlich ganz vor ihr. Feuer und Schmerz schienen sie zu erfüllen. Ihre Knochen brannten; ihr Schädel war ein tobender Hochofen.

»... von ganzem Herzen.«

Sie rannte auf die silberne Krümmung zu und gestattete sich keinen Blick zurück. Sie war so sicher gewesen, das Bitterste, was sie je hören könne, sei der Hilfeschrei Marin al'Veres gewesen, als Nynaeve sie im Stich ließ, doch das war Honig gegenüber dem Klang von Lans gequälter Stimme, die sie verfolgte. »Nynaeve, bitte verlaß mich nicht!«

Das weiße Glühen verschlang sie.

Nackt taumelte Nynaeve durch den Bogen und fiel auf die Knie. Ihr Mund hing offen, sie schluchzte, und Tränen strömten ihr über die Wangen. Sheriam kniete neben ihr nieder. Sie funkelte die rothaarige Aes Sedai an. »Ich hasse Euch!« brachte sie zornig heraus, wobei sie nach Luft schnappen mußte. »Ich hasse alle Aes Sedai!«

Sheriam seufzte leicht und zog Nynaeve auf die Beine. »Kind, beinahe jede Frau, die das durchmacht, sagt dasselbe. Es ist mehr als schwer, den eigenen Ängsten zu begegnen. Was ist denn das?« fragte sie in scharfem Ton und drehte Nynaeves Hände um, so daß die Handflächen nach oben zeigten.

Nynaeves Hände zitterte in einem plötzlichen Aufwallen von Schmerz, den sie zuvor nicht gefühlt hatte. Genau durch die Mitte der Handflächen beider Hände war jeweils ein langer schwarzer Dorn getrieben. Sheriam zog sie vorsichtig heraus. Nynaeve fühlte die kühle Heilkraft der Berührung der Aes Sedai. Als die Dornen draußen waren, hinterließen sie jeweils nur eine kleine Narbe in der Handfläche und auf dem Handrücken.

Sheriam runzelte die Stirn. »Es sollte eigentlich keinerlei Narbe zu sehen sein. Und wie seid Ihr zu den beiden Dornen gekommen — nur zwei und jede so genau plaziert? Wenn Ihr Euch in einem Schlehenstrauch verfangen habt, solltet Ihr über und über mit Kratzern bedeckt sein.«

»Sollte ich«, stimmte ihr Nynaeve bitter zu. »Vielleicht war ich der Meinung, ich hätte schon genug bezahlt.«

»Man muß immer dafür bezahlen«, meinte die Aes Sedai. »Kommt jetzt. Ihr habt Euren ersten Preis gezahlt. Nehmt, wofür Ihr bezahlt habt.« Sie gab Nynaeve einen kleinen Stoß nach vorn.

Nynaeve wurde bewußt, daß sich nun mehr Aes Sedai im Raum befanden. Die Amyrlin in ihrer gestreiften Stola war da und aus jeder Ajah eine Schwester, die sich neben der Amyrlin aufgereiht hatten. Alle beobachteten Nynaeve. Sie erinnerte sich an Sheriams Instruktionen, stolperte nach vorn und kniete vor der Amyrlin nieder. Sie hielt die letzte Schale, und nun goß sie sie langsam über Nynaeves Kopf aus.

»Ihr seid gereinigt von Nynaeve al'Meara aus Emondsfeld. Ihr seid gereinigt von allen Bindungen an die Welt. Ihr kommt zu uns gewaschen und rein in Herz und Seele. Ihr seid Nynaeve al'Meara, eine Aufgenommene in der Weißen Burg.« Sie gab die Schale an eine der Schwestern weiter und zog Nynaeve auf die Beine. »Ihr seid jetzt vor uns versiegelt.«

In den Augen der Amyrlin schien es dunkel zu glühen. Nynaeves Schaudern hatte nichts damit zu tun, daß sie nackt und naß war.

GLOSSAR

Der *Tomanische Kalender* (von Toma dur Ahmid entworfen) wurde ungefähr zwei Jahrhunderte nach dem Tod des letzten männlichen Aes Sedai eingeführt. Er zählte die Jahre *Nach der Zerstörung der Welt* (NZ). Während der Trolloc-Kriege wurden viele Aufzeichnungen zerstört, so daß man sich nach dem Ende dieser Kriege nicht mehr sicher war, in welchem Jahr der alten Zeitrechnung der neue Kalender einsetzte. Tiam von Gazar schlug die Einführung eines neuen Kalenders vor, der die damals angenommene Befreiung von der Bedrohung durch die Trollocs feierte und jedes Jahr als ein *Freies Jahr* (FJ) zählte. Innerhalb der zwanzig auf das Kriegsende folgenden Jahre fand der *Gazarenische Kalender* weitgehende Anerkennung. Artur Falkenflügel bemühte sich, einen neuen Kalender durchzusetzen, der auf seiner Reichsgründung basierte (VG, *Von der Gründung an*), aber dieser Versuch ist heute nur noch den Historikern bekannt. Nach weitreichender Zerstörung, Tod und Aufruhr während des Hundertjährigen Kriegs wurde ein vierter Kalender von Uren din Jubai Fliegende Möwe entworfen, einem Gelehrten der Meerleute, und von dem Panarch Farede von Tarabon weiterverbreitet. Der *Farede-Kalender,* der von dem willkürlich angenommenen Ende des Hundertjährigen Kriegs an rechnet und die Jahre seither als *Neue Ära* (NÄ) führt, ist momentan in Gebrauch.

A'dam (Eidam): eine Vorrichtung — sie besteht aus einem Halsring und einem Armreif, die durch eine silberfarbene Metallkette verbunden sind —, die benützt werden kann, um gegen ihren Willen jede Frau zu kontrollieren, die die Eine Macht lenken kann. Der Halsring wird von der *Damane* getragen, der Armreif von der *Sul'dam* (*siehe auch: Damane, Sul'dam*).

Aes Sedai (Aies Sehdai): Träger der Einen Macht. Seit der Zeit des Wahnsinns sind alle überlebenden Aes Sedai Frauen. Man mißtraut ihnen und fürchtet, ja, man haßt sie. Viele geben ihnen die Schuld an der Zerstörung der Welt, und allgemein glaubt man, sie mischten sich in die Angelegenheiten ganzer Staaten ein. Gleichzeitig aber findet man nur wenige Herrscher ohne Aes Sedai-Berater, selbst in Ländern, wo schon die Existenz einer solchen Verbindung geheimgehalten werden muß. Als Anrede wird benützt: Sheriam Sedai; und als Ehrentitel: Sheriam Aes Sedai (*siehe auch:* Ajah; Amyrlin).

Agelmar; Lord Agelmar (Eigelmar) aus dem Hause Jagad: Herr von Fal Dara. Im Wappen führt er drei rennende Rotfüchse.

Aiel (Aiiehl): die Bewohner der Aiel-Wüste, gelten als wild und zäh. Man nennt sie auch Aielmänner. Vor dem Töten verschleiern sie ihre Gesichter. Das führte zu der Redensart: ›Er benimmt sich wie ein Aiel mit schwarzem Schleier‹, um einen gewalttätigen Menschen zu beschreiben. Sie nehmen kein Schwert in die Hand, sind aber tödliche Krieger, ob mit Waffen oder nur mit bloßen Händen. Während sie in die Schlacht ziehen, spielen ihre Spielleute Tanzmelodien auf. Die Aielmänner benützen für die Schlacht das Wort ›der Tanz‹.

Aiel-Kriegergemeinschaften: Alle Aiel-Krieger sind Mitglieder einer der Kriegergemeinschaften. Es gibt z. B. die Steinsoldaten, die Roten Schilde oder die Töchter des Speers. Jede Gemeinschaft hat eigene Gebräuche und manchmal auch ganz bestimmte Pflichten. Zum Beispiel fungieren die Roten Schilde als Polizei. Steinsoldaten schwören oftmals, sich nicht zurückzuziehen, wenn einmal eine Schlacht begonnen hat. Um diesen Eid zu erfüllen, sterben sie, wenn nötig, bis auf den letzten Mann. Die Clans der Aiel bekämpfen sich auch gelegentlich untereinander, aber Mitglieder der gleichen Gemeinschaft kämpfen nicht gegeneinander, selbst wenn ihre Clans im Krieg miteinander liegen. So gibt es jederzeit, sogar während einer offenen kriegerischen Auseinandersetzung, Kontakt zwischen den Clans (*siehe auch:* Aiel-Wüste, *Far Dareis Mai*).

Aiel-Wüste: das rauhe, zerrissene und fast wasserlose Gebiet östlich des Rückgrats der Welt. Nur wenige Außenseiter wagen sich dorthin, weil es für jemanden, der nicht dort geboren wurde, fast unmöglich ist, Wasser zu finden, und weil die Aiel sich im ständigen Kriegszustand mit allen anderen Völkern befinden und keine Fremden mögen.

Ajah: Gesellschaftsgruppen unter den Aes Sedai. Jede Aes Sedai gehört einer solchen Gruppe an. Sie unterscheiden sich durch ihre Farben: Blaue Ajah, Rote Ajah, Weiße Ajah, Grüne Ajah, Braune Ajah, Gelbe Ajah und Graue Ajah. Jede Gruppe folgt ihrer eigenen Auslegung in bezug auf die Anwendung der Einen Macht und die Existenz der Aes Sedai. Zum Beispiel setzen die Roten Ajah ihre ganze Kraft dazu ein, Männer zu finden und zu beeinflussen, die versuchen, die Macht auszuüben. Eine Braune Ajah andererseits leugnet alle Verbindungen zur Außenwelt und verschreibt sich ganz der Suche nach Wissen. Es gibt Gerüchte (heftig verneint und niemals vor einer Aes Sedai zu erwähnen) über eine Schwarze Ajah, die dem Dunklen König dient.

Alanna Mosvani: eine Aes Sedai der Grünen Ajah.

Alantin: in der Alten Sprache ›Bruder‹, Kurzform für *tia avende alantin,* ›Bruder der Bäume‹; ›Baumbruder‹.

Alar: der Älteste der Ältesten des Stedding Tsofu.

Aldieb: in der Alten Sprache ›Westwind‹, der Wind, der den Frühlingsregen bringt.

al'Meara, Nynaeve (Almehra, Nainiev): eine Frau aus Emondsfeld im Distrikt der Zwei Flüsse in Andor.

al'Thor, Rand: ein junger Mann aus Emondsfeld, der einst Schäfer war.

al'Vere, Egwene (Alwier, Egwain): eine junge Frau aus Emondsfeld.

Amalisa, Lady: eine Schienarerin aus dem Hause Jagad; Lord Agelmars Schwester.

Amyrlin, die: (1.) Titel der Anführerin der Aes Sedai. Auf Lebenszeit vom Turmrat gewählt, dem höchsten Gremium der Aes Sedai; dieser besteht aus je drei Abgeordneten der sieben Ajahs. Die Amyrlin hat, jedenfalls theoretisch, unter den Aes Sedai beinahe uneingeschränkte Macht. Sie hat in etwa den Rang einer Königin.
(2.) Thron der Anführerin der Aes Sedai.

Anaiya: eine Aes Sedai der Blauen Ajah.

Angreal: ein sehr seltenes Objekt. Es erlaubt einer Person, die die Eine Macht lenken kann, einen stärkeren Energiefluß zu meistern, als das sonst ohne Hilfe und ohne Lebensgefahr möglich ist. Relikt des Zeitalters der Legenden. Es ist heute nicht mehr bekannt, wie die Gegenstände angefertigt wurden. Es existieren nur noch sehr wenige (*siehe auch: Sa'Angreal, Ter'Angreal*).

Arad Doman: eine Nation am Aryth-Meer.

Arafel: eines der Grenzlande. Im Wappen führt Arafel drei weiße Rosen auf rotem Feld und diagonal gegenüber drei rote Rosen auf weißem Feld.

Avendesora: in der alten Sprache der Baum des Lebens; wird in vielen Geschichten und Legenden erwähnt.

Aybara, Perrin: ein junger Mann aus Emondsfeld, der früher Gehilfe eines Hufschmieds war.

Ba'alzamon: in der Trolloc-Sprache ›Herz der Dunkelheit‹. Es wird angenommen, dies sei der Trolloc-Name für den Dunklen König (*siehe auch: Dunkler König; Trollocs*).

Barthanes, Lord, aus dem Hause Damodred: Lord aus Cairhien, der an Einfluß gleich nach dem König kommt. Sein persönliches Wappen ist der Angreifende Keiler. Das Wappen des Hauses Damodred sind Krone und Baum.

Baum: *siehe Avendesora.*

Baumlied: *siehe* Baumsänger.

Baummörder: Aiel-Bezeichnung für Bewohner Cairhiens, die immer im Tonfall der Entrüstung und des Schreckens verwendet wird.

Baumsänger: ein Ogier, der die Fähigkeit besitzt, zu den Bäumen zu singen (›Baumlied‹ genannt) und sie damit heilt oder ihnen hilft, zu wachsen und zu blühen, oder der Gegenstände aus ihrem Holz anzufertigen hilft, durch die der Baum nicht beschädigt wird. Auf diese Art hergestellte Objekte werden als ›besungenes Holz‹ bezeichnet und sind sehr gesucht. Es existieren nicht mehr viele Ogier, die Baumsänger sind; das Talent scheint auszusterben.

Behüter: ein Krieger, der einer Aes Sedai zugeschworen ist. Das geschieht mit Hilfe der Einen Macht und er gewinnt dadurch Fähigkeiten wie schnelles Heilen von Wunden, er kann lange Zeiträume ohne Wasser, Nahrung und Schlaf auskommen und den Einfluß des Dunklen Königs auf größere Entfernung spüren. Solange er am Leben ist, weiß die mit ihm verbundene Aes Sedai, daß er lebt, auch wenn er noch so weit entfernt ist, und sollte er sterben, dann weiß sie den genauen Zeitpunkt und auch den Grund seines Todes. Allerdings weiß sie nicht, wie weit von ihr entfernt er sich befindet oder in welcher Richtung. Die meisten Ajahs gestatten einer Aes Sedai den Bund mit nur einem Behüter. Die Roten Ajah allerdings lehnen die Behüter für sich selbst ganz ab, während die Grünen Ajah eine Verbindung mit so vielen Behütern gestatten, wie die Aes Sedai es wünscht. An sich muß der Behüter der Verbindung freiwillig zur Verfügung stehen, es gab jedoch auch Fälle, in denen der Krieger dazu gezwungen wurde. Welche Vorteile die Aes Sedai aus der Verbindung ziehen, wird von ihnen als streng behütetes Geheimnis behandelt. (*siehe auch* Aes Sedai).

Bel Tine (Behltein): Frühlingsfest im Gebiet der Zwei Flüsse, bei dem das Ende des Winters, die erste aufgehende Saat und die Geburt der ersten Lämmer gefeiert werden.

besungenes Holz: *siehe* Baumsänger.

Birgitte: die goldhaarige Heldin der Legende und Hunderter von Erzählungen der Gaukler. Sie trägt einen Silberbogen und silberne Pfeile, mit denen sie ihr Ziel nie verfehlte.

Bittern: ein Musikinstrument mit wahlweise sechs, neun oder zwölf Saiten. Es wird auf die Knie gelegt und gezupft oder mit einem Plektrum angeschlagen.

blocken: der Akt — durchgeführt von einer Aes Sedai — in dem eine Frau, die sie lenken kann, von der Einen Macht abgenabelt wird. Eine Frau, die geblockt wurde, kann die Wahre Quelle noch fühlen, sie aber nicht mehr berühren.

Bornhald, Geofram: ein Oberkommandierender Hauptmann der Kinder des Lichts.

Byar, Jaret: ein Offizier der Kinder des Lichts.

Caemlyn: die Hauptstadt von Andor.

Cairhien: sowohl eine Nation am Rückgrat der Welt wie auch die Hauptstadt dieser Nation. Die Stadt wurde im Aielkrieg (976 — 978 NÄ) niedergebrannt und geplündert. Im Wappen führt Cairhien eine goldene Sonne mit vielen Strahlen, die sich vom unteren Rand eines himmelblauen Feldes erhebt.

Carallain: eine der Nationen, die nach dem Hundertjährigen Krieg aus dem Imperium Artur Falkenflügels hervorgingen. Sie verfiel danach und ihre letzten Spuren verloren sich etwa gegen 500 NÄ.

Cauthon, Matrim (Mat): ein junger Mann von den Zwei Flüssen.

Chronik, Behüter der: Unter den Aes Sedai ist dies die Stellvertreterin der Amyrlin. Sie fungiert auch als deren Sekretärin. Sie wird von der Vollversammlung auf Lebenszeit gewählt und kommt gewöhnlich aus der gleichen Ajah wie die Amyrlin (*siehe auch:* Amyrlin; Ajah).

Corenne: in der Alten Sprache: ›Wiederkehr‹ oder ›die Wiederkehr‹.

Cuendillar: auch als Herzstein bekannt (*siehe:* Herzstein).

dämpfen, Dämpfung: Wenn ein Mann die Anlage zeigt, die Eine Macht zu beherrschen, müssen die Aes Sedai seine Kräfte ›dämpfen‹, also vollständig unterdrükken, da er sonst wahnsinnig wird, vom Verderben der *Saidin* getroffen und möglicherweise schreckliches Unheil mit seinen Kräften anrichten wird. Ein Mann, der eine Dämpfung erfuhr, kann die Eine Macht immer noch spüren, sie aber nicht mehr benützen. Wenn vor der Dämpfung der beginnende Wahnsinn eingesetzt hat, kann er durch den Akt der Dämpfung aufgehalten, jedoch nicht geheilt werden. Hat die Dämpfung früh genug stattgefunden, kann das Leben des Mannes gerettet werden.

Daes Dae'mar: das Große Spiel, auch bekannt als das Spiel der Häuser. Dieser Name wurde den Plänen, Intrigen und Machenschaften der großen Adelshäuser untereinander verliehen. Man legt großen Wert darauf, verdeckt zu arbeiten, auf ein Ziel hinzuarbeiten, während man ein ganz anderes vortäuscht, um ein Ziel mit geringstmöglicher Anstrengung zu erreichen.

Dai Shan (Dai Schan): Titel in den Grenzlanden. Er bedeutet: mit dem Diadem ausgezeichneter Schlachtenlord (*siehe auch:* Grenzlande).

Damane: in der Alten Sprache: die Gefesselten. Frauen, die die Eine Macht lenken können, werden mit Hilfe des *A'dam* unter Kontrolle gehalten und von den Seanchanern zu verschiedenen Zwecken benutzt, vor allem als Wunderwaffen im Krieg (*siehe auch:* Seanchan; *A'dam; Sul'dam*).

Damodred, Lord Galadedrid: der einzige Sohn von Taringail Damodred und Tigraine; Halbbruder von Elayne und Gawyn. Im Wappen führt er ein geflügeltes silbernes Schwert, das nach unten zeigt.

Do Miere A'vron: *siehe* Wächter der Wogen.

Domon, Bayle (Beil): Kapitän der *Gischt,* der alte Dinge sammelt.

Drache: Ehrenbezeichnung für Lews Therin Telamon während des Schattenkriegs. Als der Wahnsinn alle männlichen Aes Sedai befiel, tötete Lews Therin alle, die etwas von seinem Blut in sich trugen, und jeden, den er liebte. So bezeichnete man ihn anschließend als Brudermörder (*siehe auch: Wiedergeborener Drache, Prophezeihungen des Drachen*).

Drache, falscher: Manchmal behaupten Männer, der Wiedergeborene Drache zu sein, und manch einer davon gewinnt so viele Anhänger, daß eine Streitmacht nötig ist, um ihn zu besiegen. Einige davon haben schon Kriege begonnen, in die viele Nationen verwikkelt wurden. In den letzten Jahrhunderten waren die meisten falschen Drachen nicht in der Lage, die Eine Macht richtig anzuwenden, aber es gab doch ein paar, die es beherrschten. Alle jedoch verschwanden entweder, wurden gefangen oder getötet, ohne eine der Prophezeiungen erfüllen zu können, die sich um die Wiedergeburt des Drachen ranken. Diese Männer nennt man falsche Drachen. Unter jenen, die die Eine Macht lenken konnten, waren Raolin Dunkelbann (335-36NZ), Yurian Steinbogen (ca. 1300-1308 NZ), Davian (FJ 351), Guaire Amalasan (FJ 939-43) und Logain (997 NÄ) (*siehe auch:* Wiedergeborener Drache).

Drachen, Prophezeiungen des: ein im *Karaethon-Zyklus* enthaltener, wenig bekannter und selten erwähnter Text, der voraussagt, daß der Dunkle König wieder befreit wird und die Welt berührt. Lews Therin Telamon, der Drache, Zerstörer der Welt, wird wiedergeboren, um Tarmon Gai'don, die Letzte Schlacht, gegen den Schatten zu schlagen (*siehe auch:* Drache).

Drachenzahn: ein stilisiertes Zeichen, meist schwarz, in Form einer auf der Spitze stehenden Träne. Wenn es auf eine Tür oder ein Haus gezeichnet wird, gilt dies als Anschuldigung, die Bewohner dienten dem Bösen, oder als Versuch, die Aufmerksamkeit des Dunklen Königs auf den Betreffenden zu lenken und ihm damit zu schaden.

Draghkar: ein Geschöpf des Dunklen Königs, das ursprünglich aus Menschen gezüchtet wurde. Ein Draghkar sieht aus wie ein hochgewachsener Mann mit Fledermausflügeln, dessen Haut zu blaß und dessen Augen zu groß wirken. Der Gesang des Draghkars lockt seine Opfer an und unterdrückt deren Eigenwillen. Es gibt eine Redensart: ›Der Kuß des Draghkars bedeutet den Tod.‹ Er beißt nicht, doch mit seinem Kuß verschlingt er zuerst die Seele seines Opfers und dann dessen Lebenskraft.

Dunkler König: gebräuchlichste Bezeichnung, in allen Ländern verwendet, für Shai'tan, die Quelle des Bösen. Antithese des Schöpfers. Im Augenblick der Schöpfung wurde er vom Schöpfer in ein Verlies am Shayol Ghul gesperrt. Ein Versuch, ihn aus diesem Kerker zu befreien, führte zum Schattenkrieg, dem Verderben der *Saidin,* der Zerstörung der Welt und dem Ende des Zeitalters der Legenden. **Dunklen König nennen,** *den:* Wenn man den wirklichen Namen des Dunklen Königs erwähnt (Shai'tan), zieht man seine Aufmerksamkeit auf sich, was unweigerlich dazu führt, daß man Pech hat oder schlimmstenfalls eine Katastrophe erlebt. Aus diesem Grund werden viele Euphemismen verwendet, wie z. B. der Dunkle

König, der Vater der Lügen, der Sichtblender, der Herr der Gräber, der Schäfer der Nacht, Herzensbann, Herzfang, Grasbrenner und Blattverderber. Jemand, der das Pech anzuziehen scheint, ›nennt den Dunklen König‹.

Eine Macht, *die:* die Kraft aus der Wahren Quelle. Die große Mehrheit der Menschen ist völlig unfähig, die Eine Macht anzuwenden. Eine sehr geringe Anzahl von Menschen kann die Anwendung erlernen, und ganz wenige besitzen diese Fähigkeit von Geburt an. Diese wenigen müssen ihren Gebrauch nicht lernen, denn sie werden die Wahre Quelle berühren und die Eine Macht benützen, ob sie wollen oder nicht, vielleicht sogar ohne zu bemerken, was sie tun. Diese angeborene Fähigkeit taucht meist erstmals während der Pubertät auf. Wenn man dann nicht die richtige Beherrschung erlernt — durch Lehrer oder auch ganz allein (extrem schwierig, die Erfolgsquote liegt bei eins zu vier) —, ist der Tod die sichere Folge. Seit der Zeit des Wahns hat kein Mann es gelernt, die Eine Macht kontrolliert anzuwenden, ohne dabei auf die Dauer auf schreckliche Art dem Wahnsinn zu verfallen. Selbst wenn er in gewissem Maß die Kontrolle erlangt hat, stirbt er an einer Verfallskrankheit, bei der er lebendigen Leibs verfault. Auch diese Krankheit wird, genau wie der Wahnsinn, von dem Verderben hervorgerufen, das der Dunkle König über die *Saidin* brachte. Bei Frauen ist der Tod mangels Kontrolle der Einen Macht etwas erträglicher, aber sterben müssen auch sie. Die Aes Sedai suchen nach Mädchen mit diesen angeborenen Fähigkeiten, zum einen, um ihr Leben zu retten und zum anderen, um die Anzahl der Aes Sedai zu vergrößern. Sie suchen nach Männern mit dieser Fähigkeit, um zu verhindern, daß sie Schreckliches damit anrichten, wenn sie dem Wahn verfallen. (*siehe auch:* Zeit des Wahns; die Wahre Quelle).

Elaida: eine Aes Sedai-Ratgeberin der Königin Morgase von Andor.

Elayne: Königin Morgases Tochter, die Tochter-Erbin des Throns von Andor. Sie führt im Wappen eine goldene Lilie.

Erster Prinz des Schwertes: Titel — normalerweise — des ältesten Bruders der Königin von Andor, der seit seiner Kindheit darauf vorbereitet wurde, im Krieg die Armee der Königin zu kommandieren und im Frieden als ihr Ratgeber zu dienen. Falls die Königin keinen überlebenden Bruder hat, bestimmt sie jemanden für diesen Rang.

Fäule: *siehe:* Große Fäule.

Fain, Padan: ein Mann, der in der Festung von Fal Dara als Schattenfreund gefangengehalten wird.

Falkenflügel, Artur: ein legendärer König, der alle Länder westlich des Rückgrats der Welt und einige von jenseits der Aiel-Wüste einte. Er sandte sogar eine Armee über das Aryth-Meer, doch verlor man bei seinem Tod, der den Hundertjährigen Krieg auslöste, jeden Kontakt mit diesen Soldaten. Er führte einen fliegenden goldenen Falken im Wappen (*siehe auch:* Hundertjähriger Krieg).

Far Dareis Mai: wörtlich ›Töchter des Speers‹; eine von mehreren Kriegergemeinschaften der Aiel. Anders als bei den übrigen werden ausschließlich Frauen aufgenommen. Sollte sie heiraten, darf sie nicht Mitglied bleiben. Während einer Schwangerschaft darf ein Mitglied nicht kämpfen. Jedes Kind eines Mitglieds wird von einer anderen Frau aufgezogen, so daß niemand weiß, wer die wirkliche Mutter war. (›Du darfst keinem Manne angehören, und kein Mann oder Kind darf dir angehören. Der Speer ist dein Liebhaber, dein Kind und dein Leben.‹) Diese Kinder sind hochangesehen, denn es wurde prophezeit, daß ein Kind einer Tochter des Speers die Clans vereinen und zu der Bedeutung zurückführen wird, die sie im Zeitalter der

Legenden besaßen (*siehe auch:* Aiel-Kriegergemeinschaften).

Flamme von Tar Valon: das Symbol für Tar Valon und die Aes Sedai. Die stilisierte Darstellung einer Flamme; eine weiße, nach oben gerichtete Träne.

Fünf Mächte: die Stränge der Einen Macht. Jeder, der die Eine Macht anwenden kann, wird einige dieser Stränge besser als die anderen handhaben können. Diese Stränge nennt man nach den Dingen, die man durch ihre Anwendung beeinflussen kann: Erde, Luft, Feuer, Wasser, Geist — die Fünf Mächte. Wer die Eine Macht anwenden kann, beherrscht gewöhnlich einen oder zwei dieser Stränge besonders gut und hat Schwächen in der Anwendung der übrigen. Einige wenige beherrschen auch drei davon, aber seit dem Zeitalter der Legenden gab es niemanden mehr, der alle fünf in gleichem Maße beherrschte. Und auch dann war dies eine große Seltenheit. Das Maß, in dem diese Stränge beherrscht werden und Anwendung finden, ist individuell verschieden; einzelne dieser Personen sind sehr viel stärker als die anderen. Wenn man bestimmte Handlungen mit Hilfe der Einen Macht vollbringen will, muß man einen oder mehrere bestimmte Stränge beherrschen. Wenn man beispielsweise ein Feuer entzünden oder beeinflussen will, braucht man den Feuer-Strang; will man das Wetter ändern, muß man die Bereiche Luft und Wasser beherrschen, während man für Heilungen Wasser und Geist benutzen muß. Während Männer und Frauen in gleichem Maße den Geist beherrschten, war das Talent in bezug auf Erde und/oder Feuer besonders oft bei Männern ausgeprägt und das für Wasser und/oder Luft bei Frauen. Es gab Ausnahmen, aber trotzdem betrachtete man Erde und Feuer als die männlichen Mächte, Luft und Wasser als die weiblichen. Im allgemeinen werden die Fähigkeiten als gleichwertig betrachtet, doch unter den Aes Sedai gibt es ein Sprichwort: ›Es gibt keinen Felsen, der so fest ist, daß Wind und Wasser ihn nicht abtragen können, und kein Feuer, das nicht von Wasser oder Wind gelöscht werden kann.‹ Es soll nicht unerwähnt bleiben, daß dieses Sprichwort erst lange nach dem Tod des letzten männlichen Aes Sedai aufkam. Irgendein mögliches Äquivalent bei den männlichen Aes Sedai ist nicht mehr bekannt.

Gaidin: wörtlich ›Bruder der Schlacht‹. Ein Titel, den die Aes Sedai den Behütern verleihen (*siehe auch:* Behüter).

Galad: *siehe* Damodred, Lord Galadedrid.

galldrian su Riatin Rie: wörtlich Galldrian aus dem Hause Riatin, König. König von Cairhien (*siehe auch:* Cairhien).

Gaukler: fahrende Märchenerzähler, Musikanten, Jongleure, Akrobaten und Alleinunterhalter. Ihr Abzeichen ist die aus bunten Flicken zusammengesetzte Kleidung. Sie besuchen vor allem Dörfer und Kleinstädte, da in den größeren Städten schon zuviel andere Unterhaltung geboten wird.

Gawyn: Sohn der Königin Morgase, Bruder von Elayne, der bei Elaynes Thronbesteigung Erster Prinz des Schwertes wird. Er führt einen weißen Keiler im Wappen.

Gefesselte: *siehe Damane.*

Gewichtseinheiten: 10 Unzen = 1 Pfund; 10 Pfund = 1 Stein; 10 Steine = 1 Zentner; 10 Zentner = 1 Tonne.

Goaban: eine der Nationen, die nach dem Hundertjährigen Krieg aus dem Imperium Artur Falkenflügels hervorging. Sie verfiel danach, und ihre letzten Spuren verloren sich etwa gegen 500 NÄ (*siehe auch:* Artur Falkenflügel; Hundertjähriger Krieg).

Grenzlande: die an die Große Fäule angrenzenden Nationen: Saldaea, Arafel, Kandor und Schienar.

Große Fäule: eine Region im hohen Norden, die durch den Dunklen König vollständig verdorben wurde. Sie stellt eine Zuflucht für Trollocs, Myrddraal und andere Kreaturen des Dunklen Königs dar.

Großer Herr der Dunkelheit: Diese Bezeichnung verwenden die Schattenfreunde für den Dunklen König. Sie behaupten, es sei Blasphemie, seinen wirklichen Namen zu benützen.

Großes Muster: Das Rad der Zeit verwebt die Muster der einzelnen Zeitalter zum Großen Muster, in dem die gesamte Existenz und Realität, Vergangenheit, Gegenwart und Zukunft festgelegt sind. Auch als Gewebe der Zeiten oder Zeitengewebe bekannt (*siehe auch* Muster eines Zeitalters, Rad der Zeit).

Große Schlange: ein Symbol für die Zeit und die Ewigkeit, das schon uralt war, bevor das Zeitalter der Legenden begann. Es zeigt eine Schlange, die ihren eigenen Schwanz verschlingt. Man verleiht einen Ring in der Form der Großen Schlange an Frauen, die unter den Aes Sedai zu Auserkorenen befördert werden.

Große Spiel, das: *siehe Daes Dae'mar.*

Haid: Flächenmaß zur Vermessung von Land; etwa 100 x 100 Schritte.

Hailene (Heyliene): in der Alten Sprache ›Die zuvor kamen‹ oder ›Vorgänger‹.

Halbmensch: *siehe* Myrddraal.

Hardan: eine der Nationen, die aus Artur Falkenflügels Reich hervorging. Sie ist längst vergessen und lag einst zwischen Cairhien und Schienar.

Herzstein: eine unzerstörbare Substanz, die während des Zeitalters der Legenden erschaffen wurde. Jede bekannte Kraft, die dazu benützt wird, den Herzstein zu zerstören, wird von ihm absorbiert und stärkt die Kraft des Herzsteins.

Horn von Valere: das legendäre Ziel der Wilden Jagd nach dem Horn. Man nimmt an, das Horn könne tote Helden zum Leben erwecken, damit sie gegen den Schatten kämpfen.

Hundert Gefährten: hundert männliche Aes Sedai, ausgewählt aus den mächtigsten des Zeitalters der Legenden, die — von Lews Therin Telamon geführt — den letzten Angriff durchführten und den Schattenkrieg beendeten, indem sie den Dunklen König erneut in seinen Kerker sperrten und diesen versiegelten. Der Gegenangriff verdarb die *Saidin;* die Hundert Gefährten verfielen dem Wahnsinn und begannen die Zerstörung der Welt (*siehe auch:* Zeit des Wahns, Zerstörung der Welt, Wahre Quelle, Eine Macht).

Hundertjähriger Krieg: eine Reihe sich überschneidender Kriege, geprägt von sich ständig verändernden Bündnissen, ausgelöst durch den Tod von Artur Falkenflügel und die darauffolgenden Auseinandersetzungen um seine Nachfolge. Er dauerte von 994 FJ bis 1117 FJ. Der Krieg entvölkerte weite Landstriche zwischen dem Aryth-Meer und der Aiel-Wüste, zwischen dem Meer der Stürme und der Großen Fäule. Die Zerstörungen waren so schwerwiegend, daß über diese Zeit nur noch fragmentarische Berichte vorliegen. Das Reich Artur Falkenflügels zerfiel und die heutigen Staaten bildeten sich heraus (*siehe auch:* Falkenflügel, Artur).

Hurin: ein Schienarer, der die Fähigkeit besitzt, zu riechen, wo Gewalt angewandt wurde, und der dem Geruch derjenigen folgen kann, die Gewalt angewandt haben. Er dient als ›Schnüffler‹ dem König in Fal Dara in Schienar.

Illian: ein großer Hafen am Meer der Stürme, Hauptstadt der gleichnamigen Nation. Im Wappen von Illian findet man neun goldene Bienen auf dunkelgrünem Feld.

Ingtar, Lord Ingtar aus dem Hause Schinowa: ein Krieger aus Schienar. Sein Wappen ist die Graue Eule.

Ishamael (Ischamajel): in der Alten Sprache ›Verräter aller Hoffnung‹. Einer der Verlorenen. Er war der Anführer der Aes Sedai und lief während des Schattenkriegs zum Dunklen König über. Man sagt, selbst er habe seinen ursprünglichen Namen vergessen (*siehe auch:* Verlorene).

Karaethon-Zyklus: *siehe* Drachen, Prophezeihungen des.

Kesselflicker: *siehe* Tuatha'an.

Kinder des Lichts: eine Gemeinschaft von Asketen, die sich den Sieg über den Dunklen König und die Vernichtung aller Schattenfreunde zum Ziel gesetzt hat. Die Gemeinschaft wurde während des Hundertjährigen Kriegs von Lothair Mantelar gegründet, um gegen die ansteigende Zahl der Schattenfreunde als Prediger anzugehen. Während des Kriegs entwickelte sich daraus eine vollständige militärische Organisation, extrem streng ideologisch ausgerichtet und fest in dem Glauben, nur sie dienten der absoluten Wahrheit und dem Recht. Sie hassen die Aes Sedai und halten sie sowie alle, die sie unterstützen oder sich mit ihnen befreunden, für Schattenfreunde. Sie werden geringschätzig Weißmäntel genannt. Im Wappen führen sie eine goldene Sonne mit Strahlen auf weißem Feld.

Krieg um die Macht: *siehe* Schattenkrieg.

Kuppel der Wahrheit: großer Empfangssaal der Kinder des Lichts. Er befindet sich in Amador, der Hauptstadt von Amadicia. Es gibt einen König von Amadicia, doch die wirklichen Herrscher des Landes sind die Kinder des Lichts (*siehe auch:* Kinder des Lichts).

Längenmaße: 10 Finger = 3 Hände = 1 Fuß; 3 Fuß = 1 Schritt; 2 Schritte = 1 Spanne; 1000 Spannen = 1 Meile.

Laman (Leimahn): ein König von Cairhien aus dem Hause Damodred, der seinen Thron verlor.

Lan, al'Lan Mandragoran: ein Behüter, der Moiraine zugeschworen wurde. Ungekrönter König von Malkier, Dai Shan, und der letzte Überlebende Lord von Malkier (*siehe auch:* Behüter, Moiraine, Malkier, Dai Shan).

Lanfear: in der Alten Sprache ›Tochter der Nacht‹; eine der Verlorenen, vielleicht sogar die mächtigste neben Ishamael. Im Gegensatz zu den anderen Verlorenen wählte sie ihren Namen selbst. Man sagt von ihr, sie habe Lews Therin Telamon geliebt (*siehe auch:* Verlorene; Drache).

Leane: eine Aes Sedai der Blauen Ajah und Behüterin der Chronik (*siehe auch:* Chronik, Behüter der).

Lews Therin Telamon; Lews Therin Brudermörder: *siehe* Drache.

Liandrin: eine Aes Sedai der Roten Ajah aus Tarabon.

Logain: ein falscher Drache, der von den Aes Sedai gedämpft wurde.

Loial: ein Ogier aus dem Stedding Schangtai.

Luc, Lord Luc aus dem Hause Mantear: Tigraines Bruder, der ihr Erster Prinz des Schwertes geworden wäre, hätte sie den Thron bestiegen. Man glaubt allgemein an eine Verbindung zwischen seinem Verschwinden in der Großen Fäule und Tigraines späterem Verschwinden. Er führte eine Eichel im Wappen.

Luthair: *siehe* Mondwin, Luthair Paendrag.

Malkier: eine Nation, einstmals eins der Grenzlande, mittlerweile Teil der Großen Fäule. Im Wappen führte Malkier einen fliegenden goldenen Kranich.

Manetheren: eine der Zehn Nationen, die den Zweiten Pakt schlossen; Hauptstadt des gleichnamigen Staates. Sowohl die Stadt wie auch die Nation wurden in den Trolloc-Kriegen vollständig zerstört.

Maradon: Hauptstadt von Saldaea.

Marath'Damane: in der Alten Sprache ›Die gefesselt werden muß‹. Diese Bezeichnung wird in Seanchan für Frauen verwendet, die die Eine Macht lenken können, aber noch nicht gefangen und mit dem Halsring versehen wurden (*siehe auch: Damane; A'dam;* Seanchan).

Masema: ein Soldat aus Schienar, der die Aiel haßt.

maschiara: in der Alten Sprache ›geliebt‹; bedeutet jedoch: eine verlorene und nicht wiederzubringende Liebe.

Meerleute, Meervolk: Bewohner der Inseln im Aryth-Meer und im Meer der Stürme. Sie verbringen wenig Zeit auf diesen Inseln und leben statt dessen meist auf ihren Schiffen. Sie beherrschen den Seehandel fast vollständig.

Meile: *siehe* Längenmaße

Merrilin, Thom: ein Gaukler.

Min: eine junge Frau mit der Fähigkeit, die Aura der sie umgebenden Menschen zu erkennen und auf ihre Zukunft zu schließen.

Moiraine (Moarän): eine Aes Sedai der Blauen Ajah.

Mondwin, Luthair Paendrag: Sohn des Artur Falkenflügel. Er befehligte die Armee, die Falkenflügel über das Aryth-Meer sandte. Seine Flagge zeigte einen goldenen Falken mit ausgebreiteten Schwingen, der in seinen Klauen Blitze hält (*siehe auch:* Falkenflügel, Artur).

Mordeth: Ratsherr, der die Stadt Aridhol dazu brachte, Methoden der Schattenfreunde gegen die Schattenfreunde selbst anzuwenden. Dadurch führte er die Zerstörung der Stadt und ihre Umbenennung in Shadar Logoth (›Wo der Schatten wartet‹) herbei. Nur Mordeth überlebte in Shadar Logoth außer — dem Haß, der die Stadt abtötete. Seit zweitausend Jahren ist er in den Ruinen gefangen und wartet auf jemanden, dessen Seele er verschlingen kann, um so einen neuen Körper zu gewinnen.

Morgase (Morgeis): Von der Gnade des Lichts, Königin von Andor, Hochsitz des Hauses Trakand.

Muster eines Zeitalters: Das Rad der Zeit verwebt die Stränge menschlichen Lebens zum Muster eines Zeitalters, das die Substanz der Realität dieser Zeit bildet; auch als Zeitengewebe bekannt (*siehe auch:* Ta'veren).

Myrddraal: Kreaturen des Dunklen Königs, Kommandanten der Trolloc-Heere. Nachkommen von Trollocs, bei denen das Erbe der menschlichen Vorfahren wieder stärker hervortritt, die man benutzt hat, um die Trollocs zu erschaffen. Trotzdem deutlich vom Bösen dieser Rasse gezeichnet. Sie sehen äußerlich wie Menschen aus, haben aber keine Augen. Sie können jedoch im Hellen wie im Dunklen wie Adler sehen. Sie haben gewisse, vom Dunklen König abstammende Kräfte, darunter die Fähigkeit, mit einem Blick ihr Opfer vor Angst zu lähmen. Wo es Schatten gibt, können sie hineinschlüpfen und sind nahezu unsichtbar. Eine ihrer wenigen bekannten Schwächen besteht darin, daß sie Schwierigkeiten haben, fließendes Wasser zu überqueren. Man kennt sie unter vielen Namen in den verschiedenen Ländern, z. B. als Halbmenschen, Augenlose, Schattenmänner, Lurk und die Blassen.

Niall, Pedron: Lordhauptmann und Kommandeur der Kinder des Lichts (*siehe auch:* Kinder des Lichts).

Nisura, Lady: eine Schienarische Adlige und Hofdame von Lady Amalisa.

Pakt der Zehn Nationen: eine Liga, die in den Jahrhunderten nach der Zerstörung der Welt entstand (ca. 200 NZ); dem Sieg über den Dunklen König verschrieben; zerbrach während der Trolloc-Kriege.

Rad der Zeit: Die Zeit stellt man sich als ein Rad mit sieben Speichen vor — jede Speiche steht für ein Zeitalter. Wie sich das Rad dreht, so folgt Zeitalter auf Zeitalter. Jedes hinterläßt Erinnerungen, die zu Legenden verblassen, zu bloßen Mythen werden und schließlich vergessen sind, wenn dieses Zeitalter wiederkehrt. Das Muster eines Zeitalters wird bei jeder Wiederkehr leicht verändert, doch auch wenn die Änderungen einschneidender Natur sein sollten, bleibt es doch das gleiche Zeitalter.

Ragan: ein Krieger aus Schienar.

Rote Schilde: *siehe* Aiel-Kriegergemeinschaften.

Renna: eine Frau aus Seanchan; eine *Sul'dam (siehe auch:* Seanchan; *Sul'dam*).

Rhyagelle (Raiagehl): in der Alten Sprache ›Die nach Hause zurückkehren‹ oder die ›Heimkehrer‹.

Rückgrat der Welt: eine hohe Bergkette, über die nur wenige Pässe führen. Sie trennt die Aiel-Wüste von den westlichen Ländern.

Sa'Angreal: ein extrem seltenes Objekt, das es einem Menschen erlaubt, die Eine Macht in viel stärkerem Maße als sonst möglich zu benützen. Ein Sa'Angreal ist ähnlich, doch ungleich stärker als ein Angreal. Die Menge an Energie, die mit Hilfe eines *Sa'Angreals* eingesetzt werden kann, verhält sich zu der eines *Angreals* wie die mit dessen Hilfe einsetzbare Energie zu der, die man ganz ohne irgendwelche Hilfe beherrschen kann. Relikte des Zeitalters der Legenden. Es ist nicht mehr bekannt, wie sie angefertigt wurden. Es gibt nur noch eine Handvoll davon, weit weniger sogar als *Angreale.*

Sanche, Siuan (Santschei, Swahn): eine Aes Sedai, die früher der Blauen Ajah angehörte. Im Jahre 985 NÄ zur Amyrlin erhoben. Die Amyrlin gehört zu allen Ajahs und nicht mehr zu einer einzelnen.

Saidar, Saidin: *siehe* Wahre Quelle.

Saldaea: eines der Grenzlande. Im Wappen führt Saldaea drei silberne Fische auf dunkelblauem Feld.

Schattenfreunde: die Anhänger des Dunklen Königs. Sie glauben, große Macht und andere Belohnungen zu empfangen, wenn er aus seinem Kerker befreit wird.

Schattenkrieg: auch als der Krieg um die Macht bekannt. Mit ihm endet das Zeitalter der Legenden. Er begann kurz nach dem Versuch, den Dunklen König zu befreien, und erfaßte bald schon die ganze Welt. In einer Welt, die selbst die Erinnerung an den Krieg vergessen hatte, wurde nun der Krieg in allen seinen Formen wiederentdeckt. Er war besonders schrecklich, wo die Macht des Dunklen Königs die Welt berührte, und auch die Eine Macht wurde als Waffe verwendet. Der Krieg wurde beendet, als der Dunkle König wieder in seinen Kerker verbannt werden konnte (*siehe auch:* Hundert Gefährten, Drache).

Schicksalsgewebe: *siehe ta'maral'ailen.*

Schienar: eines der Grenzlande. Im Wappen von Schienar sieht man einen sich herabstürzenden schwarzen Falken.

Schufa: ein Kleidungsstück der Aiel, ein Tuch, gewöhnlich sand- oder felsfarben, das man um Kopf und Hals wickelt. Nur das Gesicht bleibt frei.

Seanchan (Schantschan): (1.) Nachkommen der Armeemitglieder, die Artur Falkenflügel über das Aryth-Meer sandte und die zurückgekehrt sind, um das Land ihrer Vorfahren wieder in Besitz zu nehmen. (2.) Das Land, aus dem die Seanchaner kommen (*siehe auch: Hailene; Corenne; Rhyagelle*).

Seandar *(Schandar):* Hauptstadt von Seanchan, wo die Kaiserin im Hof der Neun Monde auf dem Kristallthron sitzt.

Seherin: eine Frau, die in den Frauenzirkel ihres Dorfs berufen wird, weil sie die Fähigkeit des Heilens besitzt, das Wetter vorhersagen kann und auch sonst als kluge Frau anerkannt wird. Ihr Rang erfordert großes Verantwortungsbewußtsein und verleiht ihr viel Autorität. Allgemein wird sie dem Bürgermeister gleichgestellt, in manchen Dörfern steht sie sogar über ihm. Im Gegensatz zum Bürgermeister wird sie auf Lebenszeit gewählt. Es ist äußerst selten, daß eine Seherin vor ihrem Tod aus ihrem Amt entfernt wird. Ihre Auseinandersetzungen mit dem Bürgermeister sind auch zur Tradition geworden (*siehe auch* Frauenzirkel).

Selene: eine Frau, die auf dem Weg nach Cairhien auftaucht.

Seta: eine Frau aus Seanchan; eine *Sul'dam (siehe auch:* Seanchan; *Sul'dam*).

Shadar Logoth: in der Alten Sprache ›der Ort, an dem der Schatten wartet‹; eine seit den Trolloc-Kriegen verlassene und gemiedene Stadt. Sie steht auf verfluchtem Land, und kein Steinchen dort ist harmlos (*siehe auch:* Mordeth).

Shai'tan: *siehe* Dunkler König.

Shayol Ghul: ein Berg im Versengten Land; dort befindet sich der Kerker, in dem der Dunkle König gefangengehalten wird.

Sheriam: eine Aes Sedai von den Blauen Ajah.

Spanne: *siehe* Längenmaße.

Sonnentag: ein Festtag im Mittsommer, der in vielen Gegenden der Welt gefeiert wird.

Spiel der Häuser, das: *siehe Daes Dae'mar.*

Stedding: eine Ogier-Enklave. Viele *Stedding* sind seit der Zerstörung der Welt verlassen worden. In Erzählungen und Legenden werden sie als Zufluchtsstätte bezeichnet, und das aus gutem Grund. Auf eine heute nicht mehr bekannte Weise wurden sie abgeschirmt, so daß in ihrem Bereich kein Aes Sedai die Eine Macht anwenden kann und nicht einmal eine Spur der Wahren Quelle wahrnimmt. Versuche, von außerhalb eines *Stedding* mit Hilfe der Einen Macht im Inneren einzugreifen, bleiben erfolglos. Kein Trolloc wird ohne Not ein *Stedding* betreten, und selbst ein Myrddraal betritt es nur, wenn er dazu gezwungen ist, und auch dann nur zögernd und mit größtem Abscheu. Sogar echte Schattenfreunde fühlen sich in einem *Stedding* nicht wohl.

Steinsoldaten: *siehe* Aiel-Kriegergemeinschaften.

Stein von Tear: die Festung über der Stadt Tear. Man sagt, sie sei die erste Festung gewesen, die nach der Zeit des Wahns gebaut wurde. Manche behaupten sogar, sie sei *während* der Zeit des Wahns erbaut worden (*siehe auch* Tear).

Sul'dam: eine Frau, die die Prüfung bestanden hat, mit der sie beweisen mußte, daß sie das Armband eines

A'dam tragen und somit eine *Damane* unter Kontrolle halten kann (*siehe auch: A'dam; Damane*).

Suroth, Hohe Dame: eine Adlige hohen Ranges aus Seanchan.

Tai'shar: in der Alten Sprache ›Ehrbarer Nachkomme des/der‹.

Ta'maral'ailen: in der Alten Sprache ›Schicksalsgewebe‹; eine einschneidende Änderung im Muster eines Zeitalters, die von einer oder mehreren Personen ausgeht.

Sie sind *ta'veren* (*siehe auch:* Muster eines Zeitalters, *ta'veren*).

Tanreall, Artur Paendrag: *siehe* Falkenflügel, Artur

Tarmon Gai'don: die Letzte Schlacht (*siehe auch:* Drachen, Prophezeihungen des; Horn von Valere).

Tar Valon: eine Stadt auf einer Insel im Fluß Erinin; Mittelpunkt der Macht der Aes Sedai. Von hier aus regiert die Amyrlin.

Ta'veren: eine Person im Zentrum des Gewebes von Lebenssträngen aus ihrer Umgebung, möglicherweise sogar *aller* Lebensstränge, die vom Rad der Zeit zu einem Schicksalsgewebe zusammengefügt wurden (*siehe auch* Muster eines Zeitalters).

Tear: ein großer Hafen am Meer der Stürme. Das Wappen von Tear zeigt drei weiße Halbmonde auf rot- und goldgemustertem Feld.

Telamon, Lews Therin: *siehe auch* Drache, der.

Ter'Angreal: jedes einer Anzahl von Überbleibseln aus dem Zeitalter der Legenden, die die Eine Macht verwenden. Im Gegensatz zu *Angreal* und *Sa'Angreal* wurde jeder *Ter'Angreal* zu einem ganz bestimmten Zweck hergestellt. Z. B. macht ein bestimmter *Ter'Angreal* jeden Eid, der in ihm geschworen wird, zu etwas endgültig Bindendem. Einige werden von den Aes Sedai benützt, aber über ihre ursprüngliche Anwendung ist kaum etwas bekannt. Einige töten sogar oder zerstören die Fähigkeit einer Frau, die sie benützt, die Eine Macht zu lenken (*siehe auch: Angreal; Sa'Angreal*).

tia avende alantin: ›Bruder der Bäume.‹

Tia mi aven Moridin isainde vadin: in der Alten Sprache ›Das Grab ist keine Grenze für meinen Ruf‹. Inschrift auf dem Horn von Valere (*siehe auch:* Horn von Valere).

Tigraine (Tigrän): Als Tochter-Erbin von Andor heiratete sie Taringail Damodred und gebar seinen Sohn Galadedrid. Ihr Verschwinden im Jahr 972 NÄ, kurz nachdem ihr Bruder Luc in der Fäule verschwand, löste einen Kampf um ihre Nachfolge in Andor aus und verursachte die Geschehnisse in Cairhien, die schließlich zum Aiel-Krieg führten. Sie zeigte im Wappen eine Frauenhand, die den Stiel einer Rose mit weißer Blüte umfaßte.

Tochter-Erbin: Titel der Erbins des Throns von Andor. Die älteste Tochter der Königin folgt ihrer Mutter auf den Thron. Sollte keine Tochter geboren oder am Leben sein, geht der Thron an die nächste Blutsverwandte der Königin.

Tochter der Nacht: *siehe* Lanfear.

Trolloc-Kriege: eine Reihe von Kriegen, die etwa gegen 1000 NZ begannen und sich über mehr als 300 Jahre hinzogen. Trolloc-Heere verwüsteten die Welt. Schließlich aber wurden die Trollocs entweder getötet oder in die Große Fäule zurückgetrieben. Mehrere Staaten wurden im Rahmen dieser Kriege ausgelöscht oder entvölkert. Alle Aufzeichnungen aus dieser Zeit sind fragmentarisch (*siehe auch:* Pakt der Zehn Nationen).

Trollocs: Kreaturen des Dunklen Königs, die er während des Schattenkriegs erschuf. Sie sind körperlich sehr groß und extrem bösartig. Sie stellen eine hybride Kreuzung zwischen Tier und Mensch dar und töten aus purer Mordlust. Nur diejenigen, die selbst von den Trollocs gefürchtet werden, können diesen trauen. Trollocs sind schlau, hinterhältig und verräterisch. Sie essen alles, auch jede Art von Fleisch, das von Menschen und anderen Trollocs eingeschlossen. Da sie zum Teil von Menschen abstammen, sind sie zum Geschlechtsverkehr mit Menschen imstande, doch die meisten einer solchen Verbindung entspringenden Kinder werden entweder tot geboren oder sind kaum lebensfähig. Die Trollocs leben in stammesähnlichen Horden. Die wichtigsten davon heißen: Ahf'frait, Al'ghol, Bhan'sheen, Dha'vol, Dhai'mon, Dhjin'nen, Ghar'ghael, Ghob'hlin, Gho'hlem, Ghraem'lan, Ko'bal und Kno'mon.

Tuatha'an: ein Nomadenvolk, auch als die Kesselflicker oder das Fahrende Volk bekannt. Sie wohnen in buntbemalten Wagen und folgen einer pazifistischen Weltanschauung, die sie den Weg des Blattes nennen. Die von den Kesselflickern reparierten Gegenstände sind häufig besser als vorher. Sie gehören zu den wenigen, die unbehelligt durch die Aiel-Wüste ziehen können, denn die Aiel meiden jeden Kontakt mit ihnen.

Turak, Hoher Herr des Hauses Aladon: ein hochgestellter Adliger aus Seanchan, Befehlshaber der *Hailene* (*siehe auch:* Seanchan; *Hailene*).

Verin: eine Aes Sedai der Braunen Ajah.

Verlorenen, *die:* Name für die dreizehn der mächtigsten Aes Sedai, die es jemals gab, die während des Schattenkriegs zum Dunklen König überliefen, weil er ihnen dafür die Unsterblichkeit versprach. Sowohl Legenden wie auch fragmentarische Berichte stimmen darin überein, daß sie zusammen mit dem Dunklen König eingekerkert wurden, als dessen Gefängnis wiederversiegelt wurde. Ihre Namen werden heute noch verwendet, um Kinder zu erschrecken.

Verräter aller Hoffnung: *siehe* Ishamael.

Versengte Land, *das:* verwüsteter Landstrich in der Umgebung des Shayol Ghul, jenseits der Großen Fäule.

Wächter der Wogen: eine Gruppe, die glaubt, die von

Artur Falkenflügel über das Aryth-Meer gesandte Armee werde eines Tages zurückkehren, und die deshalb von der Stadt Falme auf der Toman-Halbinsel aus Wache hält (*siehe auch:* Do Miere A'vron).

Wahre Quelle, *die:* die treibende Kraft des Universums, die das Rad der Zeit antreibt. Sie teilt sich in eine männliche (*Saidin*) und eine weibliche Hälfte (*Saidar*), die gleichzeitig miteinander und gegeneinander arbeiten. Nur ein Mann kann von *Saidin* Energie beziehen und nur eine Frau von *Saidar.* Seit dem Beginn der Zeit des Wahns ist *Saidin* von der Hand des Dunklen Königs gezeichnet (*siehe auch* Eine Macht, die).

Weiße Burg: der Palast des Amyrlin-Sitzes in Tar Valon und der Ort, an dem die Aes Sedai ausgebildet werden.

Weißmäntel: *siehe* Kinder des Lichts.

Wiedergeborener Drache: Nach der Prophezeiung und der Legende wird der Drache dann wiedergeboren werden, wenn die Menschheit in größter Not ist und er die Welt retten muß. Darauf freuen sich die Menschen nicht, denn die Prophezeiung sagt, daß die Wiedergeburt des Drachen zu einer neuen Zerstörung der Welt führen wird, und außerdem erschrecken die Menschen beim Gedanken an Lews Therin Brudermörder, den Drachen, auch wenn er schon mehr als dreitausend Jahre tot ist (*siehe auch:* Drache; Drache, falscher).

Wilde Jagd nach dem Horn, *die:* ein Zyklus von Erzählungen über die legendäre Suche nach dem Horn von Valere in den Jahren zwischen dem Ende der Trolloc-Kriege und dem Beginn des Hundertjährigen Kriegs. Um sie vollständig zu erzählen, benötigt man viele Tage.

Zeit des Wahns: die Jahre, nachdem der Gegenschlag des Dunklen Königs die männliche Hälfte der Wahren Quelle verdarb, die männlichen Aes Sedai dem

Wahnsinn verfielen und die Welt zerstörten. Die genaue Dauer dieser Periode ist unbekannt, aber es wird angenommen, sie habe beinahe hundert Jahre gedauert. Sie war erst vollständig beendet, als der letzte männliche Aes Sedai starb (*siehe auch:* Hundert Gefährten; Wahre Quelle; Eine Macht; Zerstörung der Welt).

Zeitalter der Legenden: das Zeitalter, welches von dem Krieg des Schattens und der Zerstörung der Welt beendet wurde; eine Zeit, in der die Aes Sedai Wunder vollbringen konnten, von denen man heute nur träumen kann (*siehe auch:* Rad der Zeit).

Zerstörung der Welt: Als Lews Therin Telamon und die Hundert Gefährten das Gefängnis des Dunklen Königs wieder versiegelten, fiel durch den Gegenangriff ein Schatten auf die *Saidin.* Schließlich verfiel jeder männliche Aes Sedai auf schreckliche Art dem Wahnsinn. In ihrem Wahn veränderten diese Männer, die die Eine Macht in einem heute unvorstellbaren Maße beherrschten, die Oberfläche der Erde. Sie riefen furchtbare Erdbeben hervor, Gebirgszüge wurden eingeebnet, neue Berge erhoben sich. Wo sich Meere befunden hatten, entstand Festland, und an anderen Stellen drang der Ozean in bewohnte Länder ein. Viele Teile der Welt wurden vollständig entvölkert und die Überlebenden wie Staub vom Wind verstreut. Diese Zerstörung wird in Geschichten, Legenden und Geschichtsbüchern als die Zerstörung der Welt bezeichnet (*siehe auch:* Zeit des Wahns).

Zweifler, die: ein Orden innerhalb der Gemeinschaft der Kinder des Lichts. Sie sehen ihre Aufgabe darin, die Wahrheit im Wortstreit zu erkennen und Schattenfreunde zu erkennen. Ihre Suche nach der Wahrheit und dem Licht, so wie sie die Dinge sehen, wird noch eifriger betrieben, als das bei den Kindern des Lichts allgemein üblich ist. Ihre normale Befragungsmethode ist die Folter, wobei sie der Auffassung sind, daß sie selbst die Wahrheit bereits kennen und ihre Opfer nur dazu bringen müssen, sie zu gestehen. Die Zweifler bezeichnen sich als die Hand des Lichts und verhalten sich gelegentlich so, als seien sie völlig unabhängig von den Kindern und dem Rat der Gesalbten, der die Gemeinschaft leitet. Das Oberhaupt der Zweifler ist der Hochinquisitor, der einen Sitz im Rat der Gesalbten hat. Ihr Wappen ist ein blutroter Hirtenstab.

Von Robert Jordans »Das Rad der Zeit« liegen bei Piper vor:

1. Roman: Drohende Schatten
2. Roman: Das Auge der Welt
3. Roman: Die Große Jagd
4. Roman: Das Horn von Valere
5. Roman: Der Wiedergeborene Drache
6. Roman: Die Straße des Speers
7. Roman: Schattensaat
8. Roman: Die Heimkehr
9. Roman: Der Sturm bricht los
10. Roman: Zwielicht
11. Roman: Scheinangriff
12. Roman: Der Drache schlägt zurück
13. Roman: Die Fühler des Chaos
14. Roman: Stadt des Verderbens
15. Roman: Die Amyrlin
16. Roman: Die Hexenschlacht
17. Roman: Die zerbrochene Krone
18. Roman: Wolken über Ebou Dar
19. Roman: Der Dolchstoß
20. Roman: Die Schale der Winde
21. Roman: Der Pfad der Dolche
22. Roman: Neue Bündnisse
23. Roman: Kriegswirren
24. Roman: Das Herz des Winters
25. Roman: Die Herrschaft der Seanchaner
26. Roman: Flucht der Sklaven
27. Roman: Pfade ins Zwielicht
28. Roman: Die Weiße Burg
29. Roman: Der neue Frühling
30. Roman: Die Klinge der Träume
31. Roman: Der Untergang der Shaido

Das Rad der Zeit 1. Das Original. Die Suche nach dem Auge der Welt
Das Rad der Zeit 2. Das Original. Die Jagd beginnt
Das Rad der Zeit 3. Das Original. Die Rückkehr des Drachen
Das Rad der Zeit 4. Das Original. Der Schatten erhebt sich

Robert Jordans Rad der Zeit. Das illustrierte Handbuch

von Werder / Schulte-Steinicke

Schreiben von Tag zu Tag